PIERRE NAUDIN

Pierre Naudin est né en 1923 à Choisy-le-Roi. Journaliste, il a publié des essais et des romans, notamment *Les mauvaises routes* (1959).
Il se pasionne pour le XIVe siècle et ses chroniqueurs, comme Jean Froissart et Jean le Bel, et poursuit d'importantes recherches sur le Moyen Âge, qui ont abouti à l'écriture du *Cycle d'Ogier d'Argouges*. Ainsi, depuis 1978, cette fantastique épopée historique, unanimement saluée par la critique, entraîne des milliers de lecteurs dans la France médiévale dont Pierre Naudin restitue avec justesse et minutie le tumulte et les élans.
Membre éminent de l'Académie royale des beaux-arts et des sciences historiques de Tolède, Pierre Naudin donne régulièrement des conférences dans les Universités d'Europe.

## DU MÊME AUTEUR
*AUX ÉDITIONS AUBÉRON*

### *CYCLE D'OGIER D'ARGOUGES*

LES LIONS DIFFAMÉS
LE GRANIT ET LE FEU
LES FLEURS D'ACIER
LA FÊTE ÉCARLATE
LES NOCES DE FER
LE JOUR DES REINES
L'ÉPERVIER DE FEU

### *CYCLE DE TRISTAN DE CASTELRENG*

LES AMANTS DE BRIGNAIS
LE POURSUIVANT D'AMOUR
LA COURONNE ET LA TIARE
LES FONTAINES DE SANG
LES FILS DE BÉLIAL
LE PAS D'ARMES DE BORDEAUX
LES SPECTRES DE L'HONNEUR

### *CYCLE DE GUI DE CLAIRBOIS*

LES FUREURS DE L'ÉTÉ
L'ÉTRANGE CHEVAUCHÉE

*À paraître :*

LES CHEMINS DE LA HONTE
LE BÂTARD DE CLAIRBOIS
LE CHAMP CLOS DE MONTENDRE
LE SECRET SOUS LES ARMES
LE BOURBIER D'AZINCOURT

## DANS LA COLLECTION
*HISTOIRE À L'ENCRE NOIRE*

LES ÉPÉES DE LA NUIT
YOLANDE DE MAILLEBOIS

# LE JOUR DES REINES

DU MÊME AUTEUR
*CHEZ POCKET*

*CYCLE D'OGIER D'ARGOUGES*

LES LIONS DIFFAMÉS
LE GRANIT ET LE FEU
LES FLEURS D'ACIER
LA FÊTE ÉCARLATE
LES NOCES DE FER
LE JOUR DES REINES

*À paraître :*

L'ÉPERVIER DE FEU (mars 2001)

PIERRE NAUDIN

*CYCLE D'OGIER D'ARGOUGES*

# LE JOUR DES REINES

AUBÉRON

25, rue Paul-Bert, 33000 Bordeaux, 1993.
ISBN : 2-266-10869-7

À mes amis de « Spectacle et Chevalerie » et particulièrement à :
Gilles Raab, Alexandre Bourguignon, Daniel Levieux, Jean-Philippe Le Goslès
ainsi qu'à :
Russell Chalk, du « British Jousting Center », Chilham Castle, dont un ancêtre fut à Ashby.

# PROLOGUE

Ogier d'Argouges a passé son adolescence au château de Rechignac, en Périgord. Pendant cinq ans, sous la double influence de son oncle Guillaume et de son sénéchal, Blanquefort, le damoiseau timoré s'est initié puis endurci au métier des armes. Alors qu'il s'apprête à regagner la Normandie, son pays natal, Robert Knolles et ses hordes cernent la forteresse et assaillent inlassablement les défenseurs qui, bien que peu nombreux, résistent. Pour en finir avec un siège de plus en plus meurtrier, un combat de champions — trois contre trois — est proposé par l'ennemi et accepté par Guillaume. Ogier y participe victorieusement et reçoit peu après les éperons d'or et la colée qui font de lui un chevalier.

Anne dont il était épris s'est éclipsée avant l'attaque anglaise. Il aide la belle Tancrède, sa cousine aux sentiments ténébreux et changeants, à fuir les murailles pour lui éviter un mariage odieux. De retour à Gratot, sur les lieux de sa jeunesse prime, il retrouve son père, sa sœur Aude et les quelques serviteurs qui leur sont demeurés fidèles. Tous sont dans un grand état de dénuement et de solitude. Cet opprobre est la conséquence de l'infamie d'un baron voisin, Richard de Blainville, qui a fait endosser la responsabilité de la défaite de l'Écluse — 23 juin 1340 — au chevalier cotentinais Godefroy d'Argouges qu'Ogier, enfant, révérait. Luciane, sa mère, n'a pas survécu à tant d'injustice.

Peu après leurs retrouvailles, Ogier et son père portent secours à Jean de Montfort, le prétendant malheureux au duché de Bretagne. Reconnaissant, il leur confirme que Blainville est un traître et leur révèle qu'il est l'instigateur d'un complot contre la France. Les conjurés anglais et français doivent se réunir en un lieu secret de Chauvigny à l'occasion des joutes qui chaque année, à Pâques, rassemblent une partie de l'élite chevaleresque.

Ogier se rend dans cette cité poitevine en compagnie de son écuyer, Thierry Champartel, d'un sergent, Raymond, et d'Adelis qu'il a sauvée à Rechignac, peu avant l'attaque anglaise. Le dévouement de la jeune femme lui coûtera la vie.

Après ces joutes de 1346 où il a fait merveille, Ogier apprend que les Anglais préparent un débarquement pour le mois de juillet, en Normandie. Il ne peut en avertir le roi : victime de Blainville, il est jeté dans un ergastule du château d'Angle-sur-l'Anglin et mis à la torture. Un Anglais, Hugh Calveley, est enfermé dans une geôle voisine. Ensemble, ils s'évaderont. En cheminant vers Paris, le jeune chevalier ne cesse de penser à Blandine. Il l'a connue sur le champ clos de Chauvigny. Ils se sont juré leur foi. Cependant, à peine a-t-il atteint la capitale qu'il est précipité, à la suite du roi, jusqu'à Crécy où les Anglais, qui ont effectivement débarqué à Saint-Vaast-la-Hougue, se sont retranchés après avoir dévasté la Normandie.

Le 26 août 1346, la présomption des chevaliers français et les atermoiements du roi précipitent l'armée aux lis dans une de ses plus grandes défaites. Pour avoir secouru Philippe VI, Champartel est fait chevalier. À l'issue de sa fuite jusqu'au château de La Broye, le roi, consterné, apprend que son favori, Richard de Blainville, est un félon.

Ogier ne manque ni de preuves ni d'audace. Un combat l'oppose à l'homme qui a déshonoré son père. Il parvient à le vaincre. Les lions diffamés des armes familiales recouvreront leur intégrité.

Le jeune homme revient à Poitiers où les parents de Blandine ont leur demeure. Le comte de Derby assiège la cité mais Ogier sauve sa bien-aimée. Il l'épouse à Chauvigny et la conduit à Gratot. Bien vite, il déchante : Blandine est une créature différente de la jeune spectatrice qui s'était engouée pour ses triomphes à la joute parmi la damerie chauvinoise. De jours gris en jours sombres où naît parfois une lumineuse accalmie, le couple se détériore. C'est presque avec joie que le mari déçu rejoint l'ost qui se regroupe à Calais pour délivrer la cité assiégée depuis un an par les Anglais et où les gens succombent, victimes d'une effrayante famine.

Le roi de France veut un coup d'éclat : une *appertise*. Il envoie Ogier et les gens des communes du Tournaisis à l'assaut de la tour de Sangatte, excellemment défendue. Ogier qui, pour se mouvoir aisément, n'a pas jugé utile de se garantir d'une armure, est attaqué par un homme fervêtu : Renaud de Cobham. C'est un combat inégal à la suite duquel, vaincu et perdant son sang en abondance, le champion de Philippe VI gît dans l'herbe, résigné à mourir...

PREMIÈRE PARTIE

# LES DAMES DE WINSLOW

# I

C'était l'instant qu'il redoutait le plus : surgis des ténèbres où sa brève léthargie les avait maintenus, ses ennemis revenaient l'assaillir. Angoissé, impuissant à les repousser, il hurla dès les premières écorchures, dévastant les draps poisseux pour essayer, en remuant, de se soustraire à des tourments plus cruels.

— Non ! gémit-il. Non !

Déjà, des serres acérées tenaillaient sa poitrine ; des poignards transperçaient ses épaules ; une épée embrasée s'enfonçait dans son cœur.

— Pitié ! Pitié !

Sa chair ruisselait sous ses reins, sa nuque. Le moindre mouvement, plutôt que de les émousser, aiguisait les instruments de son martyre. Si peu qu'il s'en fût soulagé en criant, la douleur fulminait, maligne, insatiable.

— Achevez-moi, supplia-t-il.

Des visions déchiquetées hantaient sa mémoire : lambeaux de gestes guerriers, courroux en dérive, séquelles d'une malheureuse aventure qu'il s'obstinait à tirer des limbes sans jamais parvenir à la recomposer.

Une main releva un rideau. Dans la profondeur de la pièce ainsi révélée clignotaient d'innombrables chandelles. La lumière, vaporeuse comme un brouillard, rehaussa la présence d'une femme en sarrau noir dont les manches bouffaient aux épaules.

— Allez-vous m'apporter des soins et des remèdes ?... M'en avez-vous déjà donné ?

Elle s'approchait lentement. Ses cheveux sombres et touffus, retenus par un frontal d'argent, accusaient la lividité de sa face ronde. Un faible tremblement de sa grosse mâchoire précéda un sourire dont l'aversion, peu à peu révélée, s'accordait à la voracité du regard :

— J'aime à te voir ainsi ! J'aime tes cris quand tes plaies te cuisent !

Elle se pencha au-dessus du lit. Sous son nez camard aux narines dilatées, sa bouche était d'une telle netteté qu'elle semblait prête à mordre.

— Que vous ai-je fait ?... Que me reprochez-vous ?

Le gisant trouva dans le regard occupé à scruter son visage une satisfaction insondable :

— Tu n'en as pas fini avec tes tourments... Tu étais à un doigt de la mort quand ils t'ont amené... Maintenant, entre toi et elle, il y a l'espace de la main...

— Qui êtes-vous ?... Pouvez-vous me dire mon nom ?

— Ton nom !... Ton nom !... *Your name !* Comment pourrais-je le savoir si toi, tu l'as perdu avec ton sang ?

Il voulut lever les bras, repousser cette insolente ; une douleur flamboya de ses épaules à ses cuisses. Sa tête retomba sur l'oreiller moite de ses sueurs. La femme eut un geste de mécontentement :

— Apaise-toi !... Plus tu t'agiteras, plus tu auras mal !

Puis, se penchant davantage :

— Chien de Franklin[1] !... Tu pleures comme une *girl... Pride and dignity*[2] sont méconnus de tous les bâtards de ton espèce !

1. C'était ainsi que les Anglais de la guerre de Cent Ans appelaient les Français.

2. Orgueil et dignité.

Était-ce cette harpie qui le soignait ? Il avait aperçu l'ombre d'un homme. Depuis quand était-il dans ce lit ?

— Mon fils qui fut occis par un de tes pareils, en Bretagne, avait plus de courage que toi !

La femme leva ses mains très haut, les doigts écartés, luisants de larges anneaux d'or, et il se crut le jouet ou la proche victime d'une sorte de théurgie à laquelle, vu son état, il ne pourrait se soustraire.

— J'ai soif... Je... je plains votre fils... La guerre...

— La guerre, la putain de guerre que vous perdez ! Je te laisse... N'aie crainte, je viendrai bientôt te donner un breuvage qui te soulagera. Quelle que soit ma haine envers toi, j'ai reçu commandement de te soigner... J'ai fait serment à messire Tilford, mon maître, de l'aider à te sauver...

Elle n'était donc qu'une servante. Qui était ce Tilford ? Un mire ?... Assurément un Anglais. Et *lui*, qui était-il ? Pourquoi, dans un état si misérable, se trouvait-il chez les Goddons ?

La femme s'en alla ; le rideau retomba sur les clartés vacillantes. Aussitôt, les douleurs s'exacerbèrent et le gisant eut envie d'appeler à l'aide tandis que la souvenance des maux qu'il avait endurés avant ceux dont il était présentement perclus, revenait hanter son crâne et clore ses paupières.

Un ciel glauque rougi par le soleil tout près de son naufrage dans une mer en morte-eau. Des friches au milieu desquelles fumait le noir squelette d'un beffroi. Partout à l'entour, des morts et des mourants hérissés de sagettes... C'était à ce moment d'une victoire chèrement acquise, mais absolue, que la cruelle connivence entre sa fatigue, son émoi et son inconséquence, lui était apparue.

Ah ! la première sensation de la chair profondément tranchée sans qu'une écorce de fer eût amorti le heurt de la lame adverse... De cela, il se souvenait. Et s'il savait aussi qu'il n'avait pas voulu restreindre ses plates[1], il en ignorait la raison.

Un chevalier fervêtu croisait son épée à la sienne. Malgré le poids de son armure, cet Anglais se mouvait avec une légèreté plus terrifiante encore que son habileté. Sa lame rutilait aux braises du soleil. Ointe de son sang à lui, le Franklin... La sienne, hélas ! qui jusque-là n'avait failli ni à l'honneur ni à la tâche, tenait à peine dans ses mains molles.

« Dieu m'abandonne ! »

Une sensation atroce le traversa : une sagette ronflait et pénétrait dans son épaule.

Puis il se sentit percé d'une estocade au ventre.

L'endurance et l'habileté du Goddon ne cessaient de se révéler supérieures aux siennes. Et pour cause : son corps, ses muscles, sa vue, son souffle n'avaient jamais été mis à contribution lors de l'attaque.

*« Il sait qu'il va m'occire... que ma vigueur et mon sang m'abandonnent. Il prend son temps... J'ai mal ! Maudit soit ce malandrin ! »*

Il chavirait, roulait sur une pente abrupte, cassant la flèche dont il enfonçait profondément le dardillon dans son dos. Il n'en finissait pas de tomber, de hurler ; il maintenait toujours son épée dans son poing ; il savait que ce guerrier détestable le suivait à grands pas sur des herbes feutrées de mousses veloutées.

C'était en cet endroit que sa lame avait chu.

Quel était son passé ? Parfois, comme à présent, alors qu'il se tordait sur sa couche, il craignait de réintégrer des réalités affligeantes et délétères. Les souffrances reçues — où et quand ? — et les douleurs présentes dessinaient, sous ses paupières, des contrées et des figures qui ne signifiaient rien.

« J'étais un chevalier... *Je suis un chevalier !* »

En quel lieu gisait-il maintenant ? Depuis combien de jours durait cette géhenne ? Quelque effort qu'il

1. Mettre son armure.

accomplît pour exhumer d'autres événements que ceux de sa défaite, sa pensée réfutait toute persévérance. Parviendrait-il enfin à se remémorer *autre chose* ? À donner un nom aux formes et aux visages qui parfois imprégnaient sa cervelle ? À revivre d'autres mouvements que ceux qu'il avait déployés pour défendre sa vie ? À fournir une explication à sa présence auprès d'une meute de gens du commun courant sous une bannière dont il ne savait plus les couleurs et les pièces ? Même là, dans ce lit, en dépit d'un incessant martyre, son esprit demeurait clair. L'essentiel l'avait déserté... Qui était-il ? Quel âge ? Quelle tête ? Quelle famille ? Que signifiaient ces visions de guerre peuplées d'ombres si peu familières ? Par quelle volonté extérieure à la sienne tout ce qui avait composé sa vie s'était-il dissipé ? Ce qu'il apercevait ou croyait apercevoir s'ennuageait sitôt que sa lucidité se disposait à en saisir le sens.

« Je suis le chevalier d'un pays verdoyant... »

Et ensuite ? Il tressaillait parfois à des appels de voix, à des apparitions vives, colorées, fugitives. Après ces commotions où des fantômes de chair, des fragments de campagne, des sabotements de cheval — un roncin ténébreux —, des aboiements lugubres — ceux d'un chien jaune — se mêlaient et se dilacéraient, l'immobilité fournissait un répit à ses maux, allégeait son corps, ramenait en lui une espèce de sérénité : il saurait, il allait savoir. Son sang s'était écoulé comme le vin d'un tonneau mis en perce ; ses souvenirs s'étaient asséchés dans son crâne. Était-il sur le point de perdre la raison ?

Un guerrier l'observait. Il enlevait son bassinet. Il était roux, et c'était un géant. Il souriait... Il était anglais. Il s'appelait... Il s'appelait...

— Qui es-tu ?... Réponds-moi !

Il avait hurlé. Ses mains étaient passées au travers de cet homme qui pourtant *existait*.

— On est amis !... Délivre-moi !

Il entendit un rire et cilla des paupières. On s'ébaudissait de lui. Dans le passé ou maintenant ?... Cette voix, c'était celle du porte-oriflamme. Ils se détestaient. *« Tu dois savoir son nom. Domine ton esprit comme un cheval rétif... »* Jaillissant de toutes ses blessures, les douleurs trop connues l'enveloppèrent dans un réseau de braises et d'acides.

— À l'aide !... Dieu !... J'ai soif ! J'ai soif !

Deux mains robustes pesèrent sur ses épaules, fermement mais sans dureté. Une voix murmura tout près de son oreille qu'un feu tenace dévorait :

— Par Dieu et Notre-Dame, si vous tenez à la vie, efforcez-vous de ne point trop remuer !

Il écarquilla les yeux ; le brouillard qui les occultait se dissipa, emporté par de grosses larmes.

L'homme vêtu de fer qui se penchait sur lui était grand, massif, à en juger par l'ampleur de son gorgerin et de ses épaulières. Il posa un genou en terre et saisit une main inerte.

— Oyez bien, compagnon, ce que je vais vous dire et faites-en votre profit... Vous demeurez en grand péril de mort, bien qu'il y ait un petit mieux dans votre état... Je suis arrivé trop tard pour empêcher un combat inégal mais, à votre façon de vous défendre, j'ai deviné en vous un gaillard sachant guerroyer... Je vous ai fait porter sous mon pavillon... Quelles que soient l'âpreté de vos souffrances et la violence de votre désespoir, résistez à l'idée que vous êtes perdu... Répétez-vous inlassablement que vous allez vivre... J'ai fait curer [1] vos plaies. Leur état s'améliore. Le mire qui vous aide à vivre est dans Calais... Voilà deux jours qu'il se dévoue pour que vous guérissiez. Sa servante, durant deux nuits et celle-ci, bien sûr, n'a guère quitté votre chevet. Il y a tant de gens épuisés dans Calais que tous nos mires — et surtout le meilleur d'entre eux : Tilford — sont accablés de fatigue.

1. Soigner.

— Calais ?

— Oui, Calais... Eh bien, quoi ? Vous ne connaissez pas cette cité, du moins son nom ?

— Nullement... J'enrage... J'ai perdu, semble-t-il, la mémoire... *et pourtant je sais parler*... Je vous réponds... Je sais des choses... sauf mon nom.

— Tout cela reviendra, j'en suis sûr, avec votre vigueur. Vous avez été tellement ébranlé par les coups d'estoc et de taille !... Eh bien, je vais vous dire, moi, ce qu'il en est de la male aventure qui vous a conduit sous mon tref[1]. À peine arrivé sur les falaises, votre suzerain, le roi trouvé, Philippe VI, a précipité, sous votre commandement sans doute, les manants des communes du Tournaisis à l'assaut de la tour de Sangatte, qui était nôtre et qui fut bellement défendue... La possession de cette tour ne changeait rien au sort des gens de Calais assiégés par notre armée depuis un an... Une fois cette tour prise — il y eut trente-cinq morts —, votre roi a tourné bride et s'en est allé manger... Il nous a envoyé ses ambassadeurs pour livrer bataille et ses cardinaux pour conclure une trêve !... Il ne sait ce qu'il veut...

— J'ignore qui je suis et tout ce que j'ai fait... Point de traces, d'indices. Parfois, il m'advient d'ouïr des voix. Toutes crient...

Ces hurlements appartenaient aux litanies de la guerre. Ils n'exprimaient que la haine, la souffrance, l'encouragement à meurtrir ou à se garder. Comment se serait-il retrouvé dans ces appels, ces lamentations, ces invectives ?

— Votre esprit guérira tout comme votre corps... Patience !

Cet homme méritait des égards sans partage. Un preux. Lourde mâchoire, nez petit, en boule ; dessous, une moustache brune, fine, pendant aux commissures de la bouche et des cheveux touffus, quoique coupés à

1. Tente en forme de cône.

l'écuelle. Sa lèvre inférieure exprimait, par une lippe continuelle, la compassion, et ses yeux bruns, sous des sourcils épais, révélaient une admiration sincère.

— Si vous ne savez qui vous êtes, vous devez sûrement ignorer qui je suis. Mon nom est Gauthier de Masny... En avez-vous ouï-parler[1] ?

— Hélas ! non... bien que tout au fond de mes pensées quelque chose me dise que sans vous avoir approché... Nous sommes ennemis... et vous êtes anglais...

Il ne put poursuivre. Le mal le rongeait, le déchiquetait ; l'on eût dit cent rats accrochés à ses plaies. Il sentit une main se poser sur son front, grosse et fraîche.

— La fièvre... Plus vos sueurs s'épancheront, plus les humeurs malsaines qui sont en vous s'éloigneront avec elles... Si vous étiez resté sur le champ de bataille, votre âme serait en Paradis... Messire saint Michel en prendrait soin, mais vous êtes jeune...

*Jeune*... Il était jeune ! Cette révélation lui fit l'effet d'un baume.

— Quand vous irez mieux, je vous ferai porter un miroir... Vous vous y reconnaîtrez sûrement... J'ai fait ramasser votre épée... Peut-être que sa vue vous sera bénéfique... Ma volonté, messire, est peu de chose, mais je l'ai mise à votre dévouement pour vous tirer du tombeau.

— Je vous en rends grâces mais... pourquoi ?

Vivre, pour le moment, c'était souffrir ; c'était respirer avec peine ; c'était aussi pleurer d'angoisse. C'était *savoir*.

1. Originaire du Hainaut, Gauthier de Masny (ou Gautier ou Wautier) appartenait à une famille vivant près de Douai. Venu en Angleterre en 1327, il avait été page de la reine Philippa en 1332. Il combattit hardiment sur terre et sur mer, et il était l'époux de Marguerite, fille du comte de Norfolk, cousine d'Édouard III. Il mourut à Londres, le 15 janvier 1372, à l'âge de soixante-seize ans. Froissart comptait parmi ses amis. C'est à tort que l'on orthographie son nom *Mauny*. En effet, les Mauny étaient apparentés à Bertrand du Guesclin : Hervé et Olivier étaient ses cousins.

— Pourquoi êtes-vous si bon... si plein de sollicitude ?

Il n'en pouvait plus. Ses lèvres tremblaient, sèches comme des pierres ; un râle s'échappait, maintenant, de sa poitrine. Son corps lui semblait épais, massif. Il sentait ses paupières s'affaisser malgré sa volonté de les maintenir ouvertes. Allait-il mourir à l'instant où cet ennemi croyait en sa guérison ?

Il entendit l'Anglais remuer. Bientôt, un linge vinaigré effleura son nez. Son oppression s'atténua. Fraîcheur... Un grand bain froid l'eût-il revigoré ?

— Pourquoi... m'avez-vous... sauvé ?

L'homme se redressa :

— Richard, dit-il, venez m'aider à ôter mon harnois.

Une ombre apparut : celle d'un écuyer qui se mit à décrocher les cuirs du colletin de fer. Et, tandis que tombaient les pièces de l'armure :

— J'ai meurtri moult Franklins, Charlots[1], Génois et m'en suis louangé tout comme vous vous êtes réjoui de nous porter des coups mortels. Le seigneur que j'ai vu de loin vous malmener, c'est Regnault de Cobham[2]. Je connais bien sa force et son hardement. Eussiez-vous porté comme lui une armure que j'aurais assisté à votre combat sans broncher, en souhaitant que le meilleur l'emporte... Je me suis mis à votre place. Comme vous, sans nul fer protecteur, j'eusse été vaincu... et trépassé !... Je suis intervenu. Alliez-vous succomber ? Votre cœur battait encore... Peut-être comprenez-vous mal mes propos car vous avez perdu la moitié d'une oreille et un linge vous tient la tête serrée.

Une oreille mutilée. C'était donc la raison des chuin-

1. Partisans de Charles de Blois dans la lutte pour le duché de Bretagne.

2. Regnault (Renaud) de Cobham était fils de Jean Cobham et de Jeanne de Nevill. Il avait épousé Jeanne, fille de Maurice de Berkeley. Il mourut le 5 octobre 1361.

tements qui l'importunaient — comme s'il gisait au milieu d'un rucher. La voix de l'Anglais se diluait parfois dans ces bourdonnements, mais il le devinait, se penchait et s'appliquait à espacer ses mots, leur donnant ainsi plus de fermeté :

— Vous êtes sous ma tente. Quand je vous y ai fait transporter, vous perdiez votre sang... abondamment... Nous avons fait au mieux, Richard et moi, pour mettre fin à ces épanchements... Vous aviez l'apparence d'un mort : blanc, les yeux et la bouche clos, et si l'on approchait un miroir de vos narines, votre souffle le ternissait à peine... Nous vous avons fait boire quelques gouttes d'un remède cordial que j'emporte toujours avec moi. J'ai fait quérir Tilford, le meilleur de nos mires... J'ai agi pour vous comme j'aurais aimé qu'on le fît pour moi lors d'un événement semblable... Il fait nuit... Demain, si vous allez mieux, je vous ferai conduire à Calais.

— J'ai... j'ai fort mal... Partout...

— Ayez foi en ma compassion !

Était-ce la vérité ? Pouvait-on se fier aux propos d'un Anglais ?

— Je brûle et me consume...

— Vos épaules ont été percées par des sagettes ; votre oreille senestre a été à demi arrachée ; une estocade a failli vous ouvrir le cœur ; une autre a traversé votre flanc dextre... Mais vous êtes d'une espèce rare : moult chevaliers, même vêtus de leur harnois de fer, eussent reculé devant la forcennerie de Cobham !... Vous l'avez affronté dignement. Votre nom vous est méconnu ? Il vous reviendra en mémoire comme celui de votre épouse, car je vois un anneau à cette main qui pend...

Le blessé entendait à peine, vaincu par une pâmoison.

Il était entouré de vapeurs suffocantes. Perçant des draperies d'un rouge étincelant, des crocs de fer s'acharnaient sur ses chairs, écorchant, arrachant, extirpant sans trêve et sans miséricorde. Il n'était plus qu'une palpitation béante, une charogne d'homme grouillante de vers tirés d'un brasier et qui se repaissaient, eux aussi, de ses muscles et de ses viscères. Toute trêve à ses douleurs, à ses terreurs, amorçait un sursaut vers d'autres horreurs, d'autres tourments, jamais plus courts et jamais moins affreux. L'abîme où il gisait s'éclaboussait de sang.

Assez !... Il lui fallait sortir de ce marasme abominable. Impossible : outre qu'il avait perdu sa vigueur et sa volonté, des liens le retenaient sur sa couche. La vision nauséeuse d'un chevalier acharné à sa destruction alternait avec des images fugaces et rassurantes : une femme aux cheveux d'or sous de grands arbres frémissants, un enfançon dans les bras ; des gens rieurs autour d'elle ; un cheval noir, un grand chien jaune ; un vieillard souffreteux qui l'appelait en vain...

Une éruption de mal lui laboura le flanc. Il hurla, tailladé par il ne savait quoi. Une déchirure des ténèbres découpa, au-dessus de lui, un triangle de lumière. Une forme grise se mouvait sans hâte à son chevet ; de l'autre côté, deux autres, immobiles, projetaient sur son corps insondablement meurtri des ombres tressaillantes.

— *Il ne sait plus rien de ce qu'il était... Je suis certain de sa sincérité et j'ai, vous le savez, une dette envers un Normand*[1].

1. Peu après le débarquement d'Édouard III et de son ost, à Saint-Vaast-la-Hougue, le 12 juillet 1346, Philippe VI avait fait rappeler son fils, le duc Jean de Normandie qui, depuis le 13 avril, s'acharnait à déloger les Anglais d'Aiguillon. Le siège fut levé le 20 août ; la bataille de Crécy eut lieu le 26 de ce mois, de sorte que Jean et ses guerriers ne purent y participer. Alors que les Anglais se repliaient sur Calais et, le 4 septembre, assiégeaient la cité, quelques-unes de leurs compagnies, sous le commandement d'Henry, duc de Lancastre, comte de Derby, s'emparaient de Saint-Jean-

— *Cet homme est un ennemi !*

— *Il méritait de vivre, Richard !... Je n'ai guère de pitié envers tous les Franklins, mais j'ai plaisir à tenter de sauver celui-là... Par trois fois, il a crié* « Normandie »... *Or, je me souviens de ce Normand qui me fit obtenir un sauf-conduit pour venir jusqu'ici... Il lui ressemblait... Certes, ce n'était pas lui, mais il était droit, honnête !*

— *Plus que son suzerain, messire !*

Il entendait malgré les chuintements de son oreille. Était-ce le jour ? Pourquoi cette rémission ? Allait-il trépasser ? Au-delà de ces trois fantômes bien en vie, quelque chose de bleu et de rouge flottait... Nuage ?... *Bannière !* La soie en clignotait sur l'azur d'un ciel moutonneux... Oui, c'était cela : le ciel... Une bannière... Les ombres s'écartaient... Il y avait une sorte d'échafaud... Non : une machine de guerre... Un ribaudequin, sans doute... Des murs très hauts... Un fourmillement d'hommes dont la vivacité, les mouvements et les cris évoquaient les apprêts d'une fête.

d'Angély (« *vers la Saint-Michel* », 29 septembre). Gauthier de Masny, qui avait failli se faire capturer lorsque les Français avaient conquis cette ville avant que Derby ne les en délogeât, s'en était allé attaquer l'arrière-garde des troupes d'Aiguillon qui revenaient à Paris. Ses prisonniers furent nombreux. Il pria l'un d'eux, un chevalier normand — Grimouton de Chambly — d'aller solliciter pour lui, en échange de sa liberté, un sauf-conduit au duc Jean afin qu'il pût rejoindre aisément son souverain dont il venait d'apprendre qu'il assiégeait Calais. Le chevalier s'acquitta de sa mission et Jean de Normandie accorda le sauf-conduit. Cependant, alors qu'il traversait Orléans, Gauthier de Masny fut arrêté, son parchemin scellé du sceau de Jean estimé sans valeur, et s'il ne fut pas mis à mort, il fut conduit à Paris où Philippe VI le fit emprisonner au Châtelet. Scandalisé par cette attitude qui le déshonorait, Jean fit à son père une longue « scène » dépourvue de toute considération, de sorte que Masny fut relâché avec de plates excuses et un coffret de joyaux de grand prix offert par le roi repentant (!). Il fut conduit sous bonne escorte auprès d'Édouard III qui, voyant les présents du roi de France, lui déconseilla de les accepter. Ce qu'il fit bien volontiers.

— *Croyez-vous qu'il vivra, Tilford ?*

— *Mon pronostic, messire, est moins désespéré. Si Dieu aime cet homme, s'Il lui reconnaît, comme vous, des mérites, Il doit vous aider... Sinon, ce guerrier périra avant nonne*[1]*. S'il vit, il lui faudra repos et bonne chère.*

— *J'y pourvoirai.*

Des ombres se penchèrent. Silence lourd. On l'examinait. Il n'osa déclore ses paupières : c'eût été perdre une parcelle de vie.

— *Ouvrant à demi une côte, l'acier de Cobham est passé tout près de son cœur... L'autre coup pouvait être mortel, or, le gros intestin et les boyaux n'ont pas été ouverts... Par contre, le foie est atteint, mais nullement dans ses parties essentielles. Quant aux autres navrures, elles ne sont pas pires que celles auxquelles j'apporte mes soins après une bataille. Mais...*

— *Mais ?*

— *Il s'est quasiment vidé de son sang. S'il vit, qui le soignera sur notre Île ?... Pensez-vous à quelqu'un ?*

— *Hélas ! non... Je sais que vous tenez à demeurer céans, Tilford. Mon épouse lui viendra en aide. L'Angleterre, que je sache, ne manque pas de médecins pleins de clergie, en particulier Gaddesten*[2]*. S'il refuse ou est absent, je dirai à Marguerite de mander auprès d'elle le mire de Charles de Blois... qui ne doit pas être loin d'où nous sommes.*

— *Ainsi donc, messire, le prince a quitté Vannes !... Il est remis des blessures que les nôtres lui portèrent à la Roche-Derrien*[3] *!*

1. Le début de l'après-midi.

2. C'était le plus célèbre. Il avait étudié à Oxford.

3. Par des lettres données à Reding, le 10 janvier 1347, Édouard III avait institué Thomas de Dagworth son lieutenant en Bretagne. Avec lui, le parti des Montfort avait reçu un allié de choix dans sa lutte contre Charles de Blois pour la possession du duché de Bretagne.

La Roche-Derrien avait été prise par Guillaume de Bohon (Bohum), comte de Northampton, à la fin de l'année 1345, et conservée depuis cette date aux Montfort et aux Anglais. Charles de

— *Petitement rétabli, selon le roi qui vient de recevoir un message. La nef où il gît, l'*Édouarde, *sera bientôt en vue de Calais où elle fera escale. Si ce jeune Normand vit encore, nous l'y ferons embarquer et placer sous surveillance... N'est-ce pas, Richard ?*

— *Il en sera fait, messire, selon votre volonté... Oh ! messires !... Voyez : il ouvre les yeux !*

Un effort... Parler... « *Allons, parle !* » Les mots... Trouver les mots...

— Je vais mourir... J'ai trop mal... Ôtez ces crabes qui me mangent !

— *La fièvre le ronge.*

— Tuez-moi !... Je brûle de toutes parts !... Pitié !

— *Aidez-moi, messires.*

Quelque chose sur ses lèvres. Un liquide pâteux... On desserrait sa mâchoire. Impossible de boire : il étouffait... Qu'est-ce qu'on introduisait dans sa bouche ?... Un entonnoir !... Ses dents grinçaient sur le cuivre... Ses gencives, sa langue cessaient de se racornir.

— *Il va dormir... Laissons-le... Veille sur lui, Richard !*

— *Son pouls reprend quelque vigueur.*

— *C'est l'effet de votre mixtion, Tilford !*

— *Certes... Il faut que les coutures que je lui ai faites ne s'enveniment pas.*

Blois décida de s'en emparer. Homme aux mœurs ambiguës, d'une piété ostentatoire, il n'avait rien d'un stratège : il fut vaincu lors d'un carnage affreux, tout près de cette ville, le 18 juin 1347, par sa rivale Jeanne de Montfort assistée de Dagworth et de Jean de Hartzel, chevalier anglais. Charles de Blois, qui avait reçu dix-sept blessures, fut capturé par Jean du Châtel, chevalier breton du parti des Montfort. Incapable de supporter immédiatement un transfert en Angleterre, il fut emprisonné à Vannes où sa femme put l'y soigner. Quand il fut en état d'effectuer la traversée, il fut mis dans une nef avec son médecin (Georges de Lesnen), son aumônier (Alain de Tenou) et son valet de chambre (Olivier de Bignon).

Charles de Blois était fils de Guy de Châtillon, comte de Blois, et de Marguerite de Valois, sœur de Philippe VI. Il avait épousé, à Rennes, le 4 juin 1337, Jeanne de Penthièvre.

*— Voulez-vous que je vous fasse porter du vin de qualité pour toutes les compresses destinées à chasser le pus ?*

*— Non... À Londres, juste avant de venir en Bretagne, puis à Calais, j'ai pris connaissance d'un traité du dominicain, évêque et chirurgien Teodorico de Lucques. Il prescrit des lavages à l'eau claire, préalablement bouillie.*

*— Vous l'avez recousu partout !... Pourquoi avez-vous donc renoncé aux cautères ?*

*— Le seul toucher d'un fer brûlant eût entraîné sa mort.*

*— Bien, Tilford... Cette fois, je m'en vais !... Je croyais que la conquête de la tour de Sangatte par ce garçon et les manants du Tournaisis annonçait une bataille à outrance*[1]*. Il ne le semble pas... Le roi de France a déployé son armée... ses bannières... mais nullement son courage... Allons, je vais être en retard au conseil d'Édouard, mais il ne m'en tiendra pas rigueur... Veille sur lui, Richard...*

*— Veille sur lui, Richard !... Veille sur lui, Richard !... Ce n'est qu'un maudit Franklin qui nous a occis des hommes !*

*— Soyez quiet, Richard. Si Masny pouvait ouïr vos propos et voir votre fureur, il vous retirerait sa confiance... La guerre entre la France et l'Angleterre est une chose dure... Après tant d'actions funestes commises par Cobham, la générosité de Gauthier de Masny...*

La nuit... Vivait-il ? Noir d'enfer ? Noir céleste ? Tout son corps macérait dans un venin sanglant. Ses

1. La tour de Sangatte fut conquise au soir du vendredi 27 juillet 1347. Nous sommes donc le lundi 30 juillet 1347, au commencement de la matinée.

poumons refusaient de s'emplir. Une vaste tour de bois d'où vrombissaient des flèches. Une foule d'hommes de guerre. Des fossés encombrés de morts et de mourants...

La nuit qui est parfois le meilleur des remèdes...

Il éprouva la poussée d'une main douce sur son front. Cette pression suscita, dans le douloureux désordre de son esprit, une douceur inespérée.

— *On ne peut pas dire qu'il aille mieux, mais il ne va pas plus mal.*

— *Bien, Tilford. J'aimerais qu'il partît dans cette nef qui nous vient de Bretagne... ou plutôt de Bordeaux. Sans doute est-elle pleine de bons vins auxquels le roi nous fera goûter... Mais Richard n'est point là ?*

— *Non... Et si je puis me permettre un conseil, messire, ne lui confiez point la garde de ce jeune homme : il le hait.*

— *Croyez-vous qu'il pourrait l'achever ? Il est vrai qu'il a perdu son père devant Barfleur, le 14 juillet dernier, puis son oncle à Valognes, en moins d'une semaine... et son frère, quelques jours après, à Saint-Lô... Je comprends qu'il haïsse à ce point nos ennemis. Cependant s'il occit celui-là, ce sera un forfait qu'il paiera de sa vie. Dites-le-lui, Tilford.*

Une femme aux cheveux d'or ennuagée de linges clairs... Je veux savoir son nom. Je sais que ce n'est pas un ange !

— *Cette grosse perte de mémoire, les Grecs l'appelaient* amnesia : *oubli. C'est le second cas dont je suis témoin. Cet homme n'est pas un simulateur.*

— *Ce mal est-il incurable ?*

— *Il advient qu'on en guérisse à la suite d'un heurt... Ainsi, une rencontre avec quelqu'un que l'on a bien connu... aimé ou détesté. Une sorte d'éblouissement se produit... qui éclaire la mémoire.*

*— Il porte un anneau d'or : il est donc marié. Son épée vient de Solingen, j'en jurerais. Je la lui restituerai à condition qu'il ne s'en serve plus contre nous pendant un an.*

*— C'est peu.*

*— Croyez-vous ?... On voit, Tilford, que vous n'êtes point batailleur ! Passez la nuit à son chevet. Je vous dédommagerai de toutes vos veilles. Il me faut rejoindre le roi et boire à la victoire. Bien qu'il nous ait envoyé ses ambassades et souhaité nous affronter, Philippe VI n'est pas enclin à nous livrer bataille : Calais nous appartient désormais pour toujours !*

# II

Le prisonnier sentit du froid dans ses poumons.

« Où m'emmène-t-on ? Je connais un mire aussi bon et avisé que cet Anglais. Un vieillard qui me sauva il n'y a guère... Son nom !... Je veux savoir son nom et revoir son visage !... Tilford est de son espèce. Je ne souffre point trop. »

Après qu'il eut bandelé ses plaies, le médecin goddon l'avait vêtu de neuf. Ensuite, avec d'infinies précautions, une grosse femme et l'irascible Richard l'avaient étendu sur une civière. Maintenant, des soudoyers l'emmenaient. Sauf les porteurs attelés aux mancherons, ces hommes étaient armés d'une guisarme ou d'un vouge. Ils sinuaient entre des maisons de bois aux fenêtres desquelles se penchaient des guerriers. Ce devait être l'aurore puisque des parchemins huilés reflétaient des lueurs vermeilles. Au passage, certains curieux sortaient de dessous les porches. Mieux valait fermer les yeux.

Depuis quand vivait-il ici ? Où le conduisait-on ? Allait-on lui faire payer d'un coup de hache une piteuse victoire à la tour de... de... Sang...

*Sangatte !*

Combien de jours, de nuits depuis ce vain assaut ? Les balancements le berçaient mais il se refusait à s'assoupir. Toutes ces têtes curieuses, les unes sous le chapel de fer à bord large, les autres entre les jouées de la barbute, semblaient exprimer de la bienveillance...

La procession cessa tout à coup d'avancer. La foule s'écarta. Un homme apparut, vêtu simplement. L'œil vif et la bouche amère, il cardait de ses doigts une barbe à deux pointes.

— Ainsi vous revoilà !... Moins hardi que lorsque nous nous sommes vus !

— Messire, je ne...

— Feignez-vous d'ignorer qui je suis ?... Nous nous sommes rencontrés tout près de Rouen, puis à Auteuil !... Je suis Édouard, roi de France et d'Angleterre... Masny, approchez !... Si je le reconnais, il doit me reconnaître ! Quelles sont ces simagrées ?

— Je crains, sire, que vous ne vous mépreniez : il a *vraiment* perdu la mémoire... Il ne sait même plus son nom... C'est vous dire !

— Je vous dis, moi, qu'il est un preux chevalier : il fut l'an passé le message[1] de mon cousin Philippe.

— Tilford affirme qu'il est sauvé... Son combat contre Cobham fut une merveille de courage... aussi vrai que je suis Gauthier de Masny !

Le gisant sentit la main royale se poser sur son épaule dextre. Il ne broncha pas.

— Vous allez bientôt connaître l'Angleterre... L'on vous y guérira et vous rançonnera. Vous serez bien médiciné, bien nourri et hebergé, mais si vous desrieulez[2], la Tour de Londres vous accueillera !

— Sire, il est mon otage !... Et je le tiens pour un homme d'honneur !

Une fureur sans mélange secouait Gauthier de Masny. Derrière le roi, un homme en armure s'ébaudissait. Ce devait être Cobham.

— Baptisez-le, puisqu'il a perdu son nom... Je peux

1. Messager.
2. Sortir de la règle : *desrieuler*, de *rieule* : règle ; en anglais *rule*.

lui tenir lieu de parrain. Quel preux veux-tu être ?... Il me semble que ton nom était court : Roland, Guy, Bernard... Tu me laisses le choix ?... Soit : tu seras Roland jusqu'à ce que tu recouvres la mémoire... Vous pourriez, Masny, le confier au mire de Charles de Blois... Mais vous avez mieux, sans doute.

— Oui, sire... La nièce de Northampton, Odile, revient au pays.

— Quinze ans... Bien faite... Hé hé !... Il ne peut la dépuceler dans l'état où il se trouve... Mais emmenez-le et couvrez-le : sa pâleur est inquiétante.

« J'ai froid... Aussi froid qu'en hiver. »

Il luttait pour demeurer attentif, mais ce gel obstiné glaçait sa volonté. Depuis combien de semaines était-il au pouvoir de ces hommes ? Pourquoi voulaient-ils à toute force le maintenir en vie alors qu'il tenait, lui, à disparaître ? Comment et avec qui était-il venu à Calais ? Quelque chose de puissant plombait son cœur : un remords, sans doute, mais son esprit quasiment vide l'empêchait d'en définir la cause. Il souffrait toujours autant de ses épaules, moins de la poitrine, davantage du ventre. Son oreille — ou ce qu'il en subsistait — ne cessait de le lanciner sous les linges protecteurs. Pourvu qu'il défaillît encore ! Alors, plus de douleurs, plus d'investigations stériles aux quatre coins de son cerveau.

« Ma vie tient à un fil... Qui le coupera ?... J'ai peur de vivre ! »

Et voilà, il avait trouvé la vérité.

Le mal l'enveloppa dans ses nuages noirs. Il sentit ses chairs grésiller, flamboyer. Chaque pas des porteurs imprimait alternativement un fer rouge sur l'une de ses épaules. Afin qu'il ne pût tomber, on l'avait lié au torse et aux chevilles, de sorte qu'il ne pouvait tenter de se dérober à ces tourments. Jamais, non, plus jamais il n'aurait la vigueur de tenir une épée !

Toujours cette foule de gens d'armes.

Les maisons, maintenant, étaient en pierre et en brique... Il venait de passer sous un porche... Personne aux fenêtres. Des guerriers encore... Quelques pennons et oriflammes : les lis et les léopards... *Calais !...* Cette cité n'avait donc pas été cernée, libérée par le roi de France et son ost, puisque ces bannières étaient toutes anglaises. Une haute muraille obscure et une vaste coulée de lumière : les maisons semblaient s'écarter... Ces grandes lances dans le ciel... Des mâts. Ces sifflements incessants : le chant du vent dans les haubans et les drisses. Odeur de mer, mais aussi odeur de mort. Comme lorsqu'il avait conquis la tour de Sangatte... Qui était avec lui ? Cent hommes ? Deux cents ? Avait-il à ses côtés un écuyer portant son gonfanon ? Quelles en étaient les armes ?

Il était vraiment trop las pour fureter dans un passé tout aussi rouge que ces deux voiles qui, sous l'effet du vent, gonflaient leur poitrail palpitant. On s'arrêtait. Tilford se penchait, souriant dans sa barbe grise, pendante sous le menton, mousseuse sur les joues.

— Pas un mot... Il y va de votre vie de rester quiet...

Quelque chose craquait, dansait. La passerelle de la nef. On le hissait à bord... Tels les barreaux d'une prison, les chandeliers des rambardes et au-dessus les toiles d'araignée du gréement. « Jamais je ne reviendrai... *Jamais !* » Une conversation de circonstance s'engageait entre Gauthier de Masny et le capitaine, sur la prise de la ville et les périls inhérents à un long siège. Un homme avait beaucoup contribué à la reddition des Calaisiens. Il se nommait Eustache de Saint-Pierre.

— ...le roi va le récompenser, soyez-en assuré, Nicholson !

Puis on descendit des marches. Deux esconses[1] accrochées aux parois de la coursive répandaient, à travers leur corne, une lumière triste et sautillante.

1. Lanternes sourdes en usage au Moyen Âge ; une feuille de corne en isolait la flamme.

— Au fond, nous avons logé messire Charles de Blois.

— Doucement !... Doucement !... Il est vrai que nous manquons d'aises dans ce couloir !... Vous disiez, Nicholson ?

— La chambre de messire Charles de Blois est la plus grande. Il a fallu qu'il emmène avec lui son médecin, son aumônier, son chambellan. Hier, il a exprimé le souhait de voir notre sire Édouard...

— Il ne le verra point. Notre roi le déteste. Quand partez-vous ?

— Le temps de décharger trente barils de vin, cent sacs de froment, cinquante aunes d'étoffes en provenance de Cordoue et des épées, guisarmes et heaumes de Tolède...

— Comment va dans Bordeaux ? La Guyenne est-elle toujours aussi prompte à nous servir ?

— Tout est pour le mieux. Jamais Bordeaux ne fut une ville aussi gaie. Mais pardonnez-moi, messire : on siffle sur le pont. Ce sont sûrement le charroi et les hommes du roi qui arrivent... Entrez le blessé dans cette chambrette.

L'ombre, tranchée par un rayon de soleil sulfureux, tout agité de poussières. Des parois d'un chêne si sombre qu'il semblait noir et rendait leurs limites incertaines. Le ciel dansait derrière le huvelot cerclé de cuivre, pas plus grand qu'un couvercle de bassine.

— C'est petit. Que faut-il de plus que ce lit ? Une escabelle... La nièce de Northampton, Odile de Winslow, doit embarquer.

— J'en ai été avisé... Elle n'est pas encore à bord...

— Elle y sera !... Elle prend congé de sa mère. Elle veillera sur lui... Elle a été prévenue... Elle a accepté...

— Bien, messire... Et maintenant pardonnez-moi : on a besoin de moi là-haut. Je vous laisse à votre malade.

Un silence lourd, puis des mouvements, des soupirs : on défaisait ses liens. On le soulevait et le posait sur le lit. Ses plaies, soudain, semblaient se rouvrir et ses douleurs se coudre l'une à l'autre pour former un lacis de mailles brûlantes, sans accroc.

Il eut peur. Quelque chose d'inconnu, d'oppressant comme le peu de sang qui lui battait les tempes. Cette nef paraissait malveillante et lugubre. Même ici, outre le cri des mouettes, il entendait, au fin fond de son oreille intacte, indéfiniment modulé, le sifflet du vent : une espèce de scie très fine qui s'acharnait à découper le ciel...

— Je vais devoir vous quitter. Damoiselle Odile de Winslow est porteuse d'une lettre destinée à mon épouse. Elle vous accueillera. Il vous faudra, comme il est d'usage, acquitter une rançon dont je ferai en sorte qu'elle ne soit pas démesurée... Pour le moment, vous vous devez et vous me devez de guérir... Hé là !... Prêtez-vous quelque intérêt à ce que je vous dis ?

Un clignement des paupières.

— Bien... Vous nous haïssez, n'est-ce pas ?

Quelle question inopinée ! Elle nécessitait une réponse droite :

— Je n'ai jamais nourri de la haine envers vous. Cependant vous avez répandu sang et ruines... Revenez tous dans votre île et laissez-moi périr en cette cité qui me paraît vide et morte...

— La guerre, messire... Roland, est un jeu terrible. Vous ne sauriez ignorer que la plupart des hommes en sont épris, comme certains d'entre eux sont friands d'une maîtresse qui les subjugue, les épuise et les humilie. La guerre est un plaisir inavouable. Nous acceptons sans trop barguigner les événements dans lesquels elle nous précipite. Elle nous permet de nous voir tels que nous sommes. C'est grâce à elle que nous connaissons nos défauts et nos qualités... Ainsi, vous ! Vous êtes généreux, hardi, d'une bachelerie rare [1]... Vous vivrez car Dieu connaît vos mérites.

1. Vaillance.

Gauthier de Masny dégagea son épée du fourreau.

— Ce n'est pas la mienne... C'est la vôtre... Confiance, si j'ai bien compris ce que vous disiez dans votre *delirium*, comme dit Tilford... Sa perte vous a tourmenté certaines nuits, en trois semaines... Tenez : prenez-la...

L'Anglais posa l'épée sur le corps du blessé comme il l'eût fait pour un mort ou un mourant. Aussitôt, celui-ci en serra la prise avec une avidité qui tira un sourire à cet ennemi dont il ne concevait pas la mansuétude.

— Quelle folie d'avoir voulu conquérir cette tour !

— Devoir d'obéissance. Je ne pouvais m'y soustraire... si je commandais !

— De vaillants hurons défendaient ce beffroi... Vous devez savoir que nous autres, Anglais, ne faisons nulle différence entre les chevaliers et ces gens-là...

— La façon dont vous l'affirmez révèle, me semble-t-il, un sévère mépris envers eux !

— Non... La vérité n'est entachée de mépris que pour ceux qu'elle affecte.

Ils étaient seuls, maintenant, dans la pénombre qui sentait la cire et la marée. Avec une sorte de passion maladroite et opiniâtre, Gauthier de Masny insista :

— J'aimerais qu'un jour vous puissiez dire : « *Je connais les Goddons. Ils ne sont guère différents de nous. Leur langage lui-même est le nôtre.* » J'aimerais fréquenter votre famille... Cette femme et cet enfant sans nom que vous avez appelé *« mon fils »*...

Il acheva d'un mouvement des mains qui signifiait, sans doute, qu'il se savait impuissant à réaliser ce vœu.

— On va vous apporter un coffre. Il contient quelques vêtements de rechange... que je n'ai pas robés chez les chaussetiers et gipponiers de Calais !

— Votre roi me destine à la Tour de Londres. Je ne sache pas qu'à défaut d'y vivre en armure, il faille s'y vêtir en bourgeois.

— Oh ! Oh !... Voilà une réponse acerbe qui

prouve, s'il en était besoin, que vous recouvrez la santé !... Souffrez-vous moins ?

— Je souffre dans mon honneur, messire, plus encore que dans ma chair.

— Voilà de belles paroles !

Une rumeur, des heurts sur le pont et la jetée du port donnaient à penser qu'on déchargeait la cargaison destinée à Calais, et peut-être que des passagers montaient à bord.

— Les cris que vous jetiez parfois lors de cette fièvre si longue, et les mots qui revenaient sur vos lèvres, ne m'ont renseigné que petitement sur vous. Ce que je peux vous dire, c'est que vous avez hurlé *Coutances* et que votre épouse est blonde... Elle devait vous donner un enfant... Vous avez dit deux ou trois fois *Adelis*... Il se peut que ce soit le nom de votre femme.

— Je ne sais, messire... Croyez que j'aimerais vous répondre autrement.

— Vous détestez notre ancien allié, Godefroy d'Harcourt, bien qu'il soit revenu dans l'obédience du roi de France...

— Je connais ce nom-là sans lui mettre un visage.

— Je connais l'homme. Il reviendra dans le giron d'Édouard dès la moindre déception... Il semble que vous ayez un oncle, prisonnier depuis longtemps, mort peut-être, en Angleterre... Je serais heureux que tout cela vous permît de recouvrer la mémoire, sans oublier pour autant notre rencontre !

— Seul le nom d'Harcourt m'est connu... Je dois moult détester cet homme...

— Qui sait ?... Mais pardonnez-moi : je parle trop et vous voilà fatigué. Faible comme vous l'êtes, vous dormirez pendant la traversée, messire Roland de Sangatte... Vous quitterez Calais après midi... Dormez... Je vous abandonne ma ceinture d'armes et ce fourreau...

Le blessé voulut dire un mot ; il avait trop présumé de ses forces : la chambrette se mit à tanguer, à chavirer autour de lui sans que la mer en fût cause.

Quand il reprit conscience, quelqu'un lui bassinait les tempes avec un linge imbibé d'eau sédative. « Voilà une médication superflue », songea-t-il en gardant ses paupières closes. Sur les lattes du plafond retentissaient les pas d'un marinier dans l'accastillage de poupe et des trottinements de petits talons.

C'était agréable de « faire le mort ». Ainsi se refusait-il la moindre pensée maussade. Sa vie passée, un jour, réintégrerait sa mémoire. Il suffisait d'attendre et de savourer, pour le moment, les sensations de froid picotant son front, son menton, puis brève, inopinée, cette aventureuse pesée d'un corps contre le sien, et sur ses lèvres la légère caresse d'une bouche tiède, suivie d'un long soupir de plaisance ou de repentir.

« Non, reste à sommeiller : il se peut que tu rêves. »

Il savait qu'il ne rêvait pas : une femme l'avait baisé avec plus de ferveur que de curiosité.

Quelque chose remua : l'escabelle qu'elle éloignait de son chevet.

À travers ses paupières entrouvertes, dans la lumière bleue de la nef courant sur les flots, il découvrit une jouvencelle occupée à reboucher une fiole. Comme pour donner plus d'évidence à sa virginité, elle était vêtue de blanc. Elle se détourna, avança vers le lit. Elle était brune, les cheveux follets, les yeux noisette. Dans son visage ovale au teint de lait, ses lèvres dont le pli pouvait être un sourire avaient l'éclat des perles et le teint des cerises. Ses sourcils étaient épilés tout entiers.

— Messire, allez-vous mieux ?

Le balancement doux et profond du navire la faisait se déhancher. L'on eût dit qu'elle jouait. D'ailleurs, elle souriait comme une enfant heureuse et semblait avoir oublié ce baiser qu'elle lui avait pris avec l'exigence d'une femme et la douceur d'une fillette.

— Je vais un peu mieux, damoiselle Odile.

— Vous avez retenu mon nom !

— C'est la preuve que ma mémoire n'a point subi de dommages définitifs.

Il s'était exprimé sans hésitation, décidant tout à coup de s'accorder une trêve dans sa quête obstinée du passé. Il finirait bien par savoir quels gens avaient peuplé sa vie. Mais pourquoi, en présence de la jouvencelle, découvrait-il avec surprise que si leur souvenir avait soudain envahi son cerveau, il en eût été contristé ? Il n'était, à dire vrai, ni disposé à parler ni en état de méditer sur les vraisemblances et les impossibilités de ce qu'il pouvait appeler sa vie antérieure. Dans les flancs de ce vaisseau craquant, grinçant, couinant de toutes ses membrures, il se sentait dériver vers des infinis ténébreux : comment pourrait-il mettre un terme à sa captivité ? Il eût fallu au moins qu'il connût sa famille... Qui, dans l'ignorance de son infortune, pouvait acquitter sa rançon ?

— Quel jour sommes-nous, damoiselle ?

— Le vendredi 24 août dans la mi-journée... Vous êtes demeuré en danger fort longtemps. J'ai appris que pour vous maintenir en vie l'on vous a fait boire petitement du sang et du lait de jument. Nul n'osait croire à votre guérison, pas même le mire qui vous soignait. Des chevaliers venaient vous regarder... comme une chose rare. Mon oncle, Guillaume de Bohum, comte de Northampton, prétendait que votre résistance avait des limites ; Masny s'obstinait à vouloir vous sauver afin de se prouver qu'il est homme de cœur... Mais je pense qu'avoir du cœur, c'eût été vous libérer. Or, il vous tient pour un otage... valeureux.

Odile de Winslow eut un rire pointu, triomphant, qui différait de sa voix compassée.

— Calais est aux Anglais ! Savez-vous, damoiselle, s'il y eut, pour cela, une rude bataille ?

— Aucune... Moult vies humaines ont été ainsi épargnées.

Lorsqu'il ressentait trop âprement le poids de ses anxiétés, il connaissait au moins un remède à ce désagrément — ou plutôt un palliatif : il fermait ses paupières en souhaitant de s'assoupir. Il en était pour le moment incapable.

— Ils sont repartis sans combattre !

— Les gens de Calais, courroucés et consternés, se sont rendus à l'Angleterre. Je n'ai pas voulu les voir. Hommes, femmes, enfants étaient, m'a-t-on dit, d'une maigreur effrayante. Tous avaient l'estomac si resserré, si racorni que plusieurs centaines sont morts pour avoir mangé trop goulûment... Je suis venue vous voir trois fois... Vos joues sont moins pâles...

— Vous me passez à l'étamine !... Rien ne paraît vous échapper.

Le vent sifflait dans les haubans, les mariniers hurlaient sur le pont et la grande bannière du château de poupe — lis de France et léopards mêlés — claquait à grand fracas. Lors des brèves accalmies, le seul bruit qui troublât le silence de la chambrette était celui des flots cédant sous la pression de l'étrave et les clapotements des vaguelettes dispersées par les bordages de la coque : un lourd frémissement qui fondait, fondait, pour renaître lors d'un nouveau heurt de la proue ébréchant un nouveau mur liquide.

— Avez-vous soif ? Avez-vous faim ? J'ai tout ce qu'il faut dans mon bouge [1].

— Non... Mais je vous sais bon gré d'y penser.

D'autres eussent insisté : « Il faut manger ! Prendre des forces ! » Odile n'avait proféré ni cette platitude ni aucune de celles que tant de femmes prodiguaient d'ordinaire aux malades. Il rencontrait peu son regard. Il semblait même qu'elle essayait de le lui dérober. Cependant, il était sûr qu'ils se comprenaient bien. Dans l'état où il se trouvait, il ne se sentait aucune disposition, aucune faculté pour percer les secrets de

1. Espèce de valise.

cette jeune vie. Debout, solide et tel qu'il était *avant*, sans doute eût-il donné à ses propos plus nombreux un accent de dilection qui l'eût apprivoisée, enchantée, peut-être énamourée. Il se pouvait que sa sollicitude fût bel et bien de la simulation ; qu'elle ne vît en lui qu'un ennemi vaincu et qu'elle regrettât maintenant de s'être inclinée pour lui prendre ce baiser dont la hardiesse le confondait... Pourquoi ressentait-il toutes ces choses avec tant d'acuité ? Si son esprit avait perdu son contenu d'images, son cœur était-il demeuré le même ? La fraîcheur, la suave mélancolie d'Odile contraignaient sa confiance et son assurance. Elle ne lui fournissait guère d'éléments susceptibles de parfaire son jugement, donc de lui accorder son estime.

Il essaya de se dresser sur un coude. Tudieu ! comme son dos le faisait souffrir. Lorsqu'il cessait de sentir les navrures sans doute cicatrisées de ses omoplates, c'était la plaie de sa poitrine, puis celle de son flanc qui le tourmentaient. Deux échardes de feu y semblaient enfoncées.

— Vous allez vous pâmer de nouveau si vous remuez ainsi !

— Je vais mieux, damoiselle. Est-ce votre présence ?

Il avait failli dire : « Est-ce votre baiser ? » Il se sentait dolent, mais sa plus grande faiblesse était d'avoir été vaincu.

— Jamais prisonnier n'aura eu, dans sa misère et son déshonneur, une geôlière aussi avenante !

Odile hocha la tête sans se défendre du mot qu'il avait à dessein employé afin qu'elle se regimbât contre lui. Décidément, geôlière ou non, elle demeurait un mystère, et s'il avait perdu le peu de clairvoyance qu'il croyait avoir possédé naguère, elle en semblait bien pourvue, puisqu'elle répondit :

— Vous avez dû savoir tourner les compliments. *Prisonnier*, dites-vous ? Vous ne sentirez point la pesanteur de vos chaînes et serez traité avec de rares prévenances.

— Que voulez-vous insinuer ?

— Qu'il se peut que certains vous envient votre sort. Même des Anglais !

Elle sourit, ses joues et ses pommettes rosirent. Comme elle était belle ! Une harmonie subtile accordait les lueurs de son regard à la fugitive douceur d'une compassion qui paraissait sincère. Un lacet de velours blanc à ferrets de cuivre maintenait sur son front quelques frisettes indociles. Sa robe ? Une futaine [1] que son épouse — puisqu'il était marié — eût peut-être refusé de porter, la trouvant trop commune. Cependant, la ceinture de mailles d'or qui creusait sa taille étroite révélait à elle seule son degré de fortune.

Elle avait de beaux seins et des hanches superbes. Sa sérénité s'assortissait à cette magnificence charnelle dont il semblait qu'au contraire de la plupart des femmes, elle ne tirât nul orgueil, sans qu'elle fût pour autant foncièrement bée-gueule. Elle avait dû déjà repousser des hommages un peu trop persistants et serrés.

— Pourquoi, messire, faites-vous ce visage ? Avez-vous mal ? Voulez-vous boire quelques gorgées de grenache ?

Il refusa de la tête. Pour boire, il eût fallu qu'elle le soutînt. Elle l'aurait entouré de son bras comme une épouse ou une fiancée. Pourquoi se lier davantage ? Il se pouvait, si par bonheur il recouvrait la mémoire, qu'Odile lui parût étrangère à sa vie.

— Je vous sais bon gré, damoiselle, de l'intérêt que vous me portez. Peut-être, dans cette autre existence dont je ne sais rien, suis-je très différent de l'homme que vous avez en charge !

— Je n'en disconviens pas mais, cependant, j'en doute.

1. Étoffe croisée dont la chaîne est de fil et la trame de coton.

Il suggéra, la bouche amère :

— Roland de Sangatte est peut-être un vil malandrin.

— Non !... Non ! Cela est impossible.

Elle le considérait avec une sorte de stupeur ou de réprobation sans toutefois oser l'admonester pour cette conjecture à laquelle il ne pouvait croire. Il allait la rassurer quand il entendit, derrière la cloison, une rumeur de voix discordantes, l'une exagérément plaintive, les autres douceâtres, confortantes. Odile satisfit sa curiosité :

— Messire Charles de Blois a reçu pour logis la chambre contiguë à la vôtre.

Elle approcha son oreille des lattes de chêne sombre. L'effort d'attention plissa son front ; puis l'ahurissement la fit rosir, ciller des paupières, et plutôt qu'un sourire, ce fut un frémissement qui anima ses lèvres :

— Il adjure le Seigneur d'exhausser son âme et d'aider à sa guérison. Il se compare à saint Sébastien... Il semonce ses compagnons et leur enjoint en termes crus de s'agenouiller et de répéter ses invocations... Les voilà qui appellent saint Yves à la rescousse !

— Quelle frainte[1] en effet !

— Pensez-vous, messire, que dans votre demeure, vos parents, vos serviteurs et... votre épouse prient ainsi ?

— Comment le saurais-je ?

Odile avait décollé sa joue de la cloison. Allait-elle se montrer malveillante envers une femme dont lui-même ignorait tout ?... Non, elle n'insistait pas ; il en soupira d'aise.

On se mit à chanter au-dessus de leurs têtes, puis on martela des talons les planches qui plafonnaient leur gîte.

— Je suis contrariée pour vous de ce vacarme.

Il eut un mouvement d'indifférence fausse. Double-

1. Bruit, vacarme.

ment aiguisée par sa blessure et sa déception, son ouïe saisissait, au-delà de ces bruits et rumeurs, tout le plaisir que ces Anglais éprouvaient à vivre et à se sentir victorieux. Il y avait dans leurs voix, leurs rires, une légèreté en plein accord avec la quiétude et l'ensoleillement de cette journée. Odile lui sourit, subjuguée par cette animation joyeuse. Elle ouvrit le huvelot, non pas afin qu'il entendît mieux, dit-elle, mais pour qu'il profitât d'un ciel d'azur tout vivant d'oiseaux blancs pareils à de grands lis. Une véritable bannière.

— Pourriez-vous me faire hisser sur le pont ?

— L'air vif vous étourdira !

— Il me revigorera, au contraire... Je vous le demande en grâce.

— Soit... J'obtiendrai sûrement du capitaine deux hommes pour vous soutenir et des couvertures pour vous protéger.

Odile disparut, laissant la porte entre-close. Le blessé prit aussitôt la mesure de sa solitude et de sa fragilité. Sans elle, il subirait bientôt des affronts, des outrages. Il pouvait aisément imaginer les contraintes et les tourments d'une condition qui, pourtant, ne pouvait passer pour avilissante puisqu'elle était la conséquence d'une guerre dont certains Anglais pâtissaient en terre de France. *« Et si l'on m'échangeait ? »* Impossible : il n'avait qu'un sobriquet : Roland de Sangatte ! Avant même qu'il en fût baptisé, il avait essayé maintes fois, vainement, d'exhumer les tenants et les aboutissants d'un destin dépourvu de toute enluminure. Maintenant, sur cette nef dont il ignorait le nom, la moindre conjecture lui paraissait absurde : il subissait et subirait le joug d'événements contraires derrière lesquels, peut-être, remuait le doigt de Dieu.

Odile revint avec deux damoiseaux blonds qui, d'un regard et d'une moue à peu près semblables, lui révélèrent un dégoût dont elle n'eut cure.

— Doucement, leur enjoignit-elle tandis qu'ils se

disposaient à soulever le Franklin. N'oubliez pas qu'il appartient à Gauthier de Masny !

Les garçons échangèrent un clin d'œil et l'*ennemi* se laissa empoigner assez rudement par le torse et les chevilles puis, lorsqu'il fut assis sur le lit, par les aisselles.

— Souffrez-vous ? s'inquiéta la pucelle.

— Bah !

Autant répondre ainsi que d'avouer son mal.

— Nous ferons de notre mieux, messire, dit le plus âgé des jeunes gens.

Il avait, sous ses cheveux coupés à l'écuelle, une tête ronde, un peu boutonneuse, des yeux bleu clair, insolents ; une grimace de rire sous un soupçon de moustache. Il crut bon d'annoncer tant pour le prisonnier que pour sa protectrice :

— Mon nom est Hughes Brooks, écuyer. Avec mon frère Renier, que voilà, nous avons voulu voir ce qu'était notre cité de Calais... Notre oncle, Robert Knolles, avait quelques amis là-bas. Nous y sommes demeurés un mois, juste pour assister, messire le bienchanceux, à la déconfiture des vôtres.

Il fallait répondre à cet outrecuidant.

— Il y a déconfiture, messire Brooks, quand il y a bataille. Or, d'après ce que m'a dit damoiselle Odile, le roi Philippe s'est retiré en hâte... et je ne suis ni fier de lui ni fier de moi, vous pouvez me croire !

— Voilà, dit Renier, qui est du franc-parler !

— C'est, hormis cette épée dont on m'a fait présent, la seule arme qui me reste.

Jamais, depuis sa perte de mémoire, il n'avait été aussi quiet et lucide ; aussi complètement détaché de cette immense armée dans laquelle, *il s'en souvenait*, les maréchaux et capitaines songeaient davantage à leur frisqueté [1] qu'à la victoire. Sans doute, certains jours, les avait-il détestés.

1. Élégance.

— Aidez-moi, dit-il, à me lever. Je marcherai...

*« Marcherai », « Marchegai »*... Un nom de cheval. Celui de son coursier peut-être. De penser qu'il serait porté sur le pont par les neveux d'un guerrier d'une réputation détestable ne le gênait nullement. Il s'étonnait plutôt d'avoir vu paraître dans son cerveau, dès l'énoncé du nom de Knolles, des scènes de batailles et des visages de guerriers. La mémoire allait-elle enfin lui revenir ?

Degré après degré, Hughes devant, Renier derrière, il fut hissé sur le pont où des bourrasques l'étourdirent. Odile étendit deux couvertures sur le plancher, près d'une échiffre contre laquelle il voulut s'adosser.

— Messires Brooks, soyez assurés que j'ai apprécié votre sollicitude.

Il les moquait lourdement : aux douleurs éprouvées après la brève traversée de la coursive, il avait compris que ces deux-là le méprisaient. Sans doute moins parce qu'il était de France qu'en raison de l'intérêt que lui portait Odile de Winslow.

Ils s'éloignèrent. Ses pouces crochetés près de la boucle de sa ceinture, la pucelle lui souriait. Il admira sa souple cambrure, la belle attache de son cou d'albâtre, et cette douce lumière qui, des yeux emperlés, tombait sur ses joues vermillonnées au vent. Jamais il n'avait senti une ennemie en elle. Si peu de mots qu'ils eussent échangés, c'étaient ceux de deux complices.

— Quelle bonne chance que je vous aie rencontrée !

Des nautoniers passaient, courant, criant, surveillant les voiles immenses. Trois picquenaires, en haut du château de poupe, jetaient des morceaux de pain dans les flots. Quelques jours plus tôt, et pour manger quelques miettes, les Calaisiens se fussent sans doute battus à mort.

— À quoi ou à qui pensez-vous, messire ?

— À tous ceux, damoiselle, qui ont péri autour de moi. Si seulement je me souvenais d'un visage !... Un seul... Est-ce trop demander ?

— Un visage d'homme !... Pourquoi pas, chevalier, celui de votre épouse ?

Il sourit, bien que le peu de sang que son corps conservait se fût mis à rouler en torrent dans ses veines. Sa conscience éprouvée répéta, coléreuse : *« Ta femme ! Ta femme !... Dieu, aidez-moi à la recréer ! »* Si fervente que fût cette adjuration, l'inconnue demeura invisible ou hostile.

— Je ne saurais vous parler de ma femme, damoiselle. Elle s'est effacée... Elle me croit sûrement dans la fosse commune ! Elle, au moins, peut trouver dans son passé un refuge, une espérance...

— Si vous l'aviez aimée, son visage, ses formes se seraient enfoncés dans votre mémoire comme le sceau dans la cire molle...

Il se pouvait qu'Odile eût raison. Le vent jouait dans la frange brune qui chatouillait son front. Bientôt, elle serait tout hurlupée, mais être ébouriffée ne la chagrinait pas puisque cela semblait l'usage des Anglaises.

Il ferma ses paupières une nouvelle fois. Comme le soleil était chaud ! Dormir sans souffrir. Oublier cette morosité qui lui collait à l'âme, tout aussi poisseuse que ses blessures. Quelles surprises, quelles effarantes visions, sans doute, quand son esprit revivifié lui livrerait, d'un coup, sa vie antérieure.

— J'avais peur de mourir quand j'ai croisé le fer avec Cobham. Chacun de ses coups, en atteignant ma chair, écorchait aussi ma fierté... J'ai sans doute moult défauts, damoiselle Odile.

Elle s'était agenouillée. Ils restèrent un moment silencieux, le temps de laisser libre cours à leurs pensées. Puis il fit cet aveu :

— J'ai davantage peur de vivre en l'état où je suis que je n'ai eu peur de mourir... Cobham n'a pas fait que de m'infliger des coups, il a... comment dire ?... détroussé ma cervelle. À quoi bon vivre quand on n'est plus soi-même.

Entre ses cils tremblants, il ne la voyait guère ; il la

sentait perplexe ou peut-être troublée. Ce fut alors qu'une femme cria :

— Ogier !... Ogier !

Il connaissait cette voix.

Un brusque et singulier reflux des ténèbres amoncelées dans son esprit nettoya celui-ci de son mystère et de sa mélancolie.

— Ah ! cousin, c'est bien toi...

Les brumes, les noirceurs, l'anxiété, la fièvre se dissipèrent sous la commotion d'un passé réapparu et comme flamboyant d'un coup. Des fantômes insaisissables subirent une résurrection si prompte, leur cohue fut si intense qu'il dut porter ses paumes à ses tempes pour amoindrir les coups d'une migraine furibonde.

— Ogier !... Es-tu sourd ?

C'était *elle*, appliquée à descendre l'escalier du château de proue.

Tout basculait enfin. Les taies, les dernières taies aveuglantes se dissolvaient.

— Mon crâne est traversé d'échardes lumineuses... Il semble, damoiselle, que la mémoire me revienne.

— Vous nommez-vous ainsi ?... Ogier ?

Odile paraissait rien moins que satisfaite.

— C'est mon nom... Comment aurais-je pu deviner qu'il suffirait d'un appel... renouvelé si peu de fois pour me ressusciter ?... L'influence d'un mot... Un bienfaisant sortilège...

Des bribes, des soupirs tremblaient entre ses lèvres. Il sentait moins le poids de ses membres et les brûlures de ses plaies. Il dit avec effort :

— C'est Tancrède... ma cousine.

— Un nom d'homme.

Odile souriait mais ses yeux avaient la dureté de deux billes de verre.

— Ainsi vous vous nommez Ogier.

Elle le considérait avec une extraordinaire intensité. Il n'était plus son protégé ; il redevenait un otage.

— Ogier, oui, damoiselle. Ma cousine a préféré

l'Angleterre à la France... Moi, je suis normand... Mais j'ai passé mes enfances dans le château de mon oncle... en Périgord...

Une ombre se penchait. Ombre familière. Du présent au passé, de la solitude à Tancrède, il était soudain, au plein sens du verbe, *transporté*.

— Tu m'as régénéré, cousine... J'avais perdu la mémoire...

Il ne voyait, tout près du sien, qu'un visage pur, frémissant, et des cheveux bruns, longs, soyeux. Un fronteau de mailles d'or aux rivures d'argent assorti d'un mollequin d'yraigne [1] aussi légère et bleutée qu'une vapeur d'encensoir en maintenait l'ordonnance.

— Tu n'as pas changé, cousine... excepté ta coiffure. Tes cheveux ne sont plus garçonniers !

— D'aucuns m'eussent dit : *« Tu es toujours aussi belle ! »* Mais de toi, pouvais-je m'attendre à une louange meilleure ?

Le collier de gros glands d'orfroi qui lui collait à la chair l'obligeait à lever quelque peu le menton, de sorte qu'il retrouvait dans son port de tête cette expression de souveraineté dont, souvent, il s'était irrité sans oser exprimer sa réprobation tellement cette fille le subjuguait.

— Combien d'années sans se voir ?

— Deux, cousine.

— Seulement !

— Ai-je donc tant changé, *moi* ?

Elle regarda autour d'elle, évitant soigneusement Odile de Winslow. Puis elle se rengorgea, mais avec un effort si évident qu'il songea que, se sentant observée par quelques amis goddons, elle tenait à témoigner du mépris ou de l'arrogance envers ce Franklin qu'elle avait banni de sa vie.

— J'ai hésité, cousin... oh ! juste un tantinet. Cet indigne bandeau accourcit ton visage.

1. Étoffe si légère qu'elle était comparée à une toile d'araignée.

Que subsistait-il, chez elle, d'une affection entrelacée d'ardeurs et de froideurs inconcevables ? Les larmes qu'elle ne dissimulait pas avivaient la brillance de ses yeux bleu-vert. Souvent, il avait craint leur flamboiement sauvage ; il les avait comparés à ceux d'une chatte ou d'une tigresse, et c'était toujours le cas.

— J'étais à Bordeaux, dit-elle d'une voix flûtée dont il fut ahuri. Je te raconterai... Maudit vent qui me fait pleurer !

Les souffles drus rougissaient son petit nez aux ailes palpitantes, et sa bouche emperlée si magnifiquement, riait avec, aux commissures, le petit tremblement bien connu, annonciateur d'une malice point trop aiguë ou d'une moquerie savamment affilée. Il sentit l'aiguillon avant même qu'il ne l'eût atteint :

— Comme tu as les paupières battues, soupira-t-elle en se reculant un peu pour le considérer avec cette ferveur épicée d'ironie dont elle avait été jadis si coutumière. Et comme tu es pâle !... Es-tu si éprouvé ?

Souple et rapide, Odile s'approcha :

— Il fut en grand danger...

Ogier détacha son regard de Tancrède, croyant trouver sur le visage de l'Anglaise une expression d'ébahissement pour cette singulière rencontre. Or, la pucelle avait un air tout à la fois maussade et revêche. Il craignit qu'elle ne prononçât des mots désagréables. Il n'en fut rien :

— La mort, dame, a épargné d'un cheveu messire votre parent... C'est ce que prétend Gauthier de Masny, son sauveur.

— Adonques, beau cousin, tu faillis trépasser !... Si j'ai imaginé, de nous, quelque rencontre, jamais je n'ai pensé que ce serait de pareille façon. Sur l'*Édouarde*, au large de Calais !... Le dépit doit te ronger d'être ni plus ni moins qu'un otage, même si ta vaillance ne saurait être contestée... Même si ta gardienne est belle et charitable, dévouée comme une fiancée...

Il acquiesça d'un mouvement de tête tandis que, les

yeux mi-clos, il semblait que Tancrède jouissait moins de leurs retrouvailles que de l'état d'amoindrissement qui était le sien. Devers lui, elle avait toujours aimé se sentir forte. Eh bien, pour cette fois, le destin la comblait !

Elle se releva et se tint solidement campée sur le pont, bien que la nef donnât de la bande. Alors, il s'étonna que pour un tel voyage — depuis Bordeaux — elle se fût si bellement accointée, elle qui n'appréciait que les vêtements d'homme.

— Je t'ai quittée vêtue humblement, je te retrouve en princesse.

Odile devinait, sans doute, qu'au lieu de distiller un compliment, il se bornait à constater un fait. Car Tancrède s'était apprêtée avec un soin tel qu'il semblait qu'à peine débarquée, une litière allait l'emporter à Westmouster, sinon chez quelque grand d'Angleterre.

La robe convenant à sa taille élancée avait la simplicité d'une toge. Elle avait été coupée dans un cendal grenat, parfilé d'or, tissé en Flandre ou en Espagne. Une housse de velours cyclamen complétait ce vêtement, la housse, peu prisée des femmes de France, étant une espèce de dalmatique formée de deux larges bandes d'étoffe qui, partant du cou, retombait par-devant et par-derrière de façon à couvrir en partie, de face et de dos, le corps de celle qui la portait. Une ceinture de cordouannerie rouge, piquetée d'étoiles d'or, soulignait la minceur des hanches. Nul joyau ne parait les mains et les bras nus. Cette pureté d'une chair ambrée par le soleil devait susciter toutes les convoitises. Odile, elle-même, en paraissait troublée.

— Étais-tu à Calais avec ceux de Gratot ?

— J'y étais avec mes soudoyers, cousine. Ceux de Thierry également. Le roi Philippe, auquel il sauva la vie, l'a fait chevalier à Crécy.

— Quand je suis allée à Gratot, tout y respirait la misère.

— J'ai su ton passage. Tu venais de Bretagne et, selon père, tu commandais à des routiers.

— Petitement... Comment allait ton père lorsque tu l'as quitté ?

— Petitement.

— J'avais aussi trouvé ta sœur Aude fort belle.

Toujours cet attrait irritant pour les filles. Elle n'avait pas changé !

— Aude est devenue l'épouse de Thierry.

— Ce rustique !

— Il est chevalier, désormais. Ils doivent maintenant avoir un enfant. Moi aussi...

— Tu es marié ?

— Une Poitevine que j'ai connue l'an passé, aux joutes de Chauvigny.

Il la vit aussitôt pâlir. Il s'y était attendu. Nul besoin de lui demander à qui elle songeait. Il n'osait trop la regarder sans que cette réticence-là fût le fait d'une inquiétude soudaine, mais la conséquence d'une culpabilité dont il s'était délecté.

— Guy de Passac est mort au pardon d'armes de Chauvigny.

— Je sais, cousine... Un chevalier au chef timbré d'un poing vermeil l'a buqué d'un coup terrible.

Il avait tué l'amant de Tancrède avec une joie qui, maintenant, se justifiait encore. Par jalousie ? Il se rassura d'une dénégation : non, vraiment, ce coquin ne lui avait jamais porté le moindre ombrage. Il l'avait envié maigrement, parfois. Il avait meshaigné [1] un allié des Goddons, un traître au royaume. Mieux valait s'abstenir de divulguer ces faits.

— Brune ou blonde, cousin, cette épouse...

— Rousse.

— Plus belle que moi ?

Odile écoutait avec, dans le regard, un curieux mélange d'intérêt, de blâme et d'impatience.

1. De *meshaing* : mal, destruction.

— Ce serait, cousine, aux miroirs de répondre.

Un petit rire : la damoiselle de Winslow exprimait ainsi sa satisfaction. Tancrède lui jeta un coup d'œil courroucé — dont elle n'eut cure.

— Elle a pour nom Blandine. Elle va... Non, cousine : elle a dû me donner un fils.

— En apprenant cela, Anne serait contente.

Décidément, Tancrède n'oubliait rien.

— Anne avait rompu, choisi sa vie, son homme. N'as-tu pas choisi la tienne ? La partages-tu toujours avec Blanche de Passac ?

— Non.

La réponse était sèche et le visage altier. Ogier en reçut l'explication :

— Elle est au mieux avec Walter Tyler... ou Wat Tyler... ou Vautre Tuilier, si tu préfères. C'est un capitaine de Bordeaux.

« Ou de bordeau ! » songea Ogier.

Pour vivre avec cette dame, il fallait aimer tous les débordements charnels.

— Vous devriez cesser cet entretien, messire ! Vous pâlissez, votre nez se pince. Constatez-le, dame...

Douce, mais formelle, la garde-malade ! Tancrède ne pouvait exercer sur elle ni son pouvoir ni sa séduction. Ogier en sourit.

— Nous allons achever, damoiselle Odile.

— Vous êtes trop hodé [1] pour bavarder ainsi.

— Tudieu ! s'exclama Tancrède, recouvrant le ton d'autrefois. Tu peux dire, cousin, qu'elle veille sur ta santé !

— Je lui en sais bon gré... Oh ! non, ne pars pas, cousine... Maintenant que tout me revient en mémoire, sais-tu que Guillaume de Rechignac a été fait prisonnier au siège d'Auberoche [2] par Enguerrand de Bria-

1. Fatigué.

2. Après un siège long et féroce, Auberoche tomba le 23 octobre 1345.

texte — qui est mort, *lui aussi*, à Chauvigny ? Mon oncle est en captivité. Angleterre ou Guyenne, je ne saurais le dire. Est-ce la première fois que tu vas sur la Grande Île ?

— La seconde... Quant à Guillaume...

Tancrède serra les dents. S'il s'était gardé, lui, de dire *« ton père »*, par crainte de la mécontenter, elle avait prononcé dédaigneusement *« Guillaume »*. Or, s'il n'était son géniteur, cet homme s'était conduit comme tel. Et même abusivement : il avait sans regret sacrifié Claresme, son aînée, sa vraie fille, à Tancrède, envoyant cette dernière au couvent pour qu'elle y reçût une instruction solide tout en y apprenant les usages. En fait, elle s'y était corrompue.

Un flot d'images déferlait dans la tête d'Ogier ; toutes celles, souvent rudes, de ses enfances en Périgord, chez Guillaume, que sa femme, une nuit d'orage, avait trahi avec son sénéchal. Et Tancrède était née de ces amours coupables. C'était à Rechignac qu'il avait connu Anne. C'était à Rechignac qu'il avait fait ses premières armes contre les Anglais et les Gascons de Robert Knolles.

Brusquement, un visage éclipsa tous les autres. Un ange de rousseur et de suavité... Blandine. Lorsqu'il l'avait connue, aux joutes chauvinoises, quel enchantement !... Quand la reverrait-il — si jamais il la revoyait ? La maternité, plutôt que la maturité, devait avoir façonné définitivement cette nature inconstante. Ils eussent pu vivre bellement si elle avait voulu qu'il en fût ainsi.

Ah ! bon sang, il n'allait tout de même pas regretter d'avoir recouvré la mémoire !

— Guillaume ! soupira avec excès Tancrède. Mon soi-disant père !... Tu sais bien qu'il nous déteste après ce que nous avons fait !... Oublies-tu ce qui s'est passé ?

Pour dissiper toute équivoque, Ogier crut pertinent de répondre à Odile.

— Je m'en suis allé. Je l'avais prévenu depuis quelques semaines que je voulais revoir mon pays, ma famille... Tu as guerpi, toi, cousine, car il te voulait marier à un homme détestable.

— Garins de Linars !

— Guillaume ignore que nous sommes partis séparément. Je voudrais qu'il le sache. Briatexte m'a dit qu'il était devenu comme fou, méconnaissable. Il s'est rendu à Auberoche. Il y cherchait la mort, on le fit prisonnier.

— Il a toujours été félonneux.

— Il t'aimait... Plus que ta sœur.

— Claresme est ma *demi-sœur*.

— Demi-sœur ou pas, elle t'affectionnait.

Ogier avait baissé la tête. Saletés de larmes ! Elles montaient du fin fond de son être. Il n'eût pu dire au juste pourquoi ses yeux s'en étaient emplis. Souvent, il s'était attendri sur le sort de Guillaume. Il l'avait senti seul, menacé d'un trépas inique et indigne. Même s'il avait trahi par nécessité son affection et sa confiance, il en conservait du remords.

— Maudit vent ! dit-il en écrasant les gouttes importunes.

Son geste sec réveilla la douleur de son omoplate gauche. Allons, bon ! S'il avait recouvré ses impulsions, il ignorait comment les modérer. Odile de Winslow avait vu sa grimace ; sa main effleura l'épaule douloureuse, puis ses doigts fins la tapotèrent doucement. Ce réconfort parut mécontenter Tancrède.

— Et Roxelane ? demanda-t-il pour faire diversion. L'as-tu toujours, cousine ?

Elle fut surprise, et même indignée, qu'il se fût informé de sa jument.

— Elle est dans un grand champ, à Bordeaux. Elle pouline...

Elle en paraissait écœurée. Tout ce qui concernait l'enfantement lui donnait la nausée. Pourtant, lors du siège de Rechignac par Robert Knolles et ses démons, quand il avait, sur ses instances, ouvert le ventre d'une morte — Lucie — pour en extraire un nonnat[1], elle était non seulement présente : elle avait apprécié son geste.

— Où l'emmenez-vous ? demanda-t-elle à la jeune Anglaise.

— À Londres, en l'hôtel de Gauthier de Masny.

Un silence les enveloppa, vivement englouti par les craquements de la nef, les claquements des voiles et des bannières. Tancrède eut un sourire où la moquerie le disputait à la commisération :

— À Londres pour commencer ton otagerie, cousin, mais quand tu auras repris des forces, *ils* t'emmèneront dans les terres, de façon que si tu guerpis, ils te rejoignent sans peine... Leurs meutes sont dressées pour ces pourchas... Avant que de songer à regagner Gratot, entraîne-toi à la course à pied... si tu le peux, bien sûr !

Gratot !... Les vieilles murailles devaient prendre, présentement, les couleurs du miel ; les douves verdoyaient tant les arbres riverains y plongeaient et dissolvaient leur feuillage. Plutôt que de siffler dans des drisses tendues comme des cordes d'arc, le vent chuintait et chatouillait les frondaisons... Là-haut, dans son tonneau, le gabier chantait.

— ... et munis-toi d'une boîte de poivre... Les chiens qui l'auront naqué[2] perdront ainsi ta trace.

— Ne lui donnez point de mauvais conseils !

Odile s'indignait, Tancrède souriait sans méchanceté. Le plaisir d'Ogier rapetissa d'autant plus promptement qu'il pressentit que jamais ni l'une ni l'autre ne lui proposeraient leur aide.

— Tu parais mélancolieux, cousin. Comment t'es-tu laissé mettre dans cet état ? Tu étais vaillant et aduré aux armes... Guillaume et Blanquefort avaient fait de toi un preux... Comment ?

1. Enfant né par césarienne.
2. Flairé.

La question redoublée désempara Ogier. Depuis le soir de la tour de Sangatte, quelque chose s'était achevé dans sa vie. Sans que sa résurrection et sa longue perte de mémoire en fussent cause, il se sentait désormais différent de l'homme et du chevalier qu'il était *avant* et *pendant* cette inutile boucherie. Quel serait son sort ? Le roi Philippe le croyait mort... à moins que ses ambassadeurs, s'il en avait envoyé à Édouard III pour lui proposer une bataille en plein champ, n'eussent été prévenus de son sauvement par Gauthier de Masny... En cette occurrence, d'ailleurs peu probable, Philippe VI ne ferait rien pour négocier sa rançon. Ce devait être offensant, pour un tel homme, que son champion se fût fait abîmer presque mortellement par un chevalier d'Angleterre. Même s'il ne portait aucun fer sur le corps.

— J'ai conquis aux Anglais le beffroi de Sangatte. Pour mieux courir pendant l'assaut, j'avais renoncé à porter mon armure. Renaud de Cobham m'a assailli... Il était fervêtu, lui... Messire de Masny m'a épargné le coup de grâce...

— Cobham est un fumeux... Est-ce aussi votre avis, damoiselle ?

Odile de Winslow approuva sans mot dire.

— Thierry Champartel me croit sûrement trépassé... Est-il de retour à Gratot ?... Père résistera-t-il à l'annonce de ma mort ou de ma captivité ?

Ogier continua pour lui seul :

« Blandine gémira-t-elle ou recouvrera-t-elle cette sérénité que j'ai contribué, sans doute, à lui faire perdre ?... Elle sera, c'est certain, entourée d'affection. Notre enfant ne manquera ni de soins ni de douceurs... Que dira Aude, qui était grosse, elle aussi, lorsque je suis parti rejoindre l'ost ?... Que penseront et que feront mes soudoyers ? Et Marchegai, mon cheval ?... Que pense-t-il de tout cela ? Qui le montera ? Thierry, certainement... Et Saladin ? Aboie-t-il chaque soir à la lune dans la croyance que je vais ouïr ses plaintes ?...

Lui seul, peut-être, a conservé l'espérance de me revoir... »

Il se détourna, nullement pour soustraire son visage à l'attention des deux femmes mais pour voir le ciel qu'une mouette rayait de sa flèche blanche. Le même azur floconneux éclairait le Cotentin ; la même mer en léchait le sable, les galets, la terre. Il avait bien cru, en y amenant Blandine après lui avoir sauvé la vie, planter là, tout comme un jeune arbre, son bonheur de vivre auprès d'elle. *« Elle sera plus heureuse sans moi ! »* Voilà ce qu'il devait se répéter de toute son âme aussi dolente que son corps.

— Dieu, cousine, n'a pas voulu que je périsse... Peut-être parce que ma mort eût été peu glorieuse. Peut-être parce qu'Il me réserve d'autres épreuves...

— Et tu les crains d'avance ?

Tancrède souriait avec une espèce de bénignité, regardant de tout son haut le couple qu'ils formaient, lui, assis, et Odile agenouillée, inquiète et compatissante. Il retrouvait sa parente telle qu'au siège de Rechignac : une Artémise avide de guerroyer, refusant d'être vassale de l'homme mais lui enviant sa force, son ardeur et jusqu'à ses amours.

— J'ai survécu à Sangatte comme j'ai survécu à Crécy.

— Crécy ! J'en ai ouï-parler... Blainville, que tu détestais, y est mort... Es-tu satisfait ?

— Blainville n'est pas mort à Crécy, mais au châtelet de la Broye, la nuit même de la bataille... C'est moi qui l'ai tué...

— Toi !

— En me congratulant, Philippe m'a fait son champion.

Ogier regretta ce propos : au lieu d'en obtenir un quelconque avantage, Tancrède le considérait un peu comme autrefois. Et tout comme autrefois, il se faisait l'effet d'être un rustique.

À nouveau des mariniers chantaient. Un chevalier

passa, en vêtements de ville, mais un bassinet sous le bras et l'épée à la hanche. Tancrède et lui échangèrent un sourire. Ogier se garda de s'informer sur cet homme.

— Je ne te serai d'aucune aide, cousin... Tu peux te réjouir d'une chose que ce chevalier vient de m'apprendre : la Tour de Londres est si pleine que le roi, de Calais même, a commandé à ses chanceliers, trésoriers, connétables d'évacuer les prisonniers vers d'autres forteresses[1]. Peut-être iras-tu à Margate...

— Gauthier de Masny ne le permettrait point !

Odile n'avait pu contenir son courroux. *« Oh ! Oh ! »* fit Tancrède amusée. Soulevant d'un doigt le menton de la jouvencelle, afin de croiser son regard, elle prit plaisir à murmurer lentement :

— Pourquoi m'obligerais-je à veiller sur ta vie ? Elle en est fort capable... Tu seras en de bonnes mains... douces mains... J'aime les belles mains aptes à la caresse...

Puis elle rit, et ce brusque accès de gaieté pouvait bien être un signe de jalousie envers lui, Ogier. D'une autre qu'elle, il se fût senti désarçonné ni plus ni moins qu'Odile, mais avec Tancrède, rien ne l'ébahissait. Sans façon, ses yeux sondant ceux de la jeune Anglaise, elle venait de passer si aisément de l'insolence à la douceur qu'il était incapable de définir ses sentiments et, si Odile semblait lui plaire, les limites de sa sincérité. Elle prit cette voix un peu rauque et soupirante qu'il n'avait point oubliée :

— Vous êtes belle, Odile... On devrait vous aimer.

Ce compliment aisé, sans malice apparente, atteignit la pucelle en plein cœur. Qu'un homme le lui eût décerné, elle s'en fût réjouie, bien que sans doute elle

1. Ce fut devant Calais, le 2 août 1347, qu'Édouard III réitéra son ordre d'évacuer la Tour de Londres. En même temps que ses prisons s'emplissaient, ses armées comptaient de plus en plus de déserteurs.

en eût l'habitude ; qu'une femme l'eût congratulée de cette façon tout à la fois abrupte et suave la *touchait* presque autant qu'un geste affectionné. Mais Tancrède n'avait cure des conséquences de ses louanges ou de ses dépréciations : elle était aussi changeante que ces girouettes dont certains prud'hommes paraient le faîte de leur donjon[1]. Si sur ce cousin auquel sans doute elle avait peu pensé depuis deux ans, elle venait d'acquérir un léger avantage dans la considération qu'Odile leur portait à l'un et à l'autre, elle ne sut ou ne voulut le conserver : au désir de flatter une jouvencelle qui parfois, sans doute, s'interrogeait sur ses capacités de séduction, succéda un singulier besoin de l'ignorer.

— Je vais devoir te quitter, beau cousin...

Questionné du regard par Odile ébahie, Ogier ne sut comment la guérir de sa stupeur et de sa confusion. Avec un enjouement tout aussi feint que son indifférence envers la jeune garde-malade, Tancrède demanda :

— Qu'éprouves-tu d'être là maintenant ?

Il ne répondit pas, mais il eût pu lui dire : « Un immense désenchantement, une sombre pitié envers moi-même... De la dérision et même de la peur... à moins que ce ne soit de la désespérance. Je ne puis me satisfaire d'avoir survécu à une piètre bataille alors que tant d'autres guerriers aussi hardis et méritants que moi s'y sont fait occire. » Sans doute, grâce à la présence providentielle de cette cousine au caractère particulier,

1. Selon la Curne de Sainte-Palaye : *Mémoires sur l'ancienne Chevalerie* (Paris, 1876), les bannières des chevaliers pouvaient être à l'origine des girouettes placées sur certains édifices : le premier acte de possession d'un fief, d'une seigneurie, d'une citadelle, était marqué par la bannière du nouveau seigneur arborée sur le lieu le plus éminent, la tour la plus élevée. D'ailleurs, les gentilshommes seuls avaient le droit de posséder des girouettes ; elles étaient en pointes comme les pennons pour les simples chevaliers, carrées pour les bannerets. Les meubles également devaient, à certains signes, révéler le rang de leur possesseur.

ne ressentait-il plus les affres d'une solitude d'autant plus terrible que, pour en affronter les inconvénients, il se trouvait dans un état de faiblesse à lui seul angoissant. L'avenir, cependant, lui paraissait lugubre — avec ou sans Tancrède.

— Parle... Qu'éprouves-tu ?... Te fais-tu des reproches ?

— J'éprouve du regret d'être ce que je suis. Conçois-tu cela, cousine ?

En répondant ainsi l'avait-il satisfaite ? Droite, insensible au vent qui déployait sa robe, elle était magnifique ainsi qu'une oriflamme. Qui aimait-elle présentement ? Qui allait-elle rejoindre à Londres ou ailleurs ? C'étaient là des questions oiseuses : elle était libre, à l'inverse de lui. Quelles mains, quelles lèvres, quels regards contournaient son corps ? Peut-être, s'ils avaient été seuls ne fût-ce qu'un moment, se serait-elle épanchée avec cette crudité dont il s'était souventes fois merveillé.

— Veux-tu voir la mer un peu mieux ? Nous te soutiendrons... N'est-ce pas, Odile ?

Déjà, elle en était aux privautés. Déjà, elle lançait à cette jeune proie une œillade d'une éloquence tellement appuyée que celle-ci en rougissait sans pour autant clore ses paupières. Les mœurs de la Cour d'Angleterre avaient en France une réputation détestable. Odile, si elle hantait Westmouster ou Windesore, devait y avoir presque tout vu et entendu. Quoi qu'il en fût, cette fille de France alliée de son pays la *saisissait* dans la complète acception du verbe. Tandis qu'elle se penchait, sa gorgerette s'ouvrit ; Tancrède eut une espèce de soupir : on eût dit qu'elle découvrait deux joyaux sans pareils.

— Debout, cousin... Tu vois : nous sommes aussi fortes que les deux gars qui t'ont porté... Tu te soutiens, c'est bien... Tu n'es pas si atteint que tu le fais accroire !

— J'ai mal et n'en puis plus... J'ai trop parlé, bougé...

— Ne gémis pas, on nous regarde... Avance encore !

Voilà, ils avaient atteint la pavesade. Il pouvait tout à la fois s'y maintenir et s'y pencher. Tancrède se reculait un peu pour enserrer Odile dans son regard, puis la libérer en disant, souriante et ravie :

— Non seulement belle, mais forte. Serais-je un homme qu'après vous en avoir louée, je vous convoiterais sans trêve !

Ogier vit sa geôlière se détourner cependant qu'à deux mains elle comprimait sa poitrine. Il dévisagea sa cousine. Quelle puissante beauté que cette créature, et comme il comprenait qu'elle pût tout asservir et certainement tout corrompre !

— La mer se gonfle un peu. Crains-tu les tempêtes ?

— Non, Tancrède. J'en souhaite une en ce moment.

Le soleil embrasait de ses feux l'*Édouarde*. Il semblait que les vagues cuisaient à son contact, et se dévêtaient de leur mousseline. Les mouettes glissaient dans le vent, indéfiniment criardes, et sans savoir pourquoi, Ogier pensa aux corbeaux de Crécy. Leur nuage ténébreux avait jailli des bois chenus et des bosquets juste avant la bataille. Il y avait vu un funèbre présage. Toutes ces plumes blanches, au-dessus de lui maintenant, annonçaient peut-être de bonnes choses.

La nef anglaise, vaillamment, creusait sa voie. Ses voiles se gonflaient comme des seins énormes sous une chemise armoriée. L'onde vaste, éperonnée, se boursouflait, résistait, vacillait, s'écroulait sur ses flancs dans une ondulation vaste, grésillante. Et le regard de Tancrède suivait avec passion ces vallonnements d'eau foisonnante.

— Voilà un beau lit où l'on se pâmerait toute nue... Pas vrai, Odile ?

— Oh !

— N'êtes-vous pas fière de votre corps ?

— Si, mais...

— Des draps tièdes, toujours renouvelés... Et sur le sable chaud, dormir, rêver, jouir avec sous sa nuque, ses épaules, ses reins, ses nasches [1], de grands coussins de goémon frais... Tenez, j'en ai les lèvres mouillées !

Mais des hommes crièrent, interrompant Tancrède. Des bras se tendirent. Un liséré grisâtre apparut sous le ciel.

— Beau cousin, c'est l'Angleterre.

Odile regardait obstinément la mer. Se voyait-elle nue, balancée dans cette eau profonde ? Le soleil qui semblait vaguer de crête en crête, changeait les flots en une vaste prairie de béryl vert sillonnée de chemins d'améthyste. Odile avait-elle, avant ce jour, pensé à sa nudité comme elle y pensait maintenant ?

Ogier ne sentait plus ses douleurs. Le vent qui lui lançait son haleine au visage était anglais. Bienfaisant ennemi !... Où serait-il demain à ce moment du jour ? Odile assurerait-elle encore sa protection ? Tancrède leur aurait-elle fait ses adieux ? *Il le fallait* : elle assemblait dans sa personne tant de force et de séduction qu'il souhaita que sa gardienne vécût hors de l'ascendant de sa cousine afin qu'elle n'en devînt point la féale. Apparemment bonne et saine, Odile méritait mieux que les amours pernicieuses où Tancrède trouvait ses délices.

— Je tenterai de te revoir, cousin.

— Tu ferais mieux, si tu en as pouvoir, d'essayer de revoir Guillaume !

S'il avait dit : *« Ton père »*, il l'eût contrariée. Qu'avait-il à prendre des gants avec elle ? N'était-elle pas heureuse quand elle parvenait à chagriner quelqu'un ? Si peu qu'elle eût été moquée, Odile semblait souffrir.

— Es-tu à l'aise, cousine, sur la Grande Île ?

1. Fesses.

— Bien sûr ! Quelqu'un que j'ai connu à Bordeaux m'y attend.

— Vas-tu y demeurer ?

— Tu connais mon goût pour les aventures. Quand j'ai, de la dernière, savouré le nectar et recraché le fiel, j'abandonne les rênes à la Providence...

L'homme qui portait un bassinet sous son bras repassa et sourit une nouvelle fois à Tancrède.

— Est-ce *lui* ?

— Lui ?... C'est Robert Wygan, maître de l'*Édouard* qui, si tu l'ignores, appartient au prince de Galles... Il a d'ailleurs la charge d'une autre nef : l'*Édouard de la Tour*...

— Édouard !... Toujours Édouard !

— Je conçois ton courroux, mais il est ton vainqueur !

Mieux valait interrompre cet entretien. Ogier toucha la main d'Odile :

— Voulez-vous aller quérir ces écuyers qui m'ont amené sur le pont ? Il me faut m'allonger pour reprendre des forces.

Il surprit le regard triomphant de Tancrède. Il signifiait : « Enfin, seuls, nous pourrons paroler sans ambages ! » Elle se méprenait. Ils s'en étaient assez dit. De plus, Odile avait fait un geste : les deux Brooks accouraient, toujours aussi maussades.

— Redescendez messire Ogier dans sa chambre.

Tancrède eut une moue de dédain. *« Après tout, si tu y tiens. »* Il se laissa emmener et, cette fois, Odile demeura derrière. Il lui sembla qu'elle se retournait avant de poser un pied sur la première marche de l'écoutille. Mais qu'elle se détournât ou non, qu'importait !

## III

Bien que l'étroitesse du lit le rendît incommode, Ogier fut soulagé de s'y étendre. Il but la potion qu'Odile lui offrait : un énergifiant composé par messire Tilford. C'était amer. Comme ses souvenirs. Comme sa condition d'otage.

— Il était temps, grand-temps, que vous redescendiez.

Tandis qu'elle reprenait le gobelet d'argent vidé de son contenu, Odile souriait avec un air de connivence et de sollicitude.

— De ramentevoir[1], messire, votre passé, vous a fait plus de mal que de bien !

Il n'osa en disconvenir. Il réintégrait un personnage chargé de plus de misères que de bienfaits. Tout n'était pas clair encore dans sa tête.

— Dieu a permis cette rencontre avec votre cousine. Il avait décidé, en Sa miséricorde infinie, de vous placer sur l'*Édouarde* afin de vous ébahir si rudement que la mémoire vous reviendrait. Philip Tilford avait prévu qu'un pareil événement vous serait salutaire. Je l'en informerai par écrit.

La jouvencelle hésita ; son visage parut s'émouvoir

1. Se remémorer, se rappeler, on écrivait aussi *ramentever*.

davantage. Elle se pencha, les yeux mi-clos, le souffle bref :

— Votre cousine est fort belle.

— Ai-je crié en la reconnaissant ?

— Je ne sais plus... J'étais ébaubie par cette merveille... ce miracle.

À qui destinait-elle cette allusion ? À Tancrède ou à leurs retrouvailles ? Ogier ferma les yeux et attendit la suite.

— N'avez-vous point d'aversion pour cette parente maintenant qu'elle est notre alliée ?... Quel est votre nom tout entier ?

Il regarda la jouvencelle et lui sourit avec une fugitive nuance d'orgueil :

— Ogier d'Argouges, chevalier d'un écu... Quant à ma cousine, je me sens plus enclin à pardonner ses errements qu'à les condamner sans recours.

Ah ! cette joie, ce trouble en retrouvant Tancrède. Au sentiment de naufrage et d'isolement qui le mortifiait avait succédé l'espérance insensée d'être secouru et gracié, en quelque sorte, par son entremise. Il devait renoncer à cette illusion. Qui allait-elle retrouver ? Dans ses propos abrupts ou melliflues, peu de chose subsistait des sonorités de naguère. Elle avait la voix plus rêche, bien qu'elle sût encore abuser d'inflexions prenantes : Odile, béate et parfois rechignée, était tombée sous son charme.

— Avez-vous renoué les fils de votre vie ?

— Presque tous, hélas ! damoiselle.

— Pourquoi *hélas* ?

— Parce que j'ai failli trépasser pour rien... Vous vous méprendriez en pensant que ma cousine croisera de nouveau mon chemin. Ses passions l'emportent sur notre parenté... Je serai seul, Odile, avec mes souvenances. Elles ne sauraient combler le vide de mes jours... et de mes nuits.

Il lui sut bon gré de s'être abstenue de protester : *« Vous n'êtes pas seul : je suis là »* bien que ses yeux, refermés à dessein, eussent favorisé cette innocente repartie. Pourtant, il s'en souvint avec une précision douloureuse, il avait, quelques mois plus tôt, souhaité ardemment une complète solitude.

— Il est de grands moments du passé qui font mal.

— Votre épouse, messire, doit être aussi affligée que vous l'êtes.

Parfois, quand Blandine consentait à le compagner, il advenait qu'il ne sût que lui dire par crainte de provoquer un soupçon de mésentente susceptible de dégénérer en querelle. Maussade, il adoptait un certain silence entrecoupé de mots pâles, impuissants à la contrarier. Ils devaient différemment apprécier ces trêves où le bruissement de leurs souffles unis, seul vestige d'emmêlements nocturnes dont elle paraissait repue, se mêlait aux murmures des herbes drues et des feuillages, aux piailleries des mouettes et des moineaux. Ils contournaient les viornes et les saules chevelus qui donnaient aux ruines du logis des Anquetil l'aspect d'une immense gerbe funéraire ; ils marchaient vers Coutances. Il n'osait ni saisir ni toucher la main de Blandine par crainte qu'elle s'en fâchât. Lorsque les flèches de la cathédrale apparaissaient, ils s'en retournaient à Gratot. Leurs pas comme leurs cœurs erraient, désaccordés. Ensemble, ils étaient seuls.

— J'étais venu à Calais sans plaisir alors qu'à Crécy, j'avais envie de déconfire les Anglais.

— Votre épouse a dû moult pleurer votre perte !

— Il se peut...

Il se souvenait des doigts nerveux de Blandine tapotant son ventre gonflé. De ses soupirs qui n'étaient plus d'amour mais de résignation quand ce n'était de fureur ou de lassitude. On ne reconquiert pas une femme qu'on a perdue, ou peut-être s'y prenait-il mal. *Pleurer, Blandine ?* Ses paupières diaphanes retenaient les larmes mais laissaient passer à plaisir des lueurs sans équivoque.

— Il vous faudrait m'aider à retrouver mon oncle... s'il vit encore.

— Nous en reparlerons... Reposez-vous.

— Je n'en ai pas envie. Les événements s'assemblent... J'eusse pu éviter ce qui m'est arrivé... Un homme m'a désigné pour cette inutile entreprise : Geoffroi de Charny, le porte-oriflamme... Si je parviens à fuir votre île, un seul désir m'animera : lui jeter mon gantelet à la face.

— Pensez-vous fuir si aisément ?

Odile s'inquiétait moins de sa santé, à présent, que de son comportement.

— Je me sens plus capable de fuir que de manier une lame. C'est le devoir de tout guerrier de se recréer [1] avant qu'on l'ait avisé du prix de son otagerie... Si peu qu'il m'en reste, mon sang bout à l'idée que nous pouvions secourir et délivrer Calais...

— Nos bannières ventilent en haut des clochers. Consolez-vous en songeant que nos chevaliers, même Renaud de Cobham, vous admirent !

Dans les yeux de la jouvencelle illuminés d'un double contentement, Ogier put voir se refléter son propre ébahissement. Les Goddons l'admiraient ! La petite main rose où saignait un rubis se posa sur sa dextre crispée de fureur, puis se retira.

— Nous étions cent mille. Nous pouvions nous déployer grandement, immensément, et assaillir de toutes parts cette cité de bois qui, depuis un an, étouffait Calais sans en rompre la vie... Nous savions qu'il y avait çà et là des bombardes, mais le temps que vos gars les descliquent [2] deux fois, nous serions passés... Nous eussions embrasé votre charpenterie... Oh ! certes, vous y étiez... Certes, nous eussions perdu des hommes, mais vous auriez tous relinqui [3] votre ville...

1. Se délivrer.
2. *Descliquer :* décharger, recharger, *faire jouer* les canons.
3. *Relinquir :* abandonner.

Et *il* n'a rien décidé. Ses fils et ses maréchaux, pourtant si outrecuidants, sont demeurés cois... Il fallait...

Ogier n'acheva pas, confondu de honte et d'écœurement. Pourquoi, dans ces conditions, cet assaut réussi de la tour de Sangatte ? Pourquoi ces morts du Tournaisis dont il avait été le chef — et un chef ménager de leur vie ? Pourquoi ses morts *à lui* : Joubert et certainement Tinchebraye ? Pourquoi toutes ces plaies qui le cuisaient si fort et que la déception semblait rouvrir ?

— Il n'est pas bon de vous tourmenter ainsi. Vous êtes un vaincu, acceptez-en l'outrage.

Ce que la douce Odile attestait maintenant, c'était qu'elle était franche et même déleurrée : elle souriait de la bouche et du regard avec l'insouciance des jeunes confrontés à la stérile colère d'un adulte. Colère qui valait à celui-ci une douleur dans la tempe, comme si ce qui subsistait de son oreille venait de s'arracher de sa tête.

Odile se méprit sur la raison d'une grimace qu'il avait voulu lui cacher en se détournant vers la cloison.

— Effacez ces souvenirs, messire !

— Non !... Non !... En vous parlant, je réapprends ma vie.

Était-ce nécessaire ? N'eût-il pas dû plutôt essayer de dormir ? La jouvencelle le dévisageait sans indulgence ni commisération, comme il seyait à la nièce de Guillaume de Bohum, comte de Northampton, vainqueur à la Roche-Derrien, Poissy, Crécy, Calais... Partout ! D'un geste, elle parut l'inviter à poursuivre. Puis, comme il hésitait, elle lui prit la main. Tout devint aisé :

— J'avais rejoint l'armée à Hesdin avec quelques-uns de mes hommes. Nous avons quitté cette cité à la mi-juillet. Nous avons mis dix jours pour venir à Calais [1] où nous sommes arrivés le lendemain de la Saint-Christophe...

1. Philippe VI et son armée quittèrent Hesdin le 17 juillet. Passant par Auchy, puis Coupelle-Vieille, ils furent le 20 à Fauquembergue, le 22 à Lumbres et le 24 à Ausque et à Guînes, le 26. Le 27 au soir, ils arrivaient à Sangatte.

— *Christophe* est le nom de la nef sur laquelle je suis venue avec ma mère... qui est demeurée à Calais, au chevet de la reine Philippa...

« Le *Christophe* !... Est-il nécessaire de lui dire que je le connais ? Que je suis monté à bord quand il appartenait à la France... J'avais alors treize ans. »

— Cessez de vous tourner les sangs ! Les Anglais ne sont point des malandrins.

— Pas tous quand je vous vois... Êtes-vous seule à faire cette traversée ?

— Ma chambrière me compagne... Une damoiselle comme moi est rarement en liberté... Maude doit fleureter quelque part sur le pont.

Il n'avait que faire de cette précision. D'ailleurs, la migraine, à présent, dévorait sa cervelle. Bientôt, il serait incapable de la moindre attention. Il souhaita perdre connaissance. La fatigue le reprenait et le bercement de cette coque brune qui les emportait, Odile et lui, vers la Grande Île, lui devenait insupportable.

— Il y a quelques femmes, à la proue de l'*Édouarde*. Je ne sais rien d'elles... Bientôt, moult autres viendront en visite à Calais... Notre sire Édouard veut peupler la cité d'Anglais.

Ogier ferma ses paupières. Le mal continua de lui marteler le fond du crâne avec autant de vigueur.

— Dites-moi, je vous prie, damoiselle Odile, ce qu'il est advenu de mon roi et de son ost...

Il s'aperçut qu'il tremblait et qu'une sueur froide poissait son front, sa nuque, ses mains sans doute, car Odile retirait la sienne. Elle sourit, de petits feux dorés parurent dans ses prunelles : le plaisir ou l'orgueil les avait allumés.

— Comment saurais-je tout, messire ?... Je sais qu'on a moult parlementé. Les nôtres étaient le comte de Derby, messire Gauthier de Masny, messire Regnaud de Cobham et mon oncle Northampton. Il y avait aussi le marquis de Juliers et Barthélemy de Burghersh, chambellan de notre sire Édouard... Je ne puis vous dire qui composait votre ambassaderie... J'ai ouï-parler du duc de Bourbon, de Geoffroi de Charny...

— Ce maugréeux qui ne vaut pas un pet de cheval !

— Plaît-il ?

— Poursuivez, je vous prie. Dire que je croyais que cette tour serait une petite prise annonçant une grande bataille[1] !

— Il y avait aussi Jean de Hainaut... Les Franklins ont parlé longtemps, longtemps, et plusieurs jours...

1. Le soir du 27 juillet, après l'inutile et meurtrière prise de la tour de Sangatte, Philippe VI envoya deux maréchaux en reconnaissance tandis qu'il faisait installer son pavillon. Ces hommes étaient les seigneurs de Beaujeu et de Saint-Venant. Ils lui certifièrent qu'une attaque serait aussi funeste que celle de Crécy. Le lendemain, après la messe, le roi de France envoya des messagers à son cousin d'Angleterre. Ils passèrent par le pont de Mylais (Nieulay), situé près de l'emplacement du fort de Nieulay, au sud-ouest de Calais, sur la rivière de Hem.

Philippe demandait à Édouard III d'autoriser son passage afin qu'il pût convenablement lui livrer bataille. À quoi le roi d'Angleterre répondit que Calais lui appartenait depuis un an, qu'il se trouvait chez lui et que si les intentions du roi de France eussent été plus fermes, il eût pu l'attaquer bien avant. Il est certain qu'il accepta le défi, et même se prépara à combattre. Une très longue lettre à l'archevêque d'York l'atteste. Cependant, les deux légats du Pape s'entremirent entre les deux souverains pour tenter de trouver un arrangement. Ces prêtres féciaux étaient Annibal Ceccano, évêque de Frascati, et Étienne Aubert, cardinal-prêtre du titre des saints Jean et Paul. Ils rappelèrent à Édouard III que dès le 15 janvier, Clément VI lui avait écrit pour l'amener, par leur intermédiaire, à conclure une paix avec Philippe VI.

Brusquement, le 2 août, Philippe VI décampa, faisant brûler, semble-t-il, tout ce qui pouvait retarder sa retraite. Les 3 et 4 août, il était à Lumbres, le 6 à Fauquembergue, le 8, il chevauchait vers Compiègne et de là rentrait précipitamment à Paris.

La *Chronique des Quatre Premiers Valois* attribue l'attitude du roi aux injonctions de sa femme, Jeanne de Bourgogne, la male reine, qui ne cessait de réclamer son retour.

D'après Jean le Bel, les plénipotentiaires français étaient les ducs de Bourbon et d'Athènes, le chancelier de France (Guillaume Flotte), le sire d'Offémont et Geoffroi de Charny. D'après Froissart, c'étaient Geoffroi de Charny, Eustache de Ribemont, Guy de Nesle et le sire de Beaujeu.

Des cardinaux s'en sont mêlés tandis qu'aux créneaux de leur cité, moult mal heureux criaient : « *Qu'on en finisse !* »... Alors, bêtement selon mon oncle, le 2 août à l'aube, votre roi a fait lever son camp, brûler tentes, harnois et machines de guerre... Il a disparu ainsi que son armée...

— Et tous ces pauvres gens qui mouraient de faim et que nous voulions délivrer ?

— Leur chef, Jean de Vienne, a demandé à parlementer. Mon oncle et Gauthier de Masny, Regnault de Cobham et Thomas de Holland se sont approchés des murailles... Dès le départ de votre roi, la cité s'est rendue... Notre sire bien-aimé a retenu vingt-deux Calaisiens en otages... On a distribué de la nourriture et hommes, femmes, enfants l'ont avalée voracement, de sorte que moult d'entre eux en moururent... Le roi a fait vider la ville, mais des bourgeois ont tenu à y demeurer avec une espèce de chef, messire Eustache de Saint-Pierre, grandement dévoué à notre souverain... Bientôt, des Anglais viendront emplir les maisons vides.

— Et cela vous réjouit ?

La force et la méchanceté de la question déconcertèrent Odile. Elle pâlit et parut bien loin de sa primesautière assurance. Une anxiété l'envahissait, semblait-il. De quelle espèce ?

— Vous me haïssez, n'est-ce pas, d'être ce que je suis ?

Il se récria. Comment eût-il pu éprouver de l'aversion pour elle ? Elle était belle, jeune, vierge sans doute. Des rêves impétueux et tendres devaient envahir ses sommeils. Le destin, si souvent vitupéré, lui avait fourni, pour une traversée qui l'humiliait surtout dans son honneur de chevalier, une compagne agréable. Il pouvait même se laisser aller à une confidence :

— J'ai un ami, parmi vos chevaliers... Alors, je ne vois pas pourquoi je vous haïrais !

— Qui est-il ?

— Un géant.

— Je ne connais qu'un géant, messire. Il se nomme Hugh Calveley.

— C'est lui... Je lui ai sauvé la vie... Il m'a rendu la pareille... Savez-vous où il est ?

— Il était au combat de la Roche-Derrien... Mon oncle en a parlé... Peut-être chemine-t-il vers Calais.

— Revient-il souvent en Angleterre ?

— Je ne saurais vous répondre, messire Ogier. Tout ce que je peux vous dire, c'est qu'il est du Cheshire, tout comme Robert Knolles, et qu'il a des terres et sans doute son châtelet en un lieu giboyeux qui s'appelle Bunbury...

— Knolles me connaît aussi, damoiselle. Je doute qu'il m'apprécie !

Ogier fut tenté de préciser les circonstances lors desquelles il avait connu ces deux hommes, mais ses forces s'amenuisaient ; il renonça.

— Pourquoi étiez-vous dans cette ville en guerre ?

— Mon oncle est cousin de notre sire Édouard... Ma mère vit parfois à la Cour... La reine Philippa tenait à ce qu'elle fût présente à ses couches. Elle a donné le jour à une belle enfant : Marguerite de Calais [1]... Allons, reposez-vous... Je ne quitterai pas votre chevet...

— Où allons-nous ?

— Nous toucherons terre à Sandwich... avant la vesprée, sans doute.

— Nul ne m'y attend...

— Messire de Masny m'a remis un pli pour quelqu'un de ses amis : un drapier chez lequel je vous ferai conduire.

— Mais vous ?

— Ma chambrière et moi passerons la nuit chez ce

1. Toute jeune, Marguerite (Margaret) de Calais fut mariée à John Hastings, comte de Pembroke. Elle mourut en 1361, sans enfants. Son époux vécut jusqu'en 1375.

drapier. Je sais qu'il a deux *solars* ou, si vous préférez, deux chambres au premier étage.

— Ensuite ?

— À défaut de vous mener à Londres en litière, on vous y conduira en chariot.

Odile rit. Et pourtant, elle promenait sur ce corps allongé tout près d'elle un regard d'une tranquillité sans faille. À travers ses pupilles immenses et son front soudain plissé, ses pensées, ses sentiments, son caractère ne se laissaient point deviner. Ogier cessa de la dévisager : des œillères de plomb occultaient ses regards. Son soupir se mêla à celui de la pucelle, mais sans doute les raisons qui l'y avaient incité n'appartenaient pas à la même espèce.

# IV

La tête enfouie dans ses mains, Ogier devina que l'*Édouarde* contournait un musoir puis, toutes voiles ferlées et carguées, se laissait glisser vers un quai silencieux, peut-être interdit à la foule. Lacérant les cris des membres de l'équipage, il perçut le choc et la tension des amarres et le double plongeon du mouillage dans une eau morte, à peine clapotante malgré la percée des ancres. Quelques couinements traversèrent le plancher de la chambre : les rats assemblés dans le ventre de la nef s'émouvaient de cette immobilité bruyante.

Il y eut alors une pause, et derechef les cris et sifflements des manœuvres recommencèrent.

« Où sont Odile et Tancrède ? M'ont-elles abandonné ? »

À travers le huvelot cerclé de cuivre, Ogier pouvait voir les grosses pierres du môle sur lesquelles tremblaient des brouillards lumineux.

« C'est vrai, il va faire nuit. Nous nous sommes arrêtés en pleine mer : des nefs de France étaient apparues au Ponant. »

Alors que l'*Édouarde* prolongeait sa panne au-delà, sans doute, du nécessaire, les prières avaient repris dans le reclusoir de Charles de Blois. Et des sanglots bruyants s'y étaient mêlés : ceux, presque féminins, du prince captif.

« Bon sang !... On se serait cru à vêpres ou complies ! »

Redoutant de périr au cours d'un abordage, le duc gémissait : *« Mon âme ! Mon âme ! »* dans la crainte qu'une noyade empêchât celle-ci de monter au ciel.

Ogier sourit à ce souvenir. Il méprisait désormais cet homme de mœurs efféminées dont la religiosité, tout alourdie de macérations, participait d'une infâme imposture. Et comme il l'entendait de nouveau geindre et prier, il tapa contre la cloison pour obtenir du silence.

Renier Brooks entra, plus qu'obséquieux : servile. Tancrède l'avait dû sermonner.

— Préparez-vous, messire. Nous sommes arrivés et j'en suis soulagé.

— Souffrez-vous du mal de mer ?

— Nullement, messire, mais les traversées sont pleines de dangers. Tenez : il y a juste une semaine, moult Anglais de la noblesse et du commun se sont embarqués pour Calais afin d'y visiter des gens de leur famille. Les dix vaisseaux qui les transportaient ont été assaillis par des nefs françaises. Cinq d'entre eux ont été coulés avec leurs passagers. Les cinq autres, où s'étaient rassemblés les femmes, les jouvencelles et les enfants, ont été pris et emmenés je ne sais où — sans doute à Boulogne. Tous les hommes, nautoniers et soudoyers ont été décollés, d'après les dires d'un survivant[1]... Je n'ai point peur de batailler sur terre, mais cette mer m'effraie, je l'avoue.

L'Anglais s'en alla. Où se trouvait Odile ? Auprès de qui ? Et Tancrède ? Pensaient-elles à lui ? La damoiselle de Winslow avait-elle un fiancé ?

Elle entra. Dans le jour verdâtre dispensé par la lanterne de la coursive, elle apportait son charme, sa

1. Gilles Li Musis (Aegidius li Muisis), abbé de Saint-Martin à Tournai, rapporte cet événement dans ses chroniques.

fraîcheur et une quiétude qui n'était peut-être qu'apparente.

— Il vous faut vous lever. Votre débarquement sera aisé... Vous n'avez aucun *bag*... Ni bissac ni rien, sauf ce petit coffre à vêtements dont je m'occuperai... et cette épée...

— *Confiance*, la compagne de guerre à laquelle je tiens autant qu'à mon cheval : Marchegai.

Elle fit mouvoir la lame dans son fourreau avec une sorte de contention sinon de contentement, tandis qu'il trouvait ce geste suffisamment éloquent pour maintenir l'équivoque :

— Votre fiancé doit bien en avoir une.

— Je n'ai pas de fiancé.

Il crut voir les joues d'Odile se vermillonner tandis qu'elle reposait l'arme. Quelles pensées, maintenant, s'amassaient sous son front ? Pas de fiancé, belle comme elle l'était ?

— Ne rêvez-vous jamais à des amours dignes de votre cœur et de votre beauté ?

Comme elle ne lui répondait pas, il la sentit parée d'incroyables mystères, mais nullement enclin à les clarifier. D'ailleurs, Blandine remontait du fond de sa mémoire. Elle pleurait sa perte et regrettait leurs querelles. Quelques mois d'affliction, et au chagrin certainement sincère succéderait le soulagement. Si sa captivité durait maintes années, il se pouvait qu'à son retour il la retrouvât mariée !

Les frères Brooks apparurent.

— Êtes-vous prêt, messire ? demandèrent-ils d'une seule voix.

Il l'était. Il fallait bien qu'il le fût.

Allongé sur sa civière, il avait vu Odile s'entretenir avec des guisarmiers. L'un d'eux s'était éloigné sans hâte pour revenir, tout aussi lentement, accompagné d'un homme chauve, barbu, replet, dont le jaseran tendu sur la bedaine semblait, à cet endroit, près de se démailler. C'était un capitaine aux allures intraitables : bras croisés, la tête inclinée, tapotant parfois le sol du talon pour entendre tinter l'éperon, il avait paru en suspicion agacée contre les propos de la jouvencelle jusqu'à ce qu'elle eût excipé du sauf-conduit délivré par Gauthier de Masny en faveur du captif. Sur ce document figurait le sceau d'Édouard III.

Sans blâmer cet homme soudain honteux de sa réticence, Odile le pria de lui trouver une carriole garnie de paille, un voiturier et quelques gens d'armes afin d'assurer sa sécurité jusqu'à Londres. Le capitaine se récria : mieux valait qu'elle allât dormir dans une auberge plutôt que de cheminer si longuement. Vingt-cinq lieues à couvrir par de mauvais chemins ! Et de nuit, pour commencer. Y songeait-elle ? Eh bien, oui, elle y songeait : au nom du roi, elle exigeait qu'on satisfît à sa demande. Elle réitéra sa requête en anglais, puis se tourna vers Ogier pour lui faire part de sa déconvenue :

— Le drapier qui devait nous loger est absent. Maude, ma chambrière, a trouvé porte close.

— Étant donné qu'il est mon frère, intervint le capitaine, sachez, damoiselle, qu'Edmund Wallinford est parti avant-hier pour Calais avec quelques compères du négoce. On prête au roi l'intention d'en appeler une centaine. C'est ce que prétendent des chevaliers, soudoyers et manants qui, depuis deux semaines, reviennent de Ville-Neuve-la-Hardie [1]. Mon frère et ses amis

1. Par des lettres datées de Calais, le 27 août 1347, Édouard III manda à trois des principaux marchands d'Angleterre : John de Pultoneye, William de la Pole et Roger Normand, de venir s'installer dans la ville. Il souhaitait que leur exemple fût contagieux.

Les Anglais appelaient Ville-Neuve-la-Hardie la cité de bois qui, depuis un an, serrait Calais dans une puissante tenaille. Cette cité était pourvue en tout. Il fallait repeupler la ville conquise et y susciter de nouveaux commerces.

doivent être à Portsmouth. C'est là qu'ils ont leurs réserves.

Une femme apparut, couverte d'un paletoc blanc, éblouissante dans les ténèbres fumeuses, empourprées çà et là par les lueurs des pharillons : Tancrède.

— Une petite nef m'attend à Ramsgate pour me conduire à Dartford. C'est près de Londres... Venez-y : le châtelain vous accueillera !

Maude eut envers Odile un geste suppliant ; celle-ci resta figée :

— Partez avec elle, m'amie, et hâtez-vous de revenir à Winslow... Lionel de Dartford, damoiselle Tancrède, n'est point en accordance avec mon père. Mais s'il plaît à Maude d'anavier[1] avec vous, qu'elle le fasse ! Messire Argouges et moi rallierons Londres en charrette.

— Mon cousin peinera davantage !

— Je ferai en sorte qu'il ait ses aises. Messire Wallinford, quand la charrette sera là, vous mettrez dedans deux couvertures : plus il fait chaud le jour, plus on gèle la nuit. Rendez-moi mon sauf-conduit !... Bien... Partez, Maude, partez... Dieu vous garde, dame Tancrède ! Et surtout, pardonnez-moi.

Sa servante voulant lui donner un baiser, Odile l'écarta d'un geste sec chargé de dépit ou de jalousie.

Sur ces entrefaites, quatre sergents à cheval apparurent, précédant un limonier au poil blanc attelé à un bérot. Cette charrette à deux roues, légère, avait ses flancs garnis de hèches[2] assez hautes. « Une geôle roulante », se dit Ogier cependant que deux hommes d'armes le hissaient dans la caisse et le déposaient, de biais, sur une jonchée de fourrage. Il reçut comme traversin une besace emplie de paille et, pour se garantir du froid, une courtepointe malpropre.

1. Conduire par eau ; *nave* signifiant *nef.*

2. Ridelles qui garnissent chacun des côtés d'une charrette. Le bérot fut appelé *maringotte* ou *maringote* au XVII^e siècle.

— Essayez de dormir, lui recommanda sa gardienne en se juchant auprès du voiturier.

— *It's good !* fit l'homme dans un claquement de fouet.

Après les oscillations de l'*Édouarde*, Ogier dut subir, sur son matelas d'herbe, le branle des pavés de Sandwich, tellement bossués et disjoints que le limonier trébuchait dans les brancards, inquiétant Odile dont la voix, par moments, adjurait le charretier :

— *Slowly !* Allez doucement !... Voulez-vous que ses plaies se déferment ?

— Plus j'aurai mal, plus ce huron sera content ! maugréa Ogier.

Les sergents l'avaient étendu si en avant du plancher que sa tête reposait sous la banquette où Odile était assise. En se soulevant un peu, il apercevait à travers les barreaux des maisons d'une singulière disparité, agglutinées comme pour soutenir mutuellement leur décrépitude et, à leur base, l'animation d'une nuit d'été en son commencement. Ces vieilles rues vivaient, à l'inverse de celles de Calais. Des hommes en chantant quittaient une taverne ; des femmes et des enfants riaient devant des étals éclairés par d'innombrables lanternes. Et la pente devenait si rude que, malgré quelques cinglons sur sa croupe, le limonier n'avançait guère.

La plupart des bâtiments étaient coiffés de chaume ; les plus riches, à encorbellement, devaient avoir un toit de schiste ou de tuilettes. Au fur et à mesure de la grimpée, alors que tous les chevaux s'ébrouaient, Ogier, glissant un peu, distingua mieux, entre les colonnettes des ridelles, les chantiers et les navires assemblés dans une baie fortifiée. Une eau noire y dormait, miroitante. Des torches, des fanaux mêlaient leurs fleurs pourprées. Des guirlandes de linges flottaient aux fenêtres cuivrées de l'intérieur par des feux de chandelles. Parfois, débouchant sur la grand-rue, une venelle ténébreuse apparaissait, comme ouverte dans la cité par le tranchant de Durandal. Cela sentait le sel, la marée, le fumier, le graillon et la poissonnaille. Ici et là s'élevaient des pyramides de panières de cuir ou d'osier, de coffres et de futailles. Une tour apparut, percée de fenêtres larges et hautes. Les passants pouvaient y voir un plafond à caissons et les scintillements d'une grosse flambée.

Soudain, des cris éclatèrent ; une foule qui s'était dissimulée dans l'ombre des porches et des ruelles venait d'apparaître, interdisant manifestement le passage à la charrette.

— Qu'est-ce donc ? interrogea Odile.

Elle s'était exprimée en français, sans doute pour que le prisonnier partageât son ébahissement. Le voiturier, perplexe, arrêta son cheval.

— Cela, damoiselle, dit-il bien haut, ressemble à une meute de mécontents.

— Tous sont armés... Des armes de rustiques...

Ogier imagina aisément ces gêneurs. Ils devaient être une trentaine. Leurs yeux étincelaient. Ceux qui ne voulaient vociférer : *« À la mort ! À la mort ! »* grondaient à la façon des chiens à la curée. Ils brandissaient des faux, des haches, des bédoils et peut-être des foènes, puisque la mer les faisait vivre. Il apparaissait comme inutile qu'il cherchât à voir ces gens-là. Avec leurs vêtements réduits à l'essentiel par la chaleur et la misère, ils avaient sûrement l'aspect d'un fragment de truanderie.

— Ouvrez-nous la voie ! dit Odile aux sergents de l'escorte. Allons ! Tirez vos épées !

Un cheval avança et les cris augmentèrent.

— *À mort le Franklin !*

— *Point d'otage à Sandwich !*

— Bon sang ! s'exclama Ogier. Comment ont-ils su ?

— Le temps, messire, dit Odile, que le chariot arrive sur le quai, ce maudit capitaine ou l'un de ses suppôts a fait prévenir ces manants !

— Et c'est pour m'effrayer qu'ils parlent en français.

— Ce sont des descendants de Normands. Oubliez-vous qu'il y a près de trois cents ans, Guillaume et les siens se répandirent et s'établirent sur cette côte ? Ils y ont conservé leur langue et leurs usages [1] comme nous le ferons à Calais, à Bordeaux...

Un galopin enfonça son visage entre deux barreaux du hayon arrière :

— *He's here ! He's hiding in the straw* [2] *!*

— *Death to the Franklin* [3] *!* hurla une femme.

Il y eut, tout à coup, une sorte d'apaisement, et ce silence parut plein d'une ivresse mortelle. Ogier perçut des pas et vit de la clarté entre les lattes de la banquette : Odile s'était levée.

— Tirez l'épée ! cria-t-elle aux cavaliers. *Draw sword ! Draw sword, or I'll call upon King's justice, as his god-daughter* [4]. Et vous, manants, prenez garde à votre jactance : notre suzerain va revenir à Londres et je vous ferai châtier !... *Break away ! Break away !*

— *No hostages at Sandwich !* lança une voix pointue.

Les chevaux sabotaient comme avant une charge, et l'acier, enfin, glissa hors des fourreaux.

« Elle est hardie, cette fille !... La même espèce que Tancrède ! »

Songeant cela, Ogier prit appui sur un coude. Toute son attention saisissait, au-delà des rumeurs de ces forcenés dont l'hésitation ne signifiait rien encore, une férocité qui s'exprimait par les tintements de leurs

1. Le français (d'alors) était encore couramment parlé en Angleterre, et les lettres écrites en français. Les plaidoiries se firent en anglais pour la première fois en 1362. Au Parlement, les arrêts étaient rédigés en latin.

2. « Il est là ! Il se cache dans la paille ! »

3. « À mort le Franklin ! »

4. « Tirez l'épée ou j'en requerrai à la justice du roi dont je suis la filleule ! »

armes et les remuements des flambeaux. Des ombres distendues s'agitaient sur les murs des maisons dont les fenêtres se garnissaient de visages paisibles en apparence, et de mains pour l'instant immobiles et vides.

— *Let's avenge our drowned ones*[1] *!* vociféra, entre deux piailleries, une femme.

— Sa sœur et sa fille avaient pris la mer pour Calais, dit une autre.

— Ils ont décollé les hommes ! Nos nautoniers sont morts !

Encore une femme. Toutes deux, semblait-il, avançaient sans crainte, et le limonier, les voyant approcher, se cabra.

— Votre flagel ! demanda Odile au voiturier. Allons !... J'exige ce *whip*, manant !... *Goddam !* tu me fais mêler deux langages.

La longue lanière du fouet siffla et suscita les piaillements d'une des commères atteinte à l'épaule ou au visage.

— Vous avez vu, compères ?... Vous avez vu ? bredouilla-t-elle.

— Si l'un ou l'une d'entre vous veut y goûter, menaça Odile, qu'il s'approche !

La cohue recula dans des grommellements et tintements tels que, craignant un assaut irrésistible, Ogier roula sur son flanc intact puis se hissa péniblement sur les genoux. Agrippé au dossier à claire-voie de la banquette, il put apercevoir ces marauds et ces harpies dont il concevait la haine. S'il avait pu se lever, il leur eût dépeint sans enflure les atrocités commises par leurs parents dans les pays où Édouard III avait déployé sa bannière et lâché ses armées. La prudence le contraignait à se taire et la sagesse à saisir la prise de Confiance.

1. « Vengeons nos noyés ! »

« S'ils nous donnent l'assaut, je me mettrai debout ! Je mourrai droit et digne ! »

Billevesée ! Il ne pouvait se tenir sur ses jambes.

Une fille blonde, dépoitraillée, ceinturée comme un homme d'armes, éleva vers Odile un pique-feu long d'une aune et glapit :

— Essaie de me cingler, la belle, et tu recevras ça dans ton petit bedon !

Cette menace excita l'hilarité d'Odile et l'inquiétude des sergents ahuris par son audace et sa détermination. Tandis que la pucelle ajustait son fouet dont la mèche lui titillait la croupe, le limonier, dérangé dans ses habitudes, fit un écart. Le charretier hurla :

— *Damned people ! Make way for us, or blood will flow*[1] *!*

— Donnez-nous votre otage ! exigea la blonde.

— Et pourquoi pas le prince héritier d'Angleterre ?

La longe siffla ; la mèche atteignit la furie à la hanche, si fort que sa robe en fut lacérée. Elle se recula en sanglots, lâchant son tisonnier qu'un enfant ramassa.

Il y eut alors une pause : plus d'invectives et d'exigences, mais un chuintement d'haleines oppressées. Immobiles, les adversaires s'épiaient tandis que les chevaux renâclaient et jouaient du sabot.

— À la mort, la putain ! hurla un jouvenceau.

Il fit deux pas ; un sifflement le fit se reculer de trois.

— À l'aide ! cria-t-il en s'adressant aux manants accoudés aux fenêtres. Sortez ! Rejoignez-nous !... Videz vos pots de chambre sur ces males gens !

Le bérot roula et la cohue céda du terrain. Deux sergents donnèrent de l'éperon, et comme un barbu voulait saisir un des chevaux par l'une des longues branches jarretées de son mors, il y eut un éclair d'acier. L'homme gémit, l'avant-bras ouvert. Tandis

1. « Maudites gens ! Ouvrez-nous le passage ou le sang coulera ! »

qu'il s'enfonçait en pleurant dans la foule, une femme joufflue, rebondie de partout, brandit un couteau d'écorcheur :

— Vous ne passerez pas !... Il nous faut cet otage ! C'est moi, Margaret Cotentin, qui vous le dis ! Mon époux trépassé à Crécy crie vengeance !

— J'ai perdu moult amis moi-même, dans ces guérets...

Ogier reçut sur sa dextre la paume chaude, un peu moite, de sa protectrice. Il avait parlé haut, sans intention d'être entendu.

La main s'envola. Odile observait les mouvements des forcenés sans que son attention faiblît envers cette Margaret qui, d'un crachat, lui certifiait son aversion :

— Regarde, belle enfant, comme ce deuil m'a flétrie ! J'ai perdu presque tous mes cheveux !

— Tu t'es consolée, sorcière, en buvant force gobelets de *goodale*[1]. Je porte un sauf-conduit marqué du sceau royal. Je dois mener ce chevalier à Londres et j'y parviendrai, dussé-je te faire occire par mes hommes !

Une averse putride chut sur la paille ; des rires tombèrent des fenêtres avec des détritus de cuisine. Le charretier atteint par un trognon de fruit leva le poing et hurla en direction de deux commères hilares :

— Godaillères ! Pourritures !... Allons-y, damoiselle : il convient de passer. Vous, les gars, montrez-nous ce que vous savez faire !

Les hurlements reprirent tandis que les sergents levaient leur arme, prêts à fendre épaules et têtes. Sur le bas-côté, à la gauche d'Ogier, un homme s'accroupit et se mit à progresser le long de la charrette. Dans sa poigne, il serrait un fer de guisarme dont le crochet pouvait trancher le jarret du limonier. Odile se détour-

1. Bonne bière, ou *goudale* pour les Français d'alors. Ces deux mots anglais venaient du flamand *gut* (bon) et *ale* (espèce de bière). D'où *godailler* ou *goudailler* : homme qui fait la débauche en buvant de la bière.

na ; le fouet siffla. La lanière s'enroula autour du cou de l'homme qu'elle ferra comme un poisson. La grosse harengère le délivra.

— John !... Oh ! mon John ! sanglota-t-elle.

— *Goddam !* s'exclama Odile. Si vous ne vous éparpillez, je vous jure que j'enverrai céans quelques compagnies !... J'aurai plaisir à revenir avec elles afin de voir vos maisons ruinées, vos hommes émasculés, vos femmes violées jusqu'à la mort, vos fils cloués sur les huis et vos filles jetées aux bordeaux de la ville !

Le silence devint complet. Les chevaux s'étaient immobilisés : il semblait qu'eux aussi comprenaient la menace. Une oupille tomba sur la litière. La paille étant humide, le brandon s'éteignit.

— Partez !... Passez ! dit un homme effrayé.

— Après tout, ce Franklin périra dans la Tour ! ricana une femme.

— Laissons-les passer, supplia sa voisine.

Un vieillard déplora d'avoir obéi à messire Wallinford.

— Voilà, dit Odile, un méchant capitaine ! Je le ferai priver de sa *sinecure*.

Un murmure d'approbation parut cimenter les opinions de cette foule étrangement assagie. Quelque chose tinta : une arme qu'on jetait.

— Il lâche son fauchard, dit un sergent.

L'homme qui venait de se désarmer confessa qu'il avait été bien sot de s'échauffer : c'était trahison de contrevenir à la volonté royale. Ses voisins, adultes et jouvenceaux, se dispersèrent. Leur marmonnement exprimait un regret — mais de quoi ? La blonde au pique-feu admonesta la grosse rebelle qui, les bras écartés, semblait décidée à prolonger l'algarade.

— Allons, viens, Margaret. Et toi aussi, John...

Le fouet claqua ; cette fois, le charretier le maniait. Il lança le limonier sur la femme qui s'écarta au dernier moment. Et tandis qu'au passage elle lui montrait le poing, Odile eut un rire pareil à un sanglot :

— Grâces vous soient rendues, messire Argouges ! Sans vous je n'aurais pas connu cette déconvenue et mesuré ce qu'on peut appeler mon courage.

Ogier, le cœur battant, retomba sur la paille.

— J'espère, damoiselle, vous prouver un jour toute ma reconnaissance.

Bientôt, succombant aux émois et à la fatigue, il s'endormit.

Les trépidations de la carriole dévalant un chemin abrupt, raviné, éveillèrent Ogier avec une brutalité qui lui tira un gémissement. Nul n'y prit garde : les fers des chevaux, devant et derrière, répandaient autour de la caisse où il reposait un crépitement incessant qui s'aggravait parfois sous la voûte des arbres. Le charretier devait bien tenter de cartayer dans la terre et la pierraille pour éviter à la voiture des soubresauts déplaisants : il y voyait à peine. Les étoiles s'étaient éteintes ; la lune ronde et blême n'éclairait rien. L'aurore emmitouflée de brouillard et de nuit semblait hésiter à paraître.

— Nous aurions dû nous munir de quelques torches de poing, dit Odile. *Il* serait dans un bel état si nous versions dans un fossé !

La jouvencelle se pencha. Un sourire éclaira son visage :

— Je vois des lueurs dans vos yeux, messire... Je vous croyais endormi. Ce voyage devient désagréable sur ce chemin percé d'ornières, mais il paraît que nous en trouverons un meilleur à partir de Faversham... car nous avons traversé depuis longtemps Canterbury... Souffrez-vous davantage ?

— À peine.

— Nous ferons halte à Faversham. Il y a un relais, m'a dit Peter, notre conduiseur. Nous changerons encore de chevaux... Nous vous descendrons un peu, le temps de gonfler votre *chaff*[1]. Puis nous repartirons vers Rochester.

« Pourquoi rouler ainsi à fond de train ? Est-elle pressée de se débarrasser de moi ?... Qui veut-elle rejoindre si promptement ? Un amant ? Qu'elle ne soit ni mariée ni fiancée ne signifie pas qu'elle ait fait vœu de chasteté !... Je serai bientôt seul... Malheur à l'homme seul ! »

Il eût dû se guérir de pareilles pensées. Par quel remède ? Il n'était rien d'autre qu'une espèce d'infirme qu'Odile abandonnerait sans regret à l'épouse de Gauthier de Masny. De quels commentaires le chevalier anglais complétait-il le récit d'une capture dont il n'avait aucun mérite ? Quelles recommandations formulait-il à sa compagne délaissée comme toutes les femmes de chevaliers ? Comment était cette dame ? Quel visage ? Quel âge ? Quel caractère ? Vivait-elle au cœur de Londres ou dans un des forbourgs de la cité ? Les Masny devaient bien posséder un château d'où s'évader serait chose faisable.

— Sur une autre nef, messire Ogier, nous eussions contourné par mer le comté de Kent. L'*Édouarde* ne pouvait aller plus avant que Sandwich, qui est son port habituel...

À quoi bon paroler ! D'ailleurs, il souffrait trop. Blandine se fût certainement réjouie de le voir en cet état. Elle devait porter son deuil avec une dignité de martyre, tout en songeant : *« À quoi lui a servi son courage ? Sa force et son respect du devoir ? »* La réponse était simple ; elle devait la dodiner en elle tout autant qu'elle dodinait leur enfant : *« À se faire occire. À m'abandonner avec notre petit dans une famille sans complaisance, parmi des serviteurs qui me détestent. »* Elle se méprenait : elle provoquait seulement la com-

1. Mot anglais. Mélange de foin et de paille hachés ensemble en proportions égales.

passion. Même le vieux Godefroy d'Argouges devait la plaindre d'un cœur sincère.

« Si je pouvais rencontrer Hugh Calveley, je lui confierais une lettre pour elle... Pour tous ! »

Conjecturer pareil événement ne fit qu'empirer son mésaise. Il eût pu demander ce service à Tancrède. Il y avait brièvement songé, puis renoncé : elle ne s'en fût point acquittée par crainte de se compromettre.

L'air sentait le varech et le sel. Il pouvait entrevoir des landes mamelonnées, parsemées d'arbres chauves dont les ramures déchiquetaient les clartés de la mer toute proche. Il devait y avoir là, comme à Blainville et Agon, des ajoncs, des genêts et des cristes marines ; et des chardons Roland à foison. Nulle grosse éminence ainsi qu'en Normandie. Un pays plat, rudoyé aux vents.

— Je crois que notre roi vous veut du bien, messire. Vous l'avez, paraît-il, rencontré plusieurs fois... Il est rude, astucieux. Savez-vous qu'à dix-neuf ans, il s'est rendu en France quasiment seul, habillé en manant, pour rencontrer Philippe [1] ?

Elle admirait son roi sans ferveur excessive.

— Si votre suzerain me voulait tant de bien, il m'eût fait demeurer à Calais.

Le ciel perdait ses dernières noirceurs, mais la brume persistait. Une descente brève aida le limonier dans son effort et Ogier ressentit durement les heurts des jantes ferrées roulant dans de profonds nids-de-poule. Un tunnel de verdure absorba la carriole. L'homme d'armes qui trottait en tête s'écria :

1. Édouard III n'était point avare d'actes imprudents. À dix-neuf ans, pour rencontrer le souverain français en hâte et par surprise, il quitta Londres, le 4 avril 1331, en compagnie de son chancelier et de quelques chevaliers afin de régler sur le continent même quelques points de litige au sujet de la Saintonge et de l'Agenais. À la fin du mois, il était de retour en Angleterre. Sans doute, tout comme Philippe VI, était-il amateur de romans de chevalerie ; mais s'il se prenait pour un roi, il n'eut jamais l'ambition d'être considéré comme un preux.

— Des lumières, damoiselle. C'est Faversham !

Quelques masures noires alignées sur deux rangs ; des arbres chevelus : chênes et peupliers. Un poing ganté de fer réveilla l'aubergiste. Le bonhomme et sa femme, résignés et dolents, poussèrent leurs contrevents et allumèrent des candélabres. On accrocha les rênes aux anneaux de la mareschaucie [1] jouxtant l'hôtellerie. Tout cela sans un mot, comme si troubler cet ultime lambeau de nuit eût été commettre un sacrilège.

Ogier se pencha. Ces maisons basses, noires, ces bruits de pas et de sabots ferrés ; ces fenêtres dorées aux lueurs des chandelles ; cette lividité des visages penchés au-dessus de lui semblaient composer la trame d'un mauvais rêve. Le hôlement d'une hulotte ou d'une effraie ne fit qu'aggraver cette impression de perdition.

Deux sergents le tirèrent lentement par les chevilles, et quand ses jambes, des genoux aux orteils, pendirent dans le vide, le plus robuste le ceintura et le mit debout.

— Si vous voulez pisser, tenez-vous à cet arbre. Pour le reste, il y a, là-bas, un banc à claire-voie.

Il fut seul, puis les sergents revinrent l'empoigner pour le mener à l'auberge. « Dire que je songe à m'enfuir !... Je suis faible comme un vieillard ! » L'âtre rougeoyait ; une soupe y fumait dans un chaudron de cuivre.

— Asseyez-vous devant moi, dit Odile. Avez-vous quelque appétit, messire Ogier ?

La jouvencelle tint à ce qu'il fût servi avant elle. Il reçut dans son écuelle deux louchées d'un brouet onctueux fleurant le poireau et le cresson.

— N'avez-vous pas trop souffert de vos blessures ?

Odile, la bouche arrondie pour souffler sur sa cuiller, le regard diapré d'une sorte d'ardeur toute neuve, s'inquiétait sincèrement.

— Je me résigne à tout, damoiselle. J'ai craint pour votre vie, à Sandwich.

1. Écurie.

— Et moi, messire, j'ai craint pour la vôtre.

Les quatre sergents s'assirent à une table voisine.

— Ces manants n'étaient que des bêtes, et les bêtes se résignent sous le fouet !

— Holà ! je n'en suis pas si sûr, damoiselle, dit le charretier qui revenait de l'écurie et s'asseyait sans façon auprès de la pucelle. Plus on cingle certains chiens, plus ils grognent et se regimbent.

Ils ne parlèrent plus. Ogier sentait tous ces gens-là recrus et s'étonnait qu'Odile pût encore leur fournir une image si fraîche d'elle-même. Sa robe était légèrement froissée, ses cheveux ne s'effilochaient qu'à leur extrémité. Ses paupières, à peine gonflées, clignotaient : elle résisterait au sommeil autant qu'il le faudrait, quitte à dormir ensuite plusieurs jours et plusieurs nuits d'affilée. Elle se fit apporter du pain, du saucisson, deux gros pichets, l'un de vin, l'autre de cidre, et procéda à un partage qui la lésait.

— Nos chevaux sont changés, dit le charretier entre deux bouchées.

— Tous ?

— Tous, damoiselle. Je prie Dieu que le reste du chemin nous soit aisé.

— De quoi avez-vous peur, Peter ? s'étonna Odile en reposant le gobelet de cidre qu'elle venait de vider d'un trait.

Puis, sans attendre une réponse et tournée vers Ogier :

— Nous irons bientôt plus vivement car nous roulerons sur des chemins meilleurs. Seigneurs, manants et rustiques ont à charge leur entretien [1] et celui des ponts.

1. La nation avait à charge l'entretien des routes et des ponts. Les religieux, propriétaires des biens donnés en *francalmoigne*, c'est-à-dire dans un but de pure charité et à titre perpétuel, étaient dispensés de tout service, de toute rente vis-à-vis de l'ancien propriétaire du sol pour aider les voyageurs. Certains, cependant, s'étaient spécialisés dans la construction des ponts. On les nommait les *frères pontifes*.

Plus les cités sont nombreuses et rapprochées, plus les routes sont bonnes. Nous n'aurons même pas à acquitter, avant la traversée des rivières, le *brudtholl*[1] qui nous retarderait. Le sauf-conduit que je possède nous en dispense.

— Seuls les clercs, dit Peter, échappent à cette obligation d'acquitter toujours et toujours des droits de toute sorte. Mais, damoiselle, après ce que nous avons subi à Sandwich, ce que je crains, c'est d'être arrêté par quelque bande de *wastours, Roberdesmen, drawlatches*[2]. Plus les cités sont grosses et plus ils sont nombreux !

— Nous sommes là ! dit de loin un sergent. Il ferait beau voir que des *outlaws* nous menaçent !

À Sandwich, ç'avait été le moins hardi. La chaleur du lieu, la bonne chère et le vin grossissaient son courage. Odile feignit de n'avoir rien entendu et, tournée vers Ogier :

— Moult gens du peuple n'ont d'autre occupation que d'errer sur les chemins pour y occire et détrousser les passants. Je crains, moi, ces *outlaws* et davantage encore leurs femelles : les *weyves*. On les dit terribles et dépourvues de cœur. Mais il est temps de partir... Allons, debout vous autres. Prenez soin de ce chevalier.

Sans même consulter l'aubergiste, elle dénoua son escarcelle, laissa quelques pièces sur la table et sortit la première.

1. Le droit de péage ou *pontagium* était aussi rigoureux qu'en France.

2. Les *outlaws* — parfois des ouvriers errants — se nommaient *wastours* (les ravageurs), *Roberdesmen* (les hommes de Robert), *drawlatches* (traille-bâton). Le brigandage était exercé, comme en France, par les seigneurs et les larrons vulgaires. La nuit, des patrouilles d'archers sillonnaient le pays. Certaines grandes routes étaient gardées, notamment le *reale chymyn* — chemin royal —, grande route d'Écosse qui se dirigeait vers le Midi en passant par York et Londres.

Des gouttes éveillèrent Ogier avant qu'il fît grand jour. Entre ses paupières à peine décloses, il vit Odile étendre sur lui, des genoux aux épaules, une banne de toile rude mais légère que le charretier lui avait remise.

— C'est un Franklin tout de même, grommela l'homme. Vous auriez dû vous en couvrir ! C'est de l'homespun. Avec ça sur le corps, il restera au sec. Pas vous !

— On prétend que la pluie préserve la beauté. Suis-je belle, Peter ?

Le voiturier grogna et ne répondit pas. Odile se rassit près de lui. Son rire s'ajouta au clapotement des fers, si franc, si contagieux que les sergents y joignirent les leurs.

Ogier se tourna sur le flanc et s'enfonça profondément dans sa litière.

Il ne s'éveilla que lorsque la charrette entra dans ce qui semblait être une ville importante : l'absence d'ornières lui avait révélé un changement bienfaisant.

— Dartford, dit Odile, peut-être à son intention.

Il demeura la tête sous la banne et se contraignit à ne point remuer. Peu importait où il passait et le nombre de lieues séparant Dartford de Londres. Plus il pénétrait dans les terres, plus se dilatait en lui la certitude qu'il serait ardu, voire impossible, de gagner en deux ou trois jours le rivage.

« J'aurais dû demander du secours à Tancrède. Elle n'est pas mon ennemie, même si elle s'est acoquinée aux Goddons ! »

Elle l'avait traité, pourtant, sans complaisance. Parce qu'il n'était plus à ses yeux qu'un vaincu ? Parce qu'elle ne voulait pas être tenue en suspicion de déloyauté par les guerriers et commerçants qui, depuis Bordeaux, naviguaient en sa compagnie ?

Odile, sans excès, se montrait charitable, mais peut-être s'abusait-il sur les raisons de sa sollicitude : un baiser dérobé ne signifiait rien. Il se pouvait que son grand état de faiblesse et d'endolorissement eût troublé chez elle une sagesse et une componction sans éclat particulier.

D'autres questions tourmentèrent Ogier. Où Guillaume de Rechignac, s'il n'était trépassé, purgeait-il son otagerie ? Où se trouvait le Cheshire — et particulièrement Bunbury —, Hugh Calveley y séjournait-il présentement ?

Quelle moisson d'informations allait-il devoir rassembler avant de s'évader ! Il n'avait point à se hâter : Thierry et les revenants de Sangatte avaient dû annoncer sa mort à Gratot. Quand Godefroy d'Argouges aurait rendu à Dieu son âme, Blandine se remarierait.

« Tu seras libre, alors ! »

Pourquoi cette présomption, plutôt que de le conforter, l'affligeait-elle ? Être libéré de Blandine, n'était-ce point ce qu'il avait souhaité ?

« Tu te dois de revenir auprès d'elle. Pour votre enfant. C'est lui qui vous réunira... Ne perds jamais confiance ! »

Il tressaillit. Qui lui avait pris son épée ? Il ne la sentait plus sous sa dextre.

— Enfin ! dit Peter entre deux claquements de fouet. Quatre relais, mais nous y sommes. *Il* ne s'est aperçu de rien.

— C'est mieux ainsi, dit Odile. Il a moins souffert. Les chemins sont meilleurs depuis quatre ou cinq lieues.

— Nous aussi, on a souffert. Voyez Alan Mullins. On jurerait qu'il a des épaules en plomb.

— Londres ! cria une voix devant la charrette.

Les autres cavaliers, deux à gauche, un à droite, trottèrent le long des ridelles et rejoignirent leur compère.

— Est-ce la Tour, dit l'un d'eux, qu'on voit droit devant nous ?

— C'est elle, confirma Odile.

Ogier se recrobilla sur la paille. *La Tour !* C'était, prétendait-on, un endroit exécrable. Le réceptacle de la malfaisance anglaise. Crimes et turpitudes étaient perpétrés dans cette forteresse dont la tour Blanche avait été construite par le duc Guillaume avec de la pierre de Caen. On la disait couverte de schiste de Tourlaville. Ses bâtisseurs étaient normands, presque tous cotentinais. À vrai dire, et en exagérant, cette tour était sienne ! Et maintenant, malgré son état, il ne pouvait songer à l'Angleterre que comme à une colonie rebelle gouvernée par un félon. Mais plutôt que de digresser, il devait vider son cerveau de toute pensée maussade ; éviter de remuer même s'il sentait au-dessus de lui, comme maintenant, le regard attentif d'Odile.

— Il n'a pas froid, vous dis-je, damoiselle. Rien de tel que l'homespun. Si vous l'ignorez, c'est une étoffe grossière, certes, faite par les tisserands à domicile... Une espèce de toile à sac dont se vêt le commun...

— Même certains riches... Il advient que mon père s'en fasse des pourpoints... Il oublie que cette toile est en provenance d'Écosse.

« J'ai froid », se dit Ogier. « Froid et peur. »

Les coups de maillet de son cœur ébranlaient sa poitrine. Il se refusait à les sentir mais la violence de cette angoisse inattendue, la vivacité de ses regrets, la colère d'être rendu le dominaient. Oh ! certes, il pouvait se dire une fois encore : « Je suis vivant. » Cette naïveté ne le consolait plus.

Le limonier se mit au pas pour gravir une pente. Des oiseaux chantaient dans les arbres. Plus de pluie : le soleil chauffait l'homespun. « *Laisse-toi porter. Moins tu feras de mouvements, mieux tu recouvreras la santé.* » Il allait pénétrer dans Londres. Il eût bien ri, en quittant Gratot, si quelque nigromancien lui avait prédit qu'il traverserait cette cité en charrette !

La curiosité domina la raison : il rejeta la banne qui l'avait protégé pour s'asseoir le dos à la caisse, le crâne affleurant le bord de la banquette, de sorte que parfois, sans qu'il l'eût voulu, sa tête remuait sur l'une ou l'autre fesse d'Odile — qui ne s'effaçait pas.

Le chemin s'élargit, les maisons s'attroupèrent, droites ou épaissies d'encorbellements, certaines flanquées de tourelles chapeautées d'éteignoirs ténébreux. Peter dut louvoyer entre des chariots, des haquets, des fardiers chargés de pierres taillées, des triqueballes soutenant des poutres équarries, des litières précédées d'un coureur levant une vergette, et qui hurlait qu'on fît place à quelque grande dame.

Il fallut s'arrêter à proximité d'une haute muraille.

— Les conduiseurs des chars et charrettes qui apportent des marchandises à Londres, dit Odile, sont frappés d'une taxation aux portes de la cité. Nous voilà pris dans le courant sans espoir de nous en sortir.

Ogier se souleva. Il y avait des charrettes à deux ou quatre roues, certaines pourvues de prélarts arrondis comme des tunnels ; des fardiers tirés par trois ou quatre chevaux attelés à la file ; des basternes entre les brancards desquelles des mules s'impatientaient.

— Avant de partir pour Calais, dit Odile, notre roi a versé une fortune à sa sœur, lady Eleanor, pour obtenir son char[1]. Il eût pu, avec cela, acquérir un troupeau de bœufs. C'est du moins ce que dit mon père.

1. 1 000 livres de 1900 (estimation de J.-J. Jusserand : *La Vie nomade et les routes d'Angleterre au* XIV^e^ *siècle*, Paris, Hachette). Un bœuf coûtait alors 13 shillings, un penny un quart ; un mouton 1 shilling, 5 pence ; une vache 9 shillings, un poulet 1 penny. *Le Livre de Romans* obtenu par Édouard III valait 66 livres, 13 shillings, 4 pence.

— De la folie ! enragea Peter.

— Moins que celle qu'il commit ensuite en achetant à Isabelle de Lancaster, la nonne d'Aumbresbury, un livre de romans tout plein d'enluminures !

Ogier observait, le front contre la ridelle. Comme en France, il y avait dans la cohue des marchands de drogues, des ménestrels, des bouffons et jongleurs. On parlait haut ; parfois une querelle éclatait. Des sergents coiffés du chapel de Montauban menaçaient les hutins de leur guisarme.

Un homme passa, barbu, la mine conquérante. Un bourgeois aisé, assurément. Odile commenta, dès qu'il se fut éloigné :

— Barbe longue, anneaux à chaque doigt... Vous ne le pouvez voir tout entier, mais il a des bottines rouges, quadrillées en couleur et, à sa hanche, un long couteau presque aussi long qu'une épée.

— Qui est-ce ? Un prévôt ? Un bailli ? Un *sheriff*, comme vous dites ?

— Nenni, messire. Tout simplement un moine, un frère frappart en quête de bonne fortune. Celui-là n'ira jamais en pèlerinage à Notre-Dame de Wilsingham ou à Saint-Thomas de Cantorbery !

Un sergent grimpa sur une roue et se pencha à l'intérieur du bérot.

— Que t'importe qui j'emmène ! dit Odile, farouche. Voilà ma licence... mon sauf-conduit. Aide-nous à poursuivre ou donne-moi ton nom !

L'on repartit. Une procession de mules bâtées, surveillées par des picquenaires, se rompit pour céder le passage : le sergent, de son poing, en avait menacé le meneur.

Ogier trouva la cité plus animée que Paris. Plus puante. Un pilori attira son attention. Quatre hommes y étaient exposés : quatre têtes blêmes, gonflées par des coups ; quatre excroissances humaines surgies de la même planche. Tout près, lié sur une échelle, un homme nu pendait, mort.

— Un *outlaw* ou un captif qui s'est enfui et fait rejoindre.

Ogier refusa de prendre pour un avertissement déguisé le commentaire de la pucelle tandis que Peter s'informait de la demeure de Gauthier de Masny.

— Derrière la Tour, sur l'autre rive de la *Thames*.

Un énorme donjon aux angles renforcés de quatre tours carrées coiffées de sombres coupoles envahissait le ciel gris.

— Suivez la *Thames*, Peter. Nous traverserons le pont. Au fait, messire Argouges, nous sommes passés tout près du château de Cobham... Vous dormiez. Avez-vous vu comme les hommes d'armes sont rares ?

— Évidemment : ils sont en train d'ensanglanter la Bretagne, le Périgord et moult autres campagnes !

« Et puis », se dit Ogier en s'asseyant, « pourquoi verrais-je cette cité davantage ?... Dans sa lettre, quelles recommandations Masny fait-il à sa femme ? Sûrement pas de rester à Londres, mais de m'emmener dans leur châtelet sous bonne garde ! »

Il s'allongea. Bientôt, les cahots s'apaisèrent tandis que les jantes et la caisse résonnaient d'une façon nouvelle sur des pavés moins bosselés.

— Le pont, messire Ogier. Des maisons et une chapelle sont bâties dessus.

Il voyait ces maisons hautes de plusieurs étages. Quand ils avaient besoin d'eau, leurs habitants devaient jeter dans la Tamise leurs seaux suspendus à des cordes.

— Dieu me garde ! murmura-t-il en passant devant la chapelle. Et que messire saint Michel hâte ma guérison [1].

Et vivement, il se signa.

1. Le pont de Londres, alors merveille nationale, avait été commencé en 1176 sur l'emplacement d'une vieille passerelle de bois, par un clerc *pontife* : Pierre Colechurch. La chapelle en avait été terminée en 1209.

— Depuis trois jours !

— Quand elle a su, vendredi dernier, que Calais s'ouvrait à notre bonne gent, l'épouse de messire Gauthier s'est moult réjouie. Dimanche à midi, son coffre était rempli ainsi que celui de sa chambrière. Elles sont parties pour Hastings... Je présume qu'elles sont rendues et que messire Gauthier est heureux.

— Ébaubi, rectifia Odile, suggérant sans façon une déconvenue.

Peter avait mis pied à terre. Peu disposé à repartir, il semblait ronger le pommeau de son fouet. Les quatre sergents, toujours à cheval, se mirent à chuchoter.

— Toutes ces lieues ! dit l'un.

— Sans sommeil ni repos ! dit un autre.

L'homme qui les avait accueillis sur le perron d'une bâtisse grise aux fenêtres dont les vitraux scintillaient, pouvait avoir soixante ans. Grand, maigre, chenu, d'allure acrimonieuse, il lui manquait le bras senestre.

— Que puis-je pour vous ?

Maussade et altier, il défiait Odile. Que venait faire ici cette jouvencelle au parler haut, à la démarche conquérante ? Cette pecque de quinze ans qui l'examinait avec un air de supériorité détestable, semblait en imposer à cinq hommes dont quatre guerriers !

— Messire Gauthier vous a-t-il remis un pli ?

— Pour sa dame, nullement pour vous.

Sur le visage raviné du chambellan passa une expression hésitante que le regard de la pucelle saisit au vol :

— Votre nom, je vous prie.

— John de Sudbury.

— Votre nom m'est connu.

— J'ai combattu auprès de messire Gauthier jusqu'à la bataille de Hennebont, en Bretagne. Nous étions venus au secours de la dame de Montfort qui, entourée de ses fidèles, soutenait un siège infernal... Il y eut une grosse mêlée quand, après avoir dégagé la cité, nous avons fait une sortie pour détruire les engins de guerre des Charlots et des Franklins[1]. Une hache m'a rompu ce bras. Messire Gauthier m'a conservé à son service. Il ne veut plus que je bataille, et... et c'est grand dommage...

L'estropié abaissa les yeux sur son surcot de lin et ses chausses d'un bleu pisseux. À ses heuses en peau de daim demeuraient fixés des éperons d'argent dont il avait enlevé les molettes.

— Je conçois, John, qu'il vous en coûte d'être devenu l'*estuart*[2] de messire Gauthier, mais, dans les conditions que vous m'avez citées, vous devriez en tirer fierté !... Nous ne pouvons aller plus loin. Il nous faut cinq places pour nos chevaux à l'écurie et, jusqu'à après-demain, six lits ou de la bonne paille pour que nous recouvrions nos forces... Je m'acquitterai du séjour et de la nourriture.

Odile s'exprimait d'une voix mesurée. Sa déférence à l'égard de ce guerrier au passé méritoire était aussi sincère que l'avait été son mépris.

— C'est que... commença John de Sudbury.

« Il hésite et c'est son devoir », se dit Ogier. « Je n'ai jamais ouï-parler d'un Winslow ou d'un Sudbury. Par contre, j'ai les oreilles pleines de noms tels que Northampton, Masny, Derby, Cobham ! »

— Eh bien, compère ? demanda Odile. Allez-vous me répondre et quitter ce perchoir ?

Ogier vit des visages aplatis contre les vitraux, de sorte qu'il n'eût su dire s'il s'agissait d'hommes ou de femmes. Sans doute, lorsqu'il assurait l'intérim, le

1. 20 mai 1342. Gauthier de Masny était venu à Hennebont par mer secourir la comtesse de Montfort. La flottille se composait de 120 voiles portant 300 hommes d'armes et 2 000 archers.

2. Intendant. *Stewart* en anglais.

vieux John se prenait-il pour le maître du logis. S'il semblait insensible à la beauté d'Odile, son assurance l'inquiétait.

Ogier remua, exaspéré par tant d'incertitude. Le visage de la pucelle apparut entre les barreaux de la ridelle.

— Patience, dit-elle en souriant avec un air de connivence qu'elle eût accordé à un familier.

— Qui est-ce ? demanda John de Sudbury. Ce blessé me paraît durement touché.

— Il fut laissé pour mort sur un champ de bataille.

— En quel lieu, damoiselle ?

Odile ne se défendait plus contre une espèce de jubilation en découvrant qu'elle pouvait exciter la curiosité du vieil intendant et la décevoir du même coup.

— Il fut navré à Calais. C'est un preux, et c'est tout ce que je puis vous dire. D'ailleurs, s'il n'était pas ce que j'avance, Gauthier de Masny l'eût laissé de l'autre côté de la mer... N'est-ce pas, vous autres ?

Au charretier et aux gens d'armes, elle intimait ainsi un silence qui les troubla. Tous durent se croire impliqués dans une pénible affaire susceptible de n'être résolue que par des têtes couronnées. John de Sudbury s'inclina :

— Soit, dit-il, vous aurez, damoiselle, une chambre. Mais je ne puis faire mieux. Et j'aimerais, avant toute chose, que vous me montriez la lettre que messire Gauthier adressait à son épouse...

— La voici, dit Odile en tirant un carré de parchemin de son escarcelle. En reconnaissez-vous l'écriture et le sceau ?

— C'est bien une suscription de la main du chevalier... et son petit sceau.

— Ce n'est pas à vous de le briser pour prendre connaissance de ce qui est écrit.

— Je n'en ai nulle intention.

— Alors, que cela vous suffise. Quand Margaret de

Masny reviendra, vous lui rapporterez ma visite et l'informerez que j'ai emmené cet homme à Winslow.

« Bonheur ! » songea Ogier. « Elle n'est pas mauvaise... Peut-être m'aidera-t-elle si je parviens à l'apprivoiser. »

— Vous ajouterez, messire John, que j'ai suffisamment erré pour complaire à son époux et que, si elle le veut, elle vienne le chercher !

Elle dut se tourner vers les hommes d'armes et le charretier :

— Messires, vous savez que ces désagréments ne m'incombent pas. Nous allons prendre un bon repos cette nuit et demain...

— Non, dit un sergent. Il faut ménager les chevaux.

— Soit. Après-demain, nous repartirons pour Winslow. C'est avec l'agrément de notre bien-aimé souverain que je suis venue céans. Je vous ferai dédommager de votre peine...

— Mais, objecta Peter. Ma femme...

— Pas de *mais*. J'exige que vous obéissiez.

Le plus vieux des sergents mit pied à terre. C'était un homme rougeaud, grassouillet, dont le haubergeon présentait çà et là des macules de rouille. Sa moustache tombante débordait de son menton.

— Soit, nous irons à Winslow, damoiselle, puisque tel est votre désir. Cependant, nous aurons besoin d'un document à présenter à messire Wallinford.

— Vous l'aurez.

Tout en se demandant où se trouvait Tancrède, Ogier regarda le toit de tuiles grises en écailles de poisson. Les gables couronnés de fleurons qui parachevaient sa beauté demeurèrent sur ses paupières quand il les eut closes.

— Messire Ogier !... Ah ! bon... J'ai craint que vous ne retombiez en pâmoison. Je vais vous emmener au château de Winslow.

Il sourit, incapable d'exprimer son soulagement à l'angoisse qui l'étreignait depuis Sandwich.

— Bien que je vous sois un fardeau, damoiselle Odile, je me réjouis d'être votre hôte.

Il avait cru qu'elle apprécierait sa réponse. Elle se renfrogna, au contraire. Il vit ses petites mains se crisper aux barreaux de la ridelle tandis que son regard se dérobait au sien.

— Qui sait, fit-elle presque plaintivement, ce que nous ferons de vous à Winslow.

# V

Assis derrière Odile, dans l'encoignure de la caisse, la nuque près du séant de la jouvencelle, de sorte qu'il le touchait lorsqu'une des roues du bérot montait sur une grosse pierre, Ogier se défendait contre les premiers assauts du sommeil. À la lueur des flambeaux tenus par deux sergents, il entrevit une motte pelée, qui fut contournée d'assez loin avant que le chemin ne s'enfonçât dans un bosquet. Le limonier hennit sous un cinglon inutile, et Peter s'excusa d'avoir montré une impatience qui le titillait, dit-il, depuis Aylesbury.

— Vingt lieues, damoiselle !... Ce cheval n'en fera pas une de plus si je renonce à le pousser !

— Posez votre lanière. Nous mettrons demain cette bête dans le pré que nous traversons... Car nous voilà rendus.

La charrette mena grand tapage en franchissant un pont de bois sous lequel cascadait un cours d'eau puis s'enfourna dans une allée de chênes tortueux et membrus. Une odeur d'herbes et de feuilles grasses envahit les narines d'Ogier. L'air nocturne sentait ainsi, à Gratot.

— Winslow, dit Odile.

Aucune joie, aucun soulagement dans sa voix, mais les signes d'une humeur sombre. Redoutait-elle un accueil consternant ?

Un mur croulant vêtu de lierre ; des troncs empilés en prévision du prochain hiver ; une masure qui, par une fenêtre béante, laissait voir des fûts, un pressoir. Et des arbres encore, mal plantés, mal taillés. Sous le ciel terne et moutonneux, les abords de Winslow semblent rébarbatifs.

Le cheval avança dans une gravière.

« Pauvre de lui ! Elle devrait le garder. »

Odile était-elle accessible à la pitié ? Elle en avait manifesté après le coup de fouet de Peter. Soit : elle était encline à plaindre un bon cheval. Mais un homme ? Un ennemi ? Il se pouvait que dès ce soir, sous les regards des membres de sa famille, son comportement fût différent de ce qu'il avait été jusque-là.

Ogier soupira. Il s'était interdit, depuis Londres, d'imaginer son avenir. Il s'était efforcé, tout au long du chemin, d'offrir à la curiosité de sa gardienne et des hommes d'armes une sérénité farouche, inaltérable, bien qu'il eût été quelquefois tourmenté par une anxiété qui, maintenant, atteignait son paroxysme. Quels êtres hantaient Winslow ? Solides, malgracieux, avaricieux en tout — nourriture et paroles — ou dévoués, courtois comme la belle Odile ?

« Tiens, le chariot s'arrête. »

Il se dressa sur un coude et entrevit un haut mur crénelé.

« Nulle douve, à ce qu'il semble, mais des murailles défiant les échelades. Même si l'on me tient sous haute surveillance, il me faudra trouver dix aunées de corde [1]. Et la dissimuler... À moins que je puisse m'enfuir à l'occasion d'une chasse, d'une fête d'armes... Seront-ils nombreux à épier mes gestes ? »

— Peter, vous avez un olifant... Soufflez dedans !

Ce fut fait. Aucun chien n'avait donné l'alarme. Une torche vacilla bientôt entre les merlons d'une courtine.

— C'est moi, William !

1. Environ 12 mètres.

— Oh !... J'accours, damoiselle !

L'apparition du portier vêtu d'une houppelande en peau de loup et coiffé d'un bonnet de nuit provoqua quelques rires. Odile réprima le sien pour demander :

— Père s'est-il privé de tous ses soudoyers ?

— Nullement ! Nullement !... Dix d'entre eux sont partis pour renforcer l'armée de notre sire Édouard à Calais. Certains reviendront avec votre mère.

— Les cinq qui nous demeurent ont des sommeils d'enfants !

— Hélas !... Le temps nous a duré, damoiselle. Dame Ethelinde languissait...

— Je vous conterai cela, William... Allez prévenir votre épouse. Faites-lui combiner un repas pour six hommes... L'autre est dedans, sur la paille... Tirez Wingfield du lit. Qu'il vienne prendre soin des chevaux — surtout du limonier. Réveillez Ermyntrude. Qu'elle prépare cinq lits. La place ne manque pas puisque dix hommes sont en chemin pour Calais !... Qu'elle apprête celui de la *Harold tower*... Dormez-vous, Peter ? Ne voyez-vous pas que le pont s'abaisse ? Et vous autres, qu'attendez-vous pour avancer ?

Courbant le dos, les quatre cavaliers s'enfoncèrent sous le porche béant ; la charrette suivit. Odile en descendit en marche. William avait disparu, mais des lueurs passaient çà et là, révélant un affairement qui, pourtant, ne satisfit pas la jouvencelle.

— Que ces gens la font longue [1] !

— Faut ce qu'il faut, dit Peter, immobile sur la banquette. J'ai faim. Et vous autres ?

— Moult faim ! répondit le plus vieux des sergents.

— Et vous, messire Argouges ? demanda Odile, son visage serré entre deux balustres de la ridelle.

— Oh ! moi, je ne suis rien.

Même ainsi, devant elle, Ogier berçait des idées de fuite — ou d'abandon. Il lui souriait, mais d'un sourire

1. Que ces gens tardent longtemps !

grimacier, pénible. Il était non seulement prisonnier ; les événements avaient fait en sorte qu'il fût *son* prisonnier. Elle se méprit sur la crispation de sa bouche :

— Je conçois que vous ayez mal. La dureté ne vous a pas manqué depuis notre embarquement. Il y a tout près d'ici, à Bletchley, un mire qui tentera[1] vos plaies et y remédiera... Je le ferai mander demain.

— Il faudrait que vous écriviez à Gauthier de Masny. Que vous lui racontiez tout et lui demandiez le prix de ma rançon.

— Je le ferai. Pour le moment, pensez à guérir. Ce long cheminement a épuisé vos forces !

Elle compatissait avec une bienveillance triomphante. Elle se félicitait, dit-elle, de l'avoir mené à Winslow et lui prédit un séjour agréable, meilleur qu'à la Tour de Londres où devaient loger Charles de Blois et ses deux compagnons. Elle guettait sans doute, dans le regard ou sur les lèvres de son protégé, une lueur, un mot, un compliment peut-être, témoignant de sa gratitude, mais il en était incapable : se montrer avenant eût été s'abaisser.

— Si j'étais de moi-même votre hôte..., commença-t-il.

Elle comprit et son visage se recula.

Il y eut des allées et venues. Le limonier dut fournir un dernier coup de collier avant d'être dételé. En soupirant bruyamment, les sergents mirent pied à terre. Des voix retentissaient : hommes bourrus, femmes en émoi. On parlait français, saxon ou gallois. Une nouvelle fois, Ogier se sentit attrapé par les chevilles, tiré, puis mis debout.

— Doucement, doucement ! recommanda Odile. Ma sœur et moi, bientôt, changerons les linges et charpies qui furent mis à Londres sur vos navrures.

— Je vous en saurai bon gré : ce coquin de Sudbury les a serrés bien fort !

1. Tenter une plaie : la sonder.

— Vous auriez dû vous en plaindre !

— Il m'eût pris... et vous-même, pour une poule mouillée !

— Pas moi, messire.

Tout en ceinturant ses hauts-de-chausses, un homme dévala d'un perron. Aussi maigre et âgé que William le portier, il frissonnait sous sa chemise.

— Odile !... Enfin !

— Père !... Ma joie de vous revoir est pareille à la vôtre.

— Qui est-ce ? demanda le baron de Winslow après une brève embrassade.

— Un chevalier de France en fort piteux état.

— De France !

— Je devais le remettre à Margaret de Masny, de la part de son époux qui l'a sauvé lors d'une bataille. Or, elle s'en est allée à Calais. Je ne pouvais l'abandonner à Londres. À qui, d'ailleurs, l'aurais-je confié ?

Il n'y eut pas de « Tu as bien fait », mais un « *Hum ! Hum !* » chargé de réprobation. Une conversation en anglais s'engagea, d'où Odile parut sortir à son avantage.

— J'ai fait au mieux, dit-elle. Vous serez déchargé de toutes vos dépenses, si c'est cela qui vous donne souci !

Ogier se sentit moins gardé que protégé. Sur un geste du baron, deux serviteurs passèrent ses bras sur leurs épaules et l'entraînèrent jusqu'au perron.

— *Be careful*, dit Odile en les devançant.

Il fut emmené dans une galerie haute de plafond, étroite, fraîche, non meublée, qu'une seule baie à vitraux devait éclairer. Deux torches brûlaient. Il aperçut à sa hauteur une peinture à la fresque : trois femmes richement atournées recevaient les hommages de quatre ou cinq chevaliers roidis dans leurs mailles. Trois d'entre eux portaient le même écu armorié : *de gueules à un griffon d'or*. Mauvais présage ; Richard de Blainville avait arboré lui aussi un griffon, mais il était d'argent, couronné d'or, membré et armé de même, sur fond de sable.

Odile poussa la double porte d'une grand-salle au bout de laquelle une femme ranimait un feu. Une table au milieu, des dressoirs dans les angles ; quatre fenêtres assez larges ; des bancs, deux faudesteuils et deux cathèdres au dossier orné de l'orgueilleux griffon.

— Qu'on approche un siège. Hâtez-vous !

Comme, abandonnant le blessé, les deux serviteurs soulevaient une des pesantes chaires et l'amenaient devant la table, Odile se rengorgea :

— Les Winslow, messire Argouges, sont de très vieille descendance. Ils ont servi Harold contre votre Guillaume. On les retrouve, depuis lors, dans notre Histoire, partout où il a fallu batailler... De Northampton, au nord, à Reading, au sud ; d'Oxford, à l'ouest, à Luton et même à Londres, à l'est, on dit que notre noblesse est aussi ancienne que l'Angleterre, notre fierté aussi élevée que les murs de ce *castle*, notre hardiesse et notre dévouement à la Couronne aussi solides qu'un granit... et nos ongles, lorsqu'on nous porte tort, aussi aiguisés que ceux du griffon.

Ébahi par tant d'enflure, Ogier trouva la donzelle essoufflée plus terrible que gracieuse. Les personnages ombreux de la galerie l'avaient plongé dans un malaise auquel il n'avait pu, sur l'instant, trouver la moindre raison ; il la découvrait enfin : tous, même les femmes, sous l'impassibilité de leur visage, remuaient des sentiments vigoureux, laids ou farouches. Tous avaient le regard d'Odile : intense, impérieux, acéré comme une arme. Elle jouissait, assurément, de son pouvoir de séduction, et semblait accoutumée à ce que rien ne lui résistât. Elle détenait, de son existence rustique, une fermeté, une énergie peu compatibles avec sa féminité, mais compensées, sans doute, par des ouvrages appréciés des âmes rêveuses : la broderie, la tapisserie, le commerce plus ou moins assidu des livres — autant qu'il pût y en avoir entre ces murailles ténébreuses...

Et l'amour ? Si bref qu'eût été son séjour à Calais, elle n'y avait pas manqué de chevaliers servants. De même qu'à Londres, qu'elle semblait bien connaître.

— Messire Ogier, voyons !... Abandonnez cette mine funèbre... Vous n'êtes plus encagé dans un mauvais tombereau mais dans le *hall* de notre demeure !

Quelque soin qu'elle prît à se montrer avenante — en jouant, toutefois, sur les mots, alors que son père, volontairement indifférent, ajustait ses habits devant la cheminé —, Ogier ne pouvait se défendre de la conviction lourde, urticante, d'être à la merci d'Odile après avoir eu l'espoir d'obtenir sa protection. Quel sot ! Des indices, pourtant, l'eussent dû éclairer. Elle n'avait guère montré de déception en apprenant que Margaret de Masny venait de déserter son hôtel. Sitôt son énergie recouvrée, elle avait exigé de quitter Londres en hâte. S'il avait souvent pensé qu'il n'était qu'une chose, un objet dont on prenait soin, il éprouvait ici, presque cruel, le sentiment d'être un butin de guerre soustrait à son légitime propriétaire. Et parce qu'elle semblait lire dans ses pensées, la pucelle exprima lentement son dilemme :

— Si Gauthier de Masny vous réclame, je pourrai lui dire que vous vous êtes enfui... ou que vous êtes mort par infection de vos blessures.

Il lui rendit son sourire sans trop de difficulté tout en scrutant ce visage divin auquel la satisfaction donnait un charme singulier : cet étincellement des prunelles sous le flux d'un désir inconnu, ce front superbe où quelques cheveux égaraient leurs hameçons noirs ; ce sourire tout à coup avivé par un mordillement des lèvres. Et puis cette obligeance à lui désigner la cathèdre :

— Vous y serez bien mieux que sur un banc... Voulez-vous vous isoler ?

— Non, damoiselle... Je mangerai d'abord si cela vous agrée...

Le feu pétillait. Voyant partir les sergents, Ogier comprit qu'ils souperaient aux cuisines.

On alluma des candélabres. Leurs fines gouttes d'or firent danser les ombres.

— Mon père revient vers nous... Non, non, demeurez assis : il partagera ce banc, devant nous, avec mon ains-née sœur.

Elle avait une sœur. Plus âgée de combien ?

On s'animait autour d'eux. Des servantes glissaient des écuelles et des cuillers sur la table. Un pichet, des couteaux, deux hanaps pareils à des ciboires animèrent le plateau de leurs lueurs argentées. De lents souffles d'air chaud passaient ; et comme il revenait pour s'asseoir à la place prévue par Odile tout à coup rêveuse, le baron de Winslow demanda :

— Fait-il aussi beau que chez nous au royaume de Philippe ?

— Oui, Père. À Calais surtout... qui n'est plus sien.

Sec, noueux, la peau tannée par le grand air, tonsuré autant qu'un clerc par l'âge et le camail de mailles ; les yeux bleus, pénétrants et presque juvéniles — en tout cas désaccordés avec sa vieillesse —, le nez pointu, qu'un heaume devait mettre à l'étroit, le baron ne dissimulait pas son aversion envers le prisonnier amené indûment par sa fille.

— Nous avons eu chaud pareillement l'an passé quand nous sommes allés de la Hogue-Saint-Waast à Crécy... en faisant un détour par Paris... J'ai reçu à l'épaule, messire comment, déjà ?

— Ogier d'Argouges...

— J'ai reçu à l'épaule, en haut du Val-aux-Clercs, le seul carreau qui fût tiré sans doute par un de vos Génois... alors que je pissais !

Ogier se plut à contrefaire la voix de ce baron rogue et impertinent :

— J'ai reçu dans ma chair, messire, mon content de sagettes galloises. Si mes malheurs s'étaient arrêtés là, je n'eusse jamais eu le plaisir de connaître votre puînée.

Il eût pu dire : « *de vous connaître* », mais il avait sciemment évincé ce bataillard imbu de sa personne. Comme Odile paraissait humble ! Elle voulut informer son père des raisons du retard de sa chambrière ; il n'en eut cure :

— Qui s'y frotte s'y pique !... J'ai toujours pensé qu'au lieu de semer des lis sur sa bannière, Édouard III aurait dû y planter des chardons... des porcs-épics... des châtaignes dans leur habit... des oursins... Que sais-je encore !

Le sire de Winslow — Arthur, précisa sa fille — trouvait une satisfaction légitime à montrer sa révérence envers son roi. Comme une grosse femme posait sur le plateau une miche de pain, il lui lança un regard de complicité d'une si parfaite éloquence qu'Ogier douta qu'il fût fidèle à son épouse. Odile, irritée, admonesta la domestique :

— Je veux une toile, un drap sur cette table... Et même une longière [1] de notre côté ! Ce n'est pas parce que ma mère est absente qu'il faut négliger les convenances.

— Mais il s'agit de toi et...

— D'un vaincu ?... Je le sais, Père. D'un ennemi... Mais savez-vous que messire Ogier est le champion du roi Philippe ?

Cette révélation fut sans effet. La grosse servante revint et prestement installa la nappe et la longière.

Une jeune dame entra, vêtue d'une gonne de soie rose passé sur une épaisse chemise de lin si longue qu'elle la retroussait de ses mains réunies sur son ventre.

— Demeurez assis, messire... Voilà ma sœur Ethelinde.

1. Bourrelet de tissu, mais surtout nappe très longue qui, placée en bordure des tables, était utilisée par les convives pour s'essuyer la bouche et les mains.

C'était un nom des Flandres ou du Hainaut.

Ethelinde était blonde — une blondeur nacrée qui ondoyait, en deux tresses effilochées par le sommeil, jusqu'à ses hanches. Sous ses cils longs et fournis, ses yeux avaient l'éclat des gorges de pigeons. Elle cilla des paupières, sachant sûrement qu'elle en rehaussait la brillance, tandis qu'Odile, d'une voix de feutre inhabituelle, faisait les présentations :

— Messire Ogier d'Argouges... Je te raconterai sa méchante aventure.

Ethelinde s'inclina puis enjamba le banc. Auprès de son père, immobile et compassé, elle était la simplicité même, à moins qu'il ne s'agît d'une affectation savamment maîtrisée. Vingt ans, pas davantage. Ses vêtements révélaient de belles formes, une maturité rosée comme les avant-bras charnus et duveteux qu'elle ne craignait point de montrer, à l'inverse des femmes de France. Ses lèvres, tout en souriant, semblaient vouloir toucher des friandises ou goûter à l'ambroisie. Sur le plateau drapé de lin, dans l'orbe dansant des chandelles, elle posa sa main nue, piquetée de quelques taches de son, et fit mouvoir des doigts longs et fermes. Ogier ne put interpréter le regard d'enfant perdue qu'elle adressait à sa sœur. Était-elle mariée ? En ce cas, son époux logeait-il à Calais ? Non, car elle s'y fût rendue avec Odile. Chevauchait-il parmi les bourreaux de Bretagne ?

— Comme tu as tardé ! dit-elle à sa puînée.

Après avoir toussé pour s'éclaircir la gorge, Arthur de Winslow s'enquit de la santé d'Édouard III. Il ne l'avait pas revu, dit-il, depuis son embarquement à Boulogne, quelques jours après la victoire de Crécy [1].

1. Après Crécy, le 4 septembre 1346, 400 vaisseaux anglais attaquèrent Boulogne. La cité résista mais les faubourgs furent détruits jusqu'aux fortifications. Quelques chaloupes mises à la mer rapatrièrent certains blessés anglais. Depuis la bataille de l'Écluse et la destruction de la flotte française, Philippe VI avait perdu la maîtrise de la mer.

— Le roi se porte bien, grâce à Dieu, dit Odile. Sa femme a enfanté.

Elle disait « *sa femme* » comme s'il se fût agi d'une manante. Dame Ethelinde en parut courroucée. Sa mère, *leur mère*, était-elle native du Hainaut comme la reine d'Angleterre ?

— On dit que ses cris portaient à deux cents toises ! Moi, j'avais refusé d'être près de son lit... Pouah !

Pour remédier au mauvais effet des propos de sa puînée, messire Arthur, avec une affabilité incongrue entre parents, demanda si la reine avait souffert longtemps. Odile l'en assura avec des circonlocutions par lesquelles, ajoutant qu'elle était bellement soulagée de son fardeau, et comme rajeunie, elle donnait à penser que Philippa d'Angleterre s'était enlaidie et demeurait grosse comme devant, bien que sa nouvelle fille eût de qui tenir.

La servante que le baron tenait en particulière attention — Lynda — emplit le hanap d'Ogier après celui d'Odile. Des serviteurs apportèrent des pâtés, deux volailles rôties tandis que, glissant des couches à l'alcôve, Arthur de Winslow s'inquiétait de la comtesse de Salisbury qui peut-être se trouvait à Calais. Jamais le roi n'avait fait mystère de cette passion qui l'avait conduit, en l'absence du malheureux époux, à des excès charnels dont toute la Cour s'était entretenue ; l'on pouvait donc en parler librement, même devant un Français, car la violence de ces amours-là n'avait pas manqué de franchir la mer. Le regard du baron demanda : « N'est-ce pas, messire Argouges ? » Celui de son aînée signifiait : « Tais-toi ! »

— Ethelinde est veuve, crut bon de préciser Odile. Son époux, le chevalier Henry de Ringwood, est mort en Bretagne, à Dinan, voici maintenant cinq ans [1].

1. La bataille devant Dinan eut lieu le 20 décembre 1342.

— J'ai voulu qu'on nous rapporte ses os ! crut bon de préciser Arthur de Winslow[1].

On venait d'évoquer la comtesse de Salisbury, or c'était son époux et ses hommes qui avaient assiégé Dinan, brûlé et pillé ses for-bourgs.

— Assez parlé de guerre ! dit Odile. Père : messire Ogier s'est fellement battu. Regnault de Cobham allait l'achever quand Masny s'est interposé...

— Et notre cousin Northampton ? coupa le baron comme si ces faits manquaient d'importance.

— J'ai vécu chez lui avec Mère... Il m'a chargée de vous dire maintes choses agréables...

— Mangez, messire Ogier !

Ethelinde avait dû fréquenter la Cour tant ses manières étaient aisées. Le chevalier d'aventure qu'on l'avait sans doute contrainte d'épouser s'était complu à molester ses principes, ses façons... et son corps.

— Je vous devine valeureux en tout, dit-elle. Vous vous seriez morfondu à Londres, auprès de Margaret de Masny... Bon appétit et que la vigueur vous revienne.

Ogier mangea. Il avait faim. Le moindre mouvement de ses mâchoires avivait la petite douleur qui subsistait dans son oreille. Il n'osait y porter la main. À peine Odile baissait-elle son regard sur son écuelle, qu'Ethelinde le dévisageait avec une singulière attention. Sa bouche sévère, d'un rouge brillant d'émail, semblait alors solliciter la sienne.

« Par Bacchus, quelle âpreté ! » songea Ogier en reposant son hanap.

Le vin était aussi rude que messire Arthur. La chair

1. On faisait bouillir les corps dans des chaudrons immenses jusqu'à séparation des chairs et des os. On empaquetait ces derniers et on les « rapatriait ». Cette coutume était internationale. Ce fut le vœu d'Édouard Ier à sa mort (7 juillet 1307) ; ce fut, bien avant, celui du Cid ; Du Guesclin (qui ne l'avait pas souhaité) connut un sort semblable et fut dispersé, ainsi, aux quatre coins du royaume.

des volailles avait, quoique froide, la tendreté de celles de Gratot ; le pain avait été tiré du four le matin même.

« Si je continue à manger aussi bien, un mois me suffira pour recouvrer mes forces... »

Peut-être parviendrait-il à rober un cheval... Mais avant de partir au galop vers la mer, il s'informerait sur son oncle Guillaume. S'il vivait, il le délivrerait. Ils iraient à vau-vent, Dieu les y aiderait.

— J'aimerais revoir Hugh Calveley...

— *What ?* Vous le connaissez ? dit Arthur de Winslow.

— Je puis vous assurer que nous nous sommes liés d'amitié. La guerre ne saurait engendrer que des haines.

Un grognement : le baron désapprouvait. Ethelinde se pencha, bienveillante :

— Savez-vous, messire, que si vos forces vous reviennent, vous pourrez jouter... sous haute surveillance, évidemment. La dernière fête d'armes a lieu fin novembre, à Ashby-de-la-Zouche. Je vous prêterai l'armure de mon défunt époux...

— Jamais ! dit le baron. Ce serait offenser la mémoire d'Henry !

Ogier sentit un pied tapoter le sien. Ce ne pouvait être que celui d'Ethelinde.

Haute sous son plafond de poutres peintes en grenat, espacées d'entrevous d'azur ; ronde comme la tour dont elle occupait le dernier étage, la chambre dans laquelle Ogier venait d'être amené, non sans mal, par Ethelinde et Odile, paraissait d'une somptuosité princière, bien que les faibles lueurs des candélabres n'en pussent révéler tous les attraits. Les murs étaient couverts aux deux tiers d'un cuir gaufré, probablement de Cordoue. Aux angles du lit encourtiné de velours bleu jaillissaient des balustres épais, carrés, où figuraient des lierres et des pampres dorés enroulés jusqu'au baldaquin.

— Qu'en dites-vous, messire Ogier ? interrogea Odile.

Qu'eût-il pu lui répondre ? Ces dépenses voluptuaires eussent peut-être amené Blandine à plus de « compréhension » s'il avait pu s'y livrer à Gratot. Il s'étonna de la prompte disparition d'Ethelinde. Odile fronça les sourcils :

— Père m'a dit sa réprobation... Il vous eût quant à lui offert les écuries... Le roi Édouard II a dormi céans, une fois, avec un je-ne-sais-qui ramassé sur le port de Londres... Craignez-vous que votre sommeil en soit affecté ?

— Si je dois rêver, ce sera de deux charitables dames...

Un grand tapis d'Orient aux entrelacs rouges et verts dissimulait en partie le plancher. Ogier vit deux coffres, deux chaises de bois et un petit miroir de bronze étamé monté sur un trépied, entouré d'un châssis d'argent. Sur une table, entre deux chandeliers, un broc reposait dans une cuvette — tous deux, semblait-il, de cuivre gravé.

Odile alluma tout le luminaire dont une *ménorah* robée dans une synagogue.

— Je donne de la clarté car il va nous falloir changer toutes vos compresses, bandes et charpies... J'ai demandé à Ethelinde d'apporter un panier d'onguents et de remèdes... Il y a de l'eau dans ce broc. Je la ferai renouveler quand il le faudra... Messire, allongez-vous.

À Londres, assistée de Peter, elle l'avait soigné deux nuits de suite. Il n'avait conservé que ses braies ; il en fit autant, moins gêné d'être demi-nu devant la pucelle que d'avoir à le rester devant sa sœur : Ethelinde entrait et fermait diligemment la porte. On eût pu penser, à la promptitude du geste, qu'elle craignait que son père ne l'eût suivie.

— Par où commençons-nous ? demanda-t-elle d'une voix dont la matité révélait une absence d'égards et de sollicitude.

Odile se saisit du panier à remèdes :

— La tête... Il a perdu la moitié d'une oreille.

— Il a une barbe d'au moins trois jours.

— Une râpe, en vérité, dit Ogier.

— J'ai apporté *mon* rasoir, dit Ethelinde.

Elle avait insisté sur le possessif tandis qu'Odile dénouait puis défaisait le bandeau qui, ceignant le front, les tempes et la nuque, maintenait serrée une étoupe de coton, humide de sueur, contre l'oreille blessée.

— Vous en avez perdu un bon peu, dit Ethelinde, penchée, mais cela ne saurait nuire à votre...

Elle s'interrompit, cherchant un mot ou réprimant celui qu'elle allait prononcer de crainte d'irriter sa sœur tandis qu'Ogier soupirait d'aise. Pour une fois, la plaie ne collait pas à la charpie.

Il recevait sur son visage les souffles frais, alternés ou confondus, des deux femmes et respirait avec délices leur senteur, cherchant à retrouver, dans ces capiteux effluves, l'odeur miellée de son épouse. Il était tenté de fermer les paupières afin de mieux s'abandonner à ces mains vives, voletantes, où qu'elles allassent se poser. Confusément remué par tant d'attentions assorties de chuchoteries dont l'essentiel se composait d'anglais ou de saxon, il se laissait envelopper dans un bien-être insoupçonné de ses soigneuses.

— Votre oreille sera guérie dans deux ou trois jours, dit Ethelinde. Elle ne vous enlaidira point... Vous n'aurez qu'à porter les cheveux longs, comme notre sire Édouard, et personne n'y verra goutte... Beau comme vous êtes et rasé de frais, on vous prendra pour une femme...

— Voilà bien, dame, ce que j'aurais en détestation !

Beau, lui ? Blond, les yeux bleu-vert autant qu'il

s'en souvînt, le front haut, une grande bouche d'avaleur d'épées...

— Passe-moi cela, ma sœur, dit Odile agacée. Nous allons vous ceindre, messire, d'un bandeau que nous vous changerons demain soir...

— Vos épaules, maintenant, dit Ethelinde.

Il fut heureux de se placer sur le ventre bien que rien, sous ses braies, n'eût été susceptible d'exciter une curiosité dont la distension, quant à elle, lui était devenue perceptible à des œillades entre les deux hérédesses[1]. Leurs soupirs, désormais, lui semblaient moins dus à la minutie de leurs soins qu'à leur intérêt pour son corps. Était-ce parce qu'il avait terriblement souffert et qu'il était quasiment en leur pouvoir qu'elles se montraient si attentives ?

Face à face, elles défirent les bandes qui, passant parfois sous ses aisselles, maintenaient des charpies puantes qu'il devinait croûteuses et confondues à ses navrures. Il sentit, au-dessus de lui, un regard de connivence. Elles tirèrent en même temps. Il gémit.

Elles rirent sans trop de malignité puis le baisèrent ensemble sur les joues afin d'obtenir son pardon. Il serra les dents pendant qu'Odile commentait :

— À force de trop vous appuyer contre la caisse, les linges avaient adhéré aux blessures.

— Comme elles sont profondes ! s'exclama Ethelinde.

Elle semblait émerveillée. Elle le confirma en disant :

— Je m'aperçois que nos archers frappent non seulement juste, mais vigoureusement... Vous avez dû crier, messire, davantage que maintenant quand ces sagettes vous pénétrèrent.

— Je crois, dame, que mes os ont été traversés... Je n'ai pas crié : j'ai hurlé, mais c'était surtout parce que ces maudites flèches m'empêchaient de bien affronter

1. Infirmières.

*votre* Cobham !... Je ne pouvais hélas ! gauchir[1] ses coups !

— C'est miracle, dit Odile, fortement penchée, en soufflant parfois sur les plaies afin d'en apaiser les feux, miracle, en vérité, que les pointes d'acier ne soient pas demeurées dans ces os plats que chez les porcs, on appelle palettes...

Une joue contre l'oreiller, les paupières serrées, Ogier sentit qu'on abstergeait ses plaies, puis qu'on les séchait avec un linge doux. Ethelinde — il connaissait désormais les glissements de ses doigts — les couvrit d'un onguent dont l'odeur lui était inconnue.

— Et voilà, dit-elle : je dépose dessus des pétales de lis macérés dans l'eau-de-vie.

Il connaissait ce remède. À nouveau, elles le bandèrent et il sentit le ventre d'Ethelinde s'appuyer sur sa main brièvement mais fermement. Puis elles pansèrent sa poitrine, après quoi Odile soigna seule son flanc, peut-être parce qu'elle devait baisser le haut de ses braies, sans toutefois — elle s'en garda — le dénuder tout entier.

Alors, à gestes doux, Ethelinde le rasa puis passa ses doigts indolents sur son menton, son cou, les contours de sa bouche. « Leur jouet ! » ne cessait-il de penser, bien que ces soins, ces attouchements, ces souffles unis au-dessus de sa chair lui fussent agréables. Il eût trouvé ces attentions délicieuses en d'autres lieux que ceux-ci.

« Si je cède à Ethelinde, qui est veuve et passionnée, plutôt que de m'aider, elle voudra m'emmurer ! »

Et Odile ? Que lui voulait-elle ? Quel autre sentiment cachait sa compassion ?

— Nous avons achevé, soupira la puînée. Je vais moucher les chandelles... Prends tous ces linges sales, ma sœur, j'emporterai les remèdes.

— Oui !... Je vous obéis tout comme une esclave.

Le mécontentement d'Ethelinde s'était assorti d'une

1. Esquiver.

révérence où la moquerie prenait une bonne part. Odile se courba tout autant. Elles rirent d'elles-mêmes, puis de l'ébahissement d'Ogier.

— Nous sommes ainsi, messire, dit Ethelinde.

Quelle était leur vie à Winslow ? Y avait-il, en ce château lugubre, des écuyers avenants ? Ogier tressaillit : Ethelinde venait de lui lancer une œillade explicite — à l'insu de sa sœur occupée, la croupe en l'air, à enfouir les remèdes dans le panier.

*« Ethelinde. »*

Le nom tournoya dans sa tête où son oreille battait, battait sous le bandeau serré peut-être un peu trop fort. Ethelinde... Cette coiffure de lin, soyeuse ; ces prunelles sauvages, cette espèce de fausse candeur ; cet aspect onduleux de Vénus intouchable et cependant sujette à de fols appétits...

— Voulez-vous, demanda-t-elle, que nous vous veillions l'une après l'autre cette nuit afin de vous être utiles en quoi que ce soit ?

Elle était aussi suave, aussi onctueuse que les médications étalées par ses doigts légers sur des stigmates brûlants.

— Non, dit-il, toutes deux allez vous reposer. Je suis sûr qu'un sommeil infaillible me prendra dès votre départ.

Qui d'Ethelinde ou de lui-même s'était le plus offert ? Elle, évidemment. Parfois, sous la trame mince des vêtements, il avait senti cette chair de femme appuyée fermement contre la sienne. Quelle magnificence, il en était certain ! Henry de Ringwood avait-il dégoûté de l'amour son épouse ? Sans doute pour qu'elle parût vouloir se livrer, maintenant, à un ennemi, un vaincu et, ce dont il était marri en l'occurrence, une sorte d'impotent.

— Je vous envie, messire, de dormir comme un ange. Moi, j'affronte la nuit comme...

— Comme ? demanda Odile tout à coup sèche, attentive.

— Comme une condamnée, ma sœur. Je brûle, je froidis, je languis jusqu'à l'aube... Mais avec tes remèdes dont j'étais dépourvue, j'espère enfin guérir de cet inconvénient.

Que signifiaient ce ton douceâtre et ces paroles ? Il y avait une brèche dans la gonne de satanin rose. Ogier entrevit la naissance des seins.

— Couvre-toi, ma sœur, recommanda Odile. L'air fraîchit et tu crains les maux de gorge.

Objurgation feutrée ou conseil bienveillant ? La voix qui l'exprimait manquait d'alacrité. La pucelle pressentait-elle, pour la première fois, de quelle lascivité captive d'un caractère suffisamment fier, jusque-là, pour en refréner les ardeurs, sa sœur aînée était hantée ? Son panier au bras, telle une manante au marché, elle gagnait la porte. Ethelinde la rejoignit, la saisit par la taille et, contrite ou amusée, la baisa sur la bouche.

On n'eût pas dit, à les voir ainsi embrassées, qu'elles se chérissaient. Il existait un autre verbe, sans doute, pour exprimer cette attirance et cette effusion singulières.

« Deux sœurs », songea Ogier, « mais point du même lit, sans doute. »

Il en était certain, tout à coup : si Ethelinde semblait encline aux ébattements les plus hardis, Odile, sous son innocente apparence, était visitée des mêmes désirs que celle qui l'avait précédée dans la vie. Dans quels fruits défendus rêvait-elle de planter ses petites dents blanches ?

— Demain, si vous tenez sur vos jambes, nous vous ferons visiter Winslow.

— Puisque c'est en votre compagnie à toutes deux, j'en serai capable !

Les hommes avenants devaient être rares, au château, pour qu'il fût enveloppé de tant d'attention.

— Rêverez-vous de nous ? demanda Ethelinde.

— Nos sommeils sont nos maîtres, noble dame. Qui

sait si je ne vais pas rêver de batailles ?... De joutes et de tournois, puisque vous m'en avez parlé ?

— Messire Ogier, en ce cas nous serons sur l'échafaud des dames ! Et nous assisterons, passionnées, aux courses que vous fournirez !

— Dans l'état où je suis, dit-il en souriant, je ne puis courir qu'une lance.

Cette allusion parut mécontenter Odile. Entraînant sa sœur par un bras, elle jeta sans se retourner :

— Messire, on a pu voir, lors de certaines joutes, un bon coup qui en valait dix !

Elles sortirent. Riaient-elles ou bien s'affrontaient-elles du regard ?

« Blandine », songea-t-il.

Auprès d'elles, et bien qu'il les connût à peine, son épouse, soudain, paraissait une sainte. Avec, pour lui, les inconvénients qui procédaient de cet état. Pourrait-il à nouveau toucher cette poitrine dont, après les joutes de Chauvigny — précisément — le souvenir avait embrasé son imagination ? Allait-il oublier Blandine au profit d'Ethelinde ? Pourquoi non ? Ne serait-ce point une victoire, à tout le moins une revanche, que de subjuguer la veuve d'un Goddon qui avait mis à feu et à sang la Bretagne ? Tant qu'il n'aurait pas empaumé, flatté cette gorge attrayante ; tant qu'il n'aurait pas sondé cette obscurité mousseuse, à la fois chair et végétal qui, un instant, s'était appuyée contre sa main crispée, il vivrait dans une espèce d'angoisse. Chaque jour, le poids de sa captivité deviendrait plus oppressant. Demain, après-demain ou dans une semaine, Ethelinde se livrerait. Il étirerait indéfiniment le plaisir de la soumettre... Quand il avait senti son doux blason contre le dos de sa dextre, il s'était essanné [1]. L'attouchement de cette pulpe secrète était si prodigieux, dans l'état de quasi-impuissance où il se

1. Essanner : se mettre hors de sens.

trouvait, qu'il avait encore, à se le rappeler, le cœur gros et le souffle court.

— Cesse de warrouiller[1] ! Dors, tu en as besoin.

Il se remémora le visage d'Odile appliquée à soigner son flanc. On eût dit que son corps ne l'intéressait pas. Tancrède se fût montrée plus attentive.

Mais pourquoi, tout à coup, pensait-il à sa cousine ? Pourquoi eût-il aimé savoir ce qu'elle faisait présentement ? Il n'avait souci que d'une chose : qu'elle apprît en quel lieu de la Grande Île Guillaume de Rechignac purgeait son otagerie.

Il bâilla, remua et sentit moins ses plaies. Une seule femme l'eût soigné avec un dévouement sans faiblesse. Blandine. Et c'était tout de même étrange qu'elle fît figure d'intruse dans sa mémoire alors que Tancrède s'y imposait.

1. Verbe normand : faire des tracas, aller de-ci, de-là, bouleverser, mêler en tous sens.

## VI

Érigé sur une colline pierreuse barbelée de ronces et de chardons, Winslow semblait défier les cieux. Avec ses tours trapues, ses hautes courtines et son donjon vaguement ovale incorporé à l'enceinte et augmenté, sur l'extérieur, d'un éperon qui ajoutait à son énormité, le château présentait un aspect redoutable. De quelque endroit qu'il l'examinât, Ogier découvrait à travers la disposition de ses défenses et le massif empilement des pierres, un orgueil sans mélange, analogue à celui de son propriétaire. Il n'était pas une salle qui ne lui fît éprouver une impression sinistre. Assombri de partout par les outrages de la nature, ce vaisseau dont l'étrave était de granit brut défiait les assauts sans jamais avoir eu, sans doute, dans ses flancs, une garnison suffisante pour y faire obstacle.

Des arbres, une prairie verdoyante, le ciel pommelé, le moutonnement paisible des brebis, les ruades et cabrades des chevaux petits, rétifs en apparence — les *galloways* —, voilà ce que le convalescent découvrait par l'étroite baie de la chambre où il s'était vu transférer dès qu'il avait été jugé apte à se mouvoir seul.

Dehors plusieurs fois par jour, il se déplaçait avec une lenteur obstinée. Tous les cinquante ou cent pas, il s'appliquait à feindre la nécessité brusque, humiliante, de s'accoter ou de s'asseoir avant de reprendre, la pause accomplie, une marche qu'il s'évertuait à maintenir chancelante afin d'endormir la vigilance de ceux et celles dont il se savait épié. Comment, dans ces conditions, ne l'eût-on pas laissé vaguer dans l'enceinte et même à l'entour de celle-ci ?

Il avait accueilli son changement de gîte avec une impassibilité dont Odile — la messagère — s'était réjouie : *« Je craignais que vous ne m'en teniez rancune. Mon père trouve inconvenant de vous laisser dans un logis somptueux dès lors que votre état s'est bellement amélioré. »* La chambre qui lui avait été assignée, au second étage du donjon, eût pu convenir à un moine ; il s'en accommodait : le lit était bon, les draps et les couvertures toujours propres ; seul le guichet pratiqué dans la porte massive lui donnait motif de déplaisance. Pendant les premiers jours, il en avait aveuglé la petite grille en faisant pendre, dessus, un pourpoint noir tiré du coffre de Gauthier de Masny. Maintenant, depuis trois ou quatre semaines, il ne s'en souciait pas plus que d'Ethelinde : contrairement à son attente, elle n'apparaissait jamais. Prévenant des amours hautement scandaleuses, le baron l'avait-il enfermée ? Odile se montrait rarement ; sa circonspection manquait de naturel. Il avait cessé de s'interroger sur ce changement d'attitude. L'envie de liberté occupait son esprit.

Matin et soir, un sergent, toujours le même et toujours muet, lui apportait sa pitance. Le vin, le pain, la viande étaient en suffisance. Il recevait parfois un pot de miel, une écuellée de compote de pommes, de poires ou de coings. En tirant tout cela de son panier de bois, Richard le Taiseux, tout englué dans son jaseran inutile, lançait au Franklin détesté un regard sec et gris d'une menaçante éloquence. Il avait plus de quarante ans ; ayant dû guerroyer à la suite du sire de Winslow ou de son gendre, il se fût méprisé de parler au captif. Les hommes d'armes du château le ralliaient dans son abomination.

Ogier ne se méprenait pas : si quelques soudoyers le

rejoignaient dans sa fuite, ils le tueraient, même s'ils avaient reçu commandement de le ramener vivant.

Il y en avait toujours un ou deux dans son sillage lorsqu'il faisait le tour de l'enceinte extérieure.

Née peu de temps après la bataille d'Hastings où un ancêtre d'Arthur, Conan, avait combattu pour Harold contre Guillaume, la forteresse de Winslow semblait fière de son austérité, de sa robustesse et de son esseulement. Longue de quarante toises [1], large de trente-cinq, elle hissait dans la nue sa bannière au griffon et dessous, volontairement, celle d'Angleterre, l'ancienne : trois léopards d'or sur fond de gueules.

Un archer relayé midi et soir parcourait le chemin de ronde. Les courtines étant aveugles, il advenait qu'on aperçût, au sommet crénelé des tours, l'éclair de son chapel de fer. L'ombre épaisse du colosse de pierre noircissait les herbes et les buissons qui, prospérant sur son fruit [2], l'entouraient de toutes parts, sauf devant son seuil défendu par deux portes, l'une charretière, l'autre piétonne, toutes les deux armées de pentures grossières. On les barrait au coucher du soleil avant d'abaisser les herses. Six tours : quatre aux angles, rondes, dont le donjon ; deux rondes également entre les courtines nord et sud. Aucun arbre à moins de trente toises. Ensuite commençait la forêt : une mer montueuse, orgueilleuse et revêche. Au-delà d'une épaisse digue de buissons et de baliveaux, une marée de chênes et de fayards, la plupart liés, agglomérés par des cordages de lierre gros et poilus, pareils aux bras des bateliers que le défunt roi Édouard II s'en allait quérir dans les tapis-francs de la Tamise et dont il advenait qu'on repêchât les corps nus, défigurés, sur les rives du fleuve. Cette immensité tellement crépue qu'elle semblait intraversable cernait Winslow, sauf en un seul

1. La toise mesurait 1,949 m.
2. Inclinaison de la paroi extérieure d'un mur qui en renforce la base.

lieu : l'étroite et rocailleuse voie d'accès. Une tourelle faisant office de barbacane recevait, chaque soir, deux soudoyers. Ils y accédaient au moyen d'une échelle qu'ils rentraient dans les murs avec eux.

« S'ils me voient passer quand j'aurai recouvré mes forces et ma vélocité, je leur prendrai un bon bout de chemin avant qu'ils descendent de leur perchoir et se jettent à ma poursuite. S'ils décident de prendre des chevaux, le temps qu'ils aillent les chercher, j'aurai porté mon avantage à plus de cinq cents toises. Mille, peut-être... Il me faut courir vers le sud, vers le hameau de Waddesdon et passer au large. Ensuite, aller de nuit vers Oxford, Newbury, Winchester... »

Ce dont Ogier était certain, grâce à William, le portier, qui lui manifestait, en cachette, un intérêt sincère, c'était qu'entre Winslow et Portsmouth — le havre le plus proche —, il y avait plus de quarante lieues.

« Il me faut rober un cheval... et même deux », songea-t-il en regagnant la cour après qu'il eut contourné l'enceinte sans avoir remarqué, à l'entour, quelque chose de plus que ce qu'il connaissait. Pourtant, il avait éprouvé la sensation d'être épié. Ce n'était pas la première fois. À l'abri d'un fourré, au seuil de la forêt, quelqu'un observait ses uniformes errances.

L'intérieur de Winslow était désagréable : aucun arbre, aucune fleur, pas même un peu de mousse éclairant une pierre, le creux d'un mâchicoulis, la bouche d'une gargouille. Une netteté d'os rongé par des loups. On laissait, là aussi, le convalescent aller et venir à sa convenance, de l'armerie verrouillée à la forge vide ; de celle-ci aux écuries, étables, échansonnerie, four où le mercredi Ermyntrude cuisait le pain. Qu'il se sentît surveillé lui semblait chose légitime, conforme aux usages de la guerre. S'il avait rencontré fréquemment Ethelinde et Odile, il se fût senti moins seul. Informé de ses sorties et de ses revenues, messire Arthur l'évitait. Quand ils étaient contraints de se croiser, c'était évidemment lui, Ogier, qui saluait le premier. Il découvrait alors, sans la moindre surprise, le visage sec, malveillant d'un homme nullement décidé à la conversation, et qui l'eût estoqué avec un plaisir extrême.

Ce matin-là, ce fut avec joie qu'il vit Odile franchir le seuil des écuries. À l'inverse de sa sœur dont l'allure évoquait une danse, elle avait un pas sûr qui la dodinait à peine. Elle accompagna son sourire d'une révérence brève, du cou seulement, à laquelle il répondit tout de même.

— Savez-vous, messire Ogier, quel jour nous sommes ?

Il savait que l'été se poursuivait à la tiédeur des aurores pépiantes d'oiseaux, à la touffeur des journées bourdonnantes de mouches et de frelons, à l'indolence des soirs ennuagés de corneilles. Mais quant à savoir le jour !

— Samedi 23 septembre.

Il n'allait surtout pas s'exclamer : « Comme le temps passe ! » ni lui demander ce qu'elle savait de la guerre : aucun chevaucheur, aucun chevalier, *personne* n'était venu troubler les us du châtelain, de ses filles et de leur entourage. Haut et fier au mitan de l'immense forêt, le château paraissait un îlot escarpé, ceinturé de falaises inabordables.

Odile tendit un doigt vers le faîte du donjon :

— Je vous ai vu de là-haut piéter tout autour des murailles, lentement, puis vivement ; courir, et marcher encore, les bras mouvants pour reprendre haleine. Je vous ai même vu soulever cinq ou six fois de grosses pierres... Seriez-vous en mesure de tenir une épée ?

— De la tenir, oui, damoiselle, mais non point de m'en servir avantageusement.

Les yeux fauves, sous les longs cils qui semblaient

s'y brûler, eurent un éclat fugace, révélateur d'une colère, à tout le moins d'une indignation :

— Vous vous exercisez afin de la manier à votre aise !

— C'est le devoir d'un homme de guerre...

Il avait évité de dire : « un chevalier », de crainte qu'elle ne le prît pour un impertinent : à Winslow, il était encore moins que le palefrenier, John, un vieux grincheux qui tolérait sa présence.

— Je vous ferai porter votre Confiance dans votre chambre... à condition que vous me fassiez serment de ne jamais l'empoigner contre nous.

— Comment le pourrais-je ? Je vous dois d'être en vie... et à Winslow plutôt qu'à Londres. Or, je vous vois fort peu... Vous devez passer vos journées occupée à quelque grande tapisserie... Et votre sœur en fait autant... Votre père vous a enjoint de m'éviter !

Odile parut, soudain, aussi dépourvue de mémoire que de bienveillance envers lui.

— Mon père vous héberge à son corps défendant.

— Ses mots et ses façons me l'ont prouvé dès mon arrivée, dit-il avec un sourire aiguisé d'ironie. Il vous tient rigueur de m'avoir conduit à Winslow... ce que vous avez fait à votre corps défendant !... Que de corps qui se défendent sans qu'aucun assaut, même doucereux, leur ait été donné !... N'ai-je pas raison, Odile ?

Il lui advenait fréquemment de concevoir sa nudité, puis leurs nudités mêlées entre deux imaginaires visions de celle d'Ethelinde. Quelles occupations unissaient, en ces jours chauds, ces sœurs si différentes et si complémentaires ? Il éprouvait la soif de l'une ou de l'autre comme on a envie de vin ou de cervoise, d'hydromel ou de grenache. Il s'en fût délecté à longues et lentes gorgées.

— Mon père vous déteste et il a ses raisons : vous êtes son ennemi, celui de feu son gendre... Il a vu trépasser moult hardis compagnons dans ces batailles au-delà de la mer !

— Et moi !... Si vous saviez combien j'en ai perdu.

Une passe d'armes s'engageait. Odile, décolorée, le nez pincé, le dévisageait de ses yeux sombres fermement sertis sous l'arc des cils tremblants. Aucun doute : elle cherchait le fer. Il rompit et, désignant Maude qui passait en hâte :

— Elle m'évite aussi. Cependant, elle a fait un long voyage avec ma cousine... *On* l'a empêchée de me parler. Dès que je fais un pas pour échanger deux mots, elle fuit comme si j'avais la morille [1] !

— Mon père lui a interdit votre approche.

— Si de me savoir là lui donne déplaisance, qu'attend-il pour m'autoriser à partir ? Richard me hait... John, son compère, m'exècre. Wingfield grimace et me tire la langue. D'autres soudoyers crachent sur mon passage... Lynda, votre impudique *house-maid* [2], m'adresse à tout moment des regards meurtriers...

Cette grosse femelle et ce maigre prud'homme... Odile savait-elle ? Certainement... Des images luxurieuses traversaient-elles parfois son esprit ? Mélanges d'intimités bouffies et sèches, molles et roides... Le bonheur d'aimer pouvait-il exister sous ces formes ? La lourde Lynda, Lynda la mafflue, la fessue se tordant sur la couche seigneuriale ; enroulant ses gros bras autour du torse sec du baron... Voyait-elle *cela*, Odile ?

— Vous n'eussiez pas été en bien meilleure condition à Londres, chez Margaret de Masny.

— Et vous, Odile, ne seriez-vous pas en meilleure condition ailleurs que dans cette île de hautes pierres ceinte de cette forêt où les regards se perdent et font naufrage ?

La forme d'un sourire entrouvrit la petite bouche rose. Le cœur d'Ogier battit doublement : de tendresse et d'émoi. Comme cette conversation paraissait diffé-

1. La peste.
2. Servante pour gros travaux.

rente de celle que sans doute imaginait Lynda la Gaupe, le visage coincé dans un angle de fenêtre.

— Certaines choses me retiennent céans, messire... et je ne vous les confierai point.

Il ne comprenait pas, il ne comprendrait jamais qu'elle fût si aise d'être quasiment emmurée.

— Rien ne me retient, moi, damoiselle. Mais je dois vous avouer que si j'étais anglais je penserais tout le contraire ! Alors, messire de Winslow me recevrait à bras ouverts et chanterait mes mérites aux invités de nos noces !

Elle n'en disconvint pas. Sa tête petite, bien attachée sur un cou flexible où luisait une chaînette, oscilla doucement comme une herbe à la brise.

— Oubliez-vous que vous êtes marié ?

— Ce n'était qu'une conjecture... Dites-moi : me repousseriez-vous si j'étais un Anglais ? Un Gallois ?

Elle sourit sans répondre. Elle était fière de sa jeunesse, de son mystère, mais sans outrance. Ogier ne put qu'admirer, une fois de plus, ses formes pleines en se demandant quel chanceux en prendrait possession.

— Cessez, messire, de me conter des sornes.

Les portes de l'enceinte étant ouvertes, elle voyait, comme lui, le pré qui séparait Winslow de la forêt. Des moutons y broutaient, paisibles, sous la surveillance de Richard.

— Cet homme ne m'aime pas, damoiselle. Je l'ai en méfiance... Il ressemble à l'écuyer de Gauthier de Masny qui, d'ailleurs, s'appelait ainsi.

— Le prénom du Cœur de Lion s'est propagé dans le peuple. La plupart des enfants mâles sont des Richard.

— Pourquoi n'y en a-t-il aucun à Winslow ? Nul garçon, nulle fillette... La nuit, jamais de pleurs dans les logis... Je n'ai vu aucun couple dont j'eusse pu penser : *« Voilà un mari et sa femme. »* Aucune mère portant un enfançon dans ses bras. Aucun père enseignant l'archerie à son fils...

Odile le considéra avec un air de surprise insolente :

— Rien ne vous échappe, messire Ogier !... Sachez-le : il y avait céans des serviteurs mariés. Six couples... Huit enfants... Ma sœur, à laquelle le chevalier de Ringwood n'en fit aucun, les avait pris en aversion... Mon père craignit qu'elle n'en fît occire quelques-uns pour assouvir son courroux.

Voilà dans quelles révélations il la précipitait !

— Ethelinde ne me paraît pas si cruelle !... Et votre père...

— Votre opinion, messire, est sans valeur aucune.

Résigné, Ogier se tourna vers le puits pour rompre cet entretien absurde. Considérant l'épaisseur de la corde enroulée sur le pouliot, il eut un coup au cœur : à quoi bon en chercher une ailleurs, au risque de se faire surprendre et d'éveiller les soupçons ; le soir où il s'enfuirait, il déviderait cette corde après avoir, au préalable, décroché le seau. Il la trancherait et la remonterait prestement. Il traverserait, ensuite, la cour sans être vu et accéderait à l'étroit chemin de ronde pratiqué au-dessus des courtines. Il ceindrait solidement de ce chanvre un merlon et descendrait, Confiance au côté, le long de la paroi. Après avoir, de loin, contourné la barbacane, il retrouverait le chemin d'accès. Il courrait vers le sud en se fiant aux étoiles.

— Je n'ai pas à juger, dit-il enfin.

— Eh bien, messire, vous y avez mis du temps !

Il allait s'éloigner, Odile le retint par sa ceinture :

— Nous ne savons rien de ce qui se passe à cinq lieues de Winslow. Nous nous en portons bien... Demain, Père et moi partons pour Buckingham avec quelques hommes et deux charretées de moutons... Tiens ! Tiens ! la *Godiva tower* vous intéresse ?

C'était, près des entrées, la plus grosse des tours. Alors que, l'automne et l'hiver, Arthur de Winslow et ses filles occupaient le donjon, ils se réfugiaient, aux beaux jours, dans cet édifice rébarbatif, le baron en haut, elles en bas dans une chambre commune.

— Il fait en cet endroit plus frais qu'ailleurs, messire... Vous voilà instruit, éclairé... Ma sœur craint la chaleur à l'inverse de moi.

Il s'était mépris au sujet d'Ethelinde. Il avait cru qu'elle ferait en sorte de le rencontrer fréquemment. Péché d'orgueil dont il s'admonestait quelquefois. Quant à Odile, elle avait désormais un visage rêveur. Il semblait qu'elle fût marrie de se rendre à Buckingham.

— Serez-vous longtemps absents ? Est-ce une grande ville ?

— Une ville ! s'écria la jouvencelle avec un air de lassitude et de violence mêlées. Un bourg, un petit bourg qu'Ethelinde déteste.

Pourquoi regardait-elle aussi tristement la fenêtre de leur chambre ?

— Nous y resterons deux jours. Vous pourrez les mettre à profit.

C'était inattendu. Ogier planta ses yeux dans des prunelles qui ne se dérobèrent pas. Il se sentait soudain complètement guéri et fort pour toute chose.

— À profit ?... Dans quel sens, damoiselle, entendez-vous cela ?

— Seriez-vous devenu sot ?

C'était dit simplement, d'une voix nette, dépourvue du moindre mépris.

Odile s'éloigna, le laissant perplexe.

Son repas l'attendait dans sa chambre : des lentilles fumantes et une épaisse tranche de bacon. Il mangea sans plaisir, trouvant pour la première fois le pain rassis et les légumes insuffisamment cuits.

*« À profit »*, se répétait-il. « À profit *pour quoi* ? »

L'évasion ? Ethelinde ? Sous quel prétexte les

dames de Winslow, si avenantes lors des soins qu'elles lui avaient donnés pendant dix ou douze jours, avaient-elles renoncé à nouer, hors de ceux-ci, des entretiens qui leur eussent permis à tous trois de se mieux connaître ? Il avait d'entrée soupçonné l'aînée d'être en oisiveté d'amour et d'en souffrir. En aucun cas, cependant, sauf la nuit de son arrivée, elle ne s'était montrée disposée à trahir la mémoire d'un époux qu'il se représentait comme un rustaud. Sa crinière blond-blanc flottait dans ses pensées comme une longue bannière de brume. Était-il expédient de profiter de l'éloignement d'Arthur de Winslow et de sa puînée pour...

« Pour *quoi* ? »

Une question mit fin à cette incertitude : que devenait l'épouse du baron ? La reine Philippa devait être relevée de ses couches. Aucun chevaucheur n'était venu porter le moindre message de revenue au château. Jamais Odile n'avait fait allusion à cette singulière éclipse. Fallait-il en déduire que le roi d'Angleterre et sa femme séjournaient encore à Calais et que l'absente dont nul, apparemment, ne se souciait, reviendrait avec eux sur la Grande Île ?

« Je partirai la nuit prochaine », décida, soudain, Ogier.

Jamais il ne pourrait profiter d'une aussi bonne occasion : l'éloignement du baron perturberait les recherches. Et, d'ailleurs, qui commanderait aux hommes d'armes ? Les ayant patiemment observés, il n'en voyait aucun qui se distinguât de ses compères par quelques traits d'intelligence. Et certains — la plupart ! — seraient à Buckingham !

Il devait sans tarder trouver la meilleure issue pour sa fuite. Il savait que par la grosse tour où logeaient le baron et ses filles, on accédait au chemin de ronde. Il n'y était jamais entré ; il le fallait maintenant.

« N'attends pas », se dit-il. « Tu sais qu'ils dorment tous. »

Par ces ultimes chaleurs de l'été, les habitants du

château — même lui jusqu'à ce jour — faisaient la méridienne. Eh bien, pour son sauvement, il dérogerait à la coutume...

# VII

Après quelques foulées dans la cour chauffée à blanc, le seuil des écuries paraissait un convenable refuge. L'ombre dense y sentait la paille et le crottin ; entre les pavés gras, du pissat croupissait. Des mouches venaient là tournoyer, s'abreuver. À Gratot, l'on n'eût point toléré pareille négligence : on mésusait sur l'eau et c'était bien la seule prodigalité qu'on se permît !

Tout Winslow reposait comme à l'accoutumée.

Cillant des paupières, sa dextre en auvent sur son front pour soustraire ses regards au miroitement du soleil, Ogier put reconnaître, assis et assoupi derrière un merlon, le guetteur de service.

« Richard !... Ce malandrin contrevient à sa tâche ! »

Le soudoyer avait dû se lasser d'observer le serpentement du chemin parmi les crêpelures teintées d'un peu de rouille : il semblait, en effet, que les derniers feux de l'été avaient hâté la flétrissure de certains feuillages — ceux des châtaigniers et des fayards, entre autres.

« Ce huron dort si bien qu'il ne pourrait ouïr l'approche d'une armée ! »

Ogier longea les murs jusqu'à la *Godiva tower* dont la porte entre-close laissait apercevoir, émergeant de l'obscurité, l'amorce d'un escalier de pierre.

Après tant de journées inactives ou presque, l'investigation qu'il se proposait d'entreprendre épicerait la fadeur d'un après-midi décisif. S'il était surpris dans sa quête, il alléguerait, comme excuse, une curiosité due à l'oisiveté. En cédant à cette instigation, il ne commettait aucun crime ; seulement une infraction légère aux lois de l'hospitalité.

Le soleil embrasait à demi la porte, de biais, avant que d'aviver, d'un mince triangle vermeil, les dalles rougeâtres du seuil. Un essaim de poussières brillantes tournoyait dans le grand pan lumineux qui, parti du sol, jaillissait jusqu'à l'étroite ogive de la voûte. Puis c'était l'ombre tiède et d'autant plus épaisse que les clartés, ailleurs, semblaient pétries de craie.

Ogier s'accota doucement à la muraille. Il hésitait. Noyé dans la léthargie la plus complète, il sentait pour la première fois Winslow hermétiquement fermé autour de sa personne et ne savait qui, des pierres ou de lui-même, subissait un enchantement. Pendant quelques instants son souffle se mêla aux bourdonnements d'un frelon égaré dans les ténèbres tandis qu'il avançait, posant avec précaution sur le pavement la pointe de ses heuses légères — un présent d'Odile, mais une acquisition du chevalier de Ringwood.

Alors qu'il atteignait enfin l'escalier, il leva les yeux. Un rai lumineux plongeait obliquement du faîte de la tour pour s'éteindre sur le second palier. La *Godiva tower* était donc ouverte en son sommet par une fenêtre qui, peut-être, était assez large pour permettre le passage d'un corps adulte. En ce cas, et puisque les portes du château étaient closes et barrées à la tombée du jour, c'était par là qu'il partirait. Il tiendrait dans sa main suffisamment de corde et, s'il fallait sauter, il sauterait.

Cinq marches ; la première encoignure et, l'escalier étant étroit, une niche afin de libérer le passage. Une nouvelle volée de dix degrés : ombre, ivoire, ombre, ivoire et ainsi de suite. Il s'immobilisa sur le palier, statue noire emmitouflée de clarté grise toute pétillante de poussière, à un pas d'une porte.

Il renonça à coller son oreille intacte contre l'ais de chêne divisé en tympans séparés les uns des autres par des lattes de la largeur d'une main. Il s'aperçut alors qu'un des rectangles branlait dans ses mortaises et le déplaça. Dans la fente ainsi apparue, il put distinguer, le long d'un mur, l'amorce d'un bahut et, au-dessus, le pan rouge, ondoyant, d'une tapisserie.

Il eut envie de battre en retraite puis avisa, au terme d'une seconde volée, une petite porte par laquelle on accédait au chemin de ronde. Il y fut aussitôt et constata qu'elle était entrebâillée, sans serrure. Tout se simplifiait.

Il gravit encore une dizaine de marches dans les ténèbres réapparues et s'immobilisa, indécis, le visage au ras du second palier.

Il tremblait maintenant. Honte ou pressentiment ? Honte *et* pressentiment. Son cœur régénéré battait avec la même violence que lorsque, Confiance au poing, il moissonnait des vies en préservant la sienne, et le silence où son haleine prenait une importance exagérée semblait vouloir lui signifier, par sa plénitude accablante, un avertissement qui le fit reculer, un pied sur une marche, l'autre reposant, par l'extrémité des orteils, sur le degré inférieur.

Il suait. Sa curiosité le brûlait comme un tison, mais la décence lui enjoignait : *« Laisse ! Va-t'en ! »* Il se résignait à lui céder lorsqu'un sourd marmottement l'informa que le châtelain faisait quelque chose ou dormait d'un sommeil agité, peu compatible avec la chaleur exténuante.

Il s'approcha de l'huis en tout point semblable à celui qui fermait le logis d'en dessous, et le trouva déclos de son chambranle. Afin d'obtenir un soupçon de fraîcheur dans sa chambre, Arthur de Winslow avait provoqué un courant d'air.

Un rideau tiré sur la fenêtre atténuait les clartés du

dehors, et seule une épée de feu pénétrait dans la pièce, par un accroc de ce grand carré de bordat de la couleur du baucent[1]. Elle la traversait de part en part, embrasant au passage les buissons d'une tapisserie, le camail et le plastron d'une armure de fer, pour atteindre le chevet d'un lit des plus humbles.

Dans la pénombre douce et légère à la fois, le baron et Lynda reposaient côte à côte ; l'homme, poilu comme un singe blanc, allongé sur le ventre, la femme étalée sur le dos, les seins flasques aux tétins saillants, rouges comme des fraises, la bedaine tachetée de brun, les jambes roides, écartées ; les bras remontés et les mains réunies sous la nuque, dans l'attitude de quelqu'un qui, venant de fournir un effort, se fût interrogé sur ses conséquences.

« Une grosse génisse et son pasteur ! »

Cette chair blette, tranchée des cuisses au nombril par la lueur échappée du rideau, n'eût certes pas tant remué Ogier en toute autre circonstance. Quelque crue et grotesque qu'elle fût, la sensualité qui se révélait à lui dans un abandon aussi peu attrayant que possible, l'incitait à constater que son désir de jouir de tout son corps devenait plus exigeant qu'il ne l'avait supposé jusque-là. Et qu'il attestait de sa guérison complète. Juste avant son départ pour Calais, Blandine avait fait en sorte qu'il ne la touchât point. Or, cette continence, elle pouvait s'y complaire. Pas lui !

« Ils sont heureux », songea-t-il, morose. « La volupté, au fond, est une chose simple. »

Dans l'inconvenance même de ce double abandon livré à son indiscrétion, dans le contraste de ces corps mûrs, l'un maigre, l'autre opulent ; l'un blême à force d'avoir porté le harnois de fer, l'autre naturellement blafard, il décelait, ahuri, un soupçon d'accord ou d'harmonie. Pour que la dame de Winslow fût victime

1. Grosse étoffe d'ameublement. Les couleurs du baucent, l'étendard du Temple, étaient le noir et le blanc.

d'un pareil adultère, il fallait qu'elle fût plus laide encore que Lynda ou aussi froide que Blandine. Mais quelle étrangeté que ses filles fussent si belles, puisqu'elles ne pouvaient « tenir » de leur père.

La *house-maid* égara ses mains sur son pelage. Si peu qu'elle eût remué, elle éveilla son maître.

— Je dois me lever, dit-elle, et préparer vos habits.

Elle s'exprimait en français, une langue qu'elle eût dû exécrer.

— As-tu dit à Will et à John ce qu'ils avaient à faire ?

— Ils sont prêts à le mettre en terre, tout en craignant que Gauthier de Masny ne vous demande raison... Ils creusent en ce moment une fosse en forêt.

Le cœur d'Ogier s'enfla et battit le tocsin.

Lynda poussa un bâillement sonore et, avant même qu'il fût achevé :

— Pour Odile, il est un otage. *Son* otage.

— Crois-tu que je vais seulement à Buckingham pour vendre des moutons ? Je vais y rencontrer Simon de Brackley... J'ai négoce avec lui depuis un an déjà. Je lui accorderai Odile en mariage.

La grosse servante se dressa sur son séant et contempla le fessier de son compère, toujours immobile sur le ventre, comme s'il craignait qu'elle ne vît l'autre face de sa nudité.

— Brackley a quarante ans, je crois, et une réputation détestable.

Elle soupesait alternativement ses seins énormes, aussi gros que la tête du baron de Winslow.

— Brackley a du bien, Lynda. Il sera plus souvent avec ses écuyers qu'auprès d'elle. Moi, j'aurai deux bouches de moins à nourrir : celle du Franklin et celle de ma puînée. Ensuite, je m'occuperai d'Ethelinde.

Tandis que les mamelles retombaient, Ogier se demanda s'il aurait l'occasion de prévenir Odile du sort qu'on lui préparait.

— Qu'avez-vous choisi pour Argouges ? Fer ou poison ?

— Tu vas l'enherber[1]. Pour dissiper sa méfiance, mes filles lui restitueront son épée...

— Ont-elles des soupçons sur votre intention ?

Le baron maugréa puis sa voix devint douce, paterne, rassurante :

— Non... Elles sont trop occupées à frétiller pour s'occuper de tout ce qui se passe en ces murs. Elles lui rendront l'épée... innocemment.

Ogier se recula : il en savait assez.

S'il parvenait à convaincre Odile qu'un mariage se tramait, qui la ravalerait au rang de ces brebis que son père allait vendre, il lui prouverait sa reconnaissance et la déciderait de partir avec lui.

Il descendit quelques degrés.

Il fallait qu'il fît en sorte de s'adjoindre Odile. Non seulement elle connaissait le pays, les cités et les bourgs qu'il fallait traverser pour atteindre la mer, mais encore, elle devait posséder une escarcelle suffisamment pleine pour obtenir aisément le gîte et le couvert. Elle le ferait passer pour son époux.

Il s'immobilisa sur le seuil du logis d'Odile et d'Ethelinde, décidé à frapper puis à entrer sans même qu'on l'y eût invité.

L'huis de chêne lui parut plus sombre que lors de sa montée. Il retrouva, juste à sa hauteur, le panneau qu'il avait remué. Il l'avait poussé à droite ? Cette fois, il l'enfonça dans la gorge opposée, dégageant une fente de l'épaisseur d'une lame d'épée. Mieux valait tout de même, avant d'entrer, jeter par cet interstice un coup d'œil préalable.

La disposition des meubles semblait la même qu'à l'étage supérieur mais au-dessus du lit, au lieu d'une tapisserie, on avait accroché un massacre de cerf.

« Où sont-elles ? »

1. Empoisonner par des herbes.

Il vit un peu de chair remuer sur le lit et perçut le faible heurt de quelqu'un qui s'asseyait sur un matelas de paille fine. Son cœur battit avec une espèce d'angoisse. Il appuya davantage son front sur le bois puis tenta d'agrandir la faille trop étroite, poussant le relief du panneau de ses ongles.

« Holà ! »

Ethelinde se mouvait, toute proche, remuant ses bras comme des ailes et respirant à grands traits pour le plaisir de voir se gonfler sa poitrine opulente, blondie à force d'avoir été exposée au soleil dans ce refuge où, sans doute, jamais aucun homme n'entrait. Ces deux bourgeons sertis d'une corolle rose, et ces nobles contours, en avait-il rêvé !... Sa coiffure, réunie en une seule tresse, lui coulait dans le dos comme un serpent d'argent dont la queue fourchue oscillait sur ses reins... Belle ? Non, mieux encore ! Était-ce cette magnificence accomplie que Zénon appelait la *Fleur de la Vertu* quand il voulait louer la beauté d'une femme ?

« Bon sang ! Je succéderais volontiers à Henry de Ringwood ! »

Des jambes longues aux jarrets soyeux, pleins de vigueur ; des hanches bien rondes embellissant le creusement de la taille... Des copeaux de soleil dansaient sur les fesses dures ; comme s'ils la brûlaient, Ethelinde y passa ses paumes puis se détourna d'une torsion, face à la porte.

Mousse blafarde qui, plutôt que de la cacher, soulignait la brève ténèbre de sa féminité... Toucher, effleurer cette chair ; poser ses lèvres où que ce fût et se perdre aux tréfonds de tant de vénusté pour s'y liquéfier à coups de reins drus et voluptueux...

Ethelinde renonça aux mouvements qui l'habillaient d'ombres et de nacrures, bouchant la vue d'Ogier. Il ne put qu'enrager tandis qu'un petit rire, celui d'Odile, bruissait comme un feuillage à la brise.

— Elle n'est pas sa cousine. C'est elle-même qui l'a dit à Maude. Elle se partage entre Dartford et sa femme... Eh là ! que te prend-il ? Je te vois bien rêveuse !

— Tu ne cesses de m'en parler ! On dirait que tu en es amourée.

D'une voix amusée, sûre d'un avantage, Odile demanda :

— Cela te courrouce ?

Ethelinde fit un pas de côté. Sa sœur apparut, étendue sur le lit, nue, la nuque sur un oreiller où elle s'enfonçait à peine. Il y eut quelques mots coléreux chuchotés, puis :

— Et ta trahison, Ethelinde chérie ? Ringwood fut un membre de trop dans notre affection. Tu pouvais, souviens-t'en, refuser ce mariage. Mais non : il était beau et tu voulais *savoir*... J'ai fleureté avec Maude pour te punir. Tu m'avais... émerveillée et tu m'abandonnais !

— Ta mémoire défaille, Odile !... Sitôt que s'absentait Henry, tu me voyais accourir. À peine s'était-il éloigné de cent toises que je te languotais à te tirer des larmes.

Un rire, puis un second : roucoulades de colombes.

— Tu n'avais alors ni tétons ni rondeurs et des lèvres d'honneur sans plus de duvet que ta bouche. Maude était presque ainsi quand elle s'est jointe à nous.

Ogier doutait de ce qu'il entendait. Après la révélation de son meurtre en instance, voilà qu'il violait l'intimité de deux filles en rut. Dans les luxuriances de cet après-midi d'or et de touffeur mêlés, cette luxure, dévoilée tout aussi crûment que ces corps si beaux à entrevoir, le laissait pantois, indiciblement gêné d'être ce qu'il était : un homme seul ; un homme en mal d'amour sinon d'accouplement. Odile était belle, elle aussi, une jambe repliée, l'autre allongée, puis inversement, dans une sorte d'excitation née de la seule contemplation de son aînée. Deux courants circulaient en elle, semblait-il : une envie de commencer ou de recommencer quelque chose dont elle était friande, et celle de sombrer dans une quiétude qui participerait du sommeil. Un plaisir, une démangeaison, une invite fit glisser ses doigts entre ses cuisses. Ethelinde aussitôt s'approcha et lui touchota les cheveux, une épaule.

*« Il te faut t'esbigner : Lynda va descendre. »*

Ethelinde s'éloignait, reprenait sa danse et ses battements de bras, puis revenait vers Odile. Immobile, souriante, cuirassée du mystère de ses desseins, la puînée s'abîma dans la contemplation de ce trésor vivant.

— Viens, ma sœur.

Ethelinde s'assit, s'allongea contre Odile, puis la saisit à pleins bras, plus possessivement que ne l'eût fait un homme.

Ogier se recula pour reprendre haleine.

Il devait s'éloigner ; il recolla un œil à la fente indiscrète. Une larme l'embua, s'accrocha à ses cils, roula. L'oreiller avait disparu. Ethelinde enjambait le corps de sa puînée, pressait ses seins contre les siens, se relevait un peu et se remuait pour touchoter leurs mamelons par petites secousses.

*« Voir ça ! »*

Un temps, il avait imaginé les jeux hardis et ardents de Tancrède et de Blanche de Passac auxquels parfois, il le savait, participait le mari de la dame. « Infect ! Écœurant ! Repoussant ! » s'était-il dit. Or, il était fasciné par tant de beauté insane. Il y avait une impureté magique dans ces dolentes accordailles, ces ventres doucement attouchés, ces doubles fruits nacrés à la lumière, vers lesquels Odile tendait son buste. Il décelait dans ces embrassements une volupté d'autant plus exaltante à saisir que les convenances interdisaient ces pratiques. Les feux assoupis du soleil toujours haut mais qui, maintenant, négligeait la fenêtre, assombrissaient suavement les contours et donnaient plus d'innocence à cette fête tendre où les souffles et les plaintes sourdes des deux sœurs se conjuguaient sous les va-et-vient contradictoires de leurs corps.

Il avait perçu la sombre splendeur de ces choses par Tancrède, le regard de Tancrède la nuit où elle s'était donnée à lui sans raison ni envie. Et tout ce qu'il avait imaginé se reconstituait, ce jour d'hui, comme pour lui rappeler la nostalgie d'une étreinte sans bonheur et presque sans satisfaction.

Il vit la tête d'Ethelinde glisser entre les tétons d'Odile dont un moment elle picora les pointes ; glisser encore, paresseuse, à dessein — et disparaître.

« Non ! » hurla-t-il en lui-même.

Plus rien, dans sa vision que le profil d'Odile, les yeux clos, la bouche tendue, balbutiante.

Couple indigne ! La croupe d'Ethelinde apparaissait, basculait. Elle allait appuyer sur la bouche d'Odile les lèvres charnues, blond-blanc, auxquelles il avait songé... C'était... C'était... comment dire ? une ardeur toute pareille à la leur qui dévorait ses entrailles !

Quelqu'un marcha au-dessus de lui. Il y eut peu après un couinement de paumelles : Lynda s'apprêtait à descendre.

« Si elle te débuche et devine que tu viens de les voir, elle et son Arthur, tu seras enfermé jusqu'à ce qu'on t'occise ! »

Le baron rappela sa servante ; elle revint dans la chambre. Ils rirent en se tâtonnant l'un l'autre et la *house-maid* poussait quelques « Ah ! Ah ! » de félicité comblée quand un cri retentit dans la cour :

— *Lynda !*

Ermyntrude semblait angoissée par un événement d'importance.

— *Lynda !*

Elle s'engagea sous le porche de la tour. Ogier l'entendit soupirer d'impatience et grommeler des mots rageurs.

« Si elle monte et me trouve, elle me dénoncera, bien que ce soit la seule à me faire des grâces ! »

Il ne pouvait entrer dans la chambre des filles : c'eût été commettre un sacrilège. La haine des deux louves découvertes dans leurs jeux eût été pire, sans doute, que celle de leur père. Mieux valait redescendre et croiser Ermyntrude.

La face rubiconde de la grosse commère blêmit dès qu'il apparut. Le clignement d'un de ses yeux bleu pâle, globuleux et humide, révéla, outre la surprise, une connivence gaillarde.

— Ah ! Ah ! fit-elle à mi-voix, elles n'ont pas besoin de vous.

Ermyntrude devait avoir fréquemment épié les deux sœurs pour tirer de ses aguets des plaisirs défraîchis et des regrets saumâtres. Elle expiait, sur son déclin, la présomption, la forfanterie et l'ardeur qu'elle avait montrées à l'âge d'Odile et d'Ethelinde.

— Partez... Je ne dirai rien.

Un regard vif, convoiteux, se posa sous le ceinturon d'Ogier :

— Vous devez avoir de gros besoins depuis le temps que vous jeûnez. Cette nuit, je vous visiterai, mais d'ici là, disparaissez : la dame de Winslow est de retour. Un chevaucheur vient de m'annoncer sa venue. Oyez, messire, oyez les sabots des chevaux sur les pierres du chemin !

La grosse Ermyntrude se rengorgea ; c'était pour reprendre son souffle :

— Lynda ! Lynda !

D'un bond, Ogier fut dans la cour. Un cheval y sabotait à l'ombre, entre le puits et l'écurie, et un varleton [1] buvait une louchée d'eau qu'il venait de tirer d'un seau.

« Voilà l'occasion que tu espérais : le cheval et l'événement ! »

Il n'allait perdre que Confiance. Si grand que fût son

1. Jeune *varlet* (vassal) ; on ne peut employer le mot *page* ; il s'appliquait alors à de viles personnes et ne connut un sens plus honorable que sous Charles VI et Charles VII, Philippe VI l'ayant tiré de sa médiocrité.

attachement à cette épée, il devait l'abandonner : c'était le sacrifice propitiatoire nécessaire à sa réussite.

Il marcha lentement, la fièvre de l'espérance au corps, distillant des pensées qui pourraient être vaines :

« Quand la litière de la baronne entrera dans la cour, il y aura quelques moments d'embrassades et de commentaires pendant lesquels tu seras tout esseulé. Saute sur ce cheval et galope jusqu'à la forêt. Hésiter c'est périr, car ce n'est pas parce que sa femme est de retour qu'Arthur renoncera à ses mortels desseins !... Ce cheval noir n'est pas au bout de ses ressources. Dans le cours de la nuit, il reprendra des forces... Comme lui, tu mangeras des herbes et t'abreuveras aux ruisseaux. »

— Damoiselle Odile !... Ho ! Ho ! s'époumonait vainement Ermyntrude. Dame Ethelinde !... Venez ! Venez !... Votre mère est de retour...

Dissimulé par le cheval, Ogier vit Lynda surgir de la *Godiva tower*. Le baron apparut, nouant le cordon du col de sa chemise puis celui de ses hauts-de-chausses. Point d'Ethelinde ni d'Odile.

Ogier tapota la croupe du noiraud. Le varleton, vêtu d'une livrée aux couleurs des Winslow, courut vers les tours portières entre lesquelles un cavalier venait d'apparaître, tête nue, son pourpoint gris, brun de sueur. Lâchant les rênes, il leva ses mains pour saluer le seigneur et ses gens, puis se retourna vers la litière toute proche, sans doute, mais invisible.

« Quand elle entrera, patiente un peu afin de savoir s'il n'y a pas quelques hommes en arrière, puis sauve-toi ! »

La litière s'engagea sous le porche et son conduiseur, à cheval, la mena au milieu de la cour. Les brancards avaient été passés à la dorure et la logette peinte en rouge et noir. Les roncins gris qui la portaient étaient parés de chasse-mouches de soie retorse avec des pompons et grelots, et affublés de chanfreins d'orfroi complétés de têtières composées de plumes d'autruche. Ogier trouva ces ornements inutiles et ostentatoires. Les rideaux de la caisse ayant été déclos, une tête apparut dans une embrasure, celle d'une femme brune, grassouillette à en juger par le bras rose et potelé qu'elle agitait. Elle souriait, semblait-il, davantage à sa demeure retrouvée qu'aux quelques serviteurs accourus pour saluer son retour. Elle devait s'être accroupetonnée sur le plancher : un écart du limonier de l'arrière faillit la faire basculer tout entière aux pieds de son époux, immobile, les yeux mi-clos afin, sans doute, d'occulter sa déplaisance.

Ogier s'approcha du noiraud, évalua la longueur des étrivières et les estima trop courtes. Eh bien, il les allongerait sitôt qu'il en aurait la possibilité. Les rênes pendaient, il les ramena autour du pommeau.

Le cheval l'observait d'un œil impénétrable.

— Je te fais confiance, chuchota-t-il.

Sans plus attendre, il sauta en selle et talonna les flancs juste ce qu'il fallait pour que l'animal connût sa volonté.

Il entendit des cris, tomba de tout son poids sur Richard qui voulait lui barrer la voie. Dans la brèche ainsi ouverte, il se rua sous le porche d'entrée, franchit le seuil, le pont sur le fossé, passa devant la barbacane et galopa sur le chemin menant à la forêt.

Se détournant, il vit que, sur les huit hommes composant la suite de la baronne de Winslow, quatre seulement s'étaient jetés à sa poursuite. C'était peu.

Libre !

Sa joie de galoper sans même avoir chaussé le second étrier alternait avec une terrifiante angoisse. Des spasmes l'étouffaient. Il passait âprement de la confiance au doute, puis à la désespérance, et son crâne, son cœur devenaient douloureux. Ses doigts semblaient s'entailler sur le cuir des rênes tellement il les serrait. Bien qu'il fût pour le moment hors d'atteinte, il était contraint d'imaginer sa mort. Jamais qui que ce fût, à Winslow, ne lui pardonnerait cette fuite. Jamais ce chemin menant à la forêt ne lui avait paru si long, si mauvaisement entretenu : de la rocaille, des graviers, des ornières. Que son cheval trébuchât et c'en serait fait d'un beau rêve.

— Allons, compère !... Galope !

Ne pas se retourner. Ne rien regarder d'autre que ces arbres maintenant tout proches et qui pouvaient devenir ses complices. Du froid des épaules aux reins... Plus vite, Noiraud !... D'autres te talonneraient. Pas moi, mais sauve-nous !

Il manquait d'air. L'effroi, sans répit, rétrécissait sa gorge. Dévastait son torse... Ah ! ce fourneau dans sa poitrine... Un peu d'air... Des épreintes labouraient son ventre. Il allait... Non !

— Hâte-toi, compère !

Oh ! dans ce creux, tout proche, un tronc de hêtre couché !

Pourvu que le cheval fît un bon saut !

— Oui !

Les arbres... Des cris, derrière... Devant la liberté.

— Ils se rapprochent... Va ! Va ! Sois Pégase une fois !

Il ne fallait pas qu'ils fussent rejoints !

Le seuil de la forêt... Par Dieu ! tous ces feuillages semblaient l'attendre... Les attendre...

— Enfin !

Les grands arbres chevelus les accueillirent dans leur multitude.

## VIII

Un sentier duveté d'herbes brunes, jonchées d'une limaille d'or, serpentait sous la feuillée. Accoutumé aux chemins caillouteux ou pavés, le Noiraud s'y hâtait à longues foulées puissantes, étouffant le bruit de ses fers dans les terreaux et les mousses.

Ogier se fiait à l'ardeur de ce providentiel allié. Parfois, de folles et pernicieuses branchettes jaillissaient d'un tronc, d'un fourré : le cheval aussitôt courbait son encolure, et lui, le fugitif, aplatissait son dos. S'ils ne pouvaient encore avoir de l'amitié, ils se trouvaient en parfaite accointance. Ils s'enfonçaient ainsi vers ils ne savaient quoi.

Quand il eut galopé si longtemps que le spume lui vint à la bouche, Ogier mit son complice au pas, quitta la selle et marchant la bride à la main, écouta la respiration des feuilles. Rien ne venait troubler les ténèbres dorées.

— Hé, compère... Ont-ils renoncé ?

Cela l'eût étonné. Il tremblait d'un excès de sueur et de faim. Une lassitude le contournait des épaules aux reins aussi fermement qu'une corde : il avait perdu l'habitude des chevauchées, de sorte que cette évasion, si simple lors de ses méditations, commençait à lui paraître une gageure au-dessus de ses forces et de ses facultés. Où se trouvait le sud ? Où s'achevaient les arbres ? Le plaisir de la liberté recouvrée, amer, sublime, enivrant comme celui de rajeunir ou de renaître, se fragmentait sous un martellement d'inquiétudes dont, pourtant, il n'avait jamais minimisé l'ampleur. Il ignorait la distance parcourue, depuis l'aube, par le Noiraud. Il devait le ménager. Il lui semblait aussi véloce, obéissant et vigilant que Marchegai, mais il pouvait se méprendre. Il le fit s'arrêter, le trouva panard du devant, campé du derrière ; le courage qu'il lui prêtait suppléerait à ces imperfections. Un ruisseau eût fait leur joie. La forêt semblait aussi avaricieuse en eau qu'en baies et plantes comestibles.

Le chemin sinua entre des pierrailles et des rochers tout d'abord gros comme des tortues et des boulets de bombardes, puis comme des animaux allongés : chiens, chevreuils, sangliers. Là, immobile, écoutant de lointains gargouillis, Ogier put deviner que les hommes de Winslow n'avaient pas renoncé à sa prise. À leur place, il en eût fait autant.

Suivi par le cheval libre et confiant, il s'empêtra dans les éboulis, poussa du jarret à la recherche d'un passage parmi les roncières et les arbrisseaux chétifs, aux membres tors et toisons légères qui se riaient, à pleins chants d'oiseaux, de la rudesse des granits. Ignorant tout des lieux, il n'était point perdu, mais ce verbe, conjugué avec une signification différente, avait sur son esprit les mêmes conséquences. Il s'était égayé de son audace ; il s'était merveillé de se sentir prodigieusement libre, vivant de tout son corps et de toute son âme ; il commençait à enrager de trouver des limites à cette liberté.

— Même pas un couteau ! marmonna-t-il.

Il glissa sur un bossellement de pierres, effarouchant un lézard. Il regarda ses mains crispées, égratignées : des gouttes y séchaient, presque noires. Avec une prudence exaspérée par le péril toujours présent, il s'arrêta encore. Il se trouvait dans une espèce de cratère. Plus il avançait, plus les parois s'élevaient, rugueuses, verdâtres, couronnées de l'azur d'un ciel où le soleil commençait à pencher.

« Pourvu que la nuit se hâte ! »

Mais elle n'était pas près de survenir, la nuit, et devant lui, soudain bondissant d'un fourré, un homme se dressait, chaperonné de noir, l'épée nue. Sur son tabard, un écu de velours portait les armes bien connues : *de gueules à un griffon d'or*.

— Ah ! messire, dit-il, je connais cet endroit. Jamais vous n'auriez dû vous engager de ce côté.

— Un chemin herbu doit y avoir accès !... Est-ce parce que j'ai une oreille et demie ? Je n'ai pu ouïr ton approche.

— J'ai laissé mon cheval à une demi-lieue... Je ne porte ni fer ni mailles et suis le *running-footman* [1] du baron Arthur. Nul n'est meilleur que moi, même à Londres, et je suis plus à l'aise à pied qu'à cheval. Je peux couvrir d'un seul jet et sans arrêt, en une matinée, la distance de Winslow à la Tour, et retourner le soir avant qu'il fasse nuit. Je reviens de Calais pour courir après vous.

Une sorte d'extase maintenait ce sergent immobile. Un sourire fit apparaître une grosse dent sur sa lèvre inférieure, puis une autre. Il semblait ainsi, avec ses joues couvertes de poils roux, un lièvre sur le point de devenir un homme — ou inversement.

— Oui, dit-il, je connais le chemin qui mène jusqu'ici. Il est creux, bourré de mousse... On croirait fouler de la neige verte... Mais assez parolé, messire ! Je suis armé, pas vous ; il vous faut vous soumettre.

— Crois-tu ?

L'homme sourit encore, sûr de son fait, de sa force et du bon droit qu'il s'arrogeait. Ogier se redressa, cherchant vainement à se donner l'air hautain. Il se trouvait à la base d'une espèce de remblai rocailleux qui ressemblait assez à un mur d'enceinte. Le sergent

1. « Pédestrian » qui portait les messages.

s'était immobilisé entre deux ormeaux aux troncs droits, comme un saint entre deux colonnes. Ses mains poignant l'épée tressaillaient. Il haletait. Certes, il était bon coureur, mais il avait sans doute abusé de son souffle.

— Damoiselle Odile et dame Ethelinde, dit-il, sont comme folles à l'idée que vous êtes parti !

— Et le baron ?

— Il a promis dix esterlins à celui d'entre nous qui vous ramènerait mort ou vif. Je dois vous dire aussi que tel que vous vous étiez engagé, vous alliez de toute façon à la mort.

— Et pourquoi ?

— Vous auriez pénétré dans le domaine d'Aster où nous-mêmes ne mettons jamais les pieds.

— Est-ce un monstre ?

— Nullement. Un homme comme vous et moi... sauf qu'il est un *outlaw* : un hors-la-loi qui finira bien par être pendu !

Comment fuir ? Des cris et le fracas d'un galop annonçaient l'irruption des autres poursuivants. *Comment faire ?* Débouler sur cette rocaille ? C'était être rejoint. « Si cet homme est doué pour la course, il aura tôt fait de me fournir un coup d'estoc ou de taille !... J'en ai eu ma suffisance à Sangatte. » Mieux valait abandonner l'initiative à l'adversaire.

L'Anglais n'hésita guère. Avec un hurlement destiné à être entendu de ses compagnons, il s'élança sur sa proie, l'épée levée.

Ogier avait anticipé l'attaque. Il bondit en direction de la paroi rocheuse et en quelques foulées grimpa jusqu'à son faîte, éboulant des pierres et des cailloux dans lesquels le *footman* pataugea.

Le cheval qui avait voulu le suivre renonçant, il courut sur l'espèce de crête étroite et déchiquetée, avantagé par son habitude des chemins de ronde et son ignorance du vertige. Çà et là des chardons lui piquaient les chevilles. Et plus il avançait, plus leur nombre et leur taille augmentaient.

« Il se rapproche !... Si j'atteins ces chênes, là-bas... »

Qu'y ferait-il ? Si seulement une branche cassée se trouvait sur son passage !... Ainsi armé, il pourrait behourder[1] avec l'espoir raisonnable d'assommer son homme et de lui ravir son épée !

Avant d'arriver à cette compagnie de chênes derrière lesquels la forêt moutonnait, il devait franchir plusieurs haies buissonneuses : genêts, ronces, chardons — et non plus des panicauts, mais des gaillards hirsutes avec des têtes grosses comme des poings.

Il s'enfonça dans cette tapisserie griffante, piquante, à la trame serrée, presque inextricable, présentant son corps de côté ou de dos, et voyant l'Anglais y tailler sa voie à coups de lame.

— Je t'aurai, Franklin ! Je t'aurai.

Trop occupé par l'apparition d'un amas de rochers hauts et sombres parmi lesquels il se faufilerait et pourrait peut-être tendre une prompte embûche à son poursuivant, Ogier ne vit pas la racine qui, telle une grosse varice noire, sinuait sur la peau velue de la terre.

Il s'affala sur le côté, la cheville tordue, douloureuse. Aussitôt le sergent de Winslow fut sur lui.

— Je t'avais prévenu !... Personne n'a jamais devancé ou, si tu préfères, *vaincu* Nigel Aylward à la course !

Ogier, qui s'était couché à la renverse, sentit la pointe d'une épée et une semelle de cuir ferré se poser simultanément sur son ventre. Remuer, c'était périr.

— On nous a commandé de te ramener mort ou vif.

— Même les filles ?

— Ethelinde a crié : *vivant* ; Odile a dit : *faites pour le mieux*.

— Le mieux, pour toi, c'est pour moi le pire !

1. Le *behourd* était une escrime au bâton.

L'Anglais grommela tout en pesant un peu sur son épée. Il semblait mesurer tout à coup son triomphe et le trouver médiocre s'il ne versait aucun sang. Le Noiraud apparut et s'immobilisa.

— Ton cheval, ou plutôt celui de Donald, nous a suivis. Je mettrai ta dépouille en travers de la selle... Patience : je vais t'envoyer au Ciel devant de bons témoins !... J'ai vaincu leurs chevaux à la course !... Peux-tu imaginer ma joie ?

— Veux-tu que je te crie mon admiration ?

La semelle cessa de peser sur le ventre. Seule l'épée y demeura ; Ogier la sentait trembler. Le moindre mouvement lui eût été fatal.

Le bruit de galopade s'était accru. Le *running-footman* se redressa et lança un regard dans la direction où devaient apparaître ses compères. Il gloussa quand ils surgirent. L'épée abandonna le ventre pour la gorge.

« Rien à faire ! » enragea Ogier.

Il s'était épuisé en vain. Une peur irrésistible le clouait là, dans ces pierres, mieux que ne l'eussent fait les armes réunies de tous ces soudoyers. Des rires les secouaient tandis qu'ils descendaient de leur selle.

— Tu l'as eu, Nigel !

— On fêtera cela ce soir, entre compères !

— Tuons-le doucettement, proposa un barbu.

Un coup de heuse dans son flanc cicatrisé, mais sensible, contraignit Ogier à gémir. On s'ébaudit. D'autres suivirent sans qu'il se plaignît. Il ne regrettait rien, même s'il devait mourir dans une posture infamante : couché, pantelant, recoquillé comme une bête malade.

— Tu as raison, Robert !... Refroidissons-le.

— Chacun son coup d'estoc.

Tous avaient l'âme rouge sous des faces pensives aux pommettes vermillonnées par des excès sans nombre. Double menton ici ; là de profondes rides qui engravaient, comme des traits de scie, l'épaisseur grasse d'une nuque... Et des poings aussi lourds et noirs que des marteaux de forge.

— On l'émascule et le démembre ? proposa Robert à Nigel, indécis.

— On ne doit pas, dit le goitreux. Messire Arthur en serait mécontent.

— On peut l'occire et annoncer qu'on ne l'a pas rejoint !

— Nous serions punis ! Il le veut vivant !

Le souffle des chevaux et l'halenée des malandrins composaient un bruissement d'une âpreté qu'Ogier connaissait : il l'avait entendu, mêlé au cliquetis des armes, sur la pente de Crécy quand les sangs des vaincus et des coursiers atteints ou non se mêlaient furieusement.

— Si le baron avait gardé ses chiens, dit Nigel, ce Franklin serait maintenant à demi dévoré... Nous pouvons lui faire quelques entailles. À moi la première !

Ogier trouva le regard du *running-footman*. Sa haine s'enfonça dans les yeux de l'Anglais, qui hésita. L'épée étincela et chut au sol en même temps que son propriétaire : une sagette venait de lui traverser la tête. Entré par l'occiput, son dardillon sortait par le front.

— Aster ! s'exclama Robert.

Son cri se termina dans un gargouillement : un trait vibrait dans son cou pénétré de part en part, au-dessus du gorgerin de mailles. Il s'agenouilla et piqua du nez.

— Fuyons ! hurla le plus jeune sergent.

Il y eut des cris, puis une galopade. Ogier fut seul entre les deux trépassés tandis que les naseaux veloutés du Noiraud caressaient son front en sueur pour l'inciter sans doute à se lever.

Il sautillait sur son pied valide pour enfoncer convenablement l'autre dans l'étrier quand une voix ricana dans son dos :

— Allons, allons !... Je te sauve et tu veux t'enfuir sans même que nous ayons lié connaissance ?... Or çà, refuserais-tu de me congratuler pour t'avoir délivré de cette meute infecte ?

Une fois juché en selle, Ogier se détourna :

— Pardonne-moi, l'ami, de te considérer de haut : je me suis foulé la cheville. Sans cette male chance, ce bougre de Nigel ne m'aurait pas rejoint.

— Je te crois. J'ai laissé aux autres le temps de s'approcher pour en occire le plus possible. Ils viennent rarement par ici et je te sais bon gré de les y avoir amenés.

L'archer était grand, solide, brun — à en juger par sa courte barbe puisqu'un galeron [1] de velours vert le coiffait. Il était vêtu d'une brigantine couverte de toile grise déchirée — on en voyait briller les écailles de fer —, chaussé de daim des orteils jusqu'aux cuisses. Il maintenait sur son épaule, par la fourche de la corde et du bois, l'arc redouté de tous les guerriers de France : le *long bow*. Un carquois demi-plein remuait dans son dos.

— Je ne croyais pas voir un jour un Franklin d'aussi près !

— J'étais en captivité à Winslow.

— Je sais. Je t'ai vu rôder sous bonne garde autour des murailles. J'ai quitté le château à la mort de Ringwood, le mari d'Ethelinde... Ils ont chassé les couples dont les enfants gênaient les regards de cette putain... car c'en est une, mais d'un genre particulier.

— Tu ne m'apprends rien.

Ogier se réjouit de cette entente immédiate, sans même s'émouvoir qu'Ethelinde en fût cause au fin fond d'une forêt dont les voûtes le recouvraient de nouveau. Des nielles ténébreuses semblaient fleurir dans l'herbe, la mousse, les feuilles roussies ; puis l'ombre devint plus vaste et comme plus palpable.

— Tu n'irais pas loin avec cette cheville qui ne demande qu'à devenir aussi grosse que la hure du Robert... Viens : je t'emmène et te fais les honneurs de mon antre.

— Soit. Je t'en sais bon gré.

1. Chapeau des fauconniers à bord relevé et longue visière.

— Si cela peut te conforter, Français, je ne te prends pas pour un ennemi. Je n'ai guerroyé que contre les Escots. Entre deux présences à l'ost d'Édouard, j'étais le brenier de Winslow [1]. L'année où Ringwood, le mari d'Ethelinde, trépassa, le baron Arthur bouta hors des murs tous les couples ayant des garçons et des filles...

— Parce que Ethelinde était bréhaigne et que la vue des enfants lui était désagréable.

— Ce que tu ignores, c'est que par deux fois, elle fut grosse.

— Ah ?

— La lingère, Ermyntrude, n'avait plus chaque mois à laver de linge... Et sais-tu qui la fit avorter ?

— Comment le saurai-je ? Je suis entré à Winslow à la fin d'août, nous sommes à la fin de septembre, et pendant toutes ces semaines, à de rares exceptions, nul ne m'a adressé la parole.

L'archer ôta son arme de son épaule et la tint comme une gaule, horizontalement. Il allait d'un pas souple et véloce, guidant soigneusement le cheval confiant.

— C'est Odile... Elle crevait d'angoisse de la savoir pleine !

— Inutile de m'en dire davantage.

— Dommage, tu saurais comme elle procéda... Si la belle Ethelinde avait eu son enfant, l'Odile, sa marraine, en aurait fait un ange.

— Sauf si cet enfant-là avait été une fille... Une façon de se la réserver pour plus tard.

L'Anglais s'arrêta pour offrir à Ogier un regard ébaubi et admiratif :

— Voilà bien une chose à laquelle je n'avais pas pensé !

Une moue de dédain remplaça son sourire tandis qu'il éloignait doucement les gestes tordus et discontinus des branches.

1. Les *breniers* et les *corsiers* s'occupaient des chiens de la meute.

— Les familles ont dû partir en plein hiver. Le baron, sa femme et les deux femelles les ont vues s'éloigner sans remords... Et pour se réjouir le cœur, Arthur décida d'une chasse.

L'archer tendit l'oreille et contraignit le cheval à l'arrêt. « Aucun bruit », se dit Ogier. Mais soudain, devant eux, un renard déboula et s'enfuit, la quenouille de sa queue haut levée. Ils repartirent.

— Une chasse !... J'avais certes relevé des fumées non loin du château, mais chasser en hiver quand on mange à sa faim...

L'archer cracha sous le coup d'une fureur resurgie. Il avait un visage rond, sanguin ; des yeux pareils à ceux des cerfs qu'il avait poursuivis : grands, ténébreux, étirés comme des feuilles d'amandier.

— Les chiens ont retrouvé la bête. Un dix cors... Toute une matinée à marcher, marcher, puis à courir comme un *footman* !... Et puis, au passage d'une rivière, plus rien... Envolé, le cerf...

— Ensuite ?

— Au retour, Arthur m'a dit d'égorger tous ces bons à rien !... Oui !... Trente chiens, de hardis et beaux chiens... Si je refusais, il me ferait pendre... Et il se trouvait, dans les murs, certains gars qui m'auraient bien vu pendu !

— Après ?

— J'ai fui avec Galswinthe, mon épouse. Ils nous ont rejoints. Il y avait Arthur et trois autres... Ils m'ont lié à un arbre et fait à ma femme ce que tu devines, Arthur le premier... Puis ils s'en sont allés. Il gelait à pierre fendre et je n'ai pu me dégager qu'à la nuit... Ils avaient tellement abusé de Galswinthe qu'elle en était morte... Je me suis juré de ne point quitter ces terres et de la venger... Je tirais bien à l'arc, je me suis appliqué à tirer mieux. Mon nom est Jack Shirton mais à Winslow, déjà, on m'appelait Aster.

— Aster ?

— Notre chapelain, qui est mort de vieillesse, m'a

surnommé ainsi après m'avoir vu tirer lors du prologue des joutes de Hatfield... Selon lui, Robin Hood n'aurait pas fait mieux que moi. *Aster*... Sais-tu qui c'est ou plutôt qui c'était ?

— Non.

Ils allaient sans hâte et sans crainte, et le cheval semblait heureux de piéter lentement. Les feuillages profonds rendaient la forêt blême, et l'on eût dit que ces gros arbres manquaient de sève. Sans qu'il fît nuit, tout paraissait ombreux, somnolent. Parfois, le soleil lançait à travers la ramée un de ses glaives acérés, mais sa lueur n'éclairait rien.

— Comme toi, dit Shirton, j'ignorais tout d'Aster avant que frère Woodruf m'en parle.

Il hochait la tête avec l'indulgence d'un philosophe qui, depuis longtemps, sait à quoi s'en tenir sur toutes les carences humaines.

— Eh bien, Aster d'Amphipolis était un archer sans égal. Tout fier de ses prouesses, il alla offrir ses services à Philippe de Macédoine et se vanta, devant lui et ses capitaines, de percer les oiseaux les plus prompts en vol. Philippe refusa de le croire et ne lui demanda même pas de prouver son habileté. Il promit en riant : *« Je t'emploierai quand je chasserai l'étourneau. »* De rage, Aster passa à l'ennemi lorsque Philippe assiégea Méthone. Il décocha contre lui une sagette sur le bois de laquelle il avait écrit : *« À l'œil dextre de Philippe. »* Il n'avait nullement exagéré son adresse : Philippe devint borgne de cet œil-là.

— Je suppose qu'il ne le prit pas à son service !

— Non. Il fit renvoyer la flèche dans les murs après y avoir fait écrire : *« Si Philippe prend la ville, Aster sera pendu. »* Et, bien sûr, il en fut ainsi.

Aster II, comme l'archer se plut à le dire, caressa l'encolure du Noiraud.

— Tu vois, là-bas, cette rivière ? Nous allons la traverser. Elle n'a pas de nom et se jette dans une autre qu'on appelle l'Ouse... Encore une demi-lieue et tu seras chez moi, dans ma caverne... Car je vis comme un ours, tu verras !

— À tout prendre et sans l'avoir vue, je préfère ta caverne aux murailles de Winslow !

Au fur et à mesure de sa descente vers les profondeurs de la forêt, la rivière s'étrécissait ; ses eaux, acharnées à se frayer un passage dans la roche et la terre, grondaient et chuintaient tout en s'assombrissant sous l'épaisse feuillée. La voie que Shirton empruntait montait sans jamais s'éloigner du cours de cette vouivre dont, parfois, quelques écailles scintillaient. Des oiseaux s'interpellaient d'une rive à l'autre, puis laissaient le silence au chuchotis des arbres.

— Mon domaine, disait parfois Shirton avec un éloquent mouvement des bras.

Comme ils atteignaient une éminence clairsemée, un rapace vint tournoyer au-dessus d'eux dans un ample et lent mouvement d'ailes.

— On appelle cette sorte de faucon un *balbuzard*, un busard chauve, dit Shirton. Pour moi, en vérité, c'est Tom. Il avait une aile cassée quand je l'ai trouvé. Une flèche ou une pierre... peut-être une querelle entre deux mâles pour une femelle... Je l'ai soigné. Peu à peu, à force de mouvements, je lui ai réappris à voler... Il pêche pour moi et pour lui ; il veille sur moi. Il n'y a pas de guetteur plus vigilant que lui sur la Grande Île... Baisse la tête ou une branche finira pas t'éborgner !

Ils redescendirent vers la rivière. Sur la berge, Shirton désigna deux géants enlacés par leurs maîtresses branches de part et d'autre du cours d'eau encaissé mais vivace en ce lieu. Les affleurements des roches dans l'eau sombre semblaient des traces de pas argentés.

— Ces chênes, morts sans doute en même temps, marquent l'entrée de ma véritable demeure.

On eût dit les deux colosses endormis pour jamais, prêts à recouvrer leur verdeur sitôt que cesserait l'enchantement qui les en avait dépouillés.

Ogier regarda autour de lui. Rien devant sinon une cascade. La rivière ondulante, grésillante, impétueuse, se jetait dans une grande vasque rocheuse avant de poursuivre son serpentement. À droite, une colline épaissie de roncières. Peu d'arbres la peuplaient, et des rochers en couronnaient le faîte. Le ciel y déchirait son hermine.

— Est-ce là-haut ?

Une rampe abrupte accédait, semblait-il, à cette espèce de forteresse aux merlons écornés par des siècles d'orages.

— Si près du ciel, continua Ogier, rien ne peut échapper à ta vue et à celle de Tom, que j'y vois planer en ce moment... Est-ce par cette fissure qu'on monte, et peut-on voir Winslow lorsque l'on est rendu ?

— On en aperçoit le donjon par temps clair... Les hommes d'Arthur sont venus jusqu'ici. Une vingtaine. Ils ont entrepris de conquérir ce châtelet créé par la main de Dieu !... Ils ont laissé des lambeaux de vêtements à toutes ces ronces et, une fois au sommet, ils n'ont découvert qu'herbes et pierrailles. Mon refuge est juste derrière nous.

— Derrière ? Je ne vois que la rivière qui jaillit d'un rocher. Une toise et demie entre les deux niveaux.

Shirton eut un regard triomphant :

— Quel saut, pas vrai, pour choir dans le petit étang où elle s'attarde avant d'aller, plus lentement, se jeter dans l'Ouse... Quitte ta selle et viens voir cela de près. Je t'aide ?

Ogier refusa ce secours impromptu. Serrant les dents, il clocha devant Shirton.

Formant lors de sa chute une demi-arcade aux plis mouvants et scintillants, la rivière tombait, provoquant un vacarme dans lequel on croyait entendre striduler des busines, corner des olifants, bourdonner des tambours. Tout cela chuintait aussi, moussait et pétillait comme cidre, et pétaradait quand le déversoir s'engorgeait. Les lèvres de Shirton avaient beau remuer, Ogier n'entendait rien de ce qu'il lui disait. Il tâta le rocher ; il était couvert d'une légère poudre d'eau. Levant les yeux, il vit que le surplomb de la cascade formait une espèce de toit duquel s'écoulait, gonflée par son élan, la large et puissante averse. Quelqu'un qui se fût trouvé à l'extérieur eût été incapable d'apercevoir, sous cette incessante trombe où vibrait un permanent arc-en-ciel, la roche glauque en haut de laquelle pendillaient des herbes aux extrémités rougeâtres, et d'où des gouttes pleuvinaient.

Ogier revint sur ses pas ; Shirton le rejoignit :

— Ce que je voulais te dire, avant de te ramener pour de bon là-dessous — car tu n'as vu que le seuil de mon refuge —, c'est que je dois à Tom cette découverte qui, sous le cours de la rivière, a changé le cours de ma vie... si j'ose dire. Il était blessé, t'ai-je dit, quand nous avons fait connaissance. Alors que je voulais l'atteindre, il a voleté jusque-là... Il s'est réfugié sous cette chute d'eau, près de l'entrée de cette grotte dont personne ne peut soupçonner l'existence. Je l'ai pris contre moi et tu connais la suite. Reste là : je vais chercher le cheval. La voûte est haute et large, il y pourra passer. Dedans, tu verras, il aura ses aises.

Ogier, le pas traînant, s'engagea sous la cascade. Mené par Shirton, le cheval noir, les oreilles chauvies, trouva place entre le roc et le flot d'eau grondante.

— Il s'y fera, tu verras, dit l'archer.

L'entrée apparut, vaguement carrée, surhaussée par une sorte d'arc lancéolé que le roncin franchit sans avoir à baisser la tête.

— Que t'avais-je dit ? ricana Shirton.

Une espèce de corridor au bout duquel blêmissait une lumière immobile, descendait en pente douce, sur une longueur de quinze ou vingt pas, pour déboucher dans une vaste grotte à peu près ronde, d'un diamètre de sept à huit toises environ, dont les murs s'élevaient en s'arrondissant pour former une sorte de dôme de la hauteur d'un clocher, percé en son sommet : on apercevait un peu de ciel à travers les entrelacs d'une broussaille.

— C'est un peu chiche en luminaire, mais n'aie crainte, Franklin, dit Shirton en riant, j'ai ce qu'il faut.

Il marcha vers une sorte de table, battit le fusil, embrasa une torche.

— Regarde !... On a bien chaud sous ces peaux de bêtes. J'en ai tant qu'on pourra en couvrir le cheval... J'ai aussi, dans ce coin, moult nourriture : venaison et poissons frais de ce matin... Sache que je ne tue jamais par plaisir mais quand c'est nécessaire... Là-bas, c'est la haste [1] où je cuis mes viandes... La fumée s'en va au-devant du ciel... Je me suis fait dans du bon bois des gobelets, écuelles, cuillers, brocs et seilles...

— Tu sembles ne manquer de rien. Je vois un saucisson sur ce plateau qui te sert de table, et deux miches de pain...

— Il m'advient d'aller m'approvender à certains marchés.

— Comment remplis-tu ton escarcelle ?

— Comme je peux.

Ogier se contenta de cette réponse et Shirton reprit :

— Tu regardes cette lucarne qui nous pourvoit en air et en lumière et te demandes où elle est placée... Je t'ai montré deux chênes morts, embrassés. Juste après — et tu ne l'as pas vu —, les eaux enragées se séparent et divorcent pour former une île un peu ronde, une calotte de terre assez haute et tout embroussaillée... C'est là qu'est ce trou, cet œil levé vers le ciel.

— On voit que la nature est ta complice.

— Un tantet seulement. Chaque printemps, quand

1. Broche.

la rivière est en crue, elle recouvre l'île et se répand ici par cette trouée. L'inondation a son inconvénient, puisqu'elle me chasse, et son utilité, puisqu'elle fait un grand nettoyage.

Bien que son pied le fît souffrir, Ogier demeurait immobile, saisi par la beauté de cette étrange caverne et, surtout, par le sentiment de sécurité qu'il y éprouvait. Les rayons du soleil s'insinuaient à travers la brèche où bleuissait le ciel. Certains se mêlaient aux lueurs de la torche pour répandre, sous l'immense cloche de pierre, une clarté rosée presque surnaturelle.

Shirton eut un petit rire sec et, levant sa flamme bien haut :

— Ce trou et ces poils d'herbes brunes me donnent parfois des idées... J'en ai assez de vivre seul... L'entière liberté a du bon quand elle est partagée !

Ogier se sentit saisi au poignet et mené vers un billot sur lequel il s'assit.

— Je sais avec qui je pourrai partager cette caverne.

L'équivoque prenait un tour déplaisant. Shirton s'en aperçut et partit d'un grand rire que la voûte et les parois multiplièrent et augmentèrent au point que le Noiraud prit peur et se mit à ruer.

— Tiens ce flambeau : il faut rassurer ce cheval.

L'Anglais apaisa l'animal en lui caressant l'encolure, le chanfrein et les naseaux puis, le soulageant de sa selle :

— Je ne suis pas de la lignée d'Édouard II, et ce n'est pas avec toi que je songe à faire ma vie, mais avec Élisabeth Pethrick.

— J'aime mieux cela !

Cette fois, ils rirent tous deux, sans contrainte. Le cheval parut accepter cette joie dont les échos s'en allaient se dissoudre dans la forêt par ce trou qui, parfois, faisait rêver Shirton.

L'Anglais fit rouler un billot et s'assit dessus après l'avoir posé de chant :

— Tu t'es enfui pour revenir en France ?

— En Normandie, chez moi... Je ne t'ai pas dit mon nom : Ogier d'Argouges, chevalier.

— Chevalier, soudoyer, fourrageur, gonfanonnier, voilà bien ce dont je n'ai cure... Veux-tu que je t'aide à enlever ta heuse ?

Ogier, qui venait de se baisser pour mettre son pied à nu, craignit que ses efforts ne fussent vains tant sa cheville enflée adhérait au cuir de sa botte.

— Non, dit-il. J'y parviens... Ouf ! je me sens déjà mieux... Mais regarde cette enflure !

Sa cheville avait doublé de volume et ses chairs se violaçaient.

— Je te ferai un emplâtre à la graisse de marcassin mêlée à de la farine et à du suif avec lequel je fais mes chandelles. Ça te soulagera. Mais avant que je mette la pâte à chauffer, dis-moi... Où voulais-tu aller en galopant ainsi ?

Ogier répondit par un geste évasif. Il se sentait fautif, diminué par son échec devant cet homme simple qui ôtait son galeron, faisant paraître une chevelure hirsute qu'il fourragea de ses ongles.

— J'allais n'importe où pourvu que ce fût loin de Winslow...

— Et qu'il te soit aisé de regagner la France.

Un rire, mais dépourvu de la moindre insolence.

— Tu galopais vers le Ponant !... De ce côté-là, bien sûr, la mer existe ; mais elle est loin !... Et plus le chemin est long, plus les inconvénients grandissent. Sans arme, sans argent... Et puis, nous parlons ta langue assez largement à l'entour de Londres, mais à partir d'Oxford, Cheltenham, Swindon et même Salisbury, tu te serais fait mettre le grappin dessus... Feindre d'être muet et mendier à la porte d'une église ?... Tu es trop jeune ! On se serait interrogé : « *Pourquoi n'est-il pas en Bretagne ou en Écosse ?* » Il faut être de la truanderie — et encore ! — pour mener à son terme une telle entreprise !

Ogier se plut à reconnaître l'influence heureuse que

Shirton exerçait sur lui, moins par ses remarques acides que par la cordialité, la simplicité de ses façons. Avant leur rencontre, l'archer avait dû se représenter tous les seigneurs aux fleurs de lis comme des gaillards félonneux dont les moindres mouvements et postures, les plus infimes reparties empestaient l'outrecuidance. « *La fine fleur de la Chevalerie* », disait-on des barons, comtes, ducs et princes du sang. Cette fleur-là poussait sur un terreau sanglant et sanieux dont eux-mêmes avaient fait leur litière. Une pareille engeance existait en Angleterre, et Shirton l'exécrait.

— Jamais je n'oublierai ce que je te dois !

L'intégrité de cet ennemi, la gratitude dont il lui était redevable mettaient Ogier singulièrement à l'aise. Il appréciait surtout ce tutoiement, banni de la langue anglaise, dont l'archer usait si aisément lorsqu'il s'exprimait dans la sienne : plutôt que de messeoir à leur entente, plutôt que de l'abâtardir, il la transmutait en complicité. Sans qu'ils eussent encore abordé ce sujet, il savait que Shirton l'aiderait à quitter l'Angleterre.

— Je vais aller nous emplir un pichet. Tu me diras comment tu en es arrivé là... Mon avidité s'explique : depuis des mois, je ne parole qu'avec Tom !

L'eau récoltée en pluie à la cascade semblait avoir conservé un peu de la rugosité des rochers sur lesquels elle avait glissé. La buvant à courtes gorgées, Ogier raconta ses mésaventures à partir de Sangatte. Il insista sur son espérance de retrouver Hugh Calveley. Quand il eut achevé, Shirton se leva pour aller quérir deux peaux de mouton. Ogier, qui commençait à trembler, en reçut une sur ses épaules.

— Quand le soleil décline, il commence à faire froid. Moins, cependant, que dans une geôle... Tu voulais donc gagner le sud et embarquer. Mais comment ?

— J'aurais avisé sur place.

— Sandwich, Douvres, Hantonne[1], Plymouth,

1. South-Hamp-Town (Southampton), Yamoude : Yarmouth, etc.

Dartmouth, Bristol, Yamoude, Saint-Botolph, Kigston-upon-Hull, Newcastle-upon-Tyne, autrement dit tous les ports sont des nids de guerriers. Il faut pouvoir y montrer une licence : un *especial congié* du roi délivré à Londres. Tu as beau avoir belle allure et face avenante, on en exige plus pour traverser la mer. Chaque jour, les douze chevaucheurs de la Cour portent les messages... Toi, une fois remarqué, tu serais pris pour un espie, pendu ou décollé. Aucun refuge : on va sans doute supprimer le droit d'asile. « *Tout le monde peut abattre une tête de loup.* » Voilà ce qu'on se dit présentement dans le royaume.

Ogier se sentit fustigé par ces vérités élémentaires. Shirton redevint tout à coup plus serein :

— Un grand amour t'attend en Normandie ?

— Grand amour, c'est beaucoup dire. Mais qu'as-tu à me proposer ?

L'archer, pour une fois, parut à court d'idées.

— Tu m'as dit que tu avais sur la Grande Île une cousine au nom étrange et que tu supposais qu'elle vivait à...

— Tancrède doit séjourner à Dartford. Je ne sais si elle consentirait à m'aider.

— Tu m'as l'air de vouloir revenir vélocement dans ton château. Que crains-tu ? Qu'un homme t'y ait remplacé... ou une femme ?

— Oh ! non, s'exclama Ogier. Mon épouse entrerait plus volontiers au moutier pour s'y livrer à des macérations dont elle tirerait jouissance, que dans la couche d'une belle gouce [1] telle qu'Ethelinde.

— Elle ne t'aime pas ? Elle ne t'aime plus ?

— Je ne saurais t'éclairer autant que ce flambeau.

Ogier devinait sa pâleur. S'il tremblait, c'était de froid, nullement de fureur, encore moins d'anxiété. Que Blandine, le croyant mort à Calais, se remariât dans un an ou deux lui semblait une conjecture

1. Chienne.

absurde, mais nullement impossible eu égard à la versatilité de son caractère. S'il se pouvait qu'il l'eût dégoûtée des mâles, elle n'en sombrerait pas pour autant dans des amours folles. Le portrait qui se dessinait devant lui d'une épouse nue, sinueuse, altérée d'un corps, d'un sexe pareils aux siens, le désennuya plutôt que de le consterner.

— Deux sœurs, dit-il à mi-voix, qui filent moins la quenouille que le parfait amour !... Des bouches goulues, sensuelles ou plutôt *sangsuelles*...

— *What ?...* Tu les as vues ?

— Entrevues comme on passe de l'ombre au soleil, puis du soleil à l'ombre... Mais l'ombre ne semble plus la même parce que les éclats du soleil sont demeurés dans les yeux.

Cette vision l'avait pénétré pour toujours, mais c'était tout ce qu'il en pouvait dire. Il s'était inclus parfois dans cette fête. En rêve. Les visions qui lui revenaient maintenant n'étaient rien moins que chastes, mais elles ne suscitaient en lui aucun émoi. Aucun regret.

— Cette attirance entre deux sœurs... commença-t-il, bien décidé à clore l'entretien.

Shirton sifflota, peut-être afin d'annihiler son trouble.

— Sont-elles vraiment sœurs ? À leurs embrassements, j'en ai parfois douté. Arthur de Winslow a chevauché tant de femmes que son épouse, dame Léticie, l'a trahi lors de ses absences : manants, palefreniers ont fait des galops d'amour avec elle, d'où les différences et les attirances de ces deux femelles.

Shirton fit un mouvement comme pour éloigner des visions piquantes. Ogier soutint son regard tandis qu'il demandait cette fois sans sourire :

— Elles t'avaient fait envie avant que tu les surprennes ?

— Comme lorsqu'on a soif un hanap de cervoise.

— Quel breuvage !... Moi, je les ai vues dans la

forêt, toutes nues sur la mousse. Les vents oiseleurs semblaient les avoir rendues folles... Je les livrerais, si je le pouvais, à une connétablie ! Les chefs d'abord, bien sûr, et la piétaille ensuite... Et si Calveley était présent, je l'inviterais à passer le premier : quel pieu il doit avoir !

— C'est vrai qu'il est un géant. Une toise [1] de haut.

— Davantage. Il était à Hatfield quand j'ai remporté le prix.

— J'ai pu juger de ton habileté.

Shirton vida son gobelet qui semblait avoir été taillé dans du frêne.

— Odile est pire que sa sœur. Comme elle t'a soustrait à Gauthier de Masny, il se peut qu'elle te veuille reprendre et qu'en ce moment même, elle adjure son père de lancer des hommes à ta ressuite.

— Certes !... Sais-tu, l'ami, que tu parles bien pour un archer d'Angleterre ?

Ogier douta de tout savoir un jour sur Shirton. En raison même de son langage et de ses façons, il lui soupçonnait une origine aussi noble que la sienne. D'où venait-il ? Comment avait-il vécu avant d'entrer au service du baron de Winslow ? Un rire abrégea une méditation qu'il se promit de reprendre.

— Je parle ni plus ni moins bien que moult gens épars sur ces terres, mais qui commencent à abandonner ton langage... C'est l'anglais qui va se parler à Calais.

— Pour quelques mois seulement.

Shirton eut un mouvement d'indifférence.

— Toutes les voies menant aux havres où tu pourrais embarquer seront hérissées de guetteurs si jamais Arthur de Winslow a l'intention de te retrouver.

— Quels sont tes desseins ?

1. D'après son biographe, Joseph C. Bridge, Calveley mesurait 2,30 m !

L'archer gratta de nouveau ses cheveux avant de formuler une décision qui semblait le réjouir :

— Il te faut demander l'appui d'Hugh Calveley, et pour cela nous rendre à Bunbury puisqu'il y a, selon toi, sa demeure. Et Bunbury, c'est au nord.

— Bunbury, en effet... Mais s'il n'est pas au gîte ?

Shirton frotta ses pieds au sol comme un taureau qui prépare une charge :

— S'il est absent, nous rebrousserons et gagnerons Ashby.

— Ashby ?

— Ashby-de-la-Zouche. Ce n'est guère éloigné de Bunbury. Chaque année, le dernier dimanche de novembre, on y donne des joutes et il y a compétition d'archerie. C'est la dernière fête d'armes, que je sache, la première ayant lieu à Londres, au mois d'avril. Si nous échouons à Bunbury, il se peut que nous réussissions à Ashby... à moins, bien sûr, que le grand homme ne soit parti guerroyer en France. Le malheur pour nous deux, ajouta Shirton avec un soupir qui peut-être révélait plus d'ennui que de crainte, ce serait qu'Arthur de Winslow et ses deux louves viennent respirer l'air d'Ashby...

— Il me semble qu'Ethelinde m'a parlé de cette joute le soir de mon arrivée à Winslow... J'étais dans un tel état que je peux me méprendre... Si ma mémoire est bonne, il n'y faut point aller.

Et comme Ogier laissait paraître son dépit, Shirton lui tapota l'épaule :

— Cesse de te raser à compter de ce jour. Rien de mieux qu'une barbe et des moustaches pour se faire un faux visage. Demain, je te prêterai mon second *long bow*...

— Je sais me servir d'un arc.

— Pas comme moi, pas comme *nous* : ne l'as-tu pas appris à tes dépens à Crécy ? Je vais donc te donner quelques leçons le temps que ton pied dégrossisse.

— Soit.

— Nous avons un cheval ; il nous en faudra deux. Je vais revenir sur les lieux où les hommes d'Arthur t'ont assailli. Il se peut que les chevaux des deux malandrins soient demeurés sur place. Ce serait d'ailleurs une bonne chose d'en avoir trois : Élisabeth aurait le sien.

Ogier se contentait d'écouter.

— Elle est servante dans une hôtellerie de Brackley, à quatre ou cinq lieues d'ici.

— Elle consentirait à partager ta vie d'ermite ?

— Un temps... Puis nous partirions chez elle, à Plymouth. C'est une ancienne meschine [1] de Winslow.

Shirton eut un mouvement d'humeur, le premier. Dans le regard qu'il tourna vers Ogier brillait une sorte de provocation avivée par la flamme dorée de la torche :

— Ne crois surtout pas que, du temps de Galswinthe, je me payais, certaines fois, une pinte de plaisir avec Élisabeth !

— Loin de moi cette pensée.

— Elle est veuve. Son époux et leur fille sont morts peu après qu'on les a boutés hors de Winslow... Mon épouse et moi et eux, on était en amitié... C'est la divine providence qui m'a fait retrouver Élisabeth dans cette hôtellerie où John Ferris veille sur elle avec autant de rigueur qu'un geôlier. Elle fait le ménage, la cuisine et pour ne pas qu'il la jette à la rue, elle doit le servir au lit !... Seul, il m'était difficile d'entreprendre ce rapt auquel je pense depuis des mois. À nous deux, nous le devons réussir.

— Nous réussirons ! affirma Ogier. Je te dois bien cette compensation.

Shirton leva les yeux vers l'ouverture où le ciel brunissait.

— Tom ne tardera pas à rentrer. Va te coucher sur

1. Domestique.

ces peaux de bêtes, le temps que je fasse du feu et prépare ton emplâtre.

— Et les chevaux ?

— J'irai ensuite... Tiens, regarde au-dessus de nous !

Tom venait de franchir la trouée. Maintenant, il tombait en volutes obliques, effleurant parfois, d'une aile, la courbe du rocher. Un brocheton remuait dans son bec.

— Il sait vivre, commenta Shirton. Il n'entre jamais céans sans apporter sa contribution à la mangeaille.

Le balbuzard jeta le brochet sur le sol. Shirton l'y laissa se tordre. Le rapace eut comme un gloussement avant de se poser sur son poing, sans rudesse.

— Il est beau, dit Ogier. J'ai eu un faucon, Titus, que j'aimais bien. Ma sœur Aude l'a perdu à la chasse.

— Tom est peut-être court enjointé [1], mais il n'en vole que mieux.

Tom enfouit son bec sous une de ses ailes repliées comme une femme frileuse eût enfoncé son nez dans un colletin fourré. Ogier lui offrit son poing. Le regard se fit sec et interrogateur.

— Vas-y, Tom !... *Go ! Go !*

Comme de froids bracelets, les serres vinrent se replier sur la chair de la dextre d'Ogier.

— Nul besoin de gants à ce que je vois.

Le plumage, gris noisette, jaspé sur les ailes, brillait aux lueurs du flambeau. Un duvet presque blanc, tacheté de quelques aiglures, moussait sur le ventre et le jabot, et l'eau que l'oiseau avait effleurée, puis percée, y avait déposé des gouttelettes peut-être gênantes, car il se secoua et les fit tomber. Sous sa paupière blême, clignotante, son œil miroitait ainsi qu'une perle vivante. Titus n'avait ni cette profondeur de regard ni cette malice. Pourtant, il s'était enfui.

1. Se dit d'un oiseau de proie en parlant de la longueur de ses jambes : *long* ou *court enjointé*.

— Tu es beau, Tom !

Ogier sentit glisser sur son dos la peau de mouton dont Shirton l'avait couvert. Sans se soucier du froid, il hasarda quelques doigts sur une aile. Tom s'immobilisa.

— Heureusement que ce n'est pas celle qu'il eut blessée ! Il ne permet plus que j'y touche.

Tom s'enleva du poing dans un bref battement de plumes. Ogier le sentit s'agriffer sur son épaule.

— Eh bien, dit-il, soyons amis puisque tu sembles l'exiger.

Une tête soyeuse frotta sa joue et, l'observant de biais, il vit l'oiseau tenter de crocheter du bec le drap de son pourpoint.

— Holà ! je n'ai rien d'autre à me mettre... et tu fais mal.

— *Shut, shut*, fit Tom.

— Il a compris ton courroux. Il se repent, dit Shirton.

— Deux amis en un jour !

Ogier soupira, renifla, incapable de dissimuler son émoi. Tout comme le dévouement de Shirton, l'attachement presque immédiat de Tom à sa personne le consolait de la vacuité de sa vie. À ses pieds, dans ses mailles sombres et cuivrées, le brochet long de sept à huit pouces avait cessé de frétiller.

— Pourquoi le regardes-tu ainsi ? s'étonna Shirton. On dirait qu'il te répugne.

— Ce poisson-là, quand il mord, peut parfois donner des fièvres mortelles. C'est une espèce de vouivre...

— Heureusement, dit Shirton, que Tom ne comprend rien de ce que tu dis.

— Il ne connaît donc pas le pardon des offenses ?

Shirton alla touiller les braises de son âtre.

— Et toi, dit-il en se retournant, le connais-tu ?

Ogier eut un mouvement d'incertitude. Tom,

dérangé, lui planta ses ongles dans la chair. Aussi grimaça-t-il en donnant sa réponse :

— Parfois, bien que ce soit un signe de faiblesse.

Il en avait assez dit.

DEUXIÈME PARTIE

# CEUX QU'ON RETROUVE ET CEUX QU'ON PERD

# I

Il avait plu de l'aurore à midi. Ensuite, des clartés s'étaient glissées dans les nuées, sans parvenir à égayer la campagne. Tout restait sombre : les feuillages en haillons, les cailloux, les flaques miroitantes, brisées à coups de sabots, et même les maisons dont les contrevents clos paraissaient refuser d'intercepter quelques bribes de lumière.

Ce pays onduleux et mouillé ne différait guère de la Normandie. En cherchant des nuances et des similitudes, Ogier tirait les poils de sa banlèvre et de son menton avec un dégoût dont Shirton, rasé de près, s'amusait.

« Une semaine... Une semaine pour guérir de cette foulure ! »

Une semaine aussi pour apprendre à manier le *long bow* et accomplir, dans cette pratique, des progrès certains ; une semaine pour s'accointer avec Tom, qui prenait de bonne grâce appui sur l'épaule du Franklin et parfois, cimier vivant, ailes repliées ou déployées, s'agriffait à son chaperon noir. Une semaine et, plutôt que d'aller vers le sud, il fallait chevaucher vers le nord, près d'un Anglais taciturne, suivi d'un roncin pommelé qui n'était autre que celui de feu Robert le Barbu, de Winslow. Ce sommier portait trois arcs dans des étuis de cuir, six carquois pleins à craquer, des peaux de bêtes, un bouge contenant du linge de rechange, et un bissac de nourriture. Ogier ne se détournait que pour vérifier si la corde qui reliait le cheval de bât au sien restait suffisamment lâche.

Plus ils approchaient de Brackley, plus Shirton manifestait son impatience.

— Encore une demi-lieue, dit-il. Tu verras comme Élisabeth est belle. Je me sens prêt à occire John Ferris s'il fait un mouvement pour la conserver !

— Mieux vaudrait le laisser en vie pour qu'il témoigne de ton courage et de ta mansuétude.

— Tu ergotes et c'est ton droit. Je maintiens qu'il est bon de cravanter [1] la vermine... Tiens ! n'as-tu pas envie de pourfendre Cobham ?

Ogier fit une moue tout en se demandant pourquoi, en quelques semaines, il était passé d'un ressentiment des plus frénétiques à une espèce de répugnance morose, dépourvue d'intention homicide.

— Trespercer ce fumeux ? Je ne sais... L'humilier me satisferait davantage car il serait piqué au vif pour le reste de ses jours tandis que mort, il n'éprouverait plus rien. Et puis, je suis *aussi* coupable en quelque sorte. J'aurais dû passer mon armure et, plutôt que de la devancer, envoyer en avant toute ma compagnie. Or, tout cela n'est pas dans mes façons de faire.

— La noblesse du chevalier aux lions !

Shirton souriait sans malice. Puis, relevant son dos pour en dissiper la fatigue :

— Nous n'avons pas à nous plaindre. Personne ne nous a rien demandé jusqu'ici ; pas même ces quatre seigneurs et leurs hommes qui chevauchaient vers l'île de Wight pour embarquer... Tu les as salués respectueusement, mais tes façons de vilain ne les ont pas empêchés de voir en toi un noble homme.

— Je ne sais pas feindre.

1. Écraser.

Ogier s'attendait à une repartie aigrelette. Shirton réintégra son rêve :

— Vois-tu, j'ai d'autant plus d'amitié pour Lisbeth que je la sais mal heureuse. Il vaut mieux partir de l'amitié pour parvenir à l'amour que de partir de l'amour pour arriver à...

— ... la détestation, acheva Ogier, placide.

— Ton cœur, l'ami, me paraît aussi malade que l'ont été tes chairs. Mets de biais ton chaperon sur ton oreille abîmée. Si les Winslow ont dans l'idée de te reprendre, ils ont dû dresser ton portrait, éparpiller cinq ou six chevaucheurs... Mais à quoi penses-tu ? Je te vois sourciller.

— C'est à toi que je pense. À ta quiétude dans cette forêt où l'on ne serait guère ébaubi de rencontrer Merlin, Morgane ou Mélusine. Tu vas exposer ta vie, ta liberté pour une femme et pour moi. Pour la femme, je le conçois : tu l'aimes et la veux épouser... Mais moi qui déjà te dois tant ?... Une fois libre, Élisabeth consentira-t-elle à nous suivre à Bunbury ?

Shirton lâcha les rênes et d'une main parut repousser ces questions.

— Laisse faire les événements, Ogier. Si la Providence t'a poussé en Angleterre, c'est sans doute avec juste raison. Si elle m'a fait te rencontrer, c'est sûrement à bon escient... Regarde : les arbres sont moins serrés, la lumière plus drue : l'orée n'est pas bien loin... et le danger s'approche.

Shirton baissa son front pensif et rit un peu lourdement afin d'exorciser son inquiétude.

— Quels sont tes desseins, Jack ? J'aperçois un clocher, un donjon. Est-ce Brackley ? Il est temps de nous accorder sur la façon d'enlever ta dame !

— C'est tout simple. L'hôtellerie ne jouxte aucune maison. On peut la contourner aisément. Juste à l'opposé de l'entrée, après qu'on a traversé la grand-salle et la cuisine, il y a une porte qui ouvre sur une cour. C'est là que, chaque dimanche, les hommes se mesurent à l'arc. J'y suis venu maintes fois, j'ai remporté les prix. Voilà d'ailleurs pourquoi mon escarcelle est pleine. Si je n'y suis pas reparu depuis six mois, c'est que j'ai flairé des courroux et des haines : les vaincus et Ferris quand je m'entretenais avec ma mie.

Ogier discerna, dans cette précision, une âpreté de mauvais augure. Se pouvait-il vraiment qu'Élisabeth comptât sur l'aide d'un amoureux si distant ?

— Cette cour, reprit Shirton, est ceinte d'un muret ouvert en un seul endroit. On y accède aux champs pentus au bas desquels des boqueteaux font comme une avant-garde à une petite forêt. J'en connais les détours et les lieux secrets.

— Tant mieux !... Continue.

— Je n'avais jusqu'ici ni chevaux ni compère. Si nous avions fui à pied, Lisbeth et moi, on nous aurait rejoints avant que nous nous soyons mis à couvert... Alors, voilà : j'irai m'attabler seul — oui, je te sacrifie — ; quand Élisabeth me servira, je lui dirai d'aller dans la cuisine et d'en pousser l'huis. Le sommier sera là, débarrassé de ses fardeaux et sous ta garantie. Lisbeth sautera dessus. Toi, tu la suivras sur le morceau, et le tour sera joué. Je vous rattraperai, sois-en sûr.

Ogier se permit de conclure sans user de précautions dilatoires :

— Trop simple.

— *What ?*

— Trop simple. Ton Ferris doit avoir des chevaux et des aides. Ils sauteront en selle et nous pourchasseront... Cette auberge est-elle fréquentée ?

— Évidemment. Surtout par les gens d'armes de Simon de Brackley. Il les rejoint parfois pour licher avec eux.

— S'ils sont présents, ils se lanceront à notre ressuite.

Shirton se décoiffa et, de son galeron, frotta son visage en sueur.

— Tu me mets dans l'embarras !

— Mieux vaut que ce soit maintenant. Autre chose : il est malsain qu'on te connaisse. On se défiera de toi.

Shirton arrêta son cheval. Ogier sentit Tom quitter son épaule.

— Élisabeth connaît-elle vraiment tes intentions ? Les a-t-elle acceptées ?

— Crois-tu que, dans le cas contraire, j'engagerais ma vie et la tienne pour la sauver ? Ferris règne à Brackley autant que le baron, son compère de débauche. Qu'il siffle et vingt ou trente manants surviennent et obéissent à ses volontés. C'est un ancien malandrin de Londres. Il doit son immunité au roi pour lui avoir fourni de pleins sacs d'esterlins lorsqu'il ne trouvait guère de prêteurs dans son entourage parce qu'il n'était qu'un damoiseau dont la mère, elle-même, se souciait peu. Mais dès le jour de son couronnement, Édouard III oublia ceux qui avaient eu des bontés pour lui. Les grands prêteurs se pressèrent sur son passage [1]. On dit que Ferris a quelques crimes sur la conscience et qu'il fut parmi ceux qui accompagnèrent Édouard II du château de Kenilworth à celui de Berkley, il y a de cela vingt ans. Il était aussi l'ami de Jean d'Eltham [2], ce qui l'a bien servi... Mais à quoi bon te rapporter ces choses : Ferris est redoutable. Il règne par la menace et les coups. Il me craint parce que je suis prompt et touche juste ; il me déteste puisqu'il m'a suffi d'apparaître pour ravir la victoire non seulement à ses archers, mais encore à ceux de Simon de Brackley... Regarde

1. Toute sa vie, Édouard III ne cessa d'emprunter. L'abdication de son père fut proclamée après la réunion du Parlement, le 24 janvier 1327. Il avait alors quinze ans. C'est de ce jour que part son règne. Il fut couronné à Westminster, par l'archevêque de Cantorbery, le 1er février suivant. Le transfert d'Édouard II de Kenitworth à Berkley aurait eu lieu autour des Rameaux de l'année 1327.

2. Jean d'Eltham, second fils d'Édouard II et d'Isabelle de France, créé comte de Cornouailles par son frère Édouard III, mourut à la fin du mois d'octobre 1336 à Saint-Johns-Stone, pendant l'expédition d'Écosse où il avait accompagné son frère.

Tom, au-dessus de nous ! Il a senti l'eau et va disparaître... Nous sommes presque arrivés...

Ils dépassèrent la première maison du village ; une demeure à toit de chaume et colombages — comme en Normandie.

— Je crois, dit Ogier, qu'il faut pour réussir nous déterminer autrement. Tu iras aux écuries. Tandis que tu couperas les ventrières des selles des chevaux à l'attache, j'entrerai dans la grand-salle pour avaler un gobelet de vin.

Shirton, d'une main, entrouvrit son escarcelle.

— Tiens, voilà de quoi en acquitter le prix.

Ogier mit la pièce dans la poche interne de son pourpoint.

— Tu m'as dit qu'Élisabeth était brune. Je m'adresserai à elle... Je trouverai bien un prétexte...

— Elle parle le français un peu moins bien que moi. Quand elle saura que c'est Aster qui t'envoie, elle comprendra.

— Je lui dirai de passer par la cuisine et de m'y attendre sur le seuil. Tu y auras laissé mon cheval et le tien... Au fait : sait-elle se tenir en selle ?

— Fort bien. Mais moi, que deviendrais-je ?

Ogier observa cette tête inquiète, hirsute, et cligna de l'œil :

— Toi, sitôt que tu auras coupé les sangles et abandonné nos chevaux devant la cuisine, ou pas très loin, tu t'en iras avec le sommier à l'autre bout de la cour, et tu tiendras un arc et sa flèche encochée... Bien sûr, tu seras à pied, le cheval à mi-pente... Tu te cacheras.

Les épaisseurs de soucis qui marquaient le visage de Shirton s'allégèrent.

— Je commence à comprendre et tout cela me plaît.

— Je ne te reproche pas d'avoir mis du temps à trouver mes idées meilleures que les tiennes.

Ils rirent : cette bonne humeur un tantinet forcée plaçait leur aventure sous d'heureux auspices.

— Bien sûr, reprit Ogier, quand nous fuirons, nous

passerons devant toi. Lentement si nul ne s'est aperçu du départ d'Élisabeth, au galop dans le cas contraire. Il t'appartiendra de retenir ceux qui voudraient tenter de nous rejoindre en chevauchant à poil. Si tu en as le temps, tranche aussi toutes les rênes.

— Je ferai de mon mieux.

— Si par malheur on nous poursuit, ne tue ni les hommes ni les chevaux : sois assez habile pour refréner leur ardeur en les atteignant où tu voudras, mais petitement : un rapt n'est pas la guerre même si la haine l'a provoqué. Fais en sorte que ces manants croient qu'il y a quatre ou cinq hommes derrière le muret : ils renonceront, car il n'est de pire couard que celui qui ne voit ni ne sait qui l'agresse.

— Soit. Qu'as-tu d'autre à me proposer ?

Shirton grimaçait un peu. Dans son regard mi-clos, quelque chose brûlait.

— Tu piqueras des deux lorsque tu le jugeras nécessaire. Nous t'attendrons... Laisse un arc et un carquois sur le Noiraud. Je suis un précautionneux. Cela m'a toujours servi.

— Sauf à Sangatte, lança Shirton en talonnant son cheval.

C'était assurément une flèche de Parthe. Ogier s'en trouva blessé.

« Il semble prendre ombrage à l'avance de l'intérêt que je pourrais avoir pour cette Élisabeth !... Comme si je pouvais m'amourer d'une Anglaise ! »

Il gratta cette barbe qui le démangeait tandis que sa mémoire lui restituait une fois de plus, intempestivement, le visage et le corps de Blandine. Ces dernières nuits, enfoui sous ses peaux de renard et de mouton, il l'avait recomposée avec une minutie, une patience d'orfèvre. Il eût mieux fait de s'abandonner au sommeil.

— À quoi penses-tu ? demanda Shirton.

— À mes amours et à l'enfant qui est né d'elles.

Il avait eu raison de dire *« mes amours »*. Comment

eût-il pu oublier Anne, la chambrière de ses cousines, à Rechignac ? Il n'était alors qu'un jouvenceau, puis un damoiseau mal dégrossi, morose et pusillanime. Cet amour avait été d'autant plus prenant qu'Anne était la première. L'existence auprès d'elle eût été magnifique — du moins le croyait-il encore. Aucun mensonge entre eux, aucune réticence. Cependant, Anne avait fui, grosse de leur enfant, avec pour argument de cette séparation une mésalliance dont il n'avait cure.

« A-t-elle mis au monde un fils ?... Blandine a-t-elle accouché d'un fils ? »

Mieux valait encore une fille avec son caractère à lui, Ogier, qu'un mâle pourvu du caractère maternel.

— Nous y sommes, dit Shirton en arrêtant son cheval.

L'hôtellerie avait un aspect agréable. La gent domestique l'entretenait : un seuil et un huis propres, trois fenêtres aux verres jaunâtres récemment dépoussiérés ; un premier étage pourvu de quatre chambres, sans doute, à en juger par les baies plus étroites qu'au rez-de-chaussée. Un toit de bardeaux pentu exhalait, par deux hautes cheminées, des fumées blondes et légères. Suspendue comme une bannière au-dessus de l'entrée, une longue perche terminée par une touffe de branchettes avertissait les voyageurs de la présence de *house ale* à l'intérieur.

— Ne te fie pas à ce que tu vois, Ogier, dit Shirton d'une voix tremblée, chuchoteuse. Cela, c'est la façade.

Puis, avec un sourire incertain :

— Cette auberge ressemble à Ferris : une goule avenante et proprette, et dessous la noirceur et la fausseté. Allons de l'autre côté.

L'arrière était comme laissé à l'abandon : murs scrofuleux, maisonnettes adventices formant contre la maison mère des débordements difformes. Sur le seuil de ce qui semblait être la cuisine, des os demi-rongés, des tas d'épluchures où picoraient des poules et farfouillaient des canards. Plus loin, grommelant devant sa roulée[1], un porc vermillait dans une jonchée d'immondices. Plus loin encore, une autre compagnie de poules, de canards et cinq ou six oisillons grattaient et fouillaient dans un tas de fumier plus haut que le muret qui entourait la cour. Tout était sombre, gluant, et les odeurs mêlées du fumier et des fumets sortis de la cuisine, par la porte et la fenêtre entrebâillées, n'incitaient point à s'attarder.

— L'écurie est là-bas, dit Shirton. Que fais-tu ?

Ogier descendit de cheval.

— Je n'ai pas songé à une chose qui peut devenir gênante. Ton Ferris emploie-t-il un palefrenier ?

— Oui. Un jeunet...

— S'il est dans l'écurie, assomme-le. Il doit y avoir quantité de cordes pour le rendre incapable de te nuire.

— Je le ferai...

— Alors, je te quitte. À bientôt !

Ogier ne se retourna pas.

Sous ses poutres et ses larges entrevous craquelés, la grand-salle était peinte en rose vif. Rehaussée de grosses vignetures, cette couleur eût fait merveille, sans doute, dans un bordeau abritant de grosses ribaudes et des hurepins aux faces resplendissantes de joie, de vinasse et de concupiscence. La clarté du dehors, safranée par les vitres, s'étalait sur les tables aux plateaux de largeurs différentes, pareils — les souillures en moins — à des couvercles de cercueils. Le pave-

1. Etable à cochon.

ment grisâtre était jonché de paille. Nulle chaise, mais des bancs et des escabelles.

La porte donnant sur la cuisine bâillait sous l'étroit escalier par lequel on accédait aux chambres. Un peu de la clarté du dessus dégringolait sur les degrés de chêne fourbus et ternis. La cheminée ronflait, craquante, pétillante. Une fillette déchevelée, blonde, à demi enfoncée et enfumée dedans, y tournait alternativement deux brochées, l'une de porcelets et l'autre d'écureuils. Elle était nue sous sa robe courte. Ni belle ni laide : douze ans, un soupçon de poitrine ; un visage de poupard, aveuli, morose. Il semblait qu'elle eût goûté aux épices avant même d'avoir consommé les plaisirs petits ou grands des pucelles de son âge.

Des gens mangeaient. Une quinzaine. Trois femmes mûres et trois vieillards affables aux allures de marchands. Le reste ? C'étaient des guerriers : deux *thegns* [1] eût dit certainement Shirton, et les privilégiés de leur piétaille. Ils s'exclamaient, s'esclaffaient, gloutonnaient, lançant familièrement des œillades aux femmes lorsque ce n'était pas des boulettes de pain. La *good-ale* coulait dru dans les gobelets, et les cliquètements des cuillers sur les écuelles ne s'alentissaient jamais. Tous ces hommes portaient des chemises de mailles ; une cotte de toile écrue distinguait les chevaliers : la graisse ruisselait sur l'écu à leurs armes ; l'un y avait un coq et l'autre un bélier.

« Où suis-je donc tombé ? » se demanda Ogier. « Aucun des convives ne fait attention à moi, et c'est tant mieux. Mais où est Élisabeth ? »

Le tapage alentour lui donnait un malaise. Depuis qu'il était entré, personne n'était venu lui demander quoi que ce fût. Une grosse servante rousse était passée sans lui jeter un regard.

1. Ou *thanes*, d'origine saxonne avant la conquête. Inférieur à *earl* qui équivaut à baron. Le *thane* aurait été une sorte de chef d'équipe d'hommes d'armes en même temps qu'un homme libre, propriétaire d'une manse.

Deux jambes apparurent dans l'escalier. Jambes de mâle. Un gros homme vêtu mi-parti de cuir noir en haut, mi-parti de tiretaine rouge en bas. Les semelles de ses grolles martelaient les degrés sans promptitude, et son pas pesant faisait tressauter sa bedaine.

Une fois dans la salle, il passa de plain-pied, avec une parfaite aisance, de ses rêves à des préoccupations dont le sérieux lui fit la mine rechignée, surtout lorsqu'il eut tâté un mur que des suints d'humidité boursouflaient, et craquelé une pustule. Une moue fit avancer sa bouche en cul de poule tandis que se détournant de ce désobligeant stigmate, il examinait ses clients et clientes auxquels il adressa un sourire. Alors, majestueux, il alla s'enquérir, auprès des guerriers, de leur avis sur la mangeaille. Satisfait, il revint vers ce passant que la servante avait négligé :

— *Do you want to eat, or only drink ? Would you like a girl ? The little one, there, in the fire-place... Thus, she's rightly warm ! No*[1] *?*

— Je ne comprends pas, messire, ce que vous dites.

L'hôtelier posa sur un coin de la table un poing robuste, rose comme la peau d'un porcelet, soies comprises, et dont les doigts, même le pouce, brillaient d'anneaux de toute sorte.

— Franklin !

— Breton, messire, et du parti de votre allié, Jean de Montfort.

Aussitôt vinrent le sourire et le compliment :

— Je vais vous faire porter un gobelet de cervoise — comme vous dites — et vous le viderez à la santé d'Édouard !

Et avec un clin d'œil :

— Jean de Montfort est mort[2], mais sa femme

1. Voulez-vous manger ou boire seulement ? Voulez-vous que je vous prête une fille ? La petite, là, dans la cheminée... Elle est ainsi chaude à point ! Non ?

2. Jean de Montfort était mort le 26 septembre 1345.

— une noble dame, pas vrai ? — continue la guerre contre Philippe et ses suppôts. Nous avons fait Charles de Blois prisonnier. Celui-là n'est pas près de revoir la Bretagne !

— Assurément, dit Ogier, impassible.

Il ne cessait de regarder cet hôtelier aux gestes et affiquets d'une féminité grossière, et la porte qui, certainement, s'ouvrait sur la cuisine. Allait-il bientôt voir paraître Élisabeth ? Certes, en l'attendant plus longtemps que prévu, Shirton avait loisir d'endommager les selles, mais l'impatience d'agir commençait à lui chauffer le sang.

— Ah ! voilà Morgane... Elle peut vous servir en toute chose, pour peu que vous y mettiez le prix.

Un homme — peut-être un chevalier car il portait un tabard blanc, propre, dont les armes cousues dessus étaient *de gueules à trois chardons d'argent* — précédait dans l'escalier une femme d'environ trente ans, brune, maigriotte, le visage assez beau, mais hâve. Une grande bouche, un nez charnu, des yeux tellement luisants que des larmes retenues y étaient pour quelque chose. Elle s'efforçait d'avoir la mine et l'allure d'une hôtelière qui achève la visite d'une chambre vacante avec un voyageur aux espérances comblées.

— Vous allez consommer de la bonne *good-ale* et vous pourrez goûter à notre Morgane. Elle a des façons... Si elle se regimbe, il n'est pas interdit de lui taper dessus... à condition de ne point l'abîmer...

Tandis que l'homme qui venait de rejoindre la tablée des guerriers y recevait une ovation digne d'un vainqueur à la joute ou à la quintaine, Morgane se préparait à disparaître.

— Viens ! commanda Ferris.

Elle sursauta. Le ton était peut-être inhabituel.

Elle était vêtue d'une gonne de futaine jaune pâle fendue jusqu'aux cuisses. Les plis de la chemise légère qui en dépassaient révélaient des sandales de cuir craquelé. Jetant un regard à la jeunette immobile dans la cheminée, elle parut l'encourager à poursuivre sa tâche. Tandis que la petite obtempérait, elle dévisagea Ferris avec une haine dont Ogier fut confondu.

— Tu vas le servir, dit l'hôtelier.

Et, le visage bas afin de mieux trouver le regard du Français :

— Elle connaît votre langage. Moi, je vais devoir m'absenter... J'attends quelques barils de vin de Bordeaux. Je sais qu'ils sont arrivés, mais comme on ne me les livre pas, je vais aller secouer le roulier qui doit les amener du village à l'auberge...

Il s'éloigna à petits pas lourds. Il semblait qu'il eût surélevé ses talons.

— Il ne piète pas, dit Ogier sans sourire. Il trotte comme une haquenée !

Sa surprise fut grande de trouver tant de vivacité dans le sourire de Morgane, si courroucée, si désespérée quelques moments auparavant.

— Sachez, messire, que Ferris fut naguère la haquenée du défunt roi Édouard. La fréquentation des puissants l'a mené à Brackley.

— Ces puissants qui ne le sont plus dans la couche des dames, à moins, peut-être, qu'elles n'aient visage et corps de bûcheron !

— Ses poings, son fouet, messire, suppléent la mollesse du bâton... Mais que me voulez-vous ? Que je monte avec vous ?

Le visage de la jeune femme s'était brusquement aveuli. Ogier jeta un regard alentour et, parlant bas :

— Où est Élisabeth... Pethrick ?

— C'est moi. Qui vous a dit mon vrai nom ?

— Jack Shirton dont je suis l'allié.

Le sourire contraint disparut. Élisabeth avait désormais la figure d'une enfant rassurée. Ogier en éprouva un contentement secret. L'intuition que leurs cœurs s'accordaient et battaient ensemble le pénétra sans qu'il fût tenté d'en tirer des conclusions déshonnêtes.

— Jack nous attend dehors. Il vous faut fuir ce bordeau tandis que Ferris va quérir le sien.

Elle avait rougi. Ses yeux révélèrent, outre l'éclat humide et pathétique de l'émoi, une joie, une volonté d'un excellent présage.

— Maintenant ?

— Maintenant ! Deux chevaux nous attendent devant la porte des cuisines. Sautez sur le noir, je vous suivrai. Shirton veillera sur nous tandis que nous traverserons la cour. Nous avons tout pourparlé[1]. Mon nom est Ogier.

Impatient, fiévreux, déterminé, il s'accorda un silence. Par quel sortilège était-il enivré ? Comment se pouvait-il que cette femme sur laquelle se concentrait son attention eût provoqué du haut en bas de son corps cette exultation dont il ressentait le flux jusqu'au tréfonds de ses muscles ?

— Je vous promets que Jack ignorera, s'il ne le sait, à quelle sauce Ferris accommode les femmes.

— Prenez garde, messire.

Ogier fit front.

Un homme titubait dans leur direction. Non plus un chevalier : un sergent. Hilare, le sourire avide et bavoché, il tendait en avant ses bras chargés de mailles sans apparemment que leur poids s'en fît sentir. Il était petit mais vigoureux, le visage couturé sous le chaume dru des cheveux.

Le silence de la grand-salle s'étendit jusqu'au fond de la cheminée que la fillette abandonnait soudain par crainte d'un esclandre.

— Prenez garde, messire !... Il est armé, vous pas.

L'avertissement d'Élisabeth délivra Ogier de ses derniers atermoiements : Shirton devait avoir terminé, aux écuries, la détérioration des selles ; devant la cuisine, les chevaux devaient être prêts au galop. Il allait sauver cette femme effrayée.

1. Prémédité.

— Point d'affolement, chuchota-t-il.

Son front froidit de sueur quand le fâcheux se mit à contourner la table derrière laquelle Élisabeth s'était réfugiée.

— *No !... No !* dit-elle tandis que des rires et des « *Hou ! Hou !* » la poussaient contre Ogier, frémissante.

Le rustaud, hors d'haleine, hésita un instant. Sa bouche remua : on eût dit deux gros vers qui se décollaient l'un de l'autre :

— *Come on, Morgane ! Come on !*

— Feignez, Élisabeth, de m'emmener dans votre chambre !

Ogier sentit une main ferme et glacée s'accrocher à sa dextre. L'escalier se trouvait à trois ou quatre pas. Ils le contournèrent et d'un coup de pied, la jeune femme poussa l'huis de la cuisine. Le bourdonnement d'une conversation cessa. Il y eut un bruit de cymbales : un couvercle recoiffait brusquement une marmite et déjà, écartant deux hommes et une femme, Élisabeth ouvrait la porte de la cour.

Les chevaux étaient là, immobiles.

Il y eut un remuement, des cris et des injures. Le sergent avait suivi et appelait à l'aide. « *Holà !* » hurla quelqu'un. Ogier ne se retourna pas.

Il aidait la jeune femme, retroussée jusqu'aux hanches, à se hisser sur le moreau quand un événement inattendu se produisit : surgie d'une encoignure, la fillette de la cheminée se précipitait devant le cheval et l'attrapait au frein :

— *Ferris is a demon !... I don't want to live here any more*[1] *!*

— Que dit-elle ?

— Elle veut que nous l'emmenions.

La jeunette tourna vers Ogier un visage suppliant :

1. Ferris est un démon !... Je ne veux plus vivre ici.

— *For pity's sake, my Lord ! Carry me away*[1] *!*

— Elle implore votre pitié !

— Bon Dieu ! Elle nous retardera !

— Qu'importe, messire ! Vous ne pouvez la laisser à Ferris. À dix ans, il l'a fait entrer dans le lit de Simon de Brackley... Ce démon est présent dans la grand-salle. Craignez-le !

— Ainsi soit-il !

Ogier jeta plutôt qu'il ne hissa la fillette dans les mains d'Élisabeth et claqua le moreau à la cuisse. Avec plaisir il le vit prendre le mors aux dents.

Il sautait sur le second cheval, un louvet assez maigre et rétif dont Shirton avait assoupli le caractère, quand un couteau siffla près de sa joue pour aller se planter sur le tas de fumier, arrachant quelques plumes à une glousse et éparpillant ses poussins.

« Qui que tu sois, Goddon, le grand arc t'irait mieux ! »

Tous les hommes d'armes avaient abandonné leur repas. Certains, l'épée au poing, couraient vers le perturbateur, d'autres s'enfournaient dans l'écurie. Ferris apparut, menant le limonier d'un charreton alourdi de trois gros barils. Il écumait :

— *Come on ! Courage !... By God, you are men-at-arms*[2] *!*

— *Good grief ! They cut off the belly-bands of our saddles*[3] *!*

Talonnant le louvet, Ogier partit au galop.

« Ils me suivent... Ils sont deux qui montent à cru ! »

Il franchissait la brèche de l'enceinte quand il vit Shirton décocher sa première sagette.

— *Take care ! I'm wounded in the shoulder*[4] *!*

1. « Pitié, messire ! Emportez-moi ! »

2. « Allons, du nerf !... Bon Dieu, vous êtes des hommes d'armes ! »

3. « Malheur ! Ils ont coupé les ventrières de nos selles ! »

4. « Méfiez-vous ! Je suis atteint à l'épaule. »

« Un homme est atteint, mais d'autres galopent... Shirton n'a pas eu le temps de couper les brides ! »

— *Let's rejoin them*[1] *!*

— *Let's overtake them*[2] *!*

— Aïe ! Aïe !

« Un autre est touché... Un autre encore !... Ah ! Shirton est un maître ! »

Le louvet galopait à puissantes foulées.

— Allez ! Sauve-moi ! Sauve-nous !

Pour Ogier, le regard tendu vers le bosquet dans lequel le cheval d'Élisabeth venait de disparaître, le monde entier ne pouvait être autre chose que cette grande prairie déclive et cette musique vaste, forcenée, de quatre sabots qui la martelaient. Parfois, à l'intérieur de ses cuisses, il sentait d'un côté l'étui de l'arc et de l'autre le carquois dont Shirton avait soulagé le sommier. Contre la palette du troussequin ballottait le bissac empli de nourriture.

« Le temps que ces hommes d'armes reprennent le pourchas, nous serons loin ! Nous nous arrêterons ce soir et mangerons... Mais en quel lieu ? Il va falloir vêtir décemment ces deux pauvresses... Jack doit avoir de quoi leur acheter des robes. »

Il se retourna. Shirton galopait en hurlant des encouragements à son cheval.

« Je l'attends. Ce n'est pas à moi de rejoindre Élisabeth le premier. Il pourrait en prendre ombrage. »

L'archer fut là, heureux et pâle ; des larmes et des sueurs se mêlaient sur les joues.

— Je t'ai obéi... Aucun mort. Tous ces maudits petitement navrés !

— Ils ne nous épargneront pas, eux, s'ils nous rattrapent !

Il y eut dans le ciel un froissement de plumes. Ogier

1. « Rejoignons-les ! »
2. « Rattrapons-les ! »

sentit des serres s'accrocher sur son épaule dextre heureusement rembourrée de laine et de crin.

— Eh bien, Tom ? Où étais-tu passé pendant notre affaire ?

Le rapace parut glousser.

— Sois quiet, dit Shirton. Nous trouverons bientôt une rivière et tu nous pêcheras une friture.

Ils continuèrent de galoper, se retournant parfois, et riant de n'être pas suivis.

Le bosquet les absorba. Élisabeth et la fillette les attendaient sur le moreau qui reprenait son souffle. Tête basse, Ogier se recueillit pour échapper au spectacle des embrassades. Si par miracle il revenait à Gratot, il serait au centre d'une pareille scène : des pleurs, des rires et des baisers accompagneraient son retour. Parmi la domesticité en liesse, Blandine, pâle et insondable, le regarderait sans ciller.

— Vous reprendrez vos effusions ce soir, dit-il sèchement. Nous avons réussi mais il serait imprudent de nous endormir sur nos lauriers. Partons sans plus tarder.

Shirton les précéda, suivi d'Élisabeth ayant la fillette en croupe. Elle se retournait quelquefois pour sourire à son sauveur ; il lui souriait ou grimaçait quand la préhension de Tom, dont l'œil vif surveillait tout, devenait un peu trop forte.

— Comment s'appelle notre protégée ?

— Griselda, messire. Tout comme Élisabeth, je connais votre langue.

Le sentier pénétra dans une sorte de grand hallier où les ronces, parfois, cédaient la place aux osmondes. Il y avait donc de l'eau quelque part. Tom frémit en la sentant, mais ce n'était qu'un ruisseau. Il parut se résigner.

Devant eux, le soleil rayait d'une lance oblique quelques troncs verruqueux avant de se planter dans une mare. Cette fois, Tom partit effleurer l'eau de ses pattes et vint voleter entre les deux hommes. Il semblait indécis, courroucé peut-être : deux inconnues empiétaient sur l'attention que, d'ordinaire, lui consacraient ses compères peu enclins, pour une fois, à paroler.

— Nous allons droit sur Bunbury, dit enfin Shirton, alors que le rapace choisissait son épaule.

— Bunbury ? fit Élisabeth, une sorte de déception dans la voix.

— Eh oui, m'amie. C'est au nord et c'est là qu'Ogier doit trouver l'aide et la protection qui lui permettront de revenir en Normandie, si Dieu le veut.

Le soir vint sans qu'ils eussent vu la fin d'une forêt d'où la moiteur s'était accrue sous les cinglons d'une averse. Ils subirent ce désagrément sans broncher. Seule Élisabeth prononça quelques mots ; c'était pour réconforter Griselda blottie contre sa poitrine.

Lorsqu'il observait cette femme à laquelle Shirton vouait une sorte d'admiration naïve en refusant de se douter des obligations dont elle s'acquittait chez Ferris, Ogier découvrait dans son regard une langueur inattendue, vraie ou simulée, qui lui semblait destinée. Il préférait l'attribuer au regret toujours suppurant d'avoir perdu son enfant, une fille que Griselda, quoi qu'elle fît, ne pouvait remplacer.

Il laissait son cheval faire à sa volonté. Griselda souriait par-dessus l'épaule d'Élisabeth, non plus à lui, Ogier, ni même à la liberté : à rien. Ce sourire, maints sévices et soumissions l'avaient figé pour l'éternité sur ses lèvres. Il advenait que Shirton lançât à la fillette un coup d'œil oblique : cette intruse accaparait sa bien-aimée.

« Elle a troublé leurs retrouvailles. Rêve et réalité ne coïncident plus... Je vais », décida Ogier, « la prendre en croupe... Où est Tom ? Il ne cesse de nous quitter. »

Ils mirent pied à terre sans hâte et sans mot dire

devant une hutte de charbonniers abandonnée depuis peu. Le balbuzard réapparut, un poisson dans le bec.

— Un gros ! s'écria Griselda. Il le pose à tes pieds, Jack, comme une offrande.

Le poisson, un chevesne, avait la taille d'un fer de lance. Il tressautait dans l'herbe et se heurta au sabot d'un cheval. Élisabeth tendit sa main ouverte à Shirton :

— Il faut mettre un terme à ses souffrances. Ton couteau !

Elle s'agenouilla et prit appui sur une pierre. Dès qu'elle eut tranché la tête, elle leva vers Ogier un visage empreint d'une sorte de repentir :

— Je n'aimc voir souffrir ni les gens ni les bêtes.

Il l'approuva d'un battement de cils. Griselda se mordait les lèvres. Tom repartit à tire-d'aile. Shirton essuya la lame sur sa cuisse :

— Nous allons manger, puis vous dormirez vous, les femmes, dans la hutte. Jonchez-la de feuilles sèches... si vous en trouvez.

Griselda prit Élisabeth par la main :

— *Shirton and you will sleep in the hut*[1].

— *And you*[2] *?*

— *With the Franklin. I owe him that*[3] *!*

— Qu'avez-vous décidé ? leur demanda Ogier.

— La petite veut que je couche avec Jack dans la hutte.

Élisabeth souriait un peu. Tous savaient à quoi se réduirait ce coucher. Griselda, le corps frêle et penché, cherchait des feuilles sèches.

— Veillez soigneusement sur elle, dit Élisabeth, l'air trouble et nonchalant.

— Comme un père, affirma Ogier.

Ils se regardèrent. Une espèce de bénignité assouplit

1. « Shirton et toi coucherez dans la hutte. »
2. « Et toi ? »
3. « Avec le Français. Je lui dois bien ça. »

les traits d'Élisabeth quand d'un clin d'œil elle parut encourager la fillette. Ogier en fut irrité.

— Comme un père, répéta-t-il en la défiant du regard.

Élisabeth se détourna ; Shirton ramassa le poisson et, d'un coup de pied, en éloigna la tête. Griselda souriait. Son air à la fois perplexe et béat ne différait guère de celui des vierges de pierre adossées aux tympans des églises.

Ogier entraîna Shirton à quelques pas des femmes.

— Jack, réserve pour Griselda les peaux de mouton cousues ensemble.

— Tu es fou ! Tu ne vas pas dormir comme te voilà. Prends la petite avec toi... Non ?... Mais que crains-tu donc ?... Qu'elle te viole ?

Et l'archer s'ébaudit avec une espèce de connivence gaillarde.

Tandis qu'ils mangeaient, assorties de pain rassis, quelques tranches d'un jambon que Shirton avait tenu en réserve dans sa grotte, Ogier feignit d'ignorer de quels regards Griselda le couvait. Ce n'étaient plus ceux d'une enfant. D'aucuns s'en fussent réjouis. Pas lui. Qu'Élisabeth eût voulu lui prouver son bon gré, il eût sans hésiter accepté ses avances — si toutefois Shirton n'avait pas existé. Parce qu'elle était femme ; parce qu'elle était *Morgane*, une des filles follieuses de Ferris, et parce que sa chair de mâle revigoré le lancinait. Mais Griselda !

— J'ai besoin d'être seul, dit-il en se levant.

Il partit s'allonger entre deux roncières, sous un ormeau dont le dais craquelé laissait passer le ciel. La pluie avait cessé ; le vent soufflait à peine ; parfois une feuille tombait avec un bruissement doux lorsqu'elle effleurait ses voisines, et il fallut que Tom vînt mettre de l'animation et du bruit dans ce sanctuaire en se branchant sur l'arbre et en y cherchant une bonne prise.

— Bonne nuit, lui dit Ogier, les yeux mi-clos.

Il était à l'aise et au sec, couché sur le dos, les bras croisés, la tête reposant sur une motte crépue. Il ne sentait plus rien de ses blessures et l'immobilité dissolvait sa fatigue. Quand des rires filtrèrent de la hutte, il fut tenté d'arracher un peu de mousse pour s'en boucher les oreilles.

Il n'avait dormi qu'une fois sous un arbre : juste avant Crécy, alors que l'éloignement changeait en idolâtrie cette religion qu'il avait pour Blandine. Ses espérances de mariage miroitaient, ternissaient, grossissaient ou s'amenuisaient dans ses songeries. Les semaines, les mois et les années à naître y prenaient fréquemment des couleurs funèbres. Bien que fluide, immatérielle, mais vraie en ses contours, Blandine, *déjà*, se dérobait à ses étreintes. Elle disparaissait dans des horizons blêmes. Il la pourchassait. L'air, le vent, des campagnes infinies, des forêts inextricables, des chemins hérissés de chardons venimeux et, parfois, des murailles démesurées contrariaient sa chevauchée. Quelle folie, sans doute, que ce besoin aigu d'une présence aimée dont les refus intraitables et les fades consentements exaspéraient sa mémoire. Il n'en guérissait toujours qu'incomplètement et si, au petit matin, son esprit recouvrait son aplomb, son cœur comme ce soir demeurait douloureux.

Il eut envie d'ôter son anneau nuptial et de le jeter dans l'herbe afin d'exorciser quelques pensées insanes. Il n'y parvint point et se résigna.

« Que fait-elle, à présent ? Offre-t-elle à notre enfant ce sein que je semblais profaner d'un toucher ? Cette petite bouche appuyée sur son tétin, qui le mordille ou suçote, lui fait-elle penser à la mienne ? Non, elle s'interdit ces remembrances-là. Pour elle, maintenant, ce sont des vilenies... Pourquoi ?... Pourquoi m'a-t-elle puni de l'aimer trop ? »

La nuit, très lentement, jetait sur la forêt des poignées de cendre légère. La fraîcheur avait cessé de tomber du ciel ; elle montait du sol moite et de la rivière toute proche. Allongée sur le flanc devant la hutte comme si elle protégeait les épanchements de Shirton et d'Élisabeth, Griselda semblait dormir, mais ses pieds dépassant d'une peau de mouton attestaient du contraire. Elle luttait contre une nervosité grandissante, suscitée, sans doute, par les soupirs des amants.

Il la vit se lever, regarder autour d'elle et, d'une main tendre, placer ses courtes tresses blondes dans son dos ; puis se baisser, sans plier les genoux, pour ramasser les peaux et s'en couvrir comme d'une robe.

Il ferma les yeux. Aussitôt l'odeur des herbes et des feuilles emperlées par l'averse prit davantage d'arôme.

« À Gratot, la veillée doit commencer. »

L'immense bonheur qu'il eût ressenti de participer à cette soirée dolente, certes, du fait de sa disparition, mais magnifiée par la présence d'un enfant... si toutefois Blandine y daignait assister.

La reverrait-il ? En ce cas pourraient-ils se réconcilier ? Dans la foule des déconvenues réservées aux hommes de son espèce, d'autres tribulations pouvaient se préparer. Qui en décidait ? Dieu ou le Diable ? Et qui, en ce moment, conduisait Griselda ?

Elle avait vivement jeté sur lui la couverture comme un pêcheur l'épervier. Elle s'était insinuée dessous. Il se défendit tout d'abord de son étreinte mais, la sentant frissonner, il pensa qu'elle avait froid et s'endormirait bien vite. Les battements du cœur de la petite se propageaient jusqu'à son âme d'homme seul ; son haleine, contre son cou, avait la fraîcheur des herbes. Tandis qu'il mesurait l'infini de sa solitude, elle devait savourer le bonheur d'être libre. Il fut heureux de cette complicité, entre eux ; elle les emportait vers des sommeils qu'il souhaita sans rêves.

Le hôlement d'une hulotte les fit tressaillir. Ogier sentit la main de Griselda quitter son épaule senestre et glisser le long de son flanc, de sa hanche. Bien qu'il eût compris l'intention qui l'avait animée, il se défendit de prévoir quoi que ce fût. Non, tout de même... Elle n'allait pas...

— Laisse-moi, Griselda, dit-il malaisément.

L'habitude des services qu'on attendait d'elle, dans la singulière hôtellerie de Ferris, s'était retrouvée d'elle-même, et il eût donné bien des choses — mais lesquelles ? — pour n'avoir pas feint de dormir le ventre appuyé à la terre. La crainte d'une lâcheté le tourna de côté ; une petite force impérieuse le contraignit à se remettre sur le dos, cédant à cette main menue qui s'était vivement glissée dans ses vêtements et le poignait avec une insistance légère.

*« Comme un père »*, avait-il insisté. Et il le pensait vraiment. Maintenant, il éprouvait cette paresse des vaincus laissant les événements se continuer dans l'attente qu'un dernier soupir annihilerait leur espérance et leur remords, leurs tourments, leur infortune. Devait-il s'ébrouer comme au sortir d'un rêve voluptueux, se dresser, considérer l'audacieuse de tout son haut avec un visage d'inquisiteur et la vouer aux calamités d'où il l'avait tirée ? Devait-il s'écrier : « Tu es une diablesse ! Une fille faillie abominable pour ton âge et incapable de te racheter. » Pourquoi s'ériger en juge alors qu'il s'érigeait en homme ?

Tout cela devenait insensé. Il devait décourager Griselda. Il ne pouvait accepter ces pratiques ! D'une autre, oui, bien sûr, mais pas d'*elle*, une enfant !

L'énergie en charpie et le courage en miettes, il frémissait de froid, de crainte, de vergogne. « Cette tête qui bouge, descend... s'arrête... repart... Non ! » Il savait... Il devait s'affranchir de cette séduction inexorablement lente... Repousser cette main qui ne l'abandonnait que pour mieux le reprendre.

— Va-t'en, Griselda !

Il essaya de se défendre. Elle grommela. D'ailleurs sa bouche s'ouvrait et s'animait, fiévreuse.

— Non ! Non ! dit-il à mi-voix.

Saisissant l'éhontée par une de ses tresses, il voulut l'interrompre et la rejeter. Elle résista. Il s'y était attendu. Peut-être avait-il souhaité cette opposition... *Non !* Il devait s'arracher à cet envoûtement dans lequel ils se confondaient et qui semblait l'émanation de toutes ces vigueurs d'arbres autour d'eux.

Derechef, indigné, il tira sur la tresse. Griselda gémit sans obéir.

Il la laissa faire, étourdi, captivé par cette ferveur impudique mais si contagieuse qu'il ne put réprimer une plainte.

Le souffle court et suspirieux, il demeura les yeux ouverts sur les feuilles. Le vent les chatouillait à petits coups de langue. La nature, elle aussi, suait de volupté.

— Non ! dit-il faiblement.

Si son esprit se regimbait encore, son être tout entier se résignait. Consentait. Il n'était plus en état de se défendre : il n'en avait plus envie. Pauvreté que cette volonté dont il s'était cru pourvu. Piteuse défaite que cette acceptation d'un délice dont il sentait la venue. Dans sa chair tout entière rayonnait une liesse chaude, moelleuse, sans cesse augmentée, aussi chatoyante que le clair de lune, et qui se dilatait par longues bouffées indolentes.

Il referma les yeux, sentant monter du fond de ses entrailles les frissons capiteux et les émois sacrés dont le fusionnement le rendait à lui-même... Et après tout, si cela ravissait Griselda... Certains pécheurs et pécheresses se rédimaient par le repentir, d'autres par excès de zèle.

Il entendit le rire d'Élisabeth — un rire lascif, apprêté —, puis les chuchotements de Shirton, et fut heureux que son râle s'y mêlât.

« Hypocrite », se dit-il, sordide et nettoyé.

Le remords tant redouté restait dans l'ombre.

La tête de Griselda revint se nicher contre son épaule. Le soupir qu'elle exhala ressemblait à celui d'un ange.

## II

Ogier s'éveilla. Il était seul sous la peau de mouton. Shirton sellait le louvet. Le Noiraud et le pommelé étaient prêts, les charges réparties sur chacun des chevaux.

— Où sont-elles ?

— Il y a un ruisseau plus bas... une mare assez propre plus haut.

Ogier redressa ses bras et ses jambes aux os longs et fins, et s'étira en bâillant. Il marcha en sens inverse du ruisseau, suivi d'en haut par Tom, curieux et fidèle. La mare, immobile, frémit et se tavela sous des bondissements de grenouilles. L'eau n'en était point claire. N'importe : il en emplit ses paumes rêches, sèches, et frotta frénétiquement son visage. Ce serait tout. Pas le temps de se mettre nu : il entendait les voix des « femmes ». Comment les aborderait-il ?

D'emblée, il sut qu'elles s'étaient dispensées d'échanger des confidences. Griselda baissa le front, Élisabeth eut un mouvement précipité vers le col de sa robe.

— Il fait chaud, mentit-elle.

Elle avait de beaux seins. Shirton leur jeta un regard avaricieux :

— Cache-les !

Puis, en serrant la ventrière du louvet :

— Ogier, tu reprends le moreau. Griselda montera en croupe. Moi, je prends celui-ci. Élisabeth aura l'autre.

Cela ressemblait fort à un commandement. Ogier l'accepta. S'approchant de l'archer, il lui dit à voix basse :

— Jack. Tu me bailleras quelques esterlins : il faut vêtir Griselda.

Il était prêt à engager, pour obtenir satisfaction, son anneau de mariage. Ce fut inutile : Shirton acceptait.

— Il nous faut les vêtir convenablement toutes deux, mais sans trop puiser dans mon *sporran* [1].

Ils partirent, la face vide de sentiments, le regard égaré dans la cohue des châtaigniers et des chênes où les clartés s'endormaient. Parfois Shirton bâillait d'ennui ou de fatigue. Ogier, ceinturé à deux bras par Griselda, muette et frissonnante, ne tardait guère à l'imiter.

Il y avait un marché sous la halle du premier village qu'ils traversèrent. Ils nouèrent la bride des chevaux à l'un des anneaux fixés aux poutres de soutènement. Ogier voulut demeurer sur place tandis que Shirton s'éloignait d'un côté pour acheter la nourriture, les femmes de l'autre pour se pourvoir en vêtements chez un fripier dont, de loin, Élisabeth avait aperçu l'étal. Tous revinrent ensemble, portant enfardelés dans de mauvaises pièces d'étoffe nouées aux quatre coins, l'homme, les victuailles ; les femmes, les manteaux et les robes. Le ballot d'Élisabeth était d'une grosseur double de celui de Griselda, qui n'en semblait point marrie. Dans sa gonne de tiretaine rousse, passée sur ses haillons, elle affectait un air de bourgeoise aisée.

Ils repartirent. Serrée, voire bridée dans une robe de cariset vert amande, la taille soulignée par une cordelette, Élisabeth prit une attitude plus droite et bavarda.

1. Aumônière de peau à poils apparents que les Écossais portent sur leur kilt, suspendue à la ceinture.

Shirton lui souriait parfois sans prêter, semblait-il, trop d'attention à ses propos.

— Tu me trouves plus avenante ? demanda Griselda.

Elle s'était gardée d'employer le mot *belle*. Ogier en fut touché. Il répondit affirmativement de la tête tandis que son regard s'attardait, avec une persistance involontaire, sur de petites mains sages le jour, hardies la nuit.

Griselda se mit à chantonner en anglais, doucement, comme pour lui seul. Ce devait être des lais et ballades de son enfance prime. Se détournant, il vit qu'elle avait les yeux tels que la moitié de son nom : gris comme les vapeurs d'une aurore d'hiver, mais sans opacité : ils scintillaient. Il semblait qu'on aperçût son âme, tout au fond ; une âme de ténèbre et de cristal mêlés.

Le gravier craquait sous les pas du Noiraud. Le sentier montait droit à l'assaut d'une colline pelue du haut de laquelle un nouvel univers commencerait d'exister, dilaté par l'altitude. Shirton, sans doute, s'arrêterait pour désigner la voie menant à Bunbury.

Parvenus sur l'autre versant, ils découvrirent des boqueteaux, un village, une rivière paresseuse, entre des guérets. Au-delà, un château levait au ciel le double trident de ses tours. Toute une étendue paisible peinturée aux couleurs des prés, des friches et des blés, dentelée par la cime des arbres, crêtée par celle de longues rangées de pibles [1], craquelée par quelques labours précoces, infusait dans une brume qu'un soleil ennuagé de blanc hésitait à dissiper. Shirton se délectait de pouvoir s'entretenir avec Élisabeth qui, elle, se retournait souvent, un sourire à la bouche, comme une fleur sans nom dont la tige eût été amère.

« Il gode en sa compagnie ; elle jouit de sa délivrance... »

1. Peupliers.

Ogier plaignit Shirton ; son amitié pour lui se trouva renforcée.

— Elle te surveille, dit Griselda. Non : elle *nous* épie.

— Ne sois pas méchante. Sans elle tu serais demeurée chez Ferris.

— Non ! Tu m'aurais emmenée.

En était-elle si certaine ?

— Il ne te reste qu'à me prendre... Chacun son tour : je suis à toi.

Ses petites mains frémirent, hésitèrent. Et renoncèrent. L'eût-elle accompli, ce mouvement, qu'il l'eût descendue à terre et contrainte à marcher, à courir. Il eût même devancé Shirton et sa singulière fiancée, quelque humiliante que fût cette punition pour la fillette.

De toute la journée, il ne l'entendit plus chanter. Elle ne lui serrait la taille que lorsqu'une ornière cassait l'allure du Noiraud. Il se demanda s'il devait laisser Shirton et Élisabeth loin devant pour tenter d'assagir cette créature inconnue de lui jusqu'alors, et quasiment innommable : ni enfant, ni jouvencelle, ni femme, mais toutes à la fois. Le ton sentencieux qu'il allait devoir employer le rebutait à l'avance.

Le soir vint. Il fallut dénicher une grange. Shirton la vit de loin sous les frisures d'un bosquet. La porte en était grande ouverte, le sol propre. Ils demeurèrent longtemps assis dans l'herbe, sur le seuil, satisfaits d'avoir mangé à leur faim et vidé une chopine de cervoise dont l'amertume imprégnait leur gorge.

Élisabeth, observant Griselda, poussait de petits soupirs sur la signification desquels Shirton ne s'interrogeait pas. Ogier, lui, commençait à comprendre que si petite qu'elle fût, Griselda encombrait la vue de son aînée chaque fois qu'à l'insu de l'archer, elle la dirigeait sur lui. La fillette se confinait dans une maussaderie peu compatible avec son caractère. Seul Shirton avait des œillères. Tom, désœuvré, haut perché sur une branche, cardait si violemment ses flancs qu'il en arrachait des plumes.

Ogier se leva et regarda la plaine déclive au-delà de laquelle se trouvait Bunbury : un tapis d'Orient à peine onduleux, couleurs et lignes assemblées à gros festons et s'accordant les unes les autres sans accroc apparent.

— Penses-tu, Jack, qu'ils ont cessé leur pourchas ?

Shirton parut vouloir différer sa réponse. Il bâilla et soudain :

— Ce dont je suis certain, c'est qu'ils ont perdu nos traces. Mais ils sont entêtés et je connais peu ce pays où nous nous enfonçons. Nous trouverons Bunbury, dans trois ou quatre jours, peut-être davantage. Aller vélocement serait nous condamner. Nos chevaux sont incapables de galoper une lieue, et même une demi-lieue... Toi aussi, ménage tes forces : assieds-toi.

Ogier obéit. Comparant avec Shirton les mérites du Noiraud et du louvet, il ne cessait d'épier les deux femmes — particulièrement Griselda.

Elle avait retiré ses haillons ; elle était nue, visiblement, sous la robe de tiretaine rousse, déjà portée, mais propre. Maintenant agenouillée, elle arrondissait les pans dentelés autour d'elle.

Un brusque mouvement pour s'asseoir à croupetons la révéla toute sans qu'elle parût s'en émouvoir. Ogier se contraignit à ne regarder que son visage, sa coiffure drue, libérée des longues tresses, pâlie par l'ombre de la vesprée. Bon sang ! allait-elle cesser ce jeu pervers ?

Elle eut un sourire étrange et cligna de l'œil : elle n'était pas dupe de l'obligation qu'il s'imposait et des impuretés qui lui emplissaient l'âme !

Il fut heureux de recevoir sur sa main une goutte, puis une autre. Une troisième toucha son nez. L'averse, secouée d'un vent inattendu, tira une espèce de cri d'horreur à Tom qui, pourtant, aimait l'eau.

— Rentrons, dit Élisabeth. Putain de pluie.

Tous la suivirent, même le balbuzard qui trouva un juchoir sur une grosse poutre.

Shirton battit la pierre et le fusil, souffla sur l'amadou puis sur une poignée de paille. Griselda lui présenta un flambeau découvert à leur arrivée au creux d'une mangeoire. Dans la clarté faible et tremblante, une sorte d'attente commença. Ogier apprécia la familiarité, l'absence de contention, le silence qui régissaient tout à coup ses rapports avec ses compagnons. Élisabeth, seule, bougeait. Elle dénoua les peaux de mouton et se livra à un partage qui n'avantageait personne. Griselda observait cette femme qu'elle connaissait bien avec, semblait-il, une volonté de découverte. Comme si son comportement différait de ce qu'elle attendait d'elle.

— Allez dans un coin, nous irons Jack et moi dans l'autre, dit Élisabeth avec un bâillement peut-être simulé.

— Dans deux coins, souffla Ogier à Griselda.

— Tu ne veux pas que...

— Ne me rejoins pas : je crie.

— Tu regretteras demain de t'être privé cette nuit.

S'il s'acagnardait, il trouvait tout de même la force de repousser ce pernicieux ascendant.

— Va, dit-il. Va n'importe où. Ne me tente plus, Griselda.

Elle recula, rageuse et contristée. Elle s'enfonça dans l'ombre afin d'ôter sa robe et s'enroula dans sa peau de mouton. Pour se soustraire à la curiosité de tous, elle se coucha dans la mangeoire.

Ogier vit qu'Élisabeth faisait un pas vers lui. Elle n'en put accomplir un second : Shirton la tirait par le coude.

— Laisse, dit-il.

Le flambeau consumé céda la place à l'ombre.

Une aube sans fraîcheur. À ras de terre, un demisoleil irradiant du rouge. Les arbres, autour de la grange, semblaient enténébrés ; quelques feuilles brillaient, nacrures arrachées à la lune toujours présente, mais incomplète. L'herbe montrait ses perles. Un mulot trottina entre deux taupinières.

— Il y a un ruisseau un peu plus loin. Viens-tu ?... Je me sens sale.

Voix jeune mais rugueuse. Griselda, les cheveux épars, criblés de fétus. Griselda entrée de plain-pied dans un émerveillement : celui de contempler ce pays où rien de malveillant ne semblait s'ébaucher.

Ils marchèrent. Elle dit : « Ils sommeillent encore. » Elle rit. Ses pieds foulaient le sol mou ainsi qu'une neige nouvelle : avec une légèreté qui sentait la jungleresse[1].

— As-tu ouï leurs ébats ?

Ogier trouva qu'au contraire de la veille, les étreintes de Shirton et d'Élisabeth avaient manqué d'ardeur. Point de rires et des pâmoisons rares, discrètement assourdies, puis un *« Je suis lasse »* un peu sec.

— J'ai trop dormi... Je n'ai rien supposé. Or çà, m'amie, tu es une démone, une diablesse !

— Il y a du diable en chacun de nous. Que crains-tu, chevalier ? Ton épouse ?

Ogier se sentit percé. Il regarda, droit devant lui, la rivière emmitouflée sous des arbres et des vapeurs. À quoi bon se détourner vers la fillette ? Sa jeunesse, sa hardiesse exerçaient sur lui une sorte de fascination. Griselda dégageait un charme étrange, quelque chose d'à la fois abrupt et doux ; le zéphyr et la bise. Elle débordait à son égard d'une vénération un peu craintive, d'une confiance et d'une gratitude infinies et n'avait qu'un moyen de les lui prouver.

— Ton sourire est un baume à ma maussaderie. J'aimerais que cet aveu te suffise.

— Je ne saurais m'en contenter...

1. Saltimbanque.

— Griselda, dit-il doucement. Je voudrais que tu saches une fois pour toutes que devers toi je ne serai toujours qu'un refus, quitte à passer pour un bec-jaune. Cesse de me titiller si tu veux demeurer mon amie.

— L'eau sera froide, dit-elle, éludant cette semonce. Crains-tu de te désaffubler[1] devant moi ?

Il ne répondit pas et la suivit, heureux que le chemin fût si étroit qu'elle devait l'y précéder.

— Je sais que je te plais.

Elle remuait insolemment ses fesses minces. Il s'arrêta pour cueillir un brin d'herbe afin de se laisser devancer.

— Regarde ! dit-elle.

Le terrain s'abaissait brusquement. Les ombres d'une armée de sapins et de pins dévoraient le sentier, ne laissant subsister, çà et là, que quelques fleurs étincelantes. Griselda se retourna :

— Par là, Ogier... Viens ! Viens !

Elle se mit à courir comme pour échapper à la sombre raideur de ces arbres et s'immobilisa dans une clairière au milieu de laquelle gargouillait le ruisseau grossi des pluies nocturnes, mais clair, d'où émergeaient quelques rocs bossués.

— Regarde !... Ils sont pareils à des crânes de moines.

Ogier s'arrêta. Plutôt que de hâter le pas vers la clairière, il devait s'assurer de la vacuité des lieux. Il tourna plusieurs fois sur lui-même, attentif aux moindres bruits et mouvements.

— Viens ! lui cria Griselda.

Apparemment, il n'y avait rien à craindre de ce concile de pénitents aux cagoules de bronze. La fraîcheur de leurs corps s'insinua dans le sien tandis qu'il foulait les glissantes aiguilles tombées de leur bure.

« Il y a un bois de pins semblable tout proche du manoir de Blainville. »

1. Se déshabiller.

Mélancolie toujours. Comment s'en départir ? L'ombre douce, épicée, picotait ses narines ; il la buvait des lèvres et des yeux ; elle entrait en lui par ses oreilles avec le rire de Griselda, qui se mirait au-dessus de l'eau plissée par le courant :

— Viens voir !... Hâte-toi !... As-tu peur ?

Peur ? Non. Mais la sérénité de ce vaste cirque d'arbres et de terre ombreuse revigorait ses sens et contraignait sa volonté. Sa contemplation l'enchantait sans qu'il pût se guérir d'une crainte imprécise.

— As-tu peur ? insista Griselda sitôt qu'il l'eut rejointe.

Il tremblait, nullement de froid : d'un impérieux besoin de s'épancher. De vivre. Et vivre, en l'occurrence, c'était quoi ? Prouver que l'on vivait, c'était quoi ?

Ils se déshabillèrent dos à dos. Griselda s'éloigna en sautillant. Il la suivit de loin avec une lenteur, presque une componction dont, se retournant, elle rit. Puis elle se jeta à l'eau comme si sa pudeur s'était soudain blessée du regard qui la défiait.

Il se reprocha d'avoir quitté la grange. Le soleil, maintenant, dépassait la cime des arbres. Shirton devait enrager de devoir seul seller les chevaux. Griselda s'ondoyait à vifs mouvements souples, prenant plaisir à battre l'eau pour qu'elle écumât autour d'elle. Elle en avait jusqu'à la ceinture. Il put admirer le fin modelé de sa poitrine, la courbe régulière de ses épaules, le creusement d'une taille qui demeurait enfantine.

L'eau le saisit à bras-de-corps. Il gémit tandis qu'elle le pénétrait de ses vibrations glacées, mais il fut heureux et rajeuni par ce glissement, ce pétillement clair autour de ses jambes, de ses hanches. Il s'allongea et but quelques gorgées lumineuses, pleines de bulles, comme pour nettoyer l'intérieur de son corps. Griselda ? Il ne la voyait pas. Il ne voulait plus la voir. Il éprouvait une volupté réelle à se sentir enveloppé de ce manteau soyeux, vivace, auquel s'accrochaient parfois quelques brindilles, quelques feuilles arrachées par la pluie.

— Tu aimes ?

Griselda riait de bon cœur. Dans l'écrin de ses cils mouillés, ses yeux brillaient d'un éclat qu'il ne leur connaissait pas : celui d'une enfant pure, élevée loin des hommes, emportée, enivrée par la seule exigence d'une eau presque aussi claire que son âme.

— J'aime... Allons-nous-en, Griselda : il est temps.

— Regarde mes cheveux !... On dirait des cordes...

Elle s'assit à califourchon sur un rocher. Un autre le jouxtait ; il s'en approchait quand elle bondit, l'empoigna par les épaules et le renversa. Sa tête disparut sous le flot tandis qu'elle s'allongeait sur lui, frottant sa poitrine et son ventre sur sa chair tendue dans l'effort qu'il faisait pour reprendre son souffle.

Elle le lâcha, heureuse de ce bon tour et visiblement subjuguée par une sensation d'orgueil quand il fut debout, haletant, furieux. Elle l'enlaça avec une malignité qu'il trouva insupportable dès qu'il eut imaginé leur image, le contraste entre sa force, ses muscles durcis, sa peau lardée de cicatrices et la fragilité de cette effrontée.

— Baise-moi, dit-elle en lui offrant sa bouche. Nous sommes sans recors[1].

Il obéit, effleurant son front de ses lèvres.

— Recommence... Pourquoi ne veux-tu pas m'emboiser[2] ?

Il sentit la pression des petites mains sur ses reins et fut aussitôt conscient qu'un seul geste engagerait les autres.

— Non, dit-il.

Lentement, elle desserra son étreinte, sortit de l'eau et s'allongea sur l'herbe.

La pudeur n'existait pas pour elle. Elle eût ri si elle

1. Sans témoins.
2. Séduire, cajoler.

lui en avait découvert. Il la regarda vivement. On lui voyait les côtes ; elle avait autour du nombril des traces de brûlures. Une mousse courte et légère blasonnait sa chair diaphane. Une nymphe au corps de neige...

Griselda ne détournait pas son regard. Elle voyait ce qu'elle voulait voir. Il lui semblait qu'il y avait dans cet échange une réciprocité naturelle. Elle dit tout de même :

— Veux-tu ? Le froid commence à nous saisir... Nous nous réchaufferons. Regarde, je suis tout emperlée... Le vent me lèche ? Pourquoi pas toi ?

Fût-elle demeurée silencieuse et passive qu'il se serait sans doute laissé tenter. Mais une voix détruisit tout :

— Holà !... Shirton vous demande !

Le buste renversé en arrière, les poings aux hanches, Élisabeth, sur un talus, les observait.

— Eh bien, chevalier, on s'en paye !

— Cagne [1] ! Merdasse ! Putain ! Carogne ! gémit Griselda tandis qu'Élisabeth partait en sautillant.

Son ardeur s'était flétrie. Une invincible froideur l'emplissait toute.

Ogier revint devant ses vêtements. Griselda lui parlait mais il n'entendait rien d'autre que les battements de son cœur.

1. Chienne, personne méprisable.

## III

Desserrant l'étreinte de Griselda, qui le ceinturait plus qu'il n'était nécessaire, Ogier désigna une construction dont les murs, d'un gris léger, s'élevaient à peine au-dessus d'une forêt.

— Est-ce une tour ? Un donjon ?

— Un clocher sûrement. Je serais étonné que Calveley vive dans un château. Nous en verrions les tours et la bannière... Que ferait-il d'un château puisqu'il passe son existence à guerroyer hors d'Angleterre...

— Avançons toujours, dit Élisabeth.

Lors d'une halte dans un bourg, elle avait obtenu de Shirton qu'il échangeât sa selle d'homme contre une sambue. Quelques œillades au sellier avaient favorisé un troc où, cependant, l'archer avait écorné son pécule. Elle chevauchait désormais comme une dame : de guingois, les jambes d'un seul côté du louvet. Se tournant vers Ogier, elle joua de la paupière.

— Misère ! chuchota Griselda. Regarde-la. Morgane qui les avait ouvertes nuit et jour ne veut plus écarter ses cuisses !... Sauf quand Shirton s'y met, si j'ose dire... Il est vaillant, il l'aime... Mais c'est de toi, maintenant, que Lisbeth a envie... Jack ne permettrait pas que tu la lui prennes...

Le chemin s'inclinait. L'écume glauque des fougères enténébrait les pieds des chênes. Des fayards, des frênes et des châtaigniers, tous jeunes, penchaient leurs lances de part et d'autre de la petite voie pavée par endroits sans parvenir à former une voûte : le ciel n'était qu'une longue fente bleue, ourlée de bruissantes frisures, les unes encore vertes, les autres rousses, jaunes, parfois presque noires.

Aux vagues d'ombres succéda la clarté pâle, mais complète, où le village avait sa place.

— C'est tout petit, dit Griselda tandis que la première maisonnelle apparaissait, le toit crêté de rouge et les flancs gris, comme accroupie dans un nid de glaïeuls.

— Nous nous séparerons à l'entrée, dit Élisabeth. Griselda et moi irons tendre la main sur le seuil de l'église.

— Je n'aime pas !

— Toi, la garcette [1], dit Shirton en arrêtant son cheval, tu nous dois obéir...

Puis, tourné vers Ogier, la voix quelque peu repentante :

— Les recettes de ces aumônes ne sont pas copieuses au point que nous attrapions une indigestion... Mais je dois conserver gonflée mon escarcelle. On ne sait jamais... Je crois qu'il va me falloir prouver comme à Coventry, Burton et Leek, mon adresse d'archer.

Et, faisant si brusquement demi-tour que son cheval hennit et faillit se cabrer :

— Pourquoi, Lisbeth, ce soupir et ce regard courroucé ?

— Tu croyais connaître les chemins. Nous nous sommes perdus... Par hautaineté tu refusais qu'on demande où c'était, Bunbury.

— Nullement par orgueil, m'amie. Par prudence.

— Griselda déteste ta façon de prouver ta maîtrise au *long bow*.

Cette fois, Shirton immobilisa son cheval :

1. Le féminin de *gars* était *garce ; garcette* : petite fille.

— Holà !... Que te prend-il soudain, Lisbeth ? Nous sommes à Bunbury. Nous avons échappé aux hommes de Winslow. Quant à Griselda, qui ne dit mot à l'inverse de toi, jamais je ne l'atteindrai : douze sagettes autour d'elle, ce n'est pas l'occire... Elle ne me paraît en danger que lorsqu'elle danse sur une corde à deux toises du sol... Et ce n'est pas une exigence de ma part !

La fureur s'emparait de Shirton. Ogier lui donna raison.

Le jour même de leurs ablutions au ruisseau, alors qu'ils cheminaient en quête d'un gîte pour la nuit et qu'Élisabeth vitupérait l'avarice des hurons et manants d'Alcester, Griselda s'était proposée de participer aux recettes. *« En quoi faisant ? »* avait ricané l'ex-Morgane qui, sans doute, songeait au seul moyen que Ferris leur avait enseigné. Sans daigner lui répondre, la petite avait prié Shirton d'acquérir, pour son seul usage, quarante coudées de corde à pendu — pas plus épaisse —, et les avait obtenues. Le lendemain vers midi, à Coventry, elle marchait et dansait sur ce chevêtre tendu entre deux maisons, à deux toises du sol jonché de têtes levées, ébahies, dont l'haleine n'atteignait pas ses cuisses mais semblait lui insuffler cette promesse de vol qui, au-dessus d'elle, effarouchait des colombes et des moineaux. Ensuite, lorsqu'elle avait compté les quatre esterlins et les piécettes récoltés dans le chaperon de Shirton par une Élisabeth enorgueillie de sa quête, elle avait dit à l'archer : *« À nous. »* La bonne gent de Coventry avait dressé une porte vermoulue contre laquelle, livide, la petite s'était adossée. Douze flèches l'avaient contournée de près, dont une au-dessus de la tête et une sous chaque aisselle. Contrevenant aux us, ils avaient festoyé — si c'était festoyer que de partager un demi-cuissot de chevreuil en quatre, de manger du pain tendre et de vider, chacun, une pinte de vin. Évidemment, Lisbeth s'était montrée curieuse : *« Comment as-tu appris ? Par qui ? Vas-tu recommencer ? »*

Griselda s'était contentée de deux mots : *« Plus tard. »* Ogier pensait qu'elle lui réservait la primeur d'une confidence qui compléterait son portrait.

— Ce n'est pas à Bunbury que tu joueras au gerfaut, Griselda. La cité, d'ici, paraît petite... Pain, bacon et eau claire pour ce soir !

Sous la voix sereine d'Élisabeth, Ogier perçut de la déception et Shirton de l'impatience :

— Attendons !... Ces grands arbres, devant, nous empêchent la vue.

— Bien sûr, Jack !... D'ailleurs, Griselda ne saurait nous laisser dans la gêne. Pas vrai, messire Ogier ?

C'était, pour la petite, une instigation pernicieuse à l'accomplissement de ces danses qu'Ogier réprouvait.

— Occupe-toi de ton cul, Lisbeth, marmonna Griselda.

Cette fois, Ogier se laissa distancer.

« Elle choirait du haut de sa corde qu'Élisabeth s'en réjouirait peut-être... Comme si sa disparition aplanirait la voie entre nous deux !... Cette femme assottée de moi semble oublier qu'elle ne me fait point envie, que Shirton est toujours mon ami et que jamais, de par moi, il ne sera cornu ! »

Il sentit la crispation des griffes de Tom, juché sur son chaperon. Il lui sembla, comme toujours, que le balbuzard comprenait le sens de ses songeries et lui formulait son assentiment.

— Dis quelque chose, Ogier. Je ne me fie qu'à toi. Dois-je danser ?

— Te l'interdire est impossible. N'est-ce pas toi qui as eu cette idée ?

— C'était pour assurer ta suffisance.

Se fût-il opposé à ces acrobaties qu'elle pratiquait soit les mains vides, soit avec, pour balancier, une hampe d'arme d'hast acquise à Coventry, que Griselda en eût été contrariée : il fallait qu'il l'admirât et lui fît compliment de son audace. Il vit que Shirton et Élisabeth les attendaient.

— Où as-tu appris ? demanda l'archer sous l'aiguillon, sans doute, d'Élisabeth.

— Mon père était pétauriste... Ogier m'a enseigné le nom.

— Pétauriste ! C'est quelqu'un qui fait des pets !

— C'est ainsi, Élisabeth, que j'ai ouï-parler de ces bateleurs par une femme du nom d'Hérodiade. Il paraît que ce mot est dérivé du grec.

— Où vous a-t-elle instruit ? Sur une corde ou un lit de délices ?

— Au logement[1] des joutes de Chauvigny. Nul besoin d'entrer dans un lit pour s'instruire sur quoi que ce soit.

Ogier se tourna autant qu'il le pouvait pour dévisager Griselda :

— Tu n'es pas obligée de mettre ta vie en péril...

— Pour me parler ainsi, il faut bien que tu m'aimes.

Quand elle le regardait comme maintenant, d'un air pensif, ce n'était ni d'amour ni d'admiration qu'il se sentait l'objet, mais d'une vénération qui, plutôt que de la fierté, instillait dans son sang un malaise dont il ignorait le remède.

— Ma mère était une bateleuse, dit-elle de sa petite voix lente, sensuelle. Elle est morte d'une fièvre, sans qu'un mire se soit penché à son chevet... C'était il y a trois ans, à Londres... Elle avait commencé à m'apprendre à danser sur la corde. Mon père qui, comme Élisabeth, récoltait les recettes, m'a forcée à continuer... Un jour qu'il était saoul comme une grive, il est entré dans la taverne de Ferris avec moi... Il a joué aux dés contre ce malandrin et comme il ne pouvait continuer la partie, eh bien, il m'a donnée en gage... C'était il y a deux ans. Je ne l'ai plus revu.

— Tant mieux, dit Ogier.

— Je l'aurais meurtri... À Brackley, j'avais un dirk[2] sous ma paillasse.

1. Campement.
2. Poignard écossais.

— Et moult braquemarts au-dessus.

Élisabeth, évidemment, se regimbait d'avoir été moquée au passage. Ogier sentit la nécessité d'un compliment :

— Vêtue d'une robe dorée, Griselda, tu semblerais une étoile.

— On voit mon cul... Je vais mettre un blanchet [1].

— Non ! s'indigna Shirton, approuvé par Élisabeth. C'est ce qui fait aussi l'agrément de ta danse... Pendant que la bonne gent lève le front, Élisabeth grossit la recette.

— Tu peux refuser, Griselda.

— J'en conserve, Ogier, l'intention. Je ne le ferai plus lorsque nous serons riches.

— Comment pourrions-nous l'être ?

Pour la première fois, elle lui lança un regard où le dépit s'ennuageait de tristesse. Shirton crut opportun d'intervenir :

— Si Calveley est absent, il nous faudra une pleine escarcelle pour nous rendre à Ashby et l'attendre avant les joutes... Nous devrons y manger, dormir...

Le visage de l'archer perdit un peu de sa dureté :

— Il me faut acquérir de nouvelles sagettes. Une bonne gerbe ! J'en ai rompu douze en les tirant des planches et quatre ont perdu leur fer. Quand nous nous sommes exercisés, hier matin, il nous en manquait deux...

— Je les ai d'autant plus cherchées que c'étaient les miennes.

Ils se turent : en eux montait une acerbité qu'ils réprouvaient l'un et l'autre, peut-être inégalement.

— Repartons, dit Shirton.

Des bras moins possessifs ceinturèrent Ogier.

— Si ce Calveley nous fait défaut, dit Griselda, tu vas en être affligé.

— Tu dis vrai.

1. Sorte de culotte à l'usage des femmes.

— Ce soir, je te consolerai.

Il sentit les petites mains qui formaient, sur son ventre, une boucle mouvante, se chercher un ardillon.

— Je sais que tu n'es pas en peine de remèdes agréables, mais crois-moi, Griselda, je ne serai pas malade de déception.

Il les imaginait, ces remèdes, ainsi que toutes les espèces d'hommes auxquels elle les avait administrés. Remèdes de bonne femme, en vérité ! Il eût voulu pouvoir, d'un hurlement, repousser toutes ces images.

— Tu ne ressembles pas aux autres hommes.

— Ressembles-tu aux filles de ton âge ?

— Je n'ai pas eu le temps d'en connaître. Mais ce que je sais, Ogier, c'est que j'ai en toi un protecteur, nullement un... Comment dis-tu, déjà ?

— Un maquereau.

Elle rit tandis qu'il songeait à Adelis. Comme cela semblait loin ! Elle avait connu le même sort que Griselda dont elle était l'aînée de dix ans. Non pas plus hardie, mais plus solide et apte à se défendre. Il ne s'était jamais tourmenté pour ses aventures. Mais Griselda !... Cette violation effrénée de la jeunesse prime et de l'ordre de la nature constituait pour lui une offense à Dieu aussi abominable que les forfaits qui avaient provoqué la ruine de Sodome et Gomorrhe.

— Tu me parais un saint, toi.

Il rit à son tour : si elle savait que sa présence audacieuse et onduleuse n'était en rien lénitive, elle ignorait tout du dédale où s'égarait son âme ; les sombres et salaces marées d'intentions qui la submergeaient ; la foi qui chavirait ; la véhémence avec laquelle il recréait Blandine et l'appelait à son secours. Il se promettait parfois, s'il revenait à Gratot et qu'elle se montrait aussi insoumise qu'auparavant, de partir pour Avignon afin d'y obtenir un divorce qui la couvrirait d'une honte ineffaçable... Alors sans doute regretterait-il Griselda. Ce qu'il appelait maintenant une turpitude lui apparaîtrait comme une aubaine dont il n'aurait, par orgueil et bienveillance, obtenu aucun profit.

« Car enfin », se dit-il, « on marie bien des princesses de huit, dix et douze ans, à des damoiseaux *et à des hommes* ! »

Il n'était pas un vieillard au sang épais, aux appétits émoussés. La vitalité de Griselda l'égayait, le stimulait, le contristait ; il se contentait d'être sous le charme et l'abrupte magie qui émanaient de sa personne.

Fi des tentations ! Il s'en fût délivré s'il avait pu galoper *seul* dans ce grand pré qu'il entrevoyait parmi les fûts des derniers arbres. Un champ de feutre épais dont rien ne troublait le sinople — comme ceux à l'entour de Gratot. Le Noiraud eût henni de plaisir en le traversant en tous sens, à longues foulées bruyantes... Galoper !... Galoper hardiment, même dans une charge guerrière et pour y laisser sa vie — mais bellement !... Toutes ces armures cliquetantes, les unes miroitantes, les autres rouges, noires ou à la couleur d'eau... Et ces chevaux dont les pas ferrés tambourinent comme cent orages qui fermentent. Poussières qui s'étincellent en touchant les plastrons et les bassinets dont les ventailles au même instant s'abaissent... Et la ruée, ces éclairs d'acier dénudé ; l'épais fleuve de fer coulant, tressautant, crépitant, grondant dans une direction unanime : l'ennemi et la mort... Son oncle Rechignac appelait cela *faire centaure*. Comment pourrait-il le retrouver ? La tribulation où il s'engluait interdisait toute espérance.

Une larme mouilla sa joue. Qu'était devenu Marchegai ? Son grand destrier noir incarnait la force pure. Où qu'ils fussent ensemble, ils se complétaient. Était-il le seul à savoir ce qu'il y avait de sensibilité dans le cœur d'un cheval, d'intelligence dans sa tête, de courage et de volonté dans ses entrailles ?

Il caressa la crinière drue du Noiraud tandis que des clameurs éprouvaient sa mémoire. Aucune éclaircie dans les rangs ; lorsque les centaures d'acier s'effondrent, les vides sont comblés, le bruissement affreux des sagettes commence et...

— Holà ! réveille-toi, cria Shirton.

— Pardonne-moi, je rêvais.

— À ta femme ? demanda, très bas, Griselda.

Il eut un mouvement violent de la tête et n'osa répondre : « À mon cheval. »

Ils étaient sortis de dessous les arbres. Un chemin large et plat conduisait à Bunbury, parmi des champs récemment labourés.

— J'ai soif, dit Griselda.

— J'ai faim, dit Élisabeth.

Considérant l'église que jouxtait un étroit cimetière, Ogier se signa et tenta de lui substituer celle de Gratot, altière et grise comme si ses pierres portaient le deuil des temps passés. Ce qui le surprenait, dans celle dont il s'approchait, outre la simplicité de l'édifice, c'était son équilibre, la rigueur harmonieuse de ses lignes et de ses volumes. Conventuelle ou seigneuriale, elle exprimait l'idée qu'il se faisait de la piétié féminine, tandis que Gratot semblait un sanctuaire hanté par des hommes à la foi intransigeante. Il lança un regard au clocher robuste, carré, aux angles légèrement bourrelés. Des dentelles de pierre en couronnaient le faîte.

— Voilà l'église Saint-Boniface[1], dit Élisabeth.

1. Hugh Calveley, grand par la taille et les succès, fils de David et Joana Calveley, naquit entre 1315 et 1320. Il n'est pas certain qu'il fut à Crécy et Calais dans la bataille de son chef : Thomas Dagworth. Il aimait tant Bunbury qu'à l'époque où nous sommes dans cet ouvrage, tout comme son compère, Peter de Bunbury, il tomba en disgrâce pour avoir délogé Robert Fitzhugh, baron de Malpas, de son manoir de Bunbury, qu'il occupa définitivement. Sa famille y demeura jusqu'en 1671. Le manoir fut alors occupé par une vieille famille du Cheshire : les Wilbraham.

Calveley décéda le 23 avril 1394 ; son gisant fut installé dans l'église Saint-Boniface en 1399. Il y est encore. On ignore s'il fut

C'est écrit au-dessus du portail... Nul besoin de savoir l'anglais.

— Dois-je, m'amie, vous dire ma reconnaissance ? J'avais lu ce nom-là et j'avais compris.

Ogier s'en tenait, avec elle, à un voussoiement aimable mais distant. Ainsi ne risquait-il pas de semer dans l'esprit de Shirton une suspicion sans fondement.

L'archer poussa son cheval jusqu'à un vieillard qui, sortant d'une maison, traversait le chemin. Ils se parlèrent longuement, l'un immobile sur sa selle, l'autre à grands gestes pleins de rondeur et d'obséquiosité.

— Par ma foi qui est malade, commenta Griselda, ce vieux manant prend Jack pour un baron !

Shirton revint vers eux ; il faisait la grimace.

— C'est par là-bas, dit-il, un bras tendu. Un manoir fortifié. Nulle crainte d'erreur : sa bannière y ventile.

— *D'argent à une fasce de gueules*... commença Ogier.

—... *entre trois veaux de sable, deux en chef, l'autre dessous*... Mais je t'ai coupé la parole et je crains d'anéantir tes espérances.

Ogier sourit : depuis Sangatte — et peut-être avant —, il s'attendait toujours à plus de mauvais que de bon.

— Elles étaient déjà bien pâles, bien faibles, mes espérances : Calveley est absent ?

marié, mais on lui accorde des aventures, notamment avec une princesse espagnole. Et même on lui suppose un bâtard : Huguelin.

Si petit que fût Bunbury, il avait sous son influence — peut-être à cause de Calveley — les cités de Tiverton, Tilston Fearnall, Alpraham, Calveley, Wardle, Haughton, Spurstow, Ridley, Peckforton, Burwardsley et Beeston. L'église Saint-Boniface semble avoir exercé sur les manants et hurons de ces cités une espèce de fascination. Elle avait été construite en 1086 et dédiée au saint saxon Wilfrid Boniface, né dans le Devon en 680. Boniface avait sacré Pépin le Bref, évangélisé l'Allemagne, travaillé à la réforme de l'épiscopat avant d'être massacré par des barbares, à Dokkun, en Frise (Hollande), le 5 juin 754.

— Il se peut qu'il le soit... mais nous allons nous en assurer.

Délavée par les pluies, salie par les fumées, la bannière aux trois veaux flottait au-dessus d'une cheminée. Ogier d'un coup d'œil embrassa le manoir et le trouva moins grand, mais plus austère qu'il ne l'avait imaginé. Il était défendu par une enceinte carrée, haute d'une toise et demie, sans tour ni crénelage. D'énormes contreforts flanquaient une porte en ogive. Deux vantaux épais d'une largeur de main, présentement mi-clos, protégeaient cette ouverture. Ils étaient renforcés de ferrures en forme d'arc turquois, à double courbure, clouées sur le bois par de grosses bulles d'acier taillées en pyramide. Ces portails massifs, embellis par leurs pentures, exprimaient à eux seuls le tempérament d'Hugh Calveley : un homme qui ne s'embarrassait pas de pourvoir à sa défense puisqu'il était conscient de sa force, de son courage, de sa rigueur. Dans la cour aux pavés bombés aussi gros, sans doute, que les genouillères du maître, trois bâtiments se faisaient face : le logis du seigneur orné de sa bannière et devant, une écurie et une grange, tous d'une simplicité quasi monastique. Attaché par son licol à l'un des anneaux scellés dans le mur de l'écurie, un cheval piaffait, étrillé par deux hommes. C'était un géant noir à la crinière épaisse et dont la queue touffue époussetait le sol.

« Hugh est là... C'est son cheval !... Il s'apprête à partir. Nous arrivons à temps ! »

Un des palefreniers, petit, replet, la tête coiffée d'une aumusse de cuir noir, s'empressa au-devant des arrivants et s'adressa d'emblée à Shirton.

— Que se disent-ils, Griselda ?

— Il n'y a céans que deux hommes et trois femmes. Ton Calveley s'en est allé chasser.

Le Noiraud recula de quelques pas, inquiet de la présence du grand cheval ténébreux dont l'œil blafard venait de se porter sur lui.

— Calveley reviendra. Il ne nous reste plus qu'à l'attendre.

— Non... Il est loin ! Il chevauche vers Nottingham avec ses hommes...

Ogier songea : « Nous pourrions peut-être les rejoindre », mais s'abstint d'exprimer sa pensée. Griselda qui le serrait très fort, sa joue appuyée sur son dos, cessa soudain de l'étreindre :

— Holà ! sais-tu ce que dit *Peeping Tom* ? Des sergents de Winslow sont venus jusqu'ici.

— J'avais confié à messire Arthur et à ses filles que mon salut passait par Calveley.

— L'autre homme ajoute que, tandis que les sergents le questionnaient, dix autres attendaient... Qu'en penses-tu, Ogier ?

— Tout Winslow nous recherche, excepté le baron.

— Il dit que Calveley ira certainement à Ashby pour y jouter : un sommier porte son armure et ses armes...

— C'est une bonne chance pour moi.

— Une male chance ! Les hommes de Winslow vont y aller sûrement. Si Calveley n'y est pas, qui pourra te défendre ?

— Je ne sais... Jack paraît accablé.

Shirton revenait, tête basse. Il échangea avec Élisabeth un regard qui signifiait : « Eh oui, nous allons poursuivre notre chemin ! » Puis, tourné vers Ogier :

— Il m'a dit...

— Je sais. Griselda n'a pas perdu une miette de ce que cet homme te racontait.

— Que décidez-vous ? demanda la fillette. C'est à toi de parler, Ogier, il me semble.

— Nous devons partir sans tarder. L'idée que nous

sommes ceux que cherchaient les limiers de Winslow va passer dans la tête de ce palefrenier. Tenez ! Il se retourne... Bien sûr, on lui a parlé de deux hommes. Il voit également deux femmes, et s'interroge...

— Encore heureux, dit Élisabeth en tirant si fort sur le mors du louvet qu'il hennit et fit un écart, encore heureux que les malandrins de chez Ferris ne soient pas venus jusqu'ici !

Cette considération émise sur un ton enjoué, mais où transparaissait une frayeur suffisamment vivace pour inquiéter Shirton, mit Griselda en joie. Quelques injures en anglais, plutôt que l'apaiser, dilatèrent la gaieté de la fillette. Ogier se sentit pincé aux hanches.

— Vois comme elle nous épie... Une petite follieuse comme moi enfermant un beau chevalier dans ses bras...

— Cesse donc !... Elle a compris.

— Tu es trop enfoncé dans tes pensées ! Tu ne vois que ce qui est en toi !

Observait-il aussi superficiellement les êtres et les choses que Griselda le prétendait, ou bien, avec une malignité de sorcière en herbe, voulait-elle le dégoûter d'Élisabeth ? Qu'il fût devenu pour elles un enjeu ne le flattait guère, mais expliquait cette animosité malsaine, soutenue, dont Shirton, heureusement, n'était point affecté.

— Elle n'était pas ainsi. C'est toi qui l'as essannée[1]. Mais je t'en défendrai...

— Cesse un peu, Griselda.

Il était décidément sa proie, son bien, son champion. S'il lui avait cédé, la révérence dont elle l'entourait eût sans doute été moins parfaite, moins viciée de jalousie... ou peut-être davantage.

Tom s'envola dans un grand froissement de plumes. Ogier eut un geste de regret envers Shirton qui s'était détourné pour observer le balbuzard :

1. Mise hors de sens.

— Je te donne bien du souci !

— Il y aura un grand concours d'archers, à Ashby. Des amis, sans doute, y seront. Ils nous protégeront le temps que tu trouves ce chevalier... Je t'aiderai.

Tom revint s'agriffer au chaperon d'Ogier.

— Voilà, dit Griselda, une belle parure pour un *helmet*. Est-ce ainsi que l'on dit dans ton pays ?

— Quand le heaume porte un emblème, on le dit *timbré*. Tom mériterait bien de surmonter mon heaume... si j'en portais un.

Puis, rejoignant Shirton au petit trot :

— Si je revois Hugh Calveley *avant* et qu'il nous protège, participeras-tu à ce déduit [1] d'archerie ?

— Nous lui montrerons qui nous sommes. Et tu peux sans déchoir tenir un *long bow* devant lui... Pourquoi ? Parce que *ton* Hugh Calveley n'est qu'une graine de routier qui a poussé plus haut que certaines autres. Ce manoir n'était pas sien... Le palefrenier m'a dit qu'il en avait chassé le seigneur et toute sa mesnie...

— Oh !

— Eh bien, comprends-tu ce que je te dis ? Ton ami a chassé messire Robert Fitzhugh, baron de Malpas et de Beeston, de ses murailles... Le roi a pardonné, paraît-il. Parce que Calveley est un guerrier et que Fitzhugh est un vieillard sans... Comment dit-on dans ta langue ?

— Sans utilité ?

— C'est cela !

Ils rirent. Élisabeth les écoutait et, visiblement, les trouvait ennuyeux. Ogier remua un peu trop la tête : Tom partit s'accrocher à l'épaule de Shirton.

— Et si, par malheur, Calveley est empêché ?

D'une main rude, l'archer repoussa cette conjecture :

— Le roi sera certainement présent. Si Calveley veut fortifier sa rentrée en grâce, il faut que, devant notre suzerain, il fasse des merveilles.

1. Jeu, amusement.

— Édouard III me connaît et me hait. Je te l'ai dit.

Ogier ressentait dans sa gorge l'ulcération d'une colère aussi âpre que s'il avait bu du vinaigre.

— Le roi sera tourné vers les nobles et belles dames. Et pour leur complaire, il se montrera magnanime envers toi... si par malheur tu es pris !

Ils avançaient lentement. Sur les traits ordinairement durs de Shirton, la confiance se mêlait à la joie de prouver bientôt la sûreté de son coup d'œil. Ogier fut sensible à cette émotion :

— Tu gagneras tous les prix !

— Une fois décochée ma dernière sagette, ne me cherche pas : je serai parti... Car je connais pour moi la haute récompense : une barbute, des genouillères de fer, une brigandine, et vogue la première nef en partance pour ton pays !

— Dieu te protégera pour tes bienfaits. Il a sondé ton cœur, Il...

Ogier s'interrompit. *Dieu !* Devait-il croire encore en Son pouvoir sur le destin des hommes ? Quand, songeant à son propre sort, il inventoriait sa mémoire, le même sentiment d'inexorable faillite lui serrait le cœur. Quelle dissipation de temps, d'amours et d'énergie ! Sa détresse trouvait un reflet dans la mélancolie des arbres à demi dépouillés, dans la pâleur du ciel et du soleil d'automne, dans les vapeurs de l'aube où sa vue s'embrouillait. Un froid humide, persistant, imprégnait son corps livré aux imprévisibles marées de l'espérance et du doute.

— Tu te tourmentes trop, dit Griselda, une joue contre un dos peut-être plus courbé que d'ordinaire. Tu devrais me laisser te tendresser cette nuit.

— Non !

Il avait répondu si fort qu'Élisabeth se détourna. Toute son ardeur inemployée, toute sa concupiscence brilla dans son regard d'une acuité pareille à celle d'une belette. Elle en avait d'ailleurs la souplesse infinie. Les lèvres retroussées sur des dents encore belles, elle le défiait avec une expression d'attente si hargneuse qu'il en cligna des paupières.

— Elle te détestera un jour... même si tu lui cèdes. En attendant je t'ai tout à moi.

— Non point.

— C'est vrai : il te manque un bout d'oreille... Ce n'est pas l'essentiel !

— Ne peux-tu te montrer convenable ?

— Comme les dames que tu connus ? L'étaient-elles aussi une fois dans ta couche ?

Il loua secrètement la fillette pour cette pertinence effrontée que rien, jamais, ne mettait en défaut. Au moment même où sa patience craquait, où il touchait à ses limites, une seule repartie faisait mieux que le rasséréner : elle l'égayait. Elle ne pesait pas lourd dans sa vie, Griselda ; par contre, elle emplissait son cœur.

— Nous trouverons bien un autre village, dit Shirton en tapotant les serres crispées de Tom. Jusqu'ici les abris ne nous ont point manqué.

Le balbuzard quitta son épaule et s'éloigna en grand-hâte.

— Il sent l'eau, dit Élisabeth.

— Je vois un toit là-bas, dit Ogier.

C'était une grange longue et basse, adossée à de grands chênes. Partant de son seuil broussailleux, une prairie dégringolait vers un ruisseau. Des collines fuyaient emportant sur leur dos des chemins peuplés de charmes dégarnis. Aucun signe de vie. Tout au fond, un pan de l'horizon se déchirait à la croix d'un clocher.

— On s'arrête en ce lieu ? proposa Shirton.

— Tu n'as pas demandé, Jack, quand les loups de Winslow étaient passés. Je crois qu'ils nous précèdent... s'ils ne sont revenus chez Arthur... Il serait bon de s'arrêter un ou deux jours afin que les chevaux se reposent... Si l'on nous pourchassait maintenant, nous serions aisément rejoints.

— Tu as raison, compère... Sais-tu que parfois, à force d'acquiescer à tes dires, je me prends pour ton écuyer ?

En riant, ils partirent, au trot, vers la grange. Elle était vide. Griselda bondit sur le sol et se roula dans l'herbe avec un plaisir exagéré. Poings aux hanches et bouche pincée, Élisabeth l'observa comme elle eût observé une bestiole avant de l'écraser sous son talon.

— Pouah ! dit-elle quand la fillette eut achevé un saut périlleux en arrière.

Baissant les yeux, Ogier découvrit une Griselda impudemment révélée. Elle s'agenouilla et le menton haut, les cils battants, elle parut défier le soleil languissant plus encore que son ennemie. À ses cheveux défaits s'épinglaient des brindilles. Elle sembla vouloir recommencer.

— Assez ! glapit Élisabeth. N'as-tu pas su que tu montrais ton cul ?

Griselda se leva. Une roseur colorait ses pommettes. D'un geste avantageux, elle rejeta sa chevelure en arrière. Son visage sans beauté refléta une jubilation pour elle-même, un triomphe envers Élisabeth.

— Messires, il semble qu'elle soit jalouse de mon cul !... Eh bien, montre-leur le tien, Morgane ! Ils choisiront.

Elle s'éloigna. Elle semblait marcher sur des braises.

Ils dessellèrent les chevaux et les firent entrer dans la grange : ainsi, des cavaliers passant à proximité ne seraient pas tentés d'en chercher les propriétaires. Ensuite, Élisabeth tira d'un bissac des restes de nourriture : du pain mou, du fromage et du jambon. Tom piocha dans la viande fumée que Griselda découpait en menus morceaux qu'il becquetait sans trop d'appétit. Abandonnant tout à coup son repas, le balbuzard partit à tire-d'aile.

— Il doit avoir grand-soif, dit Ogier. Sers-nous à boire, m'amie.

La cruche contenait une pinte de vin. Ils la vidèrent. Shirton voulut alors s'exercer pour Ashby avant la tombée du jour.

Il tira deux *long bow* de leur housse de cuir. Il en offrit un à Ogier ainsi que le carquois en peau de truie qu'une bandoulière de cuir tressé différenciait du sien.

— Je n'ai plus rien à vous apprendre, messire, dit-il avec une enflure, une cérémonie qui les réjouirent sans atteindre, néanmoins, Élisabeth et Griselda. Vous savez non seulement tirer juste, mais également tirer fort.

Ogier s'inclina sans trop outrer sa reconnaissance. Pourtant, ce compliment lui réchauffait le cœur. Les chevaliers français méprisaient les archers ? Eh bien, c'étaient des sots. Il n'avait point le sentiment de tomber en dérogeance parce qu'il tirait à l'arc. Il se haussait d'un profitable degré dans la connaissance des armes.

Il soupesa le *long bow* bien que ce fût toujours le même. Dès le premier jour, l'arc s'était révélé non seulement d'une longueur égale à sa taille, mais encore, lorsqu'il écartait les bras dans la continuité de ses épaules, les deux extrémités de l'if d'Espagne touchaient la dernière phalange de ses médius tendus. Que ce fût à courte, moyenne ou longue distance, il savait évaluer d'un coup d'œil quel tir serait le sien et la force nécessaire pour obtenir un résultat heureux. Certes, il avait décoché maintes sagettes à Rechignac et à Gratot ; certes, il visait alors convenablement, mais jamais avec cette promptitude, cette assurance toujours renouvelée, cette joie anticipée d'être précis parce qu'il avait senti le vent, parce que la flèche était soigneusement empennée et qu'elle atteindrait la cible aussi sûrement que son regard cligné. Cette façon de procéder échappait à l'analyse. Tirer juste, brièvement, participait pour lui, désormais, d'un mouvement naturel alors que tailler, estoquer d'une lame lourde supposait qu'il mûrît chacun de ses coups en s'apprêtant, avant même qu'il les eût fournis, à repousser ou éluder d'un saut, d'une torsion du buste, d'un effacement d'épaule, ceux de son adversaire.

— Entre dans la grange, Griselda... Allons, lève-toi. Apporte ta corde et le vieil arrosoir suspendu à un croc, juste au-dessus.

La fillette obéit. Shirton tira son poignard de sa gaine.

— Si tu coupes ce chevêtre, le prévint Élisabeth, la petite ne pourra...

— Je sais ce que je fais, Lisbeth, gronda Shirton. J'ai de quoi lui offrir cinquante coudées de corde !... Passe-moi l'arrosoir, Griselda.

C'était un récipient de cuivre haut d'un pied [1], cylindrique, pourvu d'un versoir droit et d'une anse dont il ne subsistait qu'un moignon. Shirton, après l'avoir soupesé, le tendit à Ogier :

— Privé de son goulot et de sa poignée, que dirait-on ?

— Un heaume en pot [2].

— Retourne-le comme si tu voulais t'en coiffer.

Ce fut fait. Ogier se demanda où Shirton voulait en venir.

— Où en serait la vue ?

— Ici et là... Le vert de grice l'a rongé...

— L'homme qui fit cela aurait pu devenir haulmier.

— C'est ce que je me dis.

— Prends ce couteau... Fais deux marques aux endroits de la vue et creuse... Des fentes longues de deux pouces et demi, larges comme celles d'un bassinet.

1. 0,32 m.

2. Défense de tête apparue vers 1 200. Elle prenait son point d'appui sur les épaules et laissait la tête libre de se mouvoir à l'intérieur. La « face » était percée de deux trous pour la vue.

Une fois le métal pénétré, Ogier put agrandir aisément les fissures.

— Je vais te rendre une lame aussi émoussée que celle d'une épée de tournoi !

— Il ne manque pas de pierres pour lui redonner du fil !... Griselda, il y a un fauchet suspendu dans la grange. Apporte-le.

Quand il eut le râteau à ses pieds, Shirton tendit l'index :

— Vois-tu, Ogier, ces ormes en lisière du pré ?

— On ne voit qu'eux, dit Élisabeth, maussade.

Bien que l'ombre, au-dessus d'elle et de Griselda, fût profonde, Ogier vit que la brillance de leurs yeux était dirigée sur lui. Il enleva son chaperon et le jeta à la petite, assise dans l'herbe. L'ayant posé sur ses cuisses, elle le caressa comme elle l'eût fait d'un chat ou d'un chiot.

— De combien sont-ils distants ?

— Cinq ou six toises, dit Ogier.

— À combien en sommes-nous ?

— Vingt toises... Peut-être un peu moins.

— J'ai une idée.

Shirton déroula la corde de Griselda et la trancha en son milieu. Il noua une extrémité d'une longueur ainsi obtenue à l'anse de l'arrosoir, l'extrémité de la seconde longueur au versoir, et se releva, triomphant :

— Avez-vous deviné ?

— Je crois, dit Ogier. Tu vas nouer un bout de corde à un tronc ; l'autre bout de corde à l'autre tronc, de sorte que l'arrosoir va être suspendu dans le vide, entre les ormes...

— Il comprend tout, ce Franklin, ricana Élisabeth.

— ... le manche du fauchet, enfoncé dans le heaume, va compléter l'aplomb.

— Il maintiendra, ce faisant, notre coiffe d'occasion à la hauteur de la tête d'un homme comme toi et moi.

— Et nous allons chercher à l'atteindre.

— Chercher à l'atteindre ? grommela Shirton faussement mécontent. Chercher à l'atteindre ?... Mais *nous l'atteindrons*, sois-en sûr !

Grisela applaudit. Elle se départissait rarement de cette gaieté apprise à coups de mauvais traitements, chez Ferris, au contraire d'Élisabeth qui affectait des airs de dame prude, mélancolique ou hargneuse.

— Ce soir, je tire le premier, dit Shirton en empoignant son arc et son carquois pour les déposer à deux pas de la grange.

Ogier en fit autant.

— Il y a deux *challenges*, à Ashby. Celui du tir au but et celui des trouvailles. Voilà deux nuits que je pense au moyen d'ébahir la noblesse et le commun.

— La nuit, tu trouves encore le temps de méditer !

Ils rirent — seulement des lèvres.

— Prends l'arrosoir et les cordes et allons voir ces arbres. Non, Griselda, reste où tu es.

La petite se résigna. Ogier qui marchait sans hâte put entendre, lorsqu'il fut assez loin, les vociférations d'Élisabeth et le rire de la fillette.

— Encore un tençon [1], dit-il.

— À cause de Griselda, mais elle nous est utile.

— Jusqu'à Ashby ? demanda Ogier avec une malignité doucereuse.

Shirton eut un geste du bras par-dessus son épaule.

— Je veux épouser Lisbeth afin de me l'attacher davantage. Point de tierce personne entre nous... Surtout Griselda.

Cette fois, Ogier abandonna son faux sourire :

— Nous avons tous besoin de mêler nos âmes et nos corps... Nous choisissons la femme ou, plutôt, nous croyons la choisir pour ces emmêlements alors que, souvent, c'est elle qui nous choisit... Si nous nous sommes mépris sur elle et elle sur nous, quelle déconvenue !

Shirton fit quelques pas en silence, puis :

1. Querelle, dispute.

— C'est parce qu'elle était chez Ferris que Lisbeth te déplaît ?

Il s'était arrêté au milieu du pré. Les yeux baissés, les sourcils tellement froncés qu'ils se rejoignaient, il semblait chercher quelque chose dans l'herbe. Son visage si ouvert s'était vidé de sa bénignité habituelle. Ogier ne douta pas qu'Élisabeth les observait avec une attention passionnée sous le regard peut-être anxieux de Griselda.

— Ce n'est pas, Jack, ce que tu crois... Tu peux te leurrer sur toi-même au lieu que ce soit sur Élisabeth... Je me suis bien abusé sur moi et sur ma fiancée... Je me dis souvent que je fus faible envers elle, et plus encore envers moi, et qu'il y a plus de courage et d'honneur à rompre un amour défunt qu'à s'évertuer à le maintenir en vie par des prodiges de mensonges et des lâchetés sans fin... N'es-tu pas heureux ainsi ?... Crois-moi : mieux vaut envisager une union précaire et pleine de bonnes choses qu'un mariage indissoluble et sans agréments garantis pour la vie.

— Ta rancœur ne t'abandonne jamais !... Parle-moi d'*elle*.

Ogier se reprocha de trahir sa défaite. Il répondit sourdement :

— *Rancœur* ! Un moindre mot en cette occurrence... C'est peut-être en nous séparant — ce qui est fait, désormais, par la malignité de la guerre —, oui, c'est peut-être en nous séparant, puis en nous retrouvant après un long absentement que naîtra entre nous une affection plus confortante que notre ancienne passion, si toutefois il y eut passion pour Blandine et si elle consent à n'être qu'une amie... ce dont je doute.

Ils étaient proches des ormes : des arbres droits, tels des pieux énormes. Ogier posa sur l'épaule de Shirton une main qui tremblait un peu :

— Tu as tiré Lisbeth d'une ornière terrible. Mieux vaut sa gratitude vraie, même légère, infidèle, qu'un faux amour... Épouse-la si tes sentiments te l'imposent, et si elle y consent, mais si tu as des doutes sur la solidité de cette union, et si tu penses seulement à te soulager le corps dans ses bras, demeurez en accointance.

— C'est ce que je me dis de plus en plus souvent.

— Une concubine aimante ou, si tu préfères, une commère qui ne rechigne point à se coucher, prévaut sur une bonne épouse que ton désir désoblige.

Shirton dévisagea Ogier. Son regard parut sortir d'une somnolence où les propos qu'il avait entendus l'avaient plongé, pour exprimer une compassion lourde, presque sauvage :

— Elle t'a fait souffrir pour que tu en parles ainsi ! Je la déteste autant que toi !

Ogier fut tenté d'enchérir : *« Pas tant que moi ! »* Il refréna son courroux :

— Fais en sorte de n'avoir jamais Élisabeth en détestation.

Puis il toucha l'écorce rude, tachetée de moisissures, du plus âgé des ormes :

— Eh bien, nous les nouons ces cordes ?

Shirton mesura le tronc d'un coup d'œil et posa sa paume au-dessus d'un rameau.

— C'est la bonne hauteur ?

— Il me semble. Nous avions oublié le fauchet : Griselda nous l'apporte.

— Crois-tu, à vingt toises, pouvoir percer cet arrosoir de part en part ?

— Oui : grâce à tes leçons.

Ce n'était plus à Shirton qu'Ogier avait affaire, mais à Aster.

— Avant d'atteindre Ashby, nous achèterons un arrosoir semblable.

L'archer avait tellement apprêté son tour de force et d'adresse qu'il fit une pause pour le bien expliquer :

— Notre seule façon d'accéder au champ clos et de piéter parmi les tentes des seigneurs dressés à l'entour, c'est d'être pris pour des bateleurs. Sans doute, en

France également, un pardon d'armes rassemble-t-il des ménestrels, des montreurs d'animaux, des faiseurs de sauts et contorsions...

— Comme moi, dit Griselda en déposant le râteau dans l'herbe.

Une clarté intérieure s'ajoutait à celle du soleil déclinant sur son visage épuré de toute effronterie.

— Laisse-nous, dit Ogier. De grâce, laisse-nous !

Elle s'éloigna en dansant tandis que Shirton, après un long soupir, reprenait :

— Avant le commencement de l'épreuve de tir à l'arc, tous ces gens-là offriront un spectacle. Je ne sais combien il durera, mais je suis sûr que le ou les vainqueurs seront riches pour quelques semaines ou quelques mois, selon qu'ils sont ou non dépensiers... Élisabeth et Griselda tiendront chacune une corde.

— Griselda n'est ni suffisamment forte ni suffisamment grande.

— Nous trouverons bien une escabelle sur laquelle elle montera.

Ils se détournèrent vers la petite, debout, le chaperon dans ses bras repliés. Elle le caressait toujours tandis qu'Élisabeth la morigénait à gestes rudes et à voix basse.

— Sitôt l'arrosoir en l'air, je tirerai deux sagettes... Il faut qu'elles entrent par la vue, toutes deux en même temps.

— C'est impossible.

Ogier craignit d'avoir mécontenté Shirton. Or, il sourit avec une certitude confondante :

— J'ai essayé cent fois des tirs de cette espèce. Mes échecs ne m'ont pas rebuté. J'ai gagné.

— Tu vas me montrer ?

— Oui... Tu dois, de ton côté, traverser ce heaume après moi... En deux coups... Et ne me dis pas que c'est impossible alors que, devant toi, je le ferai en un seul !

Shirton écarta les bras comme Tom, invisible pour

le moment, écartait ses ailes dès qu'il s'apprêtait à l'envol : tout d'abord lentement puis de plus en plus fort.

— J'ai froid. Pourvu que je n'aie pas un rhume qui brouillerait ma vue ! Allons, noue fermement cette corde à ce tronc.

Ogier obtempéra puis, prenant les devants :

— Nous lions maintenant l'autre corde à l'autre orme. Ainsi, nous suspendons l'arrosoir.

— Non, messire ! Nous allons retourner notre petit heaume, puis le bourrer d'herbe et de terre, enfoncer à l'intérieur le manche du fauchet et tasser pour qu'une fois retourné, rien ne s'échappe. Ensuite, tu pourras procéder à ta guise.

Ce fut fait. Ogier essuya ses mains sur son haut-de-chausses et tendit soigneusement la corde. Elle remuait à peine ainsi que l'arrosoir lorsque Shirton l'eut aidé à l'assujettir au tronc.

— Et maintenant, Jack ?

— Nous allons reculer de vingt pas, face à notre quintaine du pauvre.

Shirton se tourna vers la grange :

— Griselda, porte-nous les arcs et les sagettes.

Elle accourut. Sans se soucier d'elle, Shirton tira deux flèches de son carquois. Avant d'extraire les siennes, Ogier interrogea son compagnon du regard.

— Ce que tu vas voir est simple. Au lieu de tenir mon *long bow* comme tu sais, je le couche à plat... Comme cela.

— Soit.

— Tu ne l'as jamais vu de près. On s'est toujours servi du tien. Approche.

Ogier obéit. En chantonnant et sautillant, Griselda s'éloigna.

— Que vois-tu de prime abord ?

— Qu'à la différence du mien, ton arc n'a pas de poignée de cuir ni de quoi que ce soit, par exemple une cordelette enroulée tout autour.

— Et encore ?

Ogier se pencha :

— Qu'en son mitan — que devrait recouvrir la poignée —, il y a deux coches de l'épaisseur d'une sagette.

— Voilà !... Quand je veux faire un coup pareil, je ne tiens pas mon arc par le milieu comme à l'accoutumée. Mon bras et mon poignet, surtout, compensent cette inégalité entre les deux longueurs du bois, car mes coches sont en son axe, espacées de la largeur d'un pouce : le mien... Que penses-tu d'elles ?

Ogier passa un doigt sur les évidements.

— Je les vois pour la première fois. Ta main me les cachait quand tu portais ton arc aussi nu que maintenant.

— Elles n'affaiblissent pas l'if. D'ailleurs, quoiqu'il soit parfait, robuste en son centre, je me suis refusé à creuser davantage... Et si tu examines ces gorges de plus près, que vois-tu ?

— Elles sont évidées soigneusement de biais... fort peu... afin qu'une fois en l'air, les sagettes ne s'écartent pas.

— Vrai !... Quand je tends la corde, je les ai toutes deux solides entre le pouce et l'index... qui n'ont jamais failli... J'ai des mains de bûcheron, à l'inverse de toi. Tu ne saurais tenir à la fois deux flèches par leur talon.

Ogier acquiesça Il avait des mains fortes. Elles serraient parfaitement la lance, l'épée, le marteau d'armes. Auprès de celles de Shirton, elles semblaient pourtant efféminées. Il se demanda si l'Anglais serait capable de soutenir longtemps et à son avantage un combat tel que ceux qu'il avait disputés. Mais qu'allait-il encore ramener devant lui ce qui était définitivement derrière ! L'arc et les armes nobles ne se pouvaient comparer. Leurs vertus différaient autant que l'art de s'en servir.

Shirton sourit :

— À chacun ses mérites, pas vrai ?... Regarde... Pour réussir l'appertise [1] dont tu vas être témoin, il faut également disposer de cela.

L'archer fit tressauter sur sa paume deux flèches empennées de fines ailettes de cuir montées en vrille.

— J'en ai six seulement. Elles sont les joyaux de mon carquois.

Les dents d'Aster ressuscité brillaient dans une bouche prête à mordre.

— Pour le reste, il suffit de savoir bornoyer [2].

Après avoir trouvé sa prise à la gauche des évidements, Shirton mit son *long bow* à l'horizontale. Il encocha soigneusement ses flèches qui, d'elles-mêmes, semblait-il, se déposèrent dans leur gorge. Il faisait corps avec son arc. Il en était la force et l'orgueil, l'œil et l'intelligence. Il le banda lentement, fermement, la tête un peu penchée, les lèvres serrées comme s'il s'apprêtait à mugir puis, les sourcils rapprochés par l'effort d'attention, il défia la cible tout en évaluant l'énergie qu'il devrait déployer pour l'atteindre. Une veine frémissait sur sa tempe. Ses pieds semblaient enracinés dans le sol.

— Hop !

Un cri : rage et plaisir. Double jaillissement. Les empennes frottées à l'air sifflèrent. Les fers s'enfoncèrent ensemble dans les trous de la vue. Le heaume en vibrant perdit un peu de terre. On eût dit un sang roux qui s'en extravasait.

— Merdaille ! Pour un tel coup Godefroy de Bouillon t'aurait anobli !

— À toi !... Je ne vais pas retirer mes sagettes. Elles ne te gênent pas.

Ogier saisit son arc, encocha une flèche. Il tremblait, doutant soudain de maîtriser l'habileté que l'Anglais lui avait patiemment inculquée.

1. Prouesse.
2. Fermer un œil et regarder de l'autre.

— Domine tes nerfs, compère ! Ta tête se réduit à ton œil dextre.

Il ne devait pas décevoir Shirton. La justesse de son tir dépendait de la simplicité de sa vision et de la vivacité avec laquelle il banderait l'if.

Il voyait nettement l'arrosoir immobile et les empennes de cuir qui en occultaient les creux. Il se sentait les paupières lourdes. Ses épaules semblaient rouillées ; ses pieds cherchaient en vain une base solide... et pourtant il devait agir promptement...

La flèche sur le poing affermi qui chauffe le manchon de cuir ; le dard luisant : cœur-écaille. Le bois qui se plie, toujours, toujours, et qui cède à la volonté de la corde, et soudain *Han !*, le vol, la vibration terrible le long de l'avant-bras... Le tintement lointain ; l'arrosoir qui se vide et le manche du fauchet qui se rompt.

— Touché, dit Shirton. Beau coup... mais un peu bas. Tu es digne de moi... C'est bien... Une autre, à présent !

Ogier, plus serein, banda aussitôt son *long bow*. Il fallait qu'il touchât la cible en son milieu. Il sentit près de lui Griselda inquiète et eut envie de la renvoyer.

— Dieu t'aide ! dit-elle avec une ferveur singulière.

La flèche transmutée en éclair gris-noir pénétra dans le cuivre, sous les empennes de Shirton, là où, dans un heaume, se fût trouvé un nez qu'elle eût fait éclater.

— Allons voir ! dit Griselda en battant des mains.

En riant, ils allèrent examiner l'arrosoir. Percé de part en part, il était désormais presque inutilisable. Shirton dégagea doucement les trois flèches.

— C'est bien, jubilait-il. C'est fort bien... Quand nous irons quérir des sagettes chez un *fletcher*, je prendrai des fers moins larges... Allons, viens, compère. Nous avons mérité un bon repos... Griselda, ramasse la sagette à tes pieds.

La fillette obéit puis, montrant l'arrosoir de son pouce :

— Vous le laissez en place ?

— Oui... Avant de partir, demain, nous recommencerons... mais de plus loin.

Griselda dansota tout en mignotant le chaperon boulé qu'Ogier ne lui demandait pas. Elle avait un air de satisfaction sans malice. Tom apparut au-dessus de la grange et, pour la première fois, se posa sur l'épaule de la fillette insoucieuse des serres qui l'égratignaient.

— Il se met à l'aimer aussi ! s'ébaudit Élisabeth un peu pâle. *Goddam !* On aura tout vu !

Délivrée des pires contraintes, sa vraie nature réapparaissait. Le peu qui chaque jour en affleurait ne laissait pas d'être inquiétant.

Shirton caressa la tête de Tom. Aussitôt le rapace cligna des paupières.

— Demain, Lisbeth, tu iras couper de l'osier avec Griselda. Il faut que Tom ait une cage sinon, à Ashby, et pour montrer son savoir, un huron ou un manant pourrait l'abattre en plein vol... Compris, Lisbeth ?

— Une cage !... Une cage !... On va s'abîmer les doigts pour messire Tom !

Shirton parut ravaler sa colère : la nuit allait venir ; un désaccord le priverait des coutumières étreintes. Il soupira et baissa la tête, vaincu.

Shirton et Élisabeth avaient depuis longtemps choisi leur retrait dans la grange. Ils s'y réfugièrent. Ogier demeura au-dehors, adossé à un mur décrépi tandis que Griselda, incapable de dormir, allait et venait dans le pré, cinglant l'herbe à coups de pied soit par jeu, soit par colère.

L'ombre fraîchissait. Un vent qui quelquefois s'ensauvageait un peu accusait les clapotements du ruisseau. Juché sur le linteau de l'unique fenêtre, Tom s'animait de temps en temps, frottant ses ailes ou étirant une patte. On eût dit une gargouille délivrée d'un enchantement. Il y en avait une à Gratot, une sorte de bélier, au ras et au milieu de la balustrade qui, à son faîte, ornait la tour de la Fée. Maintenant, de l'autre côté de la mer, Blandine-la-Frileuse ne pouvait y rêver. Trop froid, trop humide. Et l'enfant ? Dormait-il ? Mâle ou femelle ?

Ogier renifla et fléchit les genoux.

— Tu pleures ? dit Griselda en s'asseyant aussi.

— Sûrement pas.

La petite joignit ses mains gantées de lune.

— C'est quoi, dis-moi, qui emplit tes yeux ?

Elle semblait soudain peureuse et désarmée, *touchante* dans son intention de se montrer discrète et charitable.

On remua derrière le mur de torchis. Des lézardes permettaient d'entendre tout ce qui se passait à l'intérieur, mais ni Ogier ni la fillette ne s'occupaient plus des bruyants ébats et des sourdes dissensions de ce couple désaccordé.

— Ils parlent... Et pour que tu ne saches rien si tu es aux aguets, c'est de l'anglais... Mets ton oreille là, il y a un creux... Je vais être ton latinier[1].

Dans le silence où bruissait la litière de paille, Ogier entendit Shirton s'exprimer peut-être volontairement en français.

— Non... Plus tard, j'aviserai. J'ai décidé d'aller à Ashby. Rien ne m'en empêchera. Pas même toi.

Plus un mot. Élisabeth se renfrognait peut-être. Puis d'une voix que le chuchotement rendait sifflante :

— *He shouldn't have kidnapped her !*

— Il n'aurait jamais dû l'enlever, dit Griselda. Et moi qui croyais que cette gueuse m'aimait un tantinet !

— *Are you jealous of her ?*

— Il lui demande si elle est jalouse de moi... Bien

1. Interprète.

sûr qu'elle l'est ! Elle voudrait que tu l'enfourches... Elle ne pense qu'à ça.

— *Oh no ! She is a child !*

— Elle prétend qu'elle n'est pas jalouse et que je suis une enfant... Une enfant, ma belle, qui sait mieux que toi faire plaisir aux hommes !

— Griselda ! murmura Ogier. Oublie ce que tu fus !

Shirton avait cessé de parler à voix basse. Il se fâchait :

— *Let the time and events do.*

— Il lui commande de laisser faire le temps et les événements.

— Voilà, dit Ogier, qui est d'un homme sage... Non, Griselda, point d'autre mouvement vers moi.

Leurs têtes qui n'avaient jamais cessé de se toucher se séparèrent.

— Tu ne m'aimes pas ?

— Si, je t'aime bien.

Il la consternait et devina qu'elle pleurait au tressaillement de l'épaule appuyée à la sienne. Se sentant tout à coup affreusement coupable, il enveloppa de son bras la fillette. Ce geste avait exigé de lui un effort immense. Penché, il baisa Griselda sur la tempe, là où une petite veine battait. Elle avait une peau soyeuse et les frisons qui chatouillaient sa bouche ne pouvaient que lui en rappeler d'autres. Il entrait de la vergogne et de la rage dans toutes les pensées qui noyaient son esprit. Pour conjurer ces démons des ténèbres, il raviva le souvenir d'une autre malheureuse, assagie et repue des simulacres d'amour : Adelis à la beauté troublante.

— Je t'aime bien... Je ne cesse de te dire que je pourrais être ton père.

— Si tu crois qu'il s'est retenu !... C'est lui qui m'a dépucelée.

C'était dit violemment, aussi violemment que *la chose*, sans doute, s'était produite. Ogier en resta pantois. Aucune initiative heureuse ne lui montait des entrailles à l'esprit.

— À quoi penses-tu ? dit Griselda d'une voix inquiète, chuchotée.

— Nous sommes des monstres. Tous des monstres de bonne et engageante apparence.

— Alors, engage-toi.

Cette suggestion, la fillette l'accompagnait d'un geste impudique.

— Non, dit-il. Non... Je t'aime bien. Veux-tu que je te déteste ?

# IV

Le soleil disparut ; le ciel répandit des ondées sans cesse plus rapprochées. Il y eut des journées entières aspergées d'une eau froide, tantôt poudre, tantôt grêle. Des vents ivres la fouettaient.

Dans les bourgs, de maigres attroupements se formaient sous les halles pour admirer les danses de Griselda sur sa nouvelle corde et assister aux prouesses de l'*incomparable Aster*. Shirton décochait douze sagettes autour de la fillette adossée à des planches vermoulues et, pour prouver son aptitude au maniement du *long bow*, Ogier fracassait d'un *matras* — cette flèche à tête cylindrique — quelque ustensile de terre exhumé d'un tas d'ordures. Tom, pendant ce temps-là, volait de l'un à l'autre, sauf vers Élisabeth qui, chaperon tendu, en appelait à la générosité du public.

Les vivats étaient rares, les piécettes aussi. L'assistance était trop clairsemée pour que Griselda fût tentée de couper une ou deux escarcelles : on eût deviné d'où venait le larcin. Elle préférait jouer au franc-mitou sur le parvis des églises quand d'autres mendiants, faux estropiés comme elle, le désertaient. Le soir venu, il fallait rebrousser chemin pour se réfugier dans un gîte remarqué au préalable, réunir la paille, les branchettes et, frileusement assis autour d'un feu maigre, avaler quelques bouchées de viande tirée des braises avec le picot du poignard en se félicitant d'avoir côtoyé quelques hommes d'armes débonnaires et peu curieux.

— Jamais, affirmait Shirton, nous ne serons réduits à la mendicité. Nous sommes pauvres ? Si tout s'y passe bien, Ashby nous fera riches.

Ogier déplorait cette assurance.

Tom allait à la pêche et ne rapportait rien : les rivières, les ruisseaux et les étangs, grossis par les averses, préservaient les poissons dans leurs replis fangeux. Pleuvait-il dru ? De lui-même il entrait dans sa cage, œuvre de Griselda. Shirton suspendait à l'arçon de sa selle cette prison d'osier dont le toit en poivrière était couvert de quelques morceaux de parchemin huilé. Dès qu'une éclaircie commençait, le balbuzard criait pour qu'on le délivrât. Négligeant ostensiblement l'archer, il allait s'ébrouer sur l'épaule d'Ogier à moins qu'il ne prît le poing de Griselda pour juchoir. En effet, la fillette avait découvert sur un tas d'immondices le gantelet de cuir d'un fauconnier. Bien que troué en maints endroits par les ongles des rapaces, elle l'avait nettoyé avant d'en réparer les dommages. Elle l'arborait comme un joyau.

À la demande d'Élisabeth qui se plaignait de maux de reins, Shirton interrompait quelquefois, par une halte de deux jours, la lente chevauchée vers Ashby-de-la-Zouche. « On a tout notre temps », prétendait-il. Le lieu qu'il choisissait, éloigné des chemins, devait non seulement convenir au repos ; il fallait qu'il permît dans sa proximité les exercices d'archerie sans lesquels son humeur sécrétait de la bile. Lors de ces fastidieux arrêts, Ogier mesurait mieux qu'en toute autre occasion les distances, les heures et les sombres contours de sa mélancolie. Quand bien même il voulût lui trouver des délices, sa fausse liberté révélait ses limites, ses contraintes, ses incertitudes et les périls imprécis susceptibles d'y mettre un terme. Étrange sensation que celle de se sentir seul en bonne compagnie. Pitoyable anxiété que celle de se savoir reclus, peut-être indéfiniment, dans ce pays d'arbres identiques à ceux de la Normandie, et dont les troncs serrés par l'infini brumeux semblaient les barreaux d'une geôle. Tout lui manquait. Blandine, certes ; Thierry, Aude, le vieux Godefroy, son père ; les serviteurs et les soudoyers, Marchegai son cheval et Saladin son chien. Relevait-il sa tête appesantie de pluie et de visions pathétiques, souvent inattendues, que Griselda percevait son émoi. Elle l'interrogeait sans qu'il lui répondît, trop absorbé à dévider ce long écheveau d'images corrosives.

Songeait-il que Tancrède et son oncle Guillaume — s'il vivait encore — foulaient la même terre et respiraient le même air que lui ? Son malaise s'aggravait. Il en ignorait l'antidote. Quelque froides et fugaces qu'eussent été leurs retrouvailles, il n'était pas certain d'en avoir terminé avec Tancrède. Il advenait qu'il souhaitât la rencontrer aux fêtes d'Ashby, quand bien même elle l'y trouverait en cet état de misérableté dont, présentement, il ne souffrait guère mais qui, après l'avoir ébahie, susciterait dans ses propos, son regard, son sourire, plus de gausserie que de compassion.

« Un fugitif comme moi doit réprimer toute vergogne. Qu'importe le degré de mon abaissement si je recouvre un jour mon honneur et mon rang. »

Comment, par quel miracle y parviendrait-il ?

Il craignait que la présence des grands, leur jactance, leurs parures et, surtout, le fait qu'ils courussent des lances devant lui sans qu'il en pût tenir une seule, n'eussent sur son comportement une influence pernicieuse. Passé la circonspection des premiers instants, ne suffirait-il pas d'un incident bénin pour que sa dignité soudain réapparue le rendît à lui-même et lui devînt funeste ?

Les ailes déployées, tel un petit archange, Tom planait dans le ciel envahi de nuages lourds. Un vent impétueux retroussait les robes des yeuses et courbait les cimiers des hêtres et des ormes apostés de loin en loin sur l'infini de la lande. Les visages des compagnons d'Ogier demeuraient, depuis cinq jours, aussi mornes que le temps. Griselda n'osait trop réprouver leur réserve.

Que dire ? Rien. Il fallait avancer vers Ashby au pas quelquefois trébuchant des chevaux, oublier ce que seraient la morosité de la halte du soir et la froideur de la nuit. « Une masure », disait Griselda. On regardait. La bâtisse était grise, sans nul indice de vie. Mais elle était debout tandis qu'au royaume de France, lorsque les Goddons les avaient épargnées, les maisons isolées hurlaient à la mort par toutes leurs bouches ouvertes.

Personne auprès de qui demander son chemin. L'on devait se fier à la bonne chance. Elle disposait parfois — révélée par sa perche et sa touffe de feuilles — une taverne à un carrefour. Pour s'y informer tout en achetant de quoi boire et manger, Shirton pénétrait seul dans ce coupe-gorge tandis qu'Ogier veillait à la porte. L'archer en ressortait toujours vélocement tandis qu'un aboiement accompagnait sa retraite. Ashby, c'était tout droit. On repartait tout droit.

— Il faudra, Jack, acheter soit une chape, soit une chaucemante pour chacune de nos dames [1].

— J'y pense.

— Dès que nous le pourrons.

Ogier disait : « nos dames » et pensait : « Griselda ». Elle frissonnait sous sa peau de mouton cousue bord à bord à grosses aiguillées. Elle n'allait tout de même pas apparaître à Ashby dans cet appareil, quoique Élisabeth en eût été contente.

— Quelle idée, tout de même, que de créer des fêtes

1. La *chape*, dite aussi *balandras*, était un manteau de pluie à capuchon, la *chaucemante*, une sorte de grande pèlerine.

d'armes en automne ! La pluie doit goutter sur la vue des heaumes, les lances poisser les gantelets, les destriers glisser sur l'herbe.

— On joute chez nous en plein mois de décembre, dit Shirton avec un rire compassé. Quand, il y a trois ans, notre sire Édouard institua la Table Ronde, il y eut des joutes en janvier alors qu'il gelait à pierre fendre [1]. Ne te soucie de rien. Ce jour d'hui ou demain, *elles* auront leur manteau...

— Ton escarcelle s'aplatit...

— C'est la faute du temps. On ne fait rien de bon avec une corde mouillée, que ce soit celle d'un arc ou celle de Griselda.

— Vos cordes sont à l'abri, que je sache, intervint Élisabeth.

Nul ne lui répondit. Shirton toussota :

— Je grossirai nos fonds, Ogier, dans des jeux qui se pratiquent loin des regards, puisque le roi les interdit au profit de l'archerie.

— Tu as réponse à tout.

— Pourtant, dit Shirton, moins je me questionne, plus je suis heureux.

Ne s'interrogeait-il pas sur la maussaderie d'Élisabeth ? Sur son passé ? Sur leur commun devenir ? À vivre dans *sa* forêt, proche des animaux, s'était-il raccourci l'esprit ?

Ogier flatta l'encolure du Noiraud. Il avançait à foulées dansantes, derrière le louvet d'Élisabeth qui les précédait tous, apparemment indifférente à ce qu'elle

1. Une grande fête fut donnée le 19 janvier 1344 à Windsor, et des joutes y eurent lieu pendant trois jours. Dès le 1er janvier, Édouard III avait fait publier qu'il accorderait un sauf-conduit valable jusqu'à l'octave de la Purification à tous les chevaliers et écuyers, de quelque pays qu'ils fussent, qui souhaiteraient participer à ces joutes. À la fin de ces festivités, il institua la Table Ronde et en fixa la première tenue à la Pentecôte.

Quant à la Table Ronde, *la vraie*, celle de Merlin, on la montrait encore, en 1578, à Hunscrit.

voyait et entendait, même aux trébuchements de son cheval dont un fer, à la jambe avant dextre, se déclouait.

— Nous n'aurions jamais dû venir par ici, dit Griselda. Plus nous approchons, moins je me sens à l'aise.

« Moi aussi », songea Ogier. « Elle a peur et me serre plus qu'il ne faut. »

Tancrède irait-elle à Ashby ? Et Hugh Calveley ?... Tout bien considéré, mieux valait qu'ils y vinssent tous deux.

Et le roi Édouard ? Serait-il présent ? Jouterait-il ? Était-il encore à Calais ? La réapparition inattendue de la dame de Winslow parmi les siens ne signifiait pas que le souverain anglais avait regagné son palais.

Après que le cheval d'Élisabeth eut été ferré de neuf, les quatre compagnons vidèrent, dans une auberge de Rugeley, une chope de cervoise. Un chevaucheur qui se rendait à Nottingham informa Shirton du retour du roi en Angleterre. Il avait débarqué à Sandwich le vendredi 12 octobre ; le dimanche 14, il avait fait sa rentrée à Londres. Une semaine plus tard, des joutes avaient rassemblé, à Windsor, la fine fleur de la Chevalerie d'Angleterre présente dans la Grande Île et l'on s'était promis des revanches à Ashby.

— Eh bien, murmura Ogier en grattant cette barbe qu'il détestait sans oser la raccourcir, voilà qui promet de belles passes d'armes !... Les revanches grossissent la forcennerie des hommes. Il y aura des morts.

Il s'en réjouissait : quel qu'en fût le nombre, ces trépassés ne reviendraient ni en France ni chez son alliée, l'Écosse.

Griselda frissonna, le nez enfoncé dans son gobelet, mais les yeux levés sur lui, Ogier. Tandis qu'il l'enfermait dans son regard, un instinct puissant l'avertit qu'ils se sépareraient mal et que la rupture pressentie avec la même acuité par chacun d'eux serait plus tragique encore qu'ils ne le redoutaient.

— À combien sommes-nous d'Ashby ? demanda Élisabeth.

Elle frottait l'intérieur de ses cuisses endolories par la selle.

— Neuf ou dix lieues, dit le chevaucheur en recoiffant son camail puis sa cervelière. On commence à poser les barrières, à faucher l'herbe et à bâtir les échafauds [1]. Cent prisonniers de Londres, Rochester, Derby et Nottingham sont employés à ces ouvrages. On les enchaîne la nuit. Un Escot qui avait abandonné sa tâche a été lié à un arbre. On l'en détachait quand je suis passé. Il était demeuré quatre jours sans manger. Pour boire, il avait la pluie. La plupart de ces fainéants sont des Franklins.

En grimaçant Ogier posa son gobelet. Les propos acerbes du chevaucheur l'obligeaient à se souvenir de sa première rencontre avec Hugh Calveley, aux abords du champ clos de Chauvigny. L'Anglais était enchaîné. Grand sans que sa taille en fût cause : grand dans l'adversité. Aujourd'hui, deux ans après, son angoisse de naufragé s'accrochait à cette image immuable de Calveley captif, entouré de gardiens armés comme à la guerre. Il fût demeuré longuement prisonnier, le géant de Bunbury, s'il n'avait trouvé sur sa voie un Franklin dépourvu de haine : Ogier d'Argouges !

Le chevaucheur parlait. Il n'y aurait que des joutes, mais grandioses. Ses termes, pour les décrire, étaient pareils à tous ceux qu'on employait de l'autre côté de la mer : mêmes images, peintes pour durer plus longtemps que les barrières et les tribunes érigées autour d'un champ d'herbe rase ; mêmes locutions porteuses du même message de force et d'adresse pour les chevaliers ardents et hardis. Sous le regard de Griselda, qui souhaitait connaître ses pensées, Ogier évoqua ses pre-

1. Tribunes.

mières joutes en Périgord. Les noms des lieux étaient dépourvus d'importance ; seuls comptaient son âge — seize ans —, ses habits de mailles et le galop de Marchegai dont l'énergie ténébreuse s'ajoutait à la sienne. Il semblait que ces courses-là n'avaient attendu que cette halte, dans cette vilaine auberge d'Angleterre, en compagnie de trois malchanceux, pour ressusciter et lui fournir une seconde foi ainsi qu'une seconde force. Ah ! comme il eût trouvé plaisance à jeter quelques Goddons sur le sol.

Le chevaucheur salua et partit. Shirton s'étonna :

— Tes yeux se sont fermés. J'ai cru que tu rêvais... Où étais-tu ?

— Très loin, dit Ogier. Au cœur de mon pays.

Les mots n'eussent pas suffi pour décrire, même succinctement, les visions brèves, colorées qui, un instant, avaient empli son crâne. Nul désembrouillement n'eût pu leur fournir un sens. C'étaient des courses jouxtées les unes aux autres ou comme enchevêtrées sur le même destrier puissant ; c'étaient des fracas de rochet [1] sur des targes sonores, toute une éclosion de galops, d'énergies, de violences noués ensemble éphémèrement. *Et pourquoi ?*

L'appel de ces événements n'était certes pas le fait du hasard. Griselda redoutait leur venue à Ashby ? Eh bien, il en craignait, lui, les conséquences.

« Si Renaud de Cobham est présent, et si Calveley m'y aide en me fournissant une armure, j'étendrai ce seigneur immonde sur le sol ! »

1. Partie terminale, en fer, des lances de joutes, souvent munie de trois tétons.

## V

— Nous y sommes, dit Shirton. Approchez...

Élisabeth retint fermement son cheval. Ogier conduisit le sien auprès de celui de l'archer dont le profil aigu exprimait à la fois la satisfaction d'être rendu et la crainte que ses desseins ne fussent bientôt compromis par des événements contraires.

— Comment trouves-tu cela ?

Ogier ne répondit pas. Immobile, indécis à l'extrémité d'une butte suffisamment élevée pour qu'il se crût entre ciel et terre, il embrassait d'un coup d'œil une campagne guère différente de celle qu'il découvrait d'une quelconque tour de Gratot. Çà et là, les sillages de récents labours s'étiraient, parfois indistincts, comme de sombres coups de râteau. Au travers des rameaux noirs, serrés et transparents à la fois, le chaume roux de quelques maisons et fermes semblait des poignées d'étoupe destinées à calfater les brèches des levées de terre. La petitesse de ces bâtiments contribuait à rendre plus vastes qu'ils ne l'étaient les environs d'Ashby, que l'on distinguait mal, dans un vallon, proche d'un miroitement dû à la présence d'un étang. Les nuages couraient sur tout ce paysage. Quand le soleil se montrait, de brèves luisances révélaient çà et là une arme ou quelque partie saillante d'un vêtement de fer.

— As-tu peur ? demanda Griselda en resserrant son étreinte et en tapotant, de son front obstiné, le dos droit et las d'Ogier.

— Non, m'amie.

Il mentait d'autant plus aisément qu'elle ne pouvait voir son visage. Même libre, il eût éprouvé sans doute, mais avec moins de force, ce sentiment de fragilité provoqué par ces étendues de terre, ces maisons, ces fumées, ces brillances fugitives qui toutes paraissaient sécréter du mystère.

Au-dessus d'eux, Tom tournoyait, dédaignant depuis l'aube le perchoir des épaules amies. D'une voix menue, Griselda proposa qu'on le mît en cage. Shirton se recueillit puis, avec un ton de sourde rancune, comme s'il lui reprochait d'avoir usurpé son idée :

— Non, Griselda. Il vole haut parce qu'il a flairé le danger.

— Comme nous, interrompit la fillette.

— Dès ce soir, nous l'enfermerons.

— C'est ton oiseau, dit Ogier, mais nous l'aimons tous. Pas vrai ?

Élisabeth n'avait point d'opinion. Quand l'envie la prenait de desserrer les lèvres, c'était pour se plaindre en termes vagues et en soupirs d'un malaise qui la hantait sans fournir davantage d'éclaircissements à Shirton, soucieux, indifférent ou agacé selon son humeur, elle aussi changeante. Sans que cette union hâtivement formée fût proche de sa dissolution, Ogier la voyait et la sentait s'altérer. Même la nuit, les liens charnels qui avaient accouplé l'archer et l'ancienne Morgane semblaient se relâcher. Moins d'ardeur et, surtout, aucune récidive.

— Ne courbe pas le dos, dit soudain Griselda. Pour moi, tu demeures un preux chevalier. J'aurais aimé te voir jouter dans une armure aussi brillante que celle du saint Georges de l'église de Brackley.

— J'aimerais te donner ce plaisir. Il te comblerait plus qu'aucun autre.

— Oh ! non, tu le sais bien... Pourquoi te prends-tu pour un saint ? Aimais-tu tellement ton épouse ?

Jamais, depuis plus de deux semaines, elle ne s'était aventurée dans une allusion, même infime, à Blandine. Elle ajouta sans malice :

— Si elle te croit mort, peut-être a-t-elle ouvert sa couche à l'un de tes compagnons.

Il rit, mais les esquilles d'une rupture involontaire, quoique souhaitée maintes fois, perçaient sa gorge.

— Oublie-la. Creuse-moi dans ton cœur une place.

Ogier se sentit derechef conforté par cette affection tenace. Certaines nuits, il n'était pas dupe des reniflements de la fillette. De telles larmes, jamais Blandine n'en verserait.

— Ta place existe dans mon cœur, plus large et profonde que tu ne crois.

— Et si je devenais une gente personne ? Dame Grisélidis au lieu de Griselda...

Quoique fragile encore, elle avait recouvré sa jouvence perdue et repris, malgré ses vêtements de pauvre, un aspect décent. Il lui advenait, de plus en plus fréquemment, d'avoir les gestes et les propos d'une enfant de son âge. Sa confiance en lui, Ogier, semblait plus vivace encore que son appétit d'amour. C'était un père qu'elle cherchait ; un père qui fût aimant, vertueux, attentif et chevalier si possible. Elle se méprenait sur son inclination.

Élisabeth chevauchait à l'avant, près de Shirton en léger retrait.

— Prenons ce chemin, dit-elle. Il conduit au village.

— Quel jour sommes-nous, Griselda ?

— Je te l'ai dit ce matin : mercredi 21... *Et si je devenais une vraie damoiselle ?* Ogier, réponds-moi !... Dis : serais-je mieux que ta Blandine ?

Pourquoi donnait-elle tant d'importance à une femme dont elle ignorait tout, sauf le nom ?

— Je veux un toit pour dormir, gémit Élisabeth. Plus les jours passent, plus il fait froid.

Quelques cahutes couvertes de chaume, à l'avant du village, semblaient d'immenses taupinières. Des fumées s'échappaient du milieu de leur coiffe emplumée de grands iris tigrés. Plus loin, après d'étroits enclos où paissaient des chevaux, le chemin caillouteux devenait une rue assez droite, pavée, bordée de maisons aux toits en bardeaux, aux soubassements de briques noirâtres exhaussés de colombages. Les hourdis, entre les poutres, étaient si mal entretenus ou si vieux qu'ils se boursouflaient de scrofules et de tumeurs suintantes ; les lézardes de ces torchis avaient été bouchées avec des linges : ils avaient pris la couleur glauque de la vase et sans doute en exhalaient-ils l'odeur.

Les échoppes, rares, étaient peintes en jaune, et cette couleur-là, souillée de salissures, prétendait à la gaieté. Les jambes pendantes sur le rebord de sa fenêtre, un tailleur, la tête couverte d'une aumusse de cuir, cousait un écusson sur un tabard de soie sinople. En face, une commère posait devant son seuil un petit poêle haut sur pattes, destiné à la cuisine du seigneur qu'elle hébergeait et dont le roncin fauve, tacheté de gris, sabotait au bout de sa longe accrochée à un anneau scellé près de la porte. Tout proche, dans sa cour, un fèvre et ses aides embattaient une roue de chariot : deux gars serraient dans de longues pinces la jante de fer rouge encore, et sur un « Ho ! » du maître, ils en cerclaient le frêne. Le bois enflammé, soudainement arrosé, exhalait un nuage de vapeur blanche.

— Pas une hôtellerie ! gémit Élisabeth. On ne peut dormir dans l'herbe !

Nul ne lui répondit sans qu'elle s'en étonnât, mais tous, pour une fois, approuvaient ses paroles.

À mesure qu'ils avançaient dans Ashby, les constructions devenaient moins malpropres et plus régulières. Des festons de petites oriflammes de parchemin ou de tissu coloré remuaient, accrochés à des cordelettes, contre les murs. Parfois, l'humble hôtel d'un chevalier sans renommée arborait, entre deux fenêtres, un écu ou une tapisserie à ses armes, puis c'était à nouveau sur les parois en brique le clair frétillement des guirlandes au vent.

Tout ce qui commerçait pour la Chevalerie et l'écuyerie se réunissait là : fèvres et fourbisseurs, heaumiers, mailleurs, selliers, houssiers, haubergiers et peaussiers œuvraient, vendaient, essayaient à même leur devanture et dans les profondeurs de leurs officines où dansaient les lueurs soufrées des chandelles.

— Ils ne sont à l'ouvrage que deux ou trois fois l'an, dit Shirton. Acquérir quelque chose chez eux, c'est le commencement de la ruine.

— Les chalands, pourtant, ne leur manquent pas. Combien ces joutes-là rassemblent-elles de prud'hommes ?

— Une soixantaine et autant d'écuyers. Quant aux archers, il ne vient céans que les meilleurs... quand ils ne sont pas à la guerre. Cinquante, pas davantage... Regarde : en voici un qui se promène !

L'homme était gras, joufflu, poilu : une espèce d'ours dont il avait d'ailleurs la dépouille sur lui, du cou jusqu'aux cuisses. Deux carquois branlaient dans son dos, de part et d'autre du *long bow* qu'il portait en bandoulière. Il salua Shirton avec condescendance.

— C'est Bermondsey. Il a l'œil sûr mais son bras tremble : il soiffe trop. Je l'ai vaincu cinq fois. Il est à ta portée.

L'éloge était sec et sincère. Pourtant le malaise d'Ogier subsista. Celui de Griselda empirait. Elle resserrait fréquemment son étreinte. Ses mains, l'une nue sous le gant de l'autre, tremblaient. Autour d'eux, dans le sillage d'Élisabeth et de Shirton qui leur frayaient un passage, la foule grossissait, bruyante, enjouée, étourdie par les remous de cette épiphanie païenne célébrée avec force gobelets de *good ale* et de vins de Guyenne entonnés à Bordeaux. Des nobles à pied allaient grand'erre, cherchant sans doute une pièce d'armure ou de lormerie[1]. Des bourgeois aventurés jusque-là flânaient pour tromper leur oisiveté. Des mendiants criards secouaient l'amoncellement de leurs panufles[2] et levaient leur bourdon ainsi qu'une arme d'hast avant de tendre hardiment la main. Deux presbytériens grimpés sur des tonneaux chantaient un psaume et l'un d'eux, ce faisant, guignait les femmes. Elles étaient rares. Certaines, frileusement enfouies dans leur chaucemante doublée de fourrure, coiffées de huves ou d'escoffions, serraient de près leur époux. Quelques esseulées s'attiraient des œillades et des compliments drus dont elles n'avaient cure tandis que des retrouvailles provoquaient des encombrements dans lesquels Shirton engageait fermement son cheval, en se riant des protestations et des injures que son audace suscitait.

— Est-ce ainsi dans ton pays ?

— Les joutes et tournois de Normandie, Griselda, ne sont pas si importants. Mais à Chauvigny, les nobles, les bourgeois et les manants sont aussi nombreux.

— Regarde la gentilfame qui s'avance vers nous. Elle a paré sa haquenée comme une fiancée juive !

Ogier fronça les sourcils pour avoir meilleure vue. Non, ce n'était pas Tancrède. Cette dame était blonde, un peu forte, et devait avoir dix ans de plus. Si sa « cousine » le reconnaissait sous ses poils déplaisants, elle feindrait sans doute une cécité qui, plutôt que d'être une insulte, serait un gage de complicité.

Au milieu d'un carrefour, un balayeur adossé à l'arrière de son charreton, sa pelle en main, le manche de son goret à feuilles de bouleau appuyé sur l'épaule, guettait entre les jambes et les roues des chars peu nombreux les objets de son office tandis que l'âne attelé aux brancards composait des brioches de crottin

1. Ouvrage destiné au harnais du cheval : selle, mors, etc.
2. Haillons.

qui échappaient à ses regards. Il salua Shirton, ce qui fit dire à Griselda que l'archer était plus connu qu'elle ne l'avait cru et que c'était là un mauvais présage.

— Non ! s'indigna Ogier. Que Jack soit connu et reconnu me semble légitime. Il est le meilleur... Cesse un peu de parler, tu me casses les nerfs.

Un aveugle passa, mené par un enfant dont la boiterie, simulée, était aggravée par une grosse semelle.

— Ce n'est que tricherie... Pourquoi regardes-tu cette échoppe ? Même moi, je n'oserais y entrer !

— Il y en avait une semblable, à Chauvigny... *L'Âne d'Or*...

— Il y avait des putes ?

— Non, Griselda.

— Que tu sois marié ne me chagrine pas, mais que tu aies chevauché des putes... et ne veuilles pas de moi...

Ogier se sentit serré plus fermement. Il fut tenté de se dégager mais c'eût été offenser la fillette.

— Cette Hérodiade dont tu m'as parlé, elle était belle ?

— Point trop.

— Tu l'as...

— Non.

— Les nôtres dansent souvent la tête en bas pour qu'on les voie mieux sans trop attendre. Tu en verras sûrement bientôt. Tu vas voir aussi moult colporteurs, cordouanniers, marchands de toute sorte, des chanteurs... Ceux-là n'ont qu'un champion en bouche : Robin Hood qui peut-être fut moins habile que Shirton. Regarde ce barbu, devant ! C'est un frère mendiant qui clame les mérites du Paradis.

Un jeunet sur un âne interpella le clerc :

— Aussi vrai que je suis John Ball, je te dis que les enfants nés hors mariage ne peuvent monter au Ciel. Dieu est trop clément par le temps qui court !

Il y eut des cris et des hourras dans la foule. Le

moine se regimba contre le blanc-bec qu'il vitupéra et menaça de sa croix processionnelle. En vain.

— Au début, saint homme, nous avons été créés tous pareils. C'est la tyrannie de l'homme pervers qui a fait naître la servitude, en dépit de la loi de Dieu. Si le Très-Haut avait voulu qu'il y ait des serfs, Il aurait dit, au commencement du monde, qui serait serf et qui serait seigneur !

— Il n'y a pas de serfs, ici, cria un homme d'armes.

Aussitôt l'audacieux disparut au trot sous des huées et des cris de joie. Un autre moine d'allure crasseuse et sauvage empoigna le Noiraud par son frein et brandit une fiole.

— Tiens, compère ! Donne-moi de cette bouteille le prix que tu voudras. C'est une merveille ! Il y a là-dedans un peu du tintement des cloches du Temple de Salomon !

— Hâte-toi, Ogier, dit Griselda. C'est un Pardonneur. Tu en verras aussi dans la cohue d'Ashby.

Sur une estrade, un homme vêtu de noir admonestait les nobles et leurs femmes avec d'autant plus de hargne qu'ils étaient peu nombreux :

— Les joutes grossissent votre vanité ! N'oubliez ni Dieu ni les pauvres. N'oubliez point la charité *and ye louely ladyes, with youre longe fyngres* [1].

Brusquement, les maisons disparurent. De vastes prairies parsemées de bosquets leur succédèrent. Des aucubes et des trefs y dressaient leurs couvercles [2], les plus beaux, ceux des grands seigneurs, près des arbres ; les autres groupés au milieu des champs, et leur rustauderie, l'éloignement de la route d'accès aux lices, les faisaient semblables, sur cette peau d'herbe, à des anthrax couvrant une poitrine velue. C'était du moins l'opinion de Griselda, qui insista :

1. Même vous, dames charmantes, aux doigts effilés.

2. *Aucubes :* tentes à deux pans ; *trefs :* tentes coniques ayant un mât central.

— Es-tu d'accord, Ogier ? Regarde de ce côté... Dirait-on pas que ces champs ont attrapé la vérole ?

— Ne te moque pas des chevaliers et des écuyers de petite condition. Sans doute se sont-ils ruinés pour obtenir cheval et armure.

— Es-tu des leurs ?... J'aimerais mieux ça.

— Lorsque je suis parti pour délivrer Calais, je n'avais pas de quoi m'abriter... Mais tourne-toi à dextre : là, devant ces boqueteaux, gîtent les grands prud'hommes. Ces pavillons aux belles couleurs sont en soie comme les gonfanons qui ventilent devant chacun d'eux... Voilà des repaires de richesse et de bonne santé qui sont autant de défis au commun, aux bourgeois, ainsi qu'aux chevaliers de médiocre importance.

— Tu sembles t'ébaudir de cet orgueil !

— Il ne saurait me toucher.

Ogier se sentait, dans l'acception du mot, *étranger* à ces gens, à leurs préparatifs, à leurs rêves même, qu'ils fussent d'amour ou de gloire. Il en serait allé différemment s'il avait été muni d'un sauf-conduit. Alors, précédant Thierry et deux ou trois hommes d'armes, il eût chevauché vers quelque lieu paisible où ils eussent planté l'humble tente dont ils avaient disposé à Chauvigny.

— Dans mon pays, dit-il, je serais allé rôder autour de ces belles demeures afin de voir, outre leurs têtes, les targes et les écus de ces outrecuidants. J'en aurais provoqué sûrement quelques-uns, moins par présomption que par nécessité... Il est bon quelquefois, Griselda, de niveler les fortunes. Qu'y a-t-il de plus bas que l'herbe d'un champ clos ?

Élisabeth fit entendre son rire un peu gloussant.

— Hé ! Hé ! Franklin, dit-elle en se détournant à peine, mais en alentissant l'allure de son cheval, possèdes-tu dans ton pays un pavillon aussi haut et large que celui qui domine tous ces logis ?

Elle désignait une pyramide dont un côté portait *d'azur à trois fleurs de lis d'or* et l'autre *de gueules à trois léopards d'or mis l'un sur l'autre, armés et lampassés de même*. Les deux triangles invisibles devaient répéter les mêmes armoiries.

— Non... Je ne suis point roi, ni duc ni comte... La demeure de votre sire Édouard est à la mesure de sa hautaineté.

— Il vient certainement d'arriver. Qu'en penses-tu, Ogier, *toi qui le connais* ?

Griselda, évidemment, se faisait une joie de renchérir sur son aînée.

Ogier, las de leurs escarmouches, remonta sur son épaule la bretelle de son carquois. Prompte, une petite main l'y aida. Pour plus de commodité, il avait lié son *long bow* le long du flanc droit de son cheval, ce qui l'obligeait à rétablir son équilibre en se penchant légèrement à gauche. Il commençait à souffrir d'un frayon [1] à l'intérieur du genou droit, là où sa chair frottait le fourreau de son arc.

— Ce que je pense de ton roi ?... Qu'il est avide, maléficieux, sans magnanimité même envers les gens de Dieu, puisqu'il a embrasé leurs églises et leurs couvents chaque fois qu'il le pouvait, après avoir robé les trésors sacrés. Sa gloutonnerie de pouvoir s'assortit d'une hardiesse et d'une intelligence dont j'aimerais que mon roi Philippe fût pourvu... Quand mon sang bout, il m'advient de haïr vos barons, vos piétons et d'oublier que la plupart sont de ma race... Ils n'ont qu'un tort, à vrai dire : celui de ne pas être attachés, par serment, au même souverain que le mien. Alors je me repens. Ce n'est pas eux que je devrais détester, mais la guerre. Elle nous oppose et peu à peu nous extermine. Or, nous sommes pareils : nous devrions être frères d'armes plutôt que frères ennemis !

Jusque-là, loin de la foule, ils avaient pu parler sans crainte, mais des cavaliers s'approchaient, vêtus en bourgeois.

1. Écorchure.

— C'est *lui*, dit Shirton. Décoiffons-nous sur son passage.

— Je suis tête nue, dit Griselda. Je lui enverrai un baiser.

Elle le fit d'un grand geste éloquent de sa main. Le roi s'arrêta aussitôt.

— Les premières bonnes gens que je croise à Ashby sont d'une bienveillance qui me va droit au cœur, dit-il à l'intention de ses cinq compagnons tellement endimanchés qu'on eût pu penser qu'ils se rendaient à une audience papale. Dieu vous garde !

Tandis qu'il s'inclinait sur l'encolure de son cheval, Ogier crut comprendre que depuis qu'il revendiquait le trône de son grand-père, Édouard III avait décidé de ne s'exprimer qu'en français. Il effleura d'un regard vif les pourpoints de soie colorée des cinq hommes, tous enjolivés d'ailes de houce [1] de soie et de velours ; les hauts-de-chausses où tintaient de petits grelots d'or et d'argent, les heuses aux longs ergots dorés. Le roi n'était vêtu que de brunette [2], mais aucun de ceux qui ne l'avaient jamais vu n'eût pu se méprendre sur sa condition : un rubis scintillait au-dessus de son médius dextre ganté de chevreau noir, et son gambison plissé, bouffant à la taille, laissait passer les brillances d'une ceinture de cuir d'Allemagne garnie de fourrure noire à l'espagnole.

— Toi, petite, qui m'as salué si courtoisement, est-ce ton père qui mène ce cheval ?... Son visage me rappelle quelqu'un...

— Il est mon père... Mais je vous en préviens : n'espérez pas de lui une réponse : il est muet, Votre Majesté ; muet de naissance.

Ogier s'interdisait d'abaisser son visage. Sous son chaperon noir à la crête arrogante, il revoyait ce monarque dont la froideur avait semblé fondre chaque

1. Bandes d'étoffes flottant après le vêtement.
2. Étoffe de laine sombre.

fois qu'ils s'étaient trouvés en présence. Un grand guerrier que ce Goddon dans les veines duquel coulait le plus florissant sang de France : celui de Philippe le Bel. Sévère, sûr du charme de son sourire et de la persuasion de son regard. Peau mate, cheveux blonds longs comme ceux des femmes ; une barbe assez longue, elle aussi, un peu rousse et divergeant en deux pointes ; une moustache soigneusement taillée dont les extrémités s'amenuisaient aux commissures d'une bouche mince et pâle — cruelle. Il n'eût pas été plus droit et plus majestueux sur son trône que sur cette selle aux arçons d'argent véré [1], et l'air tout ensemble magnanime et dominateur dont il se parait maintenant pour émouvoir quatre manants vers lesquels le hasard l'avait conduit plus sûrement que son cheval, il se l'était composé à Poissy, à Auteuil, à Crécy et Calais.

— Nous venons, sire, dit Shirton, pour faire montre de nos talents aux jeux de l'arc dont vous êtes friand.

— Tu es jeune, remarqua un seigneur derrière le roi. Si tu sais ajuster parfaitement ce *long bow*, pourquoi ne t'a-t-on pris pour guerroyer en France ?

— Mais, messire, rusa Shirton, c'est mon plus vif désir !... Si le baron qui m'emploie n'était pas couard, fainéant et jamais à court de prétextes pour éviter de traverser la mer, eh bien, nous serions en Bretagne ou ailleurs.

— Quel est-il ? demanda un autre prud'homme dont la tête découverte révélait une calvitie dont un moine se fût merveillé.

— Messire ! s'indigna Shirton. Vous me jugeriez pervers et malfaisant si je trahissais mon maître.

L'archer se composait un air contrit et tellement onctueux qu'Édouard III, nullement abusé, le menaça de l'index :

— Prends garde !... Pour les fêtes de sang qui se préparent en Bretagne ou ailleurs, j'ai grand besoin de

1. Argent émaillé.

*crossbowmen*[1] et *long-bowmen* de ton espèce... Si tu viens avec moi, ton frère te suivra...

— Nous le ferons avec plaisir, Majesté... à condition, moi, d'emmener mon épouse et lui sa fille.

Ogier derechef se sentit observé. La lumière de midi, touchant la verdure des prés, semblait rebondir sur les visages des cinq barons ; elle accusait leurs rides et l'éclat malsain de leurs yeux. Chez tous, il discernait l'ardeur d'une méchanceté sans frein. À l'inverse de ces hutins, le roi lui souriait comme à un bon compère.

*« Comment voudrais-tu qu'il te reconnaisse ? Il a certes bonne vue et bon flair mais tu es barbu, vêtu plus mal qu'un malandrin. Il ne peut soupçonner qui tu es. »*

— Dieu vous garde, dit le roi en talonnant son coursier.

— Dieu vous garde ! cria Élisabeth.

Shirton abandonna sa mine déférente :

— Alors, tu as vu !... Il ne t'a pas reconnu !

— Qui sait ? répondit Griselda. Le peu qu'il m'a regardée, je me suis sentie... euh... pénétrée de part en part !... On dit que la comtesse de Salisbury ne s'est jamais remise de la nuit où il l'a forcée.

— D'un côté sa grosse reine, de l'autre la belle Alice...

— Catherine[2] ! rectifia Shirton. On dit qu'elle n'assiste plus à rien, par vergogne, depuis les joutes de Northampton, aux Pâques de 42, où elle n'apparut point. Cette liesse a duré quinze jours ! Le roi en est sorti épuisé, moins par les courses sur le champ clos que par les chevauchées qu'il menait sous sa tente... Griselda, et toi, Élisabeth, passez loin de cette pyramide, là-bas !... Et toi, compère, fais-en autant !

— Pour la même raison ? demanda Ogier en riant.

— Qui sait ? Cet homme-là peut tenir de son père !

1. Arbalétriers.
2. Lire en annexe I : Édouard III et les femmes.

Aucun mot ne fut plus échangé. Ogier songea que tout comme celle de Chauvigny, les fêtes de cette espèce sécrétaient de l'angoisse. Outre la sienne, celle de tous ces hommes désireux d'atteindre à la renommée. Contre cette anxiété tenace et dissolvante, l'instinct de conservation, l'orgueil, l'amour des dames ne constituaient qu'un fragile rempart. Il suffisait d'un coup de lance bien ajusté pour le détruire.

« Et moi, si je prends part aux épreuves d'archerie ? »

La conjecture simpliste d'un état transcendant de lui-même, au point qu'il égalerait Shirton, l'enfiévra un instant, puis s'atténua, s'esquiva dans la traversée de ces prés où passaient des cavaliers vêtus de fer et des messagers en livrée.

— Passons au large.

— As-tu peur ? demanda Élisabeth. Dis, chevalier, que crains-tu ?

Elle ne souriait pas ; son visage était pâle et de ses yeux mi-clos elle semblait observer les oreilles de son cheval. Cependant, la façon qu'elle avait de rejeter ses tresses dans son dos révélait un souci de mériter mieux qu'un regard. Ogier enfonça brièvement ses yeux dans ceux de cette belle garce. « Rien que cela », songeat-il en se riant de la brève image qui lui venait en tête. Certes, Élisabeth eût été heureuse d'être sa chose, même allongée sur un mauvais peautre ou sur une jonchée de paille. Sans Shirton et sans Griselda, peut-être eût-il succombé à la tentation... Mais qu'allait-il penser !

— Je n'ai aucune peur, dit-il résolument. Et si j'étais un couard, le Noiraud, maintenant, guerpirait loin d'Ashby.

— Au moins, Tom aura sa pitance, dit Shirton en s'immisçant dans ce dialogue avec une rudesse qui révélait de la jalousie. Voyez, là-bas, ce palut [1] hérissé de roseaux.

1. Étang, marais.

— Où est-il ? demanda Griselda. Voilà longtemps qu'il nous a quittés.

Tous levèrent les yeux. Le ciel leur parut vide : le balbuzard, sans doute, était allé pêcher.

— Dès qu'il nous reviendra, je le mettrai en cage, décida la fillette.

Les tentes devenaient de plus en plus nombreuses. Au loin, comme issu d'une épaisse chênaie, un grand donjon dressait sa tête couronnée.

— À qui, Jack, cette forteresse ?

— Je l'ignore, Ogier, dit Shirton. C'est la première fois que je viens par ici. Jadis, le château et la contrée appartenaient, je crois, à Roger de Quincy, comte de Winchester. Il a moult guerroyé en Palestine et le prince Jean, qu'on disait sans Terre, prit cette demeure et en disposa comme si elle était sienne... Il y eut sous ce règne un tournoi fameux... ou une joute, je ne sais plus. Un humble chevalier en sortit vainqueur. Il était aimé d'une juive qu'il dédaigna pour épouser une blonde pâle qui ne lui donna pas d'enfants... Elle mourut jeune, il se fit moine... Il s'appelait Ivanhoé...

— Voilà ce qu'il advient des amours contrariées ! ricana Élisabeth.

Ogier eut l'intuition qu'elle leur porterait préjudice. Comment ? Il ne pouvait le deviner, mais ce qu'il pressentait, c'était que ce serait à cause de lui.

Dans un creux de prairie, cinq ou six tentes élevaient leurs cônes trapus, d'un noir verdâtre. Le drap usé qui les constituait, lacéré, çà et là et recousu grossièrement, ne pouvait s'opposer à l'intempérie de l'air, des éléments, des saisons, encore moins aux pestilences.

— Personne, dit Griselda. Mon nez me dit pourquoi. Pas le tien, Ogier ?

— Quelle punaisie ! s'écria Élisabeth.

C'était vrai. Excréments et pissats, tout ce qu'évacuaient les tripes et les vessies humaines semblait avoir roulé, coulé, glué jusqu'en cet endroit par un profond fossé en pente. Il s'élargissait, proche des trefs misérables, en un petit estuaire entouré d'herbes et de joncs. La puanteur de l'eau croupie et des déjections incommodait jusqu'aux chevaux.

— On appelle cela les lieux d'aisances. Pas vrai, Jack ?

— Chez nous aussi, Ogier. Il est bon que l'été soit passé. Nous serions assaillis de mouches... Ma main à couper que c'est ici le logement des prisonniers. De grosses latrines ont été bâties en haut de cette montée. Ils sont chargés de leur entretien quand ils ne font pas autre chose.

— Dormir et sans doute manger dans cette odeur de merde !... Je crois que j'en mourrais...

Griselda se courrouçait. Le rire d'Élisabeth retentit, plus aigu et plus aigre que d'habitude, puisqu'elle se pinçait le nez.

— Holà, ma belle ! Si ces latrines sont en plein vent, tes pauvres malandrins peuvent avoir de bonnes compensations en montant jusqu'à mi-butte.

À nasiller, elle changeait *butte* en *pute*. Shirton grommela. Ogier sentit la menue poitrine de Griselda se gonfler dans un soupir d'ennui ou de réprobation tandis que, par un sentier assez roide, ils repartaient vers le château, respirant amplement pour nettoyer leurs poumons.

Des jouteurs cantonnaient en lisière de la forêt d'Ashby.

— Le chemin partage leur camp, dit Shirton. Traversons-le.

— J'ai grand-peur qu'on nous reconnaisse. Ferris et ses hommes...

— Ne crains rien, Griselda, interrompit Ogier. Je veille et te protège.

Familièrement accordés, du moins en apparence, des

chevaliers aux diverses fortunes avaient élu ce lieu proche des arbres. Il avoisinait un enclos où chaque destrier, roncin, sommier, trouvait ses aises entre deux palissades obturées à l'avant par des fascines soutenant une mangeoire. Devant les tentes, des armures exposées aux médiocres feux du ciel étincelaient ainsi que des épées et des targes. Quatre fèvres installés sur une placette circonscrite par des cordes frappaient le fer sur des petites enclumes dont l'embas, muni d'une pointe carrée, s'enfonçait dans un bloc de bois cerclé. Leurs aides animaient des soufflets en peau de taureau pareils à ceux des orgues. Des fumées courtes et bleutées s'élevaient des foyers. Aux exhalaisons des braises se mêlait la senteur du fer rouge, martelé à grands coups, tapoté, aplani, refroidi un instant dans des baquets d'eau noire, puis réchauffé si nécessaire. À ces tintements et bruits sourds se joignait le miaulement d'un pibroch invisible : sans doute des Escots passés à l'Angleterre étaient-ils venus à Ashby pour y prouver leur force et leur féauté.

Dans cette bruyante affluence, Ogier chercha sans trop d'espoir la grandissime stature d'Hugh Calveley. Aucun des visages qu'il découvrait dans le sillage de Shirton ne retint son attention. Des barons, peut-être des princes passaient soit à pied, soit sur de grands roncins placides. Certains s'arrêtaient pour échanger quelques mots avec un compère.

— Pas de femmes, dit Griselda sur un ton qui semblait rassuré. Le château doit être leur gîte.

Au-delà de ce grouillement d'hommes, un grand pré s'étendait, d'herbe courte, luisante. Il était entouré de barrières blanches hérissées, de loin en loin, d'écoperches ornées de spirales bleues et rouges. Les unes arboraient un gonfanon à leur faîte, les autres — en alternance — la bannière d'Angleterre.

— La lice, dit Shirton. Une double barrière qui forme un grand couloir. Est-ce ainsi chez toi ?

— C'est ainsi... Ce champ est plus vaste que ceux où j'ai fourni des courses.

— Voyez ! dit Griselda. Ce sont des prisonniers qui fauchent la verdure. Tous sont entravés.

— Rien ne t'échappe, grinça Shirton.

Derrière dix ou douze captifs vêtus de sombre brillaient, quasiment immobiles, les mailles et les cuirasses des gardes. Quelques autres, chargés de la protection des clôtures, marchaient le vouge appuyé sur l'épaule, revenant sur leurs pas lorsque bon leur semblait et s'immobilisant parfois pour assister à l'élévation et à l'ajustement d'un élément de tribune. Côté château, ces constructions bordaient toute la longueur de la lice. En face, elles n'en couvraient que la moitié, la plus grande centrée sur la ligne médiane tracée grossièrement à la chaux. Une cinquantaine de manœuvriers participaient à ces travaux en voie d'achèvement. Ceux qui riaient et chantaient étaient des charpentiers d'Angleterre. Leurs aides, appliqués au portage des madriers, chevrons et planches, avaient la démarche lente et soucieuse des vaincus sous surveillance. Ogier se détourna de ces hommes fourbus.

— Tiens, dit-il, surpris, des plumassières !

Elles étaient trois, pareillement vêtues d'écarlate amarante. Sous un dais de gueules et de sinople surmonté, à ses angles, de grosses touffes de queues de paon, elles proposaient aux passants des houppes de pennes d'oie, de cygne ou d'aigle liées par des cordelettes colorées ; des bouquets de faucilles de coq ou d'aigrettes de héron ; des gerbillons de barbes d'autruche assorties de queues de faisan. Les dames s'arrêtaient devant leur étal plus volontiers que les hommes ; certaines discutaient pour obtenir au moindre prix le faisceau luisant et coloré qui ornerait soit leur chapeau, soit le cimier d'un heaume.

— Oyez ces caquetages, dit Élisabeth. Nul besoin qu'elles se plantent au cul toutes ces joliesses pour ressembler à des volailles.

Son acrimonie devenait dangereuse. Elle se délectait à mésuser de mots acerbes et de rires cinglants sans concevoir que Shirton lui-même commençait à s'en lasser.

— Sois quiète, dit-il d'un ton aimable et cependant contristé.

Une fois de plus, mais avec davantage d'instance, Ogier reçut en pleine face le regard de cette femme malade d'une ardeur sans doute inguérissable. Il sentit sourdre en son tréfonds, au lieu de l'agacement coutumier, une fureur dont il fut angoissé. Élisabeth avait dû s'enticher de lui dès leur rencontre. Il avait essayé de la décourager par la douceur, le mépris, l'indifférence. L'échec, en ce moment, se révélait patent. Devait-il lui demander maintenant, au risque de l'indigner, si elle regrettait d'avoir quitté l'officine de Ferris et pourquoi les attentions de l'homme simple et bon qui l'en avait tirée lui devenaient odieuses ? Il rechignait à comprendre cette âpreté, cette persistance dans un désir irrecevable ; ce fourvoiement d'un corps en peine. C'était son droit de souhaiter d'autres étreintes et d'autres pâmoisons, bien qu'elle eût dû s'en montrer dégoûtée. Qu'elle eût jeté sur lui son dévolu et qu'elle n'en démordît pas transformait peu à peu en exécration un ressentiment que Shirton, assoté par ses nocturnes extases, ne pouvait évidemment soupçonner. Jamais — elle aurait dû s'en douter — il ne trahirait son sauveur pas plus qu'il ne bafouerait la vénération que Griselda lui portait.

— Regarde, murmura la fillette. Il y a deux pavillons derrière la plumasserie. Le plus petit ne peut être qu'une réserve ; l'autre, j'en jurerais, doit servir de logis à ces trois femmes pour la durée de la fête.

— Bien vu !... Quel parti comptes-tu tirer de tout cela ?

— Je ne le sais encore.

Ogier sentit que de son nez, de son front, Griselda

touchait son dos avec l'insistance d'un chevreau d'humeur enjouée.

Toute proche de la plumasserie, une boutique enluminée comme un reposoir présentait des guirlandes de jambonneaux et de vessies rebondies par différents pâtés. On pouvait admirer sur l'étal incliné des pains ronds et plats comme des boucliers sarrasins, des pots emplis de miel et de diverses compotes, des boudins enroulés pareils à des couleuvres, des amoncellements de saucissons et saucisses, et des quartiers de viande que le boucher ou son épouse morcelaient à grands coups de feuille ou de hachette sur une bille de chêne où les tranchants creusaient des entailles vermeilles.

— J'ai faim, dit Griselda.

— Suce ton pouce, c'est de ton âge.

Élisabeth, toujours. Quelle tortueuse satisfaction prenait-elle à ce jeu ?

— Je me demande, dit la fillette, comment j'ai fait pour t'aimer chez Ferris.

N'obtenant aucune réponse, elle tourna la tête.

— Jack, dit-elle, as-tu pensé où nous allons coucher ?... Je ne tiens pas à dormir sous un arbre.

— Les prud'hommes seuls et qui n'ont point de chaufferette sont nombreux, il me semble. Tu n'auras que l'embarras du choix... à moins qu'un autre ne se décide.

Ogier n'osa dévisager Élisabeth. Jamais il ne pourrait la résoudre au silence, pas même à la modération. Une sorte d'indolence ajoutait à ses perfidies une douceur affligeante. Shirton la laissait dire. Sa bénignité faisait peine à voir.

— J'ai une idée, dit Griselda.

Tous arrêtèrent leur cheval.

— Pied à terre, dit Shirton. Mettons-nous à l'écart du chemin.

Ils obéirent. Élisabeth souriait, assez fière d'avoir décoché quelques sagettes empoisonnées. Griselda suçait son pouce avec une volupté, une indécence extrêmes. Shirton grattait son nez. Ogier croisa les bras.

— Parle, dit-il.

— Eh bien, dit la fillette en s'adressant à Shirton, ces trois femmes qui vendent des plumes n'ont peut-être pas de protecteurs. Elles ont deux pavillons à garder, plus leur échoppe... Il se peut qu'elles aient leur maison en la cité d'Ashby... et leur mari dedans... et qu'elles souhaitent y passer la nuit plutôt que de dormir sous une toile... Et si elles ne sont pas mariées, c'est mieux encore pour nous...

— *Couette ! Couette !* caqueta Élisabeth. Tu leur envies leur matelas de plumes !

Griselda se domina. Son petit front sourcilleux redevint lisse. Montrant son dos à l'importune, elle continua d'exposer son idée :

— Je vais aller leur parler. Je leur raconterai que nous venons de loin... Blackpool par exemple... Je leur dirai qu'on nous a robé notre tente et nos vêtements... et vos escarcelles, messires...

— Ensuite ? fit Shirton assez peu convaincu.

— Je leur proposerai de veiller, la nuit, sur leurs richesses sans rien leur demander d'autre que l'asile de leur grand pavillon. L'étal est large : vous, les hommes, pourriez coucher dessous. Nous, *elle* et moi...

— Et tu crois que je vais...

— Silence, Lisbeth, dit Shirton. La petite a au moins une idée. Pas toi.

— Elles doivent avoir trois flassardes[1]. Il y en aurait deux pour nous, une pour vous... En y joignant les peaux de mouton...

— Tu es folle ! coupa Élisabeth. Jamais ces trois manantes ne consentiront !

— Je peux essayer, *my love*.

— Tu crois qu'elles auront confiance en ta bonne

1. Couvertures.

mine ? Elles vont te trouver outrageuse et losengière[1]... et te rire au nez comme tu le mérites !

Élisabeth insistait, le regard bas, la voix acide, nullement méprisante, cette fois, mais égayée par des sornettes dont seule une enfant croyait tirer profit.

— Essaie toujours, dit Shirton.

Griselda s'inclina. Ogier la regarda partir d'un pas dansant.

— Pourquoi pas ? dit-il en s'adressant à Shirton.

La fillette aborda la plus joviale des trois femmes et l'entraîna devant les tentes. Elle fit alors de grands mouvements des bras, implora de ses mains appuyées sur son cœur, écrasa de ses doigts des larmes bien venues, hocha la tête aux propos de la plumassière, balaya du tranchant de sa dextre une suspicion injurieuse et enfin s'agenouilla pour baiser un pan du manteau de la dame en prenant toutefois le temps d'adresser un clin d'œil aux compères.

— Gagné ? murmura Ogier.

— Pas encore, dit Élisabeth toute proche.

La plumassière entraînait Griselda vers ses compagnes. Elles acquiescèrent à ce qu'elles entendaient.

— Hé ! Hé ! fit Shirton incapable de traduire autrement son impatience.

Les trois femmes emmenèrent Griselda devant l'échoppe voisine. L'étalière[2] parut intéressée par leurs propos. Cette petite femme rougeaude, visiblement indécise, quoique tentée, glissa quelques mots dans l'oreille de son mari. Cessant de trancher un cuissot de sanglier, il examina Griselda puis jeta un regard vers ces deux hommes et cette femme malheureux mais dignes dans la nécessité. Après quoi, il donna son approbation.

1. Flatteuse.

2. Les mots *charcutier, charcuterie* n'existèrent que cent ans plus tard. Par contre, *boucher, boucherie* et même *étalier* (boucher qui vend à l'étal) avaient cours depuis plus de cent ans.

— Lui aussi, commenta Ogier, préfère dormir sous son toit.

— La petite nous invite à la rejoindre, dit Shirton, admiratif. Viens, Lisbeth. Toi, Ogier, garde les chevaux et n'oublie pas que moins tu parleras, mieux cela vaudra.

Il suffisait de prendre un air béat. Rien n'était plus aisé en l'occurrence.

— Le gîte et le couvert assurés, dit Shirton, repu, en étouffant un rot. Cette nuit, Ogier et moi nous remplacerons l'un l'autre. Il vaut mieux veiller sur des plumes et des saucisses que derrière des merlons.

— Je ne croyais pas, Griselda, que tu gagnerais la partie.

— Ni moi, Ogier, dit la fillette.

Trois ou quatre toises les séparaient de leurs chevaux liés à des arbres. Assis dans l'herbe derrière les tentes, invisibles ou presque aux regards des passants, ils achevaient un repas substantiel. Ogier demeurait encore émerveillé par la façon franche et cauteleuse dont Griselda les avait tirés du besoin. Cette réussite inespérée, presque prodigieuse, semblait avoir contristé Élisabeth. Son manque d'appétit celait une menace, un dépit lancinant. Et quoi encore ? Soudain, elle s'exprima :

— Que ferons-nous dimanche soir, quand les liesses seront achevées ? Où irons-nous si Calveley ne s'est pas montré ? À Bunbury une nouvelle fois ?

— Comment décider maintenant, Lisbeth ? fit Shirton, morose.

À travers les rameaux d'osier, il donnait à Tom, parfois, de menus morceaux de saucisse. L'oiseau les avalait avec moins de hâte et de plaisir que du blanc de poisson.

— C'est bien qu'il nous ait retrouvés, dit Griselda. Il pourra supporter cinq jours de geôle.

— J'en suis moins sûr que toi, dit Ogier. Il faudrait en profiter pour le reboucher[1] : la manche dextre de mon pourpoint va se détacher de l'épaule, et mon chaperon...

— Je sais, dit Shirton. Il nous faut demeurer ainsi jusqu'à dimanche. Le délit de mendicité nous ferait jeter je ne sais où, peut-être en ce val merdeux où nous nous sommes égarés... Nous devons attendre et espérer.

— Je recoudrai ta manche, dit Griselda.

— Attendre ! Encore attendre ! grommela Élisabeth... *Elles* sont mariées ?

Elle s'était tournée vers les tentes des plumassières. On voyait, au-dessus, frémir les quatre bouquets de plumes de paon de leur étal et l'on entendait des voix et des rires de femmes.

— Est-ce que je sais ! dit Griselda. Norah, la brune, semble commander aux autres : Mary et Sarah. Mariées ou pas... ou veuves, que veux-tu que cela nous fasse ?

Et comme Shirton s'éloignait vers les chevaux :

— Crains-tu qu'une des trois te le prenne ?... À moins que tu ne le souhaites pour avoir tes aises !

Sans que rien de déplaisant ne se fût passé à son égard, Élisabeth avait conçu de l'humeur envers ces femmes, outrant ses gestes, attisant les regards qu'elle leur lançait d'une sorte de supériorité dont elles ne s'étaient pas aperçues, trop occupées à vendre leurs merveilles et à paroler avec leur clientèle.

— Je ne te comprends pas, reprocha Griselda. Elles sont bonnes, avenantes. Tu les as regardées comme du haut du donjon de Brackley... Pas vrai, Ogier ?

— Hélas !

Si feutré qu'il eût été, cet acquiescement piqua Élisabeth comme un aiguillon de feu. Elle sursauta ; des

1. *Reboucher* un oiseau de proie : lui rogner les ongles.

jurons sourds, des imprécations mystérieuses roulèrent de l'arrière-gorge dans sa poitrine haletante. Soudain, elle bêla : *« Ogier ! Ogier ! Ogier ! »* Puis pleurnicha *« Ogier ! Ogier ! »* sans parvenir à offenser la fillette qu'elle crut *achever* par un bruyant éclat de rire :

— Ah ! ce preux chevalier ! Ce parfait chevalier !... N'as-tu pas vu comment il épiait Norah ?... Nue sous son regard, la belle plumassière !

Penchée sur Griselda, Élisabeth semblait prête à la mordre. Tombant d'un arbre au-dessus d'elle, une ombre projetait un voile noir sur sa tête. Ogier n'y voyait qu'un œil incandescent pareil à celui d'un chat prêt à bondir, toutes griffes affûtées.

— La bonne Norah !... Demande-lui s'il n'a pas envie de forniquer avec elle plutôt qu'avec toi ?... Demande-lui si...

Interrompue par une gorgée de bile, sans doute, l'invective ne gagnait rien à s'achever ainsi. Elle signifiait cependant que la pernicieuse ardeur d'Élisabeth avait fait un nouveau progrès. Griselda souriait tandis qu'Ogier *voyait* les plumassières : trois femmes nullement désagréables, probablement en état de diète amoureuse et qui se réjouissaient, non pas de la présence de deux hommes, mais de celles de deux protecteurs. Certes, il avait deviné de beaux appas sous les manteaux amarante ; des seins fermes, des bras pleins, des cuisses charnues. Deux blondes — Sarah et Mary — et une brune ; toutes aimables sous leur coiffe en forme de citrouille comme celles des califes d'Arabie.

« Ce n'est pas », se dit-il, « en besognant l'une ou l'autre de ces créatures que je me revancherai des Anglais ! »

Depuis le commencement de l'algarade, une surexcitation singulière fouettait son sang. Toutes ces femmes lui échauffaient les reins et la tête.

— Je vous préviens, Lisbeth, dit-il, debout, en menaçant de sa main l'insensée. Ah ! je vous en préviens ! Si vous continuez, même devant Jack, je relèverai votre robe et vous fesserai durement !

Griselda s'immisça entre eux avec fougue et autorité :

— Renonce ! Renonce, Ogier !... *Goddam !* ne trousse pas sa robe. Ne sais-tu pas que c'est son plus cher désir, même si tu cognes ?

Il voulut repousser l'enfant mais prompte, véhémente, elle lui fit front, se hissa sur ses orteils et le baisa sur la bouche.

Des nuages emmitouflaient la lune.

— Il pleuvra demain, prophétisa Shirton.

Assis sur un banc appartenant aux plumassières depuis longtemps reparties au village, le dos contre l'étal vide, il disait de loin en loin quelques mots sans souci qu'Ogier lui répondît. Devant eux, les ténèbres et les clartés des torches et des rôtisseries se disputaient la campagne. Certains feux s'animaient et dansaient, illuminant parfois les dentelures imprécises des tentes. Des chevaux hennissaient à pleins naseaux comme pour exiger du silence, mais le bourdonnement continuait avec ses fièvres et ses bonaces traversées de gros rires et d'ovations rayés par de fugitifs cris de femmes.

Sur sa motte, de l'autre côté du chemin, le château d'Ashby retentissait de chansons, d'airs de violes, citoles et tambourins. Les couinements d'un *bagpipe* vinrent s'y ajouter. Après les avoir écoutés, Shirton déclara qu'il s'agissait d'un instrument du Northumberland, plus criard que des pibrochs écossais et irlandais.

— Cette nuit, dit-il, nous ne dormirons guère. Les femmes si... Quelle bonne chance qu'elles aient chacune un gîte : Élisabeth les viandes, l'autre les plumes.

Sous les chênes, des ombres flânaient, annoncées de

loin par des tintements d'éperons : seigneurs solitaires et titubants, couples rieurs ou silencieux, serrés, énamourés. Un cavalier passa puis, la hampe sur l'épaule, une décurie de guisarmiers sema sur le gravier un bruissement de semelles.

— Ils s'en vont relever les gardes du champ clos.

— À moins que ce ne soit les geôliers du vallon.

Ogier se leva, étira ses membres las. Trouant les moutonnements du ciel, un rayon tomba sur l'étang. L'eau morte s'aviva et prit des brillances nacrées.

— Tom est quiet... Il ne remue pas... Demain, quand il sentira l'eau, il sera iré contre toi, Jack... Contre nous. Mais il faut tenir bon.

— Je sais. Je sais...

Cette nuit pleine de feux, de reflets et de bruits convenait à Ogier. Griselda dormait-elle ? Et l'ancienne Morgane ? Elle avait préféré le logis des étaliers à celui des plumassières. Pour le moment, Shirton semblait avoir renoncé à la rejoindre.

« Quand elle en sortira demain », songea Ogier, « elle sentira la cochonnaille... Avec toutes ces saucisses, elle a de quoi épuiser ses ardeurs ! »

Cette vie, ces relents de joyeuseté autour de lui, l'étourdissaient un brin. Il se sentait à la fois seul, extrêmement seul, et vulnérable — pour peu qu'il commît une imprudence. De combien de pièges et d'errements demain serait-il fait ?

Le brouillard se levait. Sur le fond des ténèbres blêmies par ces vapeurs encore légères, le château se désenluminait. Les rires des derniers invités, dont certains portaient des flambeaux, avaient une sécheresse inconcevable.

— C'est peut-être le roi qui s'en va, dit Shirton.

— Le roi !... S'il m'avait reconnu, j'étais un homme mort.

— Ils s'en vont de l'autre côté. Quelle idée d'aller coucher sous sa pyramide alors que les châtelains ont dû lui faire apprêter une chambre !

— Peut-être, dit Griselda, frileusement engoncée dans son manteau, sire Édouard est-il attendu, là-bas, par une Égyptienne !

Levant la tête, Ogier rencontra le regard posé sur lui pour trouver, dans sa lumière, cette interrogation qu'il se refusait à comprendre.

— Tu devrais dormir, reprocha-t-il doucement alors que Shirton s'enfonçait dans l'ombre.

— Je ne le puis... Tom non plus.

— C'est miracle qu'il nous ait retrouvés.

— As-tu vu comme il aime la saucisse et le lard ?

Ils rirent en silence. Ainsi tout était simple.

— Veille bien sur lui, Griselda. Qu'il ne lui arrive pas malheur.

— J'y veillerai soigneusement puisque tu me le demandes.

Elle était si proche qu'Ogier sentait sa bouche contre son oreille mutilée.

— Je voudrais te voir jouter, dit-elle.

— Je ne suis plus rien, Griselda. Et même si je le pouvais, je serais défait dès ma première course, faute d'avoir empoigné une lance depuis un an. Mais à l'épée, je saurais encore tenir mon rang.

Il n'était jamais à l'aise auprès de Griselda. Il se sentait inclus dans un monde tellement adulte et juvénile à la fois qu'il s'emberlicoquait même dans ses propos. Il l'aimait comme un frère et la plaignait comme un homme ; il eût voulu la rendre heureuse autrement que par ce qu'elle espérait ce soir encore.

Il se leva. Il avait besoin de se mouvoir, mais seul.

— Où vas-tu ? demanda-t-elle.

— Quelques pas seulement, dit-il. Non, reste là.

Shirton abandonna les ténèbres. Il rajustait son haut-de-chausses.

— Ne t'écarte pas trop.

Le conseil était inutile ; il émanait d'une amitié certaine. Ogier, cependant, ne fit aucun geste d'assentiment. S'il s'éloignait, c'était surtout par la pensée. À des centaines de lieues d'Ashby.

La nuit froidissait, devenait grise, humide. Était-ce elle ou lui qui distillait tant de mélancolie ? Alors qu'il trébuchait sur une grosse pierre, ses jambes lui parurent aussi lourdes que lorsqu'il les grevait de fer. Les chants et les hurlements alternés, lointains, interminables, rendaient son désœuvrement pathétique. Des chênes floconneux, parfois, une feuille tombait, tournoyait, papillon noir qui touchait ses congénères avec un petit cliquetis, un froissement qu'absorbait le feutre du sol.

Quelque chose craqua. Une branchette. Il y eut ensuite un glissement dans l'herbe haute.

Ogier se retourna et ne vit rien.

Il s'apprêtait à rejoindre ses compagnons quand une ombre qui s'était dissimulée derrière une haie courut à sa rencontre, les bras avancés, la chevelure dénouée.

— Oui, c'est moi.

Élisabeth était si proche de lui qu'il pouvait voir ses yeux étincelants comme des bossettes d'orfroi, sa lèvre boudeuse, son front aussi clair que ses dents : elle lui souriait de ce sourire faux et appuyé dont elle avait appris l'usage chez Ferris — à moins qu'il ne fût l'imitation de celui qui naguère, à Winslow, alors qu'elle était épouse et mère, avait subjugué Shirton.

— Je vous ai attendu...

De son air le plus innocent, Ogier répondit qu'il s'en doutait.

— Il le fallait. Je ne veux pas que vous me jugiez mal.

Elle s'efforçait à la bénignité, mais l'acrimonie attachée à sa personne subsistait sans qu'elle en eût conscience.

— Vous devriez dormir, dit-il en reculant. Les prochaines journées vont nous fatiguer. Nous devrons disposer de toutes nos ressources.

À quoi bon ajouter : « esprit et corps ». Elle avait compris. Elle s'approcha :

— Depuis que nous avons fui Brackley, je veux... vous congratuler pour votre vaillance.

— Vaillance ? s'étonna-t-il.

Aucune hardiesse n'avait commandé à ses mouvements. Rien n'avait été plus naturel que son comportement dans cette affaire. S'il avait hésité à délivrer Griselda des contraintes d'un Ferris, c'était que leur fuite risquait d'en être contrariée. Mais elle pesait si peu, elle était si pitoyable, cette enfant, qu'il avait encore, parfois, du remords pour un atermoiement indigne.

— Je n'ai fait preuve d'aucune vaillance, Élisabeth. Shirton m'a sauvé la vie ; il avait besoin de mon aide : en participant à votre sauvement, j'ai accompli un devoir d'amitié.

— Vous voilà quitte et libre envers lui.

— Nullement.

Si parfois il s'était trouvé à l'aise avec cette femme, il ne le serait jamais plus : il se sentirait en continuel état d'accusation pour son indifférence et pis encore : son aversion.

— Partons, Ogier ! Laissons-les... Je vous aiderai à fuir ! Je me sens faite pour vous... Je serai tout ce que vous voudrez.

Pourquoi ces paroles si simples, chuchotées les lèvres offertes, avaient-elles cette force, cette lascivité surtout, à laquelle il ne pouvait qu'être sensible en l'état d'abstinence où il se trouvait ?

— Je sais vos sentiments et j'en suis honoré... Toutefois...

Il s'interrompit ayant perçu, tandis qu'il entamait cette réserve, une sorte de heurt dans son cœur, et dans sa gorge un serrement douloureux — comme si ses sens engourdis s'éveillaient et lui enjoignaient de se rendre.

Il pouvait satisfaire Élisabeth en hâte et se purger les entrailles. L'écharde d'un remords lui perça la poitrine lorsqu'il imagina la déception muette de Griselda et l'amertume de Shirton.

— Partez, Lisbeth, dit-il doucement.

Il fallait immédiatement que les ténèbres l'engloutissent.

— Shirton est un homme de cœur. Il mérite votre dévouement.

— J'ai payé ma dette envers lui. On peut être homme de cœur et n'être pas aimé.

Elle jouait sur les mots, le ton ardent, le souffle d'autant plus précipité qu'elle se confinait dans un chuchotement peu compatible avec sa nature. Pressentant qu'elle allait se jeter contre lui, Ogier recula encore.

— Une fois seulement, l'implora-t-elle. *Il* n'en saura rien... ni *elle*.

Ogier balança entre deux expédients : le refus brutal assorti de regrets, les propos aimables et mensongers. Un troisième lui vint à l'esprit, un argument irrécusable : celui de la fidélité.

— Je ne puis trahir Jack. Même si je vous aimais, je n'y consentirais pas.

Elle cossa comme un bélier qui s'apprête à la charge.

— Et si je criais ? Si je lui disais que j'ai eu besoin de sortir et que vous m'avez voulu violer ?

Plus qu'à de molles remontrances, Ogier se sentit enclin à des cruautés qu'il jugula pour ne point envenimer un incident suffisamment frelaté :

— *Morgane*, chez Ferris vous m'avez fait pitié. J'étais sûr que Jack ferait votre bonheur. J'étais sûr que vos sentiments pour lui fleuraient l'amour ou la reconnaissance qui, parfois, y conduit... Ce dont je suis sûr, maintenant, c'est qu'à vous entêter de moi...

— Regarde... Je voudrais que tu m'amignardes.

Revenant au tutoiement, elle retroussa son manteau et sa robe jusqu'aux hanches et se tint immobile, à deux pas, courageuse et pantelante comme toutes celles qui, à Gratot, s'étaient offertes — avant son mariage.

La soudaineté de leur hardiesse lui avait coupé le souffle plus encore que la révélation de leur lascivité. Elles n'obéissaient point, cependant, à l'espèce d'orgueil plaintif et sauvage qui, ce soir, animait Élisabeth. Ce désir insensé de l'étreindre apparaissait comme dépourvu des qualités de gratitude et de vénération dont l'*amour* de Griselda pouvait se prévaloir. Il le rejetait pour ce qu'il avait d'impudent et d'ordinaire.

— Qu'attends-tu ? Que je refroidisse ? Couchons-nous sur ce manteau...

Rien ne consumerait cette avidité entachée d'amertume. La violence innée d'Élisabeth se faisait d'autant plus agressive qu'elle le savait trop honnête pour la dénoncer à Shirton. Et c'était une tristesse infinie qui l'envahissait, lui, tandis que sans parler, avec la plus parfaite aisance, elle ôtait sa robe par le haut.

— Attends !... Ne t'en va pas.

Ses seins, soulevés au passage du collier d'étoffe, retombèrent, charnus et oblongs, plus gros qu'il ne les avait imaginés. Quant au reste, elle avait pu tancer Griselda pour son indécence !

— Regarde !... Es-tu un saint ? Un émasculé ?... Un homme à hommes comme Édouard II ?

Il n'avait plus affaire à la compagne ombrageuse et libre dont Shirton se montrait fier le jour et gourmand la nuit, mais à une créature qui savait livrer sa peau d'ambre et de lait à moult examens et sentences, et consentir, ensuite, aux pires exigences avec ce sourire tellement faux, malgré sa douceur présente, qu'il en détourna les yeux, honteux qu'elle le lui eût adressé.

Un saint, lui ? S'il n'en était pas un, elle était, elle, une putoise, une gore, une souille... Tout ! La métamorphose espérée tout au long du cheminement vers Bunbury, puis vers Ashby, serait manifestement impossible. Shirton, qui avait dû la souhaiter aussi, en avait-il pris conscience ?

— Viens donc.

Ogier répondit d'un mouvement de tête.

— Je suis un sot, dit-il en souriant. Mais que vaudrait l'amitié sans certains sacrifices ? Il m'en coûte de te voir ainsi sans te toucher. Cela devrait te satisfaire.

Le froid devait l'assaillir de toutes parts. Pourtant, elle se coucha dans l'herbe et s'y roula comme une pouliche afin qu'il la vît toute. Elle était belle, assurément ; au faîte d'une maturité attrayante, excitante et, considérant ses appas, Ogier sentit sourdre en lui un vertige où la raison fléchissait devant une curiosité farouche. Mais un petit spectre s'approchait, qui lui aussi retroussait son manteau et son suaire — pas plus haut que les chevilles.

— Si Jack vous trouvait ainsi !

Il fallait que Griselda eût Shirton en bien grande estime pour en parler avec cette ferveur sur laquelle sa surprise et son dégoût ne versaient aucun acide. Ogier se sentit effleuré d'un regard terne, indifférent, cependant que, les bras croisés sur ses menus et invisibles tétons, la fillette considérait Élisabeth à terre, tâtonnant pour retrouver sa robe. La fureur lui tirait des grognements de bête blessée dont Griselda se délectait peut-être.

— Tu devrais, m'amie, te couvrir davantage. Tu brûles et te consumes pour notre chevalier. Un chaud et froid et tu t'en vas de la poitrine !

Élisabeth se leva d'un bond, repoussa l'importune et revêtit sa robe. Quand sa tête apparut hors de l'encolure, Griselda exhala un soupir bruyant :

— C'est mieux ainsi... Tiens, Lisbeth, ton manteau.

Ses petits yeux profonds cillèrent. Ogier les trouva plus brillants que de coutume. Un effet de la lune, sans doute.

Élisabeth, ivre de rage, s'éloigna en trébuchant. Quand elle eut disparu, la fillette recouvra sa nature : quelques petites perles sonores tintèrent aux oreilles d'Ogier.

— Elle t'a dit : *une fois*, mais c'est une gloutonne.

— Comment le sais-tu ?

— Oublierais-tu ses premières nuits avec Jack ?

Ogier prit l'enfant par l'épaule :

— Ne sois pas trop méchante. C'est tout de même Élisabeth qui a voulu que je t'emmène.

— Elle n'est pas dépourvue de bons sentiments, mais l'amour, tu le sais, fait d'un sang du vinaigre... S'amourer pour quelqu'un, c'est se tourmenter pour lui... Ce n'est tout de même pas à moi de te l'apprendre !

Ogier découvrait une nouvelle Griselda ; plus petite, nu-pieds, mais plus grande ô combien, par ce discernement acquis au cours d'aventures dont il ne voulait rien savoir.

— Je ne m'attendais pas à la découvrir devant moi. J'avais besoin d'être seul.

— C'est elle, par ma foi, qui s'est moult découverte !... Tu voulais être seul pour penser à ta femme ?

C'était dit sans moquerie ni jalousie, avec une compassion sincère. Il convenait de répondre franchement :

— Pas seulement à elle, Griselda... Je voulais penser à notre enfant... Est-ce un garçon ou une fille ?

— Serais-tu contrarié que ce soit une fille ?

— Non : ce serait la volonté de Dieu... Je pensais aussi à mon père, à ma sœur et à Thierry, son époux... À mon cheval et à mon chien.

— Je sais que Saladin a la couleur de l'ambre et un croissant de poils blancs sur la tête... J'aurais dû te mettre en garde contre Lisbeth.

— Crois-tu, m'amie, que sans ton apparition, j'aurais fini par succomber ?

Griselda de nouveau fit entendre son rire :

— Tu m'en as semblé bien près... Je t'aurais détesté... Pas pour la fornication mais pour ta trahison : Jack est ton ami. Ce qu'il a déjà fait pour toi, aucun Franklin peut-être ne le ferait. Un jour, quand tu t'y attendras le moins, ses leçons au *long bow* empêcheront ta mort. Cela se passera sans doute en Bretagne ou en Normandie... Et moi...

— Et toi ?

— Je serai morte.

Ogier vit une perle tomber de l'œil de Griselda. Comment pourrait-il la guérir de cette prémonition funèbre ?

— Ne parle pas ainsi. Tu vivras...

Il la serra contre lui, subissant envers ce brin de femme une attirance qui n'avait ni mot ni limite. Il était obligé de l'admirer comme une grande personne, une dame ; mais le lui eût-il dit qu'elle se fût indignée.

— Un jour, dans une semaine, dans un mois — je ne sais —, tu rencontreras un gars de ton âge et ta vie, grâce à lui, deviendra meilleure.

« Des sornes ! » devait-elle se dire. Elle lui serrait la taille, appuyait sa nuque sur son épaule. Elle tremblait d'un émoi qui le rendait heureux tandis qu'une image insidieuse pénétrait ses pensées : Élisabeth éplorée de fureur sur sa couche.

— Vivre auprès de toi, Ogier, m'a fait oublier moult choses... Et mourir, c'est oublier tout.

Ce n'étaient point des paroles vaines, en l'occurrence.

— Si nous étions, dit-il, plus unis que nous ne le sommes, le respect se serait avili entre nous. Notre amitié flamboie comme un grand feu. Nous y brûlons nos déceptions et nous y réchauffons nos âmes.

Il lui retirait toute espérance.

Confronté, ce soir, à l'impudeur d'Élisabeth et à la constance de Griselda, il mesurait quels ravages il avait involontairement commis dans ces deux cœurs dissemblables.

— Viens, Griselda, dit-il. Nous ferons de beaux rêves. C'est tout ce qui nous est permis.

## VI

L'aurore incendiait des lambeaux de nuées. Un marteau quelque part tapa sur une enclume et, d'une église lointaine, une cloche répondit.

Les paupières lourdes et la chair transie, Ogier quitta le gîte des plumassières. D'un pas vif, sans se retourner, assuré de n'y rencontrer personne, il marcha en direction de l'étang. Il avait grand-hâte de se sentir seul et de se nettoyer l'âme et le corps.

Quelques feuilles bruissaient, emperlées de brumaille. Les logements et le château dormaient encore, ensevelis dans les vapeurs exhalées par les arbres, les herbes, les buissons et la vaste étendue d'eau tranquille.

Parvenu sur la rive, Ogier découvrit aisément une sente déclive. Se frayant une voie parmi des roseaux déjetés, rompus, aplatis par des passages d'hommes et de chevaux, il atteignit une aire plane et sablonneuse criblée d'empreintes — fers et semelles. L'onde clapotante venait s'alanguir dans cette petite anse étranglée par des éboulis empêtrés de ronces.

Après avoir boulé ses vêtements, Ogier de ses orteils toucha des vaguelettes puis, résolument, avança. Des graviers gluants sous ses pieds s'enfoncèrent tandis que la froidure de l'eau lui faisait presque oublier son odeur âcre et rance. Il tressaillit quand un long fuseau brun serpenta entre ses mollets. Une anguille. Tom l'aurait vue avant lui.

Alors qu'il s'habillait, songeant au balbuzard, quelque chose de gris effleura son épaule sans daigner s'y appesantir.

« C'est lui ! C'est Tom !... Jack l'a-t-il donc délivré ? »

Le rapace plongea. Une espèce d'œil immense cligna sur la surface miroitante et fit trembler comme de grands cils gris quelques-uns des roseaux déployés sur la rive. Puis Tom réapparut, s'éleva d'un coup d'aile : un poisson brillait dans son bec.

« Il s'enfuit et va s'ébattre dans cette friche ! »

Ogier fit quelques pas pour rejoindre l'oiseau.

— Tom !... Tom !

Le fugitif réapparut. Laissant choir son butin, il partit s'agriffer à la branche d'un charme d'où son regard faussement somnolent tomba sur l'empêcheur.

— Que fais-tu là ? Est-ce Jack qui t'a ouvert ?

Cessant de cligner ses paupières de spectre, le rapace concentra son attention sur l'étang ; ses pupilles immobiles percèrent la nappe d'eau avec la même vigueur que ses griffes pénétraient la bourre des épaules et les replis des chaperons.

— Viens ! Ce n'est pas un jour de basse volerie.

Bravant l'étreinte des serres, Ogier tendait son poing. Tom s'ébouriffa et frémit. Il eut, en même temps qu'un cri réprobateur, une sorte d'épanouissement de tout son être. Après s'être secoué, il s'éleva d'un vigoureux coup d'aile. Ses pattes râtelèrent les cheveux du garçon dont un nouvel appel fut inutile. Dominant l'étang gris de trois ou quatre toises, il se hissa dans l'air avec la force d'un nageur brassant à contre-courant avant de planer très haut, souple et silencieux, jouant de temps en temps de ses longs membres dont la mollesse fallacieuse enchanta Ogier, une fois de plus.

— Reviens !

C'était perdre sa peine : Tom n'obéissait plus. Son séjour dans la cage lui avait redonné le goût de l'immensité. Il se revanchait d'une humiliation imméritée.

— Garde-toi des sagettes !

Tom poussa un cri aigu : « *Kik ! Kik !* » cherchant dans les nuages une brèche bleutée. N'en trouvant pas, il traça des orbes de plus en plus grands, montant et descendant selon les souflles du vent et s'appuyant parfois dessus à lents et vigoureux coups d'aile.

— Allons, viens !

Brusquement le vol de l'oiseau s'abaissa. Il tomba comme une pierre de fronde dans l'eau et ricocha à sa surface. « *Kik ! Kik ! Kik !* » Il jubilait de désobéir. Soudain, ses grandes manches de plumes rentrées, le cou tendu, il alla crocheter une vague brillante, disparut comme dans une trappe et ressortit à grands coups de rames, toutes ses plumes ventrales argentées de perlettes.

« *Kaïk !... Kaïk !... Kaïk !* »

Il semblait célébrer son émancipation.

— Viens !... Tu n'as rien pris !

Le rapace disparut sans cesser de crier son plaisir.

Espérant sentir sur son épaule ou sur son chaperon enfin remis une prise, Ogier rebroussa chemin.

Des bruits s'élevaient. Des formes se mouvaient hors du sentier de viornes et de bouleaux malingres dans lequel il s'était engagé. Les épaisses rayures des troncs crayeux contrastaient avec la grise et tortueuse épaisseur des arbres en partie défeuillés. L'air s'imprégnait encore de l'odeur de l'étang, presque pareille à celle des buis de Rechignac et de Gratot, senteur funèbre que vinrent absorber des fumets de viandes rôties.

« Jack est fou d'avoir libéré Tom !... Je le lui dirai ! Il ne sait plus ce qu'il fait... Élisabeth l'a déhaité[1] ! »

Il hâta le pas sans trop savoir pourquoi, glissant sur des pelures de légumes et des abattis de moutons et de

1. Rendu malade. De *haité* : bien portant.

volailles, jetés là par des queux et des serviteurs sans scrupule.

Il évita une levée de tentes grises, inégales, enfouies en contrebas. Trapues, rapiécées, imparfaitement rondes, elles semblaient des champignons énormes et vénéneux. Sur des fils tendus entre les arbres, des linges pendaient, révélant des médiocrités assemblées.

« Des chevaliers d'aventure. »

Une venelle buissonneuse et déclive conduisait à une sorte d'enclos où, éloignés les uns des autres afin de pouvoir ruer sans dommage, six roncins sabotaient en attendant leur pitance.

Des hommes s'habillaient en riant. L'un d'eux, nu et pâle comme une statue païenne, renversa un chaudron plein d'eau sur sa tête et frotta sa poitrine velue :

— Eh toi, manant !... Viens me sécher !

Un Français. Un félon.

— Es-tu sourd ?... Faut-il donc que je te parle anglais ?

Ogier courut, traînant des rires et des injures dans son sillage.

« Ils se gabent de moi, et tout ce que je puis faire, c'est fuir comme une fille ou un malandrin ! »

L'échoppe des plumassières lui fit l'effet d'un havre où nul ne le viendrait inquiéter. Réunies côte à côte devant leur étal vide, elles assistaient à une querelle entre Shirton et Élisabeth, que Griselda, debout sur une grosse pierre, se gardait bien d'arbitrer.

Élisabeth riait. Le plus sec et le plus méchant rire qui, jusque-là, fût sorti de sa gorge.

— Oui : je lui ai ouvert !... Griselda, je sais bien, m'en aurait empêchée, mais elle dormait.

— Pourquoi ? Pourquoi ?

Shirton avait saisi sa compagne aux épaules. Ses yeux, d'ordinaire limpides, s'engluaient de larmes contenues. Larmes de rage. Sa voix s'était rompue : les mots passaient mal dans sa bouche, comme si sa langue s'était racornie.

— Donne-moi ta raison, *goddam* !

À chaque secousse, l'épaisse crinière d'Élisabeth s'échevelait davantage et son contentement d'avoir provoqué cette colère d'homme outragé apparaissait dans son rire.

— Parle !... Que t'ai-je fait ? Pourquoi t'en es-tu prise à Tom ? Tu sais combien j'y tiens !... Combien nous l'aimons tous !

Cette force à laquelle Élisabeth avait cédé n'était autre que la séduction du mal. L'attrait d'une délectation différente de celles que Shirton avait cru lui procurer jusqu'à ce jour l'avait poussée à commettre cette méchanceté qui, partout ailleurs qu'à Ashby, eût été sans gravité. Griselda demeurait immobile et pensive. Elle avait pitié de Shirton plus qu'il n'avait jamais eu pitié d'elle. Elle lui en voulait aussi, sans doute, d'avoir manqué de discernement. Quant à Élisabeth, elle eût aimé la voir se dissoudre sous ses regards.

Ogier vit sans surprise la bouche d'Élisabeth s'avancer pour une moue assez brève où le dédain l'emportait sur une compassion due à un reste de gratitude.

— Je ne t'aime pas, Jack. J'ai essayé, puis je te l'ai fait accroire. Je me repens de ces faussetés. Je veux bien demeurer près de toi le jour, loin de toi la nuit... Il fallait que tu le saches... Oui, je veux bien rester si tu me laisses en paix.

Le courroux de Shirton tomba tandis qu'un murmure des plumassières révélait leur stupeur et leur indignation. Shirton n'eut cure de leur jugement.

— Holà ! dit-il les bras écartés comme pour recevoir l'insensée sur sa poitrine. Tu t'es vengée d'une déception que j'ignore en t'en prenant à Tom. Tu sais pourtant que les archers qui rallieront Ashby dès ce matin berseront[1] tout ce qui vole pour prouver leur habileté ! Si peu que Tom insiste à ne pas nous rejoindre, il mourra. Et tu me parles, tu *nous* parles de res-

1. Berser : tirer à l'arc.

ter ! Comment pourrions-nous t'accepter parmi nous ?... Il vaut mieux que tu partes. Ta vue, d'ailleurs, me répugne... Va-t'en ! Va-t'en !

Élisabeth chancela, cinglée par cette injonction. Elle étreignit l'archer avec autant de vigueur, sans doute, que lors de leurs premières nuits communes. Sans doute aussi réalisait-elle que, perdant l'affection et la protection de cet homme bon et généreux, elle redevenait, dans l'immédiat, la proie d'un maquereau à la traque, pire peut-être que Ferris : quelques-uns devaient vaguer dans Ashby, puisqu'il avait des ribaudes.

— Non ! gémit-elle en simulant le désespoir. Ton jeu ? Ton jeu de l'arc avec cet arrosoir...

— Norah ou Sarah ou Mary nous aideront.

— Pardonne-moi, Jack !... Je t'en conjure.

La large bouche aux dents très blanches s'était pincée. Sur quoi ? Une supplication ultime ? Des sanglots ? Griselda, écœurée, leva les yeux au ciel.

— Garde-moi si Tom revient ! Je veillerai sur lui... Je ferai ce que tu voudras... *Or tell me you hate me* [1] *!*

Ogier fut frappé par la tristesse soudain répandue sur la face blême de Shirton. Ses joues s'étaient creusées ; trois grosses rides bourrelaient son front. Une lassitude infinie pesait sur ses épaules qui se dérobèrent presque sauvagement aux mains d'Élisabeth.

— Tu m'as contraint à te détester. Crois-moi : je n'ai pas les yeux sous mon chaperon quand il fait jour... et dès la nuit, j'ai meilleure vue qu'une chouette.

Il l'avait donc suivie de loin. Avait-il assisté à tout ? Était-il reparti, enragé de désespoir et de honte, avant l'apparition de Griselda, ou bien était-ce lui qui l'avait envoyée ? Il regardait Élisabeth comme jamais il ne l'avait regardée, non plus en la caressant des yeux, mais en perçant ceux qui l'interrogeaient avec une

1. Ou dis-moi que tu me détestes.

angoisse terrible et en cherchant et trouvant les défauts de ce visage d'où la grâce, d'un coup, se détériorait.

— Pardonne-moi !

— Pour Tom ou pour *le reste* ?

La violence de leurs premières étreintes n'avait-elle été qu'une sorte de complicité forcenée, sans aucun sentiment qui les eût ennoblies ? En tout cas, une sorte de passion semblait se rallumer chez Élisabeth alors même qu'elle s'éteignait chez Shirton. Griselda s'en aperçut.

— Pardonne, Jack !... Après tout, tu le sais, elle n'a rien fait de mal... Tom va nous revenir... J'en suis sûre... Demeurez ensemble... Oubliez !

Shirton se détourna vers la fillette :

— Après tout ce qu'elle m'a dit ?

Dans la fixité de ses mâchoires, dans ses joues dures, immobiles, hérissées des piquants d'une barbe en friche, la fillette put lire une condamnation furibonde que nulle plaidoirie ne pourrait plus fléchir. L'approbation qu'elle crut trouver dans le regard ennuyé d'Ogier suffit à la récompenser de sa peine.

— Va-t'en, Lisbeth ! Va-t'en !... Toi, *good friend*, demeure : au moins tu m'es fidèle et cela me console.

En signifiant sa décision à tous, Shirton avait rougi. Ogier devina quelle maîtrise il lui fallait pour mater son emportement et se composer un visage sans inimitié pour personne. Élisabeth ne disait mot. Négligeant Griselda qui l'avait secourue, elle posait alternativement sur les deux hommes un regard fier et sagace d'ennemie. Ogier redouta qu'elle n'allât le livrer au premier sergent venu, et n'accablât Shirton de quelque accusation abominable, évidemment mensongère. Cette crainte devint une certitude quand il vit renaître le sourire d'Élisabeth, son regard hautain, son port de tête, et jusqu'à la façon de le toiser comme un coupable.

— Je ne saurais vous condamner, dit-il. Pourquoi avez-vous...

Il réprouva la voix qu'il avait prise : une voix doucereuse, mais sincère, quand bien même elle parût manquer de naturel. Élisabeth ne put réprimer un mouvement de recul, comme s'il empestait ; comme si, parvenu à proximité de son corps, de son visage, il allait la contaminer. Sa bouche eut un frémissement, une crispation qu'elle devait avoir dans l'amour lorsque Shirton ne pensait qu'à lui-même.

— Je n'ai que faire, Ogier, de ta sollicitude, et ne suis pas en peine de réunir des amis !

Ils regardèrent, découragés, cette femme qui s'éloignait en trébuchant sur ses socques de bois.

« Sans moi », songea Ogier, « rien ne serait arrivé. Shirton seul n'aurait pas tenté de la délivrer... Mais je ne regrette rien puisque Griselda nous reste ! »

Malgré la main de la fillette dans la sienne, il se sentait complètement esseulé, incapable de prononcer un mot ou d'accomplir avec aisance un mouvement — comme si tout allait s'effondrer autour de lui pour peu qu'il changeât d'attitude.

— Crois-tu que j'aie eu tort ? lui demanda Shirton.

Puis, sans attendre une réponse :

— Je n'ai pas toujours les yeux dans mon carquois ! J'ai vu depuis notre départ de Brackley qu'elle te guignait comme un dieu. Je sais que lorsque tu t'en es aperçu, tu t'es employé à décourager ses instances... Par amitié pour moi ou par dédain pour elle ?

— Pourquoi cette question, Jack ? demanda Griselda. Tu connais la réponse.

Ils ne s'étaient jamais montrés aussi paisibles ; aussi parfaitement maîtres de leurs sentiments. Tout s'était épuré dans leur esprit et dans leur cœur. Griselda regarda ses deux compagnons avec l'admiration d'une enfant sage pour des preux de légende.

— L'amitié... murmura Ogier.

Puis, en s'éloignant des plumassières qui commençaient à garnir leur étal :

— Plus que l'amour, je crois, l'amitié résiste aux

épreuves... Je ne sache pas te donner, Jack, un exemple d'amour fort et durable. Lors des événements où l'amitié se resserre et se renforce, l'amour se dénoue et s'enlaidit...

Blandine lui avait enseigné cette philosophie, et cependant, *à l'instant même*, il l'évoquait avec une dilection nouvelle. Dans son corps nettoyé de toute tentation montait par vagues bouillonnantes une mélancolie qui lui échaudait le cœur. Il se plut à sentir ses muscles dispos, puissants, ressuscités comme des compères à la régénération desquels il n'avait guère accordé d'attention. À cultiver, mieux : à parfaire son adresse à l'arc, il avait involontairement affaibli l'attachement qu'il vouait à son épée abandonnée à Winslow et dont l'absence, justement, avait peut-être développé son application au maniement du *long bow*.

— Oublions-la, dit Griselda. Si jamais elle nous fait du mal, il se retournera contre elle.

Puis, joyeuse, son petit nez dressé vers le ciel :

— Voyez !... Tom nous revient !

C'était le balbuzard, en effet. Il planait, dans le soleil, comme une croix noire aux extrémités effilées. Une fois de plus, Ogier admira le vol souple, presque somptueux, de ce hobereau des rivières et des marais.

— Il nous a vus, dit Griselda. Il nous apporte un présent... Un gros !

Elle sautillait, battait des mains, riait, incitant les plumassières à regarder en l'air.

Shirton tendit son poing. Tom vint s'y poser en même temps qu'il ouvrait son bec.

— Un brochet, dit Ogier.

— Un gros !

Le poisson tressautait, suffoquait, ouvrant à grands spasmes sauvages sa mâchoire inférieure proéminente hérissée d'innombrables dents. Son corps fuselé, jaspé de jaune et de noir, roulait, pirouettait, rampait. Une rage désespérée stimulait cette bête longue d'un pied, écorchée par le milieu du corps, là où Tom l'avait invinciblement happée. Maintenant, juché sur l'épaule de Shirton, l'oiseau se secouait, gonflant son plumage et le rebattant, riboulant de ses petits yeux et cillant, entre-temps, des paupières.

— Le plus mauvais poisson qui soit au monde, dit Ogier. N'y touche pas !

Mais il était trop tard. Griselda criait en secouant sa main d'où le brochet tombait pour frétiller dans l'herbe.

— Il m'a mordue !... C'est comme si j'avais empoigné un chardon !

La fillette portait, entre le pouce et l'index — la partie la plus charnue de sa dextre —, les piqûres d'épingle tachetées de rouge des petites dents serrées.

— Il y a un seau d'eau là-bas, dit Norah. Allez vous laver, petite.

— Elle a raison, dit Ogier. Ces poissons-là, parfois, sont aussi malfaisants que les guivres [1]. Presse ta plaie, que le sang coule.

Griselda disparut derrière l'éventaire que les plumassières recommençaient à garnir.

— Elle t'aime bien, dit Shirton.

— Oui, Jack, elle m'aime bien. Toi également.

— Elle t'aime comme un dieu.

Ogier haussa les épaules, ayant senti dans la voix de l'archer une sorte d'envie ou de reproche. Il n'avait rien fait pour que la petite dressât dans son âme ce pavois sur lequel elle l'avait placé.

— Elle a tort : je ne suis qu'un malheureux mortel.

Pour se soustraire à l'examen de son compère, Ogier se détourna vers le champ clos désenvahi de ses brumes. Des prisonniers y plantaient les dernières barrières. Quels sentiments de perdition et quelles espérances de liberté devaient fermenter sous ces crânes penchés ! Tout semblait paisible, là-bas. Le soleil illuminait les soies des pennons et des bannières, les barbutes et les

1. Vipère.

chapels de Montauban, les velours bruns qui, tel un chaume dru, couvraient les échafauds où se réuniraient les dames, les édiles et les seigneurs incapables de jouter. La lumière légèrement azurée ne cessait de vibrer comme en été. Voyant cela, il s'abandonna sans remords à la confiance presque solennelle qui l'envahissait chaque fois qu'il se disait que Dieu l'observait et qu'Il lui fournirait l'occasion et les moyens de regagner Gratot.

— Regarde !... On dirait qu'il a compris.

Ogier se détourna. Pendant qu'il méditait, Tom, constatant qu'on avait négligé sa prise, s'était, à coups de bec et de serres, vengé sur elle. Il ne subsistait du brochet qu'une espèce de bouillie rosâtre, animée parfois d'un léger tressaillement.

— Si j'étais noble, dit Shirton, mes armes seraient toutes trouvées.

— *D'azur à un gerfaut d'or armé et becqué de gueules.*

— C'est cela, et j'aurais un gerfaut sur mon heaume... Un gerfaut vivant : Tom !

Ils rirent, oubliant tout. Griselda revint, agitant sa dextre enveloppée dans une bandelette noire qui n'était autre qu'un pan de la robe offerte par Shirton à Élisabeth, lors d'une halte à Uttoxeter.

— J'ai sucé le sang et l'ai craché... Mais la plaie coule encore.

— Tant mieux !

— Va me chercher la cage, Griselda. Il est temps d'y mettre Tom.

Sans que Shirton eût à insister, l'oiseau réintégra son gîte.

— Je jurerais, à le voir si obéissant, qu'il a senti sur lui le vent de quelques empennes.

Ogier approuva Griselda. Tant de docilité de la part du rapace le laissait pantois.

— J'ai parlé aux plumassières, dit la fillette en frottant sa main blessée. On ne leur a rien robé ; elles ont décidé de nous renouveler leur confiance et m'ont proposé de les aider.

— Fais-le !... Si les bouchers sont aussi accommodants, nous aurons notre nourriture assurée. C'est déjà beaucoup d'avoir l'agrément des commères et de veiller sur leurs trésors.

— Lesquels ? demanda Griselda. Leurs plumes ou leurs attraits ?

Elle riait, un soupçon de jalousie dans le regard. Ogier se retourna comme pour admirer les plumassières. Elles étaient charnues sans être grosses, toutes soignées, avec des tresses qui leur descendaient aux hanches. Aisées à conquérir. Leur liberté flottait comme une bannerole. Elles souriaient ; parfois, sous le carmin de leurs lèvres, brillaient des dents nacrées et des gencives roses.

— Je suis sûr, dit Shirton, qu'elles nous veulent du bien.

Il semblait soulagé d'être seul. Il renaissait à l'amitié.

— Hé ! Hé ! fit Griselda. Tu t'es guéri d'Élisabeth. Veux-tu retomber malade ?

Sans attendre une réponse, elle s'éloigna d'un pas sautillant.

Les cantonnements et les abords du château s'animaient. Des palefreniers et des fourrageurs commençaient à passer, conduisant des charrettes et des charretons vides. Les lourds clapotements des fers des limoniers, les couinements des essieux et les crissements des graviers écrasés venaient mourir devant l'édicule des plumassières et l'échoppe du boucher occupé à réinstaller ses guirlandes et monticules de mangeaille avec l'aide d'une fillette à peine plus âgée que Griselda.

Des écuyers, sur leur cheval ambleur, prenaient plaisir à entendre cliqueter leur épée contre leur heuse de cuir ou le fer de leur jambière. Certains portaient des enseignes blanches, rouges, en mollequin, ou des pennons en soie, de sable, de sinople, longs et fendus trois ou quatre fois. Fourbies depuis la veille au soir, les cuirasses miroitaient. Et c'était à qui, chez ces damoiseaux, se rengorgerait le plus et, à défaut de briller dans la lice, ferait dès maintenant flori pour attirer l'attention de la gent féminine, fort rare encore, et composée de servantes allant vider les seaux d'aisance ou rapportant d'un puits, suspendus à la courge [1] fermement maintenue sur l'épaule, deux chaudrons d'eau nécessaire aux toilettes d'un seigneur ou de sa dame.

— Place, manant, sinon tu connaîtras le poids de cette hampe !

Ogier se recula pour laisser passer un chevalier en hoqueton et chaperon noirs. L'homme poignait une lance à l'extrémité de laquelle ondoyait un pennon vermeil semé de lis d'or florencés [2]. Il exhibait un volet de soie bleue à sa cubitière senestre. De longs éperons dorés, garnis d'un grelot, tintaient à ses talons.

— Tiens, dit Shirton, si tu suis cet outrecuidant, il te mènera peut-être à ta cousine. C'est messire Lionel de Dartford.

— Je n'ai pas oublié ce nom-là... Ta mémoire est bonne.

Shirton parut faire un effort pour sourire :

— Je n'ai pas grand mérite : Lionel de Dartford compte parmi les meilleurs jouteurs du royaume, mais il n'a jamais vaincu Cobham et sire Nigel Loring. Il n'est pas surprenant qu'il soit venu à Ashby... Reste à savoir si sa femme et ta cousine l'accompagnent et, en ce cas, où ces dames sont hébergées... À moins qu'ils

1. Bâton arqué qui servait à porter les seaux.
2. Se dit d'une fleur de lis qui a des boutons entre ses pétales.

ne couchent tous trois dans son pavillon. Je sais où il se trouve et pourrai t'y conduire...

— Rien ne presse.

— Que regardes-tu ?

— Ces bannières et pennons qui baloient[1] et ventilent. La plupart sont d'un jaune et d'un pourpre si vifs qu'on dirait une forêt embrasée par le haut.

Des cris de plus en plus nombreux éclaboussaient le silence. Çà et là, parmi les tentes, des brasiers assoupis se remettaient à fumer. Leur haleine à senteur de mangeaille se répandait en larges ondes brumeuses.

— Qu'allons-nous faire ? Cette oisiveté me pèse. Nous aurions dû arriver demain...

— Griselda nous regarde... Non : *te* regarde. Pourquoi ne te retournes-tu pas ?

— Elle est trop accrochée à moi.

— Plains-toi ! J'aurais aimé que Lisbeth soit ainsi.

— Cela n'est pas comparable, Jack. Griselda est une enfant.

— Une femme !... Allons, viens, compère. Nous allons errer tout en nous défiant sans trêve des visages et des regards. Essaie de ne pas parler... Je me suis occupé des chevaux, mais il va falloir leur donner du fourrage... À quoi penses-tu ?

— Je voudrais être sûr que Calveley viendra. Sa présence simplifierait tout... Mais que feras-tu, Jack, si nous rencontrons Lisbeth ?

D'un geste de répugnance, Shirton éloigna cette éventualité.

— Nous verrait-elle qu'elle fuirait. Je suis sûr qu'un gros remords la dévore.

En était-il si certain ? Regrettait-il de l'avoir rejetée ? Tel Tom emprisonné dans l'osier de sa cage, il avait été enfermé dans un réseau de gestes, de postures et d'agréments dont l'absence le rendrait, dégrisé, à son ermitage — que peut-être il regrettait déjà.

1. Voltigent.

Tournant le dos à Griselda et au château, ils marchèrent en direction d'un des campements le plus fourni en tentes. L'aspect soigné qui distinguait ces pavillons de la plupart des autres révélait la présence de prud'-hommes de haute qualité.

— C'est ici que loge Dartford.

— Je t'ai dit que rien ne pressait.

— Quand on sait où sont les loups, on peut mieux s'en défendre.

Ils passèrent entre deux rangs de charrettes et de tombereaux bâchés.

— Les montreurs d'animaux et les jongleurs, dit Shirton.

Des poules et des coqs picoraient le sol. Il y avait, dans des cages, des singes et des molosses noirs, aussi gros que des sangliers.

— On les lâchera contre un cheval ou un taureau. Le peuple est friand de ces jeux.

— Je ne saurais m'esbanoïer [1] de voir des chiens dévorer un animal vivant, quel qu'il soit. Si tu veux assister à ces cruautés-là, tu te passeras de moi. Et si je pouvais m'y opposer, je le ferais de grand cœur.

Une femme sans âge les regarda passer. Elle avait des cheveux crépus, un nez aussi crochu que le bec de Tom, de gros anneaux de cuivre aux oreilles. Son manteau de peau de chèvre cachait à peine ses genoux. De ses pans sans ourlet dépassaient des guenilles. Adossé à l'une des roues de leur charrette, son homme, un barbu aux cheveux longs ramenés en arrière et assemblés en queue-de-cheval, jouait avec trois petits chiens hideux, aux faces aplaties, aux membres tordus sous le poids des chairs massives. Attaché à l'un des brancards, un cheval maigre rongeait son mors. Tout près, un ours énorme, allongé, rêvassait, le museau entre les pattes. Il était muselé de la truffe au garrot. Entre la résille des bandes de cuir réunies par des rivets à gros-

1. *Esbanoïer :* égayer, divertir.

ses têtes, ses yeux fixes exprimaient un ennui invincible.

Il se leva et fit, vacillant un peu, trois pas en direction de son maître, lequel saisit un fouet et l'en cingla au cou tandis que les chiens jappaient avec un évident plaisir. Les pattes gigantesques aux ongles noirs, luisants, épanouis, protégèrent le mufle pourtant couvert, et d'un lourd déhanchement de fatigue et de résignation, l'ours revint s'allonger auprès du vieux cheval.

— Il ne serait pas étonnant, dit Shirton, âgé comme il est, qu'il soit livré aux chiens.

— Ces jeux sont monstrueux, te dis-je !

— Je n'en disconviens pas... Je suis sûr qu'il y a, chez toi, des hommes et des femmes friands de pareilles choses. On commence par l'affrontement des coqs, des chiens, et l'on veut des émois plus grands, plus forts. J'ai ouï-parler d'un grand seigneur qui, après avoir festoyé merveilleusement avec ses amis, fit monter sur un bûcher tous les chevaux de son écurie et les livra aux flammes comme on le fait des hérétiques [1].

— Qu'il se consume en enfer !

Et, pour prouver son équité, Ogier crut nécessaire d'avouer :

— Chez nous, à la Saint-Jean, on brûle vivants des chats et des renards, enfermés dans des sacs. Je n'ai jamais vu de pareilles horribletés.

Ils errèrent, muets, parmi les trefs et les aucubes, sous les regards indifférents de leurs occupants et de leur valetaille. Çà et là, un pavillon était occupé par une dame et ses servantes. Par la brèche de l'entrée, on pouvait entrevoir des nudités accroupies dans des cuveaux de bois, sur lesquelles coulaient des ruisselets d'eau fumante. Des hommes de toute condition alentis-

1. Il existe plusieurs exemples de seigneurs faisant monter leurs chevaux sur le bûcher. L'un d'eux, vraisemblablement cathare, en fit brûler 20, devant ses invités, vers 1174 (René Nelli : *La Vie quotidienne des Cathares*, page 96, Hachette, 1969).

saient et même suspendaient leur marche pour guigner ces Mélusines. Ils repartaient pensifs en restant sur leur faim.

Dans les ruelles séparant les maisons de toile, un va-et-vient se constituait. Ogier y retrouvait, comme en France, ces théories d'écuyers auxquels, plus que les qualités de cœur et les vertus martiales, la fortune servait de montoir. On les sentait occupés de leur rang, de la splendeur de leurs vêtements et de leurs armes. Leur présomption tombait à plat : c'étaient ces effrontés qui agaçaient les femmes du commun, tâtonnaient leurs pucelles au passage et les injuriaient quand elles regimbaient. Hors des devoirs dus au seigneur et des galops d'exercice, leur séjour leur eût paru bien fade s'ils n'avaient pratiqué ces jeux qui peut-être, la nuit, s'achevaient par des viols.

— Nous avons nous aussi des gars de cette espèce.

— Ah ! tu vois... Et ceux-là te déplaisent ?

— Ni plus ni moins que ceux de mon pays. Ils n'ont point l'importance à laquelle ils prétendent. Leurs soieries, leurs camocas, leurs ceintures orfévrées ne sauraient me faire regretter les vêtements que je porte... Vois un peu ces deux-là !

Ils avaient dix-sept ans, sans doute. Coiffés d'un chaperon rose formé en crête de coq, ils portaient dignement, par-dessus leur gambison de velours cramoisi, une cotte d'armes déchiquetée en barbe d'écrevisse : le dernier feston de chaque coudière touchait le sol même lorsqu'ils amenaient leurs bras à hauteur de leur poitrine. Leurs bas-de-chausses étaient mi-parti de rouge et de vert.

— On dirait de grands gerfauts bâtardés de papegais !

Ne pouvant chausser les éperons d'or, ils en avaient d'argent, ronds, épais comme des boîtes à miroir, hérissés de quatre ou six pointes.

— S'ils accrochaient leurs manches à leurs molettes, ils tomberaient sans pouvoir se dépêtrer !... J'en ai vu des centaines de la même espèce dans l'armée du roi Philippe. La même frisqueté [1], la même arrogance. Ils n'ont eu, devant Calais, ni le temps ni l'occasion de déployer leur courage.

— Regarde.

Cette fois, du menton, Shirton désignait des adultes.

— Les habits sont les mêmes...

— Mais point ce qu'ils contiennent.

Du coin de l'œil, Ogier observa ces guerriers. Les plus âgés avaient survécu aux combats contre les Écossais et aux affrontements contre les hommes d'armes du royaume de France lors du grand randon qui les avait menés de la Hogue-Saint-Vaast à Auteuil, et de là sur la butte de Crécy. Leur vue provoquait en sa conscience une impression pénible, voisine de ce qui, corporellement, eût représenté l'atrophie des bras ou des jambes ; et leur voisinage, en ravivant les feux éteints de ses blessures, aggravait son sentiment de petitesse et d'inutilité. Shirton le toucha légèrement de son coude :

— Aucun d'eux ne nous voit.

— Si nous avions pris nos arcs, nous prêteraient-ils attention ?

— Le mépris serait mort, l'intérêt éveillé.

Ogier retint un bâillement. Il avait peu dormi. Encourtiné par le grand drap qui, comme un parement d'autel, recouvrait l'étal des plumassières, frissonnant de froid et d'inquiétude, ses pensées n'avaient cessé de s'agiter sans qu'Élisabeth et Griselda en fussent cause. Son ouïe captait jusqu'à l'orée de la forêt d'Ashby les hurlements et les chants des hommes, leurs disputes brèves et d'autant plus criardes, les hennissements des chevaux, les rires des ribaudes assemblées quelque part derrière le château. Maintenant, les yeux grands ouverts, il essayait de se persuader qu'il n'était point amoindri par cette veille.

1. Élégance.

— Allons regarder le champ clos, dit Shirton. Nous y entrerons peut-être.

— À ton gré...

Les barrières avaient été posées. Celles qui limitaient la lice, peintes au blanc de céruse, étaient sensiblement plus hautes que celles qui, une toise au-delà, formaient le couloir destiné aux juges. Le garde-corps de celles-ci, où viendrait s'appuyer une partie du public, avait été passé au vermillon. Sur un petit talus, entre deux étroites tribunes, s'élevait une sorte d'escalier aux marches larges, habillées de velours noir. On avait suspendu au-dessus un vélum azuré frangé de pommettes et de glands dorés. Cette toile aux plis serrés préserverait au besoin de la pluie les rois d'armes, conseillers, hérauts et chapelains, mires et juges diseurs : toute la gent d'esprit, de clairvoyance et de clergie indispensable au bon développement d'une fête d'armes.

— Des échafauds [1] sur toute une longueur. Le grand que tu vois en face est réservé au roi et à ses fidèles pour les concours d'archerie. Je ne sais si nous en serons : il serait imprudent, si les loups de Winslow ou de Ferris sont présents, de nous exposer à leur vengeance.

« Et celle d'Élisabeth ? » songea Ogier, tandis que son compère continuait :

— Pour chaque jouteur, une course à fournir de plus de cinquante toises.

— On se fera mal. Plus il choira de chevaliers anglais, plus ils se briseront les membres, moins la bonne gent de mon pays souffrira de leur dureté.

Shirton se contenta d'un sourire tandis que, venant sûrement du château, une procession de prisonniers apparaissait. Lents et mornes, surveillés par quatre archers, ils tenaient dessous ou sur l'épaule, roulés et serrés par des cordes, les tentures et chemins d'escalier

1. Tribunes.

destinés à la tribune royale sur le toit de laquelle ondoyaient quatre bannières aux armes de l'Angleterre.

Les geôliers laissaient peser sur les captifs un mépris qu'un des leurs assortissait d'insultes. Shirton ne les traduisit pas, mais commenta :

— Il trouve qu'ils font exprès d'avancer lentement.

— Pourquoi donneraient-ils satisfaction à un ennemi qui leur jette l'opprobre ?... Mangent-ils seulement à leur faim ? Il ne le paraît pas.

— Ce sont des piétons : archers, arbalétriers, vougiers...

— Est-ce une raison ?

— Certes non !... Il y a quelques chevaliers.

— De qui tiens-tu cela ?

— De Sarah, reine des plumassières. Quatre barons de France et six Escots sont là. Ils ont refusé d'acquitter leur rançon, les uns par fierté, les autres parce qu'elle est grosse et qu'ils sont pauvres.

Un cavalier vint galoper le long de la barrière centrale.

— Simon de Brackley.

— Je l'avais reconnu... Il était chez Ferris. Vois... Est-ce d'un prud'homme ?

Brackley criait et menaçait les prisonniers de son poing ganté de rouge.

— Il se croit partout chez lui, ce grand fumeux !... Encore un que tu voudrais bouteculer d'un coup de lance !

— Oui, Jack. Férocement !... J'ai déjà justicié quelques présomptueux. C'est un soulas [1] que tu ne peux comprendre.

— Crois-tu qu'avec mon arc je n'en fais pas autant ?

Un vieillard mal vêtu garnissait les traverses de cette claire-voie le long de laquelle, sans doute, Brackley s'imaginait, lance au poing, fournissant une course victorieuse. Captif ou serviteur, l'ancien n'avait pas bron-

1. Plaisir, soulagement.

ché, puisant dans une banne d'osier des manchons de soie d'or et de pourpre dont les festons, une fois déployés, flottaient au vent.

— Je voudrais bien qu'il se retourne, dit Ogier, la gorge serrée.

— Qui ? Brackley ?

— Non ! Cet homme qui enjolive le palis de la joute. Je crois connaître ce dos et ce cou vigoureux... Tu me parlais de chevaliers incapables de payer leur rançon. Or, si cet homme est un otage, il se peut que ce soit...

Le vieillard se leva, porta ses mains à ses reins et montra son profil.

— C'est *lui*.

Ce n'était ni un cri ni un gémissement de compassion ; c'était juste un soupir, et les lèvres d'Ogier n'en avaient pas frémi.

— Mon oncle, ajouta-t-il. C'est mon oncle Guillaume.

— *Goddam !* s'exclama Shirton. Que tu aies vu sa fille sur l'*Édouarde*, soit : elle est l'amante d'un chevalier de chez nous. Mais lui !

— Je t'ai dit qu'il était prisonnier quelque part dans la Grande Île. Un homme du nom d'Enguerrand de Briatexte m'en avait informé.

— Je ne sais si l'on peut appeler ce qui t'advient un miracle, mais...

— Je loue le Seigneur du présent qu'il me fait.

Tout l'édifice d'une admiration et d'une révérence anciennes se reconstituait dans l'esprit d'Ogier. Sans doute Guillaume de Rechignac le détestait-il encore pour avoir, croyait-il, fui son château en compagnie de Tancrède. Ici même, en terre ennemie, il se disculperait de cette accusation.

— Vu ainsi, à moins de dix toises, il me paraît toujours robuste et assuré.

Immobile, insensible au va-et-vient des gens, Ogier souffrait d'un trouble habité d'espérance. Il ne baissait pas les yeux mais les cillait sans répit pour les épurer de larmes importunes. Shirton exprima la question qu'il se posait à l'instant même :

— Comment l'atteindre et lui parler ?

— Je ne sais... Son ébahissement me trahirait. Et son courroux.

— Son courroux ?

— Il doit me soupçonner d'avoir fait évader Tancrède lorsque Robert Knolles a dessiégé Rechignac. Or, je n'ai contribué en rien à cette fuite. Il voulait la marier, elle s'y refusait...

Quand le vieillard lui avait annoncé son intention d'unir Tancrède à Garin de Linars, ce vieux mâtin farouche, borgne et concupiscent, il l'avait détesté d'ourdir un pareil sacrilège. Même maintenant, il ne pouvait se décharger d'un regain de tristesse et d'indignation. En décidant de ce mariage honteux, Guillaume, à l'instar de son chapelain Arnaud Clergue, avait-il flairé, entre Tancrède et lui, une senteur d'inceste ? Or, s'ils s'étaient liés par une seule étreinte, jamais ce péché-là n'avait été commis.

— Si tu savais, Jack, combien j'ai admiré cet homme... jusqu'à notre discorde. Elle n'a d'ailleurs affaibli ni ma ferveur ni ma reconnaissance.

— J'imagine, compère, son ébahissement si, après toi, il trouve ici une fille qu'il croit à des centaines de lieues d'Ashby !

— Il ne sied pas qu'ils se revoient : ils se nuiraient l'un l'autre. Je les connais ! Pourtant, s'ils se réconciliaient, Guillaume et moi y trouverions sans doute avantage. Mais elle refusera pour sa sécurité. Sur ce point, je la comprends. Et j'imagine aussi la fureur de mon oncle en découvrant ce qu'elle est devenue.

Quelle affliction, quelle honte et quel courroux pour Guillaume si par malheur ils se rencontraient et si Tancrède exprimait son contentement, voire sa félicité de se sentir anglaise.

— La prudence me prive, Jack, d'une aisance de

mouvements dont j'enrage. Il me faut prévenir la fureur de mon oncle, obtenir de lui une circonspection dont je le sais presque incapable... et puis ressusciter sa confiance en moi.

Shirton cessa de se grattouiller le menton :

— C'est ce que je pensais... Ne bouge pas.

Accoudé au garde-corps de la seconde palissade, Ogier vit l'archer contourner la barrière de la première enceinte et s'arrêter près d'un âne attelé à un charreton qui devait contenir les derniers accessoires de l'apparat. Un homme veillait là, manant ou prisonnier.

« Ils se parlent... Ah ! tous les deux appellent mon oncle. »

Guillaume marchait d'un pas lent, pesant, le dos courbé sous un fardeau d'ennui et de fatigue. Son profil — front plus têtu qu'il ne l'était jadis, nez camard, bouche boudeuse, barbe quasiment blanche — avait la sobriété, la matité d'une vieille médaille. Ses hardes grisâtres, fatiguées elles aussi, ne pouvaient cependant infirmer son état : il demeurait un preux malheureux mais hautain.

Il écouta Shirton, crocheta ses mains à sa ceinture, se détourna dans la direction que l'archer lui indiquait. Il reculait quand l'Anglais le saisit aux épaules et lui parla véhémentement. Le vieillard se dégagea, courba la tête et s'essuya les yeux.

« Il sait dorénavant que je ne l'ai pas trahi... Mieux valait qu'il l'apprenne ainsi... Il faut maintenant que nous parlions ensemble. Cette nuit peut-être. Jack nous y aidera. »

Cet entretien pénible en son commencement finirait par les revigorer. Mais par quel stratagème approcher le vieillard ?

Shirton parlait toujours, et tout en retirant, avec une lenteur extrême, des étoffes du charreton, Guillaume l'écoutait à l'abri du voiturier, complice. L'air rêveur du turbulent baron était d'une fausseté qu'Ogier lui connaissait : il en usait parfois à Rechignac en feignant d'être sourd aux plaintes et aux admonitions de Mathilde, sa concubine. Un instant, il se détourna vers ce neveu dont il devinait la perplexité. Sa dextre oscilla. Une attirance — l'ancienne attirance, quand tout allait bien et qu'à l'affection bourrue de l'un répondait la fervente sujétion de l'autre — poussa le vétéran à sourire tandis qu'Ogier, rassuré, incliné sur l'appui-bras, répondait à son geste par un salut d'une ampleur dangereuse, mais qui pouvait tout aussi bien s'interpréter comme un appel à Shirton.

— Merdaille ! murmura-t-il, inquiet.

Deux guisarmiers contournaient le charreton. L'un, du piquant de son arme, enjoignait à l'archer de s'éloigner tandis que l'autre, levant sa hampe, menaçait et injuriait Guillaume.

Shirton revint, les lèvres pincées comme s'il suçait une herbe du coin de sa bouche.

— Va-t-il bien ? Lui as-tu dit que je ne suis en rien responsable de la fuite de sa fille ?

— Oui.

— L'as-tu averti que Tancrède est en Angleterre, elle aussi, et qu'elle peut venir à Ashby — si elle n'y est déjà ?

— Non, car avant toute chose, je lui ai demandé si tu pouvais le retrouver en un lieu où vous auriez vos aises quelques moments. Il n'y a que la nuit, sur le seuil de la tente où il repose... Deux gardes seulement. Il t'attendra.

— Ce charretier qui nous observe, faut-il s'en méfier ?

— C'est un chevalier de France. De la vesprée au petit jour, ils sont enchaînés ensemble.

— Mon oncle a-t-il été malmené ?

— Plutôt offensé... Je le crois à bout de patience... Te savoir là, tout près, lui a rendu l'espoir.

— J'ai admiré cet homme... à défaut de pouvoir admirer mon père...

Des images ressuscitèrent : leur lugubre cheminement vers le Périgord, après l'Écluse ; leurs chevauchées côte à côte sur les terres de Rechignac, leurs rires ; leur farouche détermination pendant le siège du château par Robert Knolles...

— Je sais seulement qu'il fut pris sous les murs d'Auberoche, il y a deux ans [1]. De qui est-il l'otage ?

— Franke de Halle le remit au comte de Derby... qui n'en voulut point. Il fut joué aux dés, plus tard, pour le plaisir des dames, entre le comte de Northampton et le comte de Warwick... C'est Northampton qui a gagné [2]. Il l'a fait enfermer à la Tour en espérant qu'il y crèverait s'il n'acquittait pas sa rançon.

— Pourquoi est-il à Ashby ?

— Un chapelain a intercédé pour lui auprès d'Élisabeth de Northampton... On va l'employer pour la durée des joutes. C'est forfaire à l'honneur mais il mange à sa faim... Je lui ai dit qu'il avait deux alliés dans la place.

— Je t'en sais bon gré, Jack !

Ogier ne laissait pas d'être ému. Ses yeux le picotaient comme, sans doute, ceux que Guillaume frottait d'une main rageuse.

— Partons, cela vaut mieux pour lui et pour toi.

Sa foulée ajustée sur celle de Shirton, Ogier divagua, méfiant, parmi des tentes constituées d'étoffes médiocres : de petits seigneurs vivaient là dont l'unique intention, sans doute, était de fournir, devant le tribunal

1. Auberoche tomba le 24 octobre 1345. Dès la reddition de la cité, Derby en laissa le commandement à Francke (ou Franke) de Halle, Jean de Lindehalle et Alain de Finefroide.

2. Un prisonnier incapable d'acquitter sa rançon perdait toute considération. Un otage de haut rang pouvait être l'objet de disputes lorsque, avant de se rendre, il avait été assailli par plusieurs combattants. Ainsi, Jean le Bon, à Poitiers, : il se rendit à Denis de Morbecque, chevalier d'Artois, ce qui provoqua un pugilat entre son vainqueur et les Anglais qui revendiquaient sa prise. Les deux hommes eussent peut-être succombé si Édouard de Woodstock ne les avait soustraits à leurs agresseurs par l'intervention de quelques chevaliers vigoureux et autoritaires.

des dames, un ou deux bons coups de lance. Comme l'humidité ternissait leurs haubergeons, ils les enfouissaient, pour les fourbir, dans le sable d'un tonneau que leurs hommes d'armes roulaient deux par deux en se relayant sans trêve. Des feux ronflaient et fumaient au cul des chaudrons de mangeaille, et deux fèvres occupés à ferrer un cheval chantaient à tue-tête un refrain où figuraient les saintes Gudule et Aldegonde.

— Des Hannuyers[1], dit Shirton. Nous en avons moult à Londres et nous ne les aimons guère... mais notre reine les soutient...

— Des Hannuyers, répéta Ogier. Nos ennemis... Je connais les armes de certains chevaliers... Le comte de Hainaut semble être présent : *d'or au lion de sable lampassé de gueules*. C'est sa bannière qui flotte là... Le seigneur de Bousingues, qui était à Crécy : *d'or à six campanes d'azur*... Et voilà le sénéchal du Hainaut : *d'azur au lion d'argent armé et lampassé de gueules, billeté de même*... Et des lions encore : de gueules, d'argent, de sable... On prétend que les lions et les léopards se détestent... Cela me paraît une fausseté !

— Tu en as sur tes armes.

Ogier retomba dans sa mélancolie. Porterait-il un jour de nouveau ses lions ? Une autre épée que Confiance ?

— N'allons pas plus avant, dit Shirton. Regarde cette bannière.

Ogier obtempéra.

— *Quarterly, Gules and Or, in the first quarter a mullet Argent*... Comment dis-tu cela dans ta langue ?

— *Écartelé d'or et de gueules à une étoile d'argent*

1. Gens du Hainaut. Lors d'une fête donnée à York en l'honneur de Jean de Hainaut et de ses chevaliers, une rixe avait éclaté entre les archers des comtés de Lincoln et de Northampton et les valets des seigneurs du Hainaut. Elle était née d'une contestation entre deux joueurs de dés. Il y eut des morts, des blessés nombreux, et le 14 juin 1327, Édouard III fit procéder à une enquête. Une haine tenace allait gangrener les rapports entre les Anglais et leurs alliés.

*au lieu du premier quartier*. Pourquoi me demandes-tu cela ?

— Si peu qu'il ait maugréé contre son état, ton oncle m'a dit qu'il avait entrevu un des responsables de sa captivité : John de Vere[1]... Il est comte d'Oxford... C'est lui qui commanda l'attaque victorieuse d'Auberoche. Or, voilà ses armes qui ventilent devant ce pavillon couleur sang-de-dragon. Toutes les autres bannières sont anglaises. Je sais bien que tu peux prétendre être un partisan de Jean de Montfort, mais pour le moment, ne tentons pas le diable.

— Ou la diablesse, Jack !... Regarde cette femme qui se fourfile, là-bas, entre deux râteliers d'armes...

— Élisabeth ! grommela Shirton... Je ne vois que deux raisons à sa venue : ou elle cherche à gagner quelques poignées de florins, marcs, esterlins et même des écus de France...

—... ou trente deniers pour nous préjudicier.

— Crois-tu qu'elle oserait ?

— Il faut s'attendre à tout d'une femme offensée.

— Es-tu certain qu'elle nous a vus ?

— Aussi certain que je te vois.

Ils n'échangèrent plus un mot.

Shirton allait d'un homme à un autre et s'informait sans désespérer : *« Have you seen sir Hugh Calveley ? »* « Avez-vous rencontré messire Hugh Calveley ? » Réponses négatives. En le suivant d'un pas quelquefois hésitant, Ogier s'employait à paraître aussi humble qu'un huron égaré parmi des guerriers aux fureurs inopinées. Lorsque, levant les yeux, il aperçut le gonfanon des Winslow frappé de son griffon d'or, il se sentit descendre d'un degré vers quelque chose d'inévitable.

1. Ou Jean de Veer. Il avait débarqué pour la première fois en France à la fin juillet 1342 et combattu à Vannes, Nantes, etc., avec quarante hommes d'armes dont Édouard III lui avait assuré les gages le 13 juillet de cette même année.

« Nous devrions partir dès maintenant et cela est impossible. »

Il ne pouvait abandonner son oncle. Cette fois, c'eût été le trahir pour de bon.

Cependant, écartant des coudes une foule qui ne cessait de s'épaissir, Shirton revenait vers lui, souriant, rassurant.

— Eh là ! tu n'avançais plus...

— Les Winslow sont présents.

— Je sais... La défection d'Élisabeth et la présence de ces méchantes gens vont nous faire renoncer aux épreuves d'archerie.

— C'est ce que je pensais... N'en es-tu pas marri ?

— Bah !... Ôtons-nous de là. Toi, tu vas revenir chez les plumassières. Moi, je vais continuer de chercher Calveley... Ouvre l'œil !

C'était la sagesse même.

# VII

— J'ai de la fièvre, dit Griselda. J'ai dû prendre froid.

Des perles de sueur donnaient à sa pâleur une brillance nacrée. Elle était emmitouflée dans une couverture. Elle somnolait quand Ogier s'était penché sur elle. Il regrettait de l'avoir éveillée.

— Il doit bien y avoir quelques mires à l'entour... Je vais m'enquérir auprès de Norah...

— Non !... Elle est déjà si bonne de m'avoir mise dans cette tente... Je lui ai raconté que tu étais breton, fidèle à Jeanne de Montfort... Éloigne-toi de Sarah qui connaît un peu ce parler. Elle a passé quelques années à Guernesey [1]. Elle hait les Franklins qui ont meurtri

1. Position stratégique par excellence, l'île de Guernesey avait été conquise par les Français de Pierre Bahuchet le 8 septembre 1338. La seigneurie en avait été conférée à Robert Bertrand de Bricquebec en octobre 1339, peu avant la bataille de l'Écluse (24 juin 1340).

Avant le grand débarquement du 12 juillet 1346 qui devait mener Édouard III et ses troupes de Saint-Vaast-la-Hougue à Crécy (en passant par les for-bourgs de Paris), Renaud de Cobham, maréchal d'Angleterre, et Godefroy d'Harcourt attaquèrent le Château-Cornet de Guernesey, défendu par Nicolas Hélie, qui résista trois jours (d'après la *Chronographia regum fruncorum*, tome 2, page 222). Léopold Delisle (*Histoire des châteaux et des sires de Saint-Sauveur-le-Vicomte*) confirme l'événement.

sa famille, il y a huit ou neuf ans, quand ils ont conquis l'île...

— Même malade, tu penses à tout.

Tant de sagacité rassura Ogier. Griselda ne souffrait que d'un mauvais rhume. La morsure du brochet serait sans effet.

— As-tu soif ? Veux-tu quelque chose ?

— Rien... Je me sens mieux depuis que tu es là.

Il n'osait détacher sa main de ce poignet un peu maigre qu'il avait saisi sous l'impulsion d'une inquiétude intense. Il y sentait un petit cœur battre avec une forcennerie qui, sans doute, ne devait rien à sa sollicitude. Mû par un sentiment de tendresse incertaine, il se pencha vers le front embué pour déposer, à la lisière des cheveux moites, un baiser bref et furtif.

— Tu me guéris, dit Griselda, les paupières closes.

Il sentit les cils mouillés frémir sous ses lèvres ; les bras de la fillette remuèrent, s'élevèrent et devinrent collier. Il demeura penché sans grande envie de résistance.

— Je t'aime, dit-elle en lui offrant sa bouche avec cette avidité naïve qui confirmait un caractère rarement enclin aux atermoiements et demi-mesures.

Comme il allait se relever pour soulager ses genoux douloureux, Griselda pesa, souple et véhémente, de toute sa force sur sa nuque. Résigné, il la laissa étancher une soif qu'elle devait trouver délicieuse.

— Laisse-moi, dit-il en se dégageant non sans mal.

Se détournant, il vit Sarah, qui les observait, toucher Mary de son coude.

— Cesse, murmura-t-il. Les femmes nous regardent. Elles se concertent et nous trouvent scandaleux.

Griselda obéit et, enfonçant ses bras sous la couverture :

— Tu me manqueras, dit-elle d'une voix tremblée, résignée, en désaccord avec sa nature.

— Quand ?... Je suis près de toi.

— Quand je serai... loin.

Il feignit d'ignorer ce que cet absentement signifiait mais s'indigna qu'elle eût une aussi ténébreuse vision de son devenir. Pourtant, par une prémonition singulière, toute une partie de lui-même sentait Griselda en péril. Il l'avait sauvée de Ferris. Maintenant, que pouvait-il faire ? Il savait qu'une morsure de brochet équivalait parfois à une piqûre d'aspic. Peu de temps après son arrivée à Rechignac, il avait vu Blagnac, un des palefreniers de son oncle, mourir de pareille blessure après qu'il eut été pêcher dans la Dordogne. Le brochet dont il était si fier l'avait mordu au pouce. Ni les soins acharnés de Mathilde ni les prières du chapelain n'avaient pu éteindre une fièvre maléfique[1].

« Blagnac était vieux », se dit-il. « Griselda est jeune et d'un sang vif. » Il se pencha sur la fillette dont les yeux fouillaient les siens :

— Il faut qu'on te soigne. Les brochets sont pernicieux.

— Prends-moi dans tes bras. C'est le meilleur remède.

— Je ne le puis. Il me faut être prudent, mais je te promets, plus tard...

— J'ai foi en ta parole.

Elle cilla des paupières et il détesta la lividité de son visage. L'envie le saisit de joindre les mains et de prier, mais quelle que fût sa confiance en la Providence, il n'en espérait plus rien : elle lui avait rendu Guillaume en échange, peut-être, de Griselda.

— Dors, dit-il. Voilà Jack. Il va t'aider. Je vais à sa rencontre.

Shirton dissimulait, sous son sourire, la déception d'une vaine recherche.

1. Ce mal redoutable porte un nom : la leptospirose. Les leptospires se développent particulièrement dans les marais. Une fois le virus dans le sang, et si les soins ne sont pas immédiats et rigoureux, la fièvre ne cesse d'empirer jusqu'à la mort. La morsure du brochet n'est pas mortelle ; elle permet cependant, à certains virus présents dans l'eau, d'entrer dans l'organisme.

— Pas de Calveley, dit-il. Pourtant, j'ai parcouru tous les lieux...

— Griselda est fiévreuse. Non, n'avançons plus. Il ne faut pas qu'elle sache...

— Quoi ?... Elle est solide ! Reste solide toi aussi... On dirait que tu as peur de la perdre.

Ogier, d'une main, repoussa ces propos.

— Elle est en péril de mort, je le sens. Il faut la guérir. Tu dois bien parvenir à trouver un mire entalenté qui...

Ce fut à Shirton de faire un geste :

— Les mires qui sont à Ashby ne soignent que les seigneurs. Jamais aucun d'eux ne se déplacera pour une pauvresse.

— J'en connais un, moi, qui se serait déplacé même pour soigner un chien.

Mais qu'allait-il songer à Benoît Sirvin — ou plutôt à l'ancien templier Benoît de la Ferrière ! Invinciblement, une contraction serra le cœur d'Ogier. Sa gorge se durcit ; il dit péniblement :

— Ce soir, il sera peut-être trop tard.

— Non, compère ! C'est sûrement autre chose que cette morsure à laquelle tu penses. Griselda va sortir de la jeunesse prime pour devenir une vraie femme.

Ogier que la fureur gagnait fut tenté de réfuter cet argument. Avec une acuité prompte et douloureuse, il envia l'aveuglement de son compagnon. Shirton pouvait être pétri de grandes qualités, il manquait de discernement.

— Si ce soir, Jack, elle est toujours dans cet état, c'est moi qui chercherai un mire.

— Tu seras pris... La belle prouesse. Et aucun mire n'accourra pour sauver, s'il en est besoin, une petite...

Le mot demeura dans la bouche de l'archer. Alors, sans avancer d'un pas, il fournit à Ogier quelques nouvelles :

— Le roi loge au château ; il y prend ses repas. Il tient conseil sous son pavillon. Il en sort pour chevaucher, piéter et s'entretenir avec ses hommes liges... On dit que Cobham a l'intention, pour se faire valoir devant Édouard III, de lancer un défi dont j'ignore l'espèce.

— Cobham ! gronda Ogier.

Comprenant que cet accès d'humeur était stupide, il demanda, indifférent en apparence :

— Quoi d'autre ?

— Le baron de Winslow est là sans son épouse. Il ne joutera pas ; il estampe [1] entre ses filles, sans doute à la recherche d'un ou deux époux. Quatre soudoyers veillent sur leurs personnes.

— De sorte que s'ils nous voient ou si Lisbeth nous dénonce, nous pouvons être arrêtés et mis aux fers dans quelque basse-fosse en attendant mieux !

— Pour connaître un tel sort, il faudrait qu'on nous prenne.

Ogier se fit vergogne de ses craintes : il n'avait rien à redouter s'il restait en retrait de ces liesses et décidait Shirton à les fuir dès qu'ils auraient acquis la certitude que Calveley n'y participait pas.

« Et mon oncle ? » s'interrogea-t-il. « Et Griselda ? »

— Que vas-tu faire, Jack ? On ne peut se tauder [2] du matin jusqu'au soir !

Shirton eut un regard vers le champ clos puis vers la masse grise du château, prisonnier des grands arbres :

— Pendant que tu veilleras sur Griselda, je continuerai mes recherches. Chevaliers, barons, écuyers ne cessent d'arriver. Pourquoi pas Hugh Calveley ? Certains seigneurs — ceux de la Table Ronde — logeront dans ces murailles... Allons, ne fais pas cette tête ! Quand la nuit nous sera propice, nous irons retrouver ton oncle. Il faut le délivrer, mais je ne sais comment...

1. *Estamper :* se promener, errer.
2. *Tauder :* s'abriter, de *taule*, abri, d'où *taudis :* mauvais abri.

Ogier s'approcha de la tente où gisait Griselda. La petite dormait.

— À la grâce de Dieu, dit-il. Pour elle et pour mon oncle.

Un ciel uniformément noir. Une lune pâle dont un nuage léger enfarinait la face. Les logements à l'entour du champ clos resplendissaient encore des feux de leurs rôtissoires, de leurs lanternes et de leurs flambeaux. Ces clartés révélaient des bannières inertes, les crêtes, les cônes et les bulbes bariolés des tentes dominées par la pyramide d'Édouard III, violemment illuminée de l'intérieur, au point de badigeonner de ses rouges et de ses ors les chapels et les haubergeons des hommes d'armes apostés autour d'elle.

Malgré les rires, les chants, les entretiens animés de nombreux prud'hommes peu enclins au sommeil, une langueur s'éployait sur tout le domaine d'Ashby. Après une longue journée d'attente, Ogier n'en ressentait aucun bienfait : il vibrait d'impatience. Shirton, de temps en temps, modérait son ardeur :

— Holà, compère, chuchotait-il. On dirait que tu vas au-devant d'une femme. Veux-tu te rompre une jambe ?

Délaissant les chemins, même les plus petits, ils piétaient depuis un quart de lieue dans des friches, défiant l'obscurité, écoutant les bruits, réinvestis, peu à peu, par l'inquiétude qui les avait envahis lorsqu'ils avaient dû abandonner Griselda. « *Allez !... Allez !... Mais revenez vélocement.* » Sa voix lente, indécise, les avait confondus. Son visage blafard les avait angoissés. De funestes impressions leur assaillaient l'âme.

Ogier marchait avec une prudence rageuse. Ses vêtements, griffés aux ongles des roncières, grattaient la peau de son ventre, de ses hanches, de ses jarrets. Il était certain que ses pieds et ses chevilles, étrillés par des chardons, s'étaient couverts d'égratignures, et il allait le dos courbé, chassant parfois de sa paume les gouttes de sueur qui chatouillaient son visage. Il entendait devant lui, tantôt douces, tantôt crissantes, les enjambées de son compère dans les herbes, et les petits coups de fouet des rameaux contre l'étoffe de son haut-de-chausses.

— On approche.

— Il est temps.

Du fond de la gorge altérée d'Ogier, aucun autre mot ne sortit. Tous lui paraissaient trop rêches, trop communs pour exprimer un émoi grandissant. Shirton le dominait par sa sérénité.

— Par là... Cette odeur de pouties[1] semble nous appeler !

Quoique dissimulé par un talus et des haies vives, le camp des prisonniers dénonçait sa présence par les puantes vapeurs de la sentine toute proche.

— Je les plains, murmura Shirton, ainsi que leurs gardiens.

— Ils ne sont pas nombreux, sans doute. Que vas-tu faire ?

Leurs haleines se mêlaient ; leurs yeux se réduisaient à des brillances noires. Shirton déposa entre ses pieds la tourie de grès ventrue, à petit col, qu'il n'avait cessé de porter en changeant parfois de main quand l'anse d'osier tressé endolorissait ses doigts.

— Crois-tu que c'est pour fêter tes retrouvailles avec ton oncle que j'ai emmené cette alliée, enceinte de six pintes de vin de Bordeaux ?... Je vais raconter aux geôliers que je cherche mon cousin John, un archer de service en ce gros merdier. Bien sûr, je ne l'y verrai pas... Alors, je leur proposerai de boire à la santé de

1. Ordures. On disait encore : *poutries*.

John et du roi Édouard... hors de ces pestilences. Tu mettras notre éloignement à profit.

— Ils vont te demander qui est John... quel est son nom... s'il est grand, petit, s'il a ou non ton âge et le menton barbu...

— Fie-toi à moi : je saurai le leur décrire : nous constaterons son absence, et le tour sera joué !

— D'où tiens-tu cette cruche ?

— J'ai courtisé la bouchère alors que son homme était mandé au château.

Un chemin s'amorçait entre deux arbres. Ils s'y enfoncèrent, sans trop sinuer, dans une obscurité qui s'allégea lorsque les grosses taupinières où logeaient les captifs apparurent, éclairées par quelques hautes torches. Ces luminaires étaient des armes d'hast aux fers plantés dans la terre, l'extrémité des hampes supportant les gobelets emplis de résine.

Imprégné des clartés sautillantes des flammes, le brouillard nocturne prenait une teinte soufrée.

« Dorment-ils tous ? Nous ignorons quand se fait l'échange des gardiens. »

Deux ombres passèrent devant Ogier accroupi. Ces hommes qui venaient de se rejoindre et de se croiser sans prononcer un mot, se séparèrent lentement. Ils étaient coiffés d'une barbute, revêtus d'un haubergeon ; le fourreau de leur épée cliquetait contre leur genouillère.

— Ton oncle, chuchota Shirton, doit t'attendre tout près du seuil d'une tente... Trouve-la... N'aie crainte d'être dénoncé : Escot, malandrin d'Angleterre ou Franklin, il n'y a plus d'ennemis, j'en jurerais, dans le malheur où sont ces captifs. Nous nous retrouverons ici... Va, ne perds pas de temps et défie-toi des regards[1]. Il n'y en a que deux, je crois. Je m'en occupe.

Bientôt, se retournant, Ogier n'aperçut plus Shirton.

1. Gardiens.

Il l'entendit interpeller un des hommes d'armes et répondre à ses sommations par un rire.

« Où est Guillaume ? »

Contrairement à son vœu, Ogier échoua devant trois pavillons d'où filtraient des ronflements et courut vers un quatrième devant lequel, sous un chemineau, brasillaient et fumeronnaient des branches. Emporté par son désir de retrouvaille, il n'éprouvait plus qu'une seule crainte : que son oncle n'eût pas résisté au sommeil.

Guillaume devait discerner son approche ! Le bruissement des armes avait cessé. Shirton s'exprimait haut et fort et ses rires ajoutaient à ses propos une ponctuation sinistre.

« Est-ce là ? » se demanda Ogier.

Dans l'ombre clairsemée par une des torchères, il gagna le seuil d'une tente constituée de toiles rapiécées, crevassées, dont les autorités judiciaires estimaient sans doute toute réfection nouvelle inutile.

— Mon oncle ?

Rien. Ce serait donc la cinquième et dernière.

Il trébucha sur une racine et se reprocha d'être plus bruyant que ces rats dont il décelait soudain la présence. Rien de néfaste ne se produisit. Il entendit les gardes : ils s'ébaudissaient. Rassuré sur leur participation à la buverie de Shirton, il courut.

Il s'était habitué à la puanteur, ou du moins son émoi et son impatience en amoindrissaient l'importance. Il allait atteindre le dernier logis — le plus grand, le plus dépenaillé —, lorsqu'une paralysie le prit des épaules aux genoux, provoquée par une prémonition terrible : la délivrance de Guillaume, événement sans gravité, serait la source de péripéties mortelles.

« Reprends courage, bon sang ! »

Son cœur semblait sauter de sa poitrine à sa gorge. Il fit un pas et s'arrêta. Rien. Aucun autre bruit que des mots d'anglais dans des bouches avinées.

Il progressa, tellement incliné que ses doigts effleuraient des herbes.

Piteux obstacle à la punaisie des lieux, une houppelande crottée d'écailles de terre obturait l'entrée de la tente. La soulever, insinuer sa tête :

— Mon oncle...

La fruste portière s'entrouvrit tandis qu'Ogier devinait des mouvements dans l'ombre, assortis de plaintes et de grognements.

— C'est vous ?... Êtes-vous libre de vos gestes ?

— Non... Ils nous enchaînent, chaque nuit, par paires... Mon compagnon est un chevalier de chez nous : Étienne de Barbeyrac... Nous ne nous sommes pas quittés depuis Auberoche... Holà ! compère : baille-moi quelques anneaux de plus.

La toile se gonfla tout près de la portière. Le baron de Barbeyrac se déplaçait afin que Guillaume eût ses aises.

— Les gardes ?

— Shirton s'en occupe. Il les fait boire...

Le vieillard apparut, la tête la première.

— Tudieu que cette chaîne est courte !... Je ne puis avancer davantage, et c'est tant mieux... Me verrais-tu de près que tu serais chagrin.

— De loin, ce matin, vous paraissiez le même.

Heureux du plaisir de cet entretien, mais privé d'en jouir en raison des circonstances, Ogier ne put qu'ajouter :

— Il me faut tenter de vous délivrer.

— Mon cher et pauvre nieps [1] !... Le fait de refuser d'acquitter notre rançon nous a mis, Barbeyrac et moi, en péril de mort... Tout en nous exécrant les Goddons nous admirent.

— Défiez-vous de cette admiration !

Entre eux point d'émotion apparente. Les sentiments serrés, profonds, qui les avaient réunis, loin d'avoir cessé d'exister, semblaient ici des simagrées. Ogier battait des paupières non point pour retenir ou effacer

1. neveu.

des larmes, mais pour essayer de voir mieux cet homme encapuchonné d'ombre.

Les cheveux clairsemés blanchoyaient. Sous les épais sourcils froncés, Guillaume dardait sur ce neveu qu'il avait cru à jamais disparu des yeux clignotants et humides. D'une main lasse, il gratta sa barbe et sa moustache.

— Même pas debout, regretta-t-il, pour te saluer et t'étreindre comme il sied !

Ogier posa sa dextre sur cette vieille main osseuse, cordée de grosses veines, qui venait de s'agriffer à la terre. Une pauvre chaleur lui pénétra la paume.

— Tiens, dit en souriant Guillaume, la salaude nous trahit !

L'étoupe qui voilait la face de la lune venait de se dissiper.

— Ne craignez rien ! Shirton nous préviendrait s'il y avait danger. Combien de gardiens avez-vous ?

— Deux jusqu'au matin.

— Comment êtes-vous liés ?

— Par les chevilles. Des grésillons épais [1]. Des ceps également. Pour les rompre il faudrait une grosse lime sourde.

— Shirton la trouvera.

Guillaume remua et se gratta la poitrine.

— Les poux, expliqua-t-il. Pourquoi es-tu sur la Grande Île ? Que t'est-il advenu ?

— Une folie du roi Philippe... La présomption, toujours... Ils m'ont pris. Je me suis évadé.

À quoi bon raconter l'affaire de Sangatte.

— Prends garde, grommela Guillaume. Défie-toi de la fureur de ceux dont tu étais l'otage... s'ils te retrouvent. Tiens : les brogues [2] que je porte appartenaient à

1. On nommait *grésillons* les chaînes et *ceps*, indifféremment, les chaînes ou les anneaux fixés à leur extrémité.

2. Gros souliers attachés avec des courroies, portés par les montagnards d'Écosse.

un Escot... Un baron... Mac Faden... Il s'était évadé. Ils l'ont repris et tourmenté jusqu'à la mort... Nous nous sommes partagé ses dépouilles.

Puis, avec une acerbité, une rage que rien, jamais, ne guérirait :

— J'ai tout appris de nos malheurs, mon neveu. Nos geôliers sont trop contents de nous annoncer toutes les déconfitures du royaume. J'ai su Crécy et la Roche-Derrien... Je sais que Charles de Blois est à la Tour de Londres. J'ai appris les hideurs du siège de Calais... Je ne supposais pas que tu étais leur victime.

— J'étais à Crécy, mon oncle...

— Tu es sain et sauf... Dieu soit loué ! Je me disais parfois : *« Où est-il ? Que fait-il ? »* Je me doutais que tu guerroyais. Je te voyais taillant, estoquant du Goddon avec l'aisance que je t'ai enseignée. Sois-en sûr comme moi, mon garçon : un jour, nous finirons par vaincre ces maudits !

Ogier remarqua combien, chez ce seigneur têtu, intransigeant, et qui méprisait sa déchéance, l'orgueil était demeuré l'allié indispensable, presque la qualité du caractère. Cette hautaineté avait préservé sa santé. Il retrouvait avec plaisir sinon avec joie, et l'homme et le tempérament. Guillaume avait maigri, son teint s'était sûrement affadi, mais ce que ses muscles avaient perdu en épaisseur, ils l'avaient compensé en agilité.

— Vous semblez toujours aussi solide, aussi voulenturieux.

— C'est ce qui les met en rage.

— Ne pouviez-vous payer votre rançon ?

— J'ai toujours été sans grosse fortune... Fournir quoi que ce soit aux Anglais, c'est prolonger cette mauvaise guerre. Tous ceux qui furent pris à Auberoche ont payé, sauf Barbeyrac et moi... Notre refus nous a réduits à l'état où tu me vois... Si nous avions pu nous évader, nous l'eussions fait... D'autres ont essayé. Ils sont morts dévorés par les chiens qu'ils dressent à assaillir des chevaux, des taureaux... Ce sont des gens immondes... Il paraît que demain, de pareils déduits auront lieu dans la lice...

— Il faut que je vous sorte de là, mon oncle !... Que je trouve quelqu'un dont l'aide nous serait aussi précieuse que celle de Shirton.

— Sais-tu qui ?... Quelle idée as-tu en tête ?

« Il faut tout de même que je le lui dise ! »

Le façon la meilleure était la plus directe :

— Tancrède est passée aux Anglais... Nous n'avons pas fui de Rechignac ensemble. Elle en est partie avec Jean du Taillis.

Guillaume tressaillit — mais à peine. Ogier sentit que sa colère envers sa fille s'était, au fil des ans, durcie et condensée. Jamais sans doute, quelque persuasif qu'il se montrât, il ne parviendrait à briser cette écorce compacte sous laquelle battait un cœur blessé.

— C'est terrible qu'elle soit devenue ce qu'elle est !... As-tu ouï, Barbeyrac, ce que dit mon neveu ?

La portière frémit et retomba. Un *« oui »* exprimant plus de lassitude que de dépit parvint à l'oreille d'Ogier. Il dit et pour son oncle et pour son compagnon :

— Elle admirait Jeanne de Montfort et Jeanne de Clisson. Elle a porté l'armure de fer comme elles quand Knolles assaillit Rechignac. Elle voulait les rejoindre et s'est fourvoyée.

— Tu l'as vue ?

C'était moins une question qu'un reproche en suspens.

— Sur la nef qui m'amenait en Angleterre. Nous nous sommes à peine parlé. Je vous adjure de me croire !

— Soit, puisque tu m'en pries : je te crois.

— Elle est venue certainement à Ashby, puisque la bannière de...

— ... son amant...

Encore une question informulée.

— Lionel de Dartford... Mon bon oncle, cessez

donc de ruer ainsi !... Il se peut que ce chevalier n'ait emmené que son épouse, mais si Tancrède est présente elle aussi, elle nous aidera.

— Comment as-tu osé croire que j'accepterais ?

Le malaise qui poignait Guillaume avait fait place à une fureur tout aussi évidente, dans les lueurs de ses yeux, que dans l'espèce de sanglot qui avait accompagné sa réplique. Bien qu'il fût désaffectionné de Tancrède, il souffrait de ce qu'elle était devenue. Il ne semblait pas qu'il eût pressenti et même deviné qu'elle était le fruit d'un adultère entre sa femme et son sénéchal, mais l'eût-il appris maintenant que son affliction et son humiliation eussent été moindres que de la savoir liée aux Anglais.

— Si je m'attendais ! soupira-t-il. Je l'avais maudite et chassée de ma mémoire... J'avais donc raison.

Était-il vraiment parvenu à exclure de ses pensées cette jouvencelle qu'il avait admirée avec un orgueil qui rejetait dans l'ombre sa douce, docile et authentique fille : Claresme ? Elle devait vivre benoîtement à Tolède auprès de son époux, Pedro del Valle. Mais à quoi bon parler de cette enfant lointaine. Le temps pressait.

— Tiens, dit Guillaume, le flambeau, là-bas, s'est éteint... Défions-nous des gardes... Ces enfants de putains supportent bien les buveries...

Puis, songeur, après cette diversion :

— Dire que j'ai appris des événements importants et qui touchent à l'histoire du monde et que j'ignorais que ma puînée me trahissait... Prends ma main. Je sens mon sang s'y glacer.

C'était vrai. Ogier conserva cette main fraîche, rugueuse, dans la sienne. Saisi d'un étonnement où le respect et la compassion se mêlaient, il regardait ce profil dégagé de l'obscurité sur lequel, arrêtée par l'aile du nez, brillait une petite larme. Ses yeux tombèrent ensuite sur cette dextre qui avait su et savait encore, sans doute, serrer une épée, une lance, une plommée.

— Tout n'est que trahison, dit-il lugubrement. Godefroy d'Harcourt a trahi le roi Philippe au profit d'Édouard et l'a conduit jusqu'à Crécy ; puis il est revenu au service du roi de France, qui lui a pardonné, et qu'il trahira de nouveau, je le sens...

— Qu'as-tu fait, mon neveu, pour devenir leur otage ?

— Nous sommes partis pour bouter les Goddons hors de cette cité qu'ils ont bâtie autour de Calais. Ville-Neuve-la-Hardie est son nom. J'ai assailli et conquis la tour de Sangatte avec les hommes du Tournaisis. J'ai été attaqué par Renaud de Cobham. Il était fervêtu, moi pas... Je dois de vivre encore à Gauthier de Masny... Il m'a fait soigner, il m'a protégé... C'est de lui que j'étais l'otage.

— Tu as trahi ta parole.

— Non... Chez lui, à Londres, je l'aurais tenue. Mais il n'y était pas.

À quoi bon tout raconter. Ogier sentit la main de son oncle s'éloigner de la sienne. À qui pensait-il maintenant ? La sérénité de son visage était quasiment celle d'un trépassé.

— J'étais prisonnier du baron de Winslow... Je me suis évadé de son châtelet car il allait me faire occire.

— Si l'on te reconnaît... Es-tu marié ?

— Oui.

— Ah ! là là... C'est un gars comme toi qu'il aurait fallu à Tancrède. J'y ai pensé parfois... Pas toi ?

— Non...

C'était mentir. Et Guillaume, ce vieux finaud, n'était sûrement pas dupe de cette menterie.

— J'ai épousé la fille d'Herbert Berland, un chevalier poitevin. Elle était grosse quand je suis parti pour Calais.

Moins il en dirait, mieux cela vaudrait.

— Si je fais en sorte de vous tirer de votre géhenne, me promettez-vous, mon oncle, de m'obéir aveuglément ?

— Je ne puis quitter Barbeyrac, Fuir, oui ; l'abandonner, non.

— Accepterait-il de mettre sa vie en péril ?

— Oui, répondit une voix derrière la portière.

— Étienne est un ami sûr, mon neveu.

Guillaume sembla tout à coup absent, dépourvu de passion et d'opiniâtreté. Doutait-il de la réussite ?

— Il se peut que je meure ici, dit-il d'une voix presque indistincte. J'y ai pensé quand je me suis évadé de Hantonne[1], le lendemain de notre arrivée — hein, Barbeyrac ? — et qu'ils m'ont repris... Mourir d'une sagette ou d'un épieu dans le dos en leur faussant compagnie, c'est encore une honnête et dernière prouesse !

Ogier voulut se récrier ; il n'en eut pas le temps : une ombre les dominait : Shirton, sa cruche serrée entre son bras et sa hanche.

— Il faut partir, dit-il. Tu t'es trop attardé... Nous reviendrons demain, messire... Hâtons-nous : ils arrivent !

Point d'effusions ; point d'au revoir. Et demain, bien qu'une nacre blonde apparût dans le ciel, c'était loin.

Hors d'atteinte des brumes et des froideurs nocturnes, Griselda dormait à la lueur d'un chaleil dont l'huile presque épuisée répandait sous la tente une odeur de ranci. Le souffle de l'enfant se percevait à peine. De sa paume, Ogier effleura le front moite et brûlant. Aucun doute : la fièvre s'était aggravée.

— Va-t-elle mieux ?

Les yeux de Shirton brillaient comme deux écailles noires.

— Non... N'y touche pas : tu la réveillerais.

Ogier s'était exprimé durement. Une sécheresse

1. Southampton.

incongrue, malséante, avait pris possession de son âme. Au-delà d'un désespoir immense, désormais, son unique sentiment était une aversion infrangile contre Élisabeth.

— Si cette gaupe n'avait pas libéré Tom, sans doute aurait-il mis moins de hâte à nous rapporter le premier poisson venu !

Il ne parvenait plus à se contraindre. Il était le témoin d'une affreuse injustice. Shirton s'inquiéta :

— Prends garde : l'angoisse fausse ton jugement. Dans cette affaire-là, Lisbeth est innocente. C'est à nous deux qu'elle en voulait. Nullement à la petite.

Il ajouta, le regard dirigé vers un bouquet de plumes blanches suspendu au fond de la tente :

— Je conçois ton courroux. J'en éprouve envers Lisbeth, mais je ne te suis pas dans cette exécration !

Ogier, l'esprit et le corps gavés de nuit, se ressaisit :

— Il faut qu'un médecin conjure cette fièvre. Trouves-en un !

— En plein jour, je t'ai dit que c'était difficile. En pleine nuit, c'est une quête inutile.

Shirton avait raison ; cependant, tout provisoire qu'il fût, ce renoncement prenait une tournure désagréable. Quelques jours avant, et pour secourir Élisabeth, il eût semé l'émoi parmi les mires présents à Ashby. L'idée du péril où s'enfonçait Griselda s'ancrait en lui, cependant :

— L'aube est proche. Un mire viendra... Je l'en supplierai au besoin.

Ogier n'eut pas le front de se moquer d'une affirmation pareille : la sincérité était aussi apparente, dans le caractère de Shirton, que sa compassion tardive, mais réelle, pour Griselda. Inquiet au point d'oublier Tom qui, proche de lui, piochait le fond de sa cage, l'archer se reprochait sans doute d'avoir refusé une vérité simple et forte.

— Nous ferons, dit-il, passer la petite pour l'aide

des plumassières. En attendant, je vais me reposer sous leur étal et surveiller celui d'à côté.

Ogier s'allongea auprès de la fillette. Son anxiété, vivement développée par le repentir de Shirton, le rendait plus sensible à cette présence d'enfant, à sa façon d'anhéler, à ses râles brefs mais terribles. Bien qu'il n'eût plus rien à apprendre de la mort, il se refusait la tentation de se lever sur un coude afin d'épier, dans la lumière incertaine, ce visage blêmi et vieilli d'un seul coup. L'idée que Griselda pût achever ainsi sa brève existence lui parut un instant insupportable, mais brusquement, il eut la certitude qu'elle mourrait parce que la vie, pour elle, n'offrait aucune autre issue que cet esclavage auquel il avait mis un terme, et dont elle haïssait le souvenir.

« Si elle guérit », décida-t-il, « je l'emmènerai avec moi. »

Quelle marmouserie !... Shirton s'en fût gaussé s'il l'avait entendue.

— Elle est bien mal.

— Oui, Jack...

Ogier sut résister à l'envie d'ajouter : « Qu'attends-tu pour partir quérir un médecin ? » Allait-il devoir se lever, pousser Shirton par l'épaule dans tous les campements et jusqu'au château même, en l'obligeant à s'enquérir d'un mire ? Non, sa sécurité, leur sécurité prévalait sur la santé de Griselda dont les paupières s'ouvraient enfin.

— Tu es là...

— Je ne t'ai pas quittée de toute cette nuit.

— Jack aussi...

— Le jour se lève. Il va nous amener quelqu'un qui te guérira.

Ogier sentait son cœur désespérément lourd tandis

qu'avec une hâte insensée, il recherchait sur le visage de la fillette tous les agréments qui l'avaient charmé : le front droit, obstiné ; les yeux gris, très larges, auxquels de minces rides au bord des joues donnaient une douceur pathétique ; cette petite bouche, si souvent déclose par un sourire, sur des dents solides et blanches.

— Un mire ?... C'est du temps perdu. Tes craintes n'étaient pas des paroles en l'air. Ce poisson m'a empoisonnée.

Ogier, agenouillé, ne sut que répondre. Bien que l'éloquence n'eût jamais été son fort, il avait, ce matin, une langue de plomb. La nécessité qui s'imposait à lui, c'était celle de trouver une équivalence à une élocution défaillante. Or, il était aussi incapable d'un geste. Son esprit pourtant inventif lui refusait toute aide.

— Quand je t'aurai quitté, tu regretteras peut-être de m'avoir... épargnée.

Griselda n'osait dire : *« Quand je serai morte »* pour conjurer l'ultime espoir qu'elle se donnait de vivre. Ogier sentit un regard sur sa nuque : Shirton, lui aussi, cherchait en vain des mots et n'émettait parfois qu'un soupir accablé.

— Ogier, réponds-moi : si Lisbeth était présente, crois-tu qu'elle se réjouirait ou qu'elle verserait des larmes ?

Les joues déjà creusées prenaient une teinte cireuse. La tête légère, nimbée d'or poisseux, remua sur le manteau qui lui servait d'oreiller.

— Pas besoin, maintenant, d'une corde à pendu pour danser Là-Haut... Vous lui direz, à Lisbeth, que j'aurais voulu l'aimer comme on aime une mère...

Ogier retint péniblement un sanglot. Cet aveu ne le surprenait pas. Il en avait parfois perçu la substance dans les regards que la fillette lançait à leur compagne. Griselda avait essayé d'obtenir d'Élisabeth un semblant d'affection à défaut d'un amour sincère, mais l'égoïsme de son aînée était trop violent pour qu'elle discernât, sous la housse des moqueries peu nombreuses et d'autant plus acérées, cet immense besoin d'être couvée comme une enfant véritable.

— Veux-tu que Jack te l'amène ?... Elle erre dans Ashby ; nous l'y avons vue.

Ogier se tut, effrayé par sa proposition : en s'informant ainsi des désirs de la fillette, il la confirmait dans ses certitudes.

— Qu'en dis-tu, Griselda ?... Dis, m'amie... réponds-moi !

L'extrême faiblesse de la malade lui ôtait tout mouvement, toute expression de vie. Si elle n'avait ouvert les paupières, il eût pu la croire inanimée.

— Griselda, dit-il, Griselda...

Un moment, leurs yeux s'exprimèrent mieux que leurs bouches, ceux de l'enfant révélant un désespoir sans limites.

— Je veux bien revoir Lisbeth...

Shirton s'inclina. « J'y vais... » dit-il en quittant la tente.

Sitôt sur le seuil, les plumassières l'entourèrent. Ogier l'entendit répondre à leurs questions chuchotées.

— Je vous aurai donné moult ennuis et déconvenues !

— Aucun. Je t'en fais serment, Grisélidis.

Elle rit. Elle s'efforçait à un enjouement d'autant plus pitoyable que la proximité de leur *séparation* lui rongeait l'âme tout autant que le venin son sang. Puis elle ferma les paupières et demeura immobile, ses cheveux éparpillés en mèches sinueuses sur son oreiller de pauvresse, les mains un peu crispées l'une contre l'autre, si pâles qu'on voyait, sous la peau mate et froissée, le bleu lacis des veines. Ainsi, tout absorbée dans ce pernicieux répit, une résignation tellement inattendue émanait de la fillette qu'Ogier se refusa de la troubler d'un mot, d'un souffle, et que son regard même lui fit l'effet d'un sacrilège.

— Reste, dit-elle. Ne remue pas... Tu bougeras plus

tard, toi... Laisse-moi reprendre un peu de vie... comme on reprend un gobelet de vin...

La bouche décolorée, aux commissures tombantes, serrée, tordue même par la lutte dérisoire que Griselda soutenait contre le mal, s'ouvrit un peu. Entre deux crispations, elle ajouta :

— Je voudrais me saouler... de vie et de vin.

Une enfant, songeait-il. Une enfant dont le corps fluet formait à peine un relief sous les couvertures. Lui qui en quelque sorte avait vaincu la mort, ne sentait plus s'amorcer dans son être, puisqu'il semblait qu'il fût trop tard, un sursaut de protestation vers le ciel, une envie d'invectives entrecoupées de pleurs. Il allait être seul : la solitude du cœur, la pire. Déjà, il en percevait l'innommable froideur et mâchait sa pitié ainsi qu'un fruit pourri. Plus tard, il épancherait sa fureur. Agenouillé devant la Croix et priant pour la petite, il demanderait *« Pourquoi ? »*, mais avant, au-delà de la tendresse blessée, de l'angoisse et des effusions rétractées, il devait rassurer Griselda, l'adjurer de vivre, affirmer qu'il la considérait comme la meilleure des créatures, la plus attachante *femme* qu'il eût connue. Toute sa ferveur inemployée depuis longtemps se trouvait accrochée à ces paupières lasses, à ces lèvres qui, d'un moment à l'autre — le plus imprévisible, sans doute —, rendraient le dernier soupir.

Il pensa, effaré : « Où vais-je l'enterrer ? » Car ce devoir lui incombait. Il la prit dans ses bras et la berça, faisant d'immenses et véhéments efforts pour vaincre une détresse violente, insurmontable. Or, cette force qui lui manquait, Griselda la lui fournit :

— Pourquoi crains-tu de pleurer ? J'en aurais du plaisir au contraire. Je saurais enfin que tu m'aimes comme je le souhaitais.

Il ne l'avait jamais aimée ainsi, mais il savait déjà qu'elle lui manquerait toujours et que son souvenir brûlerait parfois sa mémoire avec autant d'âpreté que celui d'Adelis.

Il posa ses lèvres sur le petit front mouillé ; une goutte coula de ses yeux et tomba sur la joue de Griselda.

— Nos larmes se mêlent, dit-elle en lui entourant le cou de ses bras. Ce que nos corps n'auront pas fait, le meilleur de nous-mêmes y pourvoit.

Il eut envie de crier : « Tais-toi ! Je ne puis supporter que tu périsses. » C'eût été hâter sa fin. Il devait l'inciter à combattre son mal, lui promettre la venue d'un mire entalenté, exprimer pour l'avenir des promesses dilatoires.

— Guéris, m'amie, et je satisferai tes désirs.

Il parlait bas, sans précaution ; elle sourit furtivement :

— Tu mens bien... Moi, je ne mens pas en disant que tu m'as rendu la vie belle... Surtout, ensevelissez-moi bien profond et ne vous faites pas surprendre !... On croirait que vous m'avez occise...

Elle souriait ; elle n'était pas fille à refuser la vérité. Il ne put que baiser de nouveau son front moite, aussi pur que celui d'un séraphin.

— Je n'ai jamais connu de femme si vaillante.

Le mot *femme* l'enorgueillit davantage, sans doute, que l'allusion à son courage : tout en la vieillissant, il la rapprochait de lui. Elle eut un gémissement profond et il la serra plus fort. Quand il la relâcha, elle dormait.

Il se pencha, incrédule. Elle exhalait un souffle faible, mais régulier. Son visage était paisible.

Reprenant espoir, il fut tenté d'aller au-devant de Shirton, mais c'eût été folie. D'ailleurs, où était-il ?

Shirton réapparut en fin de matinée. Il était accompagné d'un vieillard maigre et bancroche, vêtu d'un surcot noir doublé de mouton car des touffes de laine émergeaient de ses déchirures. Ses heuses crottées se relevaient sur le devant, pareilles à des poulaines dont il eût tranché l'extrémité. Un chaperon brun le coiffait ; ses cheveux blancs, aussi longs et vrillés que des cheveux de femme, en débordaient. La pointe de sa barbe atteignait sa ceinture.

— Enfin !

Une allégresse sans mesure agita tout à coup Ogier. Il se mit à trembler, à claquer des dents. Son âme noircie, amollie par l'affliction et l'impuissance de ne pouvoir guérir Griselda, se conforta, s'illumina d'espérance. L'éclat du regard de ce mire, vif et même violent, lui parut de bon augure. Le long bâton de frêne sur lequel le médecin s'appuyait, qui n'était autre qu'un tronçon d'arme d'hast, eut pour lui des vertus de baguette magique.

— Tu as bien tardé, reprocha-t-il à voix basse à Shirton.

— J'en ai vu, supplié quinze !... C'est le seul qui ait consenti à me suivre.

— Il n'a rien que son bâton... Où met-il ses remèdes ?

— Il soigne par l'attouchement des mains.

— Un sorcier !

Toute la joie d'Ogier s'écrasa sous le poids d'une répugnance invincible. Il trouva aussitôt que l'homme noir avait une peau trop blafarde, un nez trop crochu, de trop longues oreilles bourrées d'une étoupe grise, une bouche lippue de bâtard sarrasin. Il fut tenté de repousser sans rudesse, mais fermement, ce grand corbeau de mauvais augure qui semblait emporter son perchoir avec lui ; mais Shirton l'emmenait et lui faisait des grâces :

— Par ici, maître Remlin... Viens-tu, Ogier ?

— Nous serions trop nombreux. L'air est rare, là-dessous.

Il désignait la tente. Il s'éloigna, rageur, vers le château : plus rien ne comptait que sa déception et son envie de marcher.

La foule l'engloutit, agitée de remous d'autant plus nombreux et vigoureux que le chemin, bosselé de pavés gras, ne laissait circuler de front que trois ou quatre personnes. Dans un continuel coudoiement qui, parfois, provoquait des jurons ou des cris de reproche, la noblesse et le commun se mêlaient, et même quelques follieuses empanachées, accoutrées comme des princesses et dont les décolletés hardis semblaient un défi à la fraîcheur du temps plus qu'à la concupiscence. On allait admirer ou l'on venait d'admirer, dans la grand-salle du donjon, les heaumes et les écus des jouteurs, et l'on se promettait de belles émotions.

« Ne pense à rien... Essaie d'oublier la petite !... Fais confiance à ce mire qui n'est peut-être qu'un apothicaire... Laisse-toi mener... Tu es libre, aussi libre que n'importe lequel de ces Goddons... Méfie-toi seulement des gens de Winslow. »

Quelque effort qu'il fît pour se reprendre et chasser son inquiétude, Ogier savait qu'il n'y réussirait pas. Des jouvencelles et des dames l'observaient — nobles, bourgeoises, servantes — et certaines échangeaient des propos en riant. Il était sans rêve et sans convoitise, et d'ailleurs leurs œillades lui étaient-elles destinées ? Bien que rendu plus sensible aux attraits de la féminité par des semaines de continence, son esprit, tout empli de Griselda, ne pouvait s'embraser.

Il dut se ranger sur le bas-côté pour laisser le passage à quatre chevaliers en armure. D'emblée, il reconnut Simon de Brackley, tête nue, et Lionel de Dartford, coiffé d'un bassinet à la ventaille déclose et dont un écuyer portait le gonfanon de soie vermeille semée de lis florencés.

Les deux barons montaient des destriers couverts d'un sambuc gris ; leur tête était garnie d'émouchettes dorées.

« La richesse et l'orgueil ! » enragea Ogier.

Son front, ses tempes le brûlaient. Il lui semblait que rien de sa douleur de perdre Griselda n'échappait à ces centaines de regards, autour de lui, égayés par la fête et par le soleil froid, presque blanc, qui dominait Ashby.

Les arbres se clairsemèrent ; un gravier épais remplaça les pavés. Le château apparut, gris sur le fond bleu d'un ciel où les nuages, rares, semblaient figés. L'enceinte en était haute, d'une simplicité hostile aux regards et aux pénétrations, avec de brèves courtines aux murs certainement forés de galeries et d'escaliers noyés d'ombres propices aux complots et aux crimes. Son plan dessinait un quadrilatère irrégulier, ceint de fossés envahis d'eau bourbeuse. L'énorme ceinture de pierre était cantonnée de quatre tours rondes coiffées d'ardoise, reliées par de hautes parois qu'interrompait, en leur milieu, un bastillon sans toit, mais crénelé [1].

Ogier s'arrêta. Tandis que la foule s'éparpillait sur l'esplanade, devant le pont-levis ouvert dans la plus grosse tour, il regarda les murailles plates, vastes, sans arêtes ni reliefs, sans autre aspérité que la rudesse naturelle des moellons. Elles étaient fendues de longues archères et surmontées de merlons aigus comme des pointes de sagettes. Tout était disposé pour déjouer l'agresseur, et marcher sous cette maçonnerie, en un jour quelconque, devait dispenser à tout étranger qui en faisait le tour une impression de petitesse, voire d'écrasement et de fatalité. Comme endeuillés par les siècles et leurs intempéries, le granit et la pierre étroitement mêlés, renforcés de chaînages en galets si gros et bombés qu'on eût dit des compagnies de tortues maléficiées lors d'un assaut, ajoutaient leur mélancolie à cette rudesse. Quant au donjon, sans même qu'on fût entré dans l'enceinte, on le devinait immense : un pentagone irrégulier, haut de plus de quinze toises, percé à son sommet de nombreuses baies en ogive. Plutôt que de l'atténuer, les tapisseries qu'on y avait suspen-

1. Utilisant les bases de cette forteresse, sir William Hasting, ancêtre des comtes de Huntingdon, fit construire un château en 1480. Marie Stuart y fut enfermée.

dues en soulignaient l'aspect revêche. On devait, là-dedans, étouffer de silence et sentir sur sa chair la froideur du tombeau. Avec un désespoir qui l'accablait comme un mauvais coup de traîtrise, Ogier se prit à regretter Gratot, Rechignac, et même Chauvigny dont les murailles ocrées semblaient, au soleil, exsuder de la chaux délayée dans du sang.

De part et d'autre du pont-levis, des soudoyers formaient la haie. Chapels plats, haubergeons, guisarmes et fauchards, leur aspect et leurs armes ne différaient pas de ceux des guerriers de France. On en distinguait aussi dans la haute cour, surveillant les visages, épiant les mouvements de la cohue, donnant çà et là, en jouant de la hampe, quelque recommandation criarde sans rapport avec une menace.

Que le tout-venant fût admis à la montre des heaumes et des targes ébaubit Ogier jusqu'à ce qu'il comprît que l'absence de ségrégation dont il était témoin confirmait ce qu'il savait des armées d'Angleterre : les nobles, les manants et les hurons étroitement unis, animés d'un courage analogue, ne pouvaient que dominer les combattants de Philippe, les uns embourbés dans les conflits issus de leurs prérogatives et engoncés dans leur orgueil plus encore que dans leur armure ; les autres connaissant l'incurie des précédents et se demandant pourquoi ils se devaient d'obéir à des outrecuidants aux décisions stériles et meurtrières.

La plupart des gens qui l'entouraient et marchaient dans le même sens que lui s'étaient arrêtés. Des sentiments les agitaient qu'il n'éprouvait pas : l'admiration pour le donjon énorme auprès duquel la chapelle, grande, élancée, paraissait chétive ; la fierté d'être reçu, le respect des lieux. Bien d'autres émanations de leur culte d'une Chevalerie, d'une archerie et d'une piétaille toujours victorieuses se lisaient sur les faces rubicondes des hommes. Il aperçut un vieil archer portant son *long bow* en bandoulière. Un jouvenceau l'accompagnait. Obéissant à une injonction de l'aïeul, l'adolescent se découvrit et, son chaperon sur le cœur, s'inclina devant la bannière d'Angleterre hissée sur le plus haut toit des communs. Ce culte simplet, par l'entremise d'un carré de toile brodée, de la forcennerie la plus détestable, parut à Ogier plus éloquent et douloureux qu'une insulte à lui-même adressée.

« Tu devrais, enfant », songea-t-il, « te recueillir ainsi devant les tombes des nôtres : à Crécy, Calais, en Périgord et en Bretagne, en Beauvaisis et Normandie. »

Sur la droite, à l'avant d'un plancher que surhaussaient des barriques, trois couples de ménétriers jouaient une pastourelle. La mélodie des violes et des citoles, et le crépitement des tambourins et des târs[1] résistait à peine au charivari d'un buffet réservé aux nobles. C'était une longue table d'au moins cinq toises, revêtue de nappes à liteaux cramoisis sur lesquelles on avait réparti les victuailles. Pareils à des rois d'armes dans leur dalmatique frappée d'un dragon de sinople, des valets repoussaient de leur bâton blanc à spirale dorée quiconque n'était point admis à ce régal, et des pères issus du peuple portaient leur fils à calefourchies afin qu'il pût au moins se repaître les yeux de toutes ces friandises entre lesquelles scintillaient des coupes orfévrées, des buires de grès ou d'étain, des drageoirs de vermeil pareils à des cervelières, des aiguières ornées de pierreries plus encore que n'en pussent porter des princesses. Des jouvencelles dont les vastes manches voletaient comme des ailes de papillon, présentaient aux invités, sur des plateaux, des petits pâtés feuilletés, dorés comme des éperons, des gaufres ruisselantes de miel ou de compote, des rondelles de bacon et de saucisson, des quartiers de pommes et de poires confites, tandis que des échansons en livrée offraient des gobelets de vin blanc ou rouge emplis aux chantepleures de deux barils pansus.

1. Tambourin musulman percé de cinq ouvertures dans lesquelles s'agitent autant de paires de petits disques de cuivre.

« Ils s'empiffrent de tout ce qu'ils nous ont robé ! »

Au milieu de la table, des galettes disposées en façon de château — la reproduction d'Ashby — attiraient les regards et avivaient les appétits. Une femme coiffée de ses seuls cheveux tressés en couronne s'attaqua aux merlons de la forteresse après avoir reçu l'assentiment de son époux ; une autre guigna la tour portière dont elle s'appropria la bannière en craquelin. Les assiégeants se préparaient à batailler pour démanteler l'édifice quand, prompte, une dextre d'homme, puissante et crochue, éloignant toutes les autres, s'en prit au gros donjon qui s'effondra d'un coup. On eût pu d'un grand cri tancer le malappris ; on l'ovationna, au contraire. Un sommelier hilare s'écria :

— Qu'il en soit fait ainsi des châteaux de Philippe !

La main dévastatrice était celle du roi.

Ogier se recula dans l'angle formé par la muraille et l'estrade des ménétriers. *« S'il me voit, je serai peut-être mis à mort. »* Cette crainte le tourmentait cependant moins que son estomac. L'abondance des mets, des boissons, et l'usage immodéré qu'en faisaient certains gloutons avaient excité une malefaim dont il n'avait point coutume.

« Il semble que j'aie jeûné comme un chien de meute avant la chasse ! »

Soudainement hargneux, les tempes bourdonnantes, il épia ce souverain dont il connaissait déjà l'âpreté, la moquerie tranchante et la violence effrénée. Il en découvrait la boulimie. Édouard III saisissait des pâtés et des gaufres et les entonnait presque sans souffler. Il trempait ses doigts dans la sauce d'une fricassée d'on ne savait quoi et s'en repaissait tout en invitant ses hommes liges à l'imiter. Après qu'un gros hoquet lui eut vidé la gorge, il suçota ses mains en proclamant : *« Delicious ! Delicious ! »* Le sommelier obséquieux lui offrit un hanap d'or, tiré de dessous la table et réservé à son intention :

— Du vin, sire, de votre fidèle Aquitaine.

Le roi lampa le tout et, de son avant-bras, s'épongea lèvres et moustache.

« Il dévore aussi salement qu'un soudoyer de son armée ! »

Édouard III eût pu passer pour un manant s'il n'avait porté, par-dessus son galeron, une petite couronne d'or fleurdelisée. Sa barbe blonde était soigneusement cardée ; ses larges épaules, couvertes d'un paletoc gris, oscillaient selon le flux et le reflux de ses adulateurs : des damoiseaux et des écuyers conscients de composer le fleuron de cette cohue de mâles en quête d'un regard ou d'une flatterie.

« Il en est ainsi de Philippe et de ses capitaines. *"Haut les cœurs"* , songent-ils tout en s'aplatissant. »

Cette saillie ne fit qu'aggraver un dépit presque insoutenable. Avec la farouche insistance des déshérités et des vaincus pour ceux dont la gaieté, la puissance et la fortune revêtent l'aspect d'une injure, Ogier scrutait les visages de ces privilégiés. Il n'avait fait qu'entrevoir Renaud de Cobham quand, à Calais, on l'avait transporté sur l'*Édouarde*. Son tourmenteur ne figurait pas dans l'entourage immédiat d'Édouard III, ni apparemment Gauthier de Masny. Toutes ces têtes rieuses n'étaient hélas ! point dominées par celle de Hugh Calveley.

« Reviens auprès de Griselda. Si tu pars maintenant, sans attendre davantage, tu la trouveras guérie. »

C'était sottise, en vérité, mais il s'accrocha désespérément à cet enfantillage.

Les ménétriers jouaient toujours. Sauf une brunette peu encline à gratter sa guiterne, aucun d'eux n'avait remarqué sa présence. Il décida de marcher vers le centre de la cour afin de tourner le dos à la plupart des hommes. Lorsqu'il se serait soustrait à leur curiosité, il se hâterait vers la porte piétonnière.

Restaient les femmes. Il se fit un chemin parmi leurs assemblées. Dédaignant les agapes et le grand remuement des convives où leurs parures eussent subi certains préjudices, dames et damoiselles, épiant leurs atours, se repaissaient probablement, tout en roucoulant d'aise, des dernières calomnies de la Cour. Il les trouva laides, sans exception. C'était évidemment d'une injustice avérée, mais son anxiété, sa peine et son repentir d'avoir abandonné Griselda puisaient dans ce verdict une satisfaction sans laquelle il eût perdu courage.

Jouant des coudes tout en marchant en sens inverse des visiteurs, il était près de courir quand il atteignit la tour portière. Des deux ouvertures — charretière et piétonne —, il choisit la plus grande et s'engagea, d'un pas dont la lenteur lui coûtait, sous la voûte pleine d'ombre et de clapotements de semelles. Quelques chapels de fer y brillaient faiblement.

Le pont-levis franchi, la lumière l'aveugla. Si sévère qu'en fût l'intensité, elle l'éblouit cependant moins que ce qu'il découvrait à moins de trente pas :

« Tancrède et Odile main dans la main ! »

Sur le coup, elles paraissaient irréelles comme une illusion née d'un rêve et qui, celui-ci passé, subsiste dans l'esprit. Son incrédulité avait failli lui arracher un cri de déception. Trouver Tancrède et s'entretenir de Guillaume avec elle, c'était ce qu'il désirait. Or, sa cousine était accompagnée d'Odile, et c'était justement Odile qui, d'un sursaut, en le reconnaissant, tendait vers lui l'index et s'écriait :

— C'est lui !

Soudain, vivement animée, la bouche de Tancrède, frôlant l'oreille de la jouvencelle, révéla qu'elle prévenait sa compagne sur la circonspection nécessaire en pareille occurrence, à moins qu'elle ne plaidât en hâte la cause de son cousin. Quel qu'eût été le commentaire, le froncement de sourcils d'Odile et ses lèvres pincées attestaient une aversion furieuse, incorruptible.

« Je craignais qu'Élisabeth ne se revanche de mon dédain, et c'est cette godailleuse que je dois redouter !... Tancrède, qui la veut séduire, ne prêche guère en ma faveur ! »

Elles demeuraient si pantoises qu'elles oubliaient de détacher leurs mains solidement nouées. Il ne se fit pas faute d'y fixer son regard : elles se délièrent tandis qu'entre lui, Ogier, et sa cousine, s'interposait, il en fut convaincu, l'image de Guillaume de Rechignac qu'elle avait entrevu dans la lice.

Tancrède s'approcha lentement la première.

— À peine ai-je obtenu, dit-elle, la confidence d'Odile, voilà que tu tombes dans la gueule du loup !

— Plutôt, cousine, dans celle d'une des louves de Winslow... Tu devrais t'en défier, surtout dans une chambre : elle m'a l'air d'être insatiable et dépourvue de vergogne.

Il souriait. Odile à son tour s'avança. Comme ni l'une ni l'autre ne pipaient, Ogier crut habile de s'adresser à Tancrède :

— Vous vous étiez quittées, je crois, en mauvais termes, le soir où l'on me débarqua...

Nul désaveu d'aucune ; il s'y attendait. Tandis qu'Odile et lui s'observaient, il ressentit que leurs cœurs s'épiaient tout autant que leurs yeux. Il s'inquiéta qu'elle ne prît sur lui, dans celui de Tancrède, un avantage insurmontable. Jamais, depuis son évasion de Winslow, il n'avait aussi sombrement éprouvé la densité des périls dont il était entouré.

— J'aime à constater, cousine, que vous êtes amies, désormais, et me demande, sans aucune intention de te porter offense, où tu en es avec Lionel de Dartford. C'est bien de lui que tu es... Enfin, tu me comprends !

Odile frottait et tourmentait ses mains serrées dans des gants de peau d'Espagne d'un gris perlé. Le parement, taillé en dents de scie, était semé de bossettes d'argent ; des bagues scintillaient à ses doigts — l'auriculaire excepté. Elle s'était mise en frais.

— Comment va cette chère Ethelinde ?

Sans s'arrêter sur les vêtements de la jouvencelle

tant il se contraignait à soutenir son regard, Ogier ajouta :

— Ou cette Ethelinde chérie ?

Il maniait une arme à deux tranchants, et Tancrède se demandait la raison de ce qu'elle prenait, à juste titre, pour une question malicieuse.

— J'aimerais la pouvoir saluer bien bas...

Le trouble où il s'était abîmé se dissipait. Il avait affaire à une ennemie, Odile, et à une alliée dont le soutien et l'équité paraissaient compromis. Toute trace d'anxiété dans son allure et ses propos le rabaisserait dans le mépris de l'une et la faveur indispensable de l'autre.

— Connais-tu dame Ethelinde, cousine ?

— Cela ne saurait tarder.

— Leur amour est prodigieux. Tu n'as jamais aimé ainsi ta sœur Claresme. Je l'aimais bien, moi, Claresme. Sans déborder du cousinage... Certains débordements de l'amour me font peur.

Tancrède regardait Odile, paupières closes. Qui de ces deux femelles avait subjugué l'autre ? Il avait depuis longtemps pressenti l'espèce de voracité sensuelle de sa cousine envers certaines proies peu farouches. Avait-elle déjà captivé celle-ci ? L'allusion dans laquelle il venait de se complaire avait pu incommoder Odile — encore qu'il ne le parût pas. Mais elle, Tancrède ? Qu'adviendrait-il si elle marchait sur les brisées d'Ethelinde et suscitait sa jalousie ?

Ogier se refusait à poursuivre ses déductions : ces accointances-là ne le concernaient pas. Tancrède était de ces femmes astucieuses, habiles à dominer l'imprévu et, si le désir les en prenait, à se laisser emporter par une passion d'autant plus brève qu'elles en simulaient les symptômes à merveille. Devait-il maintenant louer sa beauté intacte ? Pour obtenir son aide, il était prêt à tout. D'ailleurs, il fallait lui rendre cette justice qu'elle dominait Odile tant par les agréments de sa féminité que par les soins apportés à sa mise. Sous son pelisson de damas broché, elle portait une robe de soie guède rehaussée, à l'encolure, d'une bisète [1] immaculée où des feuilles de lierre et de chêne se mêlaient au-dessus d'un pentacol d'or figurant un lion tenant entre ses griffes une étoile.

— Te voilà bien afistolée !... Dire que je t'ai connue coiffée à l'écuelle !

Ils foisonnaient, à présent, ses cheveux ! Longs, ténébreux, dénoués, ils s'épandaient sur ses épaules en une capuce soyeuse. Le frontal qui les ornait s'enrichissait d'une améthyste ronde. On eût dit l'œil d'un cyclope.

— Ai-je changé, beau cousin ?

Leurs regards se pénétrèrent le temps qu'eût duré la lueur d'un éclair. Ogier reprit espoir sans raison définie.

— Ton esprit seul, cousine, a changé, semble-t-il. Tu es anglaise.

— Du côté des vainqueurs, dit Odile.

Il la considéra sans inimitié. Elle était coiffée d'une huve dont les plis embrumaient sa chevelure. Sa houppelande de velours incarnat, entrouverte comme le pelisson de Tancrède, faisait valoir les contours d'une taille moelleuse et le renflement de deux seins fiers, quoique petits, aux tétins apparents sous le mollequin [2] rose de sa gonne [3]. Une escarcelle en peau de marcassin battait sa cuisse. Et tout en l'imaginant dans la robe de chair où il l'avait, à Winslow, brièvement surprise, Ogier songea que si Ethelinde avait donné à son époux des andouillers aux cors rares, Odile, qui les avait suscités, allait fournir à son aînée des bois d'une espèce tout aussi spéciale, à moins que Tancrède ne suspendît ses manœuvres d'approche.

— Je t'avais reconnu de loin, cousin, malgré ces

1. Dentelle étroite.
2. Mousseline de coton.
3. Robe. En anglais : *gown*.

poils qui sont une offense à ton visage. Tu es laid comme un huron !

Elle avait trouvé son attitude : un air souverain et gai qui n'était que l'expression d'une complète indifférence à tout ce qui n'appartenait pas à sa nouvelle condition. Cette froideur cachait un incendie terrible, et sa main qui happait la senestre d'Odile devait brûler celle-ci à travers le cuir léger du gant.

— Je ne disconviens point que je suis laid, cousine. Et l'anxiété où tu me vois plongé n'arrange rien.

— Pourquoi es-tu venu à Ashby ? Pourquoi sors-tu de ce château ? Y as-tu ton heaume et ton écu en montre ?

Tancrède souriait ; Odile s'ébaudit. Ogier n'eut cure d'un propos qui ne l'offensait en rien.

— Je cherche Hugh Calveley, cousine. On m'a annoncé sa venue. S'il est présent, je serai assuré d'une protection solide. Il a envers moi une dette d'honneur.

— Un bien grand mot que celui-ci, releva Odile, pour un chevalier qui enfreint les lois de l'otagerie !

Ogier retrouva sur le visage de la jouvencelle et dans le soudain rejet de ses épaules, cet air d'autorité froide et hautaine qu'elle affectait envers lui quelques jours avant son évasion.

— Nous sommes en guerre, messire Argouges. Si ce Calveley, que je ne connais que par sa haute taille, vient à Ashby, il ne vous sera d'aucune aide. En guerre, messire, il ne saurait être question de bons et loyaux sentiments. Non seulement il est indigne de vous d'avoir fui ma protection, mais...

— Votre *protection* ?

Odile eut un geste coupant :

— Laissez-moi parler !... Il est... répugnant, pour un baron de votre espèce, de vous momer[1] en huron !... Vous devez d'être en vie aux Anglais...

— Je dois ma presque mort à Renaud de Cobham.

1. Déguiser.

— Vous étiez aussi, à Sangatte, habillé comme maintenant !... Le chevalier de Cobham s'est mépris...

— Parce que selon vous, damoiselle, les gens de pied, ceux des campagnes et des hameaux, ceux des villages et des cités que les seigneurs et le roi convient instamment à la guerre, peuvent être occis férocement ?... Ce n'est pas, à ce qu'il me semble, l'opinion d'Édouard III !... Il est de l'autre côté des murailles ; allez donc la lui demander !

Odile s'indigna d'être prise au piège. Tancrède l'entraîna sous les arbres, loin du chemin encombré par une compagnie d'archers. Ogier vit le clin d'œil complice de sa cousine. Il signifiait : « Ne la contrarie pas. » Mais Odile s'obstinait dans sa diatribe, et sa voix chuintait tant était grand l'effort qu'elle faisait pour baisser le ton à la demande de Tancrède.

— La France, messire Argouges, mon beau-frère y est allé, vous le savez...

— Cela vous arrangeait... et surtout Ethelinde.

Ogier ne put savoir si l'allusion à une singulière connivence avait atteint son but. Tancrède même, qui tapotait l'épaule de la jouvencelle, semblait n'en avoir pas deviné l'essentiel.

— Mon père y est allé aussi... Ce royaume ne vaut rien !

Selon Odile, c'était la France qui, en refusant d'accepter le roi Édouard III pour souverain, avait déclaré la guerre à l'Angleterre. C'était la France qui, monstrueuse mère, avait laissé mourir de faim les Calaisiens. Peu à peu, emportée par sa propre éloquence, elle gesticulait d'un bras, l'autre étant prisonnier de l'étreinte de Tancrède. Ses joues devaient la cuire et ses nerfs se distendre cependant que, dans son plaidoyer *pro domo*, revenait à intervalles réguliers l'expression sacramentelle de tout Goddon : la France n'était qu'une féale dissipée de l'Angleterre ; rien d'autre.

— Je sais, dit-elle en s'apaisant, que des otages se

disculpent de leur fuite en invoquant de mauvais traitements. Mais c'est pure calomnie. Avez-vous, messire, été malmené à Calais ? N'ai-je pas soulagé et guéri vos navrures, particulièrement à Winslow, en compagnie d'Ethelinde ?

— Je vous concède ce point, dit Ogier en ébauchant un sourire dépourvu d'alacrité. Mais...

— Mais quoi ? fit Odile avec une sécheresse qui la décrivait toute.

— Vous pouvez, damoiselle, aller voir comment certains otages sont traités ici même. Entre Ashby et ce château, il existe un val où certains prisonniers et barons rétifs à l'acquittement de leur rançon se trouvent rassemblés pour la nuit après qu'ils ont œuvré aux travaux du champ clos...

Il fut tenté de se tourner vers Tancrède et de lui confier : « Ton père en fait partie », mais il s'abstint dans l'espérance d'une opportunité meilleure.

— Eh bien, on les a mis près de la fosse à merde !

Il jouit, un moment, du silence qu'il avait provoqué, puis fort de son bon droit, il reprit doucement :

— J'ai fui Winslow, damoiselle, parce que votre père me voulait faire occire. Si vous interrogez Lynda, elle ne me contredira pas... Elle en parlait au lit avec messire Arthur cependant que, sous le plancher, vous vous entreteniez d'amour avec Ethelinde, d'une particulière façon.

Odile devina qu'il les avait observées. D'un sourire, il la rassura. Il n'en dirait pas davantage. Tourné vers Tancrède, il s'informa, en quête d'une confirmation :

— Es-tu venue avec Lionel de Dartford ? (Et comme elle sourcillait.) Tu avais prononcé son nom, à Sandwich, avant de m'abandonner aux bons soins d'Odile.

— Ta mémoire est bonne, cousin !

C'était dit d'un ton morose et détaché qui parut satisfaire Odile.

— Un homme !... Il doit avoir de belles qualités !

— Il est riche... et c'est là sa vertu cardinale.

Elle ne s'offensait point. Il demanda : « Sa femme ? » et apprit qu'elle était morte trois semaines plus tôt.

— Elle a chu, cousin, de la fenêtre de sa chambre en voulant échapper aux entreprises du sénéchal de Dartford auquel Lionel a fait justice.

L'attentat contre la dame avait-il été perpétré par le sénéchal seul ? Mort, il ne pouvait plus témoigner du contraire. Cette chute flairait la machination. À quel profit ? Dartford ou Tancrède ? « Tu noircis tout », se reprocha Ogier. Tancrède qui lisait si bien ses pensées crut bon de se disculper :

— J'ai pleuré Armide. Elle était belle, bonne, douce...

Il eût pu répondre qu'il s'en doutait, mais il se souciait de ce commentaire comme d'un fourreau d'épée brisée. De plus, l'attentive présence d'Odile lui devenait désagréable. Après l'avoir priée de demeurer sur place — c'était l'affaire d'un moment —, il entraîna Tancrède à quelques pas de là :

— J'ai vu Guillaume et je lui ai parlé.

— Quel Guillaume ?

Elle usait d'une feintise [1] absurde. Elle ne pouvait pas ne pas l'avoir aperçu.

— Il n'y a qu'un Guillaume, cousine. Guillaume de Rechignac, ton père ou soi-disant père, peu importe... Il est avec les captifs dont je viens de parler à cette forcenée !

Il n'avait osé dire crûment : « *J'ai vu ton père* » par crainte d'une repartie méprisante et d'une algarade qui les eût fait remarquer — lui surtout. Comme Tancrède ne bronchait pas, il dit, en pesant lentement sur les mots :

— Il est traité ainsi qu'un portefaix.

Les paupières aux longs cils battirent :

1. Ruse.

— Son orgueil doit souffrir.

— Le mien, cousine, souffre avec le sien. Si *ton* Dartford est un puissant seigneur, tu devrais essayer qu'il obtienne sa grâce.

En réponse à cette suggestion qui, depuis un moment, lui démangeait la langue, un sourire d'une douceur singulière effleura les lèvres de Tancrède. Ogier fut convaincu qu'elle s'emploierait à embobeliner son amant — peut-être son complice — en faveur de Guillaume ; or, il s'était mépris : ce sourire-là n'exprimait qu'une commisération légère à son égard.

— Tu n'as pas changé, cousin : toujours des rêveries et des enluminures !... Même si je suppliais Lionel d'exaucer ce vœu-là, il serait insensible à toutes mes prières... Il ne tenterait pas d'apitoyer le roi... auquel, hier, je fus présentée... Odile était aussi invitée au château. C'est là que nous avons renoué... Nous avons toutes deux, là-haut, la même chambre.

— Reviens au fait, cousine !

Elle obéit avec un soupir excessif :

— Lionel abomine tous les Français... Si tu me demandais pour toi cet acte de clémence, je te répondrais pareillement.

Ogier se sentit misérable, mais Guillaume l'était davantage.

— Une femme, cousine, dispose de moyens infaillibles pour amener un homme à contribution.

Un mince filet de nacre illumina la bouche de Tancrède :

— Si Lionel me désirait sans m'avoir obtenue, un pareil marchandage eût sans doute été possible, mais je lui appartiens depuis longtemps déjà et...

Elle baissa subitement la voix, regardant du côté d'Odile afin d'évaluer son éloignement.

— Je ne puis plus, cousin, supporter ce despote. Quand Armide vivait, nous partagions ses humeurs, et sa rigueur était ainsi moins lourde... Tu es un otage en fuite ?... Sais-tu que je t'envie ? Il m'effraye à présent.

Ogier se demanda si Tancrède n'abusait pas d'une crédulité qui, sans doute, était un des défauts de son caractère. Elle le connaissait si bien ! Cependant, une pâleur noyait son visage, preuve de sa sincérité.

— Tu es des leurs, cousine, à présent. Tu es donc assurée, si tu romps ou t'enfuis — ce qui revient au même —, que seul Dartford en aura du ressentiment. Tu ne tarderas pas, belle comme tu es, à te trouver d'autres protecteurs ou... protectrices.

Il souriait à son tour, sachant qu'il ne la désobligeait pas. Hardie, acerbe, moqueuse, au demeurant la meilleure parente qui lui restait, il pouvait se permettre un écart de langage.

— Que pouvons-nous faire, cousine ? Il me faut tirer ton père de cette géhenne.

Il scrutait ces yeux vert-bleu qui avaient vu tant de choses. Une ombre de langueur en émouvait le fond. Tancrède pouvait s'éprendre tout aussi follement d'une noguette que d'une noble dame enfermée dans une armure de religiosité, de principes et d'austères pudeurs. Si elle avait « failli » avec Dartford, c'était pour assurer sa tranquillité. Ce *thane*, comme on nommait ici certains barons, était le garant de sa loyauté à l'Angleterre. Il était inutile qu'elle lui confirmât ce détail.

— Guillaume n'est pas mon père. Tu le sais.

— Il l'ignore. Il t'a toujours aimée jusqu'à ce que tu t'enfuies, à juste raison, de Rechignac... Il t'a fait éduquer mieux que ta sœur Claresme. Y songes-tu de temps en temps ?

— Eh oui, j'y songe !... Renonce donc, cousin, à ce ton de reproche !... J'ai une mémoire comme toi...

Ils ne pouvaient continuer ainsi. Ces griffades intempestives auraient pour conséquence une rupture définitive qu'aucun d'eux ne souhaitait.

Ogier soupira. Un gros soupir issu d'une peur dissipée. Tancrède lui sourit avec, dans son regard mi-clos, ce qui pouvait être de la tendresse.

— Que peux-tu faire, mon cousin ? N'es-tu pas suffisamment empêtré de toi-même et de moult périls que tu veuilles ajouter à tes difficultés un vieillard qui te gênera ?... La mer est loin d'Ashby. Ton Calveley aussi, je présume. Les armées d'Édouard ne sont pas toutes en France et en Écosse... Les havres sont bien gardés, les nefs sont surveillées et les petites barges aussi... Tu trouveras partout des gens d'armes. Les uns parlent comme nous, les autres non...

Elle avait tout compris sans qu'il lui eût confié ses desseins. Elle se tourna vers Odile dont l'impatience était aussi visible que le courroux :

— Elle ne te trahira pas... Elle, au moins, je sais... plutôt j'ai su en faire une alliée. Elle m'avait mise au fait de ton évasion. Je t'ai donné raison... Oh ! bien sûr, il advient qu'elle se regimbe, mais j'en suis certaine : elle t'aidera.

— Il faudrait, Tancrède, qu'elle y consente... Un bon conseil : défie-toi de sa sœur Ethelinde... Odile est belle et... affranchie. Tu t'en doutes et tu vois présentement tout en rose, mais il n'est si belle rose qui ne devienne gratte-cul.

Il eût fallu, pour offenser Tancrède, une incongruité pire que celle-ci.

— Ton conseil, cousin, me va droit au... cœur. Que vas-tu faire ?

D'une mimique, il avoua sa perplexité.

— J'ai vu Guillaume hier, à la mi-nuit. Je retournerai cette nuit dans ce val puant où il gîte, enchaîné jusqu'à l'aube avec le chevalier Étienne de Barbeyrac. Ce prud'homme, lui aussi, ne peut ou ne veut acquitter sa rançon.

Il avait saisi la main de Tancrède ; elle ne s'était pas dégagée, ni d'ailleurs repliée sur la sienne. Il chercha ses yeux mais elle cilla des paupières.

— Cousine !... Je te supplie de nous aider.

Cette prière constituait une innovation peut-être imprudente dans ses rapports avec Tancrède. L'idée de déchoir de son estime aggravait encore son humiliation. Il fallait cependant qu'il en fût venu là.

— Je crois que je te haïrai si tu ne nous accordes pas ton aide... J'en connais la minceur et les dangers...

Il essayait de découvrir sur ce visage toujours pâle l'expression de consentement, voire de connivence acide qu'il y avait remarquée tant de fois, lorsqu'ils vivaient à Rechignac. Elle en était absente.

— Où te caches-tu, mon cousin ? Tu sais, évidemment, que les Winslow te cherchent...

— Je ne me cache pas. Je me fais passer pour un Breton de Montfort.

— Toi, un Charlot[1] !

Elle rit, mais ce rire était d'une sécheresse offensante. Ses yeux grands ouverts, maintenant, avaient l'étincelant mystère de ceux des chattes. Une petite ride terrible tressaillait sur sa joue.

— Je suis venu à Ashby, cousine, avec un manant qui servit les Winslow.

— Je sais. Quand *elle* m'a parlé de toi, elle m'a parlé de lui.

— Deux femmes nous accompagnaient. L'une nous a quittés, l'autre se meurt si elle n'est présentement morte.

Tancrède contint sa curiosité. Il lui en sut bon gré : il n'eût pas su parler de Griselda et son émoi, indissimulable, eût peut-être aggravé le sentiment d'insignifiance où il se trouvait depuis qu'elle l'avait traité de Charlot. Il n'avait pas à se justifier, à préciser qu'il préférait le défunt Jean de Montfort à Charles de Blois, quand bien même ce dernier fût français jusqu'au bout des ongles, qu'il avait noirs, disait-on, car plus il était sale, plus il pensait que Dieu l'en congratulerait !

— Au cas où tu te raviserais, cousine, à propos de ton père... ou de mon oncle — comme tu voudras —,

1. Partisan de Charles de Blois.

tu me trouveras tout près de l'étal des plumassières, sur le chemin qui va...

— Je sais où elles sont : je suis passée devant.

Il semblait qu'ils se fussent tout dit. Ogier s'éloignait, maussade, quand Tancrède l'appela. Il se laissa rejoindre.

— Je loge au château et Dartford en son pavillon, dit-elle avec une précipitation légère, dont il n'avait point souvenance.

De plus, elle avait tu le prénom de *Lionel*, volontairement.

— Je sais, cousine. J'ai vu sa bannière. Mon ami Aster me l'a montrée.

— Si une idée me vient, je te la dirai... S'il m'est possible de vous aider, une fois que Guillaume sera libre, je te le ferai savoir moi-même.

Quelque chose de clair humectait son regard. Soudain, elle se serra contre lui avec une force brève, éperdue ; une sorte de passion. Il sentit sur sa bouche un baiser furieux, pareil à celui d'un adieu ultime. Toute proche, Odile cria.

Suffoqué d'émotion, les lèvres brûlantes et le cœur tourneboulé, Ogier se retrouva seul parmi des inconnus dont les processions se croisaient. Il les voyait sans les voir ; il écoutait leurs voix sans les entendre. Un carillon furieux le fit tressaillir : la campane de la chapelle sonnait à herle[1]. Tout, à l'entour du château, parut envahi, secoué par le frémissement du bronze. La plupart des passants s'étaient arrêtés, saisis, enveloppés, assourdis par ces frappements lugubres.

« On dirait un glas », songea-t-il.

Et, sans plus de prudence, il se mit à courir.

1. À toute volée.

## VIII

— Je ne l'ai pas quittée, dit Shirton à voix basse.

Il était assis à même le sol ; il se leva. La tente des plumassières, emplie du souffle de Griselda, était aussi sombre qu'une alcôve et le visage de la petite n'en paraissait que plus pâle. « Une blancheur d'hostie », songea Ogier tandis que Shirton murmurait :

— Je me suis tourmenté. Où étais-tu ?

— Au château.

— Tu es fou !

— Cette folie ne fut pas vaine : j'y ai rencontré Tancrède et damoiselle Odile.

— Ensemble ?

— Eh oui ! Nous avons parolé... J'ai même pu, un long moment, m'entretenir seul avec ma cousine. Je crois qu'elle nous aidera. Elle sait où me trouver.

Puis, se courbant un peu :

— Comment est-elle ? Quel miracle a commis ce mire à visage de sorcier ? Aucun, j'en ai peur.

Ogier s'agenouilla auprès de Griselda. « Comme morte », se dit-il sans plus sentir s'élever en lui cette rancune envers Dieu, pourtant obstiné à multiplier ses angoisses. Toute sa ferveur, tout son chagrin lui enjoignait d'observer sans trêve ces lèvres pâles qui ce jour d'hui sans doute, vendredi 23 novembre 1347, cesseraient de rire, de grimacer, de proférer des jurons et des jengles[1].

— Je donnerais mon sang pour la sauver, Jack, si ce prodige était possible. Je ne la quitte plus. Tu peux sortir... En m'attardant j'ai abusé de ta bonté.

— Ce mire ne pouvait rien. Il m'a dit que ces morsures-là valaient celles des aspics et que même un Alexis Pharmaque — qui doit être le plus entalenté des gens de son espèce — n'y pourrait rien[2].

Ogier se pencha sur la malade dont les cils parurent remuer, mais la cause en était son souffle. Les paupières demeurèrent closes.

— Je sors, dit Shirton. Je ne m'éloigne pas... As-tu faim ?

— Nullement.

— Moi non plus... Nous resterons ici le temps qu'il faudra... Toute la foule assistera aux jeux.

— Jeux du cirque de Rome... Édouard est un second Néron !... Demain, Jack, c'est l'épreuve d'archerie. Je n'irai pas. Mais toi ?

— Je pense que demain, si Calveley n'est pas arrivé, il nous faudra guerpir avec ou sans ton oncle. J'ai grand-peur que nous ne perdions notre temps et parfois, j'ai peur tout court.

Sur cette révélation, Shirton quitta la tente. Ogier l'entendit échanger quelques mots avec les plumassières, particulièrement avec Sarah dont les exclamations compassées le hérissèrent.

« Griselda », songea-t-il, l'esprit empli de ce seul nom.

La lividité funèbre et l'immobilité de la malade l'obligèrent à évoquer l'enfant qui ne semblait vouloir vivre que de pain et de moqueries le jour, et soupirait la nuit près de lui dans l'attente qu'il la prît pour une

1. Plaisanteries.

2. C'est, évidemment d'un *alexipharmaque* (un antidote, un contrepoison en ce temps-là) qu'il était question.

femme, comme une femme. « Pourquoi ? » s'interrogea-t-il. « Pourquoi Dieu veut-Il nous la ravir ? Elle avait entrepris sa rédemption... Elle attisait de sa gaieté notre mélancolie. Pourquoi ? Pour quoi ? » Commençait-il un mouvement vers elle qu'il y renonçait aussitôt dans la crainte qu'il ne s'achevât par un baiser, une brève caresse sur une épaule, une joue. Il pensait, absurdement, qu'exprimer sa compassion signifierait la fin de la petite.

Poussé par une angoisse invincible, il cueillit sur le sol un duvet que Tom avait dû perdre lors d'une de ses colères. Avec des précautions extrêmes et en se morigénant parce que sa main tremblait, il l'approcha des lèvres et des narines de Griselda dont, un instant, le souffle s'était tari. Le mouvement léger des brins gris lui révéla qu'elle vivait encore.

— Je sais que tu es là, dit-elle. Je m'en vais...

Était-ce bien sa voix cette espèce de râle ? Il voulut parler et ne le put, accablé par une sensation d'inutilité décourageante et cruelle.

— Si l'on peut... de là-haut... Je te regarderai...

— Non, Griselda !... Non !... Refuse ! Résiste à ce venin !... Bataille et tu vaincras !... Que veux-tu que je devienne sans toi ?... Tu es ma joie, ma lumière !... Il n'y a que toi qui saches me guérir de mes doutes et de mes amertumes.

Il la baisa sur les lèvres ; elles étaient inanimées. Il desserra son étreinte :

— Remue, Griselda !... Remue !

Il l'eût secouée s'il n'avait craint de l'achever. Il y avait en lui, grondante, souveraine, une colère vertigineuse envers cette *chose* injuste, impondérable et invincible : la fatalité. Il vit enfin qu'on avait mis un drap au-dessus de la petite. Le rabat grippelé par ses mains légères et bleutées lui rappela les hardes qu'elle portait avec des mines de princesse, peu après qu'il l'eut délivrée.

— Reste ! dit-il, suppliant comme il l'eût fait s'il

l'avait aimée vraiment et qu'elle lui eût signifié leur rupture.

— Tu étais, toi aussi, ma lumière.

C'était dit doucement, sans un pleur. Puis Griselda se tut ; il la crut morte, mais son souffle, après s'être atténué, reprit avec plus de vigueur. Dans la pénombre, le peu qu'il voyait de ses yeux mi-clos, de sa bouche, de ses joues — cette blancheur pareille à celle du lin sur lequel reposaient ses paumes — le pénétrait, le froidissait comme une neige. Jamais il n'avait été, de tout son cœur, aussi proche de cette fillette qui avait tout connu de l'amour sans jamais en éprouver la passion. La clarté du soleil, en traversant la tente, s'y teinta d'un peu de rouge, mais rien ne colora les traits de Griselda.

— Reste-moi, murmura-t-il en la baisant sur la tempe. Tu me portais bonheur. Sans toi...

Il ne put achever.

Le temps passa. Dehors riaient les plumassières. Le boucher lui aussi semblait de bonne humeur. Les passants devenaient moins nombreux, moins diserts. Les oiseaux gringottaient d'arbre en arbre. Que devenait Tom dans son épinette de vannerie accrochée à une branche ?... Shirton était-il parti à la recherche d'Élisabeth ? L'avait-il vue ? Avait-elle refusé de revoir Griselda ?

Une larme glissa sur la joue d'Ogier. L'effort de volonté qu'il fit pour retenir ses pleurs lui vrilla la cervelle. Au saccage de son esprit par tant d'iniquité s'ajoutait un trouble singulier de ses sens. Des images se mirent à le tourmenter : cette enfant simplette et vive qu'il avait vue dans sa nudité quasiment virginale ne rêvait que de lui et souhaitait confondre son existence et son corps aux siens.

« Tu aurais dû, puisqu'elle le souhaitait... Tu lui devais cette félicité ! Elle avait pour toi une admiration qu'aucune femme, jusqu'ici, ne t'a vouée. »

Non ! Il gardait ces impossibles amours pour ses

songeries lors des nuits sans sommeil, et sa concupiscence, dont rien ne pouvait le défendre, pour d'autres femmes — s'il se pouvait qu'il en rencontrât. Ses sentiments de compassion, de bonté, de fidélité au souvenir de Blandine, même si celle-ci ne les méritait pas, ainsi que sa piété quelque peu ternie au fil de tant de mésaventures, avaient été son bouclier et ses armes dans les escarmouches que lui tendait Griselda. Avait-il eu raison de se défendre ainsi ?

Il sut, à une rumeur de plus en plus bruyante, que les jeux du champ clos venaient de commencer. Il regarda l'enfant. Sa poitrine menue soulevait encore le drap où ses mains tressaillaient à peine. Parfois, il n'entendait plus rien que son propre souffle ; parfois la rumeur de la fête ignoble renaissait. Il eût aimé pouvoir se boucher les oreilles et se sentait dans l'incapacité de faire un geste ; d'une inaptitude affreuse à décider quoi que ce fût. Sa faiblesse soulevait en lui un ramassis de forces nébuleuses, divergentes, qui s'opposaient à ce qu'il joignît les mains pour prier avec une ferveur, une insistance inconnues. *Il se voyait prier*, il ne le pouvait pas.

Quand il fit noir, Shirton apparut, porteur d'une lanterne dont la flamme captive luisait pauvrement.

— Elle vit ?

— Toujours.

Ogier ne pouvait en dire davantage. Un seul mot, un souffle à peine plus fort que celui de Griselda. Témoin de ce désespoir et livré, lui aussi, au chagrin de cette mort, Shirton percevait les affres, les espoirs, les contemplations folles qui avaient, en son absence, animé ou pétrifié un homme rompu. Ogier sentit la dextre de l'archer empaumer son épaule.

— J'ai cherché Calveley... Élisabeth en vain... J'ai rencontré des archers qui se préparent pour demain et m'ont demandé si j'irai... Je ne sais pas... Je ne sais plus... La nuit commence à nous envelopper... Il faut que tu voies ton oncle...

D'une crispation de ses doigts sur l'épaule, Shirton

réfuta une objection avant même qu'elle eût été exprimée :

— Guillaume vit... Tu peux tout pour lui alors que tu ne peux rien pour elle.

— Elle semble dormir... Près de moi, elle est heureuse et rassurée.

— Je sais... Ton oncle aussi doit être rassuré après ce que tu lui as dit... Il te faut lui donner cela.

Ogier eut sous les yeux une lime longue, aux petites entailles et aux deux faces convexes, appelée *feuille-de-sauge* par les fèvres et les armuriers de France.

— C'est tout ce que j'ai pu rober, dit Shirton. Ce sera long, c'est vrai, mais silencieux... Ton oncle doit, la nuit prochaine, rompre ses grésillons et ceux de son ami... Reste à savoir où tu penses l'entraîner...

— Je n'en sais rien... Il faut que je voie ma cousine...

— Tu n'es pas assuré de son consentement !

— C'est vrai.

— Nous fuirons quand le moment sera propice... Nos chevaux sont dispos, je suis allé les voir... Mais ils sont trois... Si ce... Barbeyrac vient, nous serons quatre.

La main de Shirton relâcha sa pression :

— Je vais veiller Griselda, sois sans crainte.

Ogier se leva et demeura penché, la tête basse, pour éviter de se cogner aux taquets et à la perche qui soutenait le cagnard de la tente. S'il avait pu l'oser, il se fût appuyé de tout son poids sur Shirton qui, maintenant, lui paraissait plus solide, plus entreprenant et valeureux qu'il ne l'était. L'archer crocheta la lanterne à un œillet, au sommet de la voûte ; sa clarté pâle, frileuse, parut se vivifier.

— Va-t'en !... Tu perds ton temps. Elle-même te le dirait.

Le rond blême et tremblant projeté par la lampe auréolait la tête de la fillette dont la coiffure éparse brillait de sueur. Elle paraissait somnoler. La vue de ce visage paisible accabla Ogier si durement qu'il fut pris du désir de se rasseoir tandis que de nouveau la vérité tranchante, ignoble, déversait l'effroi dans son esprit : *« Elle va mourir ! »* Le désespoir surpassa l'hébétude où le plongeaient les réalités suscitées par Shirton.

— Elle mourra pendant mon absence...

— Dieu la prolongera.

— Tu crois à Ses bontés après ce qu'Il lui fait ?

Shirton ferma les yeux, cherchant quelque chose à répondre.

— La mort est au-dessus de nous, ce jour d'hui. Je n'ai pas vu ces jeux que tu trouves terribles... et moi de même... Il me faut te dire, pourtant, que quand je suis passé près du champ clos, après avoir robé cette lime, le vieil ours affrontait quatre chiens. Je crois qu'il s'est bien défendu avant de...

Il dut achopper sur le verbe *mourir*. Ogier lui sut bon gré de sa réserve. « Le vieil ours », songea-t-il, écœuré. Spontanément, il songea au sort affligeant de Guillaume. Un vieil ours, lui aussi. Cette analogie réchauffa en lui l'idée de le sauver.

— Tu trembles, dit Shirton.

Rien n'eût pu guérir Ogier de ces trépidations désagréables.

Il se pencha avec une promptitude, une cupidité folle pour toucher la main que Griselda venait de remuer. Toutes les puissances qui foisonnaient dans son être, il les lui eût données sans réticence, s'il l'avait pu. Ah ! si seulement Benoît Sirvin eût été présent ! Il aurait composé un excellent remède. La séculaire médecine des Templiers l'eût emporté sur les attouchements et, sans doute, les incantations d'un médecin sans savoir.

— Tu es toujours là...

— Oui, Griselda.

Par quel prodige avait-il pu entendre cette voix si fragile ?

La fillette eut un râle et remua la tête. La lueur de l'esconse à la flamme dorée ambrait son teint de lis ;

sa peau avait la transparence des pétales de cette fleur et il eût pu compter les veines sur ses tempes et sur son cou déjà décharné. Sa main blanche et légère n'avait rien de vivant. Griselda n'était plus qu'un corps qui froidissait, une âme qui s'allégeait de tout un fardeau de souvenirs impurs et de malédictions injustes.

— M'as-tu aimée ?

Devait-il confesser, devant Shirton attentif, que des désirs l'avaient tenaillé, dont la fréquence l'exaspérait ? Que certaines nuits où il se sentait dur comme un gisant de pierre, il avait souhaité qu'elle eût l'audace de se blottir contre lui et qu'il ne lui aurait guère résisté, bien qu'en plein jour cette tentation lui parût répugnante et d'une impardonnable lubricité. Aucune excuse, se disait-il, ne pourrait ensuite atténuer ce péché. Il l'eût rendu indigne de cette paternité dont il ignorait tout... Et si Blandine, au lieu d'un garçon, avait mis au monde une fille ? Si cette fille, par un enchaînement de malheurs, devenait comme Griselda ?

— Élisabeth ! demanda-t-elle.

— J'allais aller te la chercher... Elle est venue, mais tu dormais...

Mensonge ! Mensonge ! Mais il pouvait en commettre autant qu'il lui plairait.

— Consens-tu à me savoir absent quelque temps ?

Les entailles de la *feuille-de-sauge* pénétraient dans sa dextre comme des dizaines de petites dents guère différentes de celles d'un brochet. Avec elles, Guillaume parviendrait à se libérer.

— Je me sens mieux... Tu peux partir.

Mentait-elle ? Un sourire tremblé apparut sur ses lèvres. Ogier les baisa et se releva, indécis. Un clin d'œil de Shirton signifia : « Qu'attends-tu ? » Il ne lui opposa qu'une faible résistance, mais se retourna, anxieux que la fillette ne prît son départ pour une fuite astucieuse.

— Je n'en aurai pas pour longtemps.

Il sortit à reculons.

Sitôt dehors, il fut étourdi par la fraîcheur de la nuit autant que par son silence constellé de voix lointaines, toutes joyeuses, apparemment. Quelques étoiles clignotaient autour d'une lune blafarde. Le ciel était d'un noir bleuté, velouté. Les bigarrures et les floches des feux de camp montaient à sa rencontre. Vers le val puant, tout était sombre.

À quoi bon se retourner. À quoi bon imaginer ce qui se passait sous la tente. Ogier, pourtant, écouta, redoutant un cri de Shirton ou de la mourante. Les affres de Griselda semblaient avoir reflué dans son être avec sa passion vaine et inemployée.

Il se recueillit. Que ferait-il pour déjouer la surveillance des gardes ? Seraient-ils deux ou davantage ? Guillaume dormirait-il au même endroit ? Serait-il toujours enchaîné à Barbeyrac ? Ces questions lui parurent vaines. Une fois sur place, il aviserait.

Les passants étaient rares. S'il courait afin de revenir plus vite auprès de Griselda, leur curiosité se trouverait accrue. Il marcha en sifflotant comme un homme enjoué, sans reproche. Des ombres le croisèrent parmi lesquelles une femme riait. On eût dit le rire d'Élisabeth...

Alors qu'il était enfin seul, le galop d'un cheval le fit se ranger. L'importun, sans doute un baron, tenait un falot que la course du roncin agitait.

— Place, manant !... Par saint Yves et saint Michel, on n'a pas idée de gambier[1] si tard !

Un Breton. Déjà, il était loin.

Quelqu'un qui venait de se ployer en avant pour éviter une branche, surgit d'un chemin de traverse. Ogier ne put éviter la collision.

« Merdaille !... Est-ce un sergent ? Non : il n'a aucune arme. »

L'homme s'excusa en anglais. Ogier fit une brève révérence, allongea le pas et, se sentant suivi, fit front,

1. Marcher, errer.

menaçant. Il reconnut alors un prédicateur qu'il avait vu dans le bourg d'Ashby, sermonner les nobles et leurs dames.

— *What do you think about the war ?*

— Laissez-moi !

— Que pensez-vous de la guerre avec le royaume de France ?

Pourquoi ce donneur de leçons lui remettait-il en tête des horreurs qu'il avait oubliées ?

— Êtes-vous gascon ? Breton ?

— Breton. J'ai servi messire de Montfort. Je lui ai même sauvé la vie.

— Son fils sera présent aux joutes de dimanche. C'est un noble jouvenceau décidé à poursuivre l'œuvre de son père et de Jeanne, sa mère. Vous l'avez vu, évidemment.

— Évidemment, soupira Ogier.

Après avoir menti à Griselda, il fallait qu'il mentît à cet importun. La valeur du fils de Jean de Montfort [1] le laissait indifférent. Il sentit venir un chapelet de questions déplaisantes et s'indigna d'être saisi doucement par le bras :

— Assisterez-vous à la grand-messe de dimanche ? Croyez-vous à Notre-Dame ? Mon nom est William Langland [2], de Malvern. Ce seront mes secondes joutes, mais je ne courrai aucune lance. Je les verrai et les

1. Jean IV le Vaillant naquit en 1339. Il était donc un enfant. Il allait devenir duc de Bretagne en vertu du traité de Guérande (1365). Il épousa Marie, fille du roi Édouard III, puis Jeanne de Holland, fille de Thomas, comte de Kent, et enfin Jeanne, fille de Charles de Navarre. À la mort de Jean IV (1399), elle se maria avec Henry IV de Lancastre, roi d'Angleterre.

2. William Langland, né vers 1320 dans le Shropshire, mort en 1400, nommé Robert par le manuscrit d'Ashburnham, devint prêtre et se rallia aux idées de John Wyclif, que l'on peut résumer ainsi : *Dieu n'a pas besoin d'intermédiaires*. Il écrivit la *Vision of Peter the Ploughman* ou *Plowman* (Pierre le Laboureur), le plus ancien poème épique de langue anglaise.

raconterai. J'aime à écrire... Que pensez-vous de la Vierge Marie ?

Ce gêneur méritait d'être assommé.

— Messire !... Je ne vous permets pas de douter de ma foi !

— Tout doux, l'ami, tout doux... Je pense à Dieu tout autant que vous-même. Mais croyez-vous que Marie...

— Messire, c'est assez !

— N'avez-vous point ouï-parler de Walter Lollard en Bretagne ? Quelques-uns de ses fidèles doivent se rencontrer à Ashby, mais j'ignore quand et en quel lieu [1].

— Veuillez lâcher mon bras !

— Il y a des lollards parmi les chevaliers, parmi les manants... Je ne cherche point à vous... retenir... J'aurais souhaité, ce soir, puisque nous nous sommes... euh... rencontrés un peu fortement, vous montrer la vraie voie... Mais, par Dieu, vous quittez le chemin... Toute cette herbe est noire, piquante.

— Messire, nous foulons des couronnes d'épines... En êtes-vous marri ?

L'homme s'était arrêté. « Un fou », songea Ogier. Il allongea le pas pour se fondre dans l'ombre aussi vivement que possible.

— Où allez-vous ainsi ? Vous vous égarez !

— Vous vous égarez aussi, messire, je le crains !

— Où allez-vous ? insista le gêneur.

1. Une poussée d'hérésie s'était produite en Allemagne et aux Pays-Bas sous l'impulsion de Walter Lollard, brûlé à Cologne en 1322 après avoir enseigné l'inutilité des sacrements, l'invisibilité de l'Église et l'indépendance du peuple à l'égard du roi et du Pape. Ses partisans, les *lollards*, furent pourchassés. John Wyclif (1320-1384), né à Hipswell, mort à Litterworth, reprit ses thèses. Après des études théologiques à Oxford, il s'imposa, en 1366, alors qu'il enseignait au collège de Balliol, comme chef du mouvement anticlérical et antipapal. Il avait traduit la Bible en anglais, prêché contre la discipline et écrit de violents pamphlets contre le clergé de son temps.

La réponse vint, cruelle mais nécessaire :
— Je vais chier, messire. Il me plaît d'être seul.

— J'ai bien cru que tu ne viendrais pas... J'avais peur...

La confidence valait son poids. Guillaume angoissé ! Ogier, qui s'était enfoncé sous la tente, faillit sourire.

— Je suis venu seul, mon oncle. Il m'a fallu du temps pour déjouer la surveillance des hommes d'armes. Je vous ai apporté ceci...

Guillaume éprouva le mordant de la lime avec autant de contention que s'il s'était agi d'une lame d'épée.

— C'est peu de chose en vérité, mon neveu... N'as-tu pas une arme ?

— Hélas !... La seule que je possède est un *long bow*... et un plein carquois de sagettes... Non, je n'ai rien... Demain, dès qu'on vous ramènera céans, il faudra limer avec votre compère, aussi vivement que vous le pourrez.

Ils étaient si serrés l'un à l'autre qu'ils mêlaient leurs haleines. Dans l'ombre, des corps bougeaient, parfois avec un cliquetis. Une âcre odeur de peaux malpropres dominait celle de la sentine toute proche. Quelqu'un toussa ; une quinte qui n'en finissait plus. Ogier devina un homme jeune, secoué de soubresauts convulsifs accompagnés de violentes nausées.

— C'est Béranger Babin, dit Guillaume. Un picquenaire qu'*ils* ont fait prisonnier au siège d'Aiguillon, lors d'un des derniers grands hutins entre les nôtres et les Goddons. Quand le comte de Boulogne tomba sous son coursier [1], Babin, qui le croyait encore en vie, cou-

1. Philippe, comte de Boulogne, mourut probablement le 10 août 1346. Le lendemain, son corps fut transporté à Agen où eut lieu le service funèbre.

rut à son secours. Les Goddons l'ont pris, congratulé pour son courage et il fut épargné alors que, tu le sais, ils sont sans pitié pour le menu fretin... On ne peut rien pour lui. Il est blanc comme un suaire et crache le sang...

— J'ai vu Tancrède, mon oncle, et je lui ai parlé.

Un silence. Un grognement. Plus rien. Une lassitude immense étreignit Ogier. Cette évasion qui lui avait paru aisée dans ses prémices commençait à se révéler jonchée d'embûches. À cause de Guillaume et de son indissoluble rancune envers une fille perdue.

— Elle peut nous aider.

— Comment ? En montrant son cul à nos pourchasseurs afin que nous puissions les devancer sans crainte aucune d'être rejoints pendant que...

— Allons ! Allons ! murmura, tout proche, le chevalier de Barbeyrac.

— Mon oncle ! Vous ne pensez aucunement ce que vous dites... Vous avez admiré Tancrède... mais on ne donne pas en mariage une fille qu'on admire au plus fangeux des seigneurs de son voisinage !

Ogier se tut. Mise à mal par la hargne de Guillaume, l'idée de délivrer les deux compagnons de misère, qui lui avait donné tant de plaisance et même de jubilation, s'entachait, maintenant, de doutes et de suspicions dommageables. Il devait recouvrer son aplomb, sa confiance ; imposer sa volonté à cet homme obstiné.

— Mon oncle, ne vous en déplaise, c'est à moi de juger de ce qui est bon ou mauvais. D'avoir les alliés qui me sont nécessaires. De requérir de vous une obéissance sans laquelle notre fuite échouera piteusement.

Il s'exprimait presque durement. En dépit de ses efforts, il ne pouvait atténuer le courroux provoqué par l'intolérance de Guillaume.

— Je veux de vous la promesse que vous limerez vos liens demain soir et que vous m'attendrez. Je veux ensuite le serment de vous deux que, dès que nous serons loin de ce val puant, vous obéirez à mes commandements...

— Je vous en fais serment, dit Barbeyrac.

— Puisqu'il le faut... grommela Guillaume.

Ogier saisit le bras du vieillard et le serra pour qu'il comprît la nécessité d'une exigence supplémentaire :

— Je ne sais encore si Tancrède me donnera son agrément... un agrément qui ne sera pas son cul, mon oncle... Mais si vous vous trouvez face à face, je ne souffrirai aucune attayne, aucun tençon ni de vous ni d'elle [1].

— Soit.

C'était une réponse brève, mais méritoire. Ogier baisa la vieille tempe ridée où moussaient des cheveux blancs.

— À demain, dit-il en se glissant sous la portière.

Les feux brûlaient toujours au bout des armes d'hast. Les gardes, invisibles, riaient, et l'un d'eux imita l'aboiement d'un chien. Peut-être avait-il assisté à la défaite du vieil ours cerné de veautres affamés devant les plébéiens et patriciens d'Ashby.

Après une longue course entrecoupée de trébuchements, la tente où gisait Griselda fut pour Ogier, dès qu'il y eut pénétré, un refuge d'une tiédeur bienfaisante.

Shirton, à son apparition, s'était retourné brusquement. Une sorte d'épouvante altérait ses traits mouillés de larmes et de lumière. Ses yeux comme ensommeillés s'abaissèrent tandis qu'il attouchait le bras de la fillette.

— Je me suis rongé les sangs. Mais tu es là...

Était-ce l'ombre plus épaisse — la flamme de l'es-

1. Aucune animosité, aucune querelle.

conce, au bout de la mèche écourtée par l'usage, semblait dansoter avant que de s'éteindre ? Ogier dut s'agenouiller pour dévisager Griselda.

— Elle a bien changé, dit Shirton.

Un changement effrayant. La chair des joues, du cou, naguère laiteuse, soyeuse, avait pris une couleur de cendre ; les lèvres blêmes semblaient se rétracter ; les paupières flétries, immobiles, laissaient à demi découverts des yeux éteints, quasiment révulsés ; le nez s'était comme effilé, réduit à deux petits trous d'ombre. Parfois, sous ce qui n'était plus un souffle, ni même un râle, la bouche s'entrouvrait ; une bouche d'enfant cherchant un sein tari. Le bras qu'avait touché Shirton était bleuâtre.

— C'est la fin.

— M'a-t-elle demandé ?

— Non, rien... Je te le jure.

Ogier eût brandi le poing vers Dieu s'il l'avait pu. Il éprouvait dans son cœur, dans sa chair, plus encore que devant Cobham acharné à sa perte, la cruauté d'une Loi sans infraction possible, qu'elle fût terrestre ou divine, et son impuissance, tandis qu'il baisait les lèvres immobiles sans y sentir le moindre frémissement, lui faisait horreur.

— Morte, Jack, dit-il. Déviée [1] sans que ni toi ni moi nous en soyons aperçus...

Shirton se pencha, posa son oreille sur le cœur, tâta le pouls à la recherche d'un introuvable signe de vie.

— Morte...

Puis d'une voix penaude où roulaient des sanglots :

— Je l'ai toujours traitée en garcette [2] encombrante... Mais je l'aimais bien.

Ogier n'osait plus regarder Griselda. Une mollesse soudaine envahissait son esprit, noyant d'un seul coup ses desseins, les promesses faites à Guillaume — tout

1. Morte.
2. Petite fille.

ce qui divergeait de la petite morte. Jamais il ne s'était senti dans un tel état d'abandon, pas même dans les ténèbres du souterrain d'Angle-sur-l'Anglin après que les malandrins de Guichard d'Oyré l'eurent tourmenté. Cette horreur retrouvée malgré lui paraissait bien médiocre comparée à la commotion, à la douleur où le plongeait un trépas pourtant attendu. Comme pour le narguer flottaient dans sa mémoire des débris de sa vie auprès de Griselda tandis qu'il sentait grandir des périls qui prendraient tout leur poids, toute leur violence dès le lever du jour et surtout la prochaine nuit.

— Il semblait, Jack, qu'elle me portait bonheur.

— Elle était mièvre[1]. Je n'ai jamais vu de jungleresse aussi légère sur une corde. Il semblait, par ma foi, qu'elle défiait...

Shirton allait dire : « le ciel ». Il s'était abstenu dans la crainte superstitieuse que Griselda n'y fût point admise. Ogier retint son souffle pour étouffer des sanglots qui l'eussent peut-être desservi aux yeux de son compagnon, lequel paraissait grelotter.

— Si elle nous voyait en ce moment...

— Elle serait heureuse, Ogier. Elle verrait que tu l'aimais plus qu'elle ne le croyait, et qu'elle avait empli nos vies.

Puis, désolé par ce qui allait suivre :

— Il nous faut l'ensépulturer... À cent pas d'où nous sommes, derrière nos chevaux... L'un d'eux nous aidera à tasser la terre...

Shirton soudain marcha vers le seuil de la tente :

— Bon sang ! elle ne sera pas seule ! Tom lui tiendra compagnie ! C'est lui qui l'a tuée...

Ogier retint l'archer par sa ceinture et, la voix d'autant plus cinglante qu'il s'efforçait à chuchoter :

— Deviens-tu fou ?... Tu ne toucheras pas à Tom !... Il n'est pour rien dans ce malheur et tu le sais !... Tom était fier de nous apporter ce brochet.

1. Espiègle.

Heureux de le déposer à nos pieds... Heureux de nous faire plaisir... La perte de Griselda n'est ni sa faute, ni la tienne, ni la mienne... ni même celle d'Élisabeth qui lui ouvrit sa cage !

— Alors la faute à qui ?

Ogier fut frappé par la tristesse, la lassitude, voire le désespoir de l'archer. La mort de Griselda semblait parachever la maussaderie où l'avait plongé le départ d'Élisabeth. Il craignit pour sa circonspection et son habileté.

— La faute à qui, Jack ?... Est-ce que je sais !... Mais si tu m'autorises un conseil, un sage conseil de frère, eh bien, va soigner Tom ; donne-lui à manger... Il est aussi ton ami, *notre ami*... et nous n'en avons plus guère, à ce qu'il semble !

Les plumassières disposaient d'une houette et d'une pelle avec lesquelles, avant d'installer leur étal, elles avaient nivelé le terrain. Se relayant à la tâche avec un acharnement aussi bien dû à leur douleur qu'à l'approche de l'aurore, Shirton et Ogier creusèrent une fosse profonde où, faute de cordes pour retenir sa descente, ils laissèrent choir la dépouille de Griselda. Elle se recroquevilla en tombant, « comme si elle voulait se protéger du froid », dit Shirton, tandis qu'Ogier lançait dans l'excavation une poignée de terre. Il se signa ensuite et s'étonna que son esprit fût vide de prière.

— Hâtons-nous, dit Shirton.

Lorsque le Noiraud eut aplani la sépulture et qu'ils l'eurent jonchée de feuilles mortes, recroquevillées, elles aussi, Shirton, éploré, s'inquiéta :

— Qu'allons-nous raconter aux plumassières ?... Aux bouchers ? Nous devons quitter cet endroit !

Ogier voyait à peine l'archer à travers ses prunelles embuées.

— Toi, Jack, tu partiras. Pour moi c'est impossible. C'est ici que Tancrède doit me rejoindre si elle accepte de m'aider.

— Si elle n'y consent pas, tu vas t'exposer tout un jour aux regards des Winslow, de Ferris — que je n'ai pas vu, mais qui peut survenir —, à ceux de Simon de Brackley et de ses hommes... sans oublier Élisabeth... Et puis, que diras-tu à ces gens qui nous ont accueillis et qui ne vont pas tarder d'arriver, s'ils t'interrogent sur la petite ?

Ogier ne trouva rien à opposer à une argumentation pareille. L'éclat des yeux de Shirton, de ses dents, son visage tendu en avant lui donnaient un air hargneux, presque inacceptable.

— Nous allons nettoyer la pelle et la houette pour qu'aucune tache de terre fraîche n'attire l'attention. Je dirai à quiconque m'interrogera que tu as emmené Griselda au château où un mire lui dispense des soins qui vont sans doute la sauver... J'ajouterai que tu veilles sur elle.

— Oublies-tu que Sarah, Norah et Mary sont venues la voir et la savaient perdue. À ta place, je partirais. J'irais m'aposter tout près du pont-levis et j'attendrais le passage de ma cousine... juste pour lui demander : *« Oui ou non ? »* C'est une chose simple, claire et sans danger.

Shirton continuait à s'exprimer sagement.

— Nous allons nous musser avec les chevaux derrière le château. J'ai fait le tour des murailles ; il y a un endroit, un seul, au Ponant, où elles sont aveugles et le donjon aussi... Nul ne pourra nous voir et, de plus, c'est notre droit de choisir une place hors de la fête et de nous recueillir avant le concours d'archerie... auquel nous n'irons pas, mais nous pouvons prétendre le contraire... Viens, prends la mue [1] de Tom, je me charge du reste.

1. Cage.

Une brume épaisse suintait du sol. Elle emmaillotait les branches et les rameaux comme une neige grise, impalpable. Le jour qui s'annonçait serait humide et froid.

Shirton menait deux chevaux par la bride, Ogier son Noiraud. Ils allaient lentement vers le château, préférant au gravier indiscret du chemin le sol spongieux où les fers s'imprimaient sans bruit. Parfois, leurs semelles glissaient sur l'étoupe des herbes et des feuilles à l'odeur musquée. La brumasse emperlait toute chose. Ogier sentait sans trêve des grains glacés lui pendre au nez et pailleter sa barbe. Il regrettait d'avoir renoncé à crocheter la cage de Tom au pommeau de sa selle : l'anneau d'osier commençait à lui scier les doigts.

— Tom a l'air résigné, Jack, dit-il péniblement. Crois-tu qu'il s'apercevra de sa... de *son* départ ?

— Il dort... Le plus chanceux de nous tous, c'est lui.

Ils regardaient, entre les fûts couleur de bronze, le gros château presque irréel comme une illusion née de leurs yeux las. Y avait-il eu, dans la nuit, une fête ? Tancrède y avait-elle été conviée avec Dartford ? Que faisait-elle maintenant ?

Soudain, des corneilles s'envolèrent et tourbillonnèrent autour du donjon, craillant sans paraître vouloir s'interrompre. Élargissant, effilochant leur spirale, toutes se posèrent sur le toit de la tour portière, floraison noire, paisible comme une guirlande de deuil.

— Ici, dit Shirton. Nous serons à l'aise sous ces chênes.

Il lia la bride du Noiraud à un baliveau puis, feignant de se désintéresser de Tom, il s'occupa des autres chevaux. Parfois de gros soupirs accompagnaient ses gestes. Ogier prit dans son bissac un reste de viande crue qu'il y avait fourré afin de nourrir le balbuzard.

— Demain, dit-il, je le délivrerai. Les archers ne songeront plus à prouver leurs mérites !... Cette viande est mornée. Je la jette.

— Puisque c'est ton idée...

Ogier fut tenté de rabrouer Shirton pour un ressentiment aussi injuste. Cependant, toute brouille, même minime, eût été malvenue. Sans souci de la rosée, il s'assit au pied d'un arbre. Shirton, pensif, le rejoignit et feignit de dormir, les jambes repliées, la tête reposant sur ses avant-bras.

— Si nous réussissons, Jack, il nous faudra tout de même rober un autre cheval... à moins que Tancrède ne s'entremette pour nous.

Shirton grogna. Ce pouvait être une façon d'acquiescer. Les corneilles s'étaient tues ; la quiétude qui enveloppait Ashby semblait celle d'avant les batailles. On allait bientôt poser les cibles de paille au mitan du champ clos, et les archers se présenteraient six par six pour décocher six sagettes. Selon Shirton, ils étaient plus de cent. On leur avait assigné, afin qu'ils pussent s'exercer sans nuire à quiconque, une prairie de l'autre côté du village.

— L'aube crève, Jack.

Une longue tache rouge se boursouflait au Levant, teintant, dans son voisinage, de longs nuages onduleux pareils à des oriflammes.

— Il nous faudra manger... Il nous reste un pâté, un morceau de pain... Mais n'aie crainte : j'ai conservé des esterlins... Élisabeth se passera de la cotardie que je lui avais promise... Laisse-moi dormir un peu...

— Certes, je le ferai, mais regarde !

Soulevant son manteau au-dessus des chevilles, une jeune femme franchissait le pont-levis en courant, sous les regards de deux picquenaires adossés au chambranle de la porte charretière.

— Ethelinde !... On dirait, par ma foi, qu'elle a le feu au cul !

Les cheveux décoiffés, la mine négligée, blafarde, Ethelinde semblait une fugitive poursuivie par une meute. Telle une hamadryade effarouchée par le petit jour, elle disparut sous les arbres.

— Puisque son épouse est demeurée à Winslow et qu'il a dû passer la nuit chez les ribaudes, Arthur ne s'apercevra de rien... D'où crois-tu qu'elle sort, compère ?... De la chambre de ta cousine ?

— Odile, à ce que j'ai cru comprendre, loge au château.

— Eh bien, elles y ont accueilli Ethelinde !

Ogier refusa d'acquiescer. Si Shirton disait vrai, c'était que sa cousine était devenue folle. De tout temps, afin d'exciter sa jalousie de mâle et sa convoitise, elle s'était fait une arme du mépris qu'il avait pour des jeux dans lesquels elle devait exceller. Après les accommodements auxquels Shirton faisait allusion, peut-être avait-elle obtenu des deux sœurs, à défaut de leur complicité pour une évasion difficile, un silence qui la favoriserait.

— Lionel de Dartford, qui couche sous la tente, a permis, à son insu, ces liesses que peut-être il ne réprouve pas... puisque son épouse, avant de mourir, était la bonne amie de ma cousine...

Ogier ne parvenait pas à croire entièrement à ce qu'il avait vu. Sans lui déplaire et l'irriter, le sourire de Shirton lui donnait des agaçins dans la tête. Sous l'afflux du sang qui lui battait les tempes, son oreille mutilée le brûlait.

— Si ce à quoi nous songeons s'est produit, Tancrède sera notre alliée. Le... *reste*, par ma foi, est de peu d'importance.

Il mentait et Shirton en était conscient. Belle, désirable, Tancrède se corrompait à plaisir dans des bacchanales dont elle eût dû rougir mais qui, au contraire, tout en lui donnant plus d'aplomb, plus d'audace, rehaussaient sa vénusté. En découvrant si peu que ce fût Ethelinde et Odile enlacées, il avait imaginé toutes les frénésies dont sa singulière cousine était friande ; cette chute, ces convulsions, ces étourdissements dans ce qu'il ne pouvait appeler de l'amour, sans que le mot *luxure* atteignît son esprit. Eh bien, toutes les salacités qu'il pouvait imaginer, ces trois grâces s'en étaient repues. Il venait d'entrevoir une Ethelinde effrayée, pâle et vergogneuse ; une Ethelinde qui, plutôt que le château, semblait fuir sa propre ignominie. Et Tancrède et Odile dormaient, les paupières bleuies d'une fatigue insane.

— Ces femelles... grommela Shirton. Il faut qu'il ait été fou, Dartford, pour avoir partagé sa femme.

— En la partageant, il en obtenait deux.

L'archer eût pu sourire. Il cracha :

— Tu pourrais rebaudir ces chiennes ? Tu pourrais, toi, burtebiller [1] une... une brebis comme celle qui vient de quitter le troupeau ?

— Qui sait ? Dans l'état d'abstinence où je suis, ma houlette, parfois me démange.

Ils rirent sans se contraindre. S'ils s'étaient mécontentés l'un l'autre, leur discorde avait cessé. Ils tendirent leur visage et leurs mains au soleil dont les braises glacées se transmutaient en or.

— Que vas-tu faire avant que ta cousine sorte ?

Ogier haussa les épaules et leva les yeux sur l'énorme donjon en haut duquel pendait une bannière inerte, d'un rouge pâle et sali par les vents.

— Pourquoi pas le tour des murailles pour me dégourdir les jambes ? Les hôtes d'Ashby commencent à s'éveiller... ceux tout au moins dont la nuit fut paisible... Il doit y avoir des enfants matineux quelque part...

— C'est vrai... Et l'on dirait qu'ils s'ébaudissent.

Des rires, des crécelles retentissaient un peu plus loin ; non pas une bruyante risée, un charivari qui les eussent incommodés, mais des ricanements, la plupart étouffés, espacés parfois d'un assez long silence, et qui reprenaient, piquetés des piailleries et caquets d'au moins deux jouvencelles.

1. *Rebaudir* un chien : le caresser pour l'exciter — en vénerie. *Burtebiller :* se disait du bélier lors de l'accouplement.

— Il semble qu'ils soient derrière la grosse tour. Je te dirai, au retour, la raison de cette gaieté. Le fossé me paraît peu rempli et trop gluant pour qu'ils s'y baignent. Et d'ailleurs, il fait trop froid !

Ogier, d'un pas traînant, s'éloigna.

Deux jours encore et il galoperait, *ils galoperaient* vers le sud, vers la mer. Il leur suffirait de trouver une petite barge pour se lancer dans une traversée peut-être difficile, mais dont ils triompheraient. Peu importait que le rivage où ils débarqueraient fût aux Anglais. Dès l'instant où ils en fouleraient le sable ou le gravier, ils sauraient déjouer les embûches et vaincre leurs assaillants. Il emporterait son arc et deux carquois pleins. Si Shirton en exprimait l'envie, eh bien, il les suivrait. Après un bref séjour à Gratot, ils accompagneraient Guillaume à Rechignac.

Plus il avançait, plus les ébaudissements et les joyeux commentaires devenaient distincts.

Il vit enfin les rieurs : une dizaine de galopins entre huit et douze ans, parmi lesquels se trouvaient deux filles. Réunis sur l'étroit talus qui bordait les murailles, auquel ils avaient accédé en enjambant quelques rochers permettant de traverser à gué, ils levaient leurs faces réjouies vers la bretèche des latrines, sise au milieu d'une courtine, et qui les surplombait de deux toises à peine.

« On dirait qu'ils admirent... une éclipse de lune ! »

Il ne put que sourire de l'image que sa comparaison suggérait. D'ailleurs, eût-il manqué d'esprit et d'opportunité qu'un garçonnet roux comme une citrouille l'eût mis au fait du divertissement. L'index dressé vers la chaire-nécessaire[1] dont sans doute un séant occultait la lunette, il parut en déterminer la nature :

— *It is a man's arse, according to all that's hanging*[2].

1. Chaise percée.
2. C'est un cul d'homme à voir tout ce qui pend.

On rit sans trop de bruit. Quelque chose tomba. L'assistance recula promptement.

— Eh bien, dit Shirton en touchant Ogier de son coude, si tu me vois à tes côtés, c'est que je me demandais la raison d'une telle jubilation.

— J'allais poursuivre mon chemin. Tu ferais mieux de veiller sur nos chevaux !

— Pour les voir, il suffit de s'écarter d'un pas... Tiens, regarde cette huronne !

L'aînée des filles, échevelée, mal vêtue, les pieds nus dans des sabots fangeux, leva la tête et la dextre :

— *As a boy, you should know that all that's hanging does not necessarily fall down !*

— Un homme qui morcelle sa ventrée, dit Shirton. Et cette drôlesse dit : « *Tu devrais savoir, toi qui es un gars, que tout ce qui pend ne tombe pas nécessairement.* » Leur jeu consiste à deviner à l'avance qui, homme ou femme, apposera son potron sur la planche trouée. Se pratique-t-il dans ton pays ?

— Je le suppose inséparable des châteaux.

Ils rirent. Mieux valait s'ébaudir que de songer aux difficultés qu'ils auraient à déjouer la nuit venue.

— *Take care !... It is going to fall down*[1] *!*

— Le rouquin les prévient... Après tout, il vaut mieux que ce soit cela que de la poix brûlante.

— *Surely it's the king's arse*[2] *!* s'écria une fillette laide et dépenaillée.

Elle n'y connaissait rien, sans doute : son aînée la secoua par la manche :

— *No, Betty ! How pale that moon is ! It must be countess of Salisbury's*[3] *!*

Indigné d'une double méprise, le rouquin protesta :

— *No, rather the Queen's, I should say*[4].

1. « Attention, ça va tomber. »
2. « C'est sûrement le cul du roi ! »
3. « Non, Betty ! Comme cette lune est pâle ! C'est celle de la comtesse de Salisbury ! »
4. « Non, c'est celle de la reine ! »

— *That arse is not big enough to belong to the Queen*[1] *!* décréta Betty, le nez en l'air.

— Ils sont en désaccord pour un clair de lune, dit Shirton, impassible. Si tu t'approchais...

Il parut hésiter sur une énormité.

— Continue, Jack, ce que tu devais me dire.

L'archer hésita. La lueur qui venait de passer dans ses yeux s'éteignit.

— Si tu t'approchais pour jouer avec ces enfants, peut-être verrais-tu les rondeurs de ta cousine... en ignorant, bien sûr, qu'elles lui appartiennent.

Il y eut entre eux un semblant de malaise. L'un, sans doute, regrettait son audace, l'autre sa réserve, et Griselda n'était plus là pour les égayer d'un bon mot.

— Pourrais-tu, toi, Jack, reconnaître Élisabeth ainsi ?

L'archer, déconcerté par cette question inattendue, fit la moue :

— Non !... Tu sais bien qu'elle ne se dénudait que la nuit.

Le terrain devenait dangereux. Mieux valait rompre :

— Crois-tu qu'elle mérite encore quelques paroles ?

D'un pas traînant, Ogier reprit sa marche. Il fallait qu'il vît Tancrède, et bien autrement que Shirton le lui avait suggéré. Rien n'était résolu. Lorsque Guillaume et Barbeyrac auraient rompu leurs chaînes, qu'adviendrait-il de leur liberté s'ils ne trouvaient une aide prompte ?

— J'ai hâte de partir d'Ashby. Trop de mauvaises choses s'y sont produites... J'espère ce qu'on peut appeler un miracle.

— De quelle espèce ? dit Shirton.

Ogier feignit de n'avoir rien entendu. Ce miracle c'était que, légitime ou putatif, Tancrède secourût son père.

1. « Pas assez gros, ce cul, pour qu'il soit à la reine. »

## IX

— La voilà !

Éblouie par la lumière au sortir de la porte piétonne, Tancrède venait de s'arrêter sur le seuil, et les deux nouveaux picquenaires affectés à la garde du pont-levis dévoraient des yeux cette fille brune, peignée en queue-de-cheval, coiffée d'une barbute de dentelle, vêtue d'un ample manteau de petit-gris aux manches taillées en gigot des épaules aux coudes, et serrées sur les avant-bras par des rubans rouges noués en bouffettes. Ogier admira le vêtement splendide sous lequel remuait un pan de sanguine[1] à passement de fils d'argent.

— Cousin, je m'apprêtais à te rendre visite... Holà ! quels yeux !

Il l'enveloppait du regard, tout entière, tandis que le regret d'une certaine nuit le saisissait à la gorge.

— C'est mon habillement qui te merveille ainsi ?

— Non, cousine. C'est ton intention de me rencontrer. Si tu voulais me visiter, c'est que tu consens à m'aider... *Nous* aider.

— Je ne sais trop, cousin, quel secours t'apporter. Je suis moins bien aisée que tu ne l'imagines...

Ogier redouta d'entendre des propos aimables mais

1. La sanguine de Louvain était alors à la mode.

dilatoires. C'était à lui qu'incombait le soin de libérer Guillaume ; c'était à elle que revenait la charge de favoriser son évasion. Comment ? En le cachant — mais où ? — le temps que dureraient les recherches ? En lui fournissant un coursier solide ? Barbeyrac monterait le louvet d'Élisabeth...

— Ne demeurons pas là, cousin... Nous devons être seuls... Quel est cet homme qui nous épie ?

— Shirton, mon compère. Si tu as des amis céans, de toute sorte, je n'en ai qu'un. C'est lui.

Ils s'arrêtèrent, hésitant sur la direction la meilleure pour trouver un lieu où nul ne les verrait.

— Viens sous ces arbres, cousin.

— Tu vas crotter les pans de tes vêtements.

— Et mes caliges !... Vois comme elles sont belles.

Soulevant sa robe au-dessus des chevilles, Tancrède tendit une jambe afin qu'il vît ses souliers à lanières dorées, croisées, pareils à ceux des légionnaires de l'ancienne Rome. Il n'y avait qu'elle pour exhiber de tels atours hors de saison et leur conférer, outre une opportunité singulière, une noblesse indéniable.

— Quand délivreras-tu Guillaume ?

— Cette nuit... avec son compagnon.

— Deux hommes !

— Je ne puis faire autrement. Leur compérage dure depuis le siège d'Auberoche... Dès que leur évasion sera découverte, les furets du roi Édouard battront la campagne et fouilleront ces haies où nous pouvons nous arrêter un moment. Nous avons trois chevaux ; il nous en faudrait quatre.

Tancrède caressa les herbes de la pointe de ses chaussures, alternativement, comme si elle s'absorbait dans un jeu dont il ignorait les règles.

— Ah ! cousin... ce que tu me demandes...

Elle n'avait pas levé les yeux ; il ne lui connaissait ni ce visage figé par une contention dont il eût aimé connaître la nature, ni cette espèce de soupir hargneux des gens rongés par un mal tenace et qui n'était peut-être, chez elle, que l'expression de sa lassitude après une nuit agitée.

— Cousine, conviens-en : jamais plus notre Guillaume n'aura l'occasion de fuir que je lui offre ce soir.

Ogier avait étouffé le *« ton père »* qui lui brûlait les lèvres. Il lui en coûtait. En l'occurrence, un *« mon oncle »* n'eût rien signifié.

— Tu pourras en échange me demander ce que tu voudras.

Elle eut le geste évasif de ceux qui, avant même de contribuer à un acte généreux, font fi d'une gratitude quelconque ; mais ses yeux de saphir s'étaient illuminés. Il sut qu'il lui serait redevable de quelque chose — mais quoi ? — à partir du moment où elle acquiescerait.

— Je ne dirai rien, cousin, d'une entreprise où tu peux perdre la vie... Quant à l'autre, Guillaume, pour ne pas nommer celui qui se prétend mon père, eh bien, si je l'aide, ce sera simplement afin de t'obliger.

Un tel discours était inhabituel : les silences et les prétéritions étaient exempts du langage prompt, souvent corrosif de Tancrède. N'eût-il point fait allusion à une réciprocité dans un service dont elle lui définirait bientôt la nature, qu'elle cût renoncé à se compromettre.

— Je peux, dès la vesprée, amener mon cheval auprès des vôtres. Si vous guerpissez à la mi-nuit, vous aurez mis, à l'aube, quelques lieues entre Ashby et vous... C'est tout ce que je puis faire.

C'était peu. Elle ne s'en montrait pas contrariée.

— Sur la selle de Bucéphale — rassure-toi, cousin, ce coursier ne craint pas l'ombre —, j'accrocherai un bissac de nourriture que Margaret, ma chambrière, préparera.

— Je t'en sais bon gré : l'escarcelle de Shirton est vide. Il voulait être du concours d'archerie, mais s'abstiendra d'y prendre part.

— Quel dommage, cousin, que tu ne puisses participer à ce grand pardon d'armes... On dit que Cobham, Dartford et Brackley vont chacun lancer un défi. Sans armes ébiselées, sans lances rochetées, mais lames et pointes de guerre. Leur renommée paraît si grande qu'aucun chevalier ne les voudra vaincre... et j'en suis consternée.

Ogier imagina le plaisir qu'il eût éprouvé à relever le défi de Cobham. D'un mouvement d'épaule, Tancrède parut rejeter un fardeau :

— Dartford est un porc. Il tient à me prouver sa force. Il exulte de la montrer au roi dont il espère un commandement en Guyenne. J'aime l'Angleterre ; j'aime Londres et veux y demeurer... Ce malandrin entend me mener à coups de caveçon... Il sait que je le hais...

— Depuis qu'il a meurtri...

— Armide, ma bien-aimée compagne... Si je me regimbe un peu trop, il n'hésitera pas à me faire occire... Il me laisse, à Ashby, toute ma liberté car notre liaison passe ainsi presque inaperçue. Je ne veux pas revenir à Dartford. Ses hommes ne pourront m'y contraindre car j'ai gagné leur chef. Il me faut les quitter *tous* astucieusement. Tu vois : j'ai moi aussi des rêves d'évasion !

— Viens avec nous.

— C'est, cousin, une proposition qui m'honore.

Tancrède souriait, alléchée. Ogier fut tenté de lui rendre son sourire assorti d'une constatation : « Voilà, cousine, où t'ont menée tes inconduites. » Or, un tel commentaire eût nui au développement d'un entretien affable dont, pourtant, il n'espérait plus rien.

— Pars avec nous, cousine !

Jamais elle ne lui avait paru si belle, donc si vulnérable dans ses riches atours. Elle les portait avec une simplicité, un éclat que maintes femmes devaient lui envier. Même Odile et Ethelinde !... Fille de Blanquefort, le sénéchal de Guillaume ? Il avait accepté parfois cette opinion sans cesser de douter de sa véracité. Il vit les longs doigts immobiles et nus de sa cousine se porter sur la petite croix d'un collier d'orfroi.

— J'aimerais vous suivre...

— Un seul cheval en sus... Je te prendrai en croupe.

Tancrède courba le front avec une sorte de résignation incompatible avec sa nature.

— Avant que de partir avec toi, avec *vous*, j'aimerais te voir pourfendre Lionel de Dartford.

Ogier regarda sa cousine en face. Comment pouvait-elle imaginer *cela* ? Non seulement c'était une chose *impensable*, mais elle la savait *infaisable* !

— Relever son défi serait me condamner. Mais si je le pouvais, en une autre occasion, je meurtrirais Dartford moins pour te prouver ma bachelerie[1] que pour te délivrer de cet homme.

Il glissait sur une pente roide sans savoir, présentement, où s'accrocher. Le passé, leur passé, envahit sa mémoire :

— Pourquoi, quelques mois après notre séparation, es-tu allée à Gratot ?

— Je venais de Bretagne avec quelques routiers...

— Au service des Goddons.

Tancrède enfonça ses poings dans ses hanches. C'était un de ses mouvements familiers ; à vrai dire un geste d'homme accoutumé à commander. Ogier en éprouva un sentiment de mésaise.

— Les routiers, cousin, n'appartiennent qu'à eux-mêmes. Ils s'allient et se délient selon l'état de leur patrimoine commun. Je te voulais pour capitaine. C'est dans cette intention que je suis passée à Gratot.

— Tu avais Hervé Gleyze... ou Eyze avec toi. Qu'est-il devenu ?

— Un Breton me portait alors moult intérêt. Il a pris ombrage de l'amour que cet enfant me vouait. Ils se sont défiés. Hervé n'a pas tenu plus de vingt coups

1. Vaillance, chevalerie.

d'épée... Hervé Eyze, cousin, car la glaise, il est dedans.

Elle parlait de ce malheureux avec une componction sincère, mais elle ne s'était pas opposée à un affrontement dans lequel Hervé partait vaincu.

— Guy de Passac t'a manqué ?

Cette allusion à un traître avéré rendit Tancrède à sa maussaderie. Elle se remit à marcher, cassant parfois d'un geste sec une branchette gênante et la lançant devant elle. Le chemin d'herbes drues se couvrait d'autant de feuilles mortes que de cailloux, et leurs pas vacillaient sur quelques grosses pierres. Parfois, un merle ou une pie surgissait devant eux et s'éloignait à grands coups d'aile sans même lancer un cri.

— À quoi songes-tu, cousin ?... À Guy de Passac ?

— Non... Je me disais que lorsque nous vivions ensemble à Rechignac, tu me suppliais de t'emmener en Normandie ou ailleurs. Tu aurais tout fait pour que j'accepte ta présence.

— Mais n'ai-je pas tout fait ?

Non. Elle s'était prêtée un moment. Sans goût ni dégoût. Il se garda de le lui reprocher. Devant eux, par une éclaircie des troncs et des ramures, le champ clos apparut et, à l'entour, le pullulement des trefs et des aucubes et la forêt des mâts en pleine floraison. Des hommes se mouvaient en deçà des barrières : les archers commençaient à bander leur *long bow*. Pauvre Shirton dont aucun des desseins n'allait jusqu'à son terme.

— Guy de Passac, cousin, est trépassé lors des joutes de Chauvigny.

— J'y étais... Nous en avons parlé sur l'*Édouarde*. C'est pendant ces jours-là que tu vins à Gratot.

— Comment est-il mort, cousin ?

Il n'allait tout de même pas lui révéler qu'il avait exécuté ce félon d'un coup de rochet en plein cœur !

— Il fut pourfendu par un chevalier dont on ne savait rien, sauf qu'il avait son heaume sommé d'un poing vermeil... La présence de Richard de Blainville m'empêcha de courir des lances... Et ton Passac déplaisait fort.

Il n'exagérait point. Toute la foule chauvinoise, dans son secret instinct, avait deviné, sous son armure de fer, un homme de malheur, un chevalier dangereux. Avant même que lui, Ogier, eût couru contre ce traître, il avait perçu au-dessus d'eux un silence *mortel*. On tenait en suspicion cet homme dont l'écu portait un gerfaut d'argent sur fond de sable.

— *Æquo pulsat pede*, comme disait Arnaud Clergue. La mort frappe d'un pied indifférent... ou d'un rochet tenu par un fier chevalier... Un hobereau du Carcassonnais, cousine... Je crois même me souvenir de son nom : Fenouillet.

— Le diable l'emporte !

— Que devient sa veuve ?

— Je crois te l'avoir dit. Walter Tyler, un capitaine de Bordeaux, lui fait la cour... Elle va l'épouser pour se refaire une fortune.

— Et tu n'en es pas... marrie ?

Il ajouta vivement, pour essayer de lui tirer un sourire :

— Nous disons, nous, les hommes : *« Pour une perdue, deux de trouvées »*, c'est ce qu'il t'advient, il me semble.

Elle comprit qu'il avait vu le départ précipité d'Ethelinde. Un sourire apparut sur sa bouche pincée. À qui pensait-elle ? Aux sœurs Winslow ? À Blanche ? Armide ? Dire qu'il l'avait tenue dans ses bras. Une statue aussi lisse et froide qu'un marbre.

— Pars avec nous ! Une fois de l'autre côté de l'eau, tu seras libre.

Ogier posa sa dextre sur celle de la jeune femme sans qu'elle se regimbât ou s'aperçût de cet attouchement. C'était une surprise pour lui qu'elle eût accepté ce geste. S'enhardissant, il caressa son poignet, aussi nu que sa main, trouvant avec plaisir ce qu'il en espérait : cette douceur de nacre et de lis ; cette tiédeur qui incitait au baiser.

— Viens avec nous.

Elle se dégagea sans courroux ni rudesse :

— Non... Mais je vous aiderai.

Ils entendirent un bruit de galop, puis un autre. Deux cavaliers au moins s'approchaient.

— C'est peut-être Lionel qui me cherche ou me fait chercher.

Ogier ne put cacher son ébahissement. Tancrède n'était plus, soudain, cette créature hautaine et vindicative, voluptueuse et sans scrupule, qui venait de s'entretenir sereinement avec lui. Dans l'inquiétude — ou l'anxiété —, elle recouvrait les faiblesses de son sexe. Sa nature solide, aventureuse, abandonnait sa souveraineté. Si quelque miroir eût réfléchi son image, et particulièrement sa pâleur, elle se fût détestée.

— Viens, cousine... Ce petit pont, là-bas, peut nous abriter si nous y parvenons avant qu'ils ne nous voient !

Il la retint presque violemment :

— Non, pas par le chemin... Coupons dans ce sens-là !

Main dans la main, ils coururent sur une pente à demi pelée, parmi les fûts d'une compagnie de chênes et de saules marsaults. En bas, ils s'arrêtèrent, prêtèrent l'oreille et se félicitèrent d'un regard d'avoir distancé les gêneurs. Ogier considéra le pont, d'une seule arche, dont les garde-fous ruinés supportaient de hautes plantes palustres, puis le chemin vide encore de toute présence.

— Il y a sûrement de l'eau sous cette voûte, cousine, mais nous y serons en sûreté.

— J'ai pris peur... Je m'en veux... J'ai *toujours* peur.

— Attendons ; ils peuvent rebrousser.

Le frappement des fers sur le sol devint plus fort, sans que les cavaliers apparussent. Perçant les ramures noires, des lances lumineuses touchaient l'ombre dormante du ruisseau dévoré en partie d'iris et de fougères.

— Un pont en un tel lieu ! maugréa Tancrède. À quoi peut-il servir sinon à nous cacher.

— Regarde et tu comprendras.

Loin devant eux, dans l'enfoncement du bois, apparaissait un mur, une toiture ; et la *chose* blanche qui remuait pouvait être un cheval ou une haquenée.

— C'est là qu'ils se rendent, cousine, afin de paroler en secret... à moins que l'un d'entre eux n'ait quelque fleurette à conter...

— Qui sont-ils ?... Ce n'est peut-être pas Lionel.

Tancrède se reprenait sans qu'Ogier fût tenté de l'en féliciter. Courbé en avant, derrière une roncière épaisse aux feuilles rouillées, luisantes encore de rosée, il observait les cavaliers, trois, pas davantage, et dans une éclaircie, il pensa reconnaître celui du milieu, vêtu de velours mi-parti d'azur mi-parti de pourpre, et coiffé d'un chaperon noir.

— Édouard, cousine ! Nul doute qu'il chevauche vers cette maison. Va sous le pont ! Je t'y rejoins.

— Il y a des rochers, dit-elle à mi-voix dès qu'elle eut atteint l'arche.

Ogier fit deux pas en arrière. Le seigneur chevauchant à la dextre du roi — chaperon et surcot gris, chausses rouges — était Arthur de Winslow. L'autre — cotte hardie de sinople échiquetée de sable, heuses noires, montantes —, et qui riait maintenant à tue-tête, c'était Lionel de Dartford.

« Pourvu qu'ils aillent vélocement !... Le chemin s'étrécit. Ils vont être obligés de passer un par un sur le pont ! »

Ogier enragea contre l'étrange fantaisie du hasard : il voyait chevaucher vers lui, vers *eux*, un homme qui avait *connu* Tancrède mieux et plus longtemps qu'il ne l'avait connue — et qu'il détestait, en conséquence, autant que Guy de Passac — et deux autres auxquels il vouait un mépris sans limites.

— C'est bien le roi, cousine. Il est hourdé[1] par ce vieux félonneux de Winslow et ton Lionel dont la sale goule me rappelle celle de Bertrand Guesclin !

Il devina, chez sa cousine, la progression d'une peur dont il éprouvait les atteintes.

— Tu sembles craindre ce Dartford tout autant que je crains Belzébuth !

Il avait parlé bas — comme il l'eût fait dans un grand lit encourtiné où elle eût consenti à le rejoindre. Il la vit baisser le front, vaincue.

— Si Lionel nous découvre, nous sommes perdus.

Son visage était si blanc, ses lèvres si pâles et tremblantes qu'il la serra dans ses bras. Ainsi liés, ils écoutèrent les petites foulées des chevaux et les voix qui, dans l'émouvant silence des arbres, prenaient une sonorité glacée.

— Pourquoi as-tu laissé profaner ta beauté par un homme aussi laid ? Quand on a refusé un Garin de Linars, pourquoi s'accommoder d'un Dartford ? Était-ce, à moins que je ne m'abuse, le sacrifice propitiatoire qui te permit de conquérir cette Armide ?

Il la sentit frémir et, lui baisant la tempe :

— Ils parlent mi-français mi-anglais.

— Pour l'anglais, beau cousin, je serai ton latinier.

— Je t'en sais bon gré... Mais ne disons plus rien... Ils sont tout proches.

Un cheval s'arrêta ; un autre hennit et joua du sabot sur les pavés du tablier. Ogier qui épiait le visage de Tancrède n'y découvrit que de l'impassibilité alors qu'il souhaitait y voir de la confiance. Il devina qu'un des hommes mettait pied à terre. Édouard, sans doute. Les deux autres l'imitèrent. Il y eut quelques mots d'échangés, puis deux rires. Un troisième s'y joignit, plus faible, toussotant : Arthur de Winslow. Des

1. Escorté.

ombres surgirent, éteignant en partie la brillance de l'eau. Le regard de Tancrède s'éleva vers le peu de ciel qu'on pouvait entrevoir sous cette arche. Trois jets d'ambre liquide tombèrent, mêlant leurs auréoles dans le ruisseau tandis que la voix d'Édouard III dominait leur gargouillis.

— Dartford !... Dartford !... Notre *supremacy* restera éternelle. Quand une armée est vivace, homogène, et qu'elle a l'orgueil d'elle-même ; quand les hommes qui la composent obéissent aux commandements, comment ne vaincrait-elle pas ? Chez nous, la multitude des piétons et des chevaliers forme un corps unique dont le mutuel respect est l'âme, en quelque sorte... Je ne méprise pas la piétaille comme mon cousin Philippe... La confiance, messires ! La confiance !... Dans une armée telle que la nôtre, le roi et les princes n'ont qu'à se laisser conduire par leur bon droit, soutenus par la ferveur et l'allégresse de la masse... Vous voyez : je ne parle même pas de hardiesse car elle est fille de la peur... Vous dédaignez vos soudoyers, Dartford, et prétendez à un commandement... Aimez-les, vous aurez maintes connétablies, je vous en fais serment devant un vrai prud'homme... Vous exécrez la plèbe ? Je vous dis : considérez-la comme le terreau dans lequel naîtront des fleurs sans pareilles... Je suis fort accordé avec mon peuple, moi !... Faites-en autant... Tenez, même à la guerre, vous ne pisseriez pas avec vos archers... Vous préféreriez mouiller votre haut-de-chausses !... C'est là une erreur... Un vit est un vit... et je vous invite à enfourner les nôtres.

Il n'y eut que deux rires. Dartford ne s'était point ébaudi.

— D'où tenez-vous, sire, dit-il, ce que vous me reprochez ?

— De votre feue femme, Lionel... Elle était bonne et douce... Une perle !

Ogier sentit contre son coude le serrement de la main de Tancrède. Il n'osa la regarder.

— Allez, Lionel, partez, dit Édouard III. Si la dame qui vous attend là-bas est aussi belle que votre Armide l'était, vous êtes un homme heureux...

Ogier entendit crisser le cuir d'une selle et le frottement de deux semelles sur la grille des étriers. Il y eut un piétinement puis un galop : Lionel de Dartford allait rejoindre une amante dans la maison des bois.

— Quelle est cette... chuchota Tancrède.

Une paume prompte, solide, la bâillonna. Quand le silence fut revenu, Arthur de Winslow prit une voix pleurarde :

— Il me faut ce Franklin, sire !... Et cet archer, Aster, qui m'a tué des hommes... Je crois d'autant plus les dires de cette femme qu'elle était, dans ma demeure, ma *house-maid* [1] préférée. Que louée soit Élisabeth Pethrick !

« L'immonde ! » enragea Ogier. « Elle nous a trahis !... Je bénis Dieu qui m'a permis de venir sous ce cagnard pour y apprendre cela ! »

— Je comprends, Arthur... On a plus de plaisir, parfois, à forniquer une ribaude qui sait y faire sur un peautre [2] qu'une baronne, une comtesse sur un lit d'apparat !

Ogier sentit sur sa joue l'haleine de Tancrède.

— Il est répugnant, cousin, murmura-t-elle. Qui est cette Élisabeth ?

— La goret de mon bon compère... Je l'ai aidé à la tirer d'un bordeau...

Elle eût ri, sans doute, en d'autres lieux et circonstances. Mais brusquement, l'entretien se faisait en anglais, comme si les deux hommes trouvaient ce langage adapté aux confidences.

— *We must get rid of that Franklin. Cobham was on the point of killing him, at Sangatte, when Masny,*

1. Servante pour gros travaux.
2. Mauvais lit.

*always full of chivalrous feellings as he is, intervened, and resuscitaded him.*

— Le roi dit, cousin : « Il faut éliminer ce Franklin. Cobham l'aurait achevé, à Sangatte, mais il a fallu que Masny, toujours enclin à de bons sentiments chevaleresques, s'y oppose et le ressuscite. »

— *Sire, you are very fond of Chivalry yourself. You've brung the Round Table back.*

— Winslow fait remarquer que le roi est lui-même épris de Chevalerie et qu'il a ressuscité les rites de la Table Ronde.

Ogier avait la bouche de Tancrède si près de la sienne que de sa langue, il l'eût touchée.

— *Arthur ! Arthur ! The fact that I restored the Round Table to life doesn't mean I enjoy having all my meals on it !... A bed well supplied is my delight.*

— « Ce n'est pas parce que j'ai remis la Table Ronde à l'honneur que j'y prends tous mes repas !... C'est d'un lit bien garni que je fais mes délices. »

Ogier but ces paroles aux lèvres de Tancrède. Se détachant de lui — mais à peine —, elle écouta encore.

— *As it happens, Sire, the countess of Salisbury*[1].

Cette fois, Ogier crut avoir compris. Édouard parut mécontent d'une intervention pareille. Le ton de sa voix monta, presque rageur :

— *Let the countess leave alone. Rather tell me where is Jeanne, Kent's daughter-in-law*[2].

Ogier sentit contre lui l'étreinte plus forte de Tancrède. Il sourit.

— *It doesn't seem she has come... And, she is so young*[3] *!*

— *All the more reason to be devoted to her*[4].

1. « Justement, sire, la comtesse de Salisbury... »

2. « Laissez la comtesse où elle est. Dites-moi plutôt où est Jeanne, la belle-fille de Kent. »

3. « Il ne semble pas qu'elle soit venue. Et puis, elle est si jeune. »

4. « Raison de plus pour que je m'y attache. »

— Jeune mariée, dit tout à coup Winslow, sur un ton de reproche rieur.

Pourquoi s'était-il exprimé en français ? Pour rompre un entretien déplaisant ? Édouard semblait tenir à cette jeune proie :

— *And Joan, that lovely Joan, did I ask you ? Where is she*[1] *?*

— *Sire, she is doing her best to stay far from your sight, and, above all, your... appetite*[2].

— *Arthur ! Instead of appeasing my hunger, she's making it stronger*[3] *!*

Nouveau silence. Ogier serrait très fort Tancrède par la taille. Elle ne se regimbait pas, au contraire. Il sentait son odeur, mélange de chair et de poudre de violette. Il voyait le dessin parfait de son oreille ; le lobe en avait été percé pour y fixer des pendants. « Elle qui détestait, jadis, les affiquets ! » Elle avait bien changé sans qu'il pût dire, maintenant, si c'était en mieux ou en pire.

Winslow semblait décidé à défendre « la belle Jeanne ». Il reprit, en effet :

— *She is a newly married young bride, Sire. She knows why you've kept her husband off. She imparted to her chamber-maid, who reported it to me : « The king wants to behave towards me as he did towards Catherine of Salisbury, but his intrigues will remain fruitless*[4]. »

1. « Et Jeanne, la belle Jeanne, vous ai-je demandé ?... Où est-elle ? »

2. « Elle s'efforce, sire, de se placer hors de votre vue et, surtout, de votre appétit. »

3. « Plutôt que d'apaiser ma faim, elle l'augmente. »

4. « C'est une toute jeune mariée, sire. Elle sait pourquoi vous avez éloigné son époux. Elle a confié à sa chambrière, qui me l'a rapporté : "Le roi veut agir avec moi comme avec la comtesse de Salisbury, mais ses intrigues seront vaines." »

En réalité, Jeanne n'était pas encore mariée avec Thomas Holland, mais vivait en concubinage (voir annexe : *Édouard III et les femmes*).

Les mains d'Ogier glissèrent de la taille aux hanches. Tancrède ferma les yeux. Était-ce un encouragement ? Ouvrir ce manteau. Devait-il ? Elle n'allait pas crier, remuer, même : c'eût été les dénoncer. La perplexité s'épaississait en lui au contact des rondeurs qu'il avait brièvement connues. Pauvre joie du passé ; pâle joie ce jour d'hui. Leur fallait-il *cela* pour qu'ils s'étreignissent ainsi ? À Rechignac, une espèce de guerre ; ici, à Ashby, un danger de mort permanent...

— Tu saisis tout ce qu'ils se disent ? murmura-t-il, sa bouche contre l'oreille qui ne se dérobait pas.

Tancrède sourit avec un brin d'agacerie :

— Et toi, que saisis-tu ? Rien de... cela ne t'appartient.

Ils tressaillirent imperceptiblement. Au-dessus d'eux, il était aussi question de mariage. Arthur de Winslow reprenait sa plaidoirie ; le roi gronda :

— *Thomas Holland is valiant in the battle, but not so much in bed, I believe*[1].

Édouard parlait sentencieusement ; nullement en monarque : en despote. Quelle sorte d'amitié les liait Winslow et lui sinon la paillardise. En tout cas, le père d'Odile et d'Ethelinde insistait :

— *That's what you think, Sire ! Joan is young. Make her the Queen of these joust without any conditions. In a few years, she'll be tired of her Thomas, an then she'll be all yours. Did you know that, being in Ashby, she is in some way on her own land*[2] *?*

— *As to me, I want to be in her bed. Why do you believe I left the Queen in London*[3] *?*

1. « Thomas Holland est vaillant à la bataille. Je ne pense pas qu'il le soit au lit. »

2. « C'est votre appréciation, sire ! Jeanne est jeune. Faites-la reine de ces joutes sans condition. Dans quelques années, quand elle sera lassée de son Thomas, elle sera vôtre. Savez-vous qu'elle est en quelque sorte sur ses terres, à Ashby ? »

3. « Moi, je veux être dans son lit. Pourquoi croyez-vous donc que j'aie laissé la reine à Londres ? »

— Il me répugne, murmura Tancrède en éloignant sa joue d'une bouche obstinée. Tous les hommes me répugnent...

— Même moi ?

— *Thomas Holland shall hate you, as Salisbury did, if he only hears of your intentions... Joan is only nineteen, a very young bride*[1].

— Même moi ? insista Ogier.

Tancrède demeurait immobile, muette et, semblait-il, seulement intéressée par ce qui se disait au-dessus d'eux. Bien que le manteau fût ouvert et qu'il la touchât mieux à travers la tiédeur de sa robe, il hésitait à poursuivre des avances et des chuchotements dont il devinait l'inanité. Pourquoi l'eût-elle épargné dans un jugement si absolu contre les hommes alors que sans vergogne il abusait de sa frayeur ? Il la lâcha « pour voir ». Elle se recolla contre lui avec une vivacité, une vigueur qu'elle n'eût pas mises dans une autre espèce d'étreinte, en n'importe quel autre lieu.

En haut, Édouard III s'emportait. Il devait la guigner depuis longtemps, cette Jeanne, pour s'obstiner dans une passion momentanément sans espoir.

— *Do not try to make me believe that, beautiful as she is, she's never been acquainted with any man before meeting Thomas and William of Montagute ! Any way, I have not to care for the hatred of my subjects, even being knights. I am reigning. No one can infringe my wishes without committing high treason*[2].

— Je crois, cousin, qu'il veut violer Jeanne de Kent.

1. « Thomas Holland vous haïra, tout comme Salisbury, s'il apprend seulement vos intentions... Jeanne est une toute jeune mariée de dix-neuf ans. »

2. « N'allez pas me faire croire, belle comme elle est, qu'elle n'a pas connu d'homme avant Thomas et William de Montagute. Et puis, qu'ai-je à me soucier de la haine de mes sujets, même s'ils sont chevaliers !... Je règne. Nul ne peut transgresser mes désirs ou mes volontés sans commettre un crime de lèse-majesté ! »

Elle a vécu avec Holland, puis avec Montagute, pour revenir avec Holland et, cette fois, pour toujours.

— *She is bound to hate you, for you're the one who had her father beheaded, more than fifteen years ago*[1].

— *Not fifteen, Arthur, but seventeen, when Jane was only two. She doesn't remember anything, I'd swear to it*[2] *!*

Et brusquement changeant de ton et de langue :

— Tu n'ignores point, vieux coquin, que j'étais alors mineur, et que c'est ma mère, Isabelle, et ce diable de Mortimer qui commandèrent à un Parlement servile de prononcer la sentence de mort contre Edmond Plantagenêt de Woodstock, mon oncle !... Jeanne a tout oublié, te dis-je !

— *Sire, I do know she hasn't forgotten anything. There is nothing more redoutable than a child's memory*[3] *!* Sire, vous étiez roi. Vos souvenirs défaillent !

Ogier remua et s'inquiéta :

— Pourquoi sont-ils soudain si courroucés ?

— Tu le sauras si tu ôtes ta main. Ce n'est guère le moment, espèce de malappris.

Soudain, Arthur de Winslow changea de propos pour détourner la colère royale :

— Et la Française ? La voulez-vous ? Comment la trouvez-vous ?

Ogier tout à coup serra plus fort Tancrède :

— Si je ne m'abuse, cousine, il est maintenant question de toi... Il te veut dans son lit ; il me veut engeôler : nous sommes devenus ses proies !

La conversation s'était animée. D'un mouvement de tête, Tancrède exprima sa déception de n'y rien com-

1. « Elle doit vous détester. C'est vous qui, voici plus de quinze ans, avez fait décapiter son père. »

2. « Non point quinze ans, Arthur, mais dix-sept. Jeanne avait alors deux ans. Elle ne se souvient plus de rien, j'en jurerais. »

3. « Sire, je sais qu'elle n'a rien oublié. Rien n'est plus redoutable que la mémoire d'un enfant. »

prendre. Il y eut un silence et Arthur de Winslow parut s'impatienter :

— *What is to be done with te bowman ?*

— Il y en a pour tous, cousin. Winslow demande : « Que fait-on de l'archer ? »

Nouveau silence. Édouard méditait. Il toussota et dit enfin :

— *He's wounded some of Simon de Brackley'men. It would be foolish to sentence to death a man so skilful in handling a longbow. I'll give him the choice between being broken on the wheel — that torture we've learned from Germans —, or enter my guard.*

— Il dit, cousin, que ton compère a navré des hommes de Simon de Brackley. « Ce serait stupidité de condamner à mort un homme si habile à manier le *long bow.* » Il va lui demander de choisir : soit périr sur une roue, ce supplice qui vient droit des Allemagnes, soit entrer dans sa garde...

— *And that French girl who comes from Bordeaux, and accompanies Dartford*[1] *?*

— *That one, it would be a delight for me, Arthur, to make her trying my spear*[2].

Messire de Winslow s'ébaudit, et Édouard joignit sa jubilation à la sienne.

— Qu'a-t-il dit, cousine ? Je suis sûr qu'il vient de parler de toi.

Tancrède hésita le temps que s'apaisât le frémissement bref — de répulsion, sans doute — qui l'avait parcourue.

— Il vient de dire, beau cousin, qu'il aurait grand plaisir à me faire tâter de sa lance.

Puis, le front sur l'épaule d'Ogier :

— Quand je te dis, cousin, que les hommes sont immondes !

1. « Et cette Française qui vient de Bordeaux et accompagne Dartford ? »

2. « Celle-là, j'aurais grand plaisir à lui faire tâter de ma lance ! »

— Tous ?... Ne suis-je pas exempt de cette aversion ?

Ils se sourirent, et dans cet enjouement léger, insolite et confus, leurs bouches se scellèrent. Au-dessus d'eux, le tablier trembla sous les sabots ferrés. Le rire d'Édouard III retentit :

— La reine de ces joutes n'a pas encore été désignée. Jeanne de Kent viendra : elle en a reçu sommation... Sans quoi son cher Thomas me paiera cette offense... Ce sera notre souveraine le jour et je serai son roi une nuit seulement... Avouez, Arthur, que c'est peu !

— Et si elle refusait d'entrer dans votre lit ?

— Alors, Dartford me prêtera sa Française. Il m'a donné, hier, son acceptation.

Tancrède se détourna, dégrisée :

— Beau cousin, te voilà aussi édifié que moi... Plutôt que de me protéger des manigances du roi, Lionel me trahit pour hâter sa fortune... Cette nuit, je serai des vôtres... à moins que je ne me sente trop épiée... auquel cas, je m'enfuirai après-demain.

Les joues de Tancrède s'étaient empourprées. Ogier saisit sa main. Elle tremblait. Cette frayeur entra en lui comme un poignard.

— Il faut que nous partions, cousine, cette nuit.

— Que je vous rejoigne ou non cette nuit, je te promets d'être parmi vous à Sandwich...

— Nous serons pris : nous n'avons ni sauf-conduit ni logis où t'attendre.

— Gagnez Sandwich à franc étrier. Allez chez John Maidland : il est tonnelier, près de l'église. C'est lui qui fournit Dartford en barriques et futailles... Il a épousé Mary, une servante du château. Lionel s'opposait fermement à ce mariage ; j'ai plaidé la cause de la petite. John me doit gratitude et vous protégera...

Ils gravirent la berge du ruisseau. Sitôt qu'ils eurent fait quelques pas, Ogier scruta les arbres et les fourrés du côté de la maison forestière.

— Ils doivent être au lit, maintenant, dit Tancrède.

— Connais-tu cette femme ?

— Je ne tiens pas à la connaître, mais j'enrage, cousin, que tu ne puisses affronter ce garnement[1] pour l'occire.

— Si j'y parvenais, comment serais-je récompensé ?

Tancrède baissa le front. Ogier conçut qu'elle refusait de s'engager hors des limites de la simple parenté. Elle ne devait pas craindre, cependant, les exigences du dévouement auquel, moqueur, il faisait allusion.

— Selon tes vœux, dit-elle enfin, très lentement.

Ils s'étaient enfoncés au plus profond des arbres, entraînant les chevaux sur le faîte d'une colline d'où l'on distinguait la forteresse d'Ashby, le toit de la maison forestière, la lice où les archers rivalisaient d'adresse.

— Crois-tu qu'ils nous trouveront ici ?

— Non, Jack. Et s'ils flairent notre présence, nous les verrons venir et descendrons vers cette plaine, là-bas... Une forêt moutonne un peu plus loin...

Ogier n'osa confier à son compagnon que, pour lui, cette journée bien entamée serait d'une longueur exténuante.

— Quand la nuit viendra, Jack, tu emmèneras notre cavalerie à proximité des portes du château. Tancrède t'y rejoindra avec son Bucéphale. Je gagnerai pendant ce temps le val aux prisonniers. Une fois libres, je guiderai mon oncle et l'autre chevalier.

— Qui, déjà ?

— Étienne de Barbeyrac... un nom qui fleure la langue d'oc.

1. Au XIVe siècle : fripouille, *souteneur*.

— Dire que sans la trahison d'Élisabeth, nous ne serions pas inquisités[1] !

Ogier restait debout, regardant fixement ce château dont la massiveté abritait toutes sortes d'agitations dans ses chambres obscures.

— Oublie cette femme... et ne prends pas cet air empêtré.

— Comment ?... Si je l'aperçois, je la perce d'une sagette. En attendant, il me plairait que Ferris la reprenne... s'il est présent... Et si j'ai l'air empêtré, c'est par regret de ne pouvoir bouger.

Shirton n'irait plus errer parmi les tentes et le long des barrières. Il en avait gros sur le cœur : Lisbeth avait changé l'anachorète en cénobite. Bientôt, peut-être, l'archer se referait ermite.

— Crois-tu en notre réussite ?

— Maigrement, Ogier, mais j'y crois tout de même. Dieu nous assistera.

— Nous réussirons, l'ami, tu verras ! Aussi vrai que mon nom est Ogier d'Argouges.

Peu après qu'il se fut séparé de Tancrède, les cloches d'Ashby avaient sonné longtemps, et les gens avaient cherché dans le ciel quelques fumées incendiaires. Ils se méprenaient. Soudain, des hérauts à cheval s'étaient répandus aux abords de la forteresse, dans les campements et jusqu'au village, sans doute, afin de publier dans les deux langues que des malandrins — un archer, Aster, et un Franklin évadé du château de Winslow — devaient être appréhendés et conduits au roi, lequel guerdonnerait[2] tous ceux qui auraient permis leur capture.

— Mes compères et adversaires savent que je suis venu, dit Shirton tout en suçaillant un brin d'herbe. Si l'un d'eux me trahit, j'en serai informé. J'en ferai un nouveau saint Sébastien.

1. Recherchés.
2. Récompenserait.

— Nul ne sait où nous sommes, Jack, pas même Tancrède. Aucun manant, aucun prud'homme ne quittera la lice ou son pavillon pour partir à notre recherche.

Ogier s'approcha de la cage de Tom. Il l'avait négligé et se le reprochait. Il lui offrit la portion de bacon de son déjeuner alors que Shirton avait depuis longtemps englouti la sienne. Le rapace la piocha d'un bec violent, avide, sans même regarder son donateur. Shirton réprouva cette générosité :

— Tu vas avoir besoin de toutes tes forces. Ne te prive pas, compère, tu le regretterais. Demain, dès l'aube, on ouvrira la geôle... Tom aura tôt fait de trouver sa provende !

— Il nous en veut, Jack. Si je ne redoutais qu'il ne soit transpercé, je le délivrerais.

— Il n'a plus longtemps à attendre.

Une rafale éleva jusqu'à eux la première clameur du champ clos. Un archer devait avoir réussi un coup difficile. Shirton battit des paupières : elles semblaient peser sur ses yeux.

— As-tu ouï, compère ?

Le tremblement de sa voix trahissait sa fureur. Et son envie.

— Nous aurions fait mieux, toi et moi. J'en suis sûr.

Ogier demeura immobile, agenouillé près de Tom, écoutant la rumeur de joie et de surprise du peuple et des seigneurs ébahis par un nouveau coup heureux, le regard perdu, au-delà des branches, vers le vallon sans doute inoccupé par les captifs. Où se trouvaient maintenant Barbeyrac et Guillaume ? Élisabeth avait-elle aussi révélé qu'il avait un oncle prisonnier à Ashby ? Il s'ouvrit de cette inquiétude à Shirton qui le rassura aussitôt :

— Lisbeth nous a quittés avant que tu aies retrouvé ton parent. Bien sûr, tu nous as dit qu'il pouvait vivre encore chez nous, sur la Grande Île. C'est tout ce dont je me souviens ; c'est tout ce qu'elle sait... Devant elle, tu n'as jamais parlé de ta cousine. Même devant Griselda...

Par intervalles irréguliers, les clameurs survenaient ; de longs hurlements de déception ou d'allégresse. Le vent qui soufflait d'en bas vers les hauteurs ne cessait de les renforcer. Au-delà du champ clos s'étendaient, immenses, opulentes, jaunies et ocrées par l'automne, les terres du seigneur d'Ashby qui peut-être, demain, prendrait part aux joutes, s'il n'était trop vieux pour tenir une lance.

— Bientôt, dit Shirton, il reverra sa forêt, son ciel, sa rivière.

Et, sourcils froncés, il s'approcha de la cage. Tom sautilla de joie.

— J'ai failli commettre une injustice. Je m'en repens.

— J'aime que tu parles ainsi.

Une bourrasque apporta un nouveau tumulte. Un des arcs, posés de guingois contre le tronc d'un chêne, s'inclina et tomba, entraînant un carquois dans sa chute. Quelques feuilles mortes tremblèrent ; d'autres s'éparpillèrent comme des bêtes apeurées.

— C'est seulement après-demain, dit Ogier, que les seigneurs qui sont ici se lanceront à notre ressuite. Ils ne vont pas renoncer, demain, à courir des lances pour nous atteindre.

— Tu t'égares !... Même si tu es chevalier, tu vaux moins, pour tous ces prud'hommes, qu'un renard dans un champ... Mais j'en suis sûr : les sergents d'Ashby et quelques autres nous recherchent déjà.

— Ils ignorent notre gîte et quelles voies nous suivrons.

Alors que son sang cuisait ses veines, Ogier ne savait d'où il tirait cette confiance. Il dit enfin :

— Nous gagnerons si Tancrède se joint à nous.

— Et si la bonne chance nous abandonne tous : moi, toi, *elle*, ton oncle et ce Barbeyrac ?

— Eh bien, nous ferons front. Dieu nous viendra en aide.

La journée fut terrible à leurs nerfs. La nuit vint, lente, nuageuse et froide, transpercée de vents aigres et de gouttes de pluie. Le ventre affamé, douloureux, l'esprit hanté par son désir de réussite, Ogier se détacha du tronc contre lequel il s'était adossé, tourna autour des chevaux, flattant leur encolure et tapotant leur croupe. Il eût aimé les savoir admirablement préparés au galop qu'ils auraient à soutenir dans la première demi-lieue. Il savait qu'il n'en était rien : ils n'avaient guère eu de fourrage et d'avoine, bien que Shirton se fût occupé de les nourrir au mieux en les emmenant paître dans une petite clairière dont il regrettait l'éloignement.

— Il nous faudra, Jack, leur donner un gros picotin dès que possible.

— J'en suis bien d'accord... N'aie aucune inquiétude... Cours retrouver ton oncle... Ramène-les, Barbeyrac et lui... Et surtout gardez-vous des mauvaises rencontres !

# X

— Nous sommes prêts, mon neveu. J'ai fait don de la lime à l'un de nos compères.

Les mains de Guillaume tremblaient, maigres et noueuses comme des sarments. Une sueur abondante mouillait son front, ses joues. Par crainte de chanceler, sans doute, il avait hésité à se mettre debout. « Va-t-il tomber quand il lâchera mes épaules ? » craignit Ogier en reculant d'un pas. Derrière son oncle, Étienne de Barbeyrac restait accroupi, frottant ses chevilles endommagées par les anneaux de fer. Il se leva enfin. C'était un homme trapu, de trente ans, pas plus, brun, chevelu comme un lion, la face blême, austère ; l'œil petit sous le sourcil large et fourni.

— Les gardes ? chuchota-t-il.

— Je les ai buqués [1].

— Morts ?

— Non. Ce bâton est ma seule arme... L'un s'était endormi, l'autre rêvait, appuyé sur sa guisarme... Hâtons-nous.

Ogier précéda son oncle et son compagnon.

— Autant vous le dire maintenant : je suis recherché... On m'a dénoncé.

— Tancrède ?

1. Frappés.

— Vous déraisonnez, mon oncle. Non seulement, elle doit nous aider, mais elle nous rejoindra soit cette nuit, soit à Sandwich.

Il n'y eut plus un mot. Les deux hommes suivaient, inquiets et prudents ; le reste était sans importance. Devant et à senestre, la multitude ripaillait et gobelottait. Les cris, les chants mêlés en ondes étourdissantes fluaient sur la campagne. Lors des accalmies, on entendait bruire et tinter du métal : les fèvres et les écuyers apprêtaient des boucliers et des armures. Il advenait qu'un chant volât de bouche en bouche et s'achevât en clameur.

— Est-ce loin ? demanda Guillaume.

Ogier s'arrêta et se retourna. Son oncle lui parut un peu pâle et, sous le coup de l'émoi, chancelant. Dans l'ombre, il pouvait reconnaître ses yeux clairs, sa bouche gonflée, impérieuse, pleine d'une haleine irrégulière, mais profonde ; son grand nez qui semblait avoir été aplati par le nasal de fer. Barbeyrac attendait, observant à l'entour les prairies argentées par un rayon de lune et, au-dessus des tentes informes, la longue bannière caligineuse animée aux souffles du vent, émanation des feux qui se mouraient, innombrables, et dont les brasillements semblaient des prunelles de bêtes fauves.

— Une demi-lieue, mon oncle. Ensuite, vous aurez un cheval.

— N'aie crainte : nous tiendrons. Déjà l'air est meilleur.

Les pestilences ne les incommodaient plus, mais Guillaume tremblait encore. Les mouvements de la multitude invisible et lointaine, les convulsions, les huées, les chansons et les cris dus à des buveries forcenées, tout ce charivari de gens libres et heureux ébranlait son esprit accoutumé au silence et son corps amaigri par d'affligeantes mangeailles, des diètes et des macérations involontaires. Les yeux dilatés afin de mieux surprendre, sur le visage de son neveu, une vérité ou un mensonge dont la nature le tourmentait, il demanda :

— Crois-tu qu'*elle* est vraiment passée de notre côté ?

Il n'osait prononcer le nom de sa puînée. Sa détestation pouvait dissimuler un amour blessé, nullement un amour mort.

— Il se peut que vous la voyiez. Elle doit nous amener son cheval afin que nous en ayons un chacun.

— Prête-moi ton bâton, mon neveu.

Ainsi pourvu d'un soutien qu'il n'utilisait guère, Guillaume repartit d'un pas si pesant qu'on eût pu le croire lesté, comme autrefois, de ses jambières de fer.

Ils marchèrent, heureux de ne croiser personne. Passant tout près des étals des plumassières et des bouchers, Ogier sentit son cœur se serrer : « Nous avons fui ces bonnes gens comme des ingrats ! » Toute proche, au creux de son lit de terre, Griselda dormait dans une posture absurde.

Le château apparut, pesamment ramassé sur sa motte, incrustant dans le ciel ses merlons noirs ou blêmes.

— Contournons-le de loin et nous serons rendus.

Shirton les attendait devant les chevaux sellés. Ogier, qui n'en comptait que trois, refusa de s'inquiéter.

— Tout s'est bien passé, compère, à ce que je vois.

— Trop bien, Jack. Les gardes ont sûrement crié à la rescousse, mais avec ce vacarme, nous n'en avons rien su.

— Tous les vainqueurs de l'archerie célèbrent leur victoire... J'ignorerai leurs noms et me console en me disant que le meilleur, c'est moi !... Vous êtes là, messires, et c'est ce qui importe.

Shirton s'inclina sans déférence excessive. Barbeyrac lui rendit son salut cependant que Guillaume, remuant son bâton, laissait filtrer sa consternation et sa colère :

— Je t'avais bien dit qu'elle nous ferait défaut !

— Mon oncle !... Mon oncle !... Votre courroux est sans objet. Tancrède doit nous fournir un cheval, *son* cheval : elle viendra... Vous connaissez sa volonté, le poids qu'elle donne à ses paroles...

Un moment, quoi qu'il eût dit, Ogier éprouva une sensation nouvelle, faite de solitude, d'anxiété, de crainte des ténèbres qui semblait resurgir de son enfance prime. Il décida :

— Nous attendrons encore... Mon oncle, vous prendrez mon roncin ; vous, Barbeyrac, celui de Shirton : ce sont les meilleurs. Jack et moi monterons le sommier si ma cousine se joint à nous. Si sa fuite est différée, tu prendras, Jack, son cheval.

— Pourquoi pas toi ?

— Parce que tu es plus lourd que moi et que tu auras un cheval frais. Le sommier ne souffrira pas de me porter...

Ils attendirent, muets, en s'interrogeant parfois du regard. Guillaume et Barbeyrac s'étaient assis. Ogier s'accroupit pour examiner leurs chevilles. Protégées jour et nuit par les cuirs de ses brogues, celles du vétéran n'avaient point trop souffert. Par contre, celles de Barbeyrac étaient serties de croûtes suintantes.

— Les démons !

— Voilà, messire Argouges, ce qu'il en coûte de perdre une bataille... Et c'est pourquoi je prie Dieu qu'Il nous aide cette nuit !

— À ton aise, Barbeyrac... Ce soir, je n'ai d'espoir qu'en notre volonté.

En raison de l'obscurité de plus en plus opaque à mesure que les lueurs des campements s'éteignaient, les festoyants et les ivrognes hurlaient plus fort. Quelque chose brilla au sommet du donjon : un garde faisait sa ronde. Tous quatre avaient vu osciller sa lanterne, mais aucun n'osa se livrer à un commentaire. Une singulière répugnance pour échanger ne fût-ce que deux mots, les empêchait d'avouer leur impatience et leur angoisse. Des nuages pareils à de grands gerfauts gris traversaient maintenant le ciel.

Il y eut un bruit de sabots sous les arbres.

— C'est elle...

Elle s'était vêtue de sombre et coiffée d'un chaperon noir. Elle menait un cheval blanc, paisible, par son frein.

— Cousine...

Abandonnant son Bucéphale à Barbeyrac ébaubi, Tancrède s'approcha de Guillaume, tout à coup chancelant, et qui tenait toujours, sans doute, en suspicion cette fille singulière.

— Père...

Ainsi, elle n'osait l'appeler autrement ! Comme ce simple mot rehaussait son attrait !

— Père, le temps nous presse. Vous connaissez mon mépris des effusions...

Elle semblait dépossédée de toute force, de tout orgueil, de toute froideur. Et lui qui n'avait jamais su l'apprivoiser, quelque effort qu'il eût entrepris pour cela, demeurait coi tant elle lui paraissait différente.

— Je connais ce mépris, murmura-t-il enfin. Il m'est advenu de t'en louer sans te le dire.

Aux approches du péril, tout ce qu'il y avait de sensible et d'humain chez ces deux êtres se raccrochait à cette chose impondérable et rassurante : la parenté. Ogier ne pouvait voir le regard de Tancrède, mais son visage lui paraissait figé. Quoi qu'il en fût, il se refusait à croire qu'elle se jouait des bonnes dispositions de son « père » et que celui-ci avait momentanément refoulé sa rancune. Après la rigueur de la lutte qu'ils avaient soutenue l'un contre l'autre à propos d'un mariage absurde, la qualité de cette rencontre, au bout de deux années de séparation, le comblait d'aise et l'émouvait autant qu'elle semblait émouvoir son oncle et sa cousine.

— Je n'ai pas d'autre choix que de me joindre à

vous, mais à Sandwich, pas ce soir, dit Tancrède tout à coup tournée vers Shirton et Barbeyrac.

— Pourquoi, cousine ?

— Le roi, cet après-midi, m'a entretenue de son désir... ou plutôt de sa volonté de me faire reine si Jeanne de Kent n'apparaît point. Tu comprends, cousin, que ma cuidançon[1] est grande, d'autant plus que son chambellan est venu, ensuite, me proposer de changer de chambre.

— Qu'as-tu fait ? demanda Guillaume sans colère.

— Je me suis confondue en bonnes paroles. On prétend, çà et là, que Jeanne sera présente ; que, redoutant la passion du roi à son égard, elle n'arrivera qu'au tout dernier moment, entourée de quatre ou cinq chambrières et de moult hommes d'armes, tous prêts à protéger sa vertu... Je pense qu'elle viendra parce qu'elle doit venir : si Ashby, présentement, est gouverné par un sénéchal dont je me soucie peu du nom, le château et les terres sont à Thomas Holland, l'amant de la belle Jeanne.

Tancrède, comme toujours, renonçait aux ambiguïtés serpentines. Regardant un à un les compagnons de Guillaume, elle les prit à témoin de sa déconvenue :

— En l'absence de Jeanne, je ne puis refuser de m'asseoir à la place la plus convoitée de l'échafaud des dames, mais avant qu'Édouard me fasse jeter dans son lit avec la complicité de Dartford, son conseiller, j'aurai sauté sur un coursier pour galoper à votre ressuite... De toute façon, j'ai décidé de fuir et je vous rejoindrai...

— Une fille de France pour reine ! grommela Guillaume. Ils n'ont aucun respect des donzelles anglaises... Défie-toi de la jalousie de ces souillardes !

Un sourire anima la bouche de Tancrède. Il s'adressait à son cousin :

— Elles ne sont pas toutes laides... Pas vrai ?

1. Inquiétude, anxiété.

Puis à Guillaume, mais en incluant Ogier dans sa réponse :

— Je me méfie davantage des hommes !

Un peu de clarté bougea dans les yeux de Guillaume ; ses bras se levèrent comme s'il voulait étreindre cette fille « perdue », retrouvée chez l'ennemi. Il n'osa poursuivre ce geste de crainte que Tancrède ne reculât dans les ténèbres. Quant à elle, il lui eût semblé fâcheux de se laisser aller contre cette poitrine haillonneuse et malodorante. Elle avait éprouvé le besoin d'appeler Guillaume *Père* sans qu'une quelconque idée de sujétion ne l'eût prise. Ils se taisaient. Eux seuls savaient si des plaies mal cicatrisées s'étaient rouvertes dans leur cœur.

— Il est temps de partir, dit Shirton.

Guillaume hocha la tête et, sans cesser de regarder Tancrède :

— Je sais ce que tu penses. Ce que tu as toujours pensé.

Elle sut d'emblée à quoi il faisait allusion. Ogier également.

— Il me suffit, cette nuit, de comprendre ce que vous êtes pour moi et ce que je suis pour vous.

— Qui que tu sois, tu es ma fille. Je te dirai pourquoi si j'en ai le loisir.

Guillaume, à bout de nerfs, soupira, puis avec une sorte de repentir hargneux :

— J'aurais dû te garantir des mots que l'on murmure, des faussetés et calomnies que l'on distribue comme des friandises aux avaleurs de sornettes... Voilà, me semble-t-il, ce qui doit nous suffire... et nous consoler de tout.

Guillaume s'exprimait plus bas, plus lentement, pour que cette apologie qui terminait une longue discorde trouvât place en un cœur inconnu et sauvage. Tancrède avait-elle souffert autant que lui ? Certes non. Et même, avait-elle souffert ?

— Garde-toi, *ma fille* !... Rejoins-nous... J'aimerais,

si peu que ce soit, même un seul jour, te revoir à Rechignac, et je bénis Dieu par avance de m'accorder cette grâce.

Tancrède réprima un sanglot. Même si elle avait menti, finaudé dans ces retrouvailles pour inculquer à Guillaume la force et la volonté de distancer l'Anglais abhorré, elle n'avait pu sans émoi entendre prononcer le nom d'une forteresse qui, dans la mesure où une demeure peut influer sur un caractère, l'avait faite telle qu'elle était. Par la magie d'un seul nom — le sien, quoi qu'elle en eût pensé —, elle communiait avec ce vieillard soudain régénéré ; ce baron qui l'avait chérie *quelle qu'eût été l'opinion qu'il s'en faisait*, au détriment de son aînée, Claresme.

— J'irai à Rechignac, Père. Et vous me pouvez croire : j'irai avec plaisir.

Tancrède offrit son front à Guillaume. Il n'osa le baiser mais ses lèvres l'effleurèrent comme elles eussent effleuré les pétales d'une fleur rare. Ensuite, elle fit un pas vers Ogier. Il lui baisa la joue sans pouvoir dire un mot.

— Dieu te garde, cousin... Nous nous retrouverons.

Puis à Shirton et Barbeyrac :

— Messires, soyez prudents. Je vous recommande mon père.

Elle allait s'éloigner, elle se détourna :

— Il y a un plein bissac de mangeaille accroché à la selle de Bucéphale. Bon appétit et bonne chance !

C'était bien d'elle cette façon presque brutale de prendre congé.

— À combien sommes-nous d'Ashby, maintenant ?

— Une demi-lieue sans doute, messire Guillaume.

— Quel dommage que par ce déluge nous ne puissions chevaucher à travers champs et friches...

La nuit tombait sur eux noire comme une boue, cinglée de vent, de pluie. Transis de froid, de faim, d'incertitude, tous sentaient des frayeurs comprimer leurs entrailles.

— Sais-tu où nous allons, Jack ?

— Coventry... Autant te dire que nous prendrons notre temps... car nous irons de nuit et nous reposerons le jour. Les bosquets et les forêts ne manquent pas.

L'averse, en le noyant, argentait le chemin suffisamment large pour que deux roncins pussent y avancer de front. Ogier, la cage de Tom contre son genou senestre, chevauchait auprès de Shirton ; derrière lui venait son oncle, et derrière encore Étienne de Barbeyrac auquel revenait le soin de scruter les ténèbres et d'y déceler des lueurs ou des bruits de galopade.

Des montagnettes se détachaient assez nettement sur le fond du ciel, devant eux. C'était là, semblait-il, qu'ils trouveraient un premier asile.

— Dès que nous le pourrons, j'ouvrirai le bissac, dit Shirton tout en tapotant l'un des renflements du récipient de cuir. La male-faim me tourmente.

L'idée de manger lui procurait une espèce de griserie. Ogier l'envia de penser simplement à sa faim. Pour lui, c'était l'inverse : l'angoisse le dévorait ; son sang fourmillait de petites froidures et sa peau n'était que chair de poule. Il aperçut une sorte de grange :

— Allons là et mangeons... mangeons *tout*. Prenons des forces. Qui sait si bientôt nous n'en aurons pas besoin !

— Bonne idée, dit Guillaume.

Sous un toit de chaume dont le treillis gouttait de toutes parts, ils se rassasièrent de tranches de bacon, cuisses de poulet, pâtés et pain coupé d'avance tout en vidant deux bouteilles clissées contenant un vin âpre dont ils ignoraient la couleur. Tom eut sa part et parut s'endormir. Ogier couvrit sa cage avec une des serviettes qui avaient enveloppé les mets.

— Je regrâcie ma cousine, dit-il, le regard dirigé sur

Guillaume. Elle nous a fourni avec cette bombance, un couteau pour chacun. Cependant, Jack, et malgré la pluie qui trempe les cordes, ne crois-tu pas qu'il faut armer nos arcs ?

— Pour tirer dans le noir ?... Non, si l'on nous assaille, il nous faudra guerpir comme des malandrins... Tiens, vois cette pelle sur laquelle j'ai trébuché quand nous sommes entrés. Enlevons la ferraille et fixons-y un couteau.

— Avec quoi veux-tu l'assujettir ? Tu as jugé la corde de Gri... de la petite inutile...

— Prenez ceci, dit Barbeyrac. Une médaille de Compostelle était suspendue à mon cou. Un Goddon, pour me la rober, a rompu cette aiguillette. Je l'ai conservée dans l'attente qu'elle me serve un jour... C'est fait.

Shirton fendit le bois de l'outil dans le sens de la longueur, puis il fit éclater la poignée de son couteau à grands coups de pierre. Il ne restait plus qu'à insérer le talon plat dans l'entaille, et à enrouler solidement le cordonnet de cuir autour du manche.

— On dirait, dit Ogier, un plançon de rustique.

— Une archegaie [1], plutôt, dit Shirton content de lui.

— Un plançon, un épieu, voire une houète ou un alénas, dit Guillaume. N'y a-t-il pas céans une fourche ?

Barbeyrac qui tâtonnait, invisible, en rapporta une.

— Elle est édentée !... Trois piques au lieu de cinq.

Il étendit l'outil sur le sol et pesa de ses pieds sur le bombé des fourchons.

— Les voilà redressés !

— J'ai idée, dit Guillaume, que nous pouvons avoir une troisième arme pour le combat de près.

— Comment, mon oncle ?

— Eh bien, mon neveu, c'est simple : emplissons

1. Javelot. Toutes les armes citées appartiennent à la même famille.

de pierres et de terre mêlées une des poches vides du bissac. Sans la séparer de sa voisine, lacérons l'autre en fortes lanières et tressons-les... Ce sera comme une plommée de rustique... En la moulinant avec vigueur et sûreté, on pourra briser des têtes !... Tu sembles la vouloir, Étienne ?... Prends-la donc !

Ogier fut le seul à ne point s'ébaudir :

— Si nous sommes assaillis et si nous meurtrissons des Goddons, c'en sera fait de nous : nous serons jugés et châtiés.

Il vit trois paires d'yeux converger sur sa personne. Se croyant déprécié, il rassura ses compères :

— Il va de soi que je me battrai. Allons, les amis, transformons une des outres de ce bissac en massue !

Ils avaient cheminé environ deux cents toises quand Shirton, qui chevauchait à l'avant, s'arrêta :

— Eh bien ? demanda Guillaume.

— Je viens de voir une lueur tout près du sol.

— Une flaque d'eau peut-être, dit Barbeyrac.

— Ou un vouge, messire, une guisarme au fer baissé.

L'archer hésitait à talonner Bucéphale. Debout sur les étriers, il huma le vent nocturne. Toute la campagne s'échevelait et palpitait sous son souffle.

— Je vous engage à préparer vos armes...

Cette recommandation s'accompagna aussitôt de bruits et frôlements, et Tom dont Shirton portait maintenant la cage attachée à l'arcon de sa selle, battit des ailes. Ogier entendit ses ongles griffer le plancher de sa geôle.

— Si par affreux malheur nous sommes assaillis, dit-il, c'est la mort assurée s'ils nous prennent. Aucun de nous ne la craint... Avançons. Fuir le danger, c'est hâter la défaite... Enlevons nos pieds des étriers car se battre à cheval serait une folie.

Il guida son Noiraud devant Bucéphale. Au passage, Shirton lui lança un regard qui, peut-être, exprimait de la peur. S'il était pris, sa félonie serait terriblement châtiée. Aider des Franklins en fuite ! Le crime était impardonnable.

Le chemin s'inclinait entre deux talus en friche quand la horde se rua sur eux de toutes parts.

— *It's an ambush*[1] *!*

Dans le danger Shirton retrouvait son langage.

— *Take shelter, everybody*[2] *!*

— Pied à terre ! hurla Guillaume.

Et tout à coup rageur :

— *Elle* nous a trahis !

Ogier ne put contester cette affirmation.

— Montjoie Saint-Denis !

Son cri s'enfonça dans les hurlements et les huées.

Affolés, les chevaux tournèrent sur eux-mêmes. Bucéphale rua, se cabra et parvint à s'ouvrir un passage après qu'il eut perdu la cage de Tom. Ogier vit la petite échauguette d'osier rouler, recevoir un coup de pied ferré et disparaître dans l'ombre. Il s'aperçut que Shirton s'était séparé de lui et hurlait quelque part au-dessus de la mêlée :

— *Do withdraw !*... Repliez-vous !

Barbeyrac maniait sa pesante besace, semblable à une grosse courge. Il toupinait avec une telle violence que les hommes groupés autour de lui semblaient reculer au simple effet de son vrombissement. Guillaume ? Il venait d'enfouir sa fourche dans un ventre. L'Anglais empointé à mort gargouilla une imprécation et s'affaissa.

« Non, elle ne nous a pas trahis ! C'est impossible...

1. C'est une embuscade !
2. À l'abri tous !

Jamais elle n'a été si loyale envers quiconque et surtout envers Guillaume ! »

Se refusant à condamner Tancrède, Ogier pointait, dégageait, balançait son couteau de brèche rustique en rageant que cette arme fût moins longue que les guisarmes et les vouges dont il s'acharnait à écarter les hampes plutôt que de percer et tailler leurs porteurs. Par chance, on y voyait à peine. Les gouttes qui ruisselaient des chapels de fer mouillaient les yeux, rendant ainsi les coups aléatoires. Les luisances mortelles se confondaient. Il advenait que deux aciers, jaillis en même temps, parussent éclater ou que des crochets de guisarmes se prissent un instant l'un dans l'autre.

« Misérables Goddons !... Ils ne comprennent pas qu'ils se gênent !... Tant mieux pour moi ! »

Il était circonvenu d'une telle fureur unanime qu'il doutait de survivre longtemps. Toute cette masse compacte d'hommes et de fer reculait pourtant sous ses coups et ceux de ses compagnons. Alors qu'un homme apparaissait, brandissant une hache, il entendit un frissement et le vit tomber, une flèche fichée dans sa pansière. Shirton était donc là, fidèle et diligent.

« Mieux vaux mourir ainsi qu'au bout d'une corde ! »

Ce n'était qu'une crépitation de fers aheurtés, un tumulte de cris secs et rauques traversés de plaintes et de jurons. Parfois, une sagette sifflait pour se ficher dans un bras, une épaule : Shirton ménageait les hommes de sa race.

« Où est Barbeyrac ? »

Tout proche, il se battait en hurlant son enseigne : « Alix ! Alix ! » — le nom peut-être de son épouse — et son outre de cuir mugissait tandis qu'emporté par son poids, il tourniquait toujours. Un homme fut touché, l'arme se rompit et répandit son lest. Il y eut un ricanement suivi de cris de joie.

La voix de Guillaume domina cette hilarité féroce :

— Ils me tiennent !

Un homme harangua de loin ses compères. Sans doute disait-il : « Sus au dernier ! » Alors, un commandement éclata :

— Le roi les veut vivants !

Ogier sentit ses bras s'alourdir. Il avait brisé, dispersé maints épieux ; d'autres le harcelaient, infatigablement. Ses coups désordonnés cessaient d'être efficaces. Plutôt que d'avoir peur, ses assaillants riaient.

— Messire, rendez-vous !

Il fallut accomplir les mouvements ignobles : jeter l'arme et lever les bras ; marcher vers le vainqueur de cette brève embûche ; oublier les jurons, les crachats de ses gens ; rejoindre Guillaume et Barbeyrac maculés d'un sang qui peut-être était leur.

— Messire, vous m'avez occis trois hommes et navré quatre autres...

— Messire, mon honneur est sauf. Ma devise est : *Ut in praelio leo*, ce qui signifie : *comme un lion au combat...* et j'en porte deux sur mes armes. Je griffe et je rugis sitôt que l'on m'assaille... Mais, si j'en ai loisir, je prierai pour vos morts.

Ogier souriait, toute haine abolie, à ce capitaine trapu, vêtu en bourgeois à l'inverse des autres, et qui remuait devant son visage ses mains épaisses et blafardes sans oser le frapper. L'homme avait des yeux blanchâtres, des cheveux drus, bruns et longs, transformés en pendeloques. Comme il était glabre et mélancolique, il ressemblait à une vieille pucelle morose qui, par mégarde ou méchant sacrilège, eût pris un bénitier pour évier. Tout aussi barbouillé de pluie que ce Goddon, il fallait qu'il feignît d'être à l'aise. C'était ainsi qu'il obtiendrait son respect.

On avait juché les blessés et les morts en travers des chevaux dont le nombre s'était augmenté de trois seulement, puisque Bucéphale avait disparu. Les vainqueurs se disposèrent sur deux rangs. Lorsque ce fut fait, le capitaine s'approcha des prisonniers :

— Je vous laisse les bras et les mains libres. Marchez l'un après l'autre en silence entre nous.

— Les mains libres ! s'exclama Barbeyrac. À la queue leu leu. Ils ne vont pas nous accouer[1] tout de même...

Un coup de plat d'épée l'atteignit à l'épaule. Il eût pu broncher, il se retint et, d'une chiquenaude, feignit de rejeter la souffrance importune.

— Je me place en avant, dit Guillaume.

— Souffrez-vous ? Êtes-vous durement navré ?

Ogier s'était abstenu d'employer le *« mon oncle »*. Il importait qu'on ne sût pas leur parenté.

— Mon bras est entaillé, ma hanche me fait mal...

Puis, tourné vers le capitaine qui s'avançait, dague au poing, menaçant :

— Qui nous a vendus, messire ? Une femme, pas vrai ?

— Même si je le savais, je ne vous dirais rien... Vous me semblez bien emparlé[2]... Je vous conseille le silence ou la prière... muette !

Et brusquement, l'Anglais triompha :

— Que vous soyez allés au sud, au nord, au Ponant, au Levant, nous vous aurions appréhendés au corps. Le roi qui a mis deux cents hommes à votre pourchas voulait surtout qu'on s'empare d'un certain Ogier d'Argouges.

Ogier s'apprêtait à marcher, il fit front :

— C'est moi... Quel honneur, messire, d'avoir l'attention du roi !... Il est vrai que nous nous connaissons.

Cette affectation de gaieté ne trompa point l'Anglais, mais s'il pensait à un désespoir secret, inguérissable, il était dans l'erreur. Il rengaina son arme et, de son avant-bras, épongea son front ruisselant.

— Il reste cet archer : Shirton... Ce traître ! Nous

1. Attacher les chevaux à la queue l'un de l'autre, de façon qu'ils marchent à la file.

2. Vous parlez aisément.

l'avons espéré au concours d'archerie ; il n'y est pas venu... Mais patience : nous le retrouverons... Avancez !... Pourquoi courbez-vous la tête ?

Comme ils passaient sur les lieux de l'attaque, Ogier aperçut la cage de Tom. La porte avait dû s'ouvrir pendant la chute et la roulade au bord du chemin. Le balbuzard n'y était plus.

— Où nous conduisez-vous ? demanda Barbeyrac.

— Au roi, messire. Il vous attend au château d'Ashby... Allons, avancez promptement. J'ai des hommes à soigner...

C'était vrai : des gémissements s'exhalaient à l'arrière.

— *Avancez, avancez*, grommela Guillaume. C'est vous, pour votre prouesse, qui allez avoir de l'avancement !

— Quelle prouesse ? s'étonna Ogier. À quinze ou vingt contre trois hommes armés comme des hurons, je ne vois là aucun mérite.

Nul n'osa le frapper. Quelque détestable qu'elle fût, l'ombre d'Édouard III le protégeait.

Ils gravirent la spirale d'un escalier à la suite du capitaine et de deux de ses hommes. Ils furent introduits dans une antichambre étroite et froide, pourvue d'un seul banc sur lequel ils s'assirent. Un flambeau de poing brûlait dans son anneau. Derrière une porte, au fond, des tintements de vaisselle et des voix rieuses retentissaient. Ogier s'aperçut qu'il avait faim.

— Surtout, murmura-t-il à Guillaume, essayons de leur faire accroire que nous ne sommes point parents. Notre parenté, c'est la France. N'est-ce pas, Étienne ?

Plutôt que de le courroucer, cette familiarité toucha Barbeyrac.

— La France..., dit-il rêveusement. La reverrons-nous ? Retrouverais-je mon épouse ?

L'huis fermé s'entrouvrit sur un sergent qui s'éloigna, l'air repu, échauffé, semblait-il, par des copieuses mangeailles.

— Ils dévorent les reliefs des seigneurs, dit Guillaume. Pire que des chiens de meute affamés !

Devant Ogier, bouchant presque une étroite baie, le donjon dressait sa lugubre carrure.

— Où passerons-nous le reste de la nuit ? demanda-t-il à son oncle comme si lui seul détenait la réponse.

— En quelque cachot d'Ashby... S'ils veulent nous juger, ce ne sera pas demain, en raison des joutes, mais après-demain.

Un autre sergent apparut et passa, l'épée battant sa genouillère. Il avait l'allure d'un huron fervêtu, la claudication d'un canard. Il adressa aux gardes un léger sourire et complimenta leur chef :

— Bonne prise, Wilf !

L'homme se rengorgea, le visage et l'attitude empreints d'une sérénité résolue : à coup sûr, il contrefaisait quelque grand connétable auprès duquel il avait guerroyé.

Un autre Anglais, un clerc serré dans une houppelande noire, vint s'immobiliser dans l'embrasure de l'entrée :

— Wilf...

Du crochet de l'index, il invitait le capitaine à le rejoindre. Quand ce fut fait et qu'ils eurent disparu, Ogier sermonna son oncle :

— Surtout, matez vos nerfs comme un coursier rétif. Prenez garde aux mots que vous emploierez. Quand les Goddons nous ont assaillis, votre colère et votre déception vous ont troublé l'esprit : Tancrède n'est pour rien dans notre mésaventure. Il est heureux pour elle que Bucéphale se soit enfui.

— J'aimerais que tu dises vrai. Certes, il faut convenir qu'elle m'a traité en père...

Ogier, ahuri par cette observation, examina le profil fripé, mangé de barbe grise de cet homme qui, peut-être, *savait*. Guillaume regardait le donjon devant lui, à travers les vitres glauques. Il eût considéré aussi attentivement les oreilles d'un cheval avant de galoper droit à l'ennemi.

— Tancrède n'a jamais voulu s'avouer qu'elle vous aimait.

— De toute façon, elle me préférait Blanquefort... J'aimerais la revoir avant de trépasser.

— Qui sait ? Nous survivrons...

— Vous peut-être. Pas moi.

Ogier fut privé du loisir d'encourager le vieillard — si toutefois il en avait besoin — : le capitaine revenait, tout enfiévré d'allégresse. Édouard III avait dû le congratuler, soit de vive voix, soit par l'entremise du presbytérien.

— Debout, messires. Suivez-moi.

Après la tremblotante pénombre du vestibule, la lumière qui, du pavement au plafond, noyait la chambre du roi, donna aux trois prisonniers l'impression d'un mélange éblouissant d'or et de pourpre. Quatre cierges pascaux, quatre candélabres à long pied, une couronne de lumière à double rang de chandelles dont le poids semblait infléchir la maîtresse poutre du plafond répandaient dans la pièce, outre leur clarté, une odeur de chapelle un jour de Fête-Dieu, car pour se prémunir d'un rhume ou de sa contagion, le suzerain d'Angleterre avait fait brûler, dans une cassolette de bronze figurant un léopard, une poudre fumigatoire à senteur de camphre.

Assis nonchalamment au chevet de son lit, Édouard III se leva et sourit. Il n'eût certes pas mieux accueilli des amis ; cependant, au-dessus du retroussis de ses lèvres cernées de poils roux, ses narines palpitaient, et ses yeux exorbités semblaient tout imprégnés de la noirceur nocturne.

— Messires, le bonsoir... Vous m'avez tué trois hommes.

C'était avant la lettre une condamnation.

— Sire, dit Ogier, si l'on vous assaillait, ne tireriez-vous pas l'épée ?

La voix mesurée, sans orgueil, sans animosité ni bassesse, il défiait le souverain, sachant bien qu'il prenait toute l'affaire à l'envers et qu'un otage qui s'évadait et que l'on capturait ne se pouvait comparer à un « honnête homme » agressé par des malandrins. Puis il considéra le roi d'un regard bref, de l'enveloppe [1] qui lui couvrait la tête jusqu'aux oreilles — et qu'un manant eût pu porter tellement la laine et la forme en étaient vulgaires — à ses pieds nus dans des crépides de basane. La baignoire [2] qui le vêtait, d'un drap simple, azuré, semblait doublée de mouton. Plutôt que de l'atténuer, un ceinturon de cuir à la boucle orfévrée soulignait une corpulence où se développait un ventre de satrape.

— Sortez, Wilf, voulez-vous. Je vous verrai plus tard.

Édouard III allait donc s'exprimer en français, sans la moindre velléité de courtoisie, mais parce qu'il se tenait pour roi de France. Guillaume toussota. Barbeyrac l'imita par effronterie, tout en croisant les bras dans l'attitude d'un homme qui ne regrette rien, qui ne redoute rien, fût-ce la mort.

Autant qu'Ogier pût en juger d'un coup d'œil, la chambre était carrée, assez vaste. Dans un angle, un lit encourtiné de satanin vermeil doublé de rose, élevait ses colonnes jusqu'au plafond. Dans un autre, une cathèdre exhibait son haut dossier sculpté aux armes

1. Sorte de coiffe pour la nuit.
2. Peignoir, robe de chambre.

de l'Angleterre. Bien que marqueté de feuilles et de fruits, Ogier ne se méprit pas sur l'usage du siège. En son centre, et quoique bien ajustés, les pampres ne dissimulaient point le couvercle d'une trappe ronde. Proche d'une étroite fenêtre, un miroir d'argent poli, ceint de dorures épaisses à feuilles de laurier, réfléchissait les lumières et l'armure du roi, posée sur une damoiselle [1], sauf les brassières et les jambières laissées à même le carrelage noir et blanc, échiquier maculé d'empreintes de semelles. Il y avait aussi un bahut et une table oblongue, couverte d'une nappe damassée. Des livres et des parchemins y voisinaient avec un drageoir, deux hanaps et une aiguière que le roi saisit par son long col, soupesa et reposa, l'air déçu.

— Dans quels draps vous êtes-vous mis, messires !

Pour soulager sa rage ou parce qu'il éprouvait, soudain, le sentiment de s'humilier lui-même, en vêtement de nuit, le roi se découvrit, jeta sa coiffe sur le lit et tapa sur la table. Comme invité à entrer dans la pièce, un clerc apparut, l'air humble et paterne, un calemart suspendu à sa ceinture.

— Approchez, Jean d'Offord [2]. Approchez...

L'homme noir passa de l'autre côté de la table, auprès de son suzerain.

« Nous voilà », songea Ogier, « devant un tribunal. Il ne manque plus que le fils aîné du roi, le prince Édouard. Viendra-t-il ? »

Guillaume lui jeta un regard d'impatience. Barbeyrac bâilla irrévérencieusement.

— Vous encore, messire Ogier d'Argouges !... Lorsque vous me portiez les brefs de mon cousin Philippe, eh bien, par ma foi, je vous trouvais hardi, avenant, et j'éprouvais pour vous une espèce d'estime...

1. Mannequin.
2. Jean d'Offord, doyen de Lincoln, fut le chancelier d'Édouard III. Le calemart ou calemar était une écritoire en forme d'étui allongé qui se portait à la ceinture.

— Je vous en sais bon gré, sire, bien que n'ayant jamais remarqué que ces mérites-là provoquaient dans votre esprit, sinon dans votre cœur, tant de considération... Je suis marri d'avoir à vous le dire.

Ce n'était point moquerie de sa part ; d'ailleurs il s'exprimait avec une componction presque sincère.

L'échine touchant au mur, les mains jointes sur sa poitrine, Édouard III le regardait de ses yeux mats, et semblait un gisant dont on eût relevé le sépulcre. Cependant un gisant ne nuisait à personne, et cet homme aux cheveux longs, à la barbe fourchue, devait avoir la haine aussi froide et massive que le mur sur lequel il s'était adossé.

— J'apprends, dit-il, à mon retour de Calais, que la femme de Gauthier de Masny n'étant point en sa demeure, damoiselle Odile de Winslow vous a mené au château de son père... J'apprends de ce père que vous vous êtes enfui, malgré les bons traitements que l'on vous dispensait. J'apprends, par Ferris, que vous avez...

— Ferris, sire, est ce que nous appelons un maquereau... La considération que vous lui témoignez me surprend...

— ... et vous indigne.

— Nullement, sire. Elle m'indignerait si cet homme avait quelque intérêt. C'est... comment dire : un capitaine de bordeau... J'ai plus de révérence pour le captal de Buch[1], si détestable que soit ce mercenaire, que pour ce malandrin qui vit des appas de quelques malheureuses.

Immobile, une épaule touchant à l'embrasure de la fenêtre, Ogier affectait de dédaigner ce qui l'entourait, particulièrement ce clerc aux allures d'inquisiteur, pour ne voir que son adversaire : le roi. Son sang glacé par la dernière épreuve se réchauffait ; son cœur battait plus librement ; ses vêtements piteux adhéraient à ses

1. Le capitaine de Bordeaux : Jean III de Grailly.

chairs, et d'eux et de celles-ci, il n'eût su dire lesquels étaient les plus humides. Il se sentait aussi las et oppressé que s'il venait de courir dix lieues. Pourtant, sa comparution, *leur* comparution ne faisait que commencer. Qu'allait-il advenir de ses compères et de lui-même ?

— Vous me semblez toujours entalenté pour disputer, messire Argouges. Quand nous nous sommes vus, les deux premières fois, nous étions égaux : vous étiez le truchement de mon cousin Philippe, qui se prétend roi de France. La troisième fois, à Calais, vous gisiez quasiment mort sur une civière, et l'on vous emmenait sur ma nef préférée : l'*Édouarde*. Votre hautaineté s'en était allée avec votre sang... Cette nuit, je vous ai enfin à ma merci !

Le faîte de la haine était atteint ; restait la consécration du triomphe. Ogier vit Jean d'Offord murmurer soit un conseil, soit une recommandation à l'oreille du monarque. De lui-même, il avança vers les deux hommes et, comme Guillaume et Barbeyrac, croisa les bras dans l'attente d'une sentence.

— Vous m'avez, messires, tué trois soudoyers et navré quantité d'autres. Il m'incombe de venger mes sujets... Vous n'y allez pas de main morte !

— Sire, en disant cela, fit Guillaume impassible, vous nous honorez grandement !

La suffisance, l'ostentation d'Édouard III n'avaient aucun ascendant sur lui. Sans doute estimait-il qu'il jouait, entre ces murs lumineux à l'excès et sur cet échiquier à sa mesure, une dernière partie dont il connaissait l'issue. Mieux valait qu'il profitât d'un petit avantage verbal avant une défaite inéluctable.

Le roi croisa les bras, lui aussi. Lui aussi se cuirassait d'attitudes hautaines, au risque, dans ses ajustements de nuit, de passer pour un quelconque bourgeois. Mais ses humeurs étaient volontiers réversibles : il rit. C'était mince déconvenue, pour le vainqueur de Crécy, d'avoir perdu trois soudoyers au combat, les autres étant, une fois guéris de leurs plaies, destinés à y revenir. Il rêvait de conquérir la France et la violentait durement. Il avait assez de bon sens pour mesurer, face à ces trois hommes qui se récalcitraient contre la servitude, tout ce qui l'empêchait présentement d'y parvenir et tout ce qui contrarierait ses visées si Philippe avait pour successeur un homme habile, courageux, circonspect. Ogier l'eût pu dissuader de s'inquiéter : il semblait, d'après ce qu'il avait vu et appris du duc de Normandie, qu'il serait plus misérable suzerain et plus funeste guerrier que son père.

— Vous êtes présomptueux, messires, dit tout à coup le chancelier, entre deux toussotements qui semblaient accuser la gravité de sa constatation.

— Monseigneur, dit Barbeyrac en élevant considérablement la voix à mesure qu'il s'exprimait, notre fierté, ne vous déplaise, est notre seule et dernière arme. N'ayez crainte : elle ne tue pas.

Une soudaine et dommageable cillose transforma le visage émacié de Jean d'Offord : ses cils n'en finissaient plus de cligner comme si ce Franklin venait de lui jeter du poivre dans les yeux. Il parut perdre son souffle et renonça, malade de honte, à proférer un mot de crainte de l'écorcher.

Édouard III poussa son conseiller du coude :

— C'est bien... C'est bien...

Puis, avec une courtoisie persifleuse :

— Messires, j'en conviens, vous êtes des prud'hommes : vaillants, obstinés, insolents au besoin. Ces qualités, j'aimerais les faire miennes... Non, non, ne souriez pas, messire Argouges ! Je veux dire que ces vertus, j'aimerais les compter à mon service... C'est évidemment impossible compte tenu, justement, de votre nature. Alliés, non... Alors, ennemis fatals... Que vous m'ayez meurtri des hommes à la guerre, c'était votre devoir ; je n'en veux rien savoir. Mais que vous m'en ayez meshaigné dans la paix constitue un forfait condamnable.

L'espace d'un souffle, Ogier éprouva une telle angoisse qu'il dut s'appuyer au mur et que ses idées se confondirent. Pourtant, en écoutant le roi, il avait pensé à quelque chose de précis. Un argument, une réplique irrécusable. Il fallait absolument qu'il trouvât cette réponse. Dans ce terrible déchirement de ses facultés, son sentiment de fatigue s'accentua au point que pour y mettre un terme, il eut envie de crier : « Finissez-en ! Finissez-en ! » Mais Guillaume avait senti sa défaillance. Un regard de reproche, un toucher de son coude, suffirent à le réconforter.

— Sire Édouard, dit-il en refusant de se résigner, je vous ai rejoint deux fois pour satisfaire à la demande du roi Philippe. Deux fois, j'ai eu confiance en vous et par la mordieu, si nous étions ennemis, sommes-nous demeurés courtois et de franc-parler l'un envers l'autre...

« Cette idée », se dit-il, « où est-elle ? L'ai-je donc perdue à jamais ? Il me la faut... J'en ai besoin pour nous sauver ! »

L'attention glaciale et mortelle du roi, son visage levé, figé, aux gros sourcils froncés, et celui du chancelier — béat, livide, immobile — confirmaient une aversion contre laquelle le plus véhément plaidoyer serait vain. Pourtant, il fallait lutter avec ces armes dérisoires : les mots.

— Sire, si vous étiez à notre place — et par respect pour vous, je ne vous y vois pas —, eh bien, vous eussiez fait ce dont vous nous accusez... Nous sommes pauvres, tous, et chargés de famille. Nos femmes et nos enfants nous manquent... Tous nos agissements sont en conformité avec les règles de la Chevalerie car aucun de nous n'a fait serment de subir la volonté de son vainqueur. Je ne saurais oublier que mon cas est particulier. J'ai grand merveillement et gratitude immense pour messire Gauthier de Masny, qui m'a rendu à la vie. J'ai de la reconnaissance envers damoiselle Odile de Winslow dont les soins hâtèrent ma guérison... Mais je suis un guerrier, je combats l'Angleterre sans m'interroger sur votre bon droit ou la légitimité du roi de France qui me fit son champion contre votre homme lige : Richard de Blainville... que j'eus le plaisir d'occire.

Il souriait sachant qu'Édouard III prisait particulièrement la sincérité, bien qu'il comptât sur la duplicité d'aucuns pour aplanir les difficultés qui se dressaient sur le chemin de Londres à Paris.

— Vous me voyez donc prêt, sire, à subir un châtiment que je suis de taille à supporter. Toutefois dans l'état d'infériorité qui est mien...

Il considérait les deux visages immobiles devant lui en se disant qu'il ne convaincrait point ces gens de son bon droit. Pas un seul argument ne pouvait atteindre la raison et le cœur de ces hommes d'autant plus hautains et inexorables qu'ils accumulaient les victoires. Il se sentit fourvoyé, condamné. Ce fut alors que *l'idée* lui revint à l'esprit :

— Sire, avez-vous bonne mémoire ?

— Je n'oublie rien, surtout pas les affronts !

Le dégoût semblait être monté des entrailles à la bouche du roi. Il saisit son aiguière, appuya sur le fruitelet [1] pour en ouvrir le couvercle et se verser à boire, mais renonça devant des hommes las et sans doute assoiffés.

— Sire, vous souvenez-vous de notre rencontre première, dans les terres près de Rouen ?

— Fort bien.

— Et de votre proposition ?

Le roi sourcilla sans se départir de son air revêche.

— Non... Qu'ai-je fait ? Qu'ai-je dit qui vous soit salutaire ?

Ogier sentit l'attention de son oncle et de Barbeyrac

1. Petit bouton sur le couvercle de tout vase de table et sur lequel on appuyait. Il représentait ordinairement un fruit ou deux glands accolés par leur cupule.

s'aiguiser si fortement qu'il s'en trouva comme transpercé.

— Vous m'avez dit, sire, en substance : *« Aux Pâques de l'an prochain, soyez à Westminster. Nul besoin de sauf-conduit pour participer aux joutes.* » La sainte fête est passée, je suis en Angleterre... et des joutes, demain, réuniront la Fleur de votre Chevalerie...

— Quelle occasion pour vous, Argouges, de vous réhabiliter... De vous targer de moi [1] si je crois vous comprendre ? On sursoit à la mort des champions du champ clos...

Pourquoi l'eût-il nié ? Ogier hocha la tête. Le chancelier du roi prit un air emprunté : il voyait son souverain coincé entre deux décisions contraires. Guillaume se mordait les lèvres, trouvant la hardiesse de son neveu un peu trop aventurée. Barbeyrac souriait comme si tout ce qui se disait présentement ne concernait ni sa personne ni son avenir.

Le roi se mit à marcher, choisissant toujours un carreau noir pour y poser sa semelle. Soudain, comme il venait d'empiéter sur un blanc, il interrogea Jean d'Offord du regard. Ogier se demanda : « Est-ce du chancelier et non d'un chandelier que va venir la lumière ? » Il étouffait d'angoisse et de faire un bon mot, fût-ce *a parte*, atténuait son trouble.

— Eh bien, non, messire Argouges !... Les joutes, pour vous, seraient un déduit [2] trop aisé !... Vous vous en sortiriez avec honneur, et vos compagnons avec vous, je présume... Joutes, tournois, combats à la barrière, les Franklins ont en cela une excellente renommée...

Les prisonniers s'inclinèrent à ce qui leur paraissait un compliment sincère, tandis qu'une agitation furibonde s'emparait d'Édouard III.

— ... sans doute parce que les armes de guerre y

1. De vous mettre sous ma protection.
2. Jeu.

font défaut !... Point de piquant qui peut pertuiser son homme ; point de tranchant pour l'entailler de façon qu'il en trépasse... N'ai-je pas raison ?

Ogier demeura un moment hésitant, amoindri, assommé par un pareil affront, sentant peser sur lui, plus encore que sur le roi, les yeux aigus, malicieux, de Jean d'Offord. Il fit un suprême effort pour supporter l'amertume d'une aussi laide déconvenue, et demeura immobile, la langue collée au palais, l'esprit vidé de toute réponse pertinente.

— Sire, dit Guillaume, vous avez vos aises et votre position pour nous offenser. Vos victoires vous donnent une supériorité sur nous plus grande encore que votre couronne... Eh bien, si nous sommes ce que vous dites, mettez devant nous, avec des armes de guerre, trois de vos plus vaillants chevaliers : nous saurons, par ma foi, les tenir en échec... avec une épée de tournoi !

Il était à la fois outragé, consterné. Son arrogance s'en trouvait d'autant plus corrosive.

— Pas vrai, vous deux ?

Barbeyrac acquiesça. Ogier en fit autant mais réprouva la présomption du vieillard. Dans l'état de fatigue où ils se trouvaient, livrer ces combats contre des hommes en parfaite santé, adurés aux armes et soutenus par tout un peuple serait une aventure dont il redoutait l'issue.

Jean d'Offord, mains jointes, se recueillait. C'était, semblait-il, pour dérober son regard à celui du roi d'Angleterre qui, précisément, cherchait l'assentiment de son confident.

— Messires, dit-il enfin, décidant seul la chose, trois chevaliers, demain, avant que les joutes n'aient lieu, m'ont fait part de leur intention de lancer, séparément, du milieu de la lice, un défi à tous ceux qui se tiendront à l'entour. Si j'ignore les termes de ces challenges, je sais qui les publiera : Renaud de Cobham — eh oui, messire Argouges ! —, Simon de Brackley et Lionel de Dartford... Leur déception serait immense au cas où trois chevaliers, trois sur une centaine, n'osaient relever le gant... Mais sait-on jamais ? Tous ont des revanches à prendre sur les précédentes joutes qui se donnèrent à Londres à l'occasion de mon retour, il n'y a guère plus d'un mois !... N'ai-je point raison, Offord ?

Le clerc se redressa, la mine blafarde, les yeux humides, agacé, semblait-il, par l'éloquence de son roi et la proposition qu'il pressentait ainsi, d'ailleurs, que les trois captifs.

— Au cas où ces champions seraient sans adversaires — car leurs défis sont à outrance —, je vous accorderai permission de faire armes contre eux.

— Et si nous les vainquons, sire ? s'enquit Ogier. Quelles seront vos dispositions envers nous ?

Le roi rit et Jean d'Offord pouffa discrètement. Jamais ils n'avaient vu pareille outrecuidance. La défaite serait française. Pour s'en garantir, Édouard III tourna son regard vers le premier butin dans lequel il voyait un perdant : Guillaume de Rechignac — qui ne fut pas contristé d'être déprécié avant qu'on ne l'eût vu à l'œuvre.

— Je suis vieux, dit-il. Deux ans, sire, passés dans vos geôles parce que j'ai refusé de payer ma rançon, ne m'ont guère été profitables. Mais j'ai bonne bachelerie [1] et vous le prouverai !

— Je relèverai le gant de Cobham, sire, dit Ogier, si l'occasion m'en est fournie !

Une seule chose intéressait Étienne de Barbeyrac :

— Si nous sommes vainqueurs, sire, qu'obtiendrons-nous ?

— La vie sauve, messires. Je m'en porte garant. Mais je vous vois douter...

— Vous êtes un homme, sire, et notre ennemi... Nous vous avons tué trois serviteurs...

1. Audace et chevalerie.

— Croyez-vous, messire Argouges, que je me parjurerais ?

— Pour se parjurer, sire, il faut avoir juré...

L'audace de ce coup d'éclat réjouissait Ogier. Il en était effrayé, mais pensait user d'un bon droit qui semblait être la seule étincelle d'espérance dans les ténèbres qui les enveloppaient, Étienne, Guillaume et lui.

— Pensez-vous, messires, que le roi trouvé qui souille le trône de France aurait ma mansuétude ?

— Votre bonne volonté, sire, dit Guillaume. La mansuétude, la vraie, serait de nous dire : « *Partez.* » La bonne volonté, c'est de nous fournir un affreux moyen de conquérir la liberté en versant notre sang et celui de vos hommes liges. Dieu doit dès maintenant se pencher sur nos têtes.

L'irrévérence était si soigneusement exprimée qu'Édouard III en parut moins affecté que Jean d'Offord dont la lividité s'était aggravée. Guillaume le considéra de haut en bas, conservant toute sa maîtrise, décidé à poursuivre, s'il le fallait, mais le roi qui venait de s'asseoir sur son lit signifia d'un geste la fin de toutes ces parlures :

— Vous allez consigner, Offord, mes volontés... Nos fidèles chevaliers : Cobham, Dartford et Brackley accepteront de... rencontrer ces hommes... J'y tiens.

Le chancelier décrocha son calemart, qu'il déposa précautionneusement sur la table après avoir éloigné l'aiguière et les hanaps. Il n'avait besoin que de son encrier et d'une plume ; quand il fut prêt à la dictée, sans siège — il répugnait à s'installer sur la chaire, à l'invitation de son roi —, Édouard III fureta dans ses parchemins et en choisit un petit lardé de coutelures, « mais suffisamment bon pour nous », songea Ogier.

— Y êtes-vous, Offord ? *Édouard, par la grâce de Dieu, roi d'Angleterre et de France, seigneur d'Irlande, à l'honorable maréchal de lice, Russell Chalk, salut.*

Le roi dictait d'autant plus vivement que son chancelier écrivait *currente calamo.*

— *Nous vous mandons que selon les dispositions que nous avons prises envers trois chevaliers de France, messires Ogier d'Argouges, Guillaume de Rechignac et Étienne de Barbeyrac, la liberté leur sera accordée s'ils triomphent de nos trois chers prud'hommes : Renaud de Cobham, Lionel de Dartford et Simon de Brackley... Nous ne dérogerons cependant point, dans le cas contraire, à la coutume selon laquelle la reine de la fête d'armes d'Ashby pourra exercer son pouvoir quant à la sauvegarde ou à la punition desdits sires, mais nullement hors de la lice...*

« Faisant le généreux, il nous condamne tout de même », songea Ogier. « C'est mieux, cependant, qu'une pendaison ou une décollation immédiate. »

—... *Donné sous notre privé sceau, à Ashby, le vingt-quatrième jour de novembre 1347 de notre règne*... Achevez, Offord, achevez...

Le roi enleva son anneau sigillaire tandis que son chancelier tirait du calemart une barre de cire. Les flammes ne manquaient point pour l'amollir. Quand le parchemin fut scellé, Ogier demanda :

— Les armes et les armures ?

— Quand vous entrerez en lice, messires, vous en porterez de meilleures que celles qui furent vôtres.

Dans l'état de soulagement où il se trouvait, Ogier ne prit aucun ombrage d'une telle pique. Mais il avait besoin de savoir autre chose :

— Qui sera reine, sire ?

Le souverain sourit avec une espèce de compassion ou d'indulgence :

— Par ma foi, votre curiosité me semble à la mesure de votre audace ! Eh bien, la reine sera la belle Jeanne, compagne de Thomas Holland... Elle est arrivée quand, sans doute, vous occisiez mes hommes... Elle sera assistée, en particulier, d'une dame dont je puis vous révéler qu'elle est de France. Elle a pour nom Tancrède de Savignac.

Ogier sentit son cœur tomber dans sa poitrine. « Elle a changé de nom ! » Il se tourna vers son oncle. Livide et courroucé, il acceptait l'outrage.

— Elle est du Périgord comme vous, messire, ajouta le roi en s'adressant à Guillaume avec aussi peu d'intérêt que possible. Nous avons moult alliés dans ce pays qui peut-être un jour sera nôtre.

Guillaume subit le coup. Ogier vit ses poings se serrer : ce fut tout, assorti néanmoins d'une considération débonnaire :

— Une belle pute, en vérité, sire !... Quant à mon Périgord, vous ne l'aurez point : il est trop beau pour vous appartenir !

Il semblait s'exprimer comme devant un égal. S'il l'eût pu, il ne se fût pas gêné pour provoquer le roi d'Angleterre. Mais la raison lui revint et, avec elle, un souci des plus justifiés :

— Où allons-nous passer le reste de la nuit ?

— Au donjon, messire ! Au donjon !... N'oubliez pas qui vous êtes et ce que l'on vous reproche.

Cette fois, Édouard III ne riait plus. Il devait se sentir perdant, et le regard réprobateur d'Offord lui donnait un malaise.

Le chancelier s'en alla toquer à la porte. Wilf parut, se courba et attendit un ordre. Il vint avec un bruit de claquoir :

— Au donjon.

— Dans une geôle ?

— Non, dans la salle des gardes, sur une jonchée de paille.

— Il en sera fait ainsi, Votre Majesté.

Le roi tendit l'index vers la porte entrouverte. Ogier salua et partit le premier, affolant, sur son passage, les petits fuseaux d'or des chandelles. Guillaume le rejoignit et lui posa la main sur l'épaule, moins par familiarité que pour se soutenir.

— Ouïr de tels propos ! murmura-t-il. La savoir présente...

— Rien de meilleur ne pouvait nous advenir.

Ogier se sentit transpercé d'un regard incrédule. Et furibond. Il sourit.

— En es-tu sûr ?

— Certain... Elle connaît Jeanne de Kent.

Ils se turent : Wilf les observait avec une malignité qui ne pouvait qu'exciter la méfiance. Passant devant un huis d'où filtraient des rires, Ogier crut reconnaître ceux de Tancrède et d'Odile.

— Qui loge céans ? demanda-t-il, doutant d'obtenir une réponse.

— Une Française et deux nobles dames anglaises. Elles couchent ensemble.

Wilf souriait, un œil cligné. Se doutait-il des jeux qui se pratiquaient là ? Barbeyrac, lui aussi, sourit et, insidieusement :

— Le roi n'essaie pas de leur rendre visite ?

Wilf haussa une épaule et soupira.

— Trois nobles dames et une chambrière c'est, même pour un roi, une... brochette indigeste ! Il voulait, cette nuit, la reine dans son lit... Pas Philippa ; la reine des joutes : la belle Jeanne. Il lui a fait sa cour au repas de ce soir... Échec, messires. Peut-être regrette-t-il d'avoir contribué à son élévation avant qu'elle ne soit arrivée avec quatre chambrières et deux guisarmiers qui veilleront à sa porte... Il s'est rabattu sur la Française. Elle aussi refuse de lui céder.

Ogier, rassuré, se tourna vers Guillaume :

— Elle mérite votre bienveillance : pour ne pas le préjudicier elle a changé de nom.

La salle des gardes avait l'aspect d'une geôle : murs nus, pavement noir, pénombre délétère léchée par les langues rouges de deux torches à long manche. Cela sentait la sueur et le champignon. De douteuses macules sinuaient sur les dalles feutrées d'une poussière ineffaçable. Scellés dans les pierres brunies jusqu'à hauteur d'homme, de gros pitons semblaient attendre qu'on y suspendît des captifs : rassemblées à la base du râtelier d'armes, des chaînes allongeaient leurs anneaux visqueux. Une étroite embrasure permettait le passage à l'air du dehors ; il se souillait sitôt entré.

— Nous allons geler, grogna Guillaume. Nous y sommes accoutumés, Étienne et moi... Mais toi ?

— Je sais depuis longtemps m'accommoder de tout ! Je n'espérais pas trouver céans l'accueil qu'on obtient dans une bonne auberge...

— Moi, Ogier, interrompit Barbeyrac, je me console en me disant que j'ai peu souffert dans cette embûche, sauf d'un petit taillant à la main...

— C'est moi qui vous l'ai fait, dit Wilf.

Il était fier de ce coup-là. Barbeyrac lui en fit compliment tout en frottant sa dextre ensanglantée contre sa cuisse. Affirmant que cette blessure ne l'empêcherait en rien de tenir une épée, il poursuivit :

— Sois présent, Wilf, à l'entour du champ clos.

— Dormez, messire... Qui sait comment sont faits les dortoirs du Très-Haut !

La paille étalée dans un angle semblait une nappe d'or mat sur laquelle, le long du mur ouvert sur l'extérieur, un homme reposait, la tête sous une peau d'ours pelée dont l'extrémité couvrait ses reins, sans plus. Ogier se tourna vers Wilf :

— Il paraît bien chanceux... Aurons-nous de quoi nous couvrir ?

Le capitaine montra la huche qui, avec un banc, une table et le râtelier vide, composait l'ameublement de la salle.

— Servez-vous. Une flassarde[1] par homme. Cette porte-là, c'est la latrine. Je vais vous verrouiller : les gardes sont ailleurs.

— Comme je les comprends, fit Guillaume.

Wilf sortit. La grosse porte trembla sur ses gonds.

1. Couverture.

Barbeyrac ouvrit le coffre et en tira trois couvertures grisâtres qu'il flaira l'une après l'autre avec dégoût.

— Bien sûr, dit-il, je prends la plus mauvaise parce que je connais les usages... L'on peut foirer à loisir là-dedans : avec toutes ces déchirures, on est sûr que l'odeur ne s'y maintiendra pas !

Il s'allongea loin du mur, à la lisière de la paille, souhaitant qu'il n'y eût ni rats, ni souris, ni poux, ni punaises. Ogier s'étendit près de lui et Guillaume à côté du dormeur.

— En voilà un, dit-il, qui a le sommeil du juste.

— Ah ! là là, les amis, quelle mêlée, s'émerveilla Barbeyrac léchant sa main blessée... J'ai cru mourir dix fois.

Il semblait d'un caractère vif, vaillant, prompt à s'ébaudir. Rien en lui n'était ombreux, contraint ; pourtant, pendant deux ans, il avait dû souffrir dans son âme et son corps.

— Que fait mon Alix cette nuit ? dit-il après un bâillement. C'est surtout la nuit que je pense à elle... À trop me préparer à la guerre, j'ai dû souvent lui sembler négligent. Mais bon sang, je ne suis pas un trouvère !... Défendre ma vie, ravir celle des autres, c'était aussi prendre soin de la sienne et protéger mes deux fils !... Un cœur qui s'amollit dégrade tout un corps...

— Un corps qui s'endurcit peut rabougrir un cœur, fit Ogier soudain maussade, les yeux errant sur le plafond en berceau rongé, tavelé, vergeté d'humidité — pareil à un feuillage de pierre. Je te comprends, Étienne...

Peut-être était-il plus secret, plus morne et affligé que Barbeyrac pour parler aussi simplement, aussi sincèrement que lui de Blandine. La présence de Guillaume rendait difficile cette sorte d'épanchement : son oncle l'avait tant conseillé pour les armes et les amours !

— Aux guerriers, dit-il, le mariage devrait être interdit.

— Hé ! Hé, fit Barbeyrac, nous ne sommes pas des Templiers ! C'est moins le mariage qui nous pèse, parfois, que la contrainte où il nous met. Or, qui l'a désiré ? Nous... Il y a donc plus de courage à proclamer que le mariage est une alliance incertaine qu'à le prétendre indissoluble devant un clerc ignorant de ces choses et une Croix qui marquera définitivement, un jour, la fin de nos tentations.

— Allons, allons, Étienne ! reprocha Guillaume. Est-il bon que tu penses maintenant à ton Alix ?... Toi, mon neveu penses-tu à ta...

— Blandine, mon oncle... Je n'y pensais point trop, en vérité, jusqu'à ce qu'Étienne parle de son épouse.

C'était vrai. Il avait même oublié Griselda. Il eût voulu n'être qu'un cerveau imbu d'une volonté tenace, périllcuse : consterner Édouard III en atterrant Cobham.

Guillaume remua, se gratta, luttant contre le sommeil ou la vermine, à moins que le silence ne lui fût insupportable.

— Si la guerre, dit-il, peut raccourcir une vie d'homme, la femme peut agrandir son ambition, augmenter sa confiance en sa force mais, quoi qu'il fasse, il est toujours seul.

Il était étrange qu'un vieillard comme Guillaume eût, plutôt que de les vouloir abréger, le désir de poursuivre des propos que Barbeyrac, qui les avait provoqués, commençait à trouver fastidieux : il bâillait. L'image de Tancrède brûlait le cœur et la raison de Guillaume. Était-ce lui ou Blanquefort qui l'avait engendrée ? Il fallait le délivrer de cette hantise. Comment ?

— L'amour est un don de Dieu, dit Ogier. La haine un don du diable...

— Tu as fait plus que haïr Blainville, mon neveu, sans être pour autant un suppôt de Satan... Demain, devant Renaud de Cobham, que seras-tu ?

La question désempara Ogier. Il sonda brièvement son cœur :

— Entre Blainville et Cobham, l'espace est aussi grand que celui qui sépare la France de l'Angleterre. Blainville était l'être le plus exécrable que j'aie connu : débauché, dépourvu du plus petit scrupule, traître, criminel, responsable de tous les malheurs qui, pendant cinq ans, ont accablé ma famille... Cobham n'est rien de cela : j'ai assailli, avec les manants du Tournaisis, la tour qu'il visitait. J'ai abattu la tour et meurtri quelques hommes. C'était son droit de me vouloir occire... Ce que je lui reproche, c'est d'avoir poursuivi un combat inégal et, plus pervers encore qu'un routier pourrait l'être, redoublé ses coups alors que j'étais désarmé, incapable de m'y soustraire. C'est pourquoi, demain, si par bonne chance je puis le combattre d'égal à égal, mon cœur sera plein de mépris pour ce chevalier indigne, mais sans aucune petite place pour la haine.

— Au lieu d'affronter ces malandrins l'un après l'autre, différemment, dit Barbeyrac, j'aurais préféré que ce soit à trois contre trois. Nous aurions pu ainsi nous secourir.

Il pensait, évidemment, à Guillaume. Il eut un rire terrible, inopiné :

— Ma femme me croit mort.

— La mienne aussi, dit Ogier.

— Elles sont peut-être remariées. Je me dis qu'Alix...

— *Stillstand !...* Oh ! pardonnez-moi : je voulais dire : silence.

Ogier crut reconnaître le fâcheux qui l'avait abordé, une nuit, et dont il s'était difficilement dépêtré. Non, à la réflexion : il était plus âgé. Il se tourna vers son oncle dont les incessants mouvements dénonçaient des tourments de l'âme :

— Essayez de dormir.

Entre les poils incultes, les lèvres du vieillard se

plissèrent comme pour un crachat. Un murmure en sortit :

— La voilà qui va seconder la reine !... As-tu ouï ses rires derrière l'huis ?... Une je-ne-sais-quoi, en vérité !

Il jugeait sévèrement Tancrède avec le secret espoir d'être contredit et souhaitait violemment obtenir une preuve visible, tangible de sa loyauté.

— Elle assistera Jeanne de Kent par nécessité, puis elle nous rejoindra.

— Comment te croire, mon neveu ?

— Je l'ai vue vous appeler *père*. Ni sa voix ni ses yeux ne mentaient.

— Il t'en faut peu, vraiment !... Souviens-toi de l'embûche. Elle est toute récente ; toute chaude si j'ose dire.

Soupçonnait-il Tancrède de l'avoir apprêtée ? Pour quel profit ? Ailleurs qu'en cette geôle, Ogier se fût courroucé. Soulevé sur un coude afin de voir si l'inconnu épiait leurs propos, il affirma doucement :

— Elle n'est pour rien dans tout ce dont vous l'accusez. D'une autre, je me serais tenu en défiance, mais d'elle aucunement.

Jamais il ne pourrait s'affranchir de l'espèce d'admiration qu'il vouait à Tancrède sans qu'elle en soupçonnât l'ampleur déraisonnable.

— Dieu jugera, dit Guillaume à mi-voix. Il renforcera mes bras et mon cœur... Crois-tu qu'*elle* va prier pour moi la Sainte Vierge ?

— Je la crois plus encline à prier saint Michel !

Guillaume ferma les yeux ; Ogier en fit autant. L'inconnu exhala une espèce de plainte :

— Offord me déteste. Je vais être jugé, pendu... Vous, au moins, d'après ce que je crois comprendre, vous allez pouvoir vous défendre... Mais je serai vaillant !... *Eine feste Burg ist unser Gott !* Mon Dieu est une forteresse solide, une bonne épée et une bonne armure... Pensez à Dieu !

— J'y pense, ami, dit Guillaume. Mais je ne compte plus les occasions où Il s'est montré aveugle et sourd à mes prières !

— Je préfère penser aux baisers d'Alix, dit Barbeyrac. À sa beauté, à ses ris et ses pleurs et à ses pâmoisons... À mes fils, Didier et Gilles... Et toi, Argouges, à quoi penses-tu ?

— Je songe à mon épée, ma belle Confiance... Hélas ! je l'ai perdue. Ce soir, sa présence me manque. Elle était mon amie... Il m'advient de penser à elle comme à une morte... Une morte que j'aurais moult chérie... Sans sa présence à mon côté, je me sens amoindri...

— Eh bien, cesse d'y penser ! grommela Guillaume. Pense à ta femme, pense à ton fils et renforce, aiguise ta vraie confiance : celle que tu portes en toi.

— J'essaie. Je voudrais avoir autant d'aisance, face à Cobham, que j'en eus devant Blainville. Je l'ai occis en présence du roi. Des lettres patentes ont restauré Père dans ses droits et privilèges. Et parce que Champartel et moi lui avions sauvé la vie lors de la boucherie de Crécy, Philippe a armé Thierry chevalier.

— Champartel chevalier !

— Il est moult vaillant. Il a épousé Aude, et Père en fut heureux... Le roi m'a fait son champion. C'est pourquoi l'un de ses chevaucheurs est venu me chercher à Gratot pour que je me rende auprès de lui sans barguigner.

— Tu as fait du chemin !

Ce n'était point un trait de moquerie, mais l'expression d'une mélancolie qui, sans doute, remontait aux belles années de Rechignac.

— Et pendant tout ce temps, moi, j'étais ici... La rudesse et l'avilissement sont pires, parfois, que les brodequins ou la poire d'angoisse. Je t'ai maudit de m'avoir trahi pour épargner à Tancrède un mariage que je réprouvais tout au fond de mon cœur... J'ai du fiel dans le sang depuis l'enfance prime.

— Mon oncle !

— Je n'ai guère été courtois avec Guibourc, ma femme. Blanquefort l'avait courtisée avant que son père ne me l'accorde... J'aurais pu la lui laisser. Non ! Je l'ai épousée triomphalement alors que je connaissais sa préférence pour Hugues... Entre lui et moi, depuis toujours, quelque chose n'était pas clair. Je savais qu'il était un bâtard de mon père. Nous étions nés dans la même semaine et, tu l'as su, ma mère était morte en couches... Je me suis parfois demandé si la nourrice — la mère d'Hugues —, lorsque nous étions au berceau, ne nous avait pas confondus une fois pour toutes... volontairement. Je serais le bâtard... et lui le noble homme... Et plus encore !

— Qu'allez-vous penser là !

— J'ai toujours douté de la filiation de Tancrède... C'est pour l'éloigner de Blanquefort que je l'ai envoyée cinq ans chez les nonnes de Lubersac...

Ogier se dit qu'il écoutait des aveux terribles. De ces aveux que les gens font lorsqu'ils se sentent en péril de mort. Vivant à Rechignac toute son enfance prime, Tancrède n'eût certainement pas connu, pour l'amour, ces appétits que Guillaume ignorait.

— Mon oncle, nous reparlerons de ces choses, si l'envie vous en prend, lorsque nous serons libres.

Guillaume acquiesça, soupira :

— Je ne sais même pas ce qu'est devenue Claresme, mon ains-née... Ma grande fille... Mais je n'ai parlé que de moi... Comment va ma sœur ?

— Mère est morte.

— Pauvre Luciane !

— La vie à Gratot, que Blainville assaillait parfois avec ses mercenaires, fut un supplice...

— Et Godefroy ?

— Il est comme un très vieux flambeau qui se consume.

— Et toi ?... La flamme est haute ?

— Point trop pour parler net.

— La fille de ta vie, je crois que c'était Anne, mais elle n'était que lavandière. Pour les femmes, aucune Chevalerie n'existe qui leur permette d'obtenir le rang qui leur est dû autant par leur beauté que par leurs qualités de cœur.

— C'est vrai.

— Elle a un enfant de toi... que tu ne connais pas.

— C'est vrai.

— Cet enfant ne pourra devenir qu'un huron.

— Croyez bien que je le déplore.

— Ce n'est pas un bûcheron comme le Thibaut qui en fera un noble homme.

— J'y ai songé, mais que puis-je faire ?... Aller le chercher, le présenter à Blandine et lui dire que c'est mon fils ou ma fille ?... Elle me crèverait les yeux !

— Elle est ainsi ?

— Pis encore.

— Alors, je te plains... Si je reviens à Rechignac, je me soucierai de cet enfant... Je le prendrai — fille ou garçon — sous ma protection... Si c'est un gars, j'en ferai un écuyer...

— Je vous en sais bon gré.

— Ce qui me chagrinerait, c'est que ce soit un gars et que ton épouse ait mis au monde une fille !

Ogier avait songé à cette éventualité. Fils ou fille, il chérirait cet enfant-là, et peut-être Blandine en serait-elle jalouse.

Guillaume toussota, se gratta. Une sorte de fureur semblait couler dans ses veines.

— Putain de vie, dit-il, mais elle est précieuse.

— C'est vrai... Vous verrez que lundi, dès l'aube, elle nous paraîtra plus belle.

Et sur ce gros mensonge, Ogier ferma les yeux.

TROISIÈME PARTIE

# L'ÉPÉE DANS L'HERBE

# I

Hormis la lice claire que tranchait net, par moitié, la barrière dont le vent remuait les festons d'or et de pourpre, la clairière d'Ashby, emplie d'une grosse affluence, bouillonnait de mouvements, de couleurs et de bruits.

Accourue dès le début de la matinée, cette multitude de hurons et de manants, de soudoyers exemptés de service, de nobles de petite et moyenne condition tenait tant d'espace autour du champ clos que maints hommes irrévérencieux s'étaient juchés sur les toits des tribunes, y entraînant leurs enfants, cependant que d'autres, plus nombreux, étaient montés aux arbres : assis sur les grosses branches, jambes pendantes, ils observaient alternativement, à chaque extrémité du terrain au gazon fraîchement fauché, les pavillons dressés à l'intention des combattants. Devant celui des appelants, rond et paré de brussequin [1] vermeil, flottaient trois bannières. Le logis des défendants, rond également, mais revêtu de cariset [2] azuré, souillé de boue et déchiré par endroits, arborait, au-dessus de sa portière, les chemises sales et fripées d'Ogier, de Guillaume et de Barbeyrac.

1. Drap ordinaire.
2. Grosse serge flamande.

Jean d'Offord les avait prévenus dès l'aurore : Renaud de Cobham, Simon de Brackley et Lionel de Dartford acceptaient de les affronter, mais tenaient à se conformer aux usages ; leurs trois hérauts liraient leurs défis dans la lice. *« Vous y répondrez omniement*[1]*, messires »*, avait continué le Conseiller que Guillaume avait surnommé Fanfeluce[2] en raison de sa façon de se gonfler d'importance. *« Auparavant, vous vous serez adoubés avec l'une des armures ou l'un des haubergeons de votre choix que je vous ferai porter de façon à faire visage*[3] *dès la publication du dernier défi. Les joutes, en effet, ne doivent point attendre et commenceront à la troisième mort, car ces combats, dois-je insister ? sont à outrance... Point de quartier ! »* Offord pensait que les Anglais vaincraient. *« Nous vous fournirons également des aides. Ils appartiendront tous à la Maison du roi. »* Ces aides, ils les avaient récusés. Alors, on les avait conduits dans la basse cour après qu'ils eurent dit au revoir à leur compagnon d'une nuit indifférent à tous ces apprêts. Il y avait là un abreuvoir et, sur la margelle du puits, trois serviettes, un rasoir et du savon gras au fond d'une coupe de cuivre ; plus loin, des chausses, chemises, pourpoints de drap de Hollande, tous noirs. *« On nous contraint à porter notre deuil ! »* s'était exclamé Étienne de Barbeyrac. Offord qui, entre quatre gardes, assistait aux ablutions, avait précisé en écho : *« Quels que soient les vaincus, on ne leur refusera pas la pénitence et la viatique, mais ils ne pourront avoir de sépulture ecclésiastique, puisque l'Église interdit de pareils affrontements. »* À quoi Guillaume avait répliqué qu'il était certain, lui, Rechignac, que si les trépassés étaient anglais, ils seraient ensépulturés bellement, que l'encens et les croix ne leur manqueraient pas, et

1. Tous ensemble.
2. Devenu *fanfreluche* (du latin *famfoluca* : bulle d'air).
3. Faire face.

qu'il avait regret qu'Édouard III ne fût pas l'auteur d'un défi pour lui fournir des sacrements à sa manière.

Ogier quitta le banc où il s'était assis. Tout en caressant ses joues enfin lisses, il gagna l'entrée du pavillon.

— Rien, dit-il. Il est grand temps que ces armures nous soient remises. Il nous faut les essayer.

— C'est bien parce que nous prendrons soin de les essayer qu'elles nous seront apportées avec un retard volontaire. Tu le sais, mon neveu : plus on a de mésaise en icelles, plus les mouvements sont imparfaits et plus on offre d'occasions de se faire occire !

Guillaume restait dans l'ombre, assis sur une escabelle. Sans doute, depuis son réveil, se demandait-il s'il mourrait et si sa fille était fidèle ou déloyale. Barbeyrac gisait à ses pieds, apparemment ensommeillé, l'esprit hanté du souvenir de son épouse, puisqu'il dit, s'adressant peut-être à lui-même :

— Elle a la blondeur du miel...

Ogier se refusait de penser à Blandine : c'eût été s'amoindrir. Il regarda, par-delà les barrières, ces Goddons impatients qui grondaient de le voir.

— Attendez-vous, dit-il en se détournant, à être couverts d'injures !

— Cela, dit Barbeyrac, n'entame pas la peau. Mieux encore : les insultes me fortifient.

— Moi, leurs cris, leurs jurons, je me les fous au potron [1] ! Cobham, mon neveu, va découvrir une sévère différence entre Sangatte et Ashby ! Comment est-il ?

Ogier fut embarrassé pour répondre :

— Je l'ai si peu vu !... À Sangatte, il avait son bassinet fermé. À Ashby, je suis passé devant sa tente et il m'a semblé entrevoir un homme brun, de ma hauteur, plus carré que je ne le suis... Il était là quand, à Calais, on m'emmena sur l'*Édouarde*, mais j'étais encore dans les brumes où son épée m'avait plongé !

Puis, toute son impétuosité revenue :

1. Cul.

— Mais je connais — ah ! oui — sa façon d'estremir[1]. Rien n'est tel que d'être injustement dominé pour s'imprégner l'esprit de l'usage qu'un démon tel que lui fait de son épée... Il taillait à grands coups, prenant son temps. Il me faudra me montrer vivace, astucieux...

— Allons, rejoins-nous, mon neveu... N'entends-tu point ces fils de Belzébuth qui te sifflent et te huent ?

— À peine, mon oncle. Je les décevrai dans leurs espérances... Je me sens moins aduré[2] qu'à Sangatte ; mon courroux pourvoira sans doute à mes faiblesses, car je sais bien, hélas ! que j'en aurai.

Il continuait d'observer les gens, insensible aux huées, aux poings tendus, aux rires malicieux des dames mises en gaieté par la certitude d'assister au trépas des Français. L'une d'elles, à hauts cris, proposa qu'au lieu de les mettre en terre on les jetât dans l'étang ; une donzelle à la voix tout essoufflée d'audace suggéra qu'on les émasculât pour qu'en enfer ils ne pussent enfanter des succubes. L'on vouait les trois otages aux fagots de Bélial quand des ménétriers apparurent — ceux du château renforcés d'une vingtaine d'autres. Ils prirent place sur des bancs, deux par deux, devant la tribune des dames — demi-pleine —, et jouèrent aussitôt.

C'était la musique la plus complète et la plus bruyante qui dût exister sur la Grande Île. La plupart des instruments y figuraient : psaltérion, orgue portatif, nacaires, demi-canon, cornet, guiternes latine et moresque, flûte behaigne, trompettes, vielle, pibroch et tambourins. Et tandis que des cymbales s'écrasaient l'une contre l'autre, le regard d'Ogier s'égara vers l'échafaud des dames, toutes richement accoutrées, comme il se fût égaré sur un dressoir où l'on eût mis en montre des merveilles d'orfèvrerie. Étaient-elles aussi assoiffées de sang, ces gentilfames, que celles qui malme-

1. Jouer de l'épée.
2. Endurci à la fatigue.

naient leurs épaules et leur gorge derrière les barrières toutes proches ? Ne commentaient-elles pas défavorablement, à mi-voix, l'accession de Jeanne de Kent à la couronne d'honneur et de justice ? Toutes devaient plus ou moins la connaître, fût-ce du regard. Sans doute, quelques-unes d'entre elles, de mœurs peu farouches mais d'allure imprenable, auguraient-elles, dans un gazouillement semé de petits rires, de la suite que ce bordelier d'Édouard III donnerait à cette élévation.

— Il n'a pas amené la reine Philippa.

— Sûrement qu'elle est enceinte, ricana Guillaume. Ne sais-tu pas que tous les trousseurs de jupons, pour avoir la paix, ne cessent d'engrosser leur épouse ? (Puis, dans un grommellement indéfinissable :) Tu pensais à *elle*, pas vrai ?

— Non... C'est vous, en vérité, qui m'y faites penser.

Ogier regarda du côté de l'étang. Quelle clarté au-delà de la foule ! Dire que sous cette clairière argentée, des poissons de mort ondoyaient !

Qu'eût pensé Griselda de ces préparatifs ? Elle en eût ri, sans nul doute. Elle ne reposait pas en terre ecclésiastique, mais qu'importait ! Son âme vaguait dans ce ciel de novembre, et son vol était pur comme celui de Tom.

C'était maintenant, sur toute la longueur du champ réservé aux édiles, au Clergé, à la haute noblesse et aux vendeurs de douceurs, un continuel va-et-vient : seigneurs, juges diseurs, hérauts, prélats et moines ; gentilfames — certaines avec des enfants dont il fallait aguerrir l'esprit — gravissaient les échelles des échafauds, et des mains serviables empaumaient quelques croupes. L'on prenait place en s'informant, auprès de ses voisins plus ou moins frileux, de l'agencement des *bandors*[1]. Après avoir déploré la froidure et la pluie qui, depuis la nuit, n'en finissait pas de tomber, les hommes conversaient entre eux, émiettant les communs souvenirs de leurs prouesses tandis que leurs femmes égrenaient quelques légèretés en s'épiant du coin de l'œil. Il n'en était pas une, sans doute, qui ne se trouvât plus belle et mieux apprêtée dans ses brocarts de Gênes ou de Milan, que l'autre dans ses velours de Smyrne ou d'Andrinople : leur chape[2] les laissait savamment entrevoir.

Guillaume posa sa dextre sur l'épaule de son neveu :

— Rien de bien différent de ce que nous faisons. Les dames viennent moins pour voir les jouteurs que pour s'entre-défier, se haussebecquer[3] et quérir l'admiration de leurs compagnons... et de leurs amants, s'ils courent des lances.

— Souvenez-vous de ce qu'en disait votre chapelain, Arnaud Clergue : *No spectatum venicent, venicent et spectantur ipsae*. Je pense, moi, que tout est différent. Au contraire des Goddons, nos joutes et tournois se font à la belle saison. De plus, ces bannières qui ventilent ont des armes que nous méprisons.

— C'est vrai... Ce lion d'argent sur fond d'azur...

— Il doit appartenir à Thomas de Holland, absent... Quant à ces six autres lions sur fond d'azur également, à la bande armée de trois étoiles...

— Northampton, je présume. N'est-il pas à Calais ?

— L'autre : *d'argent à une chausse de gueules...*

— Chandos assurément, mon neveu.

— Ces bannières bougent tellement, mon oncle, que nous pouvons nous méprendre. Il n'y en a qu'une que je connais et exècre : ces fleurs de lis de France souillées par six léopards !... On la voit aux quatre coins de la lice, sur les toits des échafauds...

1. Réjouissances.
2. Dite aussi balandras : manteau de pluie à capuchon.
3. Se moquer les unes des autres.

— Vois plutôt, mon neveu, qui s'approche de nous : un panetier suivi d'un échanson !

Ils étaient fervêtus, suivis de quatre sergents l'épée au côté. Le panetier avait un petit nez rouge et les yeux larmoyants sous son chapeau de fer. Il éternua en se détournant et posa son panier aux pieds de Guillaume :

— Messire, nous avons mission de vous offrir à manger. Il y a là du pain, du bacon, de la compote... et même, en ce drageoir, quelques mirabolains [1].

— Et bientôt, dit Barbeyrac en soulevant la portière de la tente, pour vos barons, bien sûr, déconfiture.

L'échanson lui offrit deux chopines. Barbeyrac crocheta ses index à leurs anses.

— Qu'y a-t-il là-dedans ? Quel nectar ?

L'échanson, un petit barbu pansu, cramoisi jusqu'au colletin, remua ses lèvres avec une espèce de volupté :

— Du *pedro jimenes*, messire. Un bon vin blanc d'Espagne.

— Pourquoi pas du vin du Bordelais ?

— Le roi se le réserve.

— Qu'il s'en saoule et qu'il en crève !

Et rassemblant les chopines sur son cœur, Barbeyrac rentra sous la tente. Guillaume l'y suivit. Ogier salua les hommes et les remercia.

— Pourvu, dit-il en rejoignant ses compagnons, que tout ceci ne soit pas saupoudré de poison !

Guillaume le considéra de cet air indulgent et amusé qui lui remémora le temps de ses enfances.

— Ne crains rien... Ces trois malandrins sont tellement sûrs de nous vaincre qu'ils ne voudraient point entacher leur victoire par un coup de traîtrise !

Rassuré par cet argument, Ogier but à la régalade.

— Eh bien, messires, ce vin d'Espagne est fameux !... Édouard nous soigne !

— Nous soignerons ses barons, dit Barbeyrac.

1. Des fruits confits mais, particulièrement, des prunes d'Inde confites.

Assis sur l'escabelle, Guillaume rompit le pain.

— Tiens, mon neveu, prends ça... Il n'est pas aussi blanc que celui de chez nous !

C'était vrai : la mie était serrée, grisâtre comme les pierres de l'Isle et de la Dordogne.

Au milieu du champ clos, longeant la barrière, une mule tirait un charreton. Un sergent la menait par la bride, accompagné d'un capitaine aux mailles revêtues d'un tabard blanc portant un grand écu brodé sur la poitrine : *d'argent à un dragon de sable armé et lampassé de gueules*. Des luisances filtraient à travers les ridelles.

— Cette fois, dit Barbeyrac, je crois que ce sont les armes et les armures.

Il se frotta les mains de joie et ajouta :

— Il n'y a personne encore dans le pavillon d'en face, derrière lequel on dresse des lances. Nos trois démons doivent s'adouber au château. Nous les verrons venir en grand appareil.

— Peu me chaut, dit Guillaume. Où sont les latrines ?

— Cette échiffre [1], là-bas, derrière le pavillon des Goddons.

— J'y vais. Faites attendre ces deux porteurs d'armes...

Guillaume s'en alla d'un pas vif. Il glissa sur le gazon. Ogier entendit un juron.

— J'ai peur pour lui, avoua Barbeyrac... Il a peur lui aussi et souffre de colique.

— Nous avons tous peur, dit Ogier. À mesure que le temps passe, ma cuidançon [2] devient de plus en plus terrible... Et je ne peux rien contre.

1. Sorte de guérite.
2. Inquiétude.

— Je me dis que la mort est le plus beau présent que nous puissions faire à ces Goddons grâce auxquels nous recouvrons notre dignité !

Barbeyrac eut un rire sans contrainte ni fausseté. Son caractère avait conservé, en dépit des tribulations, un fond d'insouciance et de joyeuseté dont il tirait parti avec une aisance juvénile. Il se félicitait d'une situation qui, de prisonnier, le faisait chevalier défendant, et quel que fût son adversaire, tout le portait à croire qu'il le vaincrait.

— Les voilà enfin !... J'espère qu'ils ont porté de l'huile et une queux [1]. Je veux me mouvoir aisément et tenir une épée qui tranche !

Il sautillait d'impatience. Exécrant sans distinction les Goddons, il eût affronté, dit-il, à mains nues, ce capitaine qui devançait maintenant le chariot. Lorsque la mule fut arrêtée, il s'inclina devant elle comme il l'eût fait en accueillant une noble dame :

— Alors, ma toute belle, que nous apportes-tu ?

— Messires, cracha le capitaine, voici les harnois dont vous pouvez disposer.

Barbeyrac contourna la caisse de bois maculée de crottin et de fiente, montée sur de grosses roues pleines. Hissé sur la pointe des pieds, le menton affleurant la membrière du hayon, il enragea :

— Pêle-mêle !... Ils nous apportent ça pêle-mêle comme un monceau de pelures, de débris de salles d'armes !... Regarde !

Se soulevant à son tour, Ogier inspecta toute cette charretée de fers, de cuirs, de mailles de laquelle il faudrait extraire puis composer trois harnois solides et convenablement ajustés.

— Sangdieu ! dit-il en retombant sur ses talons. Ils nous moquent !... Notre préparation va prendre du temps.

Et tourné vers le capitaine :

1. Pierre à aiguiser.

— Ce n'est pas à nous de décharger ces mailles et ces plates.

— Je ne suis pas, messire, habilité à vous aider.

— Et lui ? dit Barbeyrac en montrant le sergent.

— Il va monter et vous passer les pièces... Aide-les, Harvey...

L'homme se jucha sur la banquette pendant que le capitaine saisissait la mule au frein pour l'empêcher d'avancer.

Ogier reçut, au creux de ses bras réunis en avant, une paire de jambières. Barbeyrac l'en soulagea et les porta jusqu'au seuil du pavillon. Guillaume, qui revenait, les prit et les déposa dans l'ombre. Et la litanie commença, ponctuée des grognements de Guillaume :

— Une cuirasse qui a pris des coups.

— Une brassière sans cubitière... Une autre complète.

— Un haubergeon, Étienne, qui semble en bon état.

— Un bassinet sans colletin... Deux solerets qui semblent faits pour moi.

— Un colletin sans bassinet !... Trois calettes[1].

— Un heaume de joute... mais il est faussé... Une jambière... Non : deux !

— Ils veulent notre mort !... Une dossière qui fut percée par un carreau. Le plastron manque !

— Il me semble que le voilà, dit le sergent.

Il se délectait de la confusion et de la fureur des Franklins.

— Une autre paire de jambières, dit Ogier. Il manque un oreillon à la genouillère dextre... Trois éperons !... Deux courtes heuses légères.

— Avec toutes ces bribes, endêva Guillaume, invisible sous la tente où il faisait du tintamarre, nous ne ferons rien de bon !

1. Épais bonnet que l'on attachait par sa mentonnière et qui se portait sous le heaume ou les mailles du camail.

Ogier reçut en main un heaume biscornu. Il le jeta aux pieds du capitaine :

— Messire, nous ne sommes pas un mardi gras pour nous morner ! Allez dire à votre roi...

Le capitaine dont les yeux pétillaient de malice et de haine, répondit que le roi, debout dès l'aurore, avait considéré que c'était « bon pour *eux* ». Il s'était exprimé d'un ton morose, pesant, certainement à l'imitation de celui de son souverain. Un silence contraint s'ensuivit, que Guillaume effaça d'un gros rire :

— Votre roi se prétend chevalier ? C'est tout juste un gardeur de chèvres qui fut adoubé avec une houlette !... Dites-le-lui de ma part !

Puis à ses compagnons :

— Hâtons-nous d'empiler toute cette ferraille. Avec l'aide de messire saint Michel, nous finirons bien par puiser notre bonheur là-dedans.

Bientôt, tous les harnois furent à l'abri sous la tente ; le capitaine alla y jeter un coup d'œil.

— Avec tout ce dont vous disposez, vous pouvez par ma foi composer trois armures... J'ajoute que ces plates sont pour la plupart françaises. C'est pourquoi j'ai reçu commandement de vous les remettre.

Le capitaine souriait avec une sorte d'indulgence ou de compréhension. Barbeyrac le poussa au-dehors :

— C'est à nos morts que ceci fut robé !... En fait de dépouilles opimes, vous croyez nous livrer quelques cercueils de fer !... Honte à vous !

L'Anglais se défendit. Tout cela dépassait ses fonctions. Il était un homme de guerre, lui aussi :

— Je n'ai fait qu'obéir... Vous le savez, messires : de même que l'habit ne fait pas le moine, l'armure ne fait pas l'homme !... Que vous en semble !

— Il nous semble, coquin, que tu nous gênes !

Le capitaine s'éloigna. Barbeyrac le retint par sa cubitière :

— Les épées ?... Toutes les armes ?... Les lances si nous devons en courir ? Les écus pour nous protéger ?

— On va vous les amener.

— Le bourras pour garantir nos chairs du fer qui les ceindra ?

— Bien que n'ayant reçu aucune sommation, je vais vous en porter moi-même.

— Tu sais que tu me plais, dit Guillaume, penché, quand tu deviens bienveillant !

Le compliment toucha l'Anglais. Il sourit, et c'était d'un sourire sincère. Alors, Guillaume crut devoir profiter de ses bonnes dispositions :

— Ton tabard...

— *What* mon tabard ?

— Il me plaît avec ce dragon à la langue de vouivre... Peux-tu me le passer juste pour le combat ?

— Il n'est pas à vos armes !

— C'est vrai... Si tu ne veux pas me prêter le tien, tâche de m'en trouver un... J'ai toujours eu un tabard sur mes mailles.

— Je vais voir ce que je peux faire, dit le capitaine en s'en allant, cette fois, pour de bon.

— Pourquoi voulez-vous revêtir un tabard ? demanda Ogier à son oncle.

Guillaume eut un soupir ; le même que naguère, à Rechignac, lorsqu'il l'interrogeait à propos d'un événement, d'un geste, d'une astuce.

— Je me sens plus apte à supporter des mailles que des plates. Or, il y a parmi ces harnois désassortis un haubergeon de bons anneaux rivetés à l'ancienne... Seulement, il en manque au cœur et à la hanche et je suis sûr que pas un mailleur d'Angleterre ne voudrait, pour moi, ajuster des mailles neuves à celles qui subsistent... Cela prendrait d'ailleurs trop de temps. Un tabard dissimulera ces déchirures qui, s'il les voyait, inciterait mon adversaire à vouloir m'estoquer sans trêve en ces endroits.

— Dois-je vous l'avouer, mon oncle ? Je vous retrouve avec plaisir tel que vous étiez quand vous aviez sept ans de moins !

— Si Dieu, pour ce dimanche, me prêtait cinquante ans, je me sentirais de taille à vaincre deux Goddons à la fois !

— Contente-toi d'un seul, ami ! fit Barbeyrac.

Ogier l'approuva, le cœur pincé.

Ils s'empressèrent d'examiner les pièces une à une. Ils les confrontèrent, dissertant sur leurs qualités et les plaçant soigneusement devant les endroits du corps pour lesquels on les avait forgées. Les échanges, alors, devinrent incessants :

— Ces brassières, Ogier, ne me conviennent pas. Les veux-tu ?

— Non, Étienne, j'ai les bras plus longs... Mais regarde cette cuirasse !

— Elle semble à ta mesure.

— Elle y est, mon oncle, mais la dossière en est absente.

— N'est-ce pas celle-ci que j'allais rejeter ?

— Non... Tu vois bien que les boucles et les courroies ne se marient pas ensemble.

— Ce bassinet me va : je le garde.

— Moi, mon neveu, je prends celui-là.

— Ce gros !

— Je le supporterai sur mes épaules. Ne te souviens-tu pas que dans mon armerie, j'en avais un tout pareil, sauf qu'il était entretenu ?

— Heureusement, Guillaume, qu'il est loin d'être midi et qu'ils nous accordent le temps de nous apprêter... Je voudrais voir aux barrières tous nos compagnons d'infortune.

Il y eut un silence bref lors duquel, immobiles et consternés, Guillaume et Barbeyrac semblèrent plongés dans leurs souvenirs communs. Le vétéran se ressaisit le premier :

— Ce sont nos compagnons que nous allons venger... Ils se sentiront fiers de notre victoire... Et puis quoi ? Je leur ai laissé la lime. Je suis sûr que certains s'enfuiront.

— Puissent-ils réussir mieux que nous, dit Barbeyrac.

Sa joie et sa fureur semblaient s'être amollies. Ogier soupesa le haubergeon choisi par son oncle ; les mailles lui en parurent singulièrement pesantes. Un doute le blessa : jamais Guillaume ne soutiendrait un long combat avec ce fardeau sur le corps. À la pénible sensation d'impuissance qui le hantait, vint s'ajouter la certitude affreuse qu'il périrait.

— Aidez-moi, les gars, à essayer ces mailles.

Ogier et Barbeyrac levèrent à bout de bras, ensemble, la défense de fer. Guillaume y introduisit sa tête en même temps que ses bras. Quand il en fut couvert, il fit quelques mouvements d'attaque et parut satisfait :

— Il va voir...

Il n'avait pas choisi son adversaire, mais il l'imaginait et se voyait le repoussant irrésistiblement.

Alors que sa franchise lui donnait à l'avance un sentiment de culpabilité, Ogier crut bon de tempérer tant de hargne :

— Ces anneaux sont seyants, mon oncle. Mais ne sont-ils point trop lourds ?... Vous allez avoir quelque trente-cinq livres sur le corps : ce sont des mailles treslies [1] à grains d'orge rivés... Sans compter le bourras dont vous serez couvert...

— La rage et le bon droit me fourniront des forces !

Que répondre à cela ? Sans faire aucune allusion à ce qu'il venait d'entendre, mais tout en partageant l'inquiétude d'Ogier, Barbeyrac intervint avec une vivacité joyeuse, trop exagérée pour être sincère :

1. Dans la maille treslie, un anneau sert de support à quatre autres.

— Bien dit, Guillaume... Mais ôte ces anneaux : il n'est pas encore temps de supporter ce fer.

Alors qu'ils parvenaient à se constituer une défense convenable, Wilf apparut :

— Messires, voilà le bourras et de quoi compléter vos harnois.

Le sergent qui l'accompagnait jeta la brassée de vêtements matelassés sur le seuil du pavillon, dans la boue.

— Encore un qui nous aime ! s'écria Barbeyrac. Dites-lui, Wilf, de reprendre cela et de le mettre à l'intérieur.

Sur un commandement fourni en anglais, l'homme s'exécuta.

— Pourquoi, demanda Guillaume, votre compère auquel nous devons ces merveilles (il montra le tas de plates au milieu de la tente) n'est-il pas revenu ?

— Il va revenir. N'ayez crainte.

— Bien ! ricana Guillaume. Sa hure de singe me plaisait. Il a une tête pour monter aux arbres si j'ose dire !... Sache-le, Wilf : il nous manque certaines choses essentielles.

— Lesquelles ? demanda le capitaine avec une affabilité sous laquelle frémissait de l'indignation.

— Les haches, les épées et leur ceinture d'armes ; les fléaux et les dagues, les lances et les écus !

— Au dernier moment.

— Par précaution... Comme si nous pouvions nous en servir utilement au milieu de toute cette foule qui nous exècre !

— Ensuite ? demanda Wilf dont l'exaspération augmentait.

— Porte-nous aussi des clous assez petits pour ajuster ces armures desquelles moult rivets se sont enfuis... et, bien sûr, un marteau.

Guillaume mentait ; il avait son idée.

— Ensuite ?

— De la graisse, du suif, voire de l'axonge[1]. Je te laisse le choix, compère ! Il importe que nous assouplissions ces vieux cuirs, sans quoi, ils se briseraient à notre détriment. J'aurais aimé un pied de fer, mais c'est trop d'exigence.

— Est-ce tout ?

— C'est tout, Wilf de mon cœur, dit Guillaume, admirable de sérénité. Hâte-toi et sache que nous ne sortirons pas d'ici avant d'avoir obtenu ce que je te demande... humblement !

Quand Wilf s'en fut allé suivi de l'homme d'armes, Ogier demanda :

— Pourquoi ce marteau et ces clous ?

Guillaume, de l'index, désigna les Anglais :

— Regarde-les comme ils glissent et pataugent ! Ils sont près de tomber sans avoir pris un coup !... Il faut nous bréher[2] pour éviter de choir.

Le regard du vétéran alternativement fixé sur le dos de l'un et de l'autre, comme s'il allait les percer d'un poignard ou d'un trait d'arbalète, passa de la fureur à la gaieté :

— L'hiver quand nous voulions, par les chemins gelés, aller de Rechignac à Savignac ou Excideuil, que faisions-nous ?... Eh bien, nous ferrions les chevaux à glace ainsi que les patins[3] de nos heuses. Quelques clous sous nos semelles auront pour avantage de nous éviter des chutes mortelles.

C'était bien pensé. Il pleuvait toujours. La foule se riait des cinglons de l'averse : les hommes avaient enfoncé leur chaperon jusqu'aux sourcils ; les femmes avaient coiffé leur gorgière[4]. La plupart, pour se réchauffer, buvaient sans soif. Dans le ciel envahi de

1. Graisse des animaux, du porc en particulier : saindoux.
2. Bréher un cheval, c'est enfoncer des clous dans la corne de ses sabots.
3. Semelle supplémentaire.
4. Sorte de fichu.

gros nuages gras, Tom tournoyait, les ailes largement éployées.

Où donc Shirton s'était-il caché ?

Wilf leur porta une boîte de clous tout aussi mêlés que les harnois de fer, et un marteau d'armes.

— Je les ai dénichés, messires, sous l'échafaud des juges. Vous trouverez bien une grosse pierre pour faire office d'enclume.

— Tu es bon, Wilf, déclara Guillaume. Dommage que tu sois notre ennemi.

— L'on m'a toujours enseigné, messire, qu'il fallait, quand on le pouvait, exaucer les dernières volontés des personnes qui vont mourir.

Guillaume, soudain très pâle, retint une exclamation de fureur. Lorsque le capitaine se fut éloigné, il commenta :

— Ce malandrin possède une hardiesse qui me plaît. Allons, mettez-vous nu-pieds, compères. Toi, Ogier, cherche dans cette boîte des petits clous à large tête. Cinq, pas plus, par semelle ; trois, plantés, évidemment, de l'intérieur vers l'extérieur, au milieu ; deux plantés au talon[1]... Étienne, as-tu trouvé une grosse pierre ?

— Non.

— Après tout, je peux m'en passer : le clou s'enfoncera dans le cuir et ensuite dans la terre molle...

1. Qu'il s'agisse d'un équipement composé de mailles en sa totalité ou d'une armure de plates — qui atteignit l'aspect que nous lui connaissons à la fin du XIVe siècle —, les talons des souliers n'étaient pas rehaussés. Les pédieux ou solerets enveloppaient le pied tout entier sur le dessus et emboîtaient le talon comme le feraient les guêtres plus complètes. Le dessous du pied demeurait libre de tout fer. Des lames à recouvrement, rivetées sur les côtés, permettaient l'articulation de la partie antérieure.

— Voilà, mon oncle, le marteau d'armes. Il est heureux qu'il ait une grosse panne !

— Il se peut que, marchant sur un caillou, la tête du clou nous pénètre la plante... Il vaut mieux se meurtrir soi-même en cet endroit que de prendre, allongé, un mortel coup d'épée... Surveille le champ, Thierry ; toi, Ogier, ouvre-moi ces grolles... En deux ans de captivité, j'ai appris à m'accommoder de moult choses que j'ai méprisées naguère. Faire le savetier ne saurait m'humilier, même si j'avais en main les heuses du roi Édouard et qu'il assiste à mon ouvrage !

Ogier douta que cette affirmation fût vraie, mais Guillaume, en se consacrant à une tâche ingrate, oubliait le péril de mort qui, à mesure que le temps passait, prenait force et consistance.

— Il était temps, Guillaume, que tu finisses, et que nous ayons les pieds au sec... Venez voir qui nous rend visite.

Ogier et son oncle dissimulèrent la boîte de clous sous un tas de plates inutiles et rejoignirent Barbeyrac sur le seuil du pavillon.

— Monseigneur Jean d'Offord !

— Et deux sergents portant des lances... Combien nous en amènent-ils ?

— J'en compte dix. Il nous faudra en vérifier l'aloi pouce par pouce.

— Certes, mon neveu !... Il y aura donc des chevaux... Nous allons devoir les examiner soigneusement, eux aussi, jusque sous leur selle.

— Ce sont des épées, sûrement, que le sergent qui vient derrière tient sur son épaule enveloppées dans un linge...

— Un linge rouge afin de nous émouvoir salement !

— Il doit y avoir des haches : j'aperçois un croissant de fer.

Jean d'Offord s'arrêta, souriant. Les porte-lances déposèrent leurs armes dans l'herbe. C'étaient des glaives de guerre aux fers en feuille de saule. Le licteur déroula son linge cramoisi : il y avait dedans deux épées et deux haches. Prévoyant une question, Jean d'Offord s'inclina :

— Messire Ogier d'Argouges, vos armes vous seront fournies par le chevalier appelant.

— En voilà des façons ! fit Guillaume.

— Ne vous plaignez point trop, baron de Rechignac !... Il va être bientôt midi. Il y a beau temps que vous devriez être mort !

— En fait d'armures, monseigneur, dit Barbeyrac, vous nous avez fait porter un tas de ferraille. J'ai moult regret de celle qu'un de vos capitaines m'a robée à Auberoche, tout en comprenant qu'elle ait pu exciter sa convoitise. On l'avait forgée à Paris. Les batteurs de fer que je connais sont les meilleurs du monde.

Jean d'Offord renifla. Devant ces trois hommes dont il se savait détesté, son visage prit un air de sainteté qui ne dissolvait pas son orgueil maladif mais le durcissait, au contraire :

— La paternité de l'armure de plates nous revient, messires. C'est John d'Aubernon, un baron de Surrey, qui se fit faire la première, il y a vingt ans, imité bientôt par Guy de Beauchamp, comte de Warwick [1]. Le saviez-vous ?

— Que m'importe, dit Guillaume. J'ai du goût pour les mailles et j'en revêtirai. J'ai prié Wilf de m'apporter un tabard vieux ou neuf. Des mailles sans tabard,

1. *The History of the tournament in England and in France* (Londres, 1918). L'auteur, Francis-Henry Cripps-Day, révèle que l'armure de plates fut créée en 1327 par sir John d'Aubernon, du Surrey, et que Guy de Beauchamp, comte de Warwick, s'en fit confectionner une aussitôt.

c'est une épée sans quillons, un bassinet sans ventaille...

— Vous aurez votre tabard.

— Vous êtes, monseigneur, d'une courtoisie précieuse !

Jean d'Offord s'en alla, les épaules penchées « comme s'il venait de revêtir une armure », dit Ogier, approuvé par Barbeyrac moqueur et Guillaume, impassible.

Ils procédèrent à l'inspection des épées. Toutes deux avaient leurs quillons recourbés vers le bas à la façon des Allemagnes, une prise large et haute où s'enroulait un fil de fer serré ; l'une, un pommeau de cuivre en queue de paon, l'autre en trèfle.

— Par messire saint Michel ! dit Guillaume, après nous avoir éprouvés avec leurs armures, ils nous offrent des lames saines. Deux taillants du talon à la pointe et qui sentent encore le baiser de la meule !

— Rien à dire, en effet, fit Ogier dont la minutie n'était jamais prise en défaut. Rien ne branle là-dedans.

— Elles font la longueur d'un bras.

— Elles sont peut-être un peu trop lourdes pour mon goût, dit Barbeyrac, mais comme on peut les poigner aisément à deux mains, elles pèseront moitié moins !

Il riait mais le fond de son cœur était noir. Le fait de toucher à ces armes assombrissait et affaiblissait sa témérité. L'on pouvait périr de sa propre épée dès que son maniement devenait lent et malhabile. Si l'on ne l'employait qu'à se défendre, c'était signe de mort prochaine.

Les fourreaux d'où ils avaient tiré les lames étaient faits de lattes de hêtre recouvertes de cuir brut maintenu par quatre viroles et une bouterolle d'argent. Deux bracelets du même métal munis d'anneaux destinés à recevoir les crochets des bélières de suspension enserraient leur partie supérieure. Ogier, qui examinait la gaine de l'arme choisie par son oncle, s'approcha du seuil de la tente.

— *Thomas de Ballancourt*, lut-il à haute voix. Cela est gravé sur une virole.

— *Gauthier de Frétigny*, lut Barbeyrac sur le pommeau de son épée.

— Ils sont sans doute morts, dit Guillaume. J'ai toujours refusé de dépouiller qui que ce soit sur un champ de bataille. Les Goddons n'ont aucun respect des trépassés.

— Ces deux chevaliers étaient de notre estoc[1]. Nous les vengerons !

Barbeyrac semblait croire à ce qu'il affirmait, mais il avait perdu son sourire. Ogier le rassura :

— Certes ! Certes, nous les vengerons ainsi que tous ceux qui sont morts devant et par l'engeance d'Édouard !... J'avoue, cependant, que Cobham m'effraye... Il n'est ni homme à jouer de la turlurette ni homme à s'apitoyer aux malheurs d'autrui. Mes chairs et mon oreille me cuisent à nouveau rien qu'à la pensée de le voir. Il m'a vaincu ; il croit pouvoir recommencer. Il aura toutes les audaces, toutes les vigueurs, toutes les traîtrises. Il n'a cessé d'entretenir sa force à la guerre ; la mienne s'est corrompue dans l'oisiveté.

— Ton savoir suppléera aux faiblesses et aux défauts de ta condition, mon neveu. Allons voir ces lances !

Elles étaient en frêne, longues d'une toise et demie, fortement évidées à la prise et pourvues d'une agrappe[2] solidement fixée à un pied du bas de la hampe. Quant aux fers qui les armaient, tous étaient renflés, en forme de feuille de saule ou de laurier.

— Eh bien, dit Barbeyrac, attendons les chevaux.

— Les voilà, Étienne, dit Ogier. Les restes de nos fourniments sont attachés à leur selle. Voyez ces gros sacs gonflés. Point d'avoine là-dedans.

1. Race.
2. Bague de fer qui empêchait la main de reculer sous le choc.

— C'est Wilf qui nous les amène. N'est-il pas serviable, ce Goddon ?

Cessant de rire, Guillaume recommanda :

— Il va falloir examiner les selles dessus et dessous, les cuirs des harnois et jusqu'aux sabots de ces roncins. Défions-nous des pointes et des épines... Des miettes de chardon, surtout, qui font grand mal.

Les chevaux avaient belle apparence.

— Des béhaignons [1], évidemment, dit Ogier. Leurs crins d'encolure ne sont pas tressés, ni leurs queues troussées à la façon d'Angleterre.

— Eh oui ! dit mélancoliquement Guillaume. Flottants et bien peignés. J'aime les femmes ainsi coiffées...

À qui songeait-il ? Sûrement pas à Mathilde, sa concubine. À Tancrède ? Peut-être. À Claresme sinon à son épouse dont la longue chevelure brune, dénouée, hantait ses nuits sans femme et non pas sans désirs.

Son choix se porta sur un essorillé à la robe ardoisée, luisante, frémissante. Ogier compara sa crinière à la chevelure d'Ethelinde qui, sans doute assise sur le banc avancé de l'échafaud des dames, attendait impatiemment les combats.

— Lequel prendras-tu, Argouges ? demanda Barbeyrac. Ce fauveau ou le noir ?

— Le fauveau semble te plaire.

— Et pour cause ! C'est un travat [2] comme celui qu'ils m'ont pris à Auberoche.

1. Conséquence des liens de parenté et d'alliance établis entre les familles royales de France et de Luxembourg (Jean de Normandie était l'époux de Bonne, fille du roi de Bohême, tué à Crécy), une importante importation de chevaux de Bohême, dit *béhaignons*, avait eu lieu. Après chaque défaite de la Chevalerie française, les Anglais rassemblaient les chevaux survivants. Certains restaient en France, d'autres étaient embarqués. Tous étaient utilisés dans la cavalerie d'Édouard III.

2. Cheval qui a des balzanes aux deux pieds du même bipède latéral.

— Eh bien, ton choix me plaît. Marchegai ressemble à ce noir.

Tous les chevaux étaient pourvus d'une grosse et large bride, munis de rênes ajoutées sur un mors sans branches. « Ils seront d'un maniement malaisé », songea Ogier. « Si les Goddons qui président à ces jeux de mort nous prennent pour des pétaux, nous saurons leur jeter leur méprise au visage ! » Il dessella son roncin, déplia et secoua sa flancherie[1] puis, allongeant celle-ci sur l'herbe, il y passa ses paumes. Rien, aucun piquant. Il vérifia ensuite les rênes et les avallouères[2] sous le regard de Wilf, égayé par toutes ces précautions.

— Que croyez-vous, messire ? Que cherchez-vous ? Des puces ?

— Nous cherchons, dit Guillaume, à n'être point trahis.

Cette fois, Wilf pouffa, et de plaisir tapota son épée :

— Nul besoin d'ourdir quoi que ce soit pour vous vaincre : vous allez challenger les meilleurs chevaliers d'Angleterre.

Guillaume étouffa une malédiction ; Barbeyrac, penché sur une étrivière, se releva pour s'ébaudir à son aise. Ogier dit simplement :

— *Desinit in piscem.*

— Holà ! s'indigna Wilf. Qu'est-ce que ça veut dire ?

Tandis qu'Ogier répondait, la joviale figure d'Arnaud Clergue, le chapelain de Rechignac, se présentait à son esprit avec de plus en plus de netteté.

— Cela se dit, capitaine, des choses dont la fin contrarie le commencement. Les choses qui, telle la femme d'Horace, sont belles de corps et d'esprit, sauf qu'elles se terminent en queue de poisson.

1. Pièce d'étoffe que l'on installait sous la selle.
2. Cuirs, sur la croupe du cheval.

— Moi, je ne connais que Mélusine qui a une queue de serpent !

— Et la tienne ? Comment est-elle ? grogna Guillaume. Viens donc m'aider à destouiller mon roncin de sa selle et de son harnois !

Tandis que Wilf aidait Guillaume à désharnacher son cheval, Ogier examina la selle de son moreau avec une attention extrême. Elle était belle et solide, constituée de bandes de fer plates et autres ferrements tels que le porte-étriers, les boucles et anneaux échappés, cloués au bois ; garnie de cuir cordouan fixé sur l'arçon par de gros clous à large tête ronde appelés *besans* en France ; bien fournie en sangles, étrivières, poitrail, culière et croupière. Rien n'y manquait, et le haut troussequin cornu lui garantissait qu'il faudrait un gros coup, un coup immense, pour qu'il vidât les étriers. Eux aussi lui donnaient entière confiance : ils étaient simples et larges, d'un fer sans défaut, bien lié aux étrivières.

— Ils ne paraissent pas vouloir nous abuser, dit-il sans recevoir de réponse tant ses compères examinaient leurs harnois avec autant de soin que lui-même.

Alors, il vérifia les fers de son cheval et se releva satisfait : ils étaient épais, quasiment neufs.

— Rien à dire ? s'enquit Wilf, inquiet et moqueur.

Ogier remit la selle et les harnais sur le Noiraud ; il se jucha dessus, chaussa les étriers, mit pied à terre et raccourcit légèrement les étrivières. Puis, sous les sifflets et les cris malveillants de la foule, il fit marcher, ambler, trotter son cheval. Un galop l'amena devant la tribune des dames. Ni Tancrède ni Odile de Winslow ne s'y trouvaient, mais Ethelinde était présente, assise auprès d'Élisabeth parée comme une honnête femme.

Une fureur le prit, qu'il domina promptement :

— Bon sang !... De rage, j'allais talonner ce cheval qui ne m'a rien fait. Il nous faut proscrire les éperons : à pied, par ce temps, on s'emmêlerait les molettes !

Il revint vers ses compagnons occupés à seller leurs chevaux :

— Ils vous conviennent ?

— Le mien a une encastelure au sabot arrière dextre, dit Barbeyrac, mais comme il ne fournira qu'une course...

— En es-tu sûr ? Pas de l'encastelure mais de la course.

— Aussi vrai, Guillaume, que Dieu nous voit !

Ogier admira cette assurance ; il eût aimé la posséder.

— Le mien a peut-être la gourme, dit Guillaume. Il bave sur son frein.

— C'est par hâte de galoper, mon bon oncle... Un conseil seulement, si vous le permettez : défiez-vous en tirant vos pieds des étriers.

Voyant le regard intéressé de Wilf, Ogier se retint d'ajouter : « Gare aux clous de vos semelles ! » Barbeyrac qui venait de boucler la ventrière du fauveau lui sourit pour cette recommandation :

— Je me sens mieux lors d'un combat d'homme à homme sur la terre ou le gazon, que dans un trépignis [1] d'armes courtoises. On voit venir les coups, on peut y remédier avant que le mal soit accompli. Je vais vous enseigner comment occire du Goddon sans trop de peine.

— Il y a de l'outrecuidance dans l'air, observa Wilf avec une déférence amusée.

— Nous allons te montrer comme on vainc ! dit Guillaume. Allons, compagnons, mettons nos écorces de fer !

— Avant, dit Ogier, je vais à la guérite : j'ai le cœur de travers et les boyaux qui gargouillent.

— Je t'accompagne, dit Barbeyrac.

Comme ils passaient près de la tente de leurs adversaires, invisibles, de l'autre côté de laquelle des ser-

1. Mêlée générale lors d'un tournoi.

gents dressaient un râtelier d'armes, les bruits d'une conversation à haute voix intriguèrent Barbeyrac.

— Le roi est là-dedans, dit-il. Approchons-nous.

— À quoi bon, ils parlent en patois. Je ne saurais comprendre ce qu'ils disent.

— Je connais, moi, ce langage. En deux ans, je l'ai appris.

— Les gens des barrières nous regardent !

— Feins de resserrer ta ceinture ou de chercher son mordant.

Ils s'approchèrent. Les voix étaient si fortes, si nettes que se pencher n'était pas nécessaire.

— Oui, le roi est présent... Peut-être Offord, à moins que ce ne soit le maréchal de lice. Tiens, c'est justement lui qui demande conseil !

— *Let's get back to that joust, Sire. How could we manage to get rid of that Frenchman ?*

— Il dit, chuchota Barbeyrac : « Revenons à cette joute, sire. Comment procéder pour éliminer ce Français ? » C'est sûrement de toi qu'il parle.

— *It's on you, not on me, to find an astuteness. He scrutinizes too closely the lances proposed to him for us to be able to slit his own with a saw-cut. But you could offer Cobham a spear so pointed that it can transpierce Argouge's shield, and then his breastplate*[1].

— Il est bien question de toi. Ils te reprochent de trop examiner les lances. Méfie-toi : celle de Renaud de Cobham, si elle t'atteint, sera mortelle.

— Partons.

— Attends !

— *I have been told Hugh Calveley would be here to attend the first races.*

1. « C'est à vous, non à moi de trouver une astuce. Il examine trop attentivement les lances qu'on lui propose pour que nous entamions la sienne d'un trait de scie, mais vous pouvez offrir à Cobham une lance avec un fer tellement aiguisé qu'il traversera le bouclier d'Argouges et pénétrera sa cuirasse. »

— Offord dit qu'il s'est laissé dire que Hugh Calveley serait ici pour les premières courses.

— Trop tard !

— *I'll be very pleased to meet him.*

— Édouard dit qu'il aura grand plaisir à le voir.

— J'aurais eu grand plaisir, moi aussi, mais il est trop tard. Allons, viens. Qui entre le premier dans cette guérite ?

— Vas-y. Eh ! regarde... Ce n'est pas ton oiseau qui tourne dans le ciel ?

C'était sûrement Tom. Ogier fut certain que le balbuzard l'avait reconnu. Étrange et forte, il eut la conviction que le rapace veillait sur lui.

## II

Après en avoir échangé certains, les Français revêtirent les ajustements qu'ils avaient trouvés dans les sacs accrochés à la selle des chevaux : un gippon de toile matelassé de bourre de coton, des chausses rondes et à moufles [1] fixées à la ceinture de leurs braies au moyen d'aiguillettes ; un plastron de cuir destiné, dit Guillaume, à leur tenir chaud plutôt qu'à amortir les coups d'estoc. Ils s'adoubèrent en s'entraidant. Les courroies joignant les plates des armures, bien que graissées, leur inspirèrent quelque inquiétude.

— Ridées, dures comme de vieilles peaux, dit Guillaume. Je n'ai pas ce souci avec mon haubergeon... Aide-moi, Barbeyrac, à passer ce tabard...

— Je pouvais le faire, dit Wilf.

— Si tu voulais vraiment te rendre utile, dit Guillaume, tu nous laisserais nous apprêter seuls.

— J'ai reçu commandement de vous assister. Mais je peux m'en aller et ramener un clerc. N'auriez-vous point besoin d'un confesseur ?

— Un clerc ! s'exclama Barbeyrac. Un clerc d'Angleterre !... Je consens, cependant, à ce que tu nous l'amènes s'il apporte avec lui un cruchon de *good-ale*.

1. *Rondes*, c'est-à-dire séparées, fixées par des aiguillettes, non pas sur le gippon, mais dessous, à l'inverse des vêtements ordinaires ; à *moufles* parce que possédant des pieds.

Guillaume enfila soigneusement les gantelets à la baleine[1] qu'il s'était réservés lors du partage des armures. Bien que vieux, ils étaient restés en bon état.

— Du solide, en vérité, dit-il en animant les écailles de corne cousues sur un gant de peau de daim. L'épée ne glisse pas...

— Ni nos épées, ni nos semelles, ni nos courages ne glisseront !

Barbeyrac cherchait à triompher de l'angoisse. Guillaume restait impénétrable. Ogier, qui les observait, se demanda : « Et moi ? Ai-je peur ? » Pour différer l'instant de se répondre, il saisit le bassinet qu'il avait choisi. Wilf, aussitôt, émit un petit rire :

— Messire, vous pouvez le laisser où il est. Renaud de Cobham vous en fournira un. C'est ce que j'ai cru comprendre.

Il semblait informé de tout. Ogier caressa le timbre poli, ovale, qui, si Wilf se trompait, protégerait son crâne :

— Je prends ce bassinet, il me plaît.

— Croyez-vous que vous l'emporterez en France au cas où messire Renaud vous laisserait la vie ?

— C'est un affrontement à outrance, Wilf. Qui sait si tu ne verras pas ton champion me crier merci.

Sans se retourner pour juger de l'effet produit par sa réplique, Ogier sortit, précédant Guillaume et Barbeyrac.

Sa première pensée fut : *« La pluie ne tombe plus. »* La seconde : *« Les sots ! »* car la foule, les poings tendus, proférait des imprécations à l'adresse des Franklins et même leur jetait des pierres dont une atteignit l'épaulière de Barbeyrac : il la frotta du bout des doigts

1. La baleine était alors abondante ; il n'était pas rare d'en rencontrer sur les côtes de France, particulièrement en Normandie et dans le golfe de Gascogne comme le prouvent les sceaux de Biarritz en 1351 et de Fontarabie en 1335. Les fanons avaient la solidité du métal.

comme pour effacer quelque chiure de mouche, ce qui eut pour effet un redoublement d'injures et de huées.

— La musique a cessé, dit Guillaume. Et sans doute depuis longtemps.

— Je ne m'en suis pas aperçu... Mais oyez ce vacarme ! Quelle haine envers nous !

— Moi, je la leur rends bien !... Or çà, voyez, dit Barbeyrac, ces pauvres musiciens !

Par convenance envers le cérémonial, ils étaient demeurés assis, immobiles et transis dans leur livrée de pourpre et de sinople, coiffés de leur chapeau de feutre noir tellement gorgé d'eau que la calotte et les bords informes, rabattus sur les oreilles, faisaient penser à de gros champignons avariés.

— Où sont passés nos trois larrons ? dit Guillaume. Leur pavillon me semble vide. Avez-vous remarqué qu'il s'ouvre à l'inverse du nôtre pour nous priver de voir ce qui s'y passe ?

— Ils ne vont pas tarder à se montrer, dit Wilf.

Il y eut un remous de l'autre côté du champ, là où débouchait le chemin du château. Des cris joyeux retentirent, et des crépitements de mains pareils à ceux des grêlons sur la terre, tandis que des têtes sautillaient et que les gens perchés, accrochés à leur branche ou agenouillés sur les toits, hurlaient leur joie, leur dévotion, leur fierté.

— Le roi fait son entrée, dit Wilf en contenant son ardeur.

Les ménétriers, tous debout, rejouèrent ; les trompes et les buccins dressèrent vers le ciel leurs calices de cuivre tandis que les sons picotants d'un chalumeau s'évertuaient à percer cette rumeur de grande marée. Les cymbales et les nacaires écrasèrent à grands ahans les stridences des trompettes, et les violes et le pibroch miaulèrent presque à l'unisson.

— Ce sont, dit Barbeyrac, les musiciens de l'enfer ! Qu'en penses-tu, Ogier ?

— Juchons-nous sur nos escabelles. Nous y verrons bien mieux.

— Prenons garde à nos clous, recommanda Guillaume. Ah ! *le* voilà !

Le roi apparaissait derrière une cohorte de sergents coiffés et cuirassés de fer, le vouge ou le fauchard sur l'épaule. Il était vêtu d'un hoqueton brodé aux armes de l'Angleterre, et juché sur un palefroi couvert d'un houssement de satin également à ces armes. Les yeux des léopards figurant sur l'encolure, le poitrail, l'arrière-main et les cuisses semblaient faits de rondelles d'orfèvrerie ; une houppe de plumes amarante et safran dodinait au-dessus du chanfrein d'acier.

— Voyez donc ce sambuc[1]. Il étincelle d'argent et d'or.

— L'argent et l'or robés dans nos églises.

— Son cheval semble honteux d'être ainsi affublé !

Le palefroi se regimbait : on le serrait au mors et aux flancs avec une force excessive. Ogier baissa la tête :

— Je comprends, Wilf, dit-il, à voir monter ton roi, que la comtesse de Salisbury, dont on dit pourtant chez nous qu'elle était consentante, le fuie désormais à grand épouvantement.

Wilf haussa les épaules ; il regardait Édouard derrière lequel chevauchaient le maréchal de lice, les juges à cheval et à pied, deux capitaines et d'autres piétons porteurs de bannières ; deux évêques levant soit ensemble, soit alternativement leur crosse comme des guerriers l'eussent fait d'une arme après une victoire. Ensuite, seul, détaché au plein sens du mot, Jean d'Offord, soucieux, essayait d'éviter les flaques. Il précédait une décurie de tonsurés, bras croisés, cordelière pendante.

— Cela ressemble un peu aux pompes de chez nous. Pas vrai ? dit Guillaume. Il se peut qu'à Vincennes...

1. Harnais.

— La foule, coupa Barbeyrac, déborde des barrières pour faire hommage à ce démon !

Ogier ne disait mot. Il avait reporté toute son attention sur l'objet de cette vénération frénétique. Bien qu'il en fût distant d'au moins quarante pas, il voyait assez bien le visage royal, et ses souvenirs en complétaient les traits atténués par la distance : un front têtu sous le chaperon appesanti par la couronne, des yeux aux lueurs fébriles, pareils à ceux de tous les mangeurs de carogne ; le menton enhardi par la barbe fourchue. La satisfaction d'être adulé conférait à la face pelue du monarque ce resplendissement interne qu'il lui avait connu à Rouen puis à Auteuil, lorsque le vent cendreux apportait, jusque devant son gîte, les relents des horreurs qu'il avait perpétrées. Ses propos tantôt froids et moqueurs, tantôt d'une amabilité sibylline, animaient dans leur nid de fils blond-roux, des lèvres dont la morgue infectait le sourire.

— Nous allons lui montrer quels chevaliers nous sommes !

— Oui, Argouges, dit Barbeyrac. Je ressens comme toi une impatience terrible à décevoir ce fumeux !

Ogier se sentit gonflé de volonté. Il ferait hurler de frayeur ces tribuns, ces patriciens, ces plébéiens ; cette tourbe humaine. Il allait prouver qu'il n'était pas de ceux pour lesquels le pouce dressé s'abaisse ou s'élève ; il tirerait des grognements à l'aréopage des nobles. Sitôt Cobham à ses pieds, mort ou blessé, il assisterait, par l'étroite vue du bassinet, à la consternation d'Édouard III et de ses familiers. La chair de ce linfar[1] blêmirait sous la barbe ; ses yeux pervers cilleraient, exorbités par une stupéfaction qui contaminerait ses thuriféraires vêtus d'écarlate paonnage[2] ou de fer... La belle joie ! Pour s'en délecter pleinement, il devait lutter dès maintenant contre cette torpeur qui l'envahissait

1. Méchant, prêt à tout.
2. Bleu-violet.

et le tenait immobile, la face brûlante, les tempes moites et le cœur ravagé.

Les ménétriers cessèrent de répandre leur musique dont nul, d'ailleurs, ne se souciait. Le roi mit pied à terre et laissa son cheval aux mains d'un écuyer tandis que sa suite s'éparpillait. Les évêques et les notables occupèrent les bancs de l'échafaud qui leur était réservé. Les moines allèrent s'accouder, épaule contre épaule, à la barrière extérieure tandis que les hommes d'armes et les pennonciers entouraient le champ d'une ceinture de fer. Vinrent alors les retardataires qui, par crainte ou scrupule, s'étaient résignés à ne point perturber l'apparition du roi. Il y eut des cris, du désordre, et aux échelles — car certains escaliers, pris d'assaut, étaient impraticables —, des mains poussèrent, non sans agrément, des rondeurs innocentes ou provocantes, les unes s'élevant dans des cris indignés, les autres dandinant et suscitant des rires. Barbeyrac détourna son regard vers Ogier :

— C'est souvent là, dit-il, que la femme a son âme.

Il souriait, mais sa face était livide. Voyait-il son Alix aux joutes, en ce moment, grimpant les échelons d'un échafaud des dames et prêtant son séant à des tâtonnements ?

Guillaume se taisait, attendait. Une sonnerie de trompes le fit tressaillir. Wilf annonça :

— La reine et sa suite. Femmes et hommes sont à cheval.

— Afin de ne pas patouiller dans la boue.

— Je vieillis : ma vue se trouble, dit Guillaume.

— C'est l'effet du vent, mentit Ogier. Il me fait larmoyer, moi aussi.

Il faillit choir de son escabeau : il venait de distinguer sa cousine au milieu d'une troupe de gentilshommes et de nobles dames, tous chevauchant des bêtes paisibles, soigneusement apprêtées. Tancrède était assise en croupe d'un damoiseau de la Maison d'Angleterre portant une livrée de gueules rehaussée de trois léopards d'or.

Devant la procession, la foule s'ouvrait comme une rivière bouillonnante sous une étrave, tandis que dans les grandes nefs pavoisées des tribunes, l'assemblée se dressait — davantage pour examiner la souveraine d'un jour que pour saluer sa venue.

— Ainsi, c'est Jeanne de Kent, dit Guillaume. Des compagnons de chaîne célébraient sa beauté jusque dans la merdaille où nous étions, hein, Étienne ?

— Ils disaient que c'était une des plus belles filles d'Angleterre.

Ogier n'apercevait de la reine qu'un visage d'albâtre, des cheveux noirs tressés, roulés en templières ; une couronne qui sans doute était d'or. Elle chevauchait une haquenée au chanfrein de fer emplumé de pennes de paon. Parfois, elle levait une main pour un salut plein de grâce.

— Beauté du diable, peut-être, dit Barbeyrac.

— Ou diable de beauté, fit Ogier, rêveur.

Il songeait plus particulièrement à Tancrède qui, elle aussi, suscitait la curiosité. Tous savaient qu'elle était de France, alliée, certes, mais française, de sorte que par déférence envers leurs femmes, les hommes ravalaient leur admiration. Quant au tribunal des dames, il dissimulait sa sentence, ignorant que son silence hostile constituait un hommage absolu aux attraits de cette étrangère. Nul doute qu'on lui prêtait, pour qu'elle eût été distinguée par le roi, des prodigalités d'une seule nature.

Une troisième élue chevauchait à distance. Ogier lui adressa un fugace regard. C'était pourtant Odile de Winslow.

— Elles passent maintenant devant les clercs et les prélats...

Sans doute en chuchotant que ces femmes étaient la triple réincarnation de la Pandêmos, surnom d'Aphrodite, patronne des courtisanes, les évêques, crosse branlante, les bénirent assez froidement, mais Édouard était proche : il battit des mains.

Aussitôt, des préposées à l'accueil jetèrent au-dessus des têtes couronnées des poignées de fleurs irréelles composées de pétales de parchemin ou de duvets assemblés en toupillons peints de couleurs vives. Jean d'Offord, bras croisés, frileusement couvé par deux édiles pansus, d'aspect miséricordieux, leva les yeux au ciel pour le prendre à témoin de ces incongruités : une reine éphémère dont un roi libidineux et véritable voulait faire sa victime ; une fille de France, donc une fille perdue — et pourquoi pas ? une fille follieuse — souveraines d'une des plus anciennes fêtes d'armes du royaume d'Angleterre : Ashby-de-la-Zouche.

— La plus belle... dit Guillaume, les sourcils tellement froncés qu'il en louchait.

Était-ce l'expression d'une évidence ? Une question posée dans un ultime accès d'incrédulité, d'ébahissement, de fureur, et qui réclamait un démenti ou une confirmation ?

— C'est ce que je me dis, continua le vieillard.

La présence de Wilf, attentif à toute chose, interdisait le moindre commentaire en faveur de Tancrède. Au reste, même en l'absence du Goddon, le caractère revêche et impétueux de Guillaume eût réfuté, sans doute, toute onction compatissante et lénitive.

Jeanne de Kent sauta souplement à terre. Il y eut autour d'elle un bouillonnement de têtes colorées, des balancements de fers de vouges et d'épieux, des cris, des applaudissements. Sitôt qu'elle apparut, lentement exhaussée par l'escalier de l'échafaud des dames, le peuple tout entier exprima son allégresse.

— La frainte[1] ! Ils gueuleront moins fort, dit Barbeyrac, quand nous meshaignerons leurs champions.

La belle Jeanne étendit ses bras en avant, comme

1. Gros vacarme.

pour étreindre toute cette foule en liesse. Le vacarme s'accrut. Il s'interrompit lorsque ses bras retombèrent.

— Elle règne déjà, ricana Barbeyrac.

Puis il se retourna, aperçut son cheval, sauta de son escabeau.

— Si le roi les a choisies, dit-il, et si elles sont là...

Ogier toussa pour qu'il se tût, mais Barbeyrac continua sans malice :

— Le roi aussi, chez nous, s'offre des privautés.

Sans doute eût-il conservé sa réserve s'il avait vu le visage tendu, exsangue, de Guillaume, mais il restait obstinément cloué au sol, caressant la ganache de son cheval et murmurant de temps en temps des mots doux pour lui inspirer confiance.

— *Elle* règne déjà, elle aussi, dit Guillaume. Regardez...

S'appuyant sur les épaules du roi qui s'était avancé pour lui tenir le pied, puis les hanches — ce qu'interdisaient les convenances —, Tancrède posait sur le montoir que deux rustauds venaient de placer devant elle, la pointe d'un soulier, puis l'autre. Svelte, souple et souriante, exhaussée comme une figure de pierre — mais ô combien vivante —, elle aplatit, du bout de ses doigts gantés, les plis rompus d'un manteau de velours ciselé, rouge vif, et gravit l'escalier de l'échafaud, sa main dans la haute dextre du suzerain, suscitant sur son passage, après que le roi l'eut quittée pour regagner sa place, des remous trop bruyants pour être en sa faveur.

Immobile, Guillaume haletait comme un vieux sanglier de sa forêt périgourdine que la meute a quêté, requêté, et qui, le souffle court, flaire un nouveau danger. Tournant la tête, il interrogea Barbeyrac comme s'il craignait que son neveu ne défendît Tancrède. Les dents qui lui restaient luisaient dans sa bouche ouverte sur des grognements qu'il s'efforçait de contenir.

— Qu'en dis-tu, Étienne ? dit-il en renonçant à son escabeau.

— Rien, compère, sinon que j'entrevois nos hommes.

Ils contournaient le champ. Entre les basses branches et les têtes des spectateurs, on voyait osciller leurs heaumes et leurs cimiers dont les lambrequins flottaient sur leurs épaules et leur dos. Le premier, au tabard gironné de sable et d'argent, arborait sur son tortil blanc et noir[1] un demi-bélier aux cornes argentées, ceint d'un bouquet de fougères, le cou chargé de coquilles dorées ; le second exhibait un lynx couronné d'or tenant entre les griffes de sa patte dextre levée, une croix tréflée, d'or également. Le dernier avait son heaume exhaussé de quatre plumes de cygne noir. Ce devait être Renaud de Cobham.

Ils étaient venus jusqu'au seuil de la lice l'un derrière l'autre ; ils y pénétrèrent de front, immobiles sur leurs chevaux parés de houssements superbes. Le public noble les ovationna tout autant que le commun venait de le faire, tandis que dans l'allée formée par les barrières, les juges, les écuyers, les vieux chevaliers, les moines sautillaient pour les mieux voir au-dessus des chaperons, des chapeaux de fer et des hautes coiffes des dernières attardées qui s'embourbaient sans crainte, au bras de leur époux, et dont l'impétuosité provoquait des « Ah ! » et des « Oh ! » accordés selon l'amorce ou la finition des glissades.

— Leurs armures sont belles.

— On les abîmera.

— Ils se préparent à faire un tour de lice.

— Nous leur ferons des tours de cochon !

— Ils ont choisi de gros roncins. Les nôtres, à côté, paraissent maigres.

— Leurs lourds chevaux s'enfonceront dans l'herbe ; les nôtres seront plus vifs et plus ardents.

1. Gros bourrelet en torsade, souvent bicolore, au centre duquel était assujetti l'emblème fabuleux qui dominait le heaume du jouteur ou du tournoyeur.

Barbeyrac ne cessait de trouver des répliques aux commentaires de Guillaume. Ogier se taisait, observant sa cousine et la trouvant parfaite sur le fond de tapisserie qui, derrière elle, dissimulait la rudesse des charpentes. Il en était trop éloigné pour examiner son visage, et ce qu'il supputait de son état d'esprit, c'était qu'elle s'ennuyait tout en affectant ce port de princesse dont sa beauté se trouvait rehaussée. Alors que la plupart des femmes du premier rang, appuyées ou accoudées au garde-corps agrémenté de drap pourpre, jabotaient ou rêvaient, insoucieuses de l'apparition des *appelants*, Tancrède restait figée entre Jeanne de Kent et Odile de Winslow, apparemment sourde aux bruits et comme aveugle. Parfois, à l'extrémité de leur banc, Ethelinde aux aguets penchait sa tête pâle. Élisabeth avait disparu.

— Qui est Dartford ?

Guillaume avait cessé de regarder sa fille. Ogier abandonna son perchoir :

— Sans doute le chevalier au lynx... Mais voyez : elle se lève et paraît furibonde !

Tancrède, debout, semblait victime d'une émotion terrible. Une indignation imprévue la traversait tandis qu'elle faisait tenir dans son regard une haine, un mépris sans équivoque envers, justement, le chevalier au lynx, qui venait de relever sa ventaille.

— C'est bien Dartford !

Des rires s'élevaient tout autour de Tancrède. La dérision, d'un coup, suppléait aux usages. Celles qui échappaient à la contagion souriaient avec une indulgence affectée. Mais le roi se leva. Il fallait que l'offense commise envers la Française fût montée à un haut diapason, et que tous les hommes de la tribune qu'il occupait l'eussent sincèrement ou hypocritement réprouvée, pour qu'il se fût dressé, comme outragé lui aussi. Après un moment d'indécision lors duquel un silence anxieux écrasa la sédition, il s'inclina vers Tancrède, l'invita, d'un geste, à se rasseoir, puis applaudit son homme lige.

— Pourquoi tout ce tribouil[1] ? interrogea Guillaume.

— Je ne sais, dit Wilf, ébahi lui aussi. Nous en saurons peut-être la raison quand Lionel de Dartford passera devant nous.

— Tu prendras Dartford, hein, Guillaume, puisqu'il a outragé ta...

Si Ogier ne l'avait heurté de son coude, l'imprudent Barbeyrac eût dit : *« ta fille »*. Wilf dont l'âpre regard glissait de l'un à l'autre, semblait avoir soupçonné l'importance de cette injonction sans en pressentir la nature. Il désigna le plus visible des écus : *De gueules à un chevron d'or à trois molettes d'azur brochant*.

— Renaud de Cobham, messires. Simon de Brackley, c'est le bélier au collier de palourdes.

— Je le prends, dit Barbeyrac. À quoi bon attendre, pour faire notre choix, que ces malandrins aient publié leurs chapitres[2].

Penché en avant, il essayait de deviner l'aspect de Brackley sous sa ventaille entre-close, le volume de ses muscles sous le fer qui les couvrait, mais un trop grand intervalle l'en séparait pour qu'il se fît une opinion.

Soudain, Cobham galopa vers les Franklins et particulièrement le ressuscité de Sangatte. Dartford l'avait suivi de près. Guillaume étouffa un juron en voyant son écu : sur fond de gueules, il y avait un visage de femme brune, les cheveux massés sous une haute coiffure en corbeille, décorés d'une pluie de perles. Cette face souriante, cette déesse nue jusqu'aux seins, c'était Tancrède. C'étaient ses yeux bleu-vert, son sourire de corail et de nacre, son menton hautain ; cet air de per-

1. Désordre.
2. Les conditions du défi.

plexité qu'elle avait entre deux moqueries, deux colères et, sans doute, deux pâmoisons [1].

— Si Dieu est juste et bon, tu mourras ce dimanche !

Dartford ébaucha un geste vers sa ventaille comme pour l'abaisser. Il détestait l'examen que Guillaume faisait de son visage, bien qu'on en vît peu, tant était haut son gorgerin.

— Va te confesser !

— Présomptueux vieillard ! Je vais te réduire en charpie !

Guillaume attrapa le cheval de Dartford au frein et, levant la tête :

— Tu pourrais être mon fils et même mon petit-fils ! J'aurai plaisir à te donner une leçon avant de t'achever comme un lynx enragé !

Derrière cette prédiction apparaissaient une réelle grandeur d'âme, un héroïsme et une force reconstitués. Cependant, Dartford était jeune, solide, aduré aux armes et dévoyé, donc déloyal. De plus, chaque coup qu'il fournirait serait comme alourdi par les cris de ses partisans innombrables tandis que ces mêmes encouragements allégeraient son épée en toute autre occasion.

— À bientôt, vieux coquin !... Ce soir, je friponnerai [2] sur ta dépouille mortelle.

Dartford fit cabrer son cheval et s'éloigna au trot. Cobham, qui n'avait rien dit, souleva sa ventaille. Ogier reconnut son regard violent et pervers.

1. Les amours, légitimes ou non, ne manquaient pas d'ostentation. On se défiait pour la beauté d'une femme. La Colombière (*Le Vray Théâtre de l'Honneur*, tome I, 1648) cite un chevalier qui portait *« par tout aux royaumes de France, Angleterre, Écosse, Espagne, le portrait de sa maîtresse sur un escu, lequel il portait descouvert et, lorsqu'il trouvoit quelque chevalier qui ne voulait pas confesser qu'elle était la plus belle du monde, il fichoit sa lance en terre et y appendoit son escu, et puis joustait avec une autre lance et se couvroit d'un autre escu sur lequel il n'y avait aucun portrait »*.

2. Faire bombance.

— Cette fois, Argouges, point de quartier !... Masny, que vous pouvez voir à la dextre du roi, m'a dit, ce matin même : *« Il est à toi. Fais-en ce que tu voudras. »* Votre sang va teinter le gazon d'Ashby !

Et Cobham s'éloigna, rattrapé par Brackley.

— Je tuerai ce Dartford, dit Guillaume.

Son front pâle se plissait de rage et de volonté contenues. Sa parole lente et monotone exprima, au-delà d'une fureur légitime, sa déception d'avoir vu Tancrède peinte sur un écu anglais.

— Je n'ai ni regret ni repentir d'avoir détruit moult Goddons, et j'en aurai moins encore si je parviens à occire celui-ci... J'ai subi mon sort avec constance ; je vais pouvoir me revancher, sur un homme, de toutes les humiliations que ses pairs m'ont prodiguées !

— Moi aussi, dit Barbeyrac.

— S'il y a, dit Wilf, quelqu'un qui doit être durement iré contre Dartfort, c'est le roi. Messire Lionel l'a précédé dans le cœur de la Française qui, selon les mauvaises langues, se défend maintenant de leurs assiduités.

— Dartford périra ce dimanche, affirma Guillaume.

Wilf eut un sourire compatissant :

— Mais... ne dirait-on pas que vous l'aimez aussi ? Il est vrai qu'elle est de chez vous !

Guillaume avait baissé le front, refusant toute dénégation, toute parlure. Barbeyrac commençait à trouver le temps long. Ogier prit une décision :

— Apprêtons-nous, compères. Le maréchal de lice, les juges et leurs assesseurs apparaissent.

Tous étaient à cheval ; derrière eux, à pied, venaient les trois hérauts des appelants, revêtus d'une dalmatique noire, tenant roulé dans leur dextre gantée de chevrotin le défi de leur maître. « Ils portent notre deuil », songea Ogier, tandis qu'au petit trot, le maréchal de lice allait présenter quelques recommandations aux Anglais, entourés de leurs écuyers et de quelques gens de moindre importance.

Wilf, du bout de ses doigts, écrasa sous son nez une goutte :

— Les défis que l'on va vous lire ont été publiés ce matin. Nul seigneur ne les a relevés, ce dont le roi se doutait, et ce qui signifie, messires, que les chevaliers que vous voyez là-bas sont habiles et félonneux... Cobham a modifié ses intentions pour vous, messire Argouges... Affronter ces trois preux, c'est accepter la mort.

— Tu es trop emparlé [1], Wilf, releva Guillaume. Tu en verras périr au moins un !... *Si je meurs, Dartford mourra*. Dieu, parfois, peut se méprendre dans ses choix ; ce dimanche, je sens qu'Il sera infaillible.

Il n'osait regarder du côté des tribunes. Plus il se refusait à penser que sa fille siégeait à une place d'honneur, plus il devinait qu'elle ne s'intéressait qu'à sa personne. Sa rage, sa détresse allaient en augmentant, de sorte que son visage, qui les reflétait, semblait celui d'un homme hautain, perspicace et impitoyable. Aux subtilités de Dartford, il se promettait d'opposer des assauts rigoureux, et s'il lui advenait — comme maintenant sans doute — de songer aux jeux nébuleux où l'Anglais avait entraîné Tancrède, eh bien, il n'en aurait que plus de vigueur et d'agressivité.

— J'occirai ce fumeux et l'émasculerai !... Pourquoi ce regard, Ogier ?

— Ne vous laissez pas subjuguer par vos humeurs noires. Ni par une confiance extrême... Il vous faudra exécuter vélocement ce Goddon, si vous me permettez un conseil à vous qui m'en avez tant donné. Dartford n'a émoussé ni sa volonté ni sa force dans des épreuves telles que celles que vous avez subies...

— Les travaux que j'ai faits m'ont rendu plus solide.

— Ils peuvent à votre insu avoir noué vos muscles.

— Tu dis n'importe quoi !

— Je veux votre victoire.

1. « Tu parles trop aisément... »

— Occupe-toi de la tienne. Ce Cobham a failli te détruire une fois...

— J'étais quasiment nu, or, du fer me protège.

Le maréchal de lice s'approchait tandis que les juges, leur vergette posée sur l'épaule, comme des guerriers en campagne, se répartissaient sur le terrain.

— Messires êtes-vous prêts ?

— Messire nous le sommes.

Ogier se détourna de Tancrède pour observer Édouard III. Debout derrière le garde-corps couvert d'une tapisserie à ses armes, il savourait déjà la victoire des siens. Sur un geste qui signifiait : *« Allez »*, les musiciens se levèrent ; une grande fanfare éclaboussa les cris et les rumeurs, effarouchant quelques oiseaux sauf Tom qui tournoyait bien haut, sans intention de se poser, mais qui l'avait reconnu, lui, Ogier. Le cheval de Cobham rua et faillit atteindre celui de Dartford, un rouan à grosse tête dont le chanfrein s'ornait, entre les yeux, d'une longue corne pointue, façonnée en torsade.

Le maréchal de lice interpella Ogier :

— Vous feriez bien, messire, de vous mettre en selle. C'est ainsi qu'il convient de vous présenter aux dames... La pluie ne tombe plus : sachons en profiter.

Le silence revint brusquement. Un murmure et des cris de satisfaction s'exhalèrent de toutes les bouches : enfin, on allait pouvoir hurler en voyant six hommes s'entre-détruire. Ogier se hissa sur son moreau qui broncha sans se regimber sous son poids. Bientôt, il se trouva entre Barbeyrac et Guillaume.

Un héraut s'avança ; un vieux barbu d'allure capricante, empêtré dans une dalmatique un peu large, coiffé d'un mortier informe et qui lui mouillait les tempes. Il s'immobilisa au centre du terrain et fit face aux tribunes.

— Publiez ! commanda le maréchal de lice.

L'homme déroula son parchemin, toussota pour s'éclaircir la voix et, le buste rejeté en arrière :

— *Ce sont les armes qui seront faites au château d'Ashby, ce vingt-cinquième jour de novembre mil trois cent quarante-sept, lesquelles ont été par moi, Shadwel, héraut d'armes de messire Lionel de Dartford, mises par écrit à sa demande.*

— Quel dommage qu'il ne pleuve pas ! dit Barbeyrac. L'encre se détremperait et cet inconvénient nous épargnerait de fastidieuses commençailles.

Ogier lui donna raison. Seul l'énoncé des conditions des combats l'intéressait. Du nombre des épreuves et de leur âpreté dépendrait le sort de son oncle. Il se tourna vers Tancrède, attentive et peut-être plus angoissée qu'il ne l'imaginait. Comme Wilf s'éloignait de quelques pas, Guillaume demanda vivement :

— Crois-tu qu'*elle* nous a trahis... peut-être sans intention de le vouloir ?

— Sûrement pas.

Elle devait se sentir nigaude tant pour l'hommage éclatant mais impertinent, de Dartford, que pour cette couronne ou plutôt ce frontal qui étincelait sur sa tête et la désignait à l'attention de tous. Près d'elle, Jeanne de Kent était *ailleurs* — auprès de son amant, peut-être. Sa souveraineté d'un jour l'embarrassait.

À la dextre de Tancrède, vêtue d'un épais manteau blanc, coiffée d'un chapeau de velours mauve auquel un triple rang de perles et une petite enseigne d'émail champlevé conféraient une qualité princière, Odile, indifférente aux propos de messire Shadwel, suivait dans le ciel le reflux des nuages.

—... *pour ce que tout vrai cœur qui tend à bonne renommée doit quérir et parfaire la volonté des dames, comme de ce dont toute perfection de valoir sort et procède...*

La façon dont le héraut de Dartford s'exprimait fit sourire Ogier. Il retrouvait là, dans sa langue, les phrases pédantes et serpentines qu'il avait fréquemment entendues lors de ses cinq années passées en Périgord. Quant aux femmes, les plus belles, selon Shadwel, se trouvaient à Ashby ; les meilleures également. Ces jolies personnes encourageraient les gentilshommes qui allaient s'opposer, à *« faire et accomplir »* les articles suivants : combats à la lance, deux courses ; puis affrontement à l'épée *« ceinte, tranchante »* à pied, et si une arme se brisait, les deux adversaires poursuivraient à la hache.

— Allons, compères, dit Guillaume admirable de sûreté. C'est tout à fait ce dont j'ai besoin !... Nous n'aurons pas loisir d'empoigner une hache !

Ogier ne cessait d'observer Tancrède. Pour ne pas se poser fréquemment sur Guillaume, le regard de la jeune femme allait de lui, Argouges, à Barbeyrac, puis volait, papillonnait au-delà, de heaume en heaume, sans jamais atteindre Dartford. Il vit Odile se pencher vers sa cousine et peut-être lui prendre la main sous les pans réunis de leurs manteaux. C'était un mouvement lent, incapable d'éveiller l'attention. Tancrède écouta, dédaigneuse et altière, les paroles qui lui tiédissaient l'oreille. La voyant sourire à son admiratrice et lui répondre brièvement, Ogier crut comprendre que ces quelques mots aimables n'étaient dictés que par une sorte de condescendance : au plus profond de son cœur, Tancrède s'entretenait avec ses souvenirs ou s'interrogeait sur son avenir.

Soudain le héraut poussa un cri de surprise indignée : avant que sa lecture eût été terminée, Guillaume avait approché son cheval de Dartford et lui avait jeté son gantelet au visage, provoquant une huée sur tout le pourtour du champ, auquel le roi lui-même participa.

— Jamais tu n'aurais dû ! reprocha Barbeyrac.

— Je veux hâter le commencement des choses. Ces mailles sont pesantes !

— On s'en doute, dit Ogier tandis que le héraut de Dartford s'éloignait sous des sifflets qui ne lui étaient pas destinés.

— Aucun de ces Anglesches n'aura de respect pour toi ! dit Barbeyrac.

— Je n'ai que faire de leur respect maintenant, Étienne. Je ne me soucie point de leur pitié si je trépasse, et je réprouverai leur admiration si je parviens à vaincre cette ordure !

« Ses nerfs le lâchent », se dit Ogier.

Le héraut de Simon de Brackley s'avança. Il était jeune et rougissant d'appréhension. C'était la première fois, sans doute, qu'il apparaissait dans une lice, attirant un millier de regards sur sa personne. Wilf, qui s'était rapproché des Français, leur confia que Brackley avait discuté des termes du combat avec sa dame et ses amies.

— Alors, dit Barbeyrac, il y aura du vice là-dedans ! Je me méfierai !

D'une voix pointue mais qui devait porter loin, le héraut proclama le défi imposé par dame Anne de Brackley, en tournant lentement sur lui-même afin d'être entendu de tous :

— *À l'honneur de la Trinité, de la glorieuse Vierge Marie et de madame Sainte-Anne, je, celle qui croit avoir puissance sur vous, Simon de Brackley, pour ce que je désire l'augmentation de votre honneur et renommée... aussi pour voir, savoir et connaître si obéirez à mes commandements, j'ai avisé et délibéré certains chapitres d'armes que je veux être par vous exécutés...*

— Le mieux, dit Guillaume avec rage, c'eût été de nous mettre chacun à un bout de ce champ et de nous courir sus à un commandement !

— *Premièrement, je vous envoie un volet de blanche soie, fait à la façon du pays de ma nativité, lequel veux que vous chargiez et portiez à votre bras senestre.*

Aussi tourneboulée que le héraut, une brune jouvencelle traversait le champ, sans crainte d'y souiller sa robe, tenant sur un coussinet, soigneusement plié, le voile blanc de la demanderesse. Brackley se pencha pour qu'elle le nouât à sa cubitière et du bout de ses doigts lui souffla un baiser. Suivirent alors, après que la foule eut ovationné la pucelle et le baron, les conditions des combats : trois courses à la lance de guerre ; quinze coups d'épée, à cheval ; puis combat à pied, à l'épée, à la hache ; et si nul ne vainquait alors, on recommencerait à la lance, mais à selle rase[1].

— Par le glaive de messire saint Michel, grommela Barbeyrac, cette commère n'est point trop exigeante.

Il riait. Il alla d'un galop lancer son gantelet à Brackley, mais il le fit comme s'il s'agissait d'une fleur.

« À moi », songea Ogier tandis que le héraut de Brackley s'en allait, accompagné de la pucelle dont la dextre s'appuyait sur son poing.

Attentive et glacée, la foule se taisait. Ogier regarda ce moutonnement de têtes et de corps d'un coup d'œil aussi large que possible et aperçut les plumassières accoudées à la barrière toute proche du pavillon des appelants. Elles avaient passé leurs atours du dimanche et s'étaient coiffées de bonnets à aigrettes. Elles avaient le choix ! Autour d'elles, les huves, les aumusses, les tourets parfilés ou non demeuraient immobiles. On eût dit qu'un enchantement avait frappé tout ce peuple, aboli ses haros, ses rires, ses injures. Faces, profils figés par une attente mortelle. Couples se réchauffant d'une étreinte oubliée, jeunes en mal d'amour enlacés plus encore, familles, esseulés des deux sexes se coudoyaient et se frottaient dans la même haine, la même joie, la même impatience de voir trois Franklins mourir. Cet homme dont le sourire retroussait les babines poilues, cette femme en cheveux qui se mouchait avec ses doigts, et ces enfants dans les arbres, telles de grosses araignées aux aguets, n'attendaient qu'une chose : trois trépas successifs. Lui, Ogier, se sentait enveloppé des filaments de cette

1. À l'inverse de la *selle à piquer*, la selle rase n'avait pas d'arçons surélevés, notamment le dossier qui facilitait la résistance au choc et empêchait à beaucoup d'adversaires de fournir des « courses branlantes ».

haine. Wilf lui-même, si faussement prévenant, avait changé : il était revenu dans son camp, offrant aux Franklins détestés non plus un sourire, mais une face plate, rancunière, où la servilité envers ses maîtres revenait, créatrice de rides et de blêmissements. Le maréchal de lice, dont l'équité devait être l'essentiel trait de caractère, semblait avoir choisi son parti ; il souriait aux siens, même à la populace, et tout en attendant le héraut de Cobham, Ogier pouvait examiner cet homme d'apparence froide et découvrir dans ses prunelles autant de malice ou de vilenie que dans celles des chevaliers appelants. S'il ne se souvenait que du prénom de ce suprême juge — Russell —, il pouvait y accoler celui de Nebiros, maréchal de camp des légions diaboliques. Il le décevrait ; il le courroucerait. Il les courroucerait et consternerait tous, du roi jusqu'au dernier huron de cette fête, sauf Tancrède, évidemment.

— Ah ! voilà notre oiseau, dit-il, soulagé.

Le héraut de Cobham était grand, maigre, hautain, le visage coupé d'une moustache sombre dont les pans lui mangeaient les commissures de la bouche. Le froid et la pluie avaient rougi son nez et ses oreilles. Sa dalmatique lui battait les genoux. Liés à ses heuses de daim par des lanières de cuir rouge, ses éperons tintaient. Il souriait ; il lui manquait des dents. Barbeyrac s'ébaudit une nouvelle fois :

— On dirait Burgibus[1] !... Pas vrai ?... Holà, détourne-toi, Argouges : Cobham se desheaume afin de te mieux voir.

Ogier se cantonna dans une indifférence pénible.

— Il a l'air de te vouloir mordre ! ricana Guillaume.

— Eh bien, laissez-le à sa haine envers moi. Vous connaissez le proverbe : *Vieille rancune est pire que mauvais malon*[2]. Plus il me haïra, plus sa vigueur pourrira.

1. Au Moyen Âge, le portier de l'enfer.
2. *Malon :* ulcère, pourriture.

— Je voudrais bien pouvoir te croire, soupira Guillaume.

— Regarde un peu ce falourdeur[1] ! enragea Barbeyrac. Il nous toise comme si nous étions trois porcs prêts à saigner !

— Des porcs, soit, Étienne, dit Guillaume. Mais des porcs-épics de France ! Par saint Michel ou la Très Sainte-Trinité, pique-le et qu'il en crève !

Ogier ne répondit pas. Il observait Cobham, maintenant. Sans détestation ni hautaineté, à l'inverse de l'Anglais qui contenait tant de haine entre ses cils qu'il semblait verser un pleur. C'était un homme de taille moyenne, bien pris dans une armure solide dont la cubitière senestre s'ornait d'un long volet d'yraigne rouge. Son visage au teint bis, humide et blafard — comme si le fiel qui infusait sous sa peau, mêlé à sa sueur, suintait par ses pores —, se recommandait d'autant plus à l'attention d'Ogier qu'un sourire moqueur en éclairait le bas. Point de barbe, de moustache : une chair dure, sans la moindre cicatrice.

— Tu dois le vaincre ! Tu dois l'occire !

— Le vaincre, oui, Étienne, approuva Ogier. Quant à l'occire, eh bien, il devra m'y contraindre.

— Tu es fou !

— Je le préférerais vivant et vergogneux parce que je l'aurai dominé, que mort et dépourvu de toute inquiétude.

Une santé puissante coulait dans les membres de cet Anglais : la même qu'à Sangatte. *« Et moi, Ogier ? »* À l'inverse de ce qu'il avait éprouvé tout au long de leur affrontement inégal, il se sentait les bras solides, la poitrine ample, les jambes sûres. Il perçut que cette haine dont il était l'objet entrait profondément en lui, et s'en trouva vivifié. La vengeance allait commencer, mais à égalité, cette fois : acier contre acier, fer contre fer, muscles contre muscles, habileté contre habileté.

1. Orgueilleux.

Et quelles que fussent les conditions de cette bataille dans laquelle Cobham avait l'avantage des chapitres, lui, Ogier, y accomplirait des merveilles.

Le héraut, contrairement aux deux autres, avait porté son parchemin ployé en quatre sur son cœur. Il le déplia. D'un coup de paupière, Cobham lui signifia de commencer. D'une voix solide qui se dénaturait parfois lorsqu'il reprenait haleine, Burgibus proclama :

— *Au nom de Dieu et de la benoîte Vierge Marie, de saint Michel et de saint Georges, je Renaud de Cobham pour mon nom exhausser, sachant certainement les prouesses de Chevalerie de France, ai, au jour de la date de ces présentes, pris un tronçon de grève*[1] *à porter à ma jambe jusqu'à temps qu'un chevalier dudit royaume de France m'aura délivré à faire armes qui s'ensuivent... Premièrement, d'entrer en place à pied et d'être armé chacun ainsi que bon lui semblera, et d'avoir chacun sa dague et son épée sur son corps, en quelque lieu qu'il lui plaira, ayant chacun une hache dont je baillerai la longueur.*

— Holà ! s'exclama Guillaume. Il n'a ni dague ni hache...

— N'interrompez point le héraut ! hurla le maréchal de lice. Argouges disposera des armes qui lui manquent !... Poursuivez, messire Prescott.

Le héraut s'inclina.

— *Et sera le nombre de coups de tous les bâtons et armes ensuivant : c'est assavoir : de la hache, dix coups sans reprendre. Et quand ces dix coups seront parfaits et que le juge dira :* Ho ! *nous férirons dix coups d'épée sans reprendre ni partier l'un de l'autre, et sans changer de harnois. Et quand le juge aura dit* Ho ! *nous viendrons aux dagues et férirons dix coups sur main. Et si aucun de nous perdait ou laissait choir un de ses bâtons, l'autre pourra faire son plaisir du bâton qu'il tiendra jusqu'à ce que le juge ait dit* Ho !

1. Jambière d'armure.

« Dix coups d'épée, c'est peu », songea Ogier.

— *Et, les armes à pied accomplies*, reprenait le héraut, *nous monterons à cheval ; et sera armé du corps chacun ainsi qu'il lui plaira, et aura deux chapeaux de fer paraux, lesquels je livrerai ; et choisira mon dit compagnon lequel qui lui plaira des deux chapeaux ; et aura chacun tel gorgerin qui lui plaira, et avec ce, je baillerai deux selles dont mon dit compagnon aura le choix. Et outre plus, nous aurons deux lances d'une longueur ; desquelles lances nous férirons vingt coups sans reprendre, à cheval, sur main ; et pourrons férir par devant et par derrière, depuis le faux du corps*[1] *en amont. Et icelles armes de lances faites et accomplies, ferons les armes qui s'ensuivent : c'est assavoir, s'il advenait que l'un ou l'autre ne fût blessé, nous serons tenus après, en icelle journée même, férir de coups de lance à course de chevaux à trois rangs, tant que l'un ou l'autre cherra par terre ou soit blessé, si qu'il n'en puisse plus faire. Et que chacun s'arme à sa volonté le corps et la tête. Et les targes soient de nerfs ou de cornes, sans ce qu'elles soient de fer ni d'acier, ni qu'il n'y ait aucune maîtrise. Et courrons les dites lances atout les selles que les dits chevaux auront, faisant les dites armes à cheval : et chacun liera et mettra ses étriers à sa volonté, sans faire nulle maîtrise. Et pour y ajouter plus grande foi et fermeté, je, Renaud de Cobham, ai scellé cette lettre du sceau de mes armes ; laquelle lettre fut faite à Ashby, le dimanche vingt-cinquième jour de novembre, l'an mil trois cent quarante-sept...*

Ogier regardait le parchemin que Burgibus-Prescott ne tenait plus que d'une main. Le sceau de Cobham, qui se balançait à l'extrémité de ses lacs[2] de soie, était énorme, à la mesure de l'orgueil de son propriétaire.

1. Partie où le corps s'amincit entre la poitrine et les hanches. Les règles de la boxe sont les mêmes : on ne frappe pas au-dessous de la ceinture.

2. Cordons tressés, presque toujours bicolores, faits en soie, laine, chanvre, et qui fixaient le sceau au parchemin. Ces cordelet-

— Vas-y, dit Guillaume, que ce malandrin ne conserve pas longtemps son tronçon de grève à la patte. Fourre-lui ses bâtons dans le cul si tu peux[1] !

Il rit et fut le seul.

— Eh bien ! hurla Cobham dressé sur ses étriers afin qu'on le vît et l'entendît mieux. Que fais-tu, chevalier ? Va-t-il falloir que tes compains te poussent ou que je vienne vers toi ?

Sans se laisser troubler par cette admonition et les rires, les mouvements qu'elle suscitait dans la foule, Ogier lança son gantelet sur l'outrageux et l'atteignit à sa manche honorable. C'était comme une insulte aux amours de l'Anglais. Le bruit du heurt parut troubler Cobham, et plus encore son héraut qui rapporta le gant de fer à son jeteur comme s'il s'agissait d'une chose infecte.

« Et maintenant ? » se demanda Ogier en remettant sa dextre à l'abri.

Dans l'exaspération de sa volonté, de sa force, de son habileté entièrement reconstituées, il tremblait du désir d'humilier Cobham sans plus attendre. Il fournirait de tels coups de lance et d'épée qu'il l'écorcerait peu à peu de son fer avant de l'écorcher comme une bête noire. Il se savait entouré de haine et de moquerie, mais c'était une jubilation de se dire qu'il allait bafouer ces centaines de Goddons avant de leur fournir, comme à leur héros, le coup de grâce. Il ne voyait que *lui*, Cobham ; il ne pensait qu'à ce qu'il souffrît, s'effrayât et souffrît encore. Le reste se consumait dans la flamme du regard dont il enveloppait son adversaire.

— Qui commence ? demanda Guillaume.

— Messire ! Messire ! gronda le maréchal de lice.

tes étaient engagées dans la cire ; on disait que l'acte était scellé sur simple ou double queue de parchemin selon que la feuille était ou non repliée.

1. On entendait alors, par *bâtons*, toutes les armes offensives. La formule : *bâtons et armes*, qui semble pléonastique, apparaît souvent dans les défis.

Vous croyez-vous chez des païens ? Si nous étions à Londres, nous serions allés de votre geôle à la lice en cortège, avec crucifix et bannières à l'entour de vous six et, sous les voûtes de Westmoutier, vous eussiez accompli les dévotions d'usage : la messe de la Résurrection, celle de saint Étienne ou de la Trinité. Car c'est Dieu le suprême juge de ces trois combats... En êtes-vous d'accord, messire Barbeyrac ?

— Je sais, messire, que nous ne sommes pas à Londres où j'eus, soit dit au passage, le grand déplaisir de loger quelques semaines à la Tour... Quant à Dieu que je loue avec une ferveur constante, même si je crains parfois qu'Il ne m'ait oublié, je me recommande à Sa miséricorde...

— Eh bien, messire Étienne, vous allez pouvoir communier... en hâte. Si, en cas de mort, vous ne serez pas ensépulturé en terre ecclésiastique, puisque quelques forfaits vous sont reprochés...

— De noirs forfaits, messire : ils eurent lieu la nuit !

— Oh ! vous pouvez vous ébaudir... Dieu vient vers vous, regardez !... Par l'entremise de l'évêque de Nottingham, Il vous apporte Sa consolation.

Afin que le prélat préservât sa chape brodée, on l'avait hissé sur une sorte de *sedia gestatoria* faite d'un fauteuil noué à deux traverses que quatre hommes d'armes portaient sur l'épaule. Nul doute, à voir sa mine béate, que du haut de ce perchoir l'homme à la mitre et au grémail étincelants se sentait aussi auguste que Clément VI sur sa chaise gestatoire. Pour se tenir aux accoudoirs, il avait abandonné sa crosse à un presbytérien qui marchait à sa droite, un missel sous le bras, le bâton pastoral haut levé par crainte de souillures. Quoique chaussé de brodequins, il enrageait de crotter dans l'herbe et les flaques les pans immaculés d'une chasuble neuve. Derrière, un jouvenceau en aube et calotte portait, appuyée sur son ventre, une haute croix de bois.

Ogier composa son attitude : faussement recueillie,

faussement déférente. Il détestait ce prolongement d'une cérémonie qui n'avait que trop duré, bien qu'il sût que certaines du même ordre, en France, commencées tôt le matin, ne s'achevaient parfois qu'à la vesprée, de sorte que les adversaires en étaient réduits à se battre aux flambeaux. Or, ici, à Ashby, des jouteurs attendaient : il voyait, entre la dentelle des branches, des luisances de tabards et d'armures. L'évêque était tenu d'officier en hâte.

Toutes et tous les privilégiés des tribunes s'étaient levés au passage de la Croix. Tancrède regardait obstinément le plancher comme pour échapper aux rites d'une procédure nouvelle et qui la rebutait autant que les précédentes. Le roi, en caressant sa barbe, se penchait pour épier Jeanne de Kent et ses voisines. Les hommes avaient des mines attristées, bien qu'ils eussent le goût du sang dans la bouche ; les femmes souriaient, la plupart les mains jointes. Près d'un juge diseur, un greffier grattait le parchemin tendu sur son écritoire.

Sans descendre de son perchoir, mais en invitant les six adversaires à mettre pied à terre et à demeurer devant leurs chevaux, le prélat crut bon de préciser que ces rencontres solennelles étaient tolérées par Dieu : on ne pouvait être vaincu que par Sa Volonté. C'était donc l'accomplir que d'achever le perdant blessé, même s'il respirait encore et pouvait être sauvé.

— ... et tant plus, pour donner à connaissance que vous êtes de vrais chrétiens, signez-vous de votre dextre...

Les appelants avancèrent d'un pas. Parlant en leur nom, Lionel de Dartford pria le maréchal de lice et l'évêque de leur bailler « la portion du champ, du vent et de la clarté » — il n'avait osé dire : « du soleil ». La partie de la lice à la droite du juge et du greffier lui fut attribuée.

— À quoi bon tout cela, grommela Barbeyrac. Ils l'ont déjà !

Agissant pour les défendants, Guillaume fit de même et reçut ce qui subsistait : la portion gauche. Alors les trois hérauts d'armes auxquels deux autres s'étaient joints remémorèrent aux spectateurs leurs devoirs :

— *Or, oyez ! Or, oyez ! Or, oyez !... Mandement est fait à tous : seigneurs, chevaliers et toutes manières de gens, de se tenir à l'écart du champ clos !... Interdiction est faite de monter à cheval, de proférer aucun cri, de faire aucun bruit... Ainsi, le roi notre sire, vous commande et défend que nul ne parle, ne signe, ne tousse, ne crache, ne crie, ne fasse aucun semblant quel qu'il soit, sous peine de perdre corps et avoir !*

— Vos mains de fer, messires, demanda le presbytérien.

Les ennemis, ensemble, dégagèrent leur dextre, et les gantelets furent amassés sur la croix posée à terre, emblème de Celui qui avait dit aux hommes : « *Aimez-vous les uns les autres.* »

Il fallut alors se résoudre à l'ignoble : s'agenouiller devant son *challenger* et le tenir par la main gauche.

— Nous, appelants, hurla Cobham dont la senestre tremblait dans celle d'Ogier, jurons sur la vraie figure de la passion de notre vrai rédempteur Jésus-Christ, et sur ces Évangiles qui sont ici, sur la foi du baptême, comme chrétiens, que nous tenons de Dieu, sur les très souveraines joies du paradis auxquelles nous renonçons pour les très angoissantes peines d'enfer, sur notre âme, sur notre vie et sur notre honneur, que nous avons bonne, sainte et juste querelle à combattre ces hommes faux et mauvais traîtres, meurtriers, tels Guillaume de Rechignac, Ogier d'Argouges et Étienne de Barbeyrac que nous voyons ci-présents devant nous, et de ce que nous appelons Dieu notre vrai Juge, Notre-Dame et messire saint Georges le bon chevalier à témoin... Et nous n'avons et n'entendons porter sur nous ni sur notre cheval, paroles, pierres, herbes, charmes, charois[1], conjurements ni invocations d'ennemis[2], ni nulles autres choses où nous ayons espérance d'obtenir aide, ni de leur nuire, ni aurons recours fors que en Dieu, par notre corps et notre cheval et par nos armes. Et sur ce, je baise cette vraie Croix et les saints Évangiles, et me tais.

Le presbytérien présenta la Croix et le Livre aux Anglais. Guillaume, à son tour, et pour les trois Français, fit un serment pareil, sauf qu'il crut bon d'insister sur un point. C'était parce que, chevaliers pauvres, ils ne pouvaient acquitter leur rançon que les trois otages qui se trouvaient là n'avaient eu qu'un seul recours à leur infortune : la fuite. Ils ne se repentaient point d'avoir agi comme ils l'avaient fait : tout prisonnier amoureux de son pays, de son roi, de sa famille, de ses terres et de son château et des amis qu'il s'était faits dans la paix comme à la guerre, n'avait qu'un seul devoir impérieux : l'évasion.

Nul ne broncha. Ogier et son oncle baisèrent la Croix et les Évangiles, assez écœurés — ils le montrèrent — que les Anglais y eussent apposé leurs lèvres avant eux. Barbeyrac, pour bien exprimer son dégoût, baisa l'envers du Livre et de la sainte Croix. Et tandis que l'évêque horrifié d'un tel sacrilège repartait comme il était venu, cramponné, rencogné au fond des accoudoirs, Guillaume s'informa auprès du maréchal de lice :

— Qui commence ?

— Moi ! cria Simon de Brackley.

— Soit, dit Barbeyrac, placide. Tu me parais pressé de rendre à Dieu ton âme !

Il se penchait, avide et enjoué, vers l'Anglais. Ses pupilles brillaient d'une noirceur mortelle.

— Depuis deux ans que j'ai grande envie de me

1. Sortilèges.
2. Diables.

battre, voilà enfin mon rêve en voie d'accomplissement !

Chacun à pied, les rênes de son cheval dans la main, revint devant son pavillon. Une rumeur montait autour du champ. « Bien clairvoyant », se dit Ogier, « qui pourrait en définir la nature. » Il regarda brièvement, serrés, accoudés, comprimés le long des barrières, ces gens repus de mangeailles avalées sur le pouce, gorgés de cervoise et de vin, mais assoiffés de sang : des jouvenceaux joyeux, de vieux pouacres moroses, quelques belles filles aux bouches goulues, les cheveux toupillés par le vent et la pluie, et des laideronnes de tous âges, grimaçant comme des singesses. *Sine nomine vulgus* [1], eût dit Arnaud Clergue en se signant. C'étaient les mêmes, sans doute, qui s'étaient délectés d'assister à la mort d'un vieil ours assailli par des veautres. Mais pourquoi se tournait-il vers Guillaume ?

Un galop lui fit remuer la tête en sens inverse. Un jeune chevalier accourait, tenant dans sa senestre trois écus d'apparence neuve ; des écus plains et qui tous avaient une buffe [2]. Tous trois étaient d'azur.

— Messires, c'est tout ce qui vous faisait défaut.

Et à Ogier :

— Je suis Courageux de Masny, le neveu de l'homme auquel vous devez la vie. Il m'a dit que si vous surviviez à l'épreuve, il vous tiendrait quitte d'une rançon dont, d'ailleurs, il n'avait pas établi le montant... Oh ! vous pouvez regarder l'échafaud du roi, où il se trouve, effectivement. Il ne veut plus vous voir. Si vous passez un jour trop près de son épée, vous perdrez cette vie qu'il vous avait rendue.

Ogier regarda dans les yeux ce damoiseau sans façon ni jactance et, d'une voix assez basse pour que Guillaume ne pût l'entendre :

1. La foule sans nom, le profane vulgaire.

2. D'une seule couleur, sans partition ni figure. On nommait *buffe* la partie supérieure convexe du bouclier, destinée à arrêter la lance.

— Votre oncle, messire, est un preux. Je suis certain que, faute de sauf-conduit, il eût agi à ma façon... Je lui dois d'être en vie et n'en disconviens pas... S'il veut m'occire un jour, mon épée me protégera des atteintes de la sienne sans jamais le vouloir tailler ni pourfendre.

Courageux de Masny acquiesça, un sourire bienveillant à la bouche.

— Dites-lui également, messire, que si Renaud de Cobham est son ami, il ne tardera pas à le voir étendu sur cette herbe comme un cuissot de cerf sur un lit de persil.

Avec lenteur, le jeune Anglais éleva sa dextre et, d'une voix grondeuse et rieuse à la fois :

— Messire, faites au mieux, et que Dieu vous protège !

Son cheval, un rouan qui eût labouré une journée entière sans fatigue, ambla légèrement puis se mit au galop. Barbeyrac qui s'était occupé des écus, les trouva irréprochables :

— Épais comme le crâne d'un Breton... Guiges parfaites et énarmes solides [1]. Ils auraient pu nous les porter en même temps que les armures.

— Ils s'emploient à titiller nos nerfs, dit Guillaume.

Comme un cruchon passait tout près de bouche en bouche, et qu'un sommelier, derrière les heureux du premier rang, brandissait une gargoulette, Barbeyrac tendit la main :

— Au moins, les amis, serions-nous sûrs que ce breuvage n'est pas enherbé !

Le porteur du cruchon tira la langue au solliciteur et à ses compères.

— *No French !*

Un tumulte de railleries et d'imprécations souligna ce refus. Au loin, des têtes se tendirent : on voulait

1. La *guige* : courroie qui servait à porter l'écu suspendu au cou ou en sautoir. Les *énarmes* : courroies ou poignées fixées à la partie concave de l'écu et servant à le tenir lors d'un combat.

voir ou tout au moins savoir. La barrière pencha sous la poussée des corps. Wilf traversa le champ et menaça les agités. Deux guisarmiers le rejoignirent, passèrent dans l'allée qui séparait les combattants de la foule et, l'estoc en avant, feignirent de sévir. Les gens refluèrent. Il y eut des jurons et des lamentations.

— Tu n'aurais pas dû, Étienne ! reprocha Guillaume. Un peu de dignité ne te messiérait pas !

L'intuition que son oncle ne boirait plus du vin de ses vignes pénétra Ogier, âpre comme une gorgée de vinaigre.

— Messire de Barbeyrac, y êtes-vous ? cria le maréchal de lice.

— J'y suis presque.

Guillaume aida son compère à monter sur son fauveau et à chausser les étriers. Ogier lui tendit son bassinet dont il rabattit immédiatement la ventaille.

— Tu pouvais attendre pour avaler ton viaire [1]...

— Attache le heaume à ton colletin, conseilla Guillaume.

— Je suis trop impatient !... Passe-moi cet écu, Rechignac. Et toi, la lance.

Ogier en prit une sur le tas.

— Je vais vous montrer, compagnons, comment on peut rougir ce morceau de fer autrement que dans un brasier de forge !

En face, Brackley attendait, lance prête. Il mena son cheval à l'extrémité de la barrière dont il choisit le côté dextre, face à Barbeyrac.

— Merdaille ! enragea Ogier. Il tient son bois à senestre [2] !

— N'aie crainte, mon neveu, chuchota Guillaume. À force d'avoir accompli des œuvres de huron, Barbeyrac sait se servir de ses deux mains et de ses deux bras tout aussi bien !... Ces lances de guerre sont pour-

1. Tu pouvais attendre pour abaisser ta ventaille.
2. Brackley était gaucher.

vues de fers de Bordeaux, les meilleurs, les plus terribles.

— Tiens-toi prêt ! cria Ogier.

Le maréchal de lice avait levé la main. Il l'abaissa en hurlant :

— *Laissez-les aller ! Laissez-les aller ! Laissez-les aller !*

Un silence complet, angoissé, tout autour de la lice. Dedans, le tambourinement de huit sabots ferrés.

Dans les tribunes, à l'instigation du roi, l'assistance s'était levée.

Acculé à son troussequin, les jambes roides, portées en avant, la lance bien en main, fortement assujettie sous l'aisselle ; à l'abri derrière sa targe et tout occupé de la course de son fauveau accoutumé à courir destré [1], Barbeyrac semblait mépriser l'arme qui s'approchait à sa rencontre.

Il se baissa promptement, et releva sa lance vers la tête de l'Anglais.

Les feuilles d'acier heurtèrent simultanément le bouclier adverse et le pénétrèrent. Celui de Brackley, comme détaché du corps et rompu en son milieu, dessina un double vol dans l'espace. Les fragments tombèrent sur l'herbe alors que le jouteur hurlait, aveuglé, ahuri, furieux du coup qui l'avait éborgné tout en tournant sa coiffe de fer sur sa tête, de sorte qu'il y étouffait en s'écrasant le nez contre sa paroi.

Les deux tronçons de lance avaient chu lors du heurt. Le bélier qui timbrait le heaume de l'Anglais avait perdu ses cornes ; les coquilles du cou s'étaient éparpillées. Exaspéré par le choc et le cri de son maître, le cheval de Brackley hennit, rua et faillit désarçonner le blessé avant de l'emporter tout au fond de la lice — chez les Français.

Agrippé de côté à la crinière du roncin, Brackley

1. Être sur la droite.

pleurait du sang par son œil invisible, essayant d'une main de rajuster son heaume ou de l'enlever.

— Tu ne peux plus courir une autre lance ! hurla Barbeyrac en relevant sa ventaille. Impudent que tu es !... Va quérir ton épée ou fais-t'en porter une... Bats-toi à pied si tu ne peux tenir en selle !... Viens vers moi, que je crève à présent ton œil dextre !

Le maréchal de lice accourut au galop.

— Messire...

— *What*, messire ? Avez-vous pour ce coup un reproche à me faire ? Qu'ai-je donc transgressé pour vous voir courroucé ?... Je parole, il est vrai, mais *lui* ? N'a-t-il point juppé ? Maintenant, il gémit !

— Je ne vous fais, messire, aucun reproche, mais...

— Mais quoi ?... Nous avons accepté de tourner jeu à ire [1]. Il convient que nous en supportions tous les conséquences.

Le maréchal de lice eut un geste agacé :

— Puis-je poursuivre ? Je ne veux, messire, que vous demander permission de soigner Simon de Brackley.

Barbeyrac regarda la foule silencieuse, pleine de stupeur et de haine. Son regard retrouva celui du maréchal :

— Je pourrais vous la refuser !... Le feriez-vous pour moi ou pour l'un de nous trois ?

— Assurément.

Un rire. Barbeyrac n'était point dupe de cette assurance-là.

— Il me plaît de recevoir cet assentiment, messire. Afin que vous n'interveniez avec une opportunité dont je vous sais bon gré d'avance, permettez-moi de vous remémorer que la fin d'un combat à outrance ne peut advenir que de trois façons : la première quand l'un confesse sa coulpe et se rend. Ce que ce Brackley pour-

1. C'était la formule consacrée pour désigner un jeu que la colère (l'ire) rendait mortel.

rait faire en disant qu'il a péché par orgueil en proposant ce combat...

— Jamais il n'acceptera.

— La seconde, quand l'ennemi est mis à mort dans ou hors la lice ; et la tierce façon quand l'ennemi est mis par force hors des barrières et y demeure. En ce cas, la besogne envers ce couard n'est pas parfaite, mais le corps délivré est à la merci des maréchaux *pour en faire justice* ! Au vainqueur, après que le vaincu est hors du champ clos, revient le droit de partir à cheval et en armes, à honneur et grande joie... et doivent être confisqués les biens du vaincu... Je me contenterai de son cheval et de son harnois de fer.

— Messire, tout cela est bien dit... et vrai, fit le maréchal de lice. Et si vous occisez Simon de Brackley, vous aurez son cheval, son armure...

— Et la liberté, messire ! La liberté !... Celle de regagner la France muni d'un sauf-conduit scellé par Édouard III lui-même, puisqu'il est ici présent.

Barbeyrac désignait le roi toujours debout, et dont l'attitude obligeait ses voisins à une immobilité de statue. Les dames, elles, s'étaient rassises, et il semblait qu'aucune n'osât commenter cette passe d'armes désastreuse pour Brackley.

— Puis-je emmener maintenant le blessé ?

— Retournez-vous donc, messire. On n'a pas attendu votre intervention !

En effet, Wilf avait aidé Brackley à mettre pied à terre. Il le soutenait en l'emmenant vers son pavillon devant lequel Cobham et Dartford attendaient, furieux que leur compagnon d'armes se fût déshonoré en recevant d'emblée un mauvais coup.

— Voilà, messire, un sergent qui vous tourne en dérision ! fit onctueusement Ogier. Vos fonctions dans cette lice me paraissent bien amoindries.

— Je sévirai, soyez-en certains !... Allons, messire Étienne de Barbeyrac, je ne vois pas ce que vous faites encore à cheval puisque vous allez devoir combattre à pied !

Un sourire un peu sot enrobait la remarque. Le Français s'inclina.

— Quoi qu'il advienne, ajouta le maréchal de lice en s'inclinant aussi, moi, Russell Chalk, je vous regracie [1] pour Brackley et pour moi-même, de votre magnanimité.

Barbeyrac sursauta comme sous un coup de fouet.

— Holà, messire !... Ignorez-vous, vous qui avez mon âge, que la magnanimité, chez les hommes tels que nous sommes, est fille de l'orgueil et de la déraison ? En l'état où vous me voyez après deux ans de détention chez votre roi et chez vos pairs, je ne saurais me montrer magnanime car aucun d'eux ne le fut envers moi... Messire Simon de Brackley mérite la mort ! Je crains qu'il n'ait plus souvent fréquenté le bordeau de maître Ferris, en sa bonne cité, que les champs de bataille, et qu'il ne se soit servi moult fois davantage de son braquemart que de son épée... Ses prouesses consistent à violer les fillettes.

— Qui vous a dit ?

— Mon petit doigt, messire. Allons, restons-en là !... Faites dès maintenant préparer ses obsèques... Un petit cercueil suffira car je vous le rendrai en morceaux !

— Tu n'aurais pas dû ! reprocha Ogier.

— Oh ! si... Tu m'as parlé de Griselda. Tu ne peux la venger. Je m'en charge.

— Tu t'es fait haïr de ce Russell Chalk !

— Non. S'il n'était pas bon, il ne m'eût rien demandé pour Brackley. Il eût agi tout seul sans mon assentiment.

1. Regracier : remercier.

— Brackley n'a plus qu'un œil...

— Bientôt, si je le peux, il n'aura qu'une couille... et même, d'un tranchant, je l'émasculerai !

Il n'y avait rien à dire. Indifférent à tout, Guillaume regardait la reine et ses compagnes. Parfois, il se mouchait dans ses doigts.

Brackley, pour y voir mieux, avait renoncé à son heaume. Barbeyrac par dédain en avait fait autant. Ils n'osaient se porter des taillants à la tête, et les attaques à l'épaule et à la hanche avaient été parées avec autant de promptitude par l'un que par l'autre.

Le sang, sur le bandeau de l'Anglais, formait un coquelicot dont la tige s'allongeait. Il devait en sentir contre sa joue la caresse gluante ; bientôt, elle atteindrait son cou.

Après ses cris hostiles au Français lors des premiers croisements d'épées, la foule, muselée d'anxiété, n'osait trop remuer, de crainte qu'un geste imprégné de violence n'allât jusqu'à détourner l'attention de son champion.

Barbeyrac prenait son temps pour ne frapper qu'à bon escient. Sur les trois coups de lance du défi de Brackley, un seul avait suffi. Des quinze coups d'épée à cheval qui venaient ensuite, pas un ne serait fourni. Il n'y avait aucune limite à ceux qu'ils s'assenaient, avec de grands ahans de haine et d'abattage.

Les jouteurs s'étaient approchés. Si certains demeuraient en selle, la plupart, abandonnant leur destrier à un serviteur, s'étaient accoudés aux barrières. Les figures de leurs cimiers mettaient de la couleur et de la gaieté sur la croûte des chaperons et coiffures de femmes dont seuls les escoffions semblaient vouloir leur disputer la palme de la hauteur. L'un de ces ornements, réduit à une tête de cygne[1], se pencha vers le chaperon bleu d'une jouvencelle : l'amour, dans la cohue, se frayait un passage.

« Holà ! un cygne... Peut-être vient-il de trouver sa Léda. »

Ogier soupira de mélancolie et se tourna vers son oncle. Si Barbeyrac tuait Brackley — ce dont il ne doutait —, Dartford serait féroce en sa vengeance. Mais ne l'était-il pas déjà au naturel ?

Guillaume semblait ne rien vouloir connaître du combat de son compère. Il allait et venait devant le pavillon, crispant et décrispant ses doigts, soulevant parfois ses épaules pour les soulager de l'épais fardeau des mailles ; bâillant d'une façon abusive et sonore, puis marchant jusqu'à son cheval afin de caresser son encolure tout en lui murmurant des encouragements.

— Oh ! regardez !

Guillaume se retourna. Ogier commenta :

— Barbeyrac à prise fait contreprise !

Le Français venait de saisir de sa main gauche l'épée de Brackley qui avait empoigné la sienne pour éviter une estocade juste sous sa baconnière. Les lames glissèrent sur les cuirs des gantelets. Barbeyrac dégagea le premier la sienne et, comme une esquive éloignait Brackley, il l'embrocha au ventre.

L'Anglais tomba sans une plainte et se tortilla dans l'herbe autant que son armure le lui permettait. Deux juges accoururent, devançant le maréchal de lice. Barbeyrac se pencha au-dessus du vaincu.

— Messire, dit-il, vous avez su me résister comme un preux. Dieu vous accueille en son bleu Paradis.

Et sans plus se soucier du mourant, il rejoignit ses compagnons.

1. En principe, les chevaliers répugnaient à arborer cet emblème, surtout sur leur blason, par respect envers le *chevalier au cygne*, ancêtre fabuleux des parents de Godefroy de Bouillon qui tenaient cet attribut des Lusignans.

— Je n'aime pas voir crever un homme de cette façon, dit-il, mais en l'épargnant, je l'aurais obligé à vivre dans l'opprobre.

— On peut s'en contenter, parfois.

Ogier pensait à son père, à sa famille, à tous les serviteurs qui, après l'inique et féroce dégradation de Godefroy d'Argouges, avaient choisi, justement, de vivre dans le mépris, le dénuement et la honte.

— Je ne te savais pas si hardi à l'épée, dit Guillaume.

— Ai-je vraiment du mérite ?... À Toulouse, mon compère, j'ai reçu les meilleurs conseils et leçons d'un escrémisseur du nom d'Armengaud, qui lui-même les tenait d'un Parisien [1]. Ce Goddon ne pouvait me vaincre.

Là-bas, on dégageait le champ : deux sergents tiraient Brackley par les pieds. Sa tête frottant le sol, il avait perdu son bandeau. On eût dit un serpent rouge lové dans l'herbe froide.

— À qui des deux ? demanda Guillaume au maréchal de lice. Moi ?

Il semblait pressé d'en finir.

— Patientez, messire, dit Russell Chalk. Messire Renaud de Cobham, avec l'agrément de messire Dartford, souhaite affronter Ogier d'Argouges sans retard.

Barbeyrac déposa un escabeau devant Guillaume contrarié.

1. Les escrémisseurs ou maîtres d'armes étaient alors, en France, plus nombreux qu'en Italie. Paris en avait compté sept en 1292, sous Philippe le Bel, et leur nombre s'était accru sous le règne de ses fils. La guerre étant le meilleur enseignement au maniement d'armes, cette corporation disparut pour réapparaître à la Renaissance.

— Assieds-toi, dit-il, sans quoi tu seras amoindri quand ce sera ton tour. Ogier, prends mon épée puisque tu n'en as pas... Assieds-toi, Guillaume !

Le vétéran obéit. Ogier se récita le commencement du défi de Cobham : *« Entrer en place à pied... être armé d'une dague et d'une épée... »* La dague lui manquait. Toute solide qu'elle fût, l'épée de Barbeyrac, souillée de sang, lui semblait bien pesante, même pour n'en fournir que dix coups. Il était également question d'une hache dont Cobham assurait la fourniture.

— Ah ! dit-il, voilà que messire Prescott sans mailles m'apporte de quoi faire de la belle ouvrage.

Le héraut de Cobham lui tendit la hache par le fer. Il prit garde de ne s'y blesser. Le poignard dans sa gaine tomba devant ses pieds.

— Allons, allons, William ! reprocha Russel Chalk.

Mais Prescott s'en allait déjà d'un pas si vif qu'il faillit choir et choir encore, ce qui provoqua les premiers rires de l'assistance. Ogier s'en trouva revigoré.

— Fais voir ces armes, dit Barbeyrac.

La hache danoise, tout au moins par sa forme, avait un large fer relevé à son sommet afin de fournir des coups d'estoc ; son tranchant à contour renflé semblait avoir été aiguisé le matin même. Un long manche oblique, pour accroître la force du coup, en assurait le maniement.

— Elle est bonne... Tu vas le fendre en deux avec ça !

— Je ne sais... J'essaierai... Regarde cette dague.

C'était un simple perce-maille à la lame longue d'un pied, en forme d'alêne, si aiguë qu'on eût pu l'employer pour se délivrer d'une écharde. La poignée en bois, sculptée en colonne torse entre deux rondelles de fer — celle de la garde plus petite que celle du pommeau —, occupait sans en déborder la paume de Barbeyrac. Ogier vérifia si sa main pourrait l'empoigner aussi parfaitement.

— Elle est bonne.

— Tant mieux, dit Russell Chalk.

— Ce fourreau de cuir vieux n'a pas d'attache, messire !

— Il y a la hache, messire ; puis l'épée et enfin la dague... si vous êtes toujours vivant. Vous n'avez qu'à confier cette lame à vos amis en attendant le moment de vous en servir. Faites-moi signe quand vous serez prêt.

— En attendant, messire, enragea Barbeyrac, veuillez faire apprêter un deuxième cercueil.

Ogier désapprouva cet excès de confiance. Il allait prendre son temps. « Ainsi », songea-t-il, « je rendrai Cobham maniaque [1] d'impatience. » Alors, il en ferait ce qu'il voudrait.

— Tiens, voilà ton écu, dit Barbeyrac. Je crois, pour avoir mis celui de Brackley en pièces, qu'ils sont en tremble ou en tilleul... Si j'étais toi, je m'en priverais pour le moment.

— C'est bien mon intention.

— Je ne saurais, dit de loin Guillaume, vous parangonner [2] l'un à l'autre. Cobham t'a vaincu, Ogier, mais il est plus âgé et plus lourd que toi. Il se croit supérieur : l'orgueil doit lui être funeste !

Il se leva ; un sourire anima sa bouche aux commissures, depuis longtemps, inclinées vers le bas.

— Gare aux glissades !

Leurs semelles plongeaient, à travers l'herbe, dans une terre pourrie. Comme ils se donnaient l'accolade, une rumeur s'éleva, trop forte pour qu'ils l'eussent suscitée. Ils dénouèrent leur étreinte.

— Sainte Mère ! fit Barbeyrac. Comme elle est belle !... Voyez ces longs cheveux...

Ethelinde avait quitté la tribune des dames. Devant la barrière, elle agitait ses mains. Russell Chalk galopa jusqu'à elle. Ils conversèrent.

1. Fou.
2. Comparer.

Ethelinde se détourna et désigna Jeanne de Kent, Tancrède, Odile et leurs voisines. Elles acquiescèrent. Ogier retrouva dans sa mémoire, en voyant sa cousine hocher la tête, cette fermeté un peu compassée qu'elle lui opposait naguère quand un différend le courrouçait et que, bien qu'il sût avoir raison, elle se délectait dans la contradiction. Odile, elle, restait de marbre.

« Pourquoi Ethelinde ? » se demanda-t-il pendant que le maréchal de lice lui faisait signe d'approcher.

Il avait le choix : contourner la barrière des joutes qui lui empêchait la voie ; passer dessus, passer dessous. Malgré le poids de l'armure, il s'appuya des deux mains à la barre transversale et la franchit d'un bond de côté.

Il fut sensible aux murmures qui s'élevaient et se dit que Cobham devait le prendre pour un outrecuidant.

— Approchez, messire, dit Russell Chalk avec un geste large empreint de cérémonie.

Après avoir levé son regard vers Tancrède, pâle et attentive, Ogier s'inclina devant Ethelinde, la dextre sur le cœur, avec autant de déférence que s'il avait eu affaire à une princesse du Sang. Quelques dames estimant son geste bienséant l'applaudirent. La sœur d'Odile porta ses doigts à son frontal, croyant peut-être sentir à cet emplacement la rondeur d'une couronne.

— Messire, dit-elle d'une voix dont la langueur se trouvait démentie par la vivacité de ses yeux immenses, voulez-vous être mon champion ?

— Vous le pouvez, intervint Russell Chalk.

C'était une proposition tellement inattendue qu'Ogier dut avaler sa salive et accepter de la tête, après avoir consulté la reine d'un coup d'œil et obtenu son assentiment.

— J'y consens... Mais vous me faites bien trop d'honneur, Ethelinde.

Elle était belle, en ce jour de novembre, sous le dais d'un ciel tourmenté qui seyait à son caractère. Il admira ses pommettes rosées, son cou laiteux ceint d'une chaîne aux volumineux anneaux d'or rouge. Il n'entrevoyait de sa robe qu'une gorgerette de petit-gris, mais il savait qu'elle épousait des formes dont, à Winslow, il eût fait ses délices. Un manteau de camocas grenat les dissimulait presque.

— Je ne suis même plus un otage, dame Ethelinde, mais une sorte de malandrin...

« Ces cheveux », songea-t-il, en rêvant d'y passer la main.

Le frontal mince et plat ne dissimulait pas la raie de milieu qui les séparait en deux ondes luisantes ; une raie si fine qu'elle avait sûrement été tracée à la gravouère [1] plutôt qu'avec un peigne ordinaire. Une raie qui la partageait tout entière en deux si l'on avait l'audace — et il l'avait ! — de suivre le val entre les seins, le nombril et le reste.

— Messire ! Messire, je vous sais bon gré d'avoir accepté.

— Vous ne pouviez, messire, vous dérober. Il me plaît de vous assurer que moi, Russell Chalk, je vous considère comme un chevalier digne de respect !

L'effet d'un tel compliment fut aussitôt visible sur les traits d'Ogier. Ethelinde les regardait, les scrutait ainsi qu'un paysage dont elle eût, soudain, découvert l'étendue. Il lui baisa la main, à l'abri d'un gant de chevrotin parfumé à la poudre de gingembre. Alors, d'un geste prompt, en souriant — et quel sourire hardi, joyeux, dominateur ! —, la jeune femme décousit la manche senestre de son manteau dont elle déchira la doublure de blanc taffetas pour la nouer à la cubitière d'Ogier.

— Attendez un moment. Ce n'est pas tout, messire... Edmund !

Un garçonnet blond apparut, vêtu comme les juges et portant sur ses paumes, dans son vieux fourreau de

1. C'était un peigne d'une dent, uniquement destiné à cet usage.

cuir écorché de bataille en bataille, cette épée dont la perte inquiétait Ogier.

— Ah ! dame... Je ne sais que dire... Revoir ma Confiance me comble d'aise !

— Faites-en donc, messire, un excellent usage. Mon père, qui l'avait adoptée depuis votre... départ de Winslow, a consenti, ce matin même, à vous la restituer par mon entremise.

— Pourquoi ce... retournement ?

— Il dit qu'un chevalier, même de votre... espèce, a le droit de mourir sa protectrice en main.

— Je n'ai pas l'intention de mourir !

Il vit le front d'Ethelinde se rider. S'inquiétait-elle, ou bien...

— Allons, marmonna Russell Chalk, je vois que Cobham se courrouce...

Ogier s'inclina, saoulé de joie, l'appétit de meurtre aussi aiguisé que Confiance. Non, non, jamais plus il ne serait vaincu. Surtout par Cobham !

Son cœur battait avec rage. Aspiré par ses narines dilatées, l'air mouillé descendait en lui avec une violence fraîche, revigorante. Quoi qu'il eût pensé d'elle, Ethelinde ne pouvait être son ennemie. Il combattrait pour lui et pour elle. Double joie s'il dominait et abattait Cobham.

Il revint vers ses compagnons. Lentement : il fallait qu'il fît en sorte de prolonger, de dilater l'impatience de Cobham. Que son courroux et son aversion pour le Franklin atteignissent une extrémité qui, plutôt que de les rendre redoutables, préjudicierait tous les mouvements de l'Anglais.

Jamais il ne s'était senti aussi vigoureux, aussi *vivant*, aussi sûr de sa fortitude. Cobham pouvait crier, il n'allongerait pas ses enjambées. *« Ethelinde ! »* pourquoi n'avait-il pu la forniquer à Winslow ? Avait-elle, maintenant, le regret des étreintes masculines ou bien, tout simplement, voulait-elle reconquérir sa sœur en lui donnant à penser qu'elle se...

« *Qu'elle se dessaisit d'elle !* »

Oui, il pouvait se permettre de sourire. Tancrède, elle aussi, devait se réjouir de relever, sur le visage d'Odile, les signes de la colère — et peut-être du désespoir.

— Je te comprends ! hurla Cobham. Tu n'as point hâte d'être meurtri !

Ne rien répondre.

La foule était contaminée par l'impatience. La méchanceté. Une pierre tomba. Ogier la ramassa et la jeta par-dessus son épaule.

— Vous allez voir, Goddons, votre idole en péril !

L'orgueil, oui : c'était l'orgueil qui, maintenant, s'enfonçait dans son être en de brèves et prodigieuses vibrations. Comme une flèche touchant au but.

## III

Le bouclier sur sa poitrine, la hache pendante et même raclant le sol afin de soulager le plus possible son bras dextre, Cobham avançait, dodinant du cimier. Dans les minces cavités du heaume aménagées pour la vue, ses yeux semblaient deux scarabées immobiles.

Une voix de fausset perfora le silence :

— *Kill him !*

Inutile de savoir l'anglais pour comprendre. Russell Chalk contourna les deux antagonistes et galopa jusqu'au trouble-fête, un enfant peut-être, qu'il tança et dut menacer. Il y eut, à l'égard du maréchal de lice, un bourdonnement de voix méprisantes. Derrière Cobham, quelques fers scintillèrent : des hommes d'armes s'apprêtaient à imposer par la force le respect dû aux combattants.

L'Anglais se mouvait avec des précautions emphatiques nullement dues à l'herbe drue, peu glissante en cet endroit. Ogier recula en direction de la barrière de joute. Des hommes venaient de s'y accouder : il les entrevoyait par la vue et les trous de son mézail de fer.

Il avait ébaubi plus d'un Goddon en refusant le bouclier que son oncle lui avait proposé. Il l'emploierait pour la joute. Tenant soigneusement son arme — la dextre aux deux tiers du manche, la senestre, paume creuse, sous les attelles de fer épais qui la fixaient au bois —, il pressentit une attaque. En effet, pour donner plus de force à son coup, l'Anglais avait abaissé lentement son écu et préparé un moulinet décelable au mouvement de son gantelet.

Le coup partit. Ogier fut satisfait de son esquive. L'aisance avec laquelle il l'avait accomplie — un saut de côté — fit courir une rumeur dans la foule. Il répliqua d'un grand coup fauchant, frappant le fer de l'arme adverse, qu'il sentit frémir sous le sien.

« Si je l'avais touché, je lui brisais la hanche ! »

Cobham avait eu ses aises, à Sangatte. Désormais, tout changeait.

« Il m'offre un répit ! Son écu est gênant et sa hache lui pèse ! »

L'Anglais non seulement reculait, mais il affermissait sa prise sur le manche. *« Que pensent-elles ? »* Ogier imagina Odile, les lèvres un peu tordues — ces lèvres lécheuses, suceuses —, Ethelinde émue et fière d'avoir un champion... Mais pourquoi *lui*, Argouges ?... Et Tancrède ? Que pensait-elle de tout cela ? Avait-elle confiance en lui ? Quels étaient ses souhaits ?

Un nouveau coup. Manqué !... Le sien ? Manqué aussi. Il en restait donc huit.

— Holà ! enragea-t-il sous son bassinet.

Cette fois, le fer adverse était passé si près de sa cubitière qu'il avait failli emporter la doublure d'Ethelinde. Confiance, suspendue à sa hanche, l'avait embarrassé dans son recul. Était-ce à lui d'attaquer ?

Cobham parut hésiter. Puis il frappa, frappa encore. La peur s'enfla, grossit, durcit. Ogier sentit le bois de son arme se mouiller de la sueur qui suintait des mailles de ses gantelets.

Il attaqua. Son croissant de fer toucha le bouclier, mais glissa dessus comme si Cobham, avant le combat, l'avait oint d'huile ou de graisse. C'était pour cette raison qu'il brillait tellement.

Cobham répliqua. Manqua. Ses bras commençaient-ils à s'alourdir ? Sa dextre au poignet ceint d'un crispin de cuir clouté, cramponnée au manche comme à une épave, frappa encore. Ogier éleva son fer à la rencontre de celui de l'Anglais. Il y eut un fracas terrible ; une étincelle jaillit. Profitant du heurt, le Français frappa sans trop s'inquiéter où porterait son coup.

Il vit le bouclier se fendre et entendit Cobham rager de devoir se défaire de la guige qui serrait de trop près sa cuirasse.

« Il s'empêtre dans sa courroie !... Il hurle de mécontentement... Il ne m'aurait pas fait quartier ! Je frappe ! »

Ce fut à cet instant que Russell Chalk cria :

— Ho !

Il ajouta, gêné sans doute d'interrompre un combat qui enfin prenait tournure :

— Messires, vous avez fourni vos dix coups !

Les haches tombèrent.

Les épées brillèrent hors du fourreau.

Ainsi armé, Cobham se sentait plus à l'aise : il attaqua par un taillant à la gorgière. Ogier, qui l'avait pressenti, le refoula. Tintement. Note suraiguë des aciers aheurtés dont l'unisson se brisa lorsque vint le second coup, quasiment identique, sauf qu'Ogier l'avait donné des deux mains pour atteindre l'épaule adverse.

Cobham chancela. Sans son épaulière de fer, son bras eût été tranché. Il fournit vivement une réponse : à deux mains cette fois. Mal assujetti au sol, il fut comme emporté par la violence de sa riposte : sa lame ne fit que fendre du vide.

Dix coups, c'était trop peu, même s'il suffisait d'un seul, bien apprêté, pour mourir. Ogier fournit le suivant avec une force enivrée par la certitude de toucher derechef l'adversaire. Confiance ébranla la cubitière dextre, et rejaillit. Cobham répliqua dans un bondissement de chien qu'on détache. Sa poitrine de fer pivota ; il ne faucha que du vent.

Alors, ce fut à qui feindrait de porter un coup et se

rétracterait pour attendre une occasion propice. Ogier se persuadait qu'il avait tout son temps et que chaque bond en arrière le clouait au sol plus fermement que Cobham. Il observait le heaume et les mains sur l'épée avec la conviction superbe, exaltante, qu'il vaincrait l'Anglais. Plus Cobham le menaçait, plus il paraissait indécis quant à la forme et l'opportunité de son coup de tranchant ou d'estoc. Il semblait que ce malandrin eût perdu son agilité, sa vélocité, mais nullement cette jouissance du meurtre qui l'avait animé à Sangatte. À travers ses attitudes changeantes à chaque pas et à des signes qui eussent échappé à sa perspicacité s'il ne les avait, lui aussi, éprouvés, Ogier prévoyait les gestes ébauchés dans l'esprit de Cobham : le heaume qui se relevait un tantinet afin de mieux cerner, par la « vue », l'adversaire ; le buste qui se rejetait en arrière pour accroître la force d'un fendant ; les jambes qui s'écartaient pour que ce coup fût efficace.

Le capitaine anglais grommelait sous son fer. Par intervalles, Ogier croisait son regard, et chaque fois, ces deux flammèches, au bord du heaume, allumaient et réchauffaient sa vigilance. D'âcres odeurs montaient de l'herbe piétinée. Elles se mêlaient à celles de son souffle, de sa peau suante, de son haleine liquéfiée sur les parois du bassinet.

La foule murmurait, trouvant que toutes ces postures allusives qui n'engendraient aucune atteinte au corps, desservaient la renommée de Cobham sans accroître l'audace de son antagoniste. Des cris de haine éclatèrent, des sifflets, des huées. L'Anglais eut le tort d'y céder : Ogier vit l'épée honnie s'abattre en direction de son crâne ; il se déporta tout en remontant Confiance au-dessus de lui, tourna d'un quart sur lui-même et frappa.

Cette fois, il pouvait exulter : il avait rompu, sans d'ailleurs le vouloir, la courroie qui liait l'épaulière gauche de Cobham à sa cuirasse, de sorte que le bras de fer tout entier ne tenait plus à l'armure. L'ensemble ayant brusquement descendu, l'Anglais, s'il avait la faculté de balancer son bras, ne pouvait le plier, sa cubitière, plus basse que son coude, empêchant ce mouvement[1].

Tandis qu'il contraignait Cobham à reculer, Ogier concevait l'état de sa fureur sans même tenter d'imaginer l'aspect de son visage. D'un coup, il venait d'inverser le souvenir de Sangatte. Ce n'était plus lui qui reculait, mais Cobham ; ce n'était plus lui qui se savait condamné, mais Cobham ; ce n'était plus lui qui pestait contre la male chance, mais Cobham. À Sangatte, lui, Argouges, s'était trouvé brusquement seul ; à Ashby, Cobham entendait les cris de ses amis penchés le long de la palissade de joute. Et ils criaient si fort, en anglais et français, que par crainte qu'ils pussent entraîner la foule, Russell Chalk intervint :

— Messires ! Messires !... Le silence est de rigueur. Faites-lui respect !

Toutes les angoisses, tous les émois qui avaient assailli Ogier à Sangatte, se recomposaient en lui. À mesure que le bras de Cobham, ô combien plus pesant maintenant, lui paraissait non seulement inutile, encombrant, mais traître à son corps, la rage s'emparait de toute sa personne. Le vide apparemment immense — pour lui — à son épaule, et dans lequel sa chair s'offrait à un nouveau taillant, devenait son unique obsession. C'était comme une sorte d'avant-plaie à celle dont, bientôt, il souffrirait.

Ogier frappa sur l'autre bras.

Réplique molle par une épée tenue seulement dans la dextre. Cobham sentait son corps prendre la plus laide des formes : il se rétractait tout entier dans son fer tel un enfant qui sent venir la torniole. Il attaqua,

1. Les pièces d'une défense de bras ou *brassard* étaient, de haut en bas, les suivantes : l'épaulière, le canon d'arrière-bras, la cubitière (où se trouvait protégée l'articulation du coude), le canon d'avant-bras et le gantelet.

trouvant l'assaut préférable au recul. Son épée suspendue dans l'air avant d'avoir trouvé le corps adverse, sursauta, rejointe férocement par Confiance. Cette fois, arrachée à sa poigne de fer, elle s'envola pour de bon.

Il y eut un cri d'horreur dans la foule. Ogier sentit aussitôt près de lui la présence du cheval du maréchal de lice. Il ne s'en soucia, le regard traversant l'écorce de son ennemi avec une acuité qui, peut-être, le perçait plus douloureusement qu'une lame.

Derrière l'Anglais, appuyés à la barrière, les capitaines — quatre ou cinq — avaient les bras tendus, prêts à recevoir leur compère, sauf un qui ramassait prestement son épée, contrevenant ainsi aux dispositions du combat.

— Laissez-nous, dit l'un d'eux, défaire ce brassard.

À qui s'adressait-il ?

Ogier souleva sa ventaille, but une goulée d'air et regarda comme à travers Cobham, par transparence, l'importun moustachu qui interpellait Russell Chalk.

— Holà ! messire... Moi, Ogier d'Argouges, qui vous parle présentement !... Sachez que je n'avais point d'armure, à Sangatte, quand il s'acharna sur moi ! Pas même le plus petit anneau de fer !... Je n'avais point de compagnons pour venir à ma rescousse, fût-ce avec des mots !... J'étais seul avec ma peur, car j'avais peur, je vous l'avoue... Peur autant que lui maintenant !

Et se tournant vers Russell Chalk :

— Auriez-vous oublié qu'un combat à outrance doit se passer de parlures et d'interventions comme celle de maintenant : car outre que ce chevalier débarrasse Renaud de Cobham de son brassard sans que vous y ayez consenti, l'autre lui tend son épée, ce qui ajoute une seconde faute à celle que vous avez agréée !

— Messire, tels que nous sommes, nous en ferions autant pour vous, affirma le moustachu avec un sourire.

— Faut-il, pour troisième concession, messire, que

je lui accorde permission d'aller pisser ou chier sous sa tente ?

Ogier commençait à sourire. Quel désarroi, chez tous ces Fiers-à-Bras !

— Messire, reprit le moustachu, votre insolence...

— Si elle vous mécontente, vous pouvez me jeter maintenant votre gage[1]. Je le relèverai, soyez-en assuré !

— Laissez-le-moi, Offrey[2], dit Cobham.

Sa voix avait perdu toute son assurance. Il cherchait à la fois son souffle et son orgueil, sa force et son habileté. Sous la néfaste ascendance de la peur, tout ce qui composait son personnage de chevalier hors pair s'était dérobé à sa volonté, comme les pièces de son brassard s'étaient désassemblées de son armure. Si la réciprocité des haines restait intacte, l'Anglais n'était plus en mesure de soutenir la sienne avec autant d'ardeur qu'au début du combat. Il en avait conscience et, comme Ogier lui souriait, la pointe de Confiance en terre, l'Anglais se rua sur ce Français abhorré dont l'insolence le rabaissait aux yeux de son roi, témoin d'une humiliation à laquelle, sans doute, il n'avait pas songé.

Confiance immobilisa l'arme devant le visage d'Ogier qui avait jugé inutile de rabattre sa ventaille.

— Holà ! messire Cobham. Il y a, plus encore que votre épée, de la déloyauté dans l'air.

L'éclair de la lame effleura le voile d'Ethelinde.

De sa main libre, Ogier sollicita Cobham :

— Vous êtes bien trop loin !... Approchez ! Approchez !

Le cheval de Russel Chalk passa entre les combattants.

— Messire, intima le maréchal de lice, vous devez vous abstenir de parler. C'est la règle !

1. Gant.

2. *Humphrey*. C'était ainsi qu'on appelait le fils du comte de Derby.

— Qui a desrieulé le premier, messire ? Dites-moi qui a desrieulé[1] ! En m'admonestant ainsi, vous semblez deviner sa défaite !

Sur le visage d'Ogier, le vent passait, rafraîchissant et doux, à senteur de cheval, puisque Chalk maintenait son coursier devant lui.

— Laissez-nous poursuivre, messire ! hurla Cobham invisible derrière la croupe de l'animal.

Le cheval fit un bond. Ogier se sentit heurté au plastron. Trois coups, sans doute, dont la rafale l'ébranla. Les capitaines applaudirent. Il s'ensuivit une brassée de taillants forcenés, tous détournés, repoussés par l'un et par l'autre, vols de lames obstinés comme ceux des guêpes au-dessus des fruits et des fleurs. Des heurts d'acier jeteurs de frissons détestables, mais incapables d'aboutir à la moindre blessure. Russell Chalk hurla : *« Ho ! »* sans doute avec malignité car Cobham gisait à terre nullement à cause d'une estocade, mais parce qu'il avait glissé.

— Relevez-vous, messire, et rendez grâce à Dieu !... Voilà, en vérité, un *Ho* d'excellente convenance !

Le capitaine Offrey demanda de pouvoir relever son ami. Sans avoir reçu l'approbation du maréchal de lice, mais se fiant à celle de ses voisins, il se glissa sous la barrière et releva Cobham. Non content d'avoir dérogé à toutes les règles en vigueur lors de ces sortes d'affaires, il s'approcha de Chalk, prit son cheval au frein et d'une voix fleurant le commandement demanda si l'appelant pouvait changer le haut de son armure. Ce fut Ogier qui prit le parti de répondre alors que Barbeyrac lui tendait son poignard :

— Non, messire... À Sangatte, nul fer ne me couvrait le corps. Votre compère s'est acharné sur moi. Vous me voyez déjà plein de mansuétude à son égard. Trop c'est trop !... Qu'il tire son poignard et continue,

1. *Desrieuler :* sortir de la règle, *rieule ; rule* en anglais.

puisqu'il a déterminé dans son défi — si la mémoire ne me fait point défaut — : *sans changer de harnois*.

Offrey dit quelques mots à l'intention de Cobham tandis que le maréchal de lice guidait son destrier le long de la barrière. L'Anglais revint parmi ses pairs, et profitant de tous ces mouvements, Cobham se précipita.

Ogier, méfiant, avait dégainé son arme ; il en jeta le fourreau à la face de l'Anglais qui arrivait sur lui, dague basse.

— Holà ! prenez garde à la chute !... Feriez mieux d'ôter votre coiffe : vous y verriez autant que moi !

Exaspéré, Cobham manqua son coup : Ogier sentit l'acier riper sa tassette gauche et se reculant, saisit l'homme par son colletin. Cobham se débattit, se dégagea et reçut sur son bras une taillade qui le fit hurler moins de douleur que de rage. Dès lors, saisissant le bras armé de son adversaire, et bien que le fer lui interdît une bonne prise, Ogier n'eut de cesse de jeter l'Anglais au sol. Il se débattit bien. S'il se raffermissait sur ses jambes, il devait peu à peu étouffer sous son heaume. Bientôt, il fléchirait des jarrets.

— Tu ne m'auras pas, truand de France !

— C'est ce qu'on verra.

Ogier voulait et *pouvait* désarmer cet Anglais !... Un brouillard de rage obscurcissait ses yeux et son sang lui heurtait les tempes. Soudain, il sentit venir le croc-en-jambe et ne put éviter de choir en arrière. Un immense hurlement salua la prouesse.

« Le désavantage est pour moi ! »

Sueurs froides, bourdonnements d'oreilles ; le cœur qui grossit, grossit ; les jambes qui patouillent, mais rester sur le dos, défier l'adversaire : à l'épée, il eût vécu ses derniers moments ; à la dague non : pour le frapper Cobham devait se courber.

D'un ciseau des jambes, Ogier fit choir son rival si lourdement de côté que sa dextre se trouva coincée sous son armure. Non : il ne s'était pas donné une entorse au poignet ! Il s'agenouillait ! Ogier le reçut sur son corps, s'en dégagea d'un tour de reins et fut sur lui. Dès lors, en s'étreignant autant qu'ils le pouvaient, ils roulèrent l'un sur l'autre, fournissant alternativement des coups dont aucun ne portait.

Leur faim de mort était sauvage, frénétique. Leurs armures parfois s'accrochaient par les cubitières ou les oreillons de leurs genouillères. Ils se tordaient, frappaient, s'acharnaient à frapper. Cobham, libérant sa senestre, rabattit la ventaille du bassinet d'Ogier, le plongeant dans l'ombre et l'indécision. La sueur, la terre humide avaient fait de la prise de son arme une chose glissante et comme spongieuse. Il sentit une pointe froide, irrésistible, pénétrer sous son aisselle, appuyer, appuyer.

*Il était touché !*

Un coup de reins le débarrassa de Cobham. Ce fut à ce moment qu'un *« Ho ! »* retentit. Le public trop éloigné resta muet ; les capitaines protestèrent. Russell Chalk les interpella :

— Holà, messires !... Il y a suffisamment de juges à l'entour pour avoir levé leur verge juste quand je disais *ho* ! Si vous ne savez pas vous taire, et qui que vous soyez — eh oui, messire Offrey ! — je galope jusqu'au roi et le prie de faire intervenir les sergents !

— Il n'accédera pas à votre requête !

Ogier avait pu se relever seul ; à Cobham, il avait fallu un juge et un guisarmier. Tandis que remontant sa ventaille, le défendant marchait vers ses amis, l'appelant, toujours soutenu, chancelait vers sa tente.

— Messire Offrey ! cria le maréchal de lice, et vous, messires, je vous prie de quitter ces lieux où vous êtes entrés indûment !

— Tu me le paieras, cousin !

Barbeyrac qui marchait à la rencontre d'Ogier, dit avec un sourire :

— Les voilà qui se querellent !... Oh ! mais tu saignes.

— Petitement. Il n'a fait que m'aiguillonner.

— C'est l'aisselle senestre, heureusement, dit Guillaume en s'approchant. Te sens-tu quiet ?

— Oui. Cependant, quand il m'a touché, j'ai cru être en purette[1] comme à Sangatte. C'est ce qui m'a revigoré, car en cette herbe boueuse, il semblait que je m'enlisais.

— Tu dois courir vingt lances, dit Guillaume.

— Oubliez-vous les leçons que j'ai reçues naguère ? J'ai l'intention d'entrée de bouter Cobham hors de selle et de telle façon qu'il soit à ma merci.

— Belle intention, dit Barbeyrac. Cependant, il est hargneux et habile. Tu ne réussiras pas ton boutis aussi aisément, peut-être, que tu le crois. Mais ce que je peux dire, c'est que tu lui as donné la caquesangue[2] !

Ogier leva les yeux au ciel. Il n'y trouva pas Dieu, mais Tom. Le balbuzard majestueux y planait. Il leva les mains et les rabattit plusieurs fois contre ses cuissots de fer. En tournoyant et graillant, le rapace vint se poser sur son épaule. Là, il jeta des coups d'œil à la ronde, frotta ses ailes et se becqueta la gorge. Comme ses serres glissaient sur l'épaulière, il se jucha sur la tête du garçon : aussitôt la foule ébahie hurla, persuadée d'assister à une connivence diabolique.

— Tom, dit Ogier en offrant à l'oiseau son poignet. Tu vas me faire passer pour sorcier et tu mets ta vie en péril ! Retourne auprès de Jack.

L'oiseau battit des ailes et s'agriffa au gantelet. Remuant sa tête aux larges yeux dont la pupille semblait taillée dans du jais, enchâssée dans l'or limpide de l'iris, le balbuzard dévisagea cet ami duquel il ne comprenait rien. Ni sa rupture avec Shirton ni son éloignement auprès de ces inconnus en compagnie desquels il semblait à l'aise. Ogier le caressa, il se laissa faire, fientant même sur la garde du gantelet. Alors,

1. Être nu.
2. La colique.

sans un regard, il prit son vol en direction de l'étang, à grands battements rageurs, comme s'il avait hâte, soit de pêcher, soit de rejoindre Shirton.

— Voilà un bel oiseau !... Il devrait sommer ton bassinet ! dit Guillaume.

Ils marchaient vers le moreau qui, les voyant approcher, remuait sa queue, paisible. Il semblait obéissant et vigoureux. Ils vérifièrent son harnois et Guillaume serra d'un cran la ventrière sans que le cheval tentât de se gonfler. Barbeyrac tint l'étrier. Ogier se mit en selle et prit les rênes, insoucieux de ses gantelets boueux.

— Quelle joie si tu peux l'occire. Frappe fort, mon neveu, et qu'un seul coup suffise !

Ogier eût pu répondre qu'il ne lui en avait fallu qu'un seul pour exécuter Guy de Passac, à Chauvigny.

— Trouvez-moi une bonne lance ! Un fer qui creuserait un trou dans du granit !

— Elles se ressemblent toutes.

— Allons donc, Guillaume, grognonna Barbeyrac. Choisissons la meilleure. Qu'Ogier soit bien afusellé [1].

Il rejoignit le vétéran et l'aida dans sa recherche. Il riait d'une confiance qui n'enchantait que lui-même. Ogier, voyant passer Wilf, l'appela. Le sergent fit le sourd et s'éloigna en hâte. Un guisarmier, tout proche, s'informa :

— Que voulez-vous messire ?

— Breton, pas vrai ? Je reconnais l'accent.

— Oui, messire... Au service du jeune Jean IV de Montfort.

— Passe-moi cet écu si cela te plaît.

Ogier reçut l'écu et remercia d'un geste. Il s'arma soigneusement du bouclier qu'il laissa pendre contre son flanc, par sa guige, tout en manœuvrant son cheval. Le moreau, docile, semblait avoir été dressé à Gratot ou à Rechignac.

1. Qu'il soit en mesure de frapper de la pointe.

— Tu es bon, dit-il en lui flattant l'encolure.

Le cheval encensa et fit une pesade. Ogier sourit :

— Je l'ai bien en main, les amis !

Au pas, il rejoignit son oncle et Barbeyrac.

— Celle-là ! dit Guillaume.

Il tenait une lance dont Barbeyrac l'aida soigneusement à vérifier la hampe.

— Bon frêne... Aucun nœud... Vois : la prise est parfaite et l'agrappe solide.

Ogier la saisit et la soupesa puis, la restituant à son oncle :

— Vous allez me l'embellir... Étienne, débarrasse-moi de ma manche honorable. Transperce-la de ce fer : qu'elle fasse l'effet d'un pennon.

Il se pencha de côté pour que Barbeyrac pût dénouer le gage d'Ethelinde de sa cubitière et le fixer ensuite comme il l'en priait.

— Il tient peu.

— Heureusement. Cobham s'en servira pour éponger son sang !

Il observait son ennemi tout occupé à passer son courroux sur un destrier qu'il tourmentait de la bride au frein afin qu'il reculât vers l'angle de la lice. Jamais ce malfaisant ne pourrait courir vingt lances, pas même deux, avec une bête pareillement endolorie.

— Êtes-vous prêt, messire Ogier ? demanda Russell Chalk en s'approchant.

— Oui, messire Russell... puisque nous en sommes aux prénoms, mais je vous demande un petit moment pour aller saluer dame Ethelinde de Winslow... ou plutôt de Ringwood, au premier rang de cette tribune enfleurie.

— Il est vrai que vous portez son emprise. J'ai bien connu Henry, son époux...

Russell Chalk parut sur le point d'ajouter une recommandation ou un encouragement ; il se contenta d'un geste qui, à n'en pas douter, signifiait : « Bonne chance. » Pour Ethelinde ou pour la joute ?

Ogier galopa vers l'échafaud des dames. Dès qu'il fut rendu, le silence tomba. Tancrède eut un sourire de convenance. Il s'inclina devant la reine, la lance d'aplomb sur le sol, puis salua promptement Odile et ses voisines sans se soucier de l'expression de leur visage. Ensuite, il mena le moreau devant Ethelinde dont le manteau privé d'une manche révélait les moirures d'un brocart à ramages.

Il abaissa sa lance en signe de respect et fut surpris de voir rougir *sa* dame — moins, sans doute, pour l'hommage qu'il lui rendait que pour les regards hostiles de ses voisines.

Ethelinde tenait une rose de parchemin. Elle la lui jeta. La fleurette se souilla de boue. Un juge la ramassa, l'essuya contre sa cotardie et la tendit à Ogier. N'ayant rien où l'accrocher, il l'introduisit sous sa cuirasse, côté cœur, ostensiblement, s'inclina et rendit la main au moreau prêt à galoper d'un pied sûr vers le fond du champ.

Tancrède battit des mains et fut presque la seule. Odile avait un air pantois et pincé, les yeux verglacés de rage.

« Elle s'attendait à me voir mourir. Elle me hait de la décevoir ! »

La tribune royale était sur son parcours ; il s'y arrêta et salua Édouard III avec un sang-froid et une courtoisie des plus irréprochables. Le roi, pris de court, s'inclina et le pria de lui dire, en toute franchise, ce qu'il pensait de Renaud de Cobham.

— Sire, dit Ogier d'une voix résolue, à Sangatte, j'eusse aimé être vêtu de l'armure de fer que je porte présentement. Alors, je serais encore en mon pays... et votre capitaine en Paradis, si toutefois Dieu n'y avait point fait objection.

— Je vous connais bien, Argouges, et vous sais bon gré de votre fermeté d'âme... Mais qui sait où cette âme sera bientôt...

— Toujours sous ce bassinet, sire, et fermement décidée à n'en point sortir !

Il avait dit cela d'un ton rieur, mais son regard était plombé d'une violence qui ne demandait qu'à s'exprimer. Édouard III se mordilla les lèvres dans l'attente d'une nouvelle insolence. Devinant que l'humeur du roi s'altérait, Ogier se garda de toute faute. Levant haut et droit sa lance, il tourna bride.

La foule gronda derrière lui. Le grondement se répandit autour du champ aussi violemment qu'un tourbillon. Tout était clair. Il n'y avait rien qu'il ne pût comprendre : s'il tuait Cobham et n'était pas immédiatement protégé par des hommes d'armes, tous ces intraitables renverseraient les barrières pour l'occire et le dépecer.

*« ... et aura deux chapeaux de fer paraux, lesquels je livrerai ; et choisira mon dit compagnon lequel il lui plaira des deux chapeaux ; et aura chacun tel gorgerin qui lui plaira et avec ce, je baillerai deux selles dont mon dit compagnon aura le choix... »*

En chevauchant vers Renaud de Cobham, Ogier se remémorait les conventions du second chapitre du défi. Il fut mal accueilli par l'appelant et Dartford qui portaient visiblement sur leur cœur, l'un la médiocrité de sa *parformance*, l'autre le deuil de Simon de Brackley.

— Je vous vois en selle, Argouges, une lance à la main et qui plus est garnie d'un pennonceau fourni par une belle dame de mes amis !

— Ce n'est pas moi, messire, qui suis allé vers elle.

C'était dit nettement, sans solliciter d'indulgence.

— J'ai publié que je fournirais les bassinets, les colletins, les selles et les lances. Que soupçonnez-vous de ma part ? Auriez-vous méfiance à mon égard ?

— Oui, messire.

— Oh ! Oh ! fit Dartford avec un rire désagréable.

Promptement Ogier se détourna vers lui :

— Messire, si je vous ai déplu par quelque inadvertance, lancez-moi votre gant : nous nous verrons après.

Cobham s'ébaudit :

— Il n'y aura pas d'*après* !

— Holà ! nous ne sommes plus à Sangatte, messire. Vous l'allez constater.

La réponse était nette, offensante. Simultanément les deux Anglais mirent les poings aux hanches comme des chevaliers d'essence supérieure considérant un blanc-bec. C'était ainsi, songea Ogier, que Lancelot et Perceval avaient dû observer Galaad lors de sa venue à Camelot. Derrière eux, deux chevaux étaient prêts, sellés, couverts d'un houssement de brussequin[1] vermeil.

— Choisissez... Vous avez un droit de préférence.

Accroché par un cordon passé dans sa « vue », un bassinet pendait à chaque troussequin. Il était aisé, sitôt après le choix, de verser dans la coquille de fer une poudre inodore et maléficieuse.

— Messire Cobham, ceci n'est point conforme aux conditions de votre défi. Vous fournissez tout ce qu'il faut, certes, mais prêt à l'usage... Comment vérifier ?

— Ma parole de chevalier.

Ogier sourit. Sa parole ! Comment eût-il pu s'y fier ? Sa chevalerie ! Il savait ce qu'il convenait d'en penser depuis Sangatte.

— Un cheval nu, messire, et un bassinet propre. Vous eussiez dû m'attendre avant de procéder...

Un cri de rage parut insuffisant à Cobham. Il s'approcha d'un pas, les poings en avant, et les deux hérauts — le sien et celui de Dartford — qui se tenaient immobiles près des chevaux eurent comme un sursaut d'horreur pour ce manquement aux usages.

1. Drap de bonne qualité.

— Vous attendre, messire !... Vous attendre pendant que vous vous paonniez[1] devant les dames !

« Un dogue vert de rage ! » C'était l'impression qu'Ogier recevait de cet homme dans la face duquel il retrouvait un peu les traits pervers de Bertrand Guesclin.

— Rien ne vous obligeait, messire Cobham, à demeurer céans. Sans doute avez-vous, là-bas, votre épouse et des amies... et il y a aussi votre suzerain... Il vous fallait les aller saluer... Ils en eussent été contents... Mais brisons là ! Ou vous dénudez un de ces chevaux et me laissez le soin de procéder à tout sans hâte... Mais non, messire, je ne dis pas *Sangatte*, mais *sans hâte*, ou alors...

Dartford crut opportun d'intervenir. Si Cobham ressemblait à un dogue, il avait tout, lui, du lynx qui sommait son heaume présentement tenu par son écuyer : une tête plate, des yeux de chat et jusqu'à des poils fauves au-dessus des oreilles.

— Nous avons cru bon de faire ce que vous nous reprochez parce que les jouteurs — nonante jouteurs, messire ! — attendent, et que rien n'est plus déplaisant que des joutes aux flambeaux !

— Vous en avez retardé le commencement plutôt que de l'avancer.

Las de ces stériles parlures, Ogier décida de châtier l'orgueil et la matoiserie de ces deux malandrins :

— Messire Cobham, puisque vous souhaitez en terminer vélocement, je propose ceci à votre agrément : je courrai sur ce Noiraud sans votre bassinet... Ni le mien.

— Tête nue !

— Vous l'avez dit... Quant aux lances, je prendrai volontiers celles que vous me fournirez, puisque celles qui sont du côté de la France semblent désormais destinées à Guillaume de Rechignac... Mais je ferai ma pre-

1. Faire le paon, faire la roue.

mière course avec celle que j'ai choisie et que vous voyez dans ma dextre !... Ai-je votre assentiment ?

Les deux chevaliers se consultèrent d'un regard. « Tête nue ! » songeaient-ils. « Mais il va se faire parhonnir[1] sans qu'il y ait un gros effort à fournir pour l'achever ! » Ils serraient les mâchoires afin de contenir le plaisir qui leur chatouillait les lèvres, et Cobham dut se contraindre pour montrer à l'écervelé une face morose, mal purgée de joie et d'impatience.

— Eh bien, soit ! Allons-y, messire ! Courons des lances ainsi que vous le voulez ! Russell... Approchez !

Le maréchal de lice obtempéra. Il s'étonna défavorablement que les conditions de la rencontre eussent été modifiées. Cobham ne manqua pas d'exemples pour justifier ce changement. Il les énuméra en anglais, soit pour gagner du temps, soit pour en imposer à Chalk. Et tandis que la discussion se poursuivait, Ogier galopa vers ses compagnons. Ils l'accueillirent avec inquiétude.

— Que s'est-il passé ? demanda Barbeyrac.

— Ils voulaient me flouer. Je les ai déjoués. Aide-moi, Étienne.

Ogier se pencha autant qu'il le pouvait :

— Monte sur l'escabelle, dénoue les aiguillettes de ce bassinet.

— Tu vas courir tête nue ! s'indigna Guillaume. C'est marmouserie...

— Ôte ta ceinture, Étienne... et vous la vôtre, mon oncle.

Il pouvait employer cette appellation : ils étaient seuls. Le héraut de Cobham, accompagné du maréchal de lice, annonçait à cor et à cri les modifications de la rencontre. La foule remuait, impatiente de voir le Franklin vaincu.

— Liez-moi les pieds aux étriers. Faites passer les

1. Maltraiter.

courroies sous le poitrail du Noiraud... Bien plates, ces courroies, afin que le cheval ne soit ni blessé ni titillé.

— Tu vas te tuer, s'écria Guillaume.

Ogier considéra l'espace vert, gluant, où s'établirait sa revanche.

— Non, mon oncle. Et que Dieu m'aide ou non, je vaincrai ce fumeux ! Je m'élancerai lance basse, comme, après mon père, vous-même et Blanquefort l'avez enseigné au bachelier qui vous doit tout.

Bien que ce fût flatteur, le vétéran demeura incrédule :

— Tu doubles ainsi, mon neveu, la bonne chance et le hardement de Cobham !

Ogier réfuta cette réplique. Il se sentait solide dans son droit, dans ses reins, son bras dextre et dans la terre entière :

— Vous avez raison, mais vous vous méprenez aussi. Mon dessein est d'une éblouissante évidence. Cobham va décider de m'atteindre à la tête. Donques, il lèvera son bois sur elle plutôt que sur mon écu. Il découvrira ainsi son épaule dextre...

— Ne te méprends-tu pas ? Ce n'est pas la senestre, celle que protégera son écu, que tu veux bucher ?

— Non... L'épaule appartenant au bras qui tient la lance. Je passerai devant son écu...

— C'est bien pourpensé, mais c'est de la folie.

— Mes mésaventures forment une chaîne de folies. Je ne puis en rompre le cours. Alors, je continue... J'aurai entre trois et six pouces d'armure sans protection pour y porter ma lance et, tête nue, ma vue sera meilleure que sous un heaume ou un bassinet. Je toucherai Cobham si bien et si férocement qu'il cherra de son cheval... Il peut se briser les reins en tombant mal...

— Alors ?

— Je saurai me montrer magnanime.

— Si vil que soit cet homme, tu ne l'achèveras pas ?

— Le remords qu'il aura de sa déconfiture ainsi que sa vergogne d'avoir contrarié son roi et tous les Goddons qui nous entourent seront pires, pour cet outrecuidant, qu'une mort ignominieuse et soudaine.

— Le remords ! ricana Guillaume. La vergogne !... Comment ce malandrin pourrait-il en éprouver : il n'a pas de cœur !... Allons, fais pour le mieux.

— Vous le verrez gésir dans l'herbe et dans la boue.

Le silence n'était troublé que par des tousseries d'adultes et des pleurs d'enfançon qu'un téton, sans doute, apaisa. Aux échafauds, ce grand tribunal des nobles, nul ne bronchait. Penché au garde-corps de sa tribune, Édouard III croisa les bras. Il devait avoir cet aspect lourd d'attente et d'anxiété lorsqu'il avait traversé la mer, à la proue du *Christophe*, pour envahir la Normandie.

« Tu vas voir, Barbichou, ce que peut un Argouges ! »

Au milieu du terrain, éloigné de quatre ou cinq toises de la barrière, Russell Chalk donnait des signes d'impatience : son cheval commençait à jouer du sabot.

— Allez, messires... Quand vous voudrez...

Ogier examina Renaud de Cobham avec un sentiment d'orgueil suscité par l'idolâtrie qui soutenait l'Anglais. Prescott lui mettait les pieds aux étriers puis lui offrait une lance.

Cobham la soupesa pour que la longue langue d'acier qui prolongeait la hampe attirât tous les regards. Ensuite, il dut tenir à démontrer qu'il savait l'art d'être immobile. Pourtant, il s'élança le premier.

Galopant aussitôt, Ogier coucha le bois plus que nécessaire. La longue feuille ferrée de son extrémité frôla l'herbe sans la toucher. La foule rit de cette faiblesse apparente, mais brusquement la hampe de près de deux toises s'éleva. Il vit, en même temps, que le puissant destrier de l'Anglais s'irritait d'un houssement dont les deux panneaux de devant lui battaient les genoux. Le Noiraud, lui, galopait à longues foulées agiles.

Cobham dut avoir le sentiment que le terrible éclair noir d'un cheval d'Apocalypse fondait vers son coursier. Son hurlement jaillit tandis que, perdant lance, écu, rênes et étriers, il s'élevait dans l'air comme un esteuf botté par un pied formidable.

Il chut sur côté, disgracieusement, dans un bruit de ferraille. Effrayé par la violence de la collision, son destrier galopa puis ambla par petites foulées, vers le pavillon des Anglais en hennissant à pleins naseaux.

Ogier, dont la lance s'était brisée sous l'agrappe, jeta le bois restant et fit volter son cheval. Il s'aperçut alors que les ceintures qui le liaient à ses étriers s'étaient rompues. Il avait bien fait de s'assujettir ainsi : sans cette précaution, il fût tombé, lui aussi.

Russell Chalk s'était approché de Cobham. Il s'en éloigna quand son vainqueur vint le considérer.

— Levez-vous, messire ! Continuons !... Oubliez-vous que c'est une joute à outrance ?... Allons, levez-vous donc, que nous en finissions !

— Je ne le puis.

Ogier s'attendait à un : « *Achevez-moi.* » Or, Cobham n'était décidément pas de son espèce :

— Vous m'avez rompu l'épaule. Je ne puis tenir une autre lance.

— Comme Brackley, poignez-la par la senestre.

— Je ne suis pas senestrier.

— Vous êtes quoi, alors ? Votre cheval est prêt : remontez en selle.

— Je ne le puis, vous dis-je.

— Alors, je dois vous tuer !

Ogier n'en pensait pas un mot. Il rit un peu lourdement. Russell Chalk s'approcha, l'air humble, tout aussi affligé, sans doute, que le vaincu.

— Messire ! C'est à sa charité que l'on juge un prud'homme...

— Il n'en fit point montre envers moi à Sangatte !... Allons, relevez-vous que l'on vous voie debout !

Ogier mit pied à terre et dégaina Confiance. Cobham se recrobilla « comme un hanneton que l'on titille avant de l'écraser ». Il gémit :

— Je ne puis me lever et j'ai grand mal.

— Comme moi, messire, à Sangatte !... Vous le saviez, mais vous vous délectiez à aggraver mes maux !

— Messire... intervint Russell Chalk en descendant de cheval.

Il geignait presque autant que le perdant, qu'il desheauma.

— Relevez-vous, Renaud !... Un peu de nerf !

Offrey, de loin, hurlait sa déception. D'autres chevaliers prodiguèrent leurs encouragements au vaincu, mais celui-ci s'obstinait dans une surdité qui, face aux tribunes silencieuses, commençait à indigner la plèbe.

Ogier appuya la pointe de son arme sur la gorge mise à nu. « Il sait, désormais, ce que j'ai éprouvé. » Dartford et Offrey s'avançaient à grands pas. Leur lividité, leur colère, rejetaient toute compassion.

— Renaud ! *Aren't you ashamed, coward, of remaining in such a sorry plight*[1] ?

Aucun doute : Dartford invectivait son compère et le sommait de se relever.

— J'ai l'épaule percée, broyée ! Voyez ce sang : *il* a défoncé ma cuirasse !

C'était vrai, et ce coup ébaubissait Offrey. Le départ, lance basse, avait dû l'égayer. Sans doute avait-il cru qu'elle était trop lourde au bras du Français. Maintenant, il faisait grise mine. Comme les deux chevaliers s'employaient à relever leur pair pour le soustraire au trépas, Russell Chalk les semonça sans qu'ils s'arrêtassent. Ogier fit deux pas en avant :

1. « N'as tu pas honte, couard, de demeurer en cet état ? »

— Messires !... Vous enfreignez les règles. Prenez garde !

Il menaçait d'une voix qui n'était plus sienne — une voix de juge — tout en pointant sa lame vers la face ahurie d'Offrey.

Il se passa quelque chose de triste : l'Anglais recula derrière Dartford qui, à son tour, recula derrière son compère. Leur retraite cessa quand la barrière parut s'y opposer.

La foule grondait. Ogier revint contempler Cobham.

— Une peur bleue, messire, après avoir vu rouge !

Rasées depuis la veille, les joues de l'Anglais semblaient bleuies par la barbe naissante. Sous un regard où le mépris se muait en gaieté, il détourna la tête.

— Messire Cobham, criez bien haut *merci, pardon*, et je vous laisse.

Ogier devina le sursaut du corps sous l'armure boueuse. Il échangea un clin d'œil avec Chalk. Soudain vivifié, le vaincu s'étaya sur son coude valide :

— Je vous dis bien volontiers pardon et merci.

— Plus haut, messire ! Plus fort ! Il faut que votre roi le sache !

— *Pardon !... Merci !* cria Cobham lors d'une espèce de sanglot énorme.

Sans se soucier des cris et des rumeurs hostiles, mais aussi des applaudissements qui saluaient sa mansuétude, Ogier, apaisé, remit Confiance au fourreau.

Il guidait son cheval vers ses compères quand Russell Chalk, de nouveau en selle, le rattrapa.

— Messire Argouges, il me faut vous regracier pour votre générosité.

— Ma faiblesse.

— Je me merveille de vous avoir vu partir lance basse.

— Il faut du muscle et de la volonté.

— Messire, poursuivit le maréchal de lice, tous les gens de bon sens louent votre magnanimité. Vous êtes...

— Un conart, messire. Un conart.

Ogier arrêta son cheval et souriant tristement à cet homme qui peut-être, comme Calveley, eût pu devenir son ami :

— Oyez bien ce que je vais vous dire... J'avais envie d'occire ce coquin. Lors d'une vraie bataille, comme à Sangatte, je ne l'eusse pas épargné *après ce qu'il m'a fait*... Quand je pense à lui, je touche cette oreille... Je sens mes plaies se rouvrir et saigner... Mais ici, en pleine fête... Votre roi ne me l'eût pas pardonné... Nous nous retrouverons un jour, Cobham et moi... Il va pendant longtemps souffrir de son épaule. Un petit inconvénient... Des emplâtres le guériront... Mais, contre l'orgueil et la méchanceté, il n'y a de vraie médecine que celle que je viens de lui administrer...

— C'est bien parlé.

— Vous avez de l'estoc [1], messire Chalk... Sauriez-vous conserver un assez grand secret ?

— Par Dieu qui vous donna tant de miséricorde, je vous en fais serment.

Ogier sourit. Non, il n'était pas miséricordieux. Il en avait assez de ces jeux terrifiants et même, il plaignait Brackley d'y avoir perdu la vie.

— Voilà, messire Chalk, dit-il sans plus d'ambages, le baron de Rechignac est mon oncle.

— Ah !

— C'est moi qui l'ai délivré de ses fers.

— J'ignorais que les chevaliers fussent enchaînés.

— Il l'était... Il est âgé de soixante ans. Dartford en a trente. Si messire Guillaume n'avait subi des sévices dus tout aussi bien à son otagerie qu'à son caractère, je ne me soucierais point de l'issue du combat qui se prépare : c'est un preux. Cependant, quelque admirable qu'il ait été dans les lices où je l'ai vu à l'œuvre, il n'est plus, après deux ans de geôle en Angleterre, le prud'homme dont les victoires ont merveillé ma jeu-

1. Race, noblesse.

nesse... Je crains qu'il ne se laisse emporter par la rage. Elle est mauvaise conseillère...

— Vous croyez qu'il mourra ?

— Je crois qu'il peut mourir... et tout est là. Et je vous prie, s'il est à terre, menacé comme l'était Cobham, de faire cesser l'affrontement. J'accourrai et l'adjurerai de demander merci.

Ogier soupira. Si cet appel à la clémence l'avait en partie soulagé, son angoisse demeurait entière. Il n'osa dévisager Russell Chalk de peur de découvrir sur son visage une pitié sincère ou dérisoire, à lui seul adressée.

— Dartford est un ami. Je ferai ce qu'il faut.

— J'ai moins confiance en lui qu'en vous-même !

— Je vous en sais bon gré...

Il ne leur restait plus qu'à se séparer.

— Il te fallait l'occire !

— Non, Étienne. Je crois qu'il a bien fait de lui laisser la vie. Aussi vrai que j'ai nom Guillaume, Cobham, désormais, sera malade et comme enchifrené [1] par ce mauvais souvenir.

Barbeyrac soulagea le Noiraud de sa selle et des ceintures inutiles.

— Heureusement, dit-il à Guillaume, qu'il nous reste les renges à épée [2], sans quoi nous n'aurions rien pour soutenir notre arme. J'ai l'intention, en souvenir et par prudence, de conserver cet habit de fer.

— Moi aussi, dit Ogier. Je ne regrette rien : ce Goddon fut moult secoué. Si mes plaies sont cicatrisées, celles que j'ai faites à son orgueil vont suppurer jusqu'à sa mort.

1. Asservi, dompté, accablé.
2. Baudriers.

Barbeyrac abandonna le Noiraud et s'approcha :

— J'ai observé Édouard. Il était moins courroucé contre son homme lige que contre toi. En châtiant Cobham, tu as attenté à son honneur de roi... Mais pourquoi as-tu épargné cet ignoble ?

Ogier, du menton, désigna Guillaume assis, tête basse, devant le pavillon :

— Pour le préserver, lui. Si Cobham est un juste, il pourra le sauver.

Barbeyrac acquiesça, mais ses lèvres pincées révélèrent son inquiétude. « Dois-je lui confier », se demanda Ogier, « la prière que je viens d'adresser à Russell Chalk ? » Un murmure de la foule changea le cours de ses pensées.

La belle Jeanne et ses suivantes traversaient le champ. Ethelinde les accompagnait — en retrait —, porteuse d'un gros cruchon qui la déhanchait sans pourtant nuire à sa démarche. Sa puînée, toujours aussi maussade, tenait un petit panier dans lequel tintaient des gobelets. La reine et Tancrède soulevaient leur manteau et leur robe à deux mains ; les sœurs de Winslow d'une seule.

Elles allèrent prodiguer de bonnes paroles au vaincu et à Dartford. Ensuite, elles leur versèrent à boire. Quant ce fut fait, en se riant ou non d'incommoder la foule, elles marchèrent vers les Français.

Tancrède et Odile semblaient ouvrir la voie à la reine. Bien qu'elles ne se touchassent pas, il y avait un enlacement, une connivence alanguie dans l'accord doucereux de leurs épaules et de leurs cuisses. De loin, Ethelinde les épiait.

— Boudious ! s'exclama Barbeyrac, je me sens rougir de plaisir.

Ils furent entourés. La reine demanda s'ils avaient soif et ajouta :

— Surtout vous, messire Argouges, après votre appertise[1].

1. Prouesse.

Un imperceptible clin d'œil dont Ogier fut troublé, accompagna cette amabilité.

— Dame, dit-il en s'inclinant, il me plaît de recevoir de vous ce qui paraît une louange désaccordée à mes mérites.

— C'en est une, messire, et nullement outrée. Vous avez grandement contristé deux hommes, et mon attention s'était portée sur vous.

— Vous m'en voyez satisfait. L'essentiel, dans une joute ou un tournoi, n'est-il pas de fournir à la reine et aux dames de sa petite Cour, de la joie, du plaisir et qui sait, quelquefois, de la félicité ?

— Si je dois formuler un regret, messire, c'est que Thomas Holland soit absent d'Ashby. Il vous eût congratulé hors de certaines présences...

Elle était belle, Jeanne de Kent. La beauté sereine et nonchalante d'une déesse inoccupée de tout ce qui n'était pas l'amour. Il y avait en elle du fruit doré, de la fleur qui s'entrouvre, une perfection si complète et si rare qu'Ogier se demanda pourquoi Tancrède n'en paraissait pas subjuguée. Devant cette reine-là, les censeurs les plus noirs devaient rendre les armes. Quant à lui, son esprit, son cœur, ses sens étaient comme ensorcelés. Il ne pouvait qu'admirer ces yeux d'un bleu profond, cette chevelure longue, ténébreuse, riche en reflets, en parfum, tout en se disant que cette femme d'un charme si mélancolique, si insinuant jusque dans la brièveté des sourires et des regards, possédait peut-être une vertu chancelante, mais qui ne s'accordait qu'à une autre beauté. Il comprenait qu'Édouard III se fût épris d'elle — après tant d'autres —, tout en réprouvant la violence d'une passion qui n'eût dû s'exprimer qu'en douceurs, nuances et soupirs.

— Il y a, messire, dans l'assistance, quelques chevaliers de France retenus prisonniers. Ils doivent être fiers de vous... et de vous trois.

— Heureux hommes ! Ne les enchaîne-t-on pas, la

nuit, comme Guillaume de Rechignac et Étienne de Barbeyrac ?

— Il est vain de vous indigner, messire Argouges. D'ailleurs, je ne les connais point, hormis le connétable de Guines, puisqu'il fut capturé à Caen, l'an passé, par mon champion. Disons plutôt qu'il se rendit à lui [1].

— M'amie, intervint Tancrède à mi-voix. Hâtons-nous, le roi s'enfelonne.

Elle avait, elle aussi, un air majestueux, des gestes arrondis comme il seyait d'en faire montre à la Cour. Guillaume en parut indigné.

— Eh bien, quoi ? dit-elle à Odile et Ethelinde indécises. Servez ces chevaliers sans plus tarder.

Quand ce fut fait, elle entraîna Guillaume à l'écart, sous l'œil soupçonneux d'Odile. Pour qu'elle cessât de s'intéresser à cet entretien dont son éviction semblait l'affecter, Ogier s'approcha de la jouvencelle, arrêtant du même coup son aînée qui s'en venait vers lui. Il vit avec satisfaction Barbeyrac l'aborder, lever son gobelet et lui porter la santé.

— Je n'aurais jamais cru, damoiselle Odile, que nous nous retrouverions ainsi... Avez-vous craint pour ma vie ? Pour celle de Cobham ?

— Vous avez fait le généreux.

Lui reprochait-elle d'avoir épargné un malfaisant dont les privautés hantaient sa mémoire ? Elle devait détester ce jour détrempé, cette fraîcheur qui la pénétrait toute et lui faisait une face pâle, juste avivée d'un peu de rouge aux pommettes. Une lippe ôtait de sa bouche cette sérénité qu'il lui avait connue ; elle cillait des paupières, et l'ombre de son chapeau de velours mauve accentuait des cernes émouvants. Lassitude ou chagrin ? Pressentait-elle que celle qu'elle révérait parce qu'elle avait rassasié ses démons n'était passionnée que d'elle-même ?

— Je ne pouvais, Odile, meurtrir Cobham, bien que

1. Voir annexe III.

l'envie m'en ait démangé. Le mépris a supplanté mon aversion.

— Vous avez fait merveille.

— *Quia nominor Leo*... ou *Leones*[1].

Ethelinde s'approcha :

— Vous avez fait merveille, messire Ogier.

Elle aussi. Cependant son visage était clos, verrouillé d'une serrure dont il ignorait la clé. Odile recula, les yeux baissés, la bouche indécise. Se pouvait-il que les deux sœurs, si chaudes, fussent en froid ? Ou bien, s'étaient-elles concertées à l'avance ? L'aînée parut parcourue d'un frisson :

— Aux joutes de Dartford, il y a deux années, Cobham a malmené notre père.

Ethelinde se détourna et sourit de voir Barbeyrac entreprendre Odile. « Pauvre fol ! » se disait-elle. Un de ses cheveux de givre lui chatouilla l'aile du nez ; plutôt que de le remettre en place, elle tira dessus et le fit s'envoler. Elle avait des gants de chevrotin noir chargés de bagues et parfumés. Humant cette odeur de poudre d'aubépine, Ogier se souvint d'en avoir acheté un sachet à Coutances, acquisition qu'il avait longtemps regrettée car Blandine, contrairement à ses espoirs, s'était montrée d'une ingratitude affligeante.

— Donnez donc à boire à messire Argouges... Allons, ma sœur : hâtez-vous. Le roi nous regarde... Messire Ogier n'a pas encore bu !

Tout en voussoyant sa puînée, Ethelinde l'appelait du crochet de l'index. Odile prit un gobelet dans son panier et le lui tendit. Ethelinde l'emplit et l'offrit à Ogier. Ensuite, elle s'en alla vers Barbeyrac en balançant son cruchon.

Le vin n'était que du guinguet, presque du vinaigre. Ogier fut tenté de le recracher. Il s'essuya la bouche avec son gantelet, puis sourit à Jeanne de Kent qui montrait quelque impatience :

1. Parce que je suis un lion... des lions.

— Mes dames, dit-elle avec une sévérité imprévue, il nous faut, sans plus tarder, revenir sur notre banc.

— Qui, dame Ethelinde, a songé à nous porter à boire ?

— Tancrède.

Ce prénom certifiait des familiarités. Ethelinde joua de la prunelle, mais c'était en direction de Barbeyrac, qu'elle rejoignit sur la pointe des pieds pour le subtiliser à sa sœur. Odile, esseulée, revint vers Ogier.

— Il serait temps, dit-elle, que votre cousine abandonne ce vieux chevalier.

— Est-ce l'amour, l'égoïsme ou les deux à la fois qui vous courroucent ?

Quelque enjouée que fût cette question, la jouvencelle eût pu s'en montrer indignée. L'espèce de mélancolie à laquelle elle s'abandonna, plutôt que de répondre, laissa Ogier perplexe.

— Messire Ogier, dit-elle enfin entre ses dents, vous ne comprenez rien aux femmes.

Il ne comptait plus, momentanément ; Odile observait Tancrède occupée, sans doute, à aiguiser chez Guillaume la volonté d'obtenir la victoire. Le vétéran hochait la tête, se détournait vers Dartford, puis contemplait sa fille avec une bienveillance toute neuve, un *amour* sur la signification duquel n'importe qui eût pu se méprendre, surtout Odile :

— Regardez ce vieux paon, messire Argouges !... Pense-t-il la séduire ?

— C'est elle qui séduit et subjugue... Ne le savez-vous pas ?

— Ils reviennent vers nous... Qu'ont-ils bien pu se dire ?

— Si Tancrède y consent, vous le saurez peut-être.

Ogier souriait, maintenant. Il vit sa cousine retenir Guillaume rasséréné par le bras.

— Bien, dit-elle. Nous avons manqué de courage. Maintenant nous savons.

— Ils savent *quoi* ? questionna Odile.

Guillaume se secoua comme un vieux chien mouillé :

— J'occirai ce Dartford.

Il revint vers son neveu tout en se composant un air serein dont celui-ci ne fut pas dupe. Son front marqué de rides exprimait une crainte.

— Je te dirai ce que nous nous sommes dit.

Tancrède passa près d'eux, souriante, tandis qu'Ogier devinait sous le manteau et la robe plissés par un demi-ceint [1] cette chair où toutes sortes de désirs s'étaient abattus.

« L'ingrate ! »

Elle feignait de le connaître à peine alors même que son entretien avec Guillaume aurait dû renforcer les liens de leur parenté. Mais avec Tancrède, pouvait-on jamais être sûr de quoi que ce fût ? Maintenant, elle lui faisait bien sentir qu'elle n'était qu'une *dame* que ses obligations rappelaient près de la reine et des gentilfames, non loin du roi.

— Messire, dit-elle à Guillaume, pensif, la bonne chance vous protégera !

Soudain, à l'instigation de Dartford, furieux de voir Tancrède s'attarder dans le camp français, la foule fit entendre son grondement, ses cris, ses insultes. Une bourrasque apporta des odeurs de chairs mouillées, de linge sale, de boissons à bas prix et de charcuterie. Quelques pierres volèrent. L'une d'elles atteignit la cubitière de Barbeyrac.

— Eh bien, soupira Guillaume, quand nous aurons fini, l'aide de Wilf, de Chalk et des hommes d'armes nous sera nécessaire. Donnez-moi de ce vin.

Il but sans cesser de regarder Tancrède.

— Soyez hardi, fit-elle, et sage en même temps.

La reine et ses compagnes s'en allèrent. Alors, Russell Chalk s'approcha :

1. Ceinture d'orfèvrerie.

— Messires !... Lionel de Dartford et les jouteurs commencent à vous honnir !

— Commencent seulement ? dit Guillaume.

Ses vieilles mains sublimées par l'ardeur de vaincre reçurent le bassinet que Barbeyrac lui tendait. Juste avant qu'il s'en coiffât, Ogier vit, au coin de sa tempe, la grosse veine bleue, taillée en biseau, et qui battait doucement. « Il est quiet : c'est bon signe. » Il aida Barbeyrac à nouer l'aiguillette qui fixait la coiffure au colletin de mailles.

— Une armure, mon oncle, vous eût mieux convenu.

— J'ai fait ainsi toutes mes guerres.

Guillaume chantonna dès qu'il eut relevé sa ventaille. Il ajusta soigneusement le fourreau de son épée à sa ceinture d'armes grossièrement réparée, lissa, de ses paumes, le tabard qui se plissait au-dessous de sa boucle en façon de fer à cheval et, prévenant toute compassion :

— Mieux vaut mourir céans une épée à la main que dans une de leurs geôles.

Si son orgueil de chevalier restait le même, son espérance de survivre à ce combat semblait s'être amenuisée.

— Approche, rokerel [1] !... Approche ! cria Lionel de Dartford, poings levés.

— Laisse ce couard s'égosiller, conseilla Barbeyrac en amenant son cheval à Guillaume.

Le vieux guerrier se mit en selle avec une aisance qui, sans doute, lui coûtait. Il saisit, juste dessus l'agrappe, la lance qu'Ogier lui tendait.

— Une bonne lance fresnine [2], mon...

Ogier s'interrompit bien que la reine et ses suivantes fussent suffisamment éloignées pour ne pas entendre ce *mon oncle* qui lui avait brûlé les lèvres.

1. Expression anglo-normande signifiant *vieillard décrépit*, toussant, craquant.

2. Lance en frêne.

— Et votre écu... Prenez le temps de bien l'assujettir.

Il redoutait que ce jour ne fût le dernier de Guillaume. Il voyait maintenant, autour de l'enceinte, des visages frileux, mais réjouis. En avançant fièrement vers Dartford pour le saluer, puis tourner bride, le seigneur de Rechignac ignorait vers quelle rencontre il allait. S'il n'était pas de ces hommes qui demandaient quartier, Dartford n'était sûrement pas de ceux qui l'accordaient. L'Anglais sentait converger sur lui des centaines de ferveurs ; Guillaume, immobile maintenant à l'extrémité de la lice, n'avait pour seuls encouragements que ceux de deux compagnons de France et celui de sa fille, debout sur l'échafaud des dames, les mains jointes, afin qu'il vît qu'elle priait pour lui. Quant au roi, il riait aux propos d'un évêque.

Guillaume savait ce qu'ils pensaient tous : « Il est vieux ; Dartford vaincra. » Quelque confiant qu'il fût, il devait se sentir seul dans ce pré tavelé de flaques brunes, sous cette lumière verdâtre mouchetée de grains de soleil. Peut-être se signait-il en imagination tandis que Russell Chalk le considérait de la tête aux sabots de son cheval avant de se tourner vers Dartford dont le destrier encensait.

L'attente mettait entre les jouteurs une seconde distance pleine de ténèbres et de férocité. Toute leur vigueur s'y concentrait, mêlée à une abrupte répulsion qui, plutôt que de les éloigner, allait les jeter l'un vers l'autre. Le bassinet qui les couvrait devenait moins une protection qu'un faux visage sous lequel se propageait leur malaise. L'épiderme de fer les rendait sereins alors que, dessous, leur chair n'était que sueur, bave, palpitation et rictus.

— *Laissez-les aller !* hurla le maréchal de lice.

Il eût dut répéter cela deux fois encore.

Ils galopaient. Le silence était tambouriné par huit sabots ferrés, piochant le sol avec frénésie. Les bois levés se couchèrent dans l'étincellement de leur feuille d'acier dont le double craquement sur les écus fut pareil à celui d'un bûcher qui s'enflamme.

Les lances, rompues toutes les deux à la prise, volèrent d'une part et tombèrent de l'autre.

Partout, Ogier vit des gens sautiller de plaisir et des bras s'élever, battre comme des ailes.

Guillaume n'avait pas vaincu son adversaire. Dartford, étourdi par une commotion inattendue, ébahi qu'il l'eût reçue d'un vieillard, revenait vers ses pairs avec force gesticulations et cris de rage. Sous le heurt, le lynx sommant sa tête s'était penché en avant. L'on eût dit qu'il interpellait son maître par-dessus la ventaille relevée.

Les deux jouteurs regagnèrent leur aire.

Guillaume put voir que la reine applaudissait et se demander à l'évidence si son cœur battait pour lui. Tancrède conservait son immobilité, mais ses mains s'étaient disjointes.

« Dois-je lui confier », se demanda Ogier, « que Dartford fut son amant afin d'augmenter son courroux ? »

— Tu l'as merveillée, dit Barbeyrac.

— Crois-tu ?... Passez-moi l'un ou l'autre la dernière lance.

Ce fut Ogier qui la choisit ; il en eût baisé le bois s'il n'avait craint d'être moqué.

— Allons, messires ! hurla le maréchal de lice.

Barbeyrac toucha Ogier de son coude :

— Vive Guillaume. Il a fait endêver ce putain de salaud de fils d'Albion...

— Prenez cet écu neuf qui ne m'a pas servi... Ne voyez-vous pas que le vôtre est crevé ?

Le vétéran baissa la tête autant que le lien unissant son bassinet à son haubergeon le lui permettait.

— Tu as raison. Baille-moi le tien, Ogier. Tu vas voir comment Rechignac...

Il abaissa sa ventaille, empoigna l'énarme du bouclier qu'il assujettit contre sa poitrine.

— La lance, maintenant... J'aimerais la lui passer dans le corps !

Les deux seigneurs se saluèrent avec une courtoisie tellement fausse que leurs lances en frémissaient comme des baliveaux sous le vent.

— *Laissez aller !* cria cette fois Russell Chalk.

Nouveaux galops. Les yeux mi-clos, suant d'angoisse, Ogier vit les bois se coucher simultanément, chercher leur but.

Dartford jaillit des arçons et lâcha son tronçon de lance. Agrippé à la crinière de son cheval, il retomba à faux sur sa selle, évitant de très peu une chute humiliante. Le fer de Guillaume avait traversé son bouclier, faussé sa cubitière.

— Vous n'avez rien ? hurla Ogier en s'approchant à grands pas.

— Holà ! Holà !... Tu cours vers moi comme si tu craignais que ce grand félonneux m'ait navré !... Ne te souviens-tu pas des joutes de Thiviers ?

— Oh ! si... Trente vaincus.

— Trente-deux.

— Votre main !

— Tu saignes, dit Barbeyrac.

— Ma lance s'est rompue sous ma paume... Ce n'est rien : une écharde.

— Il faut te l'enlever.

— Nous aurons tout notre temps quand j'aurai justicié cet homme.

Ogier aida Guillaume à mettre pied à terre.

— Vous n'avez plus d'écu !

— Je vais en demander un à Chalk !

— Non, Étienne. Je saurai m'en passer. Sans rien à mon côté, je serai plus à l'aise.

Guillaume dégaina. En face, bouclier sur le flanc et

l'épée contre la cuirasse, Dartford marchait à la rencontre de son adversaire.

— J'y vais, mes compagnons !

Ogier sentit l'angoisse emmitoufler son cœur. Guillaume repartait à la bataille le dos un peu trop penché, les jambes un peu trop écartées pour conserver son aplomb. Il ne semblait pas qu'il eût souffert, pourtant, des deux chocs contre Dartford. Il n'était plus, en vérité, installé dans sa maturité de chevalier mais enlisé, invinciblement, dans la vieillesse.

— Crois-tu, Étienne, qu'il va...

Ogier n'osait regarder Barbeyrac ; il n'osait regarder Tancrède ; il n'osait regarder son oncle.

Le premier heurt des lames le fit tressaillir comme s'il ne s'y était point attendu. La main de Barbeyrac se posa, fraternelle, sur son épaule.

— Il vaincra s'il tempère son emportement.

La lame de Guillaume s'abattit sur le lynx qui s'envola pour choir entre les pieds du cheval de Russell Chalk. Ébahi par la férocité du Français, le maréchal de lice laissa plus de champ aux combattants, cependant qu'Offrey et ses amis, malgré l'opposition des juges, revenaient s'accouder à la barrière pour y encourager Dartford.

En deux bonds dont Ogier l'eût cru incapable, Guillaume déjoua l'épée de son adversaire, qu'il repoussa vers son camp par la menace et sans fournir le moindre taillant, la moindre estocade. La foule se tut, effarée. Un mort — Brackley — avait suffi pour la mécontenter. Elle n'admettrait pas que deux de ses champions périssent. Sa rancune envers Dartford, qu'elle avait cru vif et entreprenant, s'exaspérait parfois en une sorte d'enrouement percé de sifflets, de hurlades ; puis le claquement des aciers rétablissait l'espèce de silence opaque et frémissant, si pareil à celui des cryptes et des cathédrales.

— Ah ! regretta Barbeyrac, l'on dirait que le vent tourne.

Dartford parvenait à repousser Guillaume. Épée basse, haute, mouvante plus encore dès qu'il sentait ses épaules ou ses bras menacés, le vieillard résistait, obtenait, par des assauts brefs, quelques petites pauses, laissant l'Anglais racler, émousser sa lame contre la sienne, et préparer des coups qu'il savait éventer.

Ogier n'osait se détourner vers les tribunes. Tancrède, attentive, frissonnait-elle autant que lui ? Il serrait les dents, réprimant ses espérances ou son angoisse et soutenant par la pensée son oncle contraint à une longue retraite, cependant qu'un cri s'échappait de cent bouches :

— *Kill him !*

— On dirait, observa Barbeyrac, qu'ils ne veulent pas dire : *« Tue-le ! »* par crainte d'informer Guillaume sur ce qui lui pend au nez !

— Ils me semblent égaux en force et en malice.

L'Anglais et le Français s'espacèrent, s'observèrent et simultanément se rapprochèrent pour s'administrer de violents taillants que Dartford éluda de son seul bouclier. Se contraignant l'un l'autre à une reculade, ils atteignirent la barrière de clôture, et soudain, sur une esquive de Guillaume, Dartford en fendit la main-courante, ce qui, la stupéfaction passée, fit s'ébaudir la plèbe et gronder la noblesse.

Immobile, à vingt pas de l'Anglais, Ogier pouvait entendre les grincements de son harnois obéissant aux pressions des membres. Il reprenait espoir. Guillaume mesurait ses pas, supputait la portée de ses coups. Si Dartford s'était essayé à la vivacité, il eût dominé son antagoniste ; sa prudence semblait l'engoncer plus encore que son armure.

— Ne sois pas angoisseux, Argouges, dit Barbeyrac.

Et dans un hurlement :

— Guillaume !... *Montjoie ! Montjoie ! Saint-Denis !...* Qu'attends-tu pour l'annihiler [1] ?

1. Détruire.

Le vétéran commit sa première faute : il attaqua par coups rapides qui, s'ils inquiétaient Dartford, menaçaient sa propre vigueur : bien qu'il la tînt à deux mains, contrairement à son adversaire dont le bouclier remuait de toutes parts et le protégeait bien, son épée lui pesait. À son poids s'ajoutait celui des quelques quarante mille anneaux de son haubergeon. Peut-être davantage.

Bientôt, sans souci des objurgations de Russell Chalk, l'appelant et le défendant se portèrent des estocades au ventre, hurlant leur haine, attaquant, trouvant un revers, réattaquant. À chaque parade naissait un taillant qui trouvait ou le vide ou une riposte vaine. La foule grondait, poussait sa ferveur pour Dartford en avant, s'écrasait sur la barrière, par spasmes, comme une marée sous le vent. Juchés sur des épaules, des enfants tendaient le cou pour apercevoir quelque chose, tous dominés par cette curiosité qui les avait incités à voir un vieil ours dépecé par des molosses. Et Guillaume n'était-il pas un vieil ours qu'un dogue s'efforçait d'occire ?

Se détournant, écœuré, Ogier vit un homme se jucher sur le toit de la tribune royale et brandir par le milieu un bâton mince, presque aussi haut que lui.

« Shirton et son *long bow* ! »

Dans le ciel, solitaire, Tom battait lentement des ailes.

— Quel preux, ton oncle ! s'écria Barbeyrac.

Un immense *Oh !* venait de jaillir : après que Guillaume, à coups redoublés, en eut martelé la lame, Dartford lâchait son épée. Elle tournilla et chut la prise dans l'herbe, le reste dans la boue.

— Dieu paraît avec lui, dit Ogier, rassuré.

Tenant à deux mains son écu, l'Anglais se prépara aux assauts les plus turbulents et les plus angoissants qui fussent. Privé de son épée, il n'était rien, ou presque. Les manants le huaient, ses compères l'encourageaient ; le roi, debout, était son juge et non plus un compagnon d'armes.

— Dommage, regretta Barbeyrac, que je ne puisse voir son visage. Rapprochons-nous quand même !

Il fit quelques pas en avant. Dartford, lui, reculait avec une lenteur de lynx acculé à sa tanière.

« Qu'attend-il ? » enragea Ogier. « S'il ne le tue maintenant, il est perdu ! »

Pour la première fois de sa vie de guerrier, Guillaume hésitait à occire un homme désarmé ! Il abaissa son arme et souleva sa ventaille.

— Messire, dit-il hautement afin que le roi pût l'entendre, le remords me poursuivrait tout le temps qu'il me reste à vivre si je vous interdisais de reprendre cette arme sur laquelle j'ai posé un pied que je retire. Rempoignez-la, je vous prie.

Craignant quelque traîtrise — un taillant sur la nuque —, Dartford refusa de la main. Offrey vint ramasser l'épée devant Guillaume et l'insulta, l'en menaça même, avant de la lancer à son compère qui la saisit au vol.

Une ovation monta. L'espérance, un moment rabougrie, refleurissait : la racaille saluait le courage d'Offrey.

— Celui-là ! grommela Barbeyrac, il faudra que je le transperce.

— Si ce n'est toi un jour, ce sera moi le lendemain.

Ogier reçut l'approbation de Russell Chalk qui ensuite enjoignit à Dartford :

— Allez, messire, sinon je vais arrêter le combat.

L'Anglais lâcha son écu, l'accusant peut-être d'être responsable d'une faute dont son ennemi devait s'ébaudir. Il remua sa lame et attendit.

Guillaume n'osait s'approcher. Il semblait sonder le contenu de cette armure quasiment neuve et regretter de ne l'avoir pas vidée de sa substance ou, tout au moins, de son sang. La foule bouillait, sautillait, ricanait, se conduisait en femme folle. La regardant avec plus d'acuité que les fois précédentes, Ogier s'aperçut combien elle était chétive, ardente de méchanceté, sans dignité, sans autre fraîcheur que celle, impure, qui ressortissait au « temps de chien » de cette journée d'automne. Hommes, femmes, enfants, il entrevoyait des visages béats d'expectative et de contentement, et les meilleurs, les plus humains qu'il pût trouver, à l'avant de cette tourbe, eh bien, c'étaient ceux des hommes d'armes.

Le combat reprit avec ces taillants assenés de haut en bas, cette application, ces ahans lugubres, ces coups d'allonge rétractés comme les griffes des fauves, ces grognements fluant aux trous des bassinets.

Dartford essaya d'enferrer Guillaume par une estocade à la hanche. Il répliqua par une empainte [1] au colletin qui atteignit la chair : une limace vermeille sinua sur le fer pentu.

Furibond, Dartford voulut en finir. Guillaume concéda deux pas en arrière et lui porta de longs et forts coups de taille sonores, mais qui n'achevaient rien, et dans des lueurs de foudre, les épées multiplièrent les éclairs.

Ogier, qui regrettait que le combat s'éternisât, entendait le soulèvement tumultueux de l'assistance, les exclamations pointues des femmes, les crépitations des mains. Emportés par une ferveur terrible et terrifiante, cent Anglais exigeaient : « *Kill him !* », cent autres reprenaient : « *Kill him !* » et le reste de la multitude proférait en anglais toujours des injures envers ce vieux seigneur qui défendait sa vie.

Car il la défendait, maintenant ! Il sautait, marchait, se baissait, esquivait, oscillait, soutenu par une force toujours formidable, mais Ogier, l'œil brûlant, écarquillé, le sentait envahi d'une peur grandissante.

L'humiliation d'être atteint décuplait la vigueur de Dartford. Ogier vit son oncle essayer un revers qui

1. Attaque.

atteignit l'Anglais à l'épaulière senestre. Dartford riposta par un fendant juste bon à éloigner le danger. Ce fut à cet instant que le sol se cava sous le talon de Guillaume.

Cédant à la première imagination qui lui traversa l'esprit, le vétéran leva son épée, faute énorme dont Dartford profita : la lame de Sheffield ou de Leeds ouvrit les mailles à la hauteur du médiastin et s'y enfonça d'un pouce.

La foule hurla. Guillaume chancela, refusa de tomber, se fendit pour une estocade. Un coup de pied sur un genou le jeta en arrière si fortuitement, de façon si malencontreuse qu'il lâcha son épée.

— Merdaille ! grommela Barbeyrac.

Guillaume roula dans l'herbe et s'agenouilla. Un second coup de pied dans son bassinet le renversa loin de son arme.

Une éruption de rires salua la prouesse de Dartford. L'Anglais souleva sa ventaille et regarda d'un air terrifiant cet homme qui ne se tenait pas pour vaincu et dont le sang pourprait le tabard déchiré.

— Tu ne fais plus le fier et l'homme généreux !

Dartford se rigolait de façon nette, cruellement éloquente. Plutôt que d'entraîner la foule, sa gaieté parut la condamner au silence.

« Va-t-il le faire ? »

Ogier n'osait regarder ni Barbeyrac ni Tancrède. Le maréchal de lice interpella Dartford en français, afin que sa loyauté ne souffrît d'aucune équivoque.

— J'espère, messire, pour votre honneur, que votre mémoire est bonne !

Et pour être entendu de tous, surtout du roi :

— *Remember ! Remember !*

Il n'existait pas une personne, autour et dans le champ, qui ne pensât autre chose que : « *Va-t-il le faire ?* » Des hommes et des femmes se délectaient sûrement à l'idée que Dartford meurtrirait le Français ; d'autres sentaient l'horreur imprégner leur angoisse.

Enfin, des jouvenceaux se détournaient : la vérité n'était acceptable ni pour leurs yeux ni pour leur cœur. L'éblouissement d'une victoire pourtant imparfaite semblait amasser des ténèbres autour de l'Anglais ; ce n'était, en vérité, que le passage d'un gros nuage dont la suite saupoudrait Ashby.

— Nous ne pouvons intervenir ! enragea Barbeyrac.

— Ce serait mourir alors qu'il nous faudra le venger !

Ogier se détourna vers sa cousine. Une expectative sans doute affreuse la figeait, debout, parmi trente ou quarante femmes assises dont peu compatissaient au sort d'un ennemi.

— Il le fera ! gronda Barbeyrac.

— J'en ai peur.

Rien d'autre ne subsistait pour Ogier que ce vieillard atterré, cherchant à se mettre debout — « *comme moi à Sangatte* » —, et cet Anglais sans mémoire, incliné vers l'invisible visage de son *challenger*. Il piqua de l'estoc le cou de Guillaume afin de lui signifier que, contrairement à lui, sa conscience était nette et sans miséricorde.

— Ce salaud prend son temps !... Qu'il pardonne ou finisse !

— Les linfars [1] comme lui sont toujours sans pitié.

Une femme hurla, puis un homme ; puis dix ; mais Dartford était gavé d'allégresse, gorgé de haine, bourré d'orgueil. Afin que son trépas fût lent et difficile, il planta de tout son poids vingt pouces d'acier dans le ventre du vaincu.

Guillaume ne cria ni ne bougea.

Ogier croyait avoir tout vu, tout enduré. Or, il s'était mépris : Dartford, l'épée levée au-dessus de sa tête, se mit soudain à sautiller, à sauter par-dessus le corps de sa victime et à toupiner pour qu'on le vît bien. Le sang

1. Homme particulièrement méchant.

de Guillaume poissait son gantelet senestre et gluait tout au long de son brassard de fer.

De la foule dégrisée, un « Oh ! » de stupeur s'exhala, que l'insensé prit pour une ovation. Le tumulte grandit, s'exaspéra : l'esprit d'équité se réveillait dans cette populace abrutie par le culte de ses divinités chevaleresques. Il ne restait au vainqueur qu'un rite à accomplir : il fit quelques pas en direction du roi. Il lui fallait son approbation et son sourire. Il n'obtint ni l'un ni l'autre : les oreilles pleines des imprécations de son peuple, Édouard III, ostensiblement, se détourna vers un adolescent dans lequel Ogier reconnut le prince de Galles.

Remettant vivement son épée au fourreau, Dartford alla quêter l'assentiment des dames. Démarche inutile. Aucune ne parut voir sa révérence, mais la reine cracha et lui montra le poing. Tancrède en fit autant, imitée par Odile.

— Va-t-il se desheaumer enfin qu'on voie sa tête ?

— Que la lèpre du remords lui ronge le cœur, et qu'il...

Ogier s'interrompit. Quelque chose bourdonnait et chuintait dans l'air. Il en reconnut la nature.

Dartford hurla et s'écroula, doublement atteint par des sagettes dont les dardillons, pénétrant par la *vue* de sa ventaille, l'avaient éborgné, décervelé, pour ensuite perforer le crâne et traverser le fer qui le protégeait.

— Le soir de l'arrosoir, j'avais cru un tel coup impossible. Il l'avait réussi quatre fois devant moi avant que nous arrivions à Ashby. Où est-il ?

Shirton n'était plus juché sur son perchoir et Tom fuyait à tire-d'aile.

— Que disais-tu ? demanda Barbeyrac.

— Plus tard ! dit Ogier.

Il courut jusqu'à son oncle, Barbeyrac sur ses talons. Les cris, les remous et les huées suscités par la mort de Dartford ne les concernaient plus.

Ogier s'agenouilla et décoiffa Guillaume.

Le vétéran vivait encore.

— Mon oncle !

Ogier n'osait trop considérer ce visage blafard dont les traits révélaient, outre la résignation qu'il s'était attendu à y trouver, le dédain et non le regret de cette existence à laquelle il devait plus de déceptions, de coups et navrures, que de bonheur. Ses paupières baissées sur un reploiement profond des actes, qui, face à Dartford, l'avaient irrémédiablement condamné, se soulevèrent. Il découvrit aussi Barbeyrac et sourit :

— Ta déconvenue dépasse la mienne !

— Tu aurais dû l'occire quand tu en avais l'occasion !

— Je savais que je ne reverrais plus ma chevance [1]... Il te faudra t'y rendre, mon neveu... Tu leur diras... Au besoin, s'il le faut, tu régneras sur eux... Tu y emmèneras ma fille...

— J'irai à Rechignac, mon oncle... *Nous irons*... Dartford est mort. Shirton a fait justice : deux sagettes... Une dans chaque œillère du bassinet...

— Impossible... Tu veux me rassurer...

Enrageant contre cette incrédulité dernière, Ogier, avec l'aide de Barbeyrac, souleva Guillaume par les épaules :

— Tenez, regardez : on l'emporte hors du champ.

— Reposez-moi. Ce démon pouvait me percer le cœur. En me donnant ce coup d'estoc au ventre, il savait que la mort me prendrait lentement.

Une fanfare annonça le commencement des joutes.

Le premier participant apparut, le timbre surmonté de proboscides roses [2]. Sur le devant des échafauds et des barrières, la gent féminine se montra aussitôt avec des mines affectées, des mouvements et roucoulades.

1. Le château et les terres : la propriété.

2. Trompes d'éléphants employées comme meubles de l'écu. On les assemblait par paires, tordues en forme de lyre, sur le dessus du heaume.

Le chevalier tourna autant qu'il le pouvait son heaume déclos vers ces viviers de jolies filles qui lui envoyaient des baisers assortis de poignées de fleurs. D'autres compétiteurs surgirent et durent se sentir la tête enflammée par les cris et la frénésie que provoquait leur passage. Certaines dames, après un « *Je t'aime* » ou un « *I love* », réprimaient leur audace derrière leur gant, tandis que leur regard et leurs joues empourprées dénonçaient une concupiscence à laquelle, parfois, un gantelet répondait. Le brouhaha grandissait ; la lice s'emplissait. Il y avait dans les ovations, les cris et quelquefois les paillardises d'une insensée, des relents de lupanar, mais ni ces mâles ni ces femelles n'en devinaient la flaireur : les promesses de joutes futures, libidineuses à souhait, suivies, comme il se devait, des voluptés du nonchaloir, requéraient leur seule attention.

— Il vous faudra partir cette nuit. Exigez un sauf-conduit car ces Goddons sont d'une fausseté immonde.

— Nous l'exigerons, mon oncle.

Le ciel gronda ; un éclair en jaillit ; sa réverbération presque aveuglante révéla, sous l'herbe rouge, aplatie, une flaque de sang qui se teintait d'eau sale.

— Emmenez ma fille.

— Elle vient vers vous, mon oncle.

Odile et Jeanne de Kent accompagnaient Tancrède et, délaissant les exhibitions des chevaliers dont la venue, sur le terrain, semblait loin d'être achevée, tous les yeux se tournaient vers ces trois outrageuses avec un mouvement, un étonnement, une réprobation unanimes.

— Elles sont folles, dit Barbeyrac. C'est un défi au roi, à la cérémonie.

Tancrède avait un pas d'avance sur ses compagnes.

— Si elle pouvait courir, mon oncle, elle l'oserait...

Ses cheveux dénoués flottaient sur ses épaules, sur ses joues, parfois sur son nez. Sans doute regrettait-elle le temps où elle les portait courts afin qu'ils ne lui fussent une gêne lors de ses chevauchées sur Roxelane.

— La voilà, dit Barbeyrac.

Guillaume serra les dents, se composant un visage sans regret ni souffrance, et Tancrède, avant même de l'avoir atteint, demanda :

— Peut-on le soigner ?

Barbeyrac fit non de la tête tandis que les paupières du vétéran se fermaient sur une larme si petite qu'Ogier seul crut l'apercevoir.

— Dartford est mort ! Qu'il pourrisse !

Les deux compagnes de Tancrède, bien qu'anglaises, approuvèrent. Elle reprit avec un sifflement de haine :

— Au premier coup, le maréchal de lice aurait dû bouter ce démon hors du champ... C'est de la complaisance et non de la justice !

Ogier n'osait trop exprimer sa détresse. Il ne savait que deux choses : Guillaume se mourait et il était incapable, bien qu'il eût cru connaître, jusque-là, toutes les variations des sentiments de Tancrède, d'évaluer son degré d'affliction. Une expression de volonté, d'austère simplicité, d'impassibilité fermait, des sourcils au menton, la figure de sa cousine. Jamais il n'avait mieux senti qu'en ce funèbre événement l'empreinte d'une discipline qui mesurait, retenait, concentrait tous ses émois. Cependant, quand son regard tomba de haut sur le blessé, sa fermeté se mitigea d'un air de dévotion qui échappait à sa gouverne. Retroussant sa robe sans souci que l'on vît sa cuisse, elle fléchit le genou, prit la main de Guillaume :

— Dites-moi, Père, vos volontés.

— Reviens en Périgord.

Tancrède leva son regard vers Ogier. Qu'attendait-elle ? Elle n'avait pas besoin de son assentiment !

— J'y reviendrai.

— Avec Ogier.

— Avec Ogier, Père.

— Renie tous tes amis et toutes tes amies.

D'un clin d'œil, Tancrède rassura Odile et Jeanne de Kent.

— Je vous en fais promesse.

— Marie-toi, aie des enfants : que notre sang se continue.

— J'obéirai, Père, n'ayez crainte.

Ogier regretta de ne voir que la chevelure de Tancrède. Sous la chair lisse et blême de son visage, des grimaces, sans doute, s'ébauchaient. Barbeyrac troubla cet ultime entretien :

— Que viennent-ils faire ? Bon sang, ils vont goûter de cet acier !

Il avait dégainé son épée. Son regard et son geste immobilisèrent Offrey et ses deux compagnons.

— Arrière, messires ! J'en ai occis un ; je puis continuer ! Vous êtes trois : pour moi, c'est un bon compte !

L'outrecuidant Offrey s'approcha seul et, de sa paume, repoussa l'épée pointée sur son ventre.

— Tout doux, messire !... Je conçois votre courroux. Mes compères et moi réprouvons la félonie de Dartford. Sa mort ne nous consterne pas... Voilà ce que nous voulions vous dire, et...

— Et quoi ?

— Insister auprès de ces trois dames pour qu'elles reviennent sur leur banc. Le roi est mécontent.

— J'en ferai mon affaire, dit en souriant la reine. Mais à ce que je vois, messires, vous semblez renoncer à fournir une course ?

— Nous avons jouté à Londres, dit Offrey en se rengorgeant. Pour ma part, j'ai couru trente lances... Mon corps est toujours bleu des coups que j'ai reçus... Je vous le montrerai si vous le voulez voir.

La belle Jeanne échangea un sourire de connivence avec Odile.

— Je n'y tiens pas, messire. Toutefois votre invitation m'a touchée... si j'ose dire.

Offrey partit, le pas vif, la démarche furieuse. La

reine tourna vers Barbeyrac un regard signifiant qu'elle eût bien vu ses contusions s'il en avait. Il rengaina son épée, s'approcha d'elle. Les musiciens jouaient toujours et les jouteurs continuaient leur tour de lice. Quand le silence vint, des noms éclatèrent dans la rumeur populacière, lancés par les hérauts et quelques assesseurs aux quatre coins du champ :

— *Gauthier de Masny, John de l'Île, Hugo Courtenay... John Gray*[1]...

Guillaume entrait lentement dans la mort. Du sang et des caillots ruisselaient sur son tabard, ses mailles, et Tancrède considérait alternativement ce visage au teint soudain hâve, et cette bouillie rouge — les rigoles du médiastin et du ventre s'étant rejointes.

— Ogier... ma fille... Faites-moi bouillir... Enterrez mes chairs sous quelque chêne... Toi, Ogier, enfardelle[2] mes os et quand vous partirez, ramenez-moi en France... Si vous le pouvez, ensépulturez-moi à Rechignac, dans la cour, près de ceux qui combattirent Knolles...

— Je le ferai, Père. Ogier m'aidera.

Russell Chalk, qui s'était reculé jusqu'à eux, pouvait-il les entendre ? Il semblait attentif à tout ce qui ressortissait à ses devoirs. Rien d'autre. Par intervalles irréguliers, les hérauts poursuivaient leur claire litanie :

— *Philip de Spencer, Roger de Beauchamp...*

Le vent semblait plus dru ; les bannières et les pennons palpitaient comme des claquettes. Sous le ciel plombé, sulfureux par endroits, les armures perdaient peu à peu leur brillance. Avant la frénésie des courses à toute bride, une lente mollesse émanait de ces préparatifs auxquels, suprême manquement à leurs obligations, la reine et ses compagnes n'assistaient pas.

Soudain, Guillaume se ravisa :

1. Voir Annexe II.
2. Enfardeler : mettre en fardelle (paquet).

— Ensevelissez-moi auprès de Blanquefort... Vous savez où Hugues repose...

— Oui, mon oncle.

Au nom de Blanquefort, Tancrède avait tressailli, mais ce frémissement, visible sur sa main, Guillaume ne l'avait pas perçu. Elle était belle ainsi, Tancrède, avec son air de tendresse et de pitié pour deux hommes et, finalement peut-être, deux pères. Un fait troublant ébahissait Ogier : Guillaume, sans l'avouer, refusait de partager la tombe de sa femme.

— Blanquefort m'a trahi une fois.

Il regarda Tancrède puis, péniblement, ses yeux cherchèrent ceux de son neveu.

— Nous le savions, mon oncle. Hugues s'en est repenti à moi sous les murs de Rechignac quand il fut près de mourir... Dieu lui a pardonné...

— Dieu lui a pardonné, insista Tancrède.

Guillaume eut un sourire :

— Comme moi... Ogier, Ogier, ce que tu ignorais et ce que je lui ai dit (les yeux du blessé, voilés maintenant, cherchèrent sa fille), c'est qu'au retour de Thiviers, alors... alors qu'Hugues venait de quitter son lit, Guibourc m'y a reçu... Je l'ai forniquée... Alors qui peut savoir ?

« Ce que je sais maintenant », songea Ogier, « c'est que ton épouse, mon oncle, était plus chaude que je ne le croyais... J'en avais fait une espèce de sainte... Quel sot j'étais ! »

Guillaume abaissa ses paupières humides et remua la tête dans un pénible effort d'élocution, mais tous les mots s'évaporaient sur ses lèvres. Une bave rose en sortit et mouilla son menton ; sa respiration s'enroua tandis que ses narines se pinçaient.

Sans souci pour sa robe, Jeanne de Kent fit une génuflexion, mettant ainsi au jour, du genou découvert à la pointe de son soulier, une jambe rose sous la clarté blafarde d'un long jupon transparent.

— Messire, en vous voyant j'ai cru voir un archange.

Sa commisération, l'enflure de la comparaison mais aussi la sincérité du compliment tirèrent un sourire à Guillaume. Il offrit à Jeanne sa main libre tandis que, touchée par cette fin honorable et paisible, Odile exprimait sa compassion dans un balbutiement presque enfantin :

— Notre reine a raison, messire : vous êtes un preux.

Avec une promptitude qui surprit Ogier, Tancrède, Barbeyrac et Jeanne de Kent, la jouvencelle tira de dessous son manteau la dernière rose de parchemin qu'elle y avait protégée. Elle la posa sur le cœur du vieillard.

Au milieu du champ, d'une voix dure, exprimant une contrariété due à l'absentement de la reine et de ses compagnes, Russell Chalk publiait les conditions d'admission des jouteurs :

— *... et seront exclus par la Loi, celui qui fera quelque chose contre la foi ; celui qui aura fait quelque chose contre la Césare Majesté ; celui qui aura trahi son seigneur, ou, sans cause icelui délaissé, fuyant une bataille : tué ou meurtri ses compagnons ; celui qui aura outragé fille ou femme, de fait ou de paroles...*

Guillaume, d'un pénible coup de reins, essaya de trouver une posture moins cruelle. Il ne fit qu'empirer sa souffrance. Il regarda le ciel de ses yeux presque éteints, recracha un peu de fiel rosâtre ; lutta contre le désespoir de mourir non seulement sur une terre ennemie, mais lors d'une de ces fêtes d'armes où il avait tant accompli de prouesses. L'effet croissant de la paralysie qui se répandait dans ses membres et qu'il s'efforçait en vain de réprimer, lui tira un râle tandis que seul, cette fois, Offrey retraversait la lice :

— Dames, pardonnez-moi !... Notre sire vous réclame. Est-il mort ?

Puis, s'apercevant de sa bévue :

— *Sorry !*

Il s'en alla, croisant un évêque frileusement serré

entre deux clercs aux mines acariâtres dont l'un serrait un saint livre sous son aisselle. Bien qu'il s'aidât de sa crosse, le prélat n'eût pas piété plus mal sur un chemin glacé. Pour complaire au roi et satisfaire les chevaliers et la foule, il venait s'assurer du trépas du Franklin. Il déchanta de voir un vieillard, assisté du respect de trois grâces, essayer de se composer une belle mort.

— Messire, vous avez coutume de ces liesses : veuillez, je vous prie, lâcher ces mains...

Il regardait l'agonisant droit dans les yeux ; il vit, ensuite, le sang qui suintait des mailles ; un sang noir, désormais, mêlé à de puantes matières.

— Mon fils, Dieu vous a vu... Par ma présence Il va vous tenir compagnie.

Guillaume, d'un sourire, interrompit l'homme crossé, mitré, au visage suant d'une fureur indigne.

— Dieu, dit-il faiblement, je le verrai bientôt... Ai-je, de votre part, quelque chose à Lui dire ?

Il y eut sur les traits gras et lourds du prélat un tel air de tristesse et de résignation que l'un de ses servants, le plus sinistre, enjoignit aux jeunes femmes de guerpir sans plus tarder. Disant cela, il regardait réprobativement les genoux de Jeanne de Kent et de Tancrède.

— Allons, allons, dames : obéissez !... Les colères de notre sire Édouard sont rares mais terribles... Gardez-vous d'enfreindre ainsi les convenances !

Tourné vers les tribunes, il fit un geste d'impuissance, tandis que son compère en soulevant sa bure avec des façons de femme effarouchée, déposait son gros livre auprès de Guillaume.

Tancrède ne disait mot. Elle était pâle. Avec un mépris qui dévoilait, au lieu des vertus apostoliques, un caractère sans pitié ni miséricorde, l'évêque saisit la jeune femme à l'épaule. Ogier vit son gant violet, orné d'une bague aussi grosse qu'un œuf de loriot, se crisper sur la chair avec l'évidente volonté de faire mal.

— Lâchez-moi, intima Tancrède.

La main se rétracta, mais l'évêque insista :

— Ma fille !... Il n'existe aucune panchreste pour *cela*, ou, si vous préférez, aucune panacée...

Ogier vit brusquement se lever sa cousine. Elle désarma l'évêque et, posant le fer de son bâton pastoral sur le cœur de Guillaume :

— Faut-il que je l'achève avec cet arestuel [1] ? Voulez-vous le faire à ma place ?

Dans le silence qui suivit cette algarade, Ogier entendit la litanie de Russell Chalk :

— *Celui qui rompra le plus de lances selon les règles remportera le prix... Celui qui touchera trois fois le carnet* [2] *du heaume aura le prix... Celui qui rencontrera deux fois* cournall to cournall [3] *aura le prix... Celui qui, d'un coup de lance, jettera un champion à terre aura le prix...*

— Venez, dit l'évêque à ses coadjuteurs... Point de bénédiction ni d'oraison *ad usum... Consummatum est* [4].

— Les infâmes ! dit Tancrède.

— Les affreux ! grommela Ogier.

Guillaume ouvrit la bouche ; une gorgée d'écume en sortit, qui englua sa barbe. Ses doigts serrèrent ces belles mains de femmes dont la possession précaire le plongeait certainement dans une ultime fureur.

— Périr ainsi !

— Eh oui, mon noble ami !... soupira Barbeyrac, incapable d'affermir sa voix. Mieux vaut périr ainsi qu'au tréfonds d'une geôle... Tu as fourni à un roi une leçon de courage...

Un vertige troubla la pensée de Guillaume. Il secoua la tête et ne répondit pas. Tancrède se pencha. Trop

1. Comme dans les armes d'hast, la crosse comportait, à son extrémité, une douille de fer pointue.

2. La ventaille, la visière.

3. Le *rochet* : fer de lance de joute divisé en 3 ou 4 pointes émoussées.

4. *Selon la coutume... Tout est consommé.*

fière pour baiser ce front suant, elle y posa sa dextre et des sanglots la secouèrent tandis qu'elle regardait Odile et Jeanne de Kent avec une expression si terriblement singulière, composée de remords, d'amour et d'impuissance, qu'Ogier en fut apitoyé. Jamais il ne l'avait vue dans un tel état d'affliction, de faiblesse, de soumission aux décrets du destin. Elle avait tout commis, tout éprouvé, au rebours des autres gens. Dans la pire des épreuves, elle finissait par leur ressembler.

Un coup de vent ouvrit et feuilleta le livre abandonné par les hommes de Dieu. Jeanne de Kent le ramassa et le jeta presque aussitôt :

— Ils se riaient de nous !... Un *Dormi Secure*[1] !

—... *si un homme est réputé assez vaillant pour être demeuré le plus longtemps en lice et avoir couru la plus longue course, et s'être tenu de la plus noble façon avec sa lance, il aura le prix... Celui qui frappe la barrière trois fois n'aura aucune récompense...*

Guillaume remua encore sans pouvoir dire un mot, et deux larmes perlèrent à la racine de son nez, en réponse à celles que Tancrède versait sans plus de retenue. Les musiciens jouèrent à pleins cuivres, brièvement. Le silence, ensuite, fut brouillé par le remuement des gens, des chevaux, des bannières clapotantes et, devant Ogier, par l'ultime plainte de Guillaume.

— Il ne bouge plus, dit Odile. Ses yeux se sont éteints.

— Dieu nous l'a pris, dit Barbeyrac.

Ogier sentit son cœur broyé par cette chose incroyable et terrifiante : Guillaume changé en gisant. Jeanne de Kent s'était levée avec un petit cri de douleur et d'effroi, comme si cette main qui reposait sur l'herbe avait pincé la sienne avant de la lâcher. Elle pleura, appuyée contre Odile, la tête penchée, les lèvres enfouies dans l'écume des cheveux noirs. Barbeyrac

1. *Dors tranquille* : recueil de sermons tout prêts à l'usage des prédicateurs, publié en Angleterre au XIVe siècle.

les rejoignit et de ses bras enveloppa leurs épaules sans voir la grimace de la damoiselle de Winslow ni l'inquiétude de Jeanne de Kent qui sans doute songeait au courroux d'Édouard III.

— Cousin...

Ogier reçut Tancrède éplorée contre lui, si étroitement serrée qu'il en devinait les formes. Leurs cœurs, pour une fois, mêlaient leurs battements. Tandis qu'il tapotait le dos de sa cousine en murmurant : « Sois forte, sois digne de *lui* », il entrevit le regard d'Odile, embrasé de jalousie. Ces consolations, c'était elle qui voulait les prodiguer. Il sentit sur sa joue le tison de cette haine qu'il avait crue éteinte.

— Partons, décida-t-elle. Le roi, debout, nous observe. Les chevaliers vont aller s'incliner devant lui, mais avant, il leur faut faire hommage à la reine ! Je vous en conjure, messire Ogier, lâchez Tancrède... Il nous faut regagner nos places... N'est-ce pas, dame ?... N'est-ce pas ?

— Oui, dit Jeanne de Kent avec une sorte d'abdication et de langueur qu'Odile réprouva. Partons, Tancrède... Allons, m'amie, venez... Ces deux hommes vont faire ce qu'il faut... Vous me raconterez les choses que j'ignore...

Partir, c'était sagesse.

— Va, dit Ogier. Nous nous reverrons bientôt.

Prompte, hargneuse, Odile essaya de dénouer l'étreinte de Tancrède :

— Voyez le roi aux échafauds... Nous avons trop abusé de sa patience. Voyez ! Ethelinde nous fait de grands signes.

Une larme tomba sur le poignet d'Ogier, chaude comme le corps de Tancrède, acide, sûrement, comme son caractère. Seul, il l'eût aspirée.

— Va, dit-il.

Séparés maintenant et comme misérables, ils regardèrent, à leurs pieds, cet homme rigide qu'elle avait méconnu par plaisir et fait souventefois enrager indûment.

— Va, Tancrède, répéta Ogier.

Elle murmura contre son oreille mutilée :

— Partez tous deux cette nuit si le roi vous refuse vos sauf-conduits.

Jeanne de Kent s'était approchée.

— C'est moi, dit-elle, qui vous les obtiendrai. Venez ce soir au château.

— Dieu te garde, cousin, et vous aussi, messire.

— Dieu te garde, cousine. Je ferai...

Un baiser violent interrompit Ogier.

— Tancrède, sois prudente !

Ah ! pourquoi devait-elle partir ? Pourquoi ne pouvait-il lui crier : « Reste ! » Elle s'arracha à lui, à sa compassion, et s'éloigna en hâte, sans se retourner, comme si, déjà, elle se repentait d'avoir tant faibli tandis qu'il sentait sur ses lèvres le goût de fleur qu'elle y avait laissé.

Alors, il croisa les bras, défaillant de pitié, de tristesse pour cet homme, cet oncle qui gisait là. Il le contempla tandis qu'éclatait une nouvelle sonnerie de trompettes, le cœur, les yeux emplis de cette lugubre certitude qui rapetissait tout le reste : Guillaume, son parent, baron de Rechignac, était mort.

Barbeyrac essuya une larme importune :

— C'est vrai qu'il était un preux... Mais regarde !... Ne serait-ce pas l'homme que tu attends ?

Un chevalier venait d'apparaître dans la lice. Le dernier, assurément. Son heaume enjolivé d'un lambrequin vermeil supportait au sommet une tête de veau. Trois autres figuraient sur son écu, de part et d'autre d'une fasce de gueules, sur fond d'argent. Il était immense et montait un cheval blanc géant. Des boutreaux de cuir noir [1] crépitaient sur sa croupe.

1. On nommait *bourreau* dans les anciens harnais chacune des courroies ou chasse-mouches retombant de l'avaloire ou de la croupière.

Il se précipita devant le roi, salua ; devant la reine, salua et galopa vers le pavillon des Français :

— Ogier !

— Hugues !... Tu savais que j'étais ici ?

Calveley se desheauma et laissa le vent éponger sa tête rousse.

— J'arrive... retenu par une mince affaire... Un archer qui, ma foi, me semblait fuir Ashby, m'interpelle et me crie : « *Messire Ogier vous cherche !* » Je l'emmène sous mon tref et pendant que je m'adoubais, il me raconte tout. Ne crains rien : il est en sûreté...

— Je t'en sais bon gré... Mais vois...

— Je sais, je sais... Allez dans ma tente avec ton compagnon... Emmenez ces chevaux, conservez votre armure...

— Mon oncle...

— Emmenez-le, veillez-le... Je fournis mes courses et je vous retrouve !

Ogier et Barbeyrac échangèrent un regard.

— Il en sera fait ainsi, répondirent-ils ensemble.

# ANNEXES

## [illegible]

[illegible]

[illegible]

[illegible]

[illegible]

ANNEXE I

# ÉDOUARD III ET LES FEMMES

## *Deux héroïnes de la guerre de Cent Ans*

### CATHERINE DE SALISBURY — JEANNE DE KENT

Tous ceux qui, en-deçà des batailles, s'intéressent à la guerre de Cent Ans, ont pu constater que le premier quart du conflit entre la France et l'Angleterre avait été marqué, sur la Grande Île, par l'apparition et les aventures de deux créatures d'une beauté singulière : Jeanne de Kent et Catherine de Salisbury. Il est malaisé, tellement leurs vies s'entrecroisèrent, de leur consacrer une biographie séparée. Outre qu'elles furent aimées farouchement et différemment par le roi Édouard III, elles fréquentèrent les mêmes familles, connurent des honneurs quasiment semblables et achevèrent leur existence assez lamentablement.

Il faut de la persévérance pour démêler les situations où figurent ces deux « gentilfames ». Elles atteignent le faîte de l'embrouillamini quand il est question du château de Wark où elles séjournèrent toutes deux à des époques différentes mais peut-être, parfois, ensemble. Comme toujours — et sans qu'Auguste Maquet, son aide, en fût cause —, Alexandre Dumas y perdit le fil de l'Histoire : sa *Comtesse de Salisbury*, publiée en feuilleton dès le 25 septembre 1838 dans *Le Moniteur*, n'est qu'un monceau d'erreurs où figurent çà et là de pauvres vérités. Il a souvent confondu les deux Salisbury, parfois Jeanne et Catherine, et transformé le viol manifeste de cette dernière en fatal abandon avec toutes les conséquences romanesques inhérentes à cette menterie. On lui pardonne un peu trop aisément les libertés qu'il prit avec la Vérité. Il est vrai, toutefois, que sans posséder son allant et ses nègres — appelés maintenant documentalistes ! —, certains auteurs de romans historiques font actuellement pire !

Jean le Bel, Froissart, l'auteur anonyme de la *Chronique des Quatre premiers Valois* et les chroniqueurs anglais se sont peu ou prou intéressés au sort de Jeanne, de Catherine, de leurs époux, de leurs amants. Pour clarifier cette double histoire, il est préférable d'adopter, au détriment des préséances, l'ordre chronologique, donc de brosser le portrait physique et moral de Catherine après avoir présenté le roi d'Angleterre, non point en souverain, mais en époux.

## UN HOMME À FEMMES

Il n'y eut sans doute aucun coup de foudre entre Édouard III, né le 13 novembre 1312 à Windsor, et Philippe (ou Philippa) de Hainaut. Il attendit d'être couronné (1er février 1327) après la déposition de son père et épousa la jouvencelle soit le 27, soit le 31 janvier 1328. Elle était âgée de 14 ans. C'était la fille de Guillaume, comte de Hainaut, de Hollande et de Zélande, et de Jeanne de Valois. Aussitôt, Édouard lui fit des enfants. Elle en eut 13 (8 fils et 5 filles). Ses grossesses l'enlaidirent ; son époux s'occupa des tendrons de la Cour, y compris de ses chambrières.

La première *gentilfame* qui le fascina vraiment fut la comtesse de Salisbury. Mais avant que de parler d'elle, il convient de fournir quelques précisions sur son mari.

William (Guillaume) de Montagute (ou Montacute, Montagud, Montaigu), *l'Ancien* ou *l'Aîné*, tenait ses biens de Drogo de Montagute, compagnon de Guillaume, le Bâtard de Normandie, et de Robert comte de Mortain. Les Montagu étaient issus de Ansgerus de Montagud (Anger de Montagu) présent à Hastings, seigneur de Dreu-de-Montaigu-les-Bois (canton de Gavray). Guillaume était né en 1301, donc plus âgé que le roi qu'il avait protégé contre sa mère, Isabelle de France, et son amant : Roger de Mortimer. Il trama le complot de ceux qui arrêtèrent le favori à Nottingham (19 octobre 1330). Le roi reconnaissant lui offrit, dans la quatrième année de son règne, les biens du manoir de Wark (Werk) sur la Tweed et, trois ans plus tard, le château du même nom érigé près de la frontière d'Écosse, en protection du royaume d'Angleterre[1].

« *Le roi le fit comte de Salebry et le maria moult hautement et noblement.* »

Froissart prétend que ce fut en 1332-1333 ; ces épousailles eurent lieu le 16 mars 1337, selon certains chroniqueurs.

Or, Montaigu fut marié dès 1327. Froissart relate qu'il reçut en cadeau de noces le solide château fort et la comté de Salebrin (Salisbury), mais il n'existait pas de comté et de château de ce nom sur cette partie de la frontière d'Écosse. Selon Barnes, un de ses tout premiers commentateurs, Froissart aurait commis une erreur grossière. Salisbury est au nord de Southampton. Notons au passage que le titre de comte de Salisbury avait appartenu d'abord aux Longuespée (ou Lungespée) : Guillaume le Long, fils naturel de Henry III, le tenait d'Elsa, comtesse de Salisbury, qu'il avait épousée en 1198.

Montaigu succéda à son père en 1319 et fut armé chevalier en 1325 (ce qui semble trop tardif). Jean le Bel prétend qu'il perdit un œil dans un tournoi avant 1333. C'était un guerrier et un fin diplomate. Après s'être illustré contre les Écossais, particulièrement en 1333, il fut chargé de multiples missions en Flandre, en 1337, pour rallier à l'Angleterre les villes de Gand, Bruges, Ypres. Il parvint à sceller ces alliances (15 avril, 12 et 24 mai). Ce fut à cette occasion qu'il fut créé comte de Salisbury. Le 13 novembre 1339, il négocia le mariage entre la fille d'Édouard III, Isabelle, et le comte de Flandre.

## CAPTIF AU CHÂTELET

Après l'affaire de Buironfosse où ni Philippe de Valois ni Édouard III ne prirent l'initiative de se livrer bataille (septembre 1339) et alors qu'il avait pour mission d'assiéger Lille avec les Flamands, Guillaume de Montaigu brûla Armentières, mit à mal Le Quesnoy et fut capturé en même

1. Lire à ce sujet les remarquables et récents ouvrages de Jean le Melletier : *De la Manche vers l'Angleterre au temps de la Conquête* (Office départemental d'Action culturelle de la Manche, 50 000 Saint-Lô) et *les Seigneurs de Bohon*, chez Arnaud Bellée (50200 Coutances).

temps que le comte de Suffolk[1] lors d'une reconnaissance, par Guillaume Rolland, sénéchal du Rouergue. Les deux hommes furent conduits à Paris sous bonne escorte, et lors de ce voyage qui dura douze jours, Salisbury fut accompagné par Guillaume Rolland et ses sergents ainsi que par deux chevaliers anglais, quinze écuyers et un... ménestrel.

Il fut logé au Châtelet.

Philippe VI voulut que l'on pendît les deux Goddons. Le roi de Bohême, ce magnifique pique-écuelle, alors présent à la Cour, s'opposa au courroux du souverain français, cependant que, désireux d'obtenir de la comtesse une gratitude en nature, Édouard III offrait à l'un de ses prisonniers, le comte de Moret (ou Moray), le 22 février 1342, un sauf-conduit valable jusqu'à la Saint-Jean pour qu'il allât en France afin d'y traiter de la libération de Salisbury ou d'un échange convenable.

Le comte recouvra la liberté (2-11 juin 1342). Les conditions de cet élargissement s'assortissaient d'une stipulation assez extraordinaire pour l'époque, à laquelle Édouard III avait consenti par avance et sans broncher, le 20 mai 1342 : Guillaume de Montaigu ne porterait jamais plus les armes contre la France. Or, s'il ne fit plus la guerre en France, il se revancha de cette sujétion en ravageant la Bretagne. Il laissa de lui de terribles souvenirs à Dinan, qu'il mit à sac et incendia le 20 décembre 1342. Il combattit les Écossais avec une armée qui, selon Froissart, se composait de 5 000 armures de fer, 10 000 archers, 60 000 ribauds, ce qui, à l'évidence, est une exagération.

Entre les excès commis en Bretagne et en Écosse, certains chroniqueurs ont envoyé Montaigu en Castille, avec le comte de Derby, et l'ont fait mourir au siège d'Algezir (Algésiras), dans le royaume de Grenade, le 30 janvier 1343. D'autres situent sa mort à Windsor, le 30 janvier 1344, des suites de contusions multiples reçues lors d'un tournoi. Il partit bien pour la Castille avec Derby et fut au siège d'Algésiras... mais il eut sa sépulture à Londres, à Whitefriars.

On voit que sa biographie n'est pas simple.

1. Selon Dugdale, ce ne serait pas le comte de Suffolk qui aurait été capturé avec Salisbury, mais son fils : Robert Ufford-le-Fitz, ce qui semble crédible puisque, cette capture mentionnée dans les textes, il n'en est plus jamais question chez les chroniqueurs.

Montaigu connaissait fort bien Robert d'Artois, qui avait attisé le feu entre l'Angleterre et la France et incité Édouard III à entreprendre une longue guerre, lors du « Vœu du Héron » au printemps de l'année 1338, à Windsor. Cette scène maintes fois exploitée par les écrivains — d'Alexandre Dumas à Maurice Druon — a été décrite diversement, et il semble que ces auteurs ne se soient guère souciés du document essentiel, exhumé par Jean-Baptiste de La Curne de Sainte-Palaye à la Bibliothèque de Berne, où il figurait entre la *Chronique de Guillaume de Nangis* et la *Chronique de Flandre*. On en trouve la traduction quasi juxtalinéaire dans ses *Mémoires sur l'Ancienne Chevalerie* (1759).

Guillaume de Montagu était présent à la table royale. Mieux : ce fut lui qui prononça le premier vœu. Selon le poème consacré à cet événement, il était éperdument amoureux... de la fille du comte de Derby.

« *Le plus brave et le plus amoureux de l'assemblée* », c'était ostensiblement lui. Sollicité par Artois de prononcer son vœu, Salisbury ne craignit pas de « *dépouiller de sa divinité la Vierge Marie* » pour donner la préférence à celle qu'il aimait. Puis le profanateur se pencha sur sa voisine. « *Impatient d'obtenir le droit de merci* » qu'elle lui refusait « *impitoyablement* », il la pria de lui accorder un doigt de sa belle main pour qu'elle daignât l'appliquer sur son œil droit [1] de manière qu'il fût entièrement fermé.

Au lieu d'un doigt, la pucelle lui en accorda deux. Il jura de ne plus déclore sa paupière avant qu'il ne fût entré sur les terres de France et qu'il eût combattu Philippe VI en bataille rangée. Après quoi, sa voisine jura, s'il tenait parole et revenait vivant, de lui faire don, pour toujours, « *et sans réserve* », de sa personne.

Les pensées du roi, au cours de ce festin, étaient des pensées d'amour. Elles s'adressaient à Catherine, la belle comtesse de Salisbury, attablée non loin de lui. La reine Philippa était aussi présente. Il ne semble pas, cependant, quand on connaît toute l'histoire, que ce fut pour dégager la voie à Édouard III que Salisbury se montra si amoureux et si gran-

1. Était-il borgne à cette époque ? Alors, il avait de l'humour. Cette énigme reste à élucider.

diloquent. Quelque vacciné que l'on soit sur les convenances eu égard aux mœurs actuelles, on est troublé par cette scène.

## UN GENTIL CHEVALIER

Fille d'un gentilhomme de Bourgogne, Guillaume de Grandison (mort en 1335) et de Sibylle Tregoz[1], Catherine de Salisbury, née vers 1310, était, selon Froissart, la plus belle et la plus sage dame d'Angleterre. Une des plus courageuses aussi. Tandis que son époux bataillait en Flandre et s'y faisait capturer, elle se signala par son courage en défendant sa forteresse que le roi d'Écosse avait assiégée. Cette citadelle, demeure des Montaigu, était bâtie à Wark, entre Newcastle et Carlisle, sur la rive gauche de la Tyne, selon certains, de la Tweed selon d'autres. On y pénétrait en criant : « *Salbry !* » Elle est à l'origine de confusions entre quatre personnes : Salisbury et sa femme, Catherine (à moins que ce ne soit Élise, Alips, Aelis, Alix, Alice, Alys) et *l'autre Salisbury*, l'amant de Jeanne de Kent.

Laissons Froissart conter la manœuvre, puis l'attaque de Robert Bruce :

Le roi d'Écosse « *se logea une nuit, et toute son ost, assez près d'un moult fort châtel qu'on appelle Salebrin, qui étoit au comte de Salebrin qui fut pris avec le comte de Suffolch ès marches de Picardie devant Lille en Flandre ; et étoit adonc encore en prison dedans le Châtelet à Paris.*

*« En ce fort châtel séjournoit la noble comtesse de Salebrin, que on tenoit pour la plus belle et plus noble d'Angleterre, et étoit, ce fort châtel, bien garni de gens d'armes. Si en étoit gardien et souverain ung gentil escuier preux et hardi, fils à la sœur, le comte de Salebrin, et avoit nom messire Guillaume de Montagu, aprez son oncle qui ainsi eut nom ; car quand le roi le maria, il lui donna la comté de Salebrin pour sa promesse et pour le bon service qu'il avoit toujours en lui trouvé ».*

1. De l'actuelle commune de Troisgots (canton de Tessy-sur-Vire). Cité, en Angleterre, dès la seconde moitié du XIIe siècle. Le lignage des Tregoz est flou, connu aussi bien en Cotentin qu'outre-Manche et en Italie.

Il est permis de « tiquer »[1].

En effet, « la comté » avait été déjà donnée au Montagu captif en France. Cette précision de Froissart le concerne donc. Mais qui était *le gentil escuier preux et hardi* qui commandait provisoirement la garnison du château en 1342 et se nommait, lui aussi, Guillaume de Montaigu ?

Jean-Alexandre C. Buchon, commentateur des *Chroniques* de Froissart (3 épais volumes publiés en 1852 au *Panthéon littéraire*), n'a pas manqué de sourciller en lisant ces lignes. Il écrit dans sa note en bas de page :

« *Il paraît que Froissart se trompe sur cette parenté, puisque le neveu du comte de Salisbury portait comme lui le nom de Montaigu. Il était probablement le fils du frère et non de la sœur du comte. D'ailleurs, cette phrase est louche. Il faut la construire à peu près ainsi : "Si en étoit gardien et souverain, après son oncle, un gentil chevalier preux et hardi qui avoit nom messire Guillaume de Montagu, et étoit fils de la sœur du comte de Salisbury qui ainsi eut nom, car quand le roi le maria, il lui donna la comté de Salisbury*, etc." »

Admettons que le jeune écuyer preux et hardi ait été *le neveu* du comte et de la comtesse de Salisbury. Ce jouvenceau épris de la belle Catherine allait devenir, adulte, l'amant fort envié de Jeanne de Kent.

Si l'on s'en tient aux annotations de J.-A.C. Buchon et à celles — à peu près semblables — de MM. Jules Viard et Eugène Deprez, commentateurs de Jean le Bel au siècle dernier, l'on peut ainsi penser :

« Ce jeune écuyer, donc, était le fils du frère du captif du Châtelet. Son père avait pour nom William de Montagu. Il lui succéda lorsqu'il mourut aux joutes de Windsor, en janvier 1344, donc un an après *l'autre*, mort à Algésiras. Il était alors dans sa seizième année. Il avait donc 14 ans quand le château de Wark fut attaqué. »

C'est faire fausse route. Mais il est bon de maintenir le « suspense ».

Après avoir passé la nuit aux abords *de Wark*, les Écossais s'en allèrent, chargés, alentis par leur butin. Revenons à Froissart et à Jean le Bel dont les textes sont semblables.

1. On comprend, ici, que Froissart s'est mépris. En aucun cas les Écossais n'auraient pu accomplir une « descente » jusqu'à Salisbury. Évidemment, Dumas a « marché » !

« *Quand le bachelier*[1], *messire Guillaume de Montagu, vit du châtel qu'ils étoient tous passés et qu'ils n'arrêtoient pas au châtel, il issit hors du châtel tout armé, atout quarante compagnons d'armes, et suivit couvertement le dernier train, où avoient chevaux si chargés d'avoir qu'à grand mésaise pouvoient-ils aller avant ; si les aconsuit à l'entrée d'un bois ; et leur coururent sus, et en tuèrent et blessèrent, lui et ses compagnons plus de deux cents et prirent bien vingt-six chevaux chargés de joyaux et d'avoir et les amenèrent par-devers le châtel.* »

Bel exploit, pour un jouvenceau, mais n'est-il pas grossi ?

Toujours est-il que les cris des survivants alertèrent l'arrière-garde écossaise. Guillaume de Douglas revint vers Wark et mit le siège au château. Pour complaire à la comtesse, le jeune Montagu sauta sur *la fleur d'un coursier* et galopa vers Berwich. Pour y trouver qui ? Édouard III dont il savait qu'il y guerroyait.

Si l'on accepte pour vraie *la thèse du neveu* gentil, preux et hardi, on peut se demander quels rapports existaient entre Catherine (puisque c'est ainsi que la nomment la plupart des chroniqueurs anglais de son temps) et ce damoiseau et, subséquemment, s'il était au château quand, plus tard, Édouard III viola la comtesse.

Mais reprenons le fil de l'histoire.

Le roi d'Angleterre quitta Berwich et accourut avec son armée. Lorsqu'il parvint à Wark, les Écossais n'y étaient plus. Il voulut absolument complimenter l'héroïne d'un siège bref mais meurtrier. Douze chevaliers se joignirent à lui, qu'il sut opportunément distancer. Catherine, fort coquette et imprudente, le reçut « *si richement vêtue et atournée que chacun s'en émerveilloit* ».

Le jeune Montagu devait être présent et voir de quels regards avides le roi couvait cette Catherine *pour l'amour de laquelle*, selon Froissart, il avait par deux fois risqué sa vie.

Édouard III fit à la dame une déclaration enflammée. Elle lui répondit en termes sirupeux qu'elle ne voulait point se

1. On appelait bachelier le chevalier qui ne possédait pas quatre bachelles, étendue de terre qui constituait le droit de déployer bannière. La bachelle contenait *10 mas*, chacun desquels devait être composé d'assez de terre pour fournir au travail de deux bœufs pendant l'année.

compromettre ni préjudicier l'honneur de son mari (qui pourtant, au Vœu du Héron, n'avait pas eu souci du sien). Furieux de cette résistance imprévue, le roi repartit pour Berwich.

De retour à Londres, il lui restait un moyen d'attraper la belle dans ses rets : ordonner des joutes et tournois auxquels il la sommerait d'assister. Comme Salisbury venait d'être échangé, on l'a vu, le 2 juin 1342, contre des prisonniers français, il l'invita, *sans nulle excusance*, à venir à Londres en compagnie de « la belle comtesse ». Comment Salisbury eût-il pu se dérober ?

Le 15 août 1342, des joutes superbes furent organisées auxquelles devait assister la comtesse, ainsi que « *toutes les dames et damoiselles qu'elle pourrait trouver* ». Quelques chiffres suffisent à se faire une idée de ces festivités. Il y eut douze comtes, huit cents chevaliers, cinq cents dames ! La fête fut « *dansée et joustée* » pendant quinze jours, ce qui laisse à supposer maintes aventures « sentimentales ». Elle fut endeuillée par la mort du jeune Jean de Beaumont, fils de Henry de Beaumont et d'Alice Comyn, qui venait d'épouser Éleonore, cinquième fille du comte Henry de Lancastre [1].

Jean le Bel insiste sur le fait que la comtesse de Salisbury redoutait de plus en plus la passion du roi :

> « Toutes les dames et damoiselles y furent, le mielx atournées qu'elles pœurent, chascune selonc son estat, fors que la dame de Salbry, pour tant qu'elle ne vouloit pas que le roy trop s'abandonnast à la regarder ne parler a elle, car elle n'avoit vouloir d'obeir au roy en nul vilain cas qui peust tourner au deshonnour d'elle ne de son mary. »

Le roi tenta sa chance et fut repoussé par une Catherine de plus en plus effrayée, de plus en plus énergique.

Édouard III, mécontent, eut recours au seul moyen efficace pour se débarrasser d'un mari encombrant : il envoya Salisbury en Bretagne. Quand il le sut bien empêtré dans cette guerre de succession bretonne pareille à une interminable guérilla, il rendit visite, au château de Salisbury, à une dame qui fut bien obligée de lui ouvrir.

1. Comte de Derby. — Jean de Beaumont participa au Vœu du Héron. Comme il était parent de Jean de Bohême, il s'y disputa avec Suffolk, dont le vœu était de le combattre et de l'occire. Quant à Éleonore, il se pourrait que c'eût été la coquette qui avait enflammé le cœur de Salisbury.

On peut reprocher à Catherine de n'avoir pas fait protéger sa chambre. Cependant, l'eût-elle fait, ses gardes auraient-ils été vigilants ? N'eussent-ils pas été... soudoyés ? Le gentil bachelier était-il absent ?

La nuit vint.

## LA TRAGÉDIE

Le roi

> « commanda à ses chembellens que nul ne le destourbast de chose qu'il voulsist faire, sur la hart. Sy fist tant qu'il entra dedens la chambre de la dame, puis ferma l'uys de la garde robe affin que ses damoiselles ne la pussent aider, puis la prit et lui estouppa la bouche si fort qu'elle ne pœut crier que II cris ou III, et puis l'enforcha à telle doulour et à tel martire qu'onques femme ne fut ainsy villainement traittiée ; et la laissé comme gisant toute pasmée, sanant par nez et par bouche et aultre part, de quoy ce fut grand meschief et grande pitié. Puis s'en partit le lendemain sans dire mot, et retourna à Londres, grandement couroussé de ce qu'il avoit commis. »

Dès qu'il fut de retour auprès d'elle, Catherine révéla ce viol à son mari : il s'était étonné de son manque d'appétit, de sa pâleur et de sa gêne.

> — Dame, que vous fault que vous faittes sy povre chiere et ne vous couchiez pas ?

La scène entre les deux époux, décrite par Jean le Bel, est d'autant plus poignante que les Salisbury, dit-il, avaient un fils auquel l'infortuné mari (?) fit allusion lorsqu'il eut tout appris et décidé une séparation définitive (qui peut-être l'arrangeait). Il laissa l'enfant à son épouse, lui offrit la moitié de ses terres et jura que jamais il ne la reverrait. Il galopa jusqu'à Londres où Édouard III le reçut. Il lui dit :

> — Sire, vous m'avez pluseurs biens fait et honnouré le temps passé, Dieu le vous mire ! et je vous ay tousjours servi et amé loyaument à mon pouoir, Dieu le scet. Or m'avez vous du tout jetté en la merde et deshonnouré villainement... etc.

Il prit congé et passa la mer, *« de quoy tous les seigneurs d'Angleterre furent merveilleusement dolens et couroussez, et en fut le roy de toutes gens blasmez »*.

## LES FAITS AU DÉMÊLOIR

Fut-ce pour ruminer sa honte que Salisbury alla offrir ses services au roi Alfonso XI en guerre contre le roi de Grenade et les Sarrasins ? Mourut-il vraiment devant Algésiras ? Chercha-t-il la mort en s'exposant ? Ces questions qui pourraient, en obtenant des réponses affirmatives, réjouir un romancier, paraissent, hélas ! oiseuses.

En fait, dès 1900, un homme chercha la vérité. Il fut *le seul* en Europe. Cet homme, Gustav Liebau, professeur à l'Université royale bavaroise de Munich, est vraiment le modèle inégalé des chercheurs. Il résulte de ses travaux qu'en dix-sept années de mariage, Catherine et son époux avaient eu trois fils et quatre filles :

William, né le 25 juin 1328 à Dunneyate, comté de Somerset, appelé *le Jeune*, héritier de son père et second du titre ; John, Robert, Sybille, Philippa, Elisabeth et Anne.

Le neveu mystérieux de MM. Buchon, Viard et Deprez se révèle être *le fils aîné* de Guillaume de Montagu. Il avait bien 14 ans lors de l'attaque du château de Wark. Il risqua sa vie pour sauver sa mère. Quant au neveu, il se prénommait *Jean* (*Chroniques* de Froissart, tome I, page 582[1]).

Mais que devint la dame de Salisbury, que Dumas, sans vergogne, empoisonne dans le fade roman qu'il lui a consacré ?

Qu'elle se soit appelée Catherine ou Alice, Aelips, Aelis, Adelaïs ou quelque autre prénom commençant par un A, et dont la liste eût enchanté Pierre Benoit, elle était, avec ses cheveux follets et ses sourcils complètement épilés (c'était la mode), la plus belle femme de son temps avant que Jeanne de Kent ne lui damât le pion. L'austère Walsingham *(Hist. Anglicana, II,* page 381) écrit à son propos : *De cujus elegantia strenuitate, sapientia, et animositate digne scribere speciales actus requirit* ; autrement dit : *dont la finesse* (ou la délicatesse), *l'entrain* (ou le courage), *la sagesse* (mais la sapience, c'est la sagesse augmentée de la science) *et l'énergie méritent d'être particulièrement mentionnés*.

Elle s'était mariée en 1327 ; elle était âgée de 33-34 ans lorsqu'elle devint veuve. Ce fut en son honneur que fut créé, dit-on, l'Ordre du Bleu Gertier, autrement dit : de la Jarretière, assorti de la devise : *Honni soit qui mal y pense*.

La Curne de Sainte-Palaye allègue que la férocité d'Édouard III dans ses guerres fut la conséquence des

1. Au Panthéon littéraire.

remords du viol de Catherine. Que, dans la formule *Honni qui mal y pense*, on trouve tout à la fois *« le respect de l'amant et la vertu de l'amante(!) »* dont certains contemporains de la comtesse disaient qu'elle était *« Madame Vénus envoyée par Cupidon »* (Froissart). Édouard III n'avait ni le respect d'autrui ni le respect de lui-même. Il le prouva vers la fin d'une vie de débauches.

Et comme cette histoire est pleine de mystères, tout est douteux, hélas ! pour l'instauration de cet Ordre de la Jarretière.

Le *conte*, c'est que, lors d'un bal, la jeune comtesse aurait perdu sa jarretière gauche (là, l'Histoire est précise). Édouard III l'aurait ramassée et remise en place en disant, précisément : « Honni soit qui mal y pense. »

Une autre version avance que lui-même l'aurait mise à sa jambe en prononçant la même phrase et en affirmant l'honorabilité toute proche de cet Ordre.

Ces faits figurent dans un texte du XVe siècle, repris par Polydorus Vergilius (*Anglica Hist.* 1651, page 485) et quantité d'auteurs qu'il est inutile de citer ici. Quelques chroniqueurs contestent et précisent qu'il s'agissait de la jarretière de la reine.

John Selden (*Titles of Honour*, 1672) cite la cousine du roi, Jeanne Plantagenêt, la belle fille de Kent, à l'époque de sa liaison avec William le Jeune, comte de Salisbury.

Même « flou » quant à la fondation de l'Ordre : Froissart et Beltz : 1344 ; Nicolas et Longman : 1346-1347 ; Pauli et Wülker : 1348 ; von Lübeck : 1349 ; Riedenfeld, H. Schulze et Gritzner : 1350. Parmi les 26 premiers chevaliers cités figurent, bien entendu, le roi et le prince de Galles et, au septième rang : *William, earl of Salisbury*, l'ex-gentil escuier du château de Wark.

Catherine ne s'empoisonna pas devant son royal amant, comme le conte Dumas. Elle décéda soit le 23 avril 1349, soit en 1354 (selon Cockayne) ; mais un fait est certain : elle fut inhumée dans la fondation de son époux, près de Bisham, où reposaient déjà plusieurs membres de sa famille[1].

1. C'est en lisant *La Comtesse de Salisbury* que l'on peut vérifier, s'il en est besoin, quel *mépris avéré* Alexandre Dumas avait de son public. On est loin d'être pris par ce « drame » : on en « rigole » !

La dame *de* Salisbury (femme de Guillaume de Montaigu), et la dame *à* Salisbury, compagne de Guillaume de Montaigu le Jeune, héroïne d'un concubinage qui ne fit point scandale, durent se rencontrer et même se fréquenter. Essayons de suivre à grands pas Jeanne de Kent, née Plantagenêt, dans son existence agitée.

Edmond Plantagenêt de Woodstock, comte de Kent, oncle du roi d'Angleterre alors mineur, fut décapité à Windsor, le 19 ou le 20 mars 1330 après avoir été arrêté pendant le Parlement qui siégeait à Winchester, le 13 du même mois. Ce Parlement était l'instrument servile des volontés de la reine mère, Isabelle de France, et de Roger, comte de Mortimer, son favori. Le crime du comte de Kent était d'avoir répandu le bruit qu'Édouard II vivait encore.

Édouard III participa à ce mauvais coup. Il s'en justifia auprès du Pape par une lettre du 24 mars 1330. Mieux encore : il fit emprisonner la comtesse de Kent et ses enfants, et mettre sous séquestre les biens du comte. Ce mineur sapait les fondements de sa famille et de son royaume avec une espèce de délectation !

Le comte avait pour épouse Marguerite Wake, qu'il laissait enceinte. Elle avait mis au monde un fils, Edmond, et deux filles : Margaret et Joan (Jeanne). Le 9 avril 1330, Jeanne, âgée de deux ans, fut marraine de son frère posthume : John de Kent. Elle était la plus jeune fille d'Edmond Plantagenêt de Woodstock[1].

Jeanne vécut donc un double drame : la mort de son père, le chagrin angoissé de sa mère, sans ressources et sans trop d'amis. La reine Philippa prit la fillette sous sa protection et l'éduqua. Le temps passa. Un anonyme put écrire de la pucelle que « *sa beauté et ses manières fascinantes rendirent captifs à la fois le duc de Salisbury et* his steward of the household[2] *sir Thomas Holland* ». Celui-ci, *forestaked* (gagna une manche) sur son rival en faisant établir un contrat

1. Ses deux frères moururent jeunes : John en 1332, Edmond en 1333. Sa sœur Margaret s'éteignit en 1352, sans postérité.

2. Son majordome ou écuyer. L'historien Hume l'appelle « la belle vierge de Kent », et le héraut de Chandos "*the fair maid of Kent*" ».

de mariage et en vivant en concubinage avec Jeanne. Hélas ! il fut appelé à guerroyer en France avant que le mariage eût été célébré. Salisbury (l'ex-gentil bachelier preux et hardi) ne perdit pas de temps pour séduire l'inflammable Jeanne et entreprendre, ensuite, l'établissement d'un contrat de mariage. Apprenant cela, Thomas revint sur la Grande Île, récupéra la « femme perdue » et réclama restauration de ses droits. Après une enquête du cardinal Adhemar, le Pape Clément VI trancha en sa faveur le 13 novembre 1349.

Ignorant le pré-contrat, la plupart des chroniqueurs ont représenté Jeanne comme divorcée d'avec Salisbury pour adultère avec Holland.

Guillaume de Montagu le Jeune était né en 1328, donc la même année que Jeanne. Sans doute, lorsqu'il la vit à la Cour, en entreprit-il la conquête. Un adolescent dut également s'y intéresser : Édouard, fils aîné d'Édouard III, né le 15 juin 1330. Il l'avait pour compagne de jeux.

Quant à Thomas Holland, il était le second fils de sir Robert Holland (Landcashire) et de Maud, fille d'Allan de la Zouche d'Ashby (Leicestershire). C'était un guerrier. Il avait pris part aux batailles de l'Écluse (1340), de Crécy (1346) ainsi qu'au siège de Calais. On le vit un peu partout : en Guyenne, Hainaut, Bretagne. Il allait être créé, le 11 novembre 1354, lieutenant du roi en Bretagne et en Poitou avec le droit de jouir de tous les revenus. En 1356, il fut gouverneur de Jersey et Guernesey et reçut en bail, en 1359, moyennant une rente de 5 000 florins, les domaines de Godefroy d'Harcourt. Capitaine général du roi en France, il dut souventefois regretter son pays.

## L'ABUS DES PLAISIRS

Salisbury le Jeune ne fut pas inconsolable de la perte de Jeanne. Il se maria, peu de temps après la rupture, avec Élisabeth, fille de lord Mohum de Dunster.

Holland et Jeanne eurent cinq enfants : 3 fils : Edmond, Thomas, John, qui devaient faire parler d'eux sous le règne de Richard II, et deux filles, Johanna et Mathilda. Ces maternités n'empêchèrent aucunement Jeanne de suivre son époux dans ses guerres. On la vit à Vannes, Creuilly, Saint-Sauveur-le-Vicomte. Elle était la reine incontestée d'un « royaume » franchement interlope, n'ayant pour société féminine que les concubines des capitaines anglais, lesquels, commandant à des hordes de pillards, vivaient dans un luxe effréné. Elle apprit à dépenser sans compter et à rehausser sa beauté souveraine par tous les artifices de la toilette et de la coquetterie.

Quand ses frères et sa sœur furent morts, elle devint comtesse de Kent et *lady Wake of Liddell*. En 1358, elle accompagna Thomas en Normandie : il était devenu comte de Kent de son chef lorsqu'il avait été nommé gouverneur du fort de Creyk.

Jeanne avait vu de plus en plus fréquemment le prince de Galles... et Édouard III. Il ne fait aucun doute que le roi s'en éprit, mais qu'échaudé par son « affaire » avec Catherine de Salisbury, il fut enclin à modérer ses désirs. Jeanne, « délurée » par ses compagnes de guerre, céda bien vite aux entreprises d'un garçon qu'elle connaissait depuis l'enfance et avec lequel, sans doute, elle avait joué à des jeux d'adultes.

Thomas Holland connut son infortune. Quand le roi, après le traité de Brétigny (28 octobre 1360), lui ordonna d'évacuer les forteresses en sa possession, ses capitaines se regimbèrent sans lui épargner les sarcasmes.

« *Si tu ne sais pas garder ta femme*, lui dit l'un d'eux, *nous saurons bien, nous, conserver nos châteaux.* »

Thomas mourut de l'abus des plaisirs, des fatigues de la guerre et d'un empêchement terrible : il ne pouvait aller jeter son gantelet à la face du prince de Galles, héritier de la Couronne d'Angleterre. Il rendit l'âme à Rouen, le 28 décembre 1360 et fut enterré aux Frères mineurs. À 32 ans, Jeanne était libre.

Il me semble pas que son amant ait joui d'une exclusivité. Siméon Luce n'est point aimable avec elle, et l'on prétend même que le fils qu'elle eut d'Édouard de Woodstock, Richard II d'Angleterre, était, en réalité, celui du chanoine de Bordeaux. Mais essayons, avec Siméon Luce [1], de parfaire le portrait de la belle. Il écrit à propos de cette veuve moins joyeuse que soulagée :

1. *Histoire de Bertrand du Guesclin et de son époque*, Paris, 1876. Siméon Luce fait, évidemment, référence à la *Chronique des Quatre premiers Valois*, Paris 1872, publiée sous sa direction, et où les pages (en vieux français) 123, 124 et 125 sont consacrées aux amours de Jeanne et d'Édouard le Jeune.

« Elle n'est pas seulement en possession d'une de ces beautés souveraines qui s'avancent vers la maturité sans rien perdre de leur éclat ; elle la rehausse encore de tout le prestige du luxe, de tous les artifices de la toilette. Veut-elle inspirer l'amour, elle sait l'art de l'amener peu à peu à ce degré de violence où il ne reconnaît plus d'obstacles. Le cœur dont elle brigue la conquête, elle le fait s'enflammer insensiblement ; elle joue même d'abord presque l'indifférence puis, lorsque le moment lui semble venu, elle laisse échapper comme malgré elle une de ces confidences qui enchaînent pour la vie son adorateur. Le prince de Galles est pris, en la courtisant, aux pièges de cette enchanteresse. Ce qui n'avait été d'abord, chez le vainqueur de Poitiers, qu'une distraction galante ne tarde pas à devenir une passion irrésistible. »

Le prince ne pouvait plus se contenter d'une liaison. Voulant certainement tester Jeanne après l'avoir tastée, afin de s'assurer du sérieux de son amour pour lui, il demanda sa main... pour un chevalier de ses amis nommé Bernard Brocas. La maligne éclata en sanglots et lui dit : « *Très cher et redouté seigneur, c'est vous, et, pour l'amour de vous, jamais à mon costé chevalier ne gerra* (couchera). » À quoi Édouard le Jeune répondit : *« Dame, et je voue à Dieu que jamais autre femme que vous, tant que vous vivrez, n'aurai. »*

## UN INCESTE SANS IMPORTANCE

Malgré l'énergique opposition de son père qui conçut le dessein de faire occire Jeanne, Édouard le Jeune persista dans son désir de légitimer ses amours. Alerté en hâte par le roi d'Angleterre, le Pape refusa sa bénédiction et invoqua l'inceste. En effet, Édouard et Jeanne étaient parents :

Après la mort de sa première femme, Éleonore, fille de Ferdinand III, roi de Castille (1290) dont il avait eu quatre fils, Édouard Ier, dit « aux Longues-Jambes », avait épousé Marguerite de France, fille de Philippe-le-Hardi, dont il avait eu Thomas, comte de Norfolk, dit « le comte maréchal » parce qu'il était grand maréchal d'Angleterre. *Edmond, comte de Kent*, et une fille morte en bas âge. Son fils aîné, Édouard II, avait épousé, le 25 janvier 1308, à Boulogne, Isabelle, fille de Philippe le Bel.

Le fils aîné d'Édouard d'Angleterre était non seulement cousin au troisième degré de Jeanne ; il était aussi le parrain d'une fille issue du premier mariage de la comtesse de Kent avec Thomas Holland.

Dix mois après le décès de son mari, le 18 octobre 1361, par-devant Simon Islip, archevêque de Cantorbery (qui avait pris le risque d'officier), Édouard le Jeune épousa Jeanne. Les mariés avaient reçu l'agrément du Pape, le 30 juin. Revenant sur sa décision, Innocent IV avait chargé Androuin de la Roche, abbé de Cluny, l'archevêque de Cantorbery et l'évêque d'Oxford d'accorder en son nom une dispense contre laquelle le roi lui-même ne pouvait rien.

Le courroux d'Édouard III ne peut avoir, chez cet homme qu'aucun scrupule n'embarrassait, qu'un seul motif : la jalousie. Après la mort de Thomas Holland, et sachant qu'elle était peu farouche, il s'était réservé la belle. Plus grand que sa colère encore fut son dépit de voir une « fille » engagée sur le chemin d'accès au trône de la Grande Île.

Les fêtes qui succédèrent à ces noces incongrues se poursuivirent jusqu'à Noël, au château de Berkhampstead, et si le roi rongeait son frein à Windsor, la reine Philippa, pendant cinq jours, honora les mariés de sa présence.

Cependant, la menace de mort devint si réelle *pour les deux époux*, que la rumeur franchit la Manche et atteignit Bordeaux.

## CHANDOS À LA RESCOUSSE

L'Aquitaine était alors gouvernée par Chandos. Plaidant la cause de Jeanne et de son époux auprès de ses barons et chevaliers, il obtint sans peine leur accord et réclama la présence du prince héritier à ses côtés. Le 19 juillet 1362, le roi nomma son fils aîné prince d'Aquitaine... et l'Aquitaine était alors, selon les Anglais eux-mêmes, « le plus riche royaume de la Chrétienté ».

Le prince fit ses préparatifs, *« Il s'appareilla grandement et estofféement, comme il appartenait à lui, à son état et à madame sa femme »* qui resplendissait de bonheur. Il ne lui coûtait rien de se déraciner pourvu qu'elle pût mener *ailleurs* une existence plus belle — s'il se pouvait — que celle qu'elle menait en Angleterre.

Édouard le Jeune avait jeté l'or à pleines mains : il était tellement endetté que, sur les exigences de ses créanciers et avec l'autorisation de son père, il dut faire son testament (29 août 1362) et hypothéquer ses biens en leur faveur. Le couple quitta la Grande Île en février 1363 et débarqua à La

Rochelle où l'attendait une réception non point brillante, mais étincelante !

Chandos accourut de Niort avec une escorte fastueuse. Le prince et son épouse se rendirent à Poitiers. Les feudataires poitevins et saintongeais leur prêtèrent serment. Puis on chevaucha vers Bordeaux. Là, Jean Chandos fut fait connétable et Guichard d'Angle, passé à l'Angleterre, maréchal d'Aquitaine. Le jeune Édouard s'empressa de distribuer les meilleurs offices de sa principauté à ses amis. On fêta tout cela somptueusement et l'on prit le chemin d'Angoulême et Poitiers. Fêtes encore. L'on revint à Bordeaux pour d'autres festivités.

Entre plusieurs déplacements Jeanne adopta le corset *(corselus* ou *cursatus)*, c'est-à-dire le corsage à petites basques arrondies.

La suite princière se composait de 28 chevaliers, 74 écuyers. La princesse était entourée d'une centaine de jolies femmes, toutes parées comme des châsses (point trop gardées, si j'ose dire). Un fils naquit au couple : Édouard, et Jeanne se sentit presque reine. Une anecdote suffit à brosser d'elle un portrait « d'actualité » :

Un an après son installation en Aquitaine, Édouard fut invité en Bigorre par le comte d'Armagnac. Bien sûr, Jeanne fut du déplacement. Des fêtes splendides furent données à Tarbes. Le comte n'était pas sans arrière-pensée : lors d'un récent conflit, son impétueux voisin, Phébus, comte de Foix, l'avait capturé et frappé d'une lourde amende : 250 000 livres.

Phébus — bel et sinistre outrecuidant, lui aussi ! — vint saluer Édouard en traînant derrière lui une suite immense : 60 chevaliers, 60 écuyers et une multitude d'hommes d'armes. Jean d'Armagnac pria le prince d'Aquitaine d'intervenir auprès du visiteur pour que sa rançon fût remise ou tout au moins diminuée. Il se heurta à un refus d'Édouard. Dépité, il s'adressa à Jeanne, qui s'en alla trouver Phébus en le priant de lui remettre un don.

Galant pour une fois, le rustaud blond répondit que si le don sollicité ne dépassait pas 50 000 livres, il l'accordait volontiers.

Jeanne, alors, révéla le but de sa démarche et plaida pour la grâce d'Armagnac.

L'on marchanda et, peu à peu, la rançon atteignit 50 000 livres.

Phébus s'arrêta là.

## UNE VIE DE SATRAPE

L'on revint à Bordeaux. Édouard recommença son existence de satrape, caracolant avec ses chevaliers, ses trouvères, ses pennonciers, cependant que sa femme dépensait, dépensait encore, dépensait toujours : les guerres que le prince de Galles entreprit contre ce qui subsistait de la France ne furent motivées que par l'appât du butin. Ce potentat les fit d'ignoble façon, et c'est certainement à cette époque de dépenses voluptuaires et de clinquant outrancier que ses subordonnés et les survivants de ses abominations le surnommèrent le Prince Noir *(the Black Prince)*. Il faudrait, ici, développer, décrire les états d'âme du prince, tantôt renfrogné, cédant à des emportements terribles, puis s'enivrant de plaisirs en compagnie de ses favoris [1]. Mais c'est Jeanne qui nous importe. Que dire d'elle, sinon qu'elle s'étourdissait, sans doute pour oublier d'inapaisables angoisses.

1. C'étaient :

• Son chambellan, Nêle (ou Nigel) Loring auquel Conan Doyle a consacré deux volumes : *Sir Nigel* et *la Compagnie Blanche*.

• Jean Chandos, lettré, musicien, il chantait avec les ménestrels royaux. Il avait appris au prince le métier des armes ; il lui avait sauvé la vie à Crécy, l'avait conseillé à Poitiers. Il se mit, peu à peu, à désapprouver les initiatives de son élève. Il mourut dans une escarmouche, au pont de Lussac, le 31 décembre 1369.

• James d'Audeley, fils de James Audeley, de Stratton-Audeley : sénéchal d'Aquitaine en 1345, grand sénéchal du Poitou en 1369, mort la même année à Fontenay-le-Comte.

• Jean de Grailly, captal de Buch, fils de Jean de Grailly et de Blanche, sœur de Gaston II de Foix. Il épousa, en 1350, Rose, fille de Bernard, sire d'Albret. Il perdit la bataille de Cocherel et mourut à Paris, en 1377, sans postérité, étant prisonnier depuis Soubise sans qu'on admît le paiement d'une rançon.

• Guichard d'Angle, sire de Pleumartin, sénéchal du Poitou en 1350. Il prit le parti des Anglais après Poitiers. Maréchal d'Aquitaine (1363), il combattit à Najera (1367), fut fait chevalier de la Jarretière en 1372, comte de Huntington à l'avènement de Richard II et mourut au printemps de 1380.

Car si Édouard aimait l'amour, il n'éprouvait de véritable volupté que dans la guerre. Il la fit en France, il la fit en Espagne avec le même délicieux acharnement. Thomas Holland s'était en quelque sorte « encombré » de Jeanne ; Édouard, non.

## DIEU ET AMOUR

L'inquiétude rongea Jeanne lorsque son époux dut partir pour l'Espagne, combattre auprès de Pierre le Cruel contre Henri de Trastamare.

« Traduisons » ici le Héraut de Chandos :

> Quinze jours après Noël (1366), la princesse eut au cœur une amère douleur. Elle se lamentait à la Déesse Amour, qui l'avait destinée à une si haute majesté en lui donnant pour époux une vraie fleur de la magnanimité. Souvent, elle disait : « Las ! que ferais-je, Dieu et Amour, si je venais à perdre la Vraie Fleur de la Magnanimité, celui qui n'a pas d'égal pour le courage ? Ô mort, tu serais près de moi. Maintenant, je n'ai ni cœur ni sang dans les veines et je défaille quand je songe à son départ, car tous s'accordent à dire que jamais aucun homme n'entreprit si périlleuse expédition. Ô très bon et glorieux Père, réconfortez-moi de votre pitié ! »

« Dame, cessez de pleurer et de vous lamenter. Dieu n'est-il pas tout-puissant ? » s'écria Édouard, à bout de nerfs.

Et de sauter à cheval !

Il paraît qu'au moment de cette scène, Jeanne était de nouveau enceinte. Elle accoucha, selon Froissart, en 1367 (nouveau style), « à heure de tierce, le jour de l'Apparition des Trois rois », à Bordeaux [1].

Le nouveau-né reçut le prénom Richard. Édouard, l'aîné, vivait encore : il mourut au commencement de janvier 1371, âgé d'un peu plus de 6 ans.

Après l'expédition d'Espagne, le prince de Galles fit, à Bordeaux, une entrée à la romaine. On était en septembre, il restait de beaux jours : les fêtes recommencèrent.

Jeanne, à ce moment-là, eut des pressentiments : le prince était *« moult mélancolieux »*. De plus, l'hydropisie dont il était atteint avait fait des progrès désagréables. Le duché d'Aquitaine était menacé par le duc d'Anjou. Édouard se

1. Le mercredi, jour de l'Épiphanie, 6 janvier 1367.

révélait obéré de dettes, Pierre le Cruel n'ayant point acquitté les sommes dues pour obtenir l'alliance de l'Angleterre et particulièrement celle de l'Aquitaine.

Il fallut se résoudre à vendre la vaisselle d'or et d'argent et licencier quelque 6 000 « sangsues » des compagnies pour essayer d'équilibrer un budget en faillite. Ce fut insuffisant. On renonça à verser la rançon des prisonniers anglais.

Édouard de Woodstock touchait le fond quand un de ses captifs, l'un des plus valeureux, des plus prétentieux et des plus inconscients en l'occurrence, fixa lui-même sa rançon à 100 000 doubles d'or !

C'était Bertrand du Guesclin.

La rançon tarda, mais fut acquittée. Elle ne pouvait combler un déficit énorme. Édouard, que l'on pourrait dès à présent surnommer le Gros, leva sur l'Aquitaine un *fouage* impolitique qui, presque aussitôt publié, lui aliéna une grande partie de la noblesse de Gascogne, laquelle se rallia à la Couronne de France. Charles V accueillit avec joie cette désertion et cet hommage lige (25 juin 1369). Mieux : il ajourna le prince de Galles *« à se présenter devant son souverain le plus hâtivement possible, en propre personne, pour ouïr droit sur aucuns griefs et molestes indues que, par faible conseil et simple information, le prince avait proposé à faire, de laquelle chose le roi était tout esmervillet »*.

Édouard fit répondre qu'il irait à Paris avec 60 000 hommes. Menace vaine. Les barons se révoltèrent. Audeley mourut de maladie à Fontenay-le-Comte au milieu de 1369 ; Chandos, blessé à mort au pont de Lussac, fermait les yeux à jamais soit le 31 décembre 1369, soit le 1er janvier 1370. Un vent de défaite souffla dans le camp anglais. Le duc de Berry occupa Limoges, le 21 août 1370, alors qu'Édouard et Jeanne se trouvaient à Cognac, qu'ils firent fortifier.

## LA GUERRE EN LITIÈRE

Édouard était désormais si gros et si faible qu'il fallut avoir recours à une litière pour le porter à Limoges (14-19 septembre 1370). La population fut anéantie sur son ordre, et l'évêque Jean de Cros, qui avait livré la cité au duc de Berry, ne put échapper à la mort que sur l'intervention du duc de Lancastre et du Pape Urbain V. Le Prince Noir lui en voulait parce qu'il avait été son ami personnel et le parrain de son fils aîné : Édouard.

Fut-ce un châtiment divin ? Lorsqu'il revint à Bordeaux, il trouva Jeanne en larmes : Édouard venait de trépasser.

Il fallut se résoudre à revenir en Angleterre. En janvier 1371, Édouard, très malade, Jeanne et Richard embarquèrent à Bordeaux et débarquèrent à Southampton. De là, ils gagnèrent Windsor. Édouard III fit un accueil assez froid à ce trio de vaincus. Il les assigna à résidence à Berkhampstead, à 10 lieues de Londres. Bien dommage si cet éloignement déplaisait à ces « fêtards » invétérés.

Il devait à nouveau s'imposer à la France. Sauver Thouars, pris en tenaille par les barons poitevins ; Thouars qui le prévenait : si aucun secours n'arrivait avant la Saint-André (30 novembre) la cité, d'elle-même, deviendrait française.

Édouard III s'embarqua à Sandwich le 30 août avec le prince de Galles et ses trois autres fils, après avoir institué Richard de Bordeaux, son petit-fils, Gardien du royaume d'Angleterre et fait jurer à ses fils : Lancastre, Cambridge et Buckingham de le reconnaître comme tel. La flotte anglaise cingla vers La Rochelle, mais un calme plat, qui dura *neuf semaines*, déjoua les desseins du roi. Il revint à Westminster le 28 octobre 1372. Le 30 novembre, le Poitou était perdu pour l'Angleterre.

Le Prince Noir se traînait. Il mourut le 8 juin 1376 à Westminster, à l'âge de 46 ans, laissant un fils et deux bâtards : sir John Sounder et sir Roger Clarendon.

## TOUJOURS BELLE !

Un Dumas écrirait ici que Jeanne eut le cœur brisé. Si elle pleura, ce fut sur son avenir. Elle ne pouvait plus aimer cette énormité malade et sauvage qu'était devenu son époux. Elle dut également se méfier du ressentiment d'Édouard III à son égard. Sans doute, cet homme extrêmement superstitieux lui reprochait-il d'avoir exercé sur son fils une influence néfaste, voire d'être responsable de son trépas. Il créa son petit-fils prince de Galles (20 novembre 1376), puis son héritier présomptif (26 janvier 1377), voulant ignorer une féminité qu'il tenait de son grand-père, Édouard II.

Édouard III mourut à Sheen, le 20 juin 1377, dans la cinquante et unième année d'un règne grandiose en ses débuts, sinistre et scandaleux à la fin. Richard fut couronné le 26 juin. Il avait 11 ans. Jeanne en avait 49. Elle était, paraît-il, toujours aussi belle ; cependant, son rôle auprès de son fils perdit de son importance.

Que faire ? Son attention se reporta sur les lollards, ces « déviationnistes de Dieu ». Quand, en 1378, le curé de Lutterworth, au synode de Lambeth dut, par ordre de Grégoire XI, venir exposer sa doctrine devant Richard et l'évêque de Londres, elle ne craignit point de leur adresser un message d'intimidation. Wycliff, qui passait pour hérétique, fut libéré !

On connut l'intervention de Jeanne. Une sorte de « popularité » se fit autour de son nom tandis que celui de son fils n'inspirait, déjà, que de la défiance.

En 1381, de graves émeutes ravagèrent l'Angleterre, à l'instigation de deux meneurs : Jack Straw et John Ball auxquels s'associa Wat-the-Tyler[1]. Le 11 juin, alors qu'elle revenait de Cantorbery où elle s'était recueillie devant le tombeau de son époux, Jeanne, en traversant Blackheath, se vit arrêter par une bande de forcenés. Les cris de mort cessèrent quand elle fut reconnue ; les armes s'abaissèrent : sa beauté continuait de faire son effet. Ce fut de la joie, ensuite, qui l'entoura quand, malgré sa répugnance, « la belle vierge (!) de Kent » eut accepté de donner l'accolade aux meneurs. Elle put sans nulle crainte rejoindre Richard à la Tour.

## LA BEAUTÉ N'A QU'UN TEMPS

Il se produisit alors le même phénomène qu'en France, quelque vingt ans plus tôt : une espèce de jacquerie où les pires malandrins subjuguèrent la populace. Le 23 juin, le roi se rendit à Rotherhitte ; il y fut accueilli par de telles clameurs que son escorte l'adjura de rebrousser chemin. Londres fut envahie par les émeutiers, Newgate connut les meurtres et le saccage. Deux solutions s'offraient, comme toujours en ces périodes « d'abusions » : combattre ou négocier, réprimer ou composer. Jeanne s'imposa au Conseil. Elle plaida pour l'apaisement et les concessions. L'on se

1. Ce sont évidemment des pseudonymes : *straw :* fétu de paille ; *ball :* boule ; *tyler :* couvreur. Straw était un prêtre éhonté.

résigna pour la solution de faiblesse. Les hérauts convoquèrent le peuple à Mile-End ; Richard s'y rendit et accepta la Charte proposée par la populace.

Tyler et Straw étaient à Londres, bien décidés à gonfler l'émeute. Ils envahirent la Tour avec 400 hommes, massacrèrent Robert Halle ; William Apuldore, confesseur du roi ; Legge, fermier des impôts ; l'archevêque Simon Sudbury, primat et chancelier, qui disait la messe.

Jeanne était enfermée dans ses appartements. On força ses portes. On l'injuria. Certains chefs lui demandèrent des baisers tandis que d'autres sondaient son lit à coups de dague, à la recherche d'un homme (son fils ?) ou de joyaux. Elle s'évanouit. Ses chambrières l'emportèrent de l'autre côté de la Tamise, dans Canter-Lane. Richard l'y rejoignit.

Le lendemain, 13 juin, parcourant Smithfield à la tête de 60 cavaliers, Richard se trouva face à Tyler qu'accompagnaient 20 000 insurgés. La disproportion des forces incita le meneur non seulement à l'impertinence verbale, mais aussi aux gestes menaçants. Comme, ayant sorti son poignard, il portait la main aux rênes du cheval du roi, Walworth, le lord-maire, frappa de son épée l'insolent à la gorge et Robert Sandish, écuyer du roi, l'acheva. Aussitôt, les archers de Tyler bandèrent leur arme. Richard fit front, parlementa et astucieusement les emmena à Islington.

Robert Knolles et ses hommes étaient apostés là. Encerclés, les émeutiers se rendirent. Richard révoqua la Charte qu'il leur avait accordée. Il fit exécuter Straw et Ball.

Jeanne, soulagée, put alors se consacrer aux enfants qu'elle avait eus de Thomas Holland[1]. Sa beauté s'était brusquement altérée. Édouard était mort obèse ; elle le

1. Edmond était mort jeune. Restaient :

*Thomas*, né en 1350. Il avait accompagné son beau-frère en Espagne ; il avait été armé chevalier par lui avant Najera. Il fut comte de Kent en 1367.

*John*, né en 1352, singulier parangon de bassesse et de cruauté. Comte de Hugtingdon, puis duc d'Exeter, il conspira contre Richard, contre Henry IV et périt décapité en 1400. Le *writ* ou commandement de saisir ses biens, après le meurtre de Stafford, fut lancé deux mois après que Jeanne se fut éteinte.

*Jeanne* et *Maud*, la première épousa le duc de Bretagne, la seconde, le comte de Devon, Hugh, petit-fils de Hugh Courtenay.

devint. Elle résidait à Wellingfort et n'en sortait guère. Richard suivait sa voie, cédant souvent à des colères de fille plutôt qu'à des impulsions d'homme sage. En juillet 1385, il voulut relancer l'éternel combat contre les Écossais. Un événement cruel le retint à York : sir Ralph Stafford, le préféré de ses favoris, était assassiné par John Holland !

La mère du roi implora le pardon du coupable sans y parvenir. John Holland fut interné à vie à Saint-John de Beverley (8 juillet). Le gibet l'attendait s'il s'évadait de ce sanctuaire.

Endolorie par ce drame, Jeanne s'éteignit le 7 août 1385, à Wellingfort. Elle était âgée de 57 ans.

Elle avait fait un testament. Elle y demandait de ne pas être enterrée à Cantorbery, près d'Édouard, mais à Stamfort, dans l'église des Frères Mineurs. Elle léguait à Richard l'extraordinaire lit de velours rouge, brodé de plumes d'autruche d'argent et de têtes de léopard d'or qu'elle avait fait dessiner et « construire » lors de son mariage avec Édouard. Elle offrait aux deux fils Holland des lits ornés de rayons d'or. Il semble que *coucher* pour elle était un art !

Son corps enduit de cire et momifié fut enfermé dans un cercueil de plomb. L'inhumation en fut retardée jusqu'au retour du roi, occupé en Écosse. Elle eut lieu le 27 janvier 1386. Jeanne seule eût pu dire si Richard était bien le fils d'Édouard.

## LES DERNIÈRES AMOURS D'ÉDOUARD III

Dame Philippa s'était éteinte le 15 août 1369. Cette grosse reine dédaignée, cocue et bafouée en permanence, apparaît, par contraste avec le reste des personnages de sa famille, comme une personne des plus estimables. Elle était férue d'art, de sciences, d'astrologie, de lettres. Elle protégea Froissart et Chaucer, premier grand écrivain de langue anglaise, William Langland étant le second.

Elle commit l'erreur d'accepter comme dame d'honneur Alice Perrers, une jeune matrulle sur les origines de laquelle on ne sait presque rien.

C'était en 1366. Aussitôt dans la place et dans le lit royal, Édouard III la combla de joyaux, lui fit don de maintes propriétés, se couvrit de ridicule. Jean de Gand, duc de Lancastre, son quatrième fils, obtint, lui aussi, les faveurs d'Alice qui compta un défenseur supplémentaire en la personne de lord Latimer, toujours en manque d'argent. S'ils eurent recours à ses bons offices — de quelque façon qu'elle les leur prodiguât —, ce fut parce que après avoir causé la faillite des banquiers italiens Bardi, Peruzzi, Bonnacursi, elle avait reçu permission de battre la monnaie !

Pour se doter d'un nom respectable, elle épousa un autre amant, William de Windsor. C'était en quelque sorte un passeport royal. Elle devint si impopulaire qu'en 1376, le Parlement exigea son bannissement et l'obtint.

Elle revint à la Cour l'année suivante, quand un nouveau Parlement eut rappelé la sentence de son devancier. Elle y reprit ses menées. Elle avait atteint le sommet de l'ignominie en se faisant offrir, le 8 août 1373, les bijoux de la feue reine Philippa. On la voyait auprès du roi, se mêler des choses de la Justice et régner comme jamais la défunte reine ne l'eût osé.

À l'avènement de Richard II, elle fut traduite devant la Chambre des Lords qui confirma la sentence du Parlement de 1376. William de Windsor, à force d'intrigues, en obtint la révocation en 1379. Alice fut assez habile pour recouvrer quelque faveur à la Cour. Cependant, jusqu'à sa mort (1400), elle fut impliquée dans d'innombrables procès, notamment avec son neveu, John de Windsor, et avec l'abbé de Saint-Albans (qui la démolit dans sa *Chronique d'Angleterre*).

Sans pour autant se séparer de cette gaupe, Lancastre avait accepté, en 1372, d'épouser l'héritière de Pierre le Cruel, tué en 1369, sans doute par du Guesclin (l'affaire se passa sous une tente et c'est l'opinion de Pedro López de Ayala : *Crónica del rey don Pedro, del rey don Enrique y del rey don Juan*). Les prétentions de l'Anglais au trône de Castille amenèrent le Trastamare à se déclarer pour la France. Mais ceci est une autre histoire.

**Nota.** — Selon la *Chronique de Flandre*, William Montagu aurait appris son infortune conjugale quelques jours après sa capture. Pour se venger d'Édouard III, il aurait présenté au roi de France un acte d'alliance avec l'Angleterre sur lequel figuraient non seulement les noms des seigneurs traîtres à la France (La Roche-Tesson, Richard de Percy, Guillaume Bacon et Godefroy d'Harcourt) mais également leurs sceaux qui l'authentifiaient. Gagnés par les promesses du roi d'Angleterre, les conjurés, par ce document, s'engageaient à soutenir Jean de Montfort dans sa guerre contre Charles de Blois et Philippe VI.

Cette thèse ne résiste guère à l'examen. En effet :

• Même si les ragots et secrets d'alcôve vont bon train, le viol de la comtesse de Salisbury dut être soigneusement étouffé. Quelques intimes du roi et de dame Catherine en furent informés (compagnons et servantes). Ce n'était pas leur intérêt d'en faire des gorges chaudes : Édouard III se fût montré impitoyable. De plus, pour que les Français eussent été informés, il eût fallu qu'ils possédassent des moyens de transmission rapides entre l'Angleterre et la France. Or, s'ils ne manquaient sûrement pas d'espions — encore que ceux-ci dussent être peu nombreux et d'une médiocrité insigne —, la dramatique aventure de Catherine de Salisbury dut mettre quelques mois avant d'être connue en Angleterre, puis en France où là, évidemment, on s'en réjouit et la divulgua.

• Une charte scellée (il faut avoir vu les sceaux de cette époque !) est un document encombrant qu'il est impossible de dissimuler aisément. Pourquoi Salisbury l'eût-il gardé sur lui ? Dans son charroi de guerre ? Pourquoi ne se serait-il pas hâté d'envoyer un chevaucheur à Londres ?

• Il est impossible que le viol eût été commis quelques semaines, voire quelques jours avant la capture du comte (fin 1339). C'est lorsqu'il fut de retour en Angleterre (juin 1342) et par sa femme que ce chevalier apprit son infortune.

• Les prémices de la guerre de succession *de Bretagne* peuvent se situer à la mort et l'enterrement de Jean III (30 avril 1341). Or, Salisbury fut capturé *en Flandre* en 1339. Des alliances et des défections « mijotaient » sans prendre encore une forme efficace et formelle.

• Les joutes de Londres auxquelles le comte et la comtesse furent conviés avec force eurent lieu à partir du 15 août 1342. La noble dame, pour dissuader le roi de poursuivre ses manœuvres, s'était habillée assez humblement. *Rien ne s'était passé.*

• C'est le 20 décembre 1342 que Salisbury brûla et ruina Dinan et il ne revint à Londres qu'en 1344. C'est donc entre ces deux dates, vraisemblablement au cours de l'année 1343, que le viol fut commis.

• À cette époque, Godefroy d'Harcourt n'avait aucune raison sérieuse de se courroucer contre Philippe VI. Ses véritables démêlés et son bannissement — qui l'incita à s'allier avec Édouard III — se situent autour du 15 juillet 1344. Le roi d'Angleterre le reconnut son noble homme le 13 juin 1345. Même encore, à partir de cette époque, il fut extrêmement prudent lorsqu'il s'agissait de parapher un acte ; à plus forte raison d'y apposer son sceau.

Dans son histoire d'Angleterre, Lingard écrit que le premier septembre 1399, lorsque Richard II fut déposé par Henry IV, « *le roi Richard fut conduit à la Tour en traversant Westminster, et dans sa route, couvert de malédictions, il s'entendit appeler bâtard, expression de mauvais augure qui prophétisait sa prochaine dégradation* ». L'auteur ajoute, en note : « *Ceci faisait allusion au bruit qu'on avait répandu qu'il n'était pas le fils du Prince Noir, mais celui du chanoine de Bordeaux.* »

## ANNEXE II

# LES JOUTES EN ANGLETERRE

On a vu, dans l'annexe précédente, à l'occasion de la venue de la comtesse de Salisbury à Londres, le 15 août 1342 [1], l'importance que pouvaient avoir les joutes dans la vie et les intrigues de la noblesse. 15 jours de festivités, 12 comtes, 800 chevaliers, 500 dames. La criée de ces joutes avait été préparée avec soin, longtemps à l'avance, *« à grands frais et grands coûtages »* (Froissart) en Picardie, Normandie, Gascogne, Saintonge, Poitou, Bretagne, Écosse, Flandre, Hainaut, Brabant et jusqu'en France où des sauf-conduits garantissaient la sécurité des chevaliers souhaitant participer à ces jeux.

Il vint des candidats de partout. Les principaux jouteurs furent, ce jour-là : Henry au Tort-Col *(Wry-Neck)*, comte de Lancastre ; Henry, son fils, comte de Derby ; Guillaume de Hainaut, frère de la reine d'Angleterre et Jean de Hainaut, son oncle ; Robert d'Artois ; le comte de Northampton et de Gloucester ; Thomas de Beauchamp, comte de Warwick ; le comte de Salisbury ; le comte de Hertfort ; Robert d'Ufford, comte de Suffolk ; le comte de Pembrocke ; le comte d'Arondel ; Jean de Vere, comte d'Oxford ; le comte de Cornouaille ; le baron Raoul de Stafford, etc.

Une fête d'armes d'une ampleur similaire eut lieu le 19 janvier 1344, lors de l'institution de la Table Ronde, devant la chapelle Saint-George du château de Windsor.

1. D'après Adam Mirimuth *(Continuatio Chronicorum)*, ces joutes eurent lieu dans la quinzaine de Pâques à Northampton. Il est possible, en ce cas, que deux fêtes d'armes aient été organisées.

15 jours de liesse, 40 chevaliers attendant leurs adversaires au milieu du champ clos, 300 dames et damoiselles autour de la reine Philippa. 26 chevaliers de la Table Ronde furent désignés, dont, évidemment, Édouard III et le prince de Galles, mais aussi Pierre de Grailly, captal de Buch (capitaine de Bordeaux) et le héros des deux ouvrages que Conan Doyle a consacrés au Moyen Âge[1] : sir Nigel Loring.

Le dimanche 21 octobre 1347, aux joutes organisées à Londres pour le retour d'Édouard III de Calais, on put voir s'affronter Gauthier de Masny, John de l'Isle, Hugo Courtenay, Robert de Ferrers, John Gray, Richard de la Vache, Philippe de Spencer, Roger de Beauchamp, Miles Stapleton, Ralph de Ferrers, Robert de Mauley, Thomas Bradeston, et John de Veer (ou Jean de Vere).

Alors qu'en France les tournois avaient la faveur des nobles et du public, c'étaient les joutes qui plaisaient aux Anglais. On en trouve une étude approfondie dans l'ouvrage de R. Coltman Clephan, préfacé par Charles Ffoulkes, curateur à l'armerie de la Tour[2] : *The Tournament its periods and phases*. Les règles auxquelles les seigneurs et les rois d'armes se référaient étaient celles de Henry de Magdebourg en 936. Il apparaît, aussitôt découvertes, qu'elles durent, souvent, être jugées caduques : leur respect, en effet, impliquait une espèce de sainteté dont nul compétiteur n'eût pu se prévaloir. Qu'on en juge :

Seront exclus par la loi :

— *qui fera quelque chose contre la foi,*

— *qui aura fait quelque chose contre le sacré Empire et la Césare Majesté,*

— *qui aura trahi son seigneur, ou sans cause iceluy délaissé, fuyant une bataille ; tué ou meurtri ses compagnons,*

— *qui aura outragé fille ou femme, de fait ou de paroles,*

— *qui aura falsifié un sceau ou fait un faux serment,*

— *qui aura été déclaré infâme ou tenu pour tel,*

— *qui, en cachette, aura meurtri sa femme,*

— *qui d'aide ou de conseil, aura consenti à la mort de son seigneur,*

1. *La compagnie Blanche* et *Sir Nigel*.
2. 29 août 1917 ; chez Methuen & C°, Londres, 1919.

— *qui aura pillé les églises, femmes veuves ou orphelins ; ou retenu ce qui leur appartenait,*

— *qui, ayant été offensé par aucun, ne le poursuit par guerre ou en justice, aussi secrètement que par le feu et les rapines,*

— *qui gâte le blé, la vigne dont le public est substanté,*

— *qui mettra de nouvelles impositions sans que l'Empereur en soit avisé ou ait entendu parler d'un seigneur qui surchargea sa terre,*

— *qui aura commis l'adultère ou ravi vierges et pucelles,*

— *qui a fait marchandise pour revendre,*

— *qui ne pourra prouver sa race de quatre grands-pères sera battu et chassé.*

Quant aux charges opposant les jouteurs, la liste des « figures » qui pouvaient se présenter est aussi longue, aussi minutieusement établie :

*1. Celui qui rompt le plus de lances selon les règles remportera le prix.*

*2. Celui qui touche trois fois la visière du heaume aura le prix.*

*3. Celui qui rencontre deux fois* cournall to cournall[1] *aura le prix.*

*4. Celui qui jette à terre un champion d'un coup de lance aura le prix.*

Disqualification :

*1. Celui qui frappe le cheval de son adversaire n'aura pas de prix.*

*2. Celui qui frappe un homme dans le dos, ou ayant perdu sa lance, n'aura pas de prix.*

*3. Celui qui frappe deux fois la toile sera, la deuxième fois,* abated[2] *trois.*

*4. Celui qui rompt une lance dans un pied de la lice sera jugé comme n'en ayant rompu aucune, mais ayant fait un effort méritoire.*

Attribution des lances rompues :

*1. Celui qui rompt une lance entre la selle et le* carnet[3] *du heaume s'en verra accorder une.*

1. Ce *cournall* — ou *coronal* — est le rochet employé en France.
2. Diminué, pénalisé.
3. La ventaille.

*2. Celui qui rompt une lance* from the cournall upwards[1] *s'en verra octroyer deux.*

*3. Celui qui brise une lance en frappant son adversaire ou qui le désarçonne ou le désarme de façon à ce qu'il ne puisse courir le prochain tour ; celui, enfin, qui brise sa lance* cournall to cournall *s'en verra accorder trois.*

Refus des lances :

*1. Celui qui frappe la selle se verra refuser de rompre une lance.*

*2. Celui qui frappe la barrière se verra refuser de rompre deux lances.*

Récompenses et prix :

*1. Celui qui désarçonne son adversaire ou le jette à terre, lui et sa monture, sera récompensé avant celui qui aura frappé deux fois* cournall to cournall.

*2. Celui qui frappe la visière trois fois sera récompensé avant celui qui aura rompu le plus de lances.*

*3. Si un homme est réputé assez vaillant pour être demeuré le plus longtemps en lice et avoir couru la plus longue course et s'être tenu de la plus noble façon, il sera récompensé.*

*4. Celui qui par trois fois aura frappé la barrière n'aura aucune récompense.*

Froissart avait une particulière admiration pour ces spectacles et ceux qui fréquemment s'y distinguaient : le comte de Derby[2], le comte de Northampton[3], le comte de War-

1. Le rochet levé de bas en haut (la lance basse d'Ogier).

2. Il était fils de Henry au Tort-Col, comte de Lancastre. Il avait épousé Isabelle de Beaumont. Il mourut le 24 mars 1360.

3. Il était fils puîné d'Humphroi VIII de Bohum et d'Élisabeth, fille d'Édouard Ier roi d'Angleterre. Les *Bohon* figurent sur les listes de Dives et de Falaise. Onfroi (Honfroi, Humfredus, Humphrey), premier du nom, était seigneur de Bohon (actuelles communes de Saint-André et de Saint-Georges-de-Bohon, canton de Carentan). Il était fils de Richard de Mary, établi à Saint-Cône-du-Mont et, d'après la tradition, d'origine viking. De ses quatre fils, un fut moine, les autres firent souche. William fut créé comte de Northampton le 17 mars 1336 (ancien style). Il avait épousé Élisabeth de Badlesmere, veuve d'Edmond de Mortimer. Il mourut au mois de septembre 1360.

wick[1], Renaud de Cobham et tant d'autres ! Alors que les joutes offraient une garantie de survie quasi complète, le tournoi, lui, n'était qu'une petite guerre où les armes qu'on y employait, quoique *rebattues*, restaient redoutables. Dans son étude sur les joutes et les tournois, Jusserand[2] cite le tournoi de Neuss, en 1240, où *soixante* tournoyeurs moururent, et la bataille rangée, une vraie bataille, de Brémule, en 1119 où l'on ne compta que trois morts. Orderic Vital, racontant cette guerre et son rassurant épilogue[3], dit que les combattants se ménageaient *sibi parcebant* et s'occupaient plus de faire des prisonniers que des victimes (pour en obtenir rançon).

L'on fait référence constante, au sujet des tournois, à l'ouvrage du roi René d'Anjou. Son *Livre des Tournois* le consacre comme un novateur ayant codifié, pour la postérité, les usages de son temps. Il apparaît que cette distinction est malheureusement erronée lorsqu'on prend connaissance du livre suivant : *La Forme des tournois au temps du roi Uter et du roi Artus, suivie de l'Armorial des Chevaliers de la Table Ronde*, édité chez Charles Valin, 7-9, rue du Canu, à Caen, en 1877.

Cet ouvrage est l'œuvre du comte A. de Blangy, membre

1. Thomas de Beauchamp, comte de Warwick, était fils de Guy, comte de Warwick et d'Alice de Toeny. Il avait épousé Catherine de Mortimer, fille de Roger de Mortimer. Il mourut de la peste le 13 novembre 1369.

Il conviendrait de citer aussi Robert Knolles, mort le 15 août 1407, à l'âge de 92 ans (un génie militaire et diplomatique, comparé à du Guesclin), et Hugh Calveley, mort en 1393, nul ne sait où et quand.

2. *Les Sports et Jeux d'exercice dans l'ancienne France*, Plon, 1901.

3. *Orderici Vitalis Historiæ Ecclesiasticæ, Libri XIII*, Le Prévost édit. 1835, tome IV, p. 361.

N.B. — Le défi de Renaud de Cobham est celui que Michel d'Oris, le vendredi 24 août 1400, lança aux chevaliers d'Angleterre. Mieux vaut, en de tels cas, copier la vérité que la singer.

de la Société des Antiquaires et d'Histoire de Normandie. D'après lui, et Vulsion de la Colombière, deux petits ouvrages existaient à l'époque du roi René : *le Petit Formulaire* et *Le Grand Formulaire*, tous deux traitant de Chevalerie. Leur adaptateur serait Pierre de Bourbon qui, pour complaire à Anne de France dont la main venait de lui être accordée par contrat passé le 3 novembre 1473, se montrait fort empressé à distraire le Dauphin (futur Charles VIII).

Le comte de Blangy reproduit une lettre de Jean de Bourbon à son frère Pierre ; il y est question de l'ouvrage de René, qui aurait démarqué celui de Pierre : *La Forme qu'on tenait des Tournois et assemblées au temps du Roy Uter et du Roy Artus entre les Roys et Princes de la Grande Bretaigne et de la Table Ronde (ung petit livre des chevaliers de la Table Ronde, escript à la main, en parchemyn, couvert de cuir noir).* Ce manuscrit aurait été écrit entre 1469 et 1475 alors que *le Livre des Tournois* lui est postérieur.

Le comte de Blangy a opposé les deux textes pour étayer sa démonstration de « plagiat ». On reste confondu par les maigres ajouts du roi René. C'est de la copie servile, et l'on est confondu, également, de constater que les travaux du comte de Blangy, considérables, sont méconnus. L'on se prend à regretter la conscience, le soin au travail et à la recherche, la quête de la vérité, non seulement d'un A. de Blangy, mais aussi d'un Siméon Luce, d'un Kervyn de Lettenhove, d'un Buchon et, plus près de nous, d'un Gustave Schlumberger, véritables historiens comparés à certains compilateurs verbeux de la télévision, conteurs de balivernes qui font, hélas ! autorité sur un public de plus en plus crédule.

## ANNEXE III

# RAOUL, COMTE D'EU ET DE GUINES, CONNÉTABLE DE FRANCE

Un bien étrange personnage que celui-ci. Froissart s'étend sur ses différents faits d'armes ; un seul nous intéresse. Le lecteur jugera de sa qualité.

Raoul avait été chargé de veiller sur une partie de la Normandie, particulièrement sur Harfleur et Caen, au commencement de l'été 1346. Il était secondé par le comte de Flandre, Jean de Sancerre, Baudouin de Bouvelinghem, Jean de Saint-Omer, Jean de Bethisy, Jean de Fricamps, etc. Ce grand « viveur » avait fait porter au château de Caen sa vaisselle d'argent, ses harnais somptueux, une grande partie de ses chevaux. Presque tout fut perdu lors du sac de la ville, le 26 juillet 1346.

Avec son compère, le chambellan de Tancarville, il se rendit aux Anglais « *joyeusement* » selon Jean le Bel. À qui ? À Thomas Holland avec lequel il avait accompli « *plusieurs chevauchies en Prusse, en Grenade* »[1].

Emmené en Angleterre, il fut, en vertu de lettres d'Édouard III du 10 avril 1347, mis en forteresse et soumis à une rude captivité sans pouvoir communiquer avec personne, ni par lettre ni de vive voix. Quelques mois après, Thomas de Holland le remit entre les mains d'Édouard III

1. Le chroniqueur anglais Hollingshed, mort vers 1380, rapporte que le comte de Tancarville fut pris par un nommé Legh, ancêtre de sir Peter Legh, qui vivait de son temps. Édouard III le dota de la seigneurie de Henley, dans le comté de Chester. Quant au connétable de Guines, Thomas Holland fixa sa rançon à 100 000 moutons d'or, selon Froissart : la belle Jeanne aimait le luxe.

et, en retour, le roi, par lettres du 16 juillet, lui donna 80 000 florins dont 12 000 devaient lui être payés à la Saint-Michel et à Pâques suivants ; le reste lui était assigné sur des taxes en laines, cuirs et peaux.

Le 20 octobre 1350, le connétable était encore prisonnier car, à cette date, Édouard III lui délivra des lettres de sauf-conduit à lui *et aux quinze personnes attachées à son service* chargées d'aller sur le continent réunir le montant de sa rançon.

Il n'était pas une réjouissance, à la cour d'Édouard III, à laquelle Raoul ne fût convié. Il avait promis au roi d'Angleterre, en cas de rabais sur sa rançon, de lui céder son château de Guines.

Il fut mal inspiré d'aller trouver, dès son arrivée à Paris, l'ancien duc de Normandie devenu roi. Le 16 novembre 1350, il fut arrêté et enfermé à l'hôtel de Nesle par le prévôt de Paris ; le 18 au matin, on le décapita.

Jean le Bon lui reprocha, certes, d'avoir voulu vendre son château à l'ennemi. Jean le Bel raconte qu'il lui mit sous le nez une lettre qui, peut-être, était une lettre d'amour destinée à la reine Bonne, sa femme. Ce fait, que Froissart passe sous silence, est confirmé par un autre chroniqueur, Gilles li Muisis, et par un autre moins connu : Jean de Noyel qui ajoute, lui, que le connétable, dans certaines confidences, avait accusé le roi d'avoir fait périr son épouse en profitant des ravages de la peste noire. Toujours est-il que ce double trépas favorisait l'ascension de l'ami très particulier du roi, Charles d'Espagne, bientôt promu connétable, charge qu'il exerçait d'ailleurs par délégation. Il en reçut le titre en janvier 1351, accompagné de donations exorbitantes : le 13 décembre 1350, le comté d'Angoulême ; en novembre 1352, le château et la châtellenie d'Archiac ; le 17 juillet 1353, les villes, le château et la châtellenie de la Roche-d'Agoux, etc.

# CYCLE D'OGIER D'ARGOUGES

*Une fantastique épopée*
*enracinée dans l'histoire*
*de la guerre de Cent Ans au nom de l'honneur perdu.*

LES LIONS DIFFAMÉS

En 1340, après la bataille de l'Écluse, le chevalier normand Godefroy d'Argouges, faussement accusé de trahison, est dégradé et les glorieux lions d'or de son blason sont diffamés. Pour venger cet opprobre, il envoie son fils Ogier apprendre le métier des armes dans le château de son oncle Guillaume de Rechignac. En Périgord, Ogier connaît les amours les plus simples, mais aussi les plus singulières avec Anne, la lavandière, Adelis, la ribaude et Tancrède, son étrange et inoubliable cousine qui sait si bellement s'offrir et si bien se reprendre.

LE GRANIT ET LE FEU

Cinq ans ont passé. Ogier est devenu un écuyer solide. Il songe moins à devenir chevalier qu'à restaurer son honneur. Hélas ! ses desseins subissent un contretemps terrible. Au cœur de l'été 1345, les Anglais se répandent en Périgord. La forteresse de Rechignac a excité la convoitise d'un capitaine d'aventure : Robert Knolles. Il somme Guillaume de lui livrer son château. Le vieux guerrier refuse. Ogier, son oncle et Blanquefort, son sénéchal, s'emploient à stimuler le courage des défenseurs. Les assauts des « routiers » se multiplient. Le fier château sera-t-il envahi ?

LES FLEURS D'ACIER

Jeudi 13 avril 1346. En fin de matinée, Ogier d'Argouges et ses compagnons contournent le champ clos de Chauvigny où des joutes vont rassembler, le dimanche suivant, les meilleurs chevaliers du Poitou et quelques personnages fameux du royaume. Ogier sait que des émissaires du roi d'Angleterre doivent y rencontrer secrètement des nobles français traîtres à la Couronne. Parmi eux. Richard de Blainville, le favori du roi Philippe VI, l'homme qui a injustement dégradé son père et diffamé les lions de ses armes. Pourra-t-il, tout en sauvant l'honneur menacé de son suzerain, assouvir enfin sa vengeance ?

LA FÊTE ÉCARLATE

Dimanche 16 avril 1346. En ce jour de Pâques, la population de Chauvigny et des environs se presse autour du champ clos. Le hasard favorise Ogier dans son entreprise : il rencontre l'ancien chapelain de Gratot, frère Isambert, que sa couardise a conduit à servir Blainville. Il apprend que les conjurés vont se réunir dans un souterrain sous la maison du chévecier de l'église Saint-Pierre. Ces hommes décideront de la date à laquelle les armées anglaises débarqueront en Normandie afin de conquérir Paris et installer sur le trône des Valois le légitime successeur de Philippe le Bel : Édouard III.

LES NOCES DE FER

Mardi 3 octobre 1346. Ce jour-là, dans la matinée, Henry de Lancastre, comte de Derby, qui vient de conquérir les grandes cités de la Saintonge et d'en ruiner les édifices religieux, commande à son armée de se déployer autour de Poitiers, Ogier d'Argouges, qui a survécu au massacre de Crécy, cinq semaines auparavant, a quitté Gratot, le château familial, pour se rendre en Poitou et demander au seigneur des Halles de Poitiers, Herbert III Berland, la main de sa fille Blandine. Chemin faisant, il doute que sa démarche aboutisse.

LE JOUR DES REINES

Blessé devant Calais assiégé, Ogier d'Argouges, prisonnier, est emmené en Angleterre. Le roi Édouard III et sa noblesse, glorifiés par les manants du royaume, célèbrent leurs victoires par des fêtes grandioses : les joutes d'Ashby. Mêlé à des aventures guerrières et amoureuses où apparaissent Catherine de Salisbury et Jeanne de Kent, surnommée la plus belle fille d'Angleterre, Ogier est bien déterminé à refuser sa condition d'otage.

L'ÉPERVIER DE FEU

*L'Épervier de feu* décrit d'hallucinante façon l'hécatombe que la peste noire provoqua en 1348 en Normandie. Non seulement l'irrésistible fléau y détruisit les manants, le paysans, les prud'hommes et leurs familles, mais il ouvrit ce malheureux duché à des hordes aussi épouvantables que la gigantesque épidémie.

## ÉGALEMENT CHEZ POCKET
## LITTÉRATURE « GÉNÉRALE »

**BURON NICOLE DE**
Chéri, tu m'écoutes ?

**BUZZATI DINO**
Le désert des Tartares
Le K
Nouvelles (Bilingue)
Un amour

**CARR CALEB**
L'aliéniste
L'ange des ténèbres

**CARRIÈRE JEAN**
L'épervier de Maheux
Achigan

**CARRIÈRE JEAN-CLAUDE**
La controverse de Valladolid
Le Mahabharata
La paix des braves
Simon le mage
Le cercle des menteurs

**CESBRON GILBERT**
Il est minuit, docteur Schweitzer

**CHANDERNAGOR FRANÇOISE**
L'allée du roi

**CHANG JUNG**
Les cygnes sauvages

**CHATEAUREYNAUD G.-O.**
Le congrès de fantomologie
Le château de verre
La faculté des songes

**CHIMO**
J'ai peur
Lila dit ça

**CHOLODENKO MARC**
Le roi des fées

**CLAVEL BERNARD**
Le carcajou
*Les colonnes du ciel*
1. La saison des loups
2. La lumière du lac
3. La femme de guerre
4. Marie Bon Pain
5. Compagnons du Nouveau Monde

*La grande patience*
1. La maison des autres
2. Celui qui voulait voir la mer
3. Le cœur des vivants
4. Les fruits de l'hiver

Jésus, le fils du charpentier
Malataverne
Lettre à un képi blanc
Le soleil des morts
Le seigneur du fleuve
L'espagnol
Le tambour du bief

**COLLET ANNE**
Danse avec les baleines

**COMTE-SPONVILLE ANDRÉ**
**FERRY LUC**
La sagesse des Modernes

**COURRIÈRE YVES**
Joseph Kessel

**COUSTEAU JACQUES-YVES**
L'homme, la pieuvre et l'orchidée

**DAUTIN JEANNE**
Un ami d'autrefois

**DAVID-NÉEL ALEXANDRA**
Au pays des brigands gentilshommes
Le bouddhisme du Bouddha
Immortalité et réincarnation
L'Inde où j'ai vécu
Journal (2 tomes)
Le Lama aux cinq sagesses
Magie d'amour et magie noire
Mystiques et magiciens du Tibet
La puissance du néant
Le sortilège du mystère
Sous une nuée d'orages
Voyage d'une Parisienne à Lhassa
La lampe de sagesse
La vie surhumaine de Guésar de Ling

**DECAUX ALAIN**
L'abdication
C'était le XV^e^ siècle
tome 1
tome 2
tome 3
Histoires extraordinaires

Nouvelles histoires extraordinaires
Tapis rouge

**Deniau Jean-François**
La Désirade
L'empire nocturne
Le secret du roi des serpents
Un héros très discret
*Mémoires de 7 vies*
1. Les temps nouveaux
2. Croire et oser

**Deviers-Joncour Christine**
Opération bravo

**Espitallier Jean-Michel**
Pièces détachées

**Evans Nicholas**
L'homme qui murmurait à l'oreille des chevaux
Le cercle des loups

**Faulks Sebastian**
Les chemins de feu
Charlotte Gray

**Fernandez Dominique**
Le promeneur amoureux

**Fitzgerald Scott**
Un diamant gros comme le Ritz

**Forester Cecil Scott**
Aspirant de marine
Lieutenant de marine
Seul maître à bord
Trésor de guerre
Retour à bon port
Le vaisseau de ligne
Pavillon haut
Le seigneur de la mer
Lord Hornblower
Mission aux Antilles

**France Anatole**
Crainquebille
L'île des pingouins

**Franck Dan, Vautrin Jean**
La dame de Berlin
Le temps des cerises
Les noces de Guernica
Mademoiselle Chat

**Gallo Max**
*Napoléon*
1. Le chant du départ
2. Le soleil d'Austerlitz
3. L'empereur des rois
4. L'immortel de Sainte-Hélène

*La Baie des Anges*
1. La Baie des Anges
2. Le Palais des fêtes
3. La Promenade des Anglais

*De Gaulle*
1. L'appel du destin
2. La solitude du combattant
3. Le premier des Français
4. La statue du commandeur

**Genevoix Maurice**
Beau François
Bestiaire enchanté
Bestiaire sans oubli
La forêt perdue
Le jardin dans l'île
La Loire, Agnès et les garçons
Le roman de Renard
Tendre bestiaire

**Giroud Françoise**
Alma Mahler
Jenny Marx
Cœur de tigre
Cosima la sublime

**Grèce Michel de**
Le dernier sultan
L'envers du soleil – Louis XIV
La femme sacrée
Le palais des larmes
La Bouboulina
L'impératrice des adieux

**Guitton Jean**
Mon testament philosophique

**Hamilton Jane**
La carte du monde

**Hermary-Vieille Catherine**
Un amour fou
Lola
L'initié
L'ange noir

**Mallet-Joris Françoise**
La maison dont le chien est fou
Le rempart des Béguines
Sept démons dans la ville

**Mauriac François**
Le romancier et ses personnages
Le sagouin

**Mawson Robert**
L'enfant Lazare

**Messina Anna**
La maison dans l'impasse

**Michener James A.**
*Alaska*
1. La citadelle de glace
2. La ceinture de feu
Caraïbes ( 2 tomes)
Hawaï (2 tomes)
Mexique
Docteur Zorn

**Milovanoff Jean-Pierre**
La splendeur d'Antonia
Le maître des paons

**Mimouni Rachid**
De la barbarie en général et de l'intégrisme en particulier
Le fleuve détourné
Une peine à vivre
Tombéza
La malédiction
Le printemps n'en sera que plus beau
Chroniques de Tanger

**Miquel Pierre**
Le chemin des Dames

**Mitterrand Frédéric**
Les aigles foudroyés
Destins d'étoiles
Lettres d'amour en Somalie

**Monteilhet Hubert**
Néropolis

**Montupet Janine**
La dentellière d'Alençon
La jeune amante
Un goût de miel et de bonheur sauvage
Dans un grand vent de fleurs
Bal au palais Darelli
Couleurs de paradis
La jeune fille et la citadelle

**Morgiève Richard**
Fausto
Andrée
Cueille le jour

**Nakagami Kenji**
La mer aux arbres morts
Mille ans de plaisir

**Nasr Eddin Hodja**
Sublimes paroles et idioties

**Naudin Pierre**
Cycle d'Ogier d'Argouges
1. Les lions diffamés
2. Le granit et le feu
3. Les fleurs d'acier
4. La fête écarlate
5. Les noces de fer

**Nin Anaïs**
Henry et June (Carnets secrets)

**O'Brian Patrick**
Maître à bord
Capitaine de vaisseau
La « Surprise »
L'île de la Désolation

**Pears Iain**
Le cercle de la croix

**Perec Georges**
Les choses

**Peyramaure Michel**
*Henri IV*
1. L'enfant roi de Navarre
2. Ralliez-vous à mon panache blanc !
3. Les amours, les passions et la gloire
Lavalette, grenadier d'Egypte
Suzanne Valadon
1. Les escaliers de Montmartre
2. Le temps des ivresses
Jeanne d'Arc
1. Et Dieu donnera la victoire
2. La couronne de feu

**Picard Bertrand, Brian Jones**
Le Tour du monde en 20 jours

**Purves Libby**
Comment ne pas élever des enfants parfaits
Comment ne pas être une mère parfaite
Comment ne pas être une famille parfaite

**Queffelec Yann**
La femme sous l'horizon
Le maître des chimères
Prends garde au loup
La menace

**Radiguet Raymond**
Le diable au corps

**Ramuz C.F.**
La pensée remonte les fleuves

**Revel Jean-François**
Mémoires

**Ricard Matthieu**
Le moine et le philosophe

**Rey Françoise**
La femme de papier
La rencontre
Nuits d'encre
Marcel facteur
Le désir

**Rice Anne**
*Les infortunes de la Belle au bois dormant*
1. L'initiation
2. La punition
3. La libération

**Rifkin Jeremy**
Le siècle biotech

**Rivard Adeline**
Bernard Clavel, qui êtes-vous?

**Rouanet Marie**
Nous les filles
La marche lente des glaciers

**Sagan Françoise**
Aimez-vous Brahms..
... et toute ma sympathie
Bonjour tristesse
La chamade
Le chien couchant
Dans un mois, dans un an
Les faux-fuyants
Le garde du cœur
La laisse
Les merveilleux nuages
Musiques de scènes
Répliques
Sarah Bernhardt
Un certain sourire
Un orage immobile
Un piano dans l'herbe
Un profil perdu
Un chagrin de passage
Les violons parfois
Le lit défait
Un peu de soleil dans l'eau froide
Des bleus à l'âme
Le miroir égaré
Derrière l'épaule...

**Saint-Exupéry Consuelo de**
Mémoires de la rose

**Salinger Jerome-David**
L'attrape-cœur
Nouvelles

**Sarraute Claude**
Des hommes en général et des femmes en particulier
C'est pas bientôt fini !

**Saumont Annie**
Après
Les voilà quel bonheur
Embrassons-nous

**Sparks Nicholas**
Une bouteille à la mer

**Steinberg Paul**
Chroniques d'ailleurs

**Stocker Bram**
Dracula

**Tartt Donna**
Le maître des illusions

**Troyat Henri**
Faux jour
La fosse commune
Grandeur nature
Le mort saisit le vif

*Les semailles et les moissons*
1. Les semailles et les moissons
2. Amélie
3. La Grive
4. Tendre et violente Élisabeth
5. La rencontre

La tête sur les épaules

**VALDÈS ZOÉ**
Le néant quotidien
Sang bleu *suivi de* La sous-développée
La douleur du dollar

**VANIER NICOLAS**
L'Odyssée blanche

**VANOYEKE VIOLAINE**
Une mystérieuse Égyptienne
Le trésor de la reine-cobra

**VIALATTE ALEXANDRE**
Antiquité du grand dossier
Badonce et les créatures
Les bananes de Königsberg
Les champignons du détroit de Behring
Chronique des grands micmacs
Dernières nouvelles de l'homme
L'éléphant est irréfutable
L'éloge du homard et autres insectes utiles
Et c'est ainsi qu'Allah est grand
La porte de Bath Rahbim

**VICTOR PAUL-ÉMILE**
Dialogues à une voix

**VILLERS CLAUDE**
Les grands aventuriers
Les grands voyageurs
Les stars du cinéma
Les voyageurs du rêve

**WALLACE LEWIS**
Ben-Hur

**WALTARI MIKA**
Les amants de Byzance
Jean le Pérégrin

**WELLS REBECCA**
Les divins secrets des petites ya-ya

**WICKHAM MADELEINE**
Un week-end entre amis
Une maison de rêve

**WOLF ISABEL**
Les tribulations de Tiffany Trott

**WOLFE TOM**
Un homme, un vrai

**XÉNAKIS FRANÇOISE**
« Désolée, mais ça ne se fait pas »

*Imprimé en France sur Presse Offset par*

BRODARD & TAUPIN

GROUPE CPI

5305 – La Flèche (Sarthe), le 03-01-2001
Dépôt légal : janvier 2001

POCKET – 12, avenue d'Italie - 75627 Paris cedex 13
Tél. : 01.44.16.05.00